AF130814

BASTEI
LÜBBE
TASCHENBUCH

Über den Autor:

Jack Campbell ist Offizier der US Navy im Ruhestand. Im aktiven Dienst sammelte er viel Erfahrung, die er in seine SF-Romane einfließen lässt.
Campbell lebt mit seiner Frau und seinen drei Kindern in Maryland.

JACK CAMPBELL

ETHAN STARK

DAS LETZTE GEFECHT

Roman

Aus dem Amerikanischen von
Ralph Sander

BASTEI
LÜBBE
TASCHENBUCH

BASTEI LÜBBE TASCHENBUCH
Band 20949

Dieser Titel ist auch als E-Book erschienen

Vollständige Taschenbuchausgabe

Deutsche Erstausgabe

Für die Originalausgabe:
Copyright © 2002 by John G. Hemry
Titel der amerikanischen Originalausgabe: »Stark's Crusade«
Originalverlag: Baen Publishing Enterprises, Riverdale, NY 10471

Für die deutschsprachige Ausgabe:
Copyright © 2019 by Bastei Lübbe AG, Köln
Textredaktion: Dr. Frank Weinreich, Bochum
Titelillustration: © Arndt Drechsler, Leipzig Umschlaggestaltung: Guter
Punkt, München | www.guter-punkt.de Satz: hanseatenSatz-bremen,
Bremen
Printed in Germany
Gesetzt aus der Stempel Garamond
ISBN 978-3-404-20949-1

Sie finden uns im Internet unter
www.luebbe.de
Bitte beachten Sie auch: www.lesejury.de

Für das hervorragende Militär- und Zivilpersonal, mit dem zusammenzuarbeiten ich über viele Jahre hinweg die Ehre hatte. Insbesondere für Menschen wie Master Chief Milam, Commander Barchi und Mike Fitzmorris, die leider nicht mehr unter uns sind.

Wie immer für S.

Teil Eins: Vom Nutzen der Schlacht

»Warum sollte mich kümmern, was ein aufsässiger Mob zu sagen hat? Warum sollte mich kümmern, was Sie zu sagen haben?«

Sergeant Ethan Stark, vorübergehender Commander der rebellierenden amerikanischen Streitkräfte auf dem Mond, konnte seine Wut nur mit Mühe unterdrücken. »General, Sie befehligen die feindlichen Truppen, die einen Teil der Mondoberfläche unmittelbar außerhalb unseres Territoriums besetzt halten. Ich befehlige alle Einheiten, die die amerikanische Kolonie verteidigen. Wir sind kein Mob. Ich versuche zu …«

»Wenn Sie sich ergeben wollen, würde ich diese Möglichkeit in Betracht ziehen.«

»Wir werden uns nicht ergeben, weder Ihnen noch sonst jemandem. Sie haben sich damit einverstanden erklärt, dass ein Teil der Ihrer direkten Kontrolle unterstehenden Mondoberfläche als Lagerplatz für Vorräte und Munition genutzt werden kann, die gegen uns zum Einsatz kommen soll. Das können wir nicht zulassen.«

»Sie drohen mir? Sie wagen es tatsächlich, mir zu drohen?«

»Ich teile Ihnen lediglich mit, dass wir den Vorbereitungen für einen Angriff auf uns nicht tatenlos zusehen werden.«

Starks letzte Worte schienen den General zu amüsieren. »Verstehe. Dann bieten Sie mir also lediglich einen freundschaftlichen Rat an? Und warum sollte ich mich mehr für Sie interessieren als für die Vertreter der US-Regierung? Die bezahlen uns gut dafür, dass wir sie unsere Einrichtungen benutzen lassen. Was können Sie mir bieten, damit ich im Gegenzug darauf verzichte, eine solche Gelegenheit zu nutzen?«

»Ich biete Ihnen gar nichts.«

»Gar nichts? Das ist aber keine aussichtsreiche Verhandlungsposition. Könnte es sein, dass Sie von der Situation einfach nur überfordert sind?«

»Meine Soldaten sind die besten Kämpfer auf dem gesamten Mond. Wir beherrschen Gefechte hier oben weitaus besser als Ihre Streitkräfte, General, und wir haben den Beweis dafür mehr als einmal erbracht.« Sein Widersacher hörte auf zu lächeln. »In einem Wespennest herumzustochern ist nicht unbedingt das, was Sie tun sollten. Sie wären besser bedient, sich anzuhören, was ich Ihnen zu sagen habe.«

»Ich soll Ihnen zuhören, andernfalls ... was? Glauben Sie wirklich, mich interessiert Ihre ›Empfehlung‹? Die Empfehlung eines Mobs, der keinerlei Offensivfähigkeiten besitzt?«

»Ich wiederhole, wir sind hier kein Mob. Es stimmt, dass wir momentan keine Befehle ausführen, die von den Behörden auf der Erde kommen. Aber wir sind eine voll funktionstüchtige militärische Organisation, und wir sind nach wie vor fest entschlossen, die amerikanischen Bürger dieser Kolonie zu verteidigen. Ich kann Ihnen versichern, dass wir die Fähigkeit besitzen, jederzeit und überall zuzuschlagen, um diese Mission zu schützen.«

»Aber natürlich können Sie das. Greifen Sie uns ruhig an. Lassen Sie Ihren Kampfgeist gegen unsere befestigten

Waffen und gegen unsere Soldaten antreten. So wie Ihre Freunde das auch schon gemacht haben. Wie hieß Ihr Verein noch gleich? Die Dritte Division? Die wir in Grund und Boden gerannt haben? Ist es Ihnen eigentlich schon gelungen, alle Leichen zu bergen?«

Stark sah buchstäblich rot, als der feindliche Commander tausende Opfer verspottete. Die Dritte Division war durch eine völlig fehlgeplante und schlecht geführte Offensive so gut wie ausgelöscht worden, was Stark und die anderen Unteroffiziere überhaupt erst zu ihrer Meuterei veranlasst hatte. Dieses Desaster war der Tropfen gewesen, der das Fass zum Überlaufen gebracht hatte. Nach jahrzehntelangem Versagen der politischen Führung auf der Erde und einem jahrelangen und nicht enden wollenden Krieg auf der Mondoberfläche war das der entscheidende Punkt für all die Soldaten gewesen, die schon seit einer ganzen Weile davon überzeugt waren, dass sie niemandem außer sich selbst vertrauen konnten. *Ich habe alles riskiert, um wenigstens ein paar von den Affen aus der Dritten Division zu retten. Ich werde meine Zeit nicht damit vergeuden, einem arroganten, aufgeblasenen Trottel zuzuhören, der sich über das Opfer lustig macht, das diese Männer und Frauen erbracht haben.*

Stark hob eine Hand, als würde er eine Waffe halten, und ließ sie nach unten plumpsen, um den Komm-Kanal abzuschalten. Das Gesicht des gegnerischen Generals verschwand abrupt, sekundenlang herrschte in Starks Kommandozentrum Stille.

Sergeant Vic Reynolds, Starks beste Freundin und zugleich seine Stabschefin, ließ den Blick noch einen Moment lang auf dem dunklen Monitor ruhen, dann schaute sie ihn an. »Geben wir ihm ein paar aufs Maul.«

»Ja, machen wir das.«

Schemen bewegten sich durch die endlose Nacht des Weltalls. Klobige Objekte, die Menschen und Fracht transportierten, bildeten einen in einer zerfransten Formation reisenden Konvoi, der von zwei begleitenden Kriegsschiffen zu einem Landeplatz auf dem Mond vor sich hergetrieben wurde, wo man bereits auf ihre Ankunft wartete. Zwischen den Sternen lauerten Wölfe, die sich in der Dunkelheit versteckten und auf leichte, fette Beute in Gestalt der Versorgungsshuttles warteten.

Sirenen gellten los, als die Sensoreinheiten auf den Kriegsschiffen Objekte bemerkten, die von der Mondoberfläche aufstiegen und Kurs auf den Konvoi nahmen. Die bewaffneten Shuttles – Teil von Starks winziger Navy – schossen auf den Konvoi zu, obwohl die Eskortschiffe bereits auf Abfangkurs gingen. Neue Sterne erwachten vor der allgegenwärtigen Schwärze des Alls zu kurzem Leben, da Beschuss und Gegenbeschuss zwischen den verfeindeten Seiten hin und her gingen.

Um Stark herum verrichteten die Wachhabenden im Kommandozentrum des amerikanischen Hauptquartiers auf der Mondoberfläche leise und effizient ihren Dienst. Sie ordneten die eingehenden Daten, um sie an die riesigen Bildschirme weiterzuleiten, die den gesamten Raum beherrschten, und farbige Symbole krochen wie geometrisch geformte Objekte über die Displays. Rot stand für den Feind, Blau für die eigenen Leute. Gefahrensymbole, die Waffen anzeigten, jagten um die größeren Formen herum, bei denen es sich um Kriegsschiffe und Shuttles handelte. Die Raumschiffe wirkten langsam und behäbig, wenn man sie mit dem Tempo und der Wendigkeit der Geschosse verglich. Stark musste sich vor Augen halten, dass die Geschwindigkeit dieser Raumfahrzeuge immerhin in Meilen pro Sekunde berechnet wurde, was für einen Angehörigen der Bodentruppen ein Verhältnis war, das er sich kaum vorzustellen vermochte.

»Commander Stark?« Einer der Wachhabenden hob Textpassagen hervor, die in einer Ecke über den großen Bildschirm des Hauptquartiers liefen. »Wir empfangen Mitteilungen von einem der Kriegsschiffe auf der regulären Händlerfrequenz.«

Stark blinzelte leicht, um die Zeilen zu lesen. »Charlie Foxtrot Bravo Two? Was soll das bedeuten?«

»Das stammt aus dem taktischen Signalcode für Konvois, Sir. Ich würde sagen, sie haben ihn unverändert gelassen. Das Signal bedeutet: ›Alle Einheiten verbleiben in der Formation.‹ Die Kriegsschiffe haben die Nachricht mehrere Male wiederholt.«

Er schaute zurück auf das Display, wo die Vektoren der Versorgungsshuttles weiterhin in alle Richtungen wiesen. »Sieht nicht so aus, als würde das den Konvoi interessieren.«

»Richtig, Sir. Die Kriegsschiffe klingen auch irgendwie aufgebracht.«

»Laut Chief Wiseman war auch gar nichts anderes zu erwarten. Es ist alles ganz genau so gekommen, wie sie es gesagt hat.«

Geschosse detonierten und schufen sich rasch ausdehnende Hitze- und Trümmerwolken, während die in den Kampf verwickelten Kriegsschiffe Störmanöver einleiteten, um Radar, Infrarot und jede andere Methode der Zielerfassung zu stören. Starks Suchsysteme verloren die fliehenden Versorgungsshuttles aus den Augen, ihre Vektoren wurden zu mutmaßlichen Flugbahnen, da sich der Sektor der ewigen Nacht über dem Mond für die auf dem Grund befindlichen Systeme vorübergehend zu sehr trübte.

Trotz ihrer deutlich überlegenen Feuerkraft hielten sich die Begleitschiffe weiter im Hintergrund und bildeten einen Schutzschild vor dem mehr und mehr auseinanderdriftenden Konvoi. Dabei begnügten sie sich damit, hin und wieder eine Salve abzufeuern, sobald Starks bewaffnete Shuttles in ihre Nähe kamen.

»Chief Wiseman«, rief Stark an die Befehlshaberin seiner Flotte gewandt. Daraufhin öffnete sich ein Fenster in einer Ecke von Starks Display, in dem das Gesicht von Chief Petty Officer Wiseman auf dem Kommandodeck ihres bewaffneten Shuttles zu sehen war. »Was machen diese Kriegsschiffe da draußen?«

»Genau das, was ich von ihnen erwartet habe. Sie beschützen die Versorgungsshuttles. Zwar wissen die Kriegsschiffe nicht ganz genau, wo sich jedes einzelne Shuttle aus dem Konvoi momentan befindet, trotzdem versuchen sie weiterhin, zwischen uns und denen zu bleiben.«

»Könnten die Kriegsschiffe den Konvoi denn nicht besser beschützen, wenn sie auf Ihre Shuttles losgehen und versuchen, die zu erwischen? Ihre Shuttles könnten sich doch nicht gegen deren Schiffe behaupten und würden von ihnen ganz vertrieben.«

»Kommen Sie, Commander, überlassen Sie den Navy-Kram mal schön den Navy-Experten. Darum habe ich ja auch das Kommando über Ihre Flotte, nicht wahr? Hören Sie zu, Sie Schlammkriecher. Diese Kriegsschiffe gehen nicht auf uns los, weil es da noch etwas gibt, das man die Gesetze der Physik nennt. Haben Sie sich jemals mit Marinetaktiken befasst?«

»Als Kind habe ich mir jede Menge alte Vids angesehen. Sie wissen schon … Sklavengaleeren und Segelschiffe und so weiter. Ich wäre aber nicht auf den Gedanken gekommen, dass es irgendetwas mit dem zu tun haben könnte, was Sie heute machen.«

»Hat es aber. Wir befolgen hier die gleichen Spielregeln wie diese Galeeren mit ihren Ruderern. Alles dreht sich um begrenzte Antriebsressourcen und um Fliehkräfte. Diese Schiffe sind riesig, das Gleiche kann man über meine Shuttles sagen. Die Masse ist gewaltig, sodass wir nur langsam beschleunigen können, jedenfalls langsam im Vergleich zu den Projektilen, die wir abfeuern. Wenn wir uns dann erst einmal in eine Richtung bewegen, können wir nicht nach Belieben den Kurs ändern. Masse mag es nicht, plötzlich in eine neue Richtung gezwungen zu werden. Und im Gegensatz zu den Schiffen daheim auf der Welt haben wir hier nicht mal Wasser, das uns ein wenig abbremst.«

Wiseman tippte auf ein paar Tasten, dann tauchte in einer Ecke des Komm-Bildschirms ein kleines 3D-Fenster auf. »Sehen Sie? Das hier ist der Konvoi, der von einer Orbitalstation in Erdnähe gestartet ist. Er nähert sich dem Mond auf einer Standardbahn. Die Standardbahn wird immer gewählt, weil sie am schnellsten ist und der geringste Treibstoffverbrauch anfällt.« Ein breiter Pfeil bewegte sich von der Welt weg, beschrieb eine Kurve und schwenkte schließlich in den Mondorbit ein. »Die Physik verlangt von den Shuttles, diesen Weg zu nehmen, wenn sie ihren Zielpunkt auf dem Mond erreichen wollen. Wir kennen uns mit der Physik genauso gut aus wie der Gegner, also wissen wir auch genau, auf welchem Kurs er hereinkommt.«

Ein kurzer roter Pfeil stieg vom Mond auf, um die Shuttles abzufangen. »Wir haben hier ein Fenster, ein Gebiet über dem Mond, das von unseren Antiorbital-Verteidigungen abgedeckt ist. Wir öffnen das Fenster und nehmen uns den Konvoi vor. Die Kriegsschiffe wollen uns davon abhalten, in Feuerreichweite zu irgendeinem ihrer Shuttles zu gelangen. Allerdings fliegen die in alle Richtungen davon, weil sie von Zivs gesteuert werden, die man angeheuert hat, um einen Frachtflug zu erledigen. Beschießen lassen möchte sich von denen keiner. Gleichzeitig werfen sie alle jeden nur verfügbaren Müll über Bord, um den Feind daran zu hindern, ein Ziel zu erfassen. Zum Beispiel die kleinen Doppelgänger-Köder, die die Emissionen anderer Schiffe in ihrer Umgebung auffangen und imitieren. Der Müll wird sich nach einer Weile weit genug verteilt haben, und die Geräte deaktivieren sich auch nach einiger Zeit, aber für den Augenblick ist das da draußen eine völlig chaotische Situation. Wer sich in diesem Moment das Areal ansieht, wird einiges angezeigt bekommen, was in Wahrheit gar nicht dort ist, und gleichzeitig wird er manches nicht wahrnehmen können, was sehr wohl vorhanden ist.«

Stark fand Wisemans Aussage bestätigt, als er einen Blick auf das Durcheinander aus Symbolen warf, die auf dem Display im Hauptquartier angezeigt wurden. Dann betrachtete er wieder die 3D-Darstellung. »Das ist hervorragend, aber für mich ist damit immer noch nicht klar, warum diese Kriegsschiffe Ihre Schiffe nicht einfach angreifen und sie damit zur Flucht zwingen.«

Wiseman grinste ihn an. »Weil es nicht nur eine Richtung gibt, in die wir die Flucht antreten können. Wir können beschleunigen und an ihnen vorbeifliegen. Das ist zwar riskant, aber es ist verdammt schwer, uns bei einem Vorbeiflug mit Höchstgeschwindigkeit zu erwischen. Und natürlich könnten die Kriegsschiffe uns verfolgen. Aber wenn eines meiner Shuttles in die entgegengesetzte Richtung davonfliegt, wird es diese Schiffe verdammt viel Mühe kosten, schnell genug zu drehen und wieder zu beschleunigen, wenn sie ein Shuttle einholen wollen. Wir wären schon längst mitten im Konvoi, bevor die mit einer Verfolgungsjagd überhaupt anfangen.«

Vic Reynolds, die neben Stark stand, nickte verstehend. »Mit anderen Worten: Die Kriegsschiffe könnten zwar mit einer gewissen Wahrscheinlichkeit siegen, aber sie ziehen die Gewissheit vor, nicht verlieren zu können.«

»Na ja, das ist schließlich ihr Job, nicht wahr? Natürlich würde es ihnen gefallen, meine Shuttles zu zerstören, aber diese Kriegsschiffe sind keine Jagdflieger. Also halten sie uns einfach auf Abstand und sorgen dafür, dass ich nicht in die Nähe der Versorgungsshuttles gelange, mit deren Schutz sie beauftragt sind. Allerdings haben sie sich so strikt an diese Vorgabe gehalten, dass sie die Shuttles aus den Augen verloren haben, mit denen wir ein Durcheinander aus Kämpfen und Störmanövern geschaffen haben.«

»Ganz, wie Sie gesagt haben.« Bei der Planung dieser Operation war Wiseman ganz von sich überzeugt gewesen. *Sie wollen den Feind ausrauben? Gut. Den Weg dorthin können Sie sich nicht freischießen. Seine Verteidigung werden Sie nur überwinden, wenn Sie ihn verwirren und täuschen. Sagen Sie mir, wann der Konvoi kommt, dann werde ich dem Feind einen Empfang bereiten, dass er nicht mehr weiß, wo vorn und wo hinten ist.*

»Dann glauben Sie, das Ablenkungsmanöver wird funktionieren?«

»Das werden wir bald wissen. Eines ist auf jeden Fall sicher: Wir haben hier oben einen solchen ›Lärm‹ veranstaltet, dass alles Geräuschlose kaum noch zu entdecken ist, bis es das Gebiet hier verlässt. Drücken Sie die Daumen.«

Aus dem Wirrwarr aus gegenseitigen Störmanövern und Trümmern sanken vier Versorgungsshuttles rasch hinab in Richtung Mondoberfläche und baten mit dringenden Funksprüchen darum, auf der ihrer Flugbahn am nächsten Landebahn Zuflucht suchen zu dürfen. Eines von Wisemans bewaffneten Shuttles machte einen Satz hin zu der Gruppe, zog sich aber gleich wieder zurück, als es von den feindlichen Systemen als Ziel erfasst wurde, die sofort in Bereitschaft gingen, um das Feuer zu eröffnen. Die Versorgungsshuttles sanken weiter der Oberfläche entgegen und wurden dabei von den Verteidigungsanlagen nicht aus den Augen gelassen, die genau mitverfolgten, wie die Schiffe hart abbremsten, um eine Notlandung hinzulegen.

Mondstaub trieb in leichten Schwaden über den Raumhafen, die nur wieder zu Boden sanken. Die Landebahnen wurden regelmäßig von Staub befreit, doch die winzigen Partikel sammelten sich immer wieder an. Zum Teil trieben sie durch das All, bis sie den Mond erreichten, zum Teil wurden sie durch die Aktivitäten der Menschen auf der Oberfläche aufgewirbelt. Vor dem massiven Schwarz der Schatten und dem grellen Weiß des Sonnenscheins hingen die grauen Schlieren wie ein leichter fahler Nebel im luftleeren Raum.

Jetzt störte eben dieser Nebel die Wahrnehmung der multispektralen Sensoren, die versuchten, das Shuttle zu identifizieren. »Unbekanntes Shuttle«, meldete sich jemand. »Nennen Sie Ihre Schiffs-Identnummer und die Landeplatzautorisierung.«

»Was?« Der Pilot des Versorgungsshuttles, der auf die Aufforderung reagierte, klang aufgeregt und verängstigt, als er hastig weiterredete: »Ich habe Sie nicht verstanden. Sagen Sie das bitte noch einmal. Und wer spricht da eigentlich?«

»Hier ist die Landebahnkontrolle. Ich benötige Ihre Schiffs-Identnummer. Nennen Sie sie mir umgehend. Wo war Ihre Landung vorgesehen?«

»Ähm, ich … ich glaube … äh … genau hier. Ja, hier auf dieser Landebahn. Hier sollten wir landen.«

»Negativ, Shuttle. Für heute sind hier keine Lieferungen vorgesehen. Identifizieren Sie sich und nennen Sie Ihren autorisierten Landeplatz, und zwar auf der Stelle.«

»Hier. Genau hier. Ich sag's Ihnen doch. Lieber Himmel, man hätte uns fast in kleine Stückchen zerfetzt. Wir haben es gerade noch geschafft, überhaupt heil zu landen. Und jetzt kommen Sie uns mit Ihrem bürokratischen Kram. Lassen Sie uns doch erst mal verschnaufen, verdammt noch mal. Wir möchten nur unsere Ladung abliefern und dann auch gleich wieder aus diesem Kriegsgebiet verschwinden! Wir wollen so schnell wie möglich zurück in den Erdorbit, wo wir in Sicherheit sind.«

»Shuttle, ohne Autorisierung werden Sie auf diesem Landeplatz keinerlei Fracht ausladen. Wir haben auch kein ausreichendes Gerät zur Hand, um Ihre Lieferung anzunehmen.«

»Nicht nötig, Kumpel. Unsere Fracht kann sich selbst von der Stelle bewegen. Wir fangen jetzt mit dem Entladen an.« Nur Augenblicke später stand die Frachtluke weit offen, und gepanzerte Gestalten verließen das Shuttle.

»Was ist da los? Wer sind diese Leute?«

»Unsere Fracht, Kumpel. Habe ich doch gesagt.«

»Wir haben keine … sind das Soldaten? Laden Sie etwa Soldaten aus?«

»Ja. Das ist unsere Fracht. Die sollen wir hier abliefern. So steht es auf meinem Flugplan.« Während der Pilot und der Landeplatzkontrolleur weiter diskutierten, stellten sich die Soldaten zu Paradeformationen auf und begannen den Landeplatz zu überqueren. Vor der toten grauen Weite der Landebahn wirkten diese Soldaten fast schon winzig und jedenfalls unbedeutend. Nahezu unbemerkt verließen hinter ihnen vier riesige schwarze Schemen die Shuttles.

»Ich habe hier keinen Hinweis darauf, dass irgendwelche Soldaten hier abgesetzt werden sollen! Schaffen Sie sie zurück in die Shuttles!«

»Kommt ja gar nicht infrage! Auf dem Weg hierher wäre ich beinahe getötet worden, und jetzt verlangen Sie von mir, dass ich die alle zurückbringe? Hören Sie, meine Befehle besagen, dass ich diese Militärtypen hier absetzen soll, damit sie … ähm … Wie war das noch? … Ach ja … Damit sie hier Sicherheitsaufgaben übernehmen. Haben Sie hier irgendwas Besonderes, das es wert ist, bewacht zu werden?«

»Wir haben große Mengen an Vorräten hier, die die Amerikaner für ihre Offensive gegen die rebellische Kolonie zwischenlagern. Aber niemand hat uns darüber informiert, dass wir … Was ist denn das?« Der Erste der riesigen Schemen kam mit einer majestätischen Drehung unter dem Shuttle zum Vorschein, das ihn ausgeladen hatte. Aufgrund der matten Oberfläche, die keinerlei Licht reflektierte, war nur schwer einzuschätzen, wie groß dieses gewaltige gepanzerte Fahrzeug tatsächlich war, das den Soldaten folgte und dabei die Landebahn überquerte. »Ist das etwas ein Panzer?«

»Ähm, ja, so steht es jedenfalls auf meinem Lieferauftrag.«

Schicken Sie ein paar von meinen Panzern mit, hatte Sergeant Lamont ihn gedrängt.

Das ist verrückt, war sein Ansinnen von Sergeant Reynolds zurückgewiesen worden. *Man nimmt keine Panzer mit, wenn man jemanden ausrauben will.*

Eben. Jeder weiß das, also rechnet auch niemand damit, richtig? Wie viele Panzerabwehrwaffen werden an einer so entlegenen Position wohl einsatzbereit sein? Höchst-

wahrscheinlich überhaupt keine. Und wenn Sie schon mit schweren Frachtshuttles da landen, kann auch jedes von ihnen einen von meinen Panzern mitnehmen. Das perfekte Überraschungsmoment. Ich möchte wetten, ich kann für jede Menge Chaos sorgen, bevor irgendjemand begreift, was überhaupt los ist.

Es könnte funktionieren, hatte Stark zugeben müssen. *Aber verrückt sind Sie trotzdem.*

Nein, ich bin Panzerfahrer.

»Lassen Sie sie anhalten! Sagen Sie den Panzern und den Soldaten, dass sie sofort anhalten sollen! Alle bleiben, wo sie sind. Ich muss das erst klären.«

»Hey«, mischte sich Sergeant Lamont aus dem vordersten Panzer ein. »Ich kann meine Panzer nicht einfach mitten auf der Landebahn abstellen.«

Stark, der über die Kommando- und Kontrollverbindung das Vorankommen des Gefährts mitverfolgte, schaltete seine Perspektive um, damit er das Geschehen aus der Sicht des Displays des Panzerführers betrachten konnte. Er sah, wie die Sensoren des gepanzerten Gefährts automatisch Verteidigungs- und Kommunikationspunkte rund um die Landebahn erkannten und markierten. Auch wenn Stark noch nie in einem Panzer gesessen hatte, kannte er dennoch diesen Blick auf die Außenwelt, war er doch oft genug in gepanzerten Truppentransportern unterwegs gewesen. Hier zog die Umgebung praktisch genauso sanft vorbei wie auf dem Monitor eines GTT.

»Meine Befehle besagen, dass ich meine Panzer um diese Landebahn herum aufstellen soll«, redete Lamont weiter.

»Solche Befehle sind mir nicht bekannt!«

»Tja, dann sollten Sie besser mit der Landebahnkontrolle Rücksprache nehmen.«

»Hier *ist* die Landebahnkontrolle!«

»Dann müssen Sie auch eine Kopie unserer Befehle vorliegen haben.«

»Derartige Befehle liegen hier aber nicht vor. Wer hat sie erteilt?«

»Die kommen von Ihrem Boss.«

»Von meinem …?« Der Kontrolleur zögerte kurz, während sich Lamonts Panzer zusammen mit der Infanterie weiter dem Rand der Landebahn näherten. »Wie lautet der Landeautoritätsautorisierungsbefehlscode?«

»Der Landeautoritätsautorisierungsbefehlscode?«

»Ja, der LAABC.«

»Hm, mal sehen … Wo finde ich den?«

»In der Befehlszeile! Wenn Ihr Militärpersonal nicht auf der Stelle stehenbleibt, dann … dann werde ich unsere Sicherheitsleute anweisen, dass sie Sie aufhalten sollen!«

»Hey, hey, immer mit der Ruhe.«

Stark sah Reynolds an, die trotz des angespannten Ausdrucks in ihren Augen ein bewunderndes Lächeln zustande brachte. »Lamont kann Zeit schinden wie kein Zweiter«, meinte Stark. »Aber er übertreibt es allmählich, Vic. Wir müssen das Feuer eröffnen, sonst kann es passieren, dass unsere Infanterie von den Verteidigungsanlagen rund um die Landebahn in Stücke geschossen wird.«

»Ja, du hast recht. Vor allem weil unsere Truppen so dicht an dicht marschieren, dass bis zum letzten Moment niemand für möglich halten wird, sie könnten angreifen. Sagen wir Lamont, dass er das Feuer eröffnen soll?«

»Ich will das eigentlich nicht, Vic. Der Soldat vor Ort sollte diese Entscheidung treffen. Das ist doch das, was wir immer wollten, richtig?«

»Dagegen lässt sich nur schwer etwas einwenden. Zu

viele Leute haben uns ständig jeden einzelnen Schritt vorgeschrieben, obwohl die hundert Klicks von der Front entfernt waren. Doch es ist schrecklich verlockend, alles von hier aus zu bestimmen.« Sie machte eine ausholende Geste hin zu den unzähligen Displays und Komm-Terminals, von denen aus bis vor Kurzem die Offiziere genau das getan hatten. »Diese Ausrüstung gibt einem allzu leicht das Gefühl, dass man sich mitten im Geschehen befindet.«

»Ja, nur ist eben das nicht der Fall. Also weiß man auch nicht annähernd so gut wie die Leute vor Ort, was genau da eigentlich los ist. Wir wollen keine idiotischen Befehle geben, durch die Menschen zu Tode kommen und Schlachten verloren werden. Das haben die Offiziere gemacht, deren Platz wir übernommen haben. Aber Lamont übertreibt es momentan. Es macht ihm zu großen Spaß, diesen Kontrolleur zu verwirren.«

»Das sehe ich auch so. Er ist zu sehr in das Spiel vertieft, das er mit dem Mann treibt. Jemand, der den Überblick über alles hat, muss ihn zügeln, Ethan.«

»Okay, ich verstehe schon. Dieser Jemand dürfte ich sein, wie? Ich schätze, das ist die passende Aufgabe für jemanden, der so weit von allem entfernt sitzt. Lamont, hier ist Stark.«

»Hey, Boss. Hier läuft es großartig.«

»Lamont, hören Sie auf, diesen Typen an der Nase herumzuführen. Eröffnen Sie das Feuer, sobald Sie bereit sind.«

»Sie meinen … jetzt sofort?«

»Ich denke zumindest an die allernächste Zeit. Den Feuerbefehl geben Sie. Aber lassen Sie nicht zu, dass er das Feuer vor Ihnen eröffnet, sonst reiße ich Ihnen höchstpersönlich den Kopf ab, sobald Sie wieder hier sind.«

»Ähm … alles klar. Dann halten Sie sich mal für ein Feuerwerk bereit.«

Es folgte noch ein wenig verbales Hin und Her mit der Landekontrolle, die immer frustrierter und ärgerlicher reagierte, was darauf hinwies, dass ihr Geduldsfaden nicht mehr lange durchhalten würde. »Stoppen Sie auf der Stelle sämtliche Truppenbewegungen, sonst rufe ich unsere Sicherheitsleute!«

»Augenblick. Haben Sie nicht vorhin gesagt, dass Sie den LAABC benötigen?«

»Jawohl, Sie Idiot!«

»Sieh an, ich habe Ihren LAABC gerade eben entdeckt, Kamerad. Hier kommt er.«

Stark sah auf seinem Display, wie sich Gefahrensymbole vom Panzer lösten, als dessen Hauptkanone sich in einer fließenden Bewegung zu drehen begann und gleichzeitig das Feuer eröffnete. Es folgte ein Augenblick schockierter Stille, dann traf das erste Geschoss das Hauptrelais für die Oberflächenkommunikation, und Stein- und Metallsplitter wirbelten in alle Richtungen davon. Auch die anderen Panzer fingen an zu schießen und zerlegten mit ihren Treffern die Verteidigungsanlagen der Landebahn, noch während die Verteidiger in hektischer Eile versuchten, die eigenen Waffen in Position zu bringen. Die aber waren so ausgelegt, dass sie Ziele am Himmel über ihnen erfassten, keine Bodentruppen, die auf der Landebahn unterwegs waren, und die Neuausrichtung dauerte.

Die geordneten Infanterieformationen lösten sich auf, die gepanzerten Soldaten liefen in alle Richtungen davon und wechselten in den Gefechtsmodus, um mit großem Geschick die verschiedenen Ziele zu erfassen und zu attackieren. Stark wechselte die Monitoranzeige, um sich Bilder anzusehen, die von Kameras im Helm einzelner Soldaten übertragen wurden. Er wählte die Ansicht aus dem Blickwinkel der Truppführerin, die mit ihren Leuten eine befestigte Verteidigungsanlage stürmte. Die Symbole auf dem Head-Up-Display der Gefechtsrüstung zeigten an, dass gepanzerte Gegner entdeckt worden waren, und gaben Hinweise, an welchen Stellen der Rüstung tödliche Treffer erzielt werden konnten. Der Trupp zog zügig weiter und stoppte nur kurzzeitig, um gezielte Schüsse abzugeben und Ziele auszuschalten.

Ich wünschte, ich könnte das jetzt auch machen, anstatt hier herumsitzen zu müssen. Ich wünschte, die anderen Unteroffiziere hätten irgendwen, nur nicht mich zum Anführer gewählt. Dann könnte ich jetzt immer noch Truppführer sein. Aber ich habe ja nun einen anderen Job zu erledigen.

Der Trupp, den Stark beobachtete, überrannte die Befestigung, was die Überbleibsel der feindlichen Waffencrew zur sofortigen Kapitulation veranlasste. Auf dem HUD der Truppführerin wurden nun auf den Oberflächen der Verteidigungsanlage die Stellen angezeigt, an denen Sprengladungen angebracht werden sollten. Der Trupp teilte sich in kleinere Teams auf, ein paar von ihnen bewachten die Gefangenen, andere verteilten die Sprengladungen.

Alles läuft reibungslos ab, ohne dass ich irgendetwas tun oder sagen muss. So sollte es eigentlich immer passieren. Ich habe genügend Erfahrung gesammelt, um zu wissen, dass Anführer immer dann am besten sind, wenn sie den Mund halten und ihre Leute machen lassen. Jedenfalls solange sie nichts Verkehrtes tun. Trotzdem ist das alles verdammt frustrierend.

Irgendetwas fehlte. Das machte Stark so zu schaffen, dass er automatisch in eine Ecke auf dem Display der Truppführerin sah, um nach etwas zu suchen, das dort aber nicht angezeigt wurde. Der Zeitplan. Der war so zur Routine geworden, dass er ihm tatsächlich im Augenblick fehlte, obwohl es sich dabei um den verhassten Ablaufplan handelte, der jeden einzelnen Soldaten zur Eile ermahnte, sobald der Zeitplan gefährdet war. Verantwortlich für die zeitlichen Vorgaben waren allerdings Planungsoffiziere, von denen wohl nie auch nur ein Einziger ein Schlachtfeld aus erster Hand gesehen hatte. Ein fröhliches Grün ließ den Soldaten wissen, dass alles nach Vorgabe lief. Die meisten Soldaten waren aber einen Gelbton gewöhnt, der nach Schattierung vorwurfsvoller wurde und zur Eile mahnte, wenn man nicht vom gelben in den orangefarbenen oder sogar in den roten Bereich geraten wollte. Für einen Soldaten im Gefecht war es äußerst irritierend, permanent daran erinnert zu werden, dass ihm die Zeit davonlief. Daher hatten Stark und sein improvisierter Stab sich dazu entschlossen, auf den Zeitplan zu verzichten und aufmerksam zu verfolgen, wie es ohne diese Vorgabe ablief. Bislang war die Welt davon noch nicht untergegangen.

»Ich sehe, dass alle primären Verteidigungsanlagen außer Betrieb sind«, meldete Lamont. »Was meinen Sie, Milheim?«

Sergeant Milheim, der die Bodentruppen des Vierten Bataillons auf der Landebahn befehligte, ließ sich einen Moment Zeit, ehe er antwortete: »Sieht so aus. Jedenfalls werden wir von niemandem beschossen.«

»Gut, dann wollen wir mal ein paar Dinge in die Luft jagen.«

»Einverstanden. Viertes Bataillon, platzieren Sie die Sprengladungen an den Stellen, die Ihnen Ihr taktisches System vorgibt. Halten Sie dabei aber immer Ausschau nach ungebetenen Besuchern.« Die Soldaten des Vierten

Bataillons verteilten sich noch großflächiger, um alle Stellen abzudecken, an denen sich den Angaben des taktischen Systems zufolge Waffen, Kommunikations- und Versorgungsanlagen befanden.

Stark veränderte den Bildausschnitt wieder und suchte auf dem Display nach Hinweisen auf eine Reaktion des Feindes. Jede Rüstung eines Soldaten, sämtliche Panzer und alle Shuttles waren mit einer Fülle von Sensoren ausgestattet, und was die wahrnahmen, wurde auf dem Display zusammengeführt, um ein Gesamtbild zu ergeben. Blaue Symbole standen für Starks Truppen und wimmelten wie Ameisen bei einem Picknick auf dem Display hin und her. Mehrere kleine Gruppen aus roten Symbolen verharrten reglos, eine zusätzliche Markierung wies sie als Gefangene aus. An verschiedenen Stellen rings um die Landebahn herum deuteten ein paar grüne Symbole auf mutmaßlich zivile Beschäftigte hin, die ihren Bewegungen nach zu urteilen um ihr Leben rannten. »Ich kann nichts sehen«, murmelte Stark kopfschüttelnd.

Reynolds betrachtete ebenfalls das Display. »Und das gefällt dir gar nicht.« Es war mehr eine Feststellung als eine Frage.

»Ganz und gar nicht. Irgendwo muss da noch irgendjemand oder irgendetwas sein, das der Verteidigung der Landebahn dient. Lamont!«

»Milheim!«

»Yo!«

»Roger.«

»Hören Sie, da draußen ist noch irgendwas. Seien Sie auf der Hut.«

»Ich sehe nichts«, erwiderte Milheim.

»Ich auch nicht. Wo kann sich also da unten eine schnelle

Eingreiftruppe aufhalten, die wir momentan nicht sehen können?«

»In einem der Lagerhäuser«, überlegte Lamont. »Da ist es angenehm warm, und man kann sich gut verstecken, bis man gebraucht wird. Was meinen Sie?«

Vic Reynolds nickte und antwortete ihm. »Kann gut sein, dass Sie recht haben. Da wären die Leute vor einer vorzeitigen Entdeckung und vor einem Angriff sicher.«

»Allerdings. Ich werde mit ein oder zwei Panzern hinfahren. Milheim, ich würde es zu schätzen wissen, wenn ein paar von Ihren Jungs und Mädels uns begleiten könnten.«

»Roger«, bestätigte Milheim. »Ich schicke die zwei Züge zu Ihnen, die Ihren Panzern am nächsten sind.«

Stark lehnte sich zurück und nickte zustimmend, während er zusah, wie die Befehle über das taktische Display huschten und verschiedene Einheiten auf der Landebahn sich daraufhin in Bewegung setzten. Nach kurzem Zögern wandte er sich an Reynolds. »Habe ich jetzt gerade etwas Dummes getan? Scheuche ich die Truppe auf, nur weil ich nervös bin?«

»Nein. Ethan, du könntest durchaus richtigliegen mit dem Gedanken, dass da irgendwo eine Eingreiftruppe auf der Lauer liegt. Könnte, nicht muss. Aber es ergibt schon Sinn. Außerdem sind Überlegungen genau das, was du an diesem Platz hier anstellen solltest. Du weißt, wie es in einem Gefecht zugeht. Zu viele Dinge ereignen sich in viel zu rascher Abfolge. Ich glaube, die Truppen wissen es zu schätzen, dass du dir die Gedanken machst, für die sie keine Zeit haben.«

»Vielleicht …«, begann Stark, doch der Rest seiner Erwiderung ging in einem Alarm unter, der auf dem Display zu blinken begann.

Dann jagten zwei gepanzerte Fahrzeuge aus einer Senke in der Nähe der Lagerhäuser auf die Landebahn und feuerten Geschosse von leichtem Kaliber ab. Hinter den Fahrzeugen tauchten einige Infanteriezüge auf, die in die gleiche Richtung liefen und dabei das Feuer eröffneten. Doch entgegen ihren Erwartungen trafen sie nicht auf eine weit verstreute Streitmacht, sondern stürmten geradewegs auf die Truppe zu, die eben von Lamont und Milheim losgeschickt worden war.

Die leichten Geschosse des Panzerwagens prallten wirkungslos von der dicken Hülle eines der Panzer ab. Der drehte seinen Turm herum und feuerte einen einzelnen Schuss ab. Das schwere Projektil traf den Wagen gleich unterhalb des Waffenturms und riss die gesamte Oberseite des Fahrzeugs ab, die auf einer dank der niedrigen Mondschwerkraft enorm langen und hohen Parabelbahn weggeschleudert wurde.

Das Trümmerteil des ersten Wagens wirbelte noch immer träge durch die Luftleere, da nahm der am nächsten befindliche Trupp von Milheims Infanterie bereits das Begleitfahrzeug unter Beschuss. Auf die kurze Distanz waren Infanteriewaffen durchaus in der Lage, die leichte Panzerung zu durchschlagen und das Gefährt zu durchsieben. Der Panzerwagen wurde von dem Sperrfeuer durchgeschüttelt, er hörte auf zu feuern und seine Kanone bewegte sich nicht länger. Das Gefährt ging zu Boden und rutschte eine weite Strecke über die Oberfläche, ehe es zum Stillstand kam. Aus dutzenden Löchern entwich Atmosphäre. Ein einzelnes überlebendes Crewmitglied kletterte nach draußen und hielt die Arme nach oben gestreckt.

Die überrumpelten feindlichen Bodentruppen konzentrierten ihren Beschuss auf Lamonts Panzer. *Keine sehr sinn-*

volle Entscheidung, überlegte Stark. *Aber wenn sie überhaupt eine Chance haben wollen, müssen sie erst einmal die Tanks so schnell wie möglich kampfunfähig machen.*

Nur würde ihnen das nicht gelingen, solange sie von Milheims Infanterie beschossen wurden. Eine einzelne Panzerabwehrgranate explodierte unmittelbar vor ihrem Ziel, gerade als der Panzer einen punktgenauen Treffer landete. Dann gingen die gegnerischen Panzerabwehrteams auch schon zu Boden, da Milheims Soldaten sie mit einer Salve nach der anderen unter Beschuss nahmen. Zu spät kam die feindliche Infanterie auf die Idee, sich auf ein anderes Ziel zu konzentrieren und sich die übrigen Bodentruppen vorzunehmen. In dem Moment begannen nämlich die Panzer, sie mit ihrer eigenen Sekundärbewaffnung niederzumähen. Ein paar vereinzelte Salven auf der Gegenseite verloren sich im Nichts, dann übermittelte der Feind die ersten Kapitulationsmeldungen, während Soldaten sich erhoben, die Waffen wegwarfen und die Hände hochnahmen.

»Commander Stark, wir haben hier ein Problem«, meldete sich Milheim.

»Was für ein Problem?«

»Ich habe hier gleich mehrere feindliche Züge, die sich alle ergeben.«

»Und wo ist das Problem?«

»Wollen wir die Leute haben?«

»Auf keinen Fall.« Die Frachtshuttles waren bereits voll ausgelastet, als sie gelandet waren, da brauchten sie nicht noch zusätzlichen hinderlichen Ballast.

»Dachte ich mir schon. Was fange ich mit ihnen an?«

Stark sah zu Vic, die sich in die Unterhaltung einschaltete: »Milheim, hier spricht Reynolds. Sagen Sie den feindlichen Soldaten, sie sollen ihre Waffen abgeben und dann das

Weite suchen. Jeder, der sich bei einem von beiden zu viel Zeit lässt, wird erschossen.«

»Roger ... oh Mann.«

»Was ist jetzt noch?«

»Ich höre gerade von einem meiner Trupps, dass hier auch ein paar amerikanische Techs sind. Private Unternehmer, würde ich sagen. Nehmen wir die mit?«

»Verbinden Sie mich mit diesem Trupp.« Stark wechselte den Kanal und schaltete auf die Kamera der Gefechtsrüstung eines anderen Soldaten um. Vor sich sah er nun zwei Gestalten in Oberflächenanzügen, die so leicht gepanzert waren, dass sich deren Schutz auf die Mondumgebung beschränkte. Irgendein buntes Unternehmenslogo prangte auf der linken Brust der Anzüge und wirkte neben dem Schwarz, Weiß und Grau der Mondoberfläche seltsam fehl am Platz. »Die sehen wie Zivs aus«, sagte er zu Reynolds. »Was meinst du? Möglicherweise wissen sie Dinge, die für uns von Nutzen sein könnten.«

»Möglicherweise. Aber vergiss nicht, Ethan, dass wir durchaus ein Shuttle verlieren könnten, wenn unsere Leute sich zurückziehen. Von diesen Zivilisten sollten wir dann besser niemanden an Bord haben, sonst gibt man uns die Schuld am Tod von Amerikanern. Amerikanischen Zivs, genauer gesagt, und du weißt, dass es das noch schlimmer machen würde. Bislang haben wir eine weiße Weste. Das sollte auch so bleiben.«

»Ja, gut erkannt, Vic. Milheim? Lassen Sie sie gehen. Und sagen Sie ihnen, sie sollen rennen, als wäre der Leibhaftige hinter ihnen her. Ich will keinen von denen in der Nähe wissen, wenn wir rund um die Landebahn alles in die Luft jagen.«

»Sie sind der Boss.«

»Hey!«, rief ein anderer Soldat auf dem Kommandokanal dazwischen. »Hier ist Corporal Yuin. Ich befinde mich bei diesem riesigen Schrotthaufen südöstlich der Landebahn. Hört unbedingt auf, in diese Richtung zu schießen!«

Stark tippte auf Yuins Symbol. »Was für ein Problem gibt es denn da, Corporal?«

»Das Problem ist, dass es sich bei diesem Schrott nicht um Schrott handelt, sondern um Munition, Sir! Tonnenweise Munition. Und bedeckt ist mit nichts als einer metallisch aussehenden Plane!«

»Das liegt da auf der Oberfläche rum? So gut wie ungeschützt? Himmel! Danke, Corporal.« Stark schaute sich in seiner Kommandozentrale um. »Gibt es hier irgendwo einen Gefechtsingenieur?«

Sergeant Tran, der seit dem Tod von Sergeant Tanaka für die Leitung der Zentrale verantwortlich war, drehte sich sofort um und zeigte auf eine Wachhabende, die bereits ihre Hand hob. Sie war von stämmiger, fast quadratischer Statur und erinnerte dadurch ein wenig an einen Bulldozer.

»Ich bin hier, Sir.«

»Wir haben da einen Berg Munition auf der Oberfläche liegen. Haben Sie das mitbekommen?«

»Jawohl, Sir.«

»Ist das so dumm, wie ich meine? Wird das Zeug nicht hochgehen, wenn da ein Mikrometeorit einschlägt?«

»Unwahrscheinlich, Sir. Die Sprengstoffe, die heute verwendet werden, sind sehr stabil. Die gehen womöglich hoch, wenn der Zünder genau im richtigen Winkel von einem kleinen Stein getroffen wird. Aber die verstärkte Plane, die sie drübergespannt haben, hält solchen Kleinkram ganz ab oder bremst ihn zumindest so sehr, dass die Gefahr einer Explosion deutlich reduziert wird. Ich selbst würde Munition nicht so lagern wollen, aber eine Weile kann man damit leben, falls man vorübergehend nicht genug Lagerplatz hat.«

Vic beugte sich vor und fragte: »Wie sollen wir denn die Munition sprengen, wenn der Sprengstoff so stabil ist?«

»Ach, das ist ganz einfach. Sie müssen nur die Sprengladungen anbringen. Die sorgen für den richtigen Knalleffekt, der den Zünder reagieren lässt. Und dann geht auch gleich das ganze Teil hoch.« Die Gefechtsingenieurin hielt kurz inne. »Ich möchte nicht in der Nähe sein, wenn da die Sprengladungen hochgehen. Das wird einen höllischen Knall geben.«

»Das glaube ich unbesehen«, stimmte Stark ihr zu. »Danke, Corporal. Milheim, sagen Sie Ihren Leuten, sie sollen ihre Sprengladungen irgendwo an dieser Munition befestigen und dann zusehen, dass sie so schnell wie möglich von da verschwinden. Lamont!«

»Yo.« Der Panzerfahrer schien sich bestens zu amüsieren.

»In dem Gebiet, das ich jetzt hervorhebe, liegt Munition offen herum. Sehen Sie's? Jeder größere Treffer könnte das gesamte Zeugs hochgehen lassen. Achten Sie darauf, dass Ihre Leute da keine schwere Munition reinwerfen. Wir wollen weit weg sein, bevor das alles in die Luft fliegt.«

»Das ist alles Munition? Roger! Ich habe jetzt das Gebiet für die Feuerkontrollsysteme aller Panzer gesperrt. Sollte jemand versuchen, die Sperre zu umgehen, dann befördere ich ihn höchstpersönlich durch meine Hauptkanone nach draußen.«

Stark schaute Reynolds an. »Die haben tonnenweise Munition einfach auf der Oberfläche zurückgelassen? Sind die verrückt?«

»Ich nehme an, dass die Lagerkapazitäten für Munition schon vor längerer Zeit erschöpft waren und es nirgendwo sonst Platz dafür gab.«

»Und wenn da ein großer Stein reinrast?«

»Ich vermute mal, sie hatten vor, große Steine mit den Verteidigungsanlagen rund um die Landebahn zu erwischen. Zumindest würde ein Treffer die Dinger von ihrer Flugbahn ablenken.«

»Ja, damit sie stattdessen irgendwelchen armen Infanteristen auf den Kopf fallen. Wo zum Teufel haben unsere ehemaligen Vorgesetzten so viel Munition aufbewahrt? Früher hat man uns immer was von Engpässen erzählt.«

Früher – das war die Zeit, als sie während des scheinbar endlosen Lunarkriegs die Befehle ihrer Offiziere befolgt hatten. Früher – das war die Zeit, bevor sie aufbegehrt und sich von einem System losgesagt hatten, das nie genug Geld für Munition und Ersatzteile gehabt hatte. Ein System, das anderseits aber nie ein Problem damit gehabt hatte, sie alle immer wieder irgendwo hinzuschicken, wo sie jede Patrone und jedes einzelne Ersatzteil mehr als dringend benötigten.

Vic zuckte mit den Schultern. »Ein Teil davon wird wohl die strategische Reserve sein. Unsere Meuterei liegt inzwischen so weit zurück, da werden sie außerdem die Munitionsproduktion längst wieder deutlich hochgefahren haben.«

»Kann gut sein. Aber sie haben doch immer behauptet, dass sie sich kaum Munition leisten können. Wie wollen sie das bezahlt haben?«

»Ethan? Wie lautet die Regel zum Thema Fragen?«

Trotz der herrschenden Anspannung konnte Stark lächeln. »›Stell nie eine Frage, von der du die Antwort eigentlich nicht wissen willst‹«, zitierte er voller Ironie. »Man

könnte meinen, ich wäre ein Rekrut an seinem ersten Tag.«
Er richtete den Blick wieder auf das Kampfgeschehen.
»Okay. Siehst du noch irgendwas, das Grund zur Sorge sein
sollte?«

Sie schüttelte den Kopf. »Du hast bislang sehr gut alle
potenziellen Probleme erkannt.«

»Mag sein, aber du bist im taktischen Denken immer
noch besser als ich.« Mit einem Nicken deutete er auf das
Display und die darauf verteilten Symbole. »Was würdest
du sagen?«

»Ich würde sagen, wenn wir jetzt angegriffen werden,
sind wir erledigt. Unsere Leute sind zu weit verstreut.«

»Das müssen sie auch sein, um zu allen Zielen zu gelangen, die wir zerstören wollen.«

»Ich weiß, aber … Ethan …« Vic zeigte auf ihr Display
und bewegte den Finger über eine Reihe von Gefahrensym-
bolen. »Wir werden in verstärktem Maß aus dem Gebiet der
Lagerhäuser beschossen. Und zwar gezielt.«

»Gezielt?« Also von Einheiten, die nicht in Panik geraten waren und sich da irgendwo versteckt hielten. »Jemand
von dieser Eingreiftruppe?«

»Nein, Verstärkung.«

»Wie kannst du dir da so sicher sein? Wenn wir uns zu
früh zurückziehen, können wir vielleicht nicht jedes Ziel
zerstören, das wir uns vorgenommen haben.«

Reynolds kniff die Augen leicht zusammen, während sie
hinsah, dann tippte sie erneut auf das Display. »An der Art,
wie diese erste Eingreiftruppe aufgetaucht ist, konnte man
merken, dass sie alles auf eine Karte gesetzt und gehofft hat,
mit einem schnellen Schlag etwas zu erreichen. Niemand
war da, um ihnen Feuerschutz zu geben, als wir zurück-
schlugen. Dieses gezielte Feuer stammt von jemand anders.

Und gleich hinter diesen Jungs könnte ebenso eine Kompanie wie ein ganzes Bataillon lauern. Der Hügelkamm da drüben schirmt jede Annäherung aus der Richtung vor unseren Sensoren ab. Also können wir nicht mit Sicherheit sagen, was uns dahinter erwartet.«

»Das wussten wir. Aber ...«

»Kein Aber, Ethan. Wenn du auf diesem Gelände unsere Leute angreifen wolltest, wie würde dann dein Plan aussehen, um bis zu ihnen zu gelangen?«

Stark schaute auf das Display, seine Miene wurde ernster. »Ja, richtig. Hinter dem Hügelkamm, der alles abschirmt, was sich auf der anderen Seite befindet. Lamonts Panzer und diese Infanteriekompanie sind noch immer da. Könnten die ein paar Minuten lang alles zurückhalten, was von da auf uns zukommen könnte?«

»Himmel, Ethan! Du weißt so gut wie ich, dass das davon abhängt, was da anrückt. Wenn ein ganzes Rudel Panzer oder Mech-Infanterie im Schutz eines Artilleriesperrfeuers über den Kamm vorrückt, dann ...«

»Ja, du hast recht.« Stark zwinkerte und schaute wieder auf sein Display, wobei er den Maßstab so veränderte, dass er auch das Gebiet um die Landebahn herum betrachten konnte. *Ich bin zu sehr davon fasziniert zuzusehen, wie Sachen zerschossen werden und der Feind davonrennt.* »Danke, Vic. Milheim, Lamont, es wird zu heiß bei euch.«

»Roger«, stimmte Milheim ihm zu. »Mir gefällt nicht, was sich da bei den Lagerhäusern abspielt. Wir haben fast alles erreicht, was wir uns vorgenommen hatten. Ich schlage vor, wir verschwinden von hier, so schnell wir können.«

»Für die verbleibenden Ziele reicht die Zeit noch«, hielt Lamont dagegen. »Wir halten das noch ein paar Minuten lang durch.«

Stark zögerte und wog ab, was er auf der einen Seite sah und empfand und was auf der anderen Seite seine Commander vor Ort zu sagen hatten. *Mein Gefühl sagt mir, was die richtige Antwort ist. Vielleicht bin ich ja nur übervorsichtig, aber ...* »Nein, die verbleibenden Ziele sind das Risiko nicht wert. Schaffen Sie Ihre Leute zurück zu den Shuttles. Es wird Zeit aufzubrechen.«

»Meine Panzer können den Rest übernehmen und als Nachhut ...«, begann Lamont.

»Negativ. Beginnen Sie jetzt den Rückzug.« Stark ließ detailliertere Anweisungen folgen, dann hielt er inne. *Ich habe ihnen gesagt, was sie tun sollen. Jetzt muss ich sehen, was sie tatsächlich tun, und ihnen Bescheid geben, wenn es Probleme gibt.*

»Jawohl, Sir. Jawohl, Sir. Wird alles nach Wunsch erledigt. Am besten vorgestern.«

Die verstreuten blauen Symbole kamen kurz zum Stillstand, als der Befehl einen Soldaten und ein Fahrzeug nach dem anderen erreichte. Dann machten sie kehrt in Richtung der Shuttles. Zurück blieben unzählige blinkende Warnsignale, die auf die an jedem nur irgendwie erreichbaren Ausrüstungsgegenstand befestigten Sprengladungen hinwiesen. Als die Amerikaner sich zurückzogen, wurde der Beschuss aus dem Gebiet der Lagerhäuser intensiver, um die zu den Shuttles eilenden Soldaten noch irgendwie zu erreichen. Schließlich schlugen die ersten schweren Geschosse auf dem Gelände ein, da der Feind letztlich zu der Erkenntnis gekommen war, dass es nun erforderlich war, die schweren Geschützbatterien zu bewegen. Normalerweise waren die auf die Bereiche vor den gegnerischen Gebieten ausgerichtet, nicht auf das eigene Terrain gleich hinter ihnen. »Milheim«, befahl Vic. »Feuern Sie auf diese Lagerhäuser, damit die Soldaten da drüben den Kopf einziehen müssen. Lamont, können Ihre Panzer irgendwas von der eingehenden Artillerie unschädlich machen?«

»Wenn der Winkel stimmt, ja«, bestätigte Lamont. »Aber mir geht so langsam die Munition aus.«

Stark rief den Munitionsstatus der Panzer auf und verzog missmutig die Mundwinkel, als er sah, wie viel sie bereits verschossen hatten. Einen Moment lang fragte er sich, wie die Chancen standen, sich bei dem riesigen Munitionsbestand gleich neben der Landebahn zu bedienen. Aber den Gedanken verwarf er gleich wieder. *Bei unserem Glück befindet sich das, was wir brauchen, mal wieder ganz unten. Aber ich möchte nicht, dass sich meine Leute durch diesen Berg wühlen, während der Feind sie bombardiert.* »Verstanden. Aber wenn ihr Affen euch nicht sofort auf den Weg macht, kann euch auch noch so viel Munition nicht mehr helfen.«

»Okay, wir schießen einfach weiter um uns, bis wir zurück in den Shuttles sind. Ich will doch hoffen, dass das die Matrosen nicht nervös macht.«

Stark grinste. *Diese Matrosen werden jetzt schon nervös sein, weil um sie herum Geschosse einschlagen.* »Wer hat ein Auge auf die Shuttles?«, rief er den Wachhabenden zu. »Wie sieht ihr Status aus?«

»Zum Start bereit«, meldete ein Private. »Keine Schäden, nur ein paar oberflächliche Kratzer von Schrapnellen.«

Rastlos wechselte Stark zum nächsten Scan. Der Beschuss aus dem Gebiet um die Lagerhäuser nahm beständig zu, aber bislang hatte es noch kein direktes Kanonenfeuer gegeben, das auf feindliche Panzer hingedeutet hätte. Weit konnten die aber nicht mehr sein. Blaue Symbole drängten sich um die Shuttles, da die Bodentruppen zu ihren Transportern zurückkehrten. Stark musste gegen den instinktiven

Impuls ankämpfen, den Soldaten zu befehlen, sich großflächig zu verteilen. Er wusste, dass sich diese Konzentration von Zielen gar nicht vermeiden ließ, wenn Milheims Infanterie sich so schnell wie möglich in die Shuttles zurückziehen sollte. Doch wenigstens schrumpfte die Ansammlung an Symbolen zusehends, als immer mehr Soldaten an Bord stürmten. Gleichzeitig stieg die Anzeige beständig an, die angab, wie viele Leute sich im Shuttle befanden.

Los! Los! Los! Macht, dass ihr da wegkommt!

»Da ist irgendwas los«, murmelte Vic. »Shuttle Bravo, warum geht es nicht voran?«

»An der Frachtwinde klemmt was«, meldete der Shuttlepilot. »Wir versuchen, das zu beseitigen.«

»Wie lange wird das dauern?«

»Keine Ahnung. Vielleicht fünf Sekunden, vielleicht fünf Minuten. Oder auch noch länger. Diese Ausrüstung macht es einem manchmal nicht leicht.«

Vic sah zu Stark, der nur den Kopf schüttelte. »Shuttle Bravo, vergessen Sie den Panzer. Holen Sie nur die Besatzung raus.«

»Roger. Ich werde den Panzer zurücklassen und sämtliches Personal an Bord holen.« Es war nicht erkennbar, ob der Pilot erleichtert war oder ob es ihn frustrierte, das gepanzerte Fahrzeug zurücklassen zu müssen.

Sergeant Lamonts Einstellung war in dieser Hinsicht wesentlich eindeutiger, da er verlangte: »Stark! Sie können nicht einfach einen von meinen Panzern aufgeben!«

»Wir haben keine andere Wahl«, machte Stark ihm klar. »Eine solche Verzögerung können wir uns nicht leisten.« Als sollten seine Worte unterstrichen werden, stürmten in diesem Moment feindliche Soldaten auf die Landebahn und unternahmen einen Versuch in letzter Minute, das eine oder andere Shuttle doch noch so weit zu beschädigen, dass es nicht mehr abhob. »Können Sie den Panzer vielleicht automatisiert auf den Gegner hetzen, damit unsere Leute noch eine Chance haben, an Bord zu gelangen?«

»Ja.« Lamont klang wie jemand, der eben einen guten Freund verloren hatte. »Gut, ich aktiviere die automatische Verteidigung und die Selbstzerstörungssequenz. Das wird für einiges Durcheinander sorgen, und dann lasse ich die Treibstoff- und Sauerstofftanks genauso wie den Munitionsbestand hochgehen. Tut mir leid, Junge.« Seine letzten Worte schienen dem verloren dastehenden Panzer zu gelten, der mit hoher Geschwindigkeit davonraste und Salven auf die vorrückenden Gegner abfeuerte.

Die letzten Infanteristen machten einen Satz in die Shuttles und feuerten ihre Waffen ab, bis die sich schließenden Luken die Schussbahn blockierten. »Alle Panzer gesichert!«

Augenblicke später machten die Shuttles einen Satz in die Höhe, verfolgt von Schüssen der Angreifer, die allesamt ins Leere gingen. Lamonts zurückgelassener Panzer entfesselte ein wütendes Sperrfeuer, geriet aber ins Stocken, als mehrere Panzerabwehrraketen in das leere Crewabteil einschlugen. Als sie einen Sekundenbruchteil später hochgingen, lösten sie eine Reihe von Explosionen aus, die den Panzer in kleine Schrapnelle zerrissen, die sich auf der Landebahn verteilten und ins All geschleudert wurden. Stark versuchte, lieber nicht darüber nachzudenken, wie wertvoll und unverzichtbar jede Waffe für seine Streitkräfte war, während er sah, dass die errechneten Flugbahnen einiger Trümmerteile steil nach oben wiesen. »Sieht so aus, als hätte Lamont es geschafft, einen seiner Panzer in den Mondorbit zu bringen«, meinte er und lachte schnaubend und angespannt.

»Zumindest einen Teil eines Panzers.« Vic warf einen

Blick auf die Zeitanzeige ihres Displays. »Die Trupps haben den Zündzeitpunkt für die überall angebrachten Sprengladungen auf Minimum eingestellt, damit der Feind keine Zeit mehr hat, um sie zu entschärfen. Jeden Moment werden von da unten noch viel mehr Trümmer aufsteigen.«

»Die Shuttles sind noch immer zu nah. Ich wünschte, wir hätten die Sprengladungen auf Befehl hochgehen lassen können.«

»So ein Signal lässt sich viel zu leicht stören«, betonte Reynolds. »Und Glasfaserkabel taugt nicht viel, wenn es die Sprengladung mit einem Shuttle verbindet, das mit maximaler Beschleunigung in den Orbit aufsteigt. Bereithalten.«

Sie hatte gerade ausgesprochen, da gingen die ersten von Milheims Truppen verteilten Sprengladungen hoch. Von einer Kamera am Heck eines des startenden Shuttles wurde ein Bild auf Starks Display übertragen, das ihm zeigte, wie ein Teil der Mondoberfläche herausgerissen wurde, als der Munitionsvorrat von einer raschen Folge kleinerer Detonationen erfasst wurde, die dann zu einer einzelnen gewaltigen Explosion verschmolzen. Helligkeit und Infrarotanzeige des Displays wurden sofort nach unten korrigiert, um mit dem grellen Lichtschein zurechtzukommen, der von dieser Explosion ausging. »Lieber Himmel«, flüsterte Vic. »Wie viel hatten die da gelagert?«

»Unmöglich zu sagen. Ich bin nur froh, dass ich nicht auf dieser Landebahn da stehe. Ich würde sagen, dass wir unsere Sprengladungen für eine andere Gelegenheit hätten aufheben können. Von dem Gelände da unten wird außer einem riesigen Krater kaum etwas übrig bleiben.«

»Vielleicht sollte man den Krater nach dir benennen.«

»Danke. Sind die Shuttles vor der Druckwelle und den Trümmern in Sicherheit?«

»Es wird eng werden«, meldete Sergeant Tran. »Es fliegt zu viel Müll umher, da lässt sich nicht jedes Teil verfolgen.«

»Die Shuttles entkommen immer noch mit maximaler Beschleunigung«, meldete der Private, der schon zuvor etwas gesagt hatte. »Aber sie befinden sich auf einem Kurs, der sie in die Feuerreichweite feindlicher Orbitalabwehrsysteme bringt.«

»Ich sehe feindliche und amerikanische Kriegsschiffe, die sich dem berechneten Kurs der Shuttles nähern«, ließ ein anderer Wachhabender verlauten.

Stark rieb sich über die Stirn und versuchte, gegen das Gefühl von Übelkeit anzukämpfen, von dem er plötzlich heimgesucht wurde. Jetzt folgt der schwierigste Teil: mit heiler Haut da rauszukommen. »Wo ist Wiseman mit ihren bewaffneten Shuttles?«

»Auf Abfangkurs zu den Kriegsschiffen.«

»Ist sie verrückt?«

»Nein«, gab Vic zurück. »Sie zieht lediglich die andere Täuschung durch, Ethan. Sie lässt die Kriegsschiffe und den Feind insgesamt glauben, dass diese Shuttles einer suborbitalen Route folgen werden, die sie hierher zurückbringt.«

»Ja, klar. Und wann ändern unsere Shuttles …« Weiter kam Stark nicht, da in dieser Sekunde die Beschleunigungsvektoren der Frachtshuttles umschwenkten. Steuerdüsen drückten das Heck der Raumfahrzeuge hoch zum schwarzen Himmel, sodass die Nase auf den toten Mond darunter zeigte. »Okay, Artillerie in Bereitschaft halten.« Er sah nach den bewaffneten Shuttles und beobachtete, wie sie genauso zügig ihren Kurs so änderten, dass sie ebenfalls mit dem Bug zur Mondoberfläche hin ausgerichtet waren. Die Displays aktualisierten kontinuierlich die Flugbahnen der Raumfahrzeuge, und die errechneten Kurse ergaben, dass beide

Shuttle-Gruppen an einem späteren Punkt zusammentreffen würden. Wisemans bewaffnete Shuttles beschrieben einen Bogen über die amerikanische Enklave hin zur Front des Gegners, während die fliehenden Frachtshuttles aus der entgegengesetzten Richtung kommend auf die gleiche Position zuhielten.

»Ich will nur hoffen, dass das funktioniert«, murmelte Vic.

»Da sind wir schon zu zweit. Artillerie! Sergeant Grace? Führen Sie die vorbereitete Feuerlösung Bravo Foxtrot durch.«

»Roger. Führe die vorbereitete Feuerlösung Bravo Foxtrot durch.« Hinter der Front befand sich die schwere Artillerie in eigenen Bunkern; wahre Monster, die so ausgelegt waren, dass sie Projektile über sehr große Distanzen verschießen konnten. Auf dem Mond enthielten diese Geschosse dank der im Vergleich zur Erde erheblich geringeren Schwerkraft weitaus weniger Treibstoff und dafür eine umso größere Sprengladung. Während Stark zusah, leuchteten Gefahrensymbole an diesen Artilleriepositionen auf und bewegten sich auf den Punkt zu, an dem die Shuttles aufeinandertreffen sollten.

»Wissen Sie«, merkte Sergeant Tran an. »Wäre ich einer dieser feindlichen Soldaten und würde mich genau an der Stelle dort aufhalten, dann wär ich jetzt doch sehr verwundert, was denn da auf mich zukommt.«

»So soll es ja auch sein«, entgegnete Stark. »Wiseman, wie sieht's bei Ihnen aus?«

»Halten Sie mir bloß diese Kriegsschiffe vom Hals.« Wegen der Beschleunigung des Shuttles war ihr Gesicht ungewohnt platt. Auf dem Display näherten sich die feindlichen Kriegsschiffe dem Randbereich dessen, was von den

Orbitalabwehrwaffen der Kolonie abgedeckt war. Ein paar Gefahrensymbole lösten sich von den Kriegsschiffen, der verzweifelte Versuch, einen als unmöglich geltenden Treffer vielleicht doch noch landen zu können. »Nur damit das klar ist«, fügte Wiseman hinzu. »Es ist mir absolut zuwider, mich der Oberfläche eines Planeten oder eines Mondes zu nähern und dabei auch noch zu beschleunigen. Ist das klar?«

»Ich nehme an, dass Sie vorhaben, das Shuttle hochzuziehen, bevor Sie aufschlagen, oder?«

»Vorausgesetzt, dass alles einwandfrei funktioniert. Falls nicht, werde ich wirklich stinksauer sein.«

Und wirklich tot, fügte Stark in Gedanken an und überprüfte die aufeinander zulaufenden Flugbahnen der Frachtshuttles, der bewaffneten Shuttles und der Artillerie. Okay, die Artillerie trifft als Erstes ein. *Damit sind die Verteidigungseinrichtungen in dem Gebiet erst einmal beschäftigt, während Wisemans Shuttles von vorn und die Frachtshuttles von hinten dazukommen. Jede ordentlich arbeitende Verteidigung sollte sofort das Feuer auf Wisemans Shuttle eröffnen, weil die ein sich näherndes Ziel darstellen. Den Frachtshuttles sollte sie nur wenig Beachtung schenken, weil es sich um Shuttles auf der Flucht handelt. Wollen wir hoffen, dass kein Verteidiger noch rechtzeitig auf manuelle Zielerfassung umschaltet, weil er durchschaut, dass wir es genau darauf anlegen. Diese Frachtshuttles haben nicht einmal halb so gute Überlebenschancen wie Wisemans bewaffnete Shuttles.* »Drück die Daumen, Vic.«

»Mache ich, und die Zehen ebenfalls«, versicherte sie ihm.

Die feindlichen Verteidigungsanlagen begannen Salven zu feuern, um die sich nähernde Artillerie abzuwehren. Doch Starks Sperrfeuer war zu gewaltig, als dass man es hätte aufhalten können. Selbst hatte er oft genug Artilleriebeschuss über sich ergehen lassen müssen, daher wusste er genau, was geschehen würde, wenn diese großen Geschosse hinter der feindlichen Linie einschlugen. Ungeschützte Sensoren und Waffen wurden dann abgeschirmt, so gut es ging, und die Truppen würden den Kopf einziehen. Im Fall von Soldaten in Bunkern hatte dieser Reflex etwas fast Irrationales. Ein Projektil, das sich bis in den Untergrund bohren konnte, bedeutete für jeden Insassen den Tod, ob er nun aufrecht dastand oder sich irgendwo hingekauert hatte. Aber manchmal sorgten selbst irrationale Reflexe dafür, dass man sich ein wenig besser fühlte und etwas gelassener mit dem Gedanken umging, dass um einen herum tonnenweise Sprengstoff hochging.

Wisemans bewaffnete Shuttles vollzogen wieder Flugmanöver und gaben alles, um den todbringenden Sturzflug in Richtung Oberfläche abzuwenden und genau über die feindliche Linie hinwegzurasen. Auch die Frachtshuttles änderten ihren Kurs und wichen unter dem Schub der Steuerdüsen in alle Richtungen aus, soweit ihre Vorwärtsbeschleunigung das zuließ.

Die Symbole liefen kontinuierlich aufeinander zu. Stark vermied es, Bilder der feindlichen Positionen aufzurufen, die den Einschlag der Artillerie zeigten. Das hatte er tausendmal und mehr selbst erlebt, und ihm konnte der Gedanke keine Freude bereiten, dass da Soldaten kauerten und ein Bombardement über sich ergehen ließen. Auch Wisemans bewaffnete Shuttles eröffneten das Feuer und setzten zudem Störmanöver ein, als eine kleine Gruppe aus feindlichen Verteidigern die schnell vorbeiziehenden Ziele zu erfassen versuchte. In letzter Sekunde nahmen sich eine Reihe von Geschossen die Frachtshuttles zum Ziel, als die in entgegengesetzter Richtung an Wisemans bewaffneten Shuttles vorbeijagten. Fast sofort zündeten die erneut ihre Steuerdüsen und schalteten den Hauptantrieb dazu, um bei höchsten, gerade noch erträglichen Gravitationswerten in einer engen Kurve so schnell wie möglich zu den amerikanischen Verteidigungsanlagen zurückzukehren.

Stark wurde bewusst, dass er bis gerade eben gebannt die Luft angehalten hatte, und er atmete tief durch, während die Symbole der Frachtshuttles sich weiter der amerikanischen Verteidigungslinie näherten. *Verdammt. Haben wir es geschafft? Haben wir unsere Leute unversehrt da rausgeholt?*

»Wir wurden getroffen«, gab ein Wachhabender bekannt, als eine Sirene ertönte. »Shuttle Alpha.«

»Wie schlimm?«

»Hüllenriss, Stabilisierungssysteme ausgefallen. Unkontrolliertes Trudeln. Das Shuttle ist dicht über der Oberfläche und hat keinen Platz zum Manövrieren.«

»Oh Mann.« Erschrocken rief Stark ein Vid des Shuttles auf und zuckte unwillkürlich zusammen, als er wild umherwirbelnde Bilder zu sehen bekam. Die Wucht des Einschlags und sekundäre Explosionen an Bord hatten das Shuttle aus seiner ruhigen Flugbahn gebracht. Vor der Kamera wechselten sich Bilder der Mondoberfläche mit ihren grauen und weißen Felsbrocken mit denen von der sternenübersäten Schwärze des Alls ab.

»Gutierrez!«, funkte Chief Petty Officer Wiseman den Shuttlepiloten an. »Sie sind zu tief, die Automatik kann das fliegende Schwein so nicht stabilisieren! Das müssen Sie manuell erledigen!«

»R-Roger«, antwortete Gutierrez mit zitternder Stimme, da sein Körper permanent in dem Geschirr hin und her geschleudert wurde, das ihn in seinen Sitz drückte.

Stark stutzte, als Vic gezielt die Vid-Verbindung beendete und auf einen anderen Kanal umschaltete. Jetzt sah er das Shuttle von außen, als es von den Sensoren am Boden erfasst wurde, während es sich unablässig um sich selbst drehte. Wie zufällig auftretende Flammen an der Hülle kennzeichneten das Feuern der Stabilisierungsdüsen des Shuttles, während Gutierrez rein nach Gefühl die Drehbewegung abzubremsen versuchte.

»Funktioniert das?«, fragte Vic.

»Kann ich nicht sagen. Warte noch.« Ein heftiger Ausstoß aus zwei Stabilisatoren ließ das Shuttle erzittern, doch dann wich das unkontrollierte Trudeln einem grob kreiselnden Flug, bei dem die Nase des Shuttles einen weiten Kreis zog. »Das ist ein verdammt guter Pilot.«

»Ja, aber er kann das Shuttle nicht retten. Es fliegt zu tief und bewegt sich zu schnell vorwärts. Wenn es auf ein …« Ehe Reynolds ihren Satz beenden konnte, wurden die vorderen Steuerdüsen erneut gezündet, um die Nase nach oben und damit über die Vertikale zu bewegen, sodass die Hauptantriebseinheit nach vorn zeigte. Dann erwachte der Hauptantrieb brüllend zum Leben und wirbelte Staub von der Mondoberfläche hoch, über die das Shuttle gerade knapp hinwegflog. Das Gefährt wurde langsamer und erzitterte unter den Kräften, die durch das Bremsmanöver auf es einwirkten, während die felsige Landschaft darunter noch ein Stück näher rückte. Nur einen Augenblick später schlug das Shuttle mit einer Seite auf der Oberfläche auf, prallte ab und geriet abermals außer Kontrolle. »Gutierrez!«, rief Wiseman. »Sie haben getan, was Sie konnten! Steigen Sie aus! Schaffen Sie Ihre Crew aus dem Ding!«

»Nein, ich habe Passagiere an Bord! Ich kann immer noch …«

Die Stimme des Piloten verstummte, als das Shuttle härter als zuvor erneut auf der Mondoberfläche aufschlug und diesmal nicht wieder hochgeschleudert wurde. Das Fahrzeug rutschte über die schroffe Landschaft, prallte von größeren Felsen ab und flog mit einem kleinen Satz über eine Unebenheit hinweg. »Sanitäter!«, rief Sergeant Tran prompt ins Komm. »Schicken Sie so schnell wie möglich ein Einsatzteam zur Unglücksstelle!«

»Sind schon unterwegs«, meldete sich die medizinische Abteilung gleich darauf.

Tran zeigte auf das Display. »Vier Ambulanzen. Ich schicke gleich noch mehr hin.«

»Gut«, erwiderte Stark, der sich über das leichte Zittern in seiner Stimme ärgerte. »Gut«, wiederholte er etwas ruhiger. »Gut, dass Sie daran gedacht haben, das medizinische Team in Rufbereitschaft zu versetzen. Vic, ist mit den anderen alles in Ordnung?«

Sie kaute auf ihrer Unterlippe herum, während ihr Blick über das Display wanderte. Schließlich nickte sie. »Sieht ganz so aus. Die anderen Shuttles bremsen für den Landeanflug. Wiseman ist mit ihren Shuttles ebenfalls hierher unterwegs. Willst du zur Unglücksstelle fahren?«

»Ja.« Einmal mehr hatte sie seine Gedanken gelesen, oder aber sie kannte ihn bloß viel besser als jeder andere. »Gibst du meinem Kommando-GTT Bescheid?«

»Die werden schon auf dich warten.«

Diesmal rannte Stark durch die Korridore, ohne einen Gedanken daran zu verschwenden, welchen Eindruck er damit vielleicht machte. Die Nachricht vom Absturz hatte sich längst mit jener unvorstellbaren Geschwindigkeit herumgesprochen, die für schlechte Neuigkeiten üblich war. Deshalb wunderte es auch niemanden, dass er so zum Zugang zum GTT rannte. Dort angekommen zog er sich in den Kommandosessel und legte die Gurte an. »Sie wissen, wo die Absturzstelle ist?«, fragte er.

»Jawohl, Sir.«

»Dann bringen Sie mich hin, aber schnell!«

»Jawohl.« Dann verstummte der Fahrer, um sich ganz auf das Steuern des GTTs zu konzentrieren, der sich in diesem Moment in Bewegung setzte. Stark saß stumm da. Seine Augen hielt er abgewandt von dem Display, auf dem jetzt zu sehen war, wie die anderen Frachtshuttles auf der Landebahn der amerikanischen Kolonie aufsetzten. Wisemans bewaffnete Shuttles bremsten unterdes noch ab, hatten sich aber schon in den Schutz der Oberflächenverteidigung der Kolonie zurückgezogen. Er versuchte, nicht zu denken und sich keine Sorgen zu machen, da er wusste, dass weder Überlegungen noch Spekulationen den Soldaten und Besatzungsmitgliedern jetzt noch helfen konnte, nachdem das Shuttle abgestürzt war. Schließlich ließ er sich aber doch noch zu einem ebenso kurzen wie heftigen Stoßgebet hinreißen.

Der GTT hielt in der Nähe der Ambulanzen an, die sich an der Absturzstelle drängten. Stark überprüfte die Verschlüsse seiner Gefechtsrüstung, dann öffnete er die Luke des Fahrzeugs und zog sich nach draußen auf die Oberfläche des Mondes.

So wie jedes Mal kam es ihm vor, als würde die Zeit mit einem Mal langsamer vergehen. Behutsam sank Stark zu Boden und landete sanft auf der Mondoberfläche, womit er schwache graue Staubwolken aufsteigen ließ. An dieser Stelle war die Landschaft vorwiegend mit kleinen Steinen übersät, hier und da standen ein paar größere Findlinge, die genauso schroff und zerklüftet aussahen wie an dem Tag, an dem sie hier entstanden waren. Hier gab es keinerlei glättende Erosion, die die Umweltbedingungen auf der Erde mit sich brachten.

Personen bewegten sich zwischen dem Wrack und den Ambulanzen hin und her, wobei die geringe Schwerkraft ihren Schritten etwas Anmutiges verlieh. Starks HUD kennzeichnete die Leute automatisch als Rettungspersonal, als einfache Infanteristen oder als Verletzte. Die Sanitäter waren ohne Mühe zu erkennen, denn im Gegensatz zu den Infanteristen in ihren Gefechtsrüstungen trug das medizinische Personal leichtere, dünnere Anzüge, die es ihnen einfacher machte, die Verletzten in ihren Rüstungen zu behandeln. Eigentlich benötigten Sanitäter ohnehin keine Rüstung, immerhin sollte ja niemand auf sie schießen. Manchmal hielt sich ein Gegner sogar tatsächlich an diese Vorschrift. Meistens jedoch waren die Sanitäter auch noch damit beschäftigt, sich nicht treffen zu lassen, während sie Opfer behandelten.

An einer Seite war ein kleiner Haufen gepanzerter Leiber mit jenem hässlichen Symbol versehen, mit dem Tote gekennzeichnet wurden.

Stark ging weiter und versuchte, die Rettungs- und Bergungsmaßnahmen zu unterstützen, ohne dabei den Leuten in die Quere zu kommen, die auch ohne seine Hilfe zurechtkamen. »Doktor Asad? Haben Sie hier die Leitung?«

Die Gestalt, die von seinem HUD als Asad gekennzeichnet worden war, drehte sich ein Stück weit zu Stark um und nickte ihm zu. »Das ist richtig.«

»Wie schlimm ist es?«

In einem Schutzanzug war es eigentlich unmöglich, mit den Schultern zu zucken, und doch gelang es Asad, diese Geste anzudeuten. »Es könnte schlimmer sein. Sie sehen ja die Toten da drüben. Viele sind es nicht. Eigentlich sogar sehr wenige, wenn man bedenkt, wie es das Shuttle zerfetzt hat. Die anderen haben eigentlich nur das Übliche: Schrammen, Prellungen, Knochenbrüche und so weiter. Keine große Sache, sie alle zu verarzten.«

Stark sah wieder zu den Toten, und diesmal zählte er sie auch. Anschließend betrachtete er das ramponierte Shuttle. *Nur fünf. Wirklich nur wenige. Das grenzt schon an ein verdammtes Wunder.* »Das ist ja erstaunlich.«

»M-hm. Ich schätze, das ist dem Piloten und der Crew zu verdanken. Die müssen die Geschwindigkeit dieses Ungetüms noch drastisch reduziert haben, bevor nichts mehr ging.«

»Wo sind die Leute?« Stark schaute sich um und suchte auf seinem HUD vergeblich nach jemandem, der als Crewmitglied gekennzeichnet war. »Die Shuttlebesatzung meine ich.«

»Wo die sind?« Wieder reagierte Asad mit einem Nicken, diesmal in Richtung des Shuttles. »Da drin. Das Shuttle ist auf dem Crewabteil gelandet. Diese Toten konnten wir bislang noch nicht rausholen, dafür nimmt uns die Versorgung der Lebenden zu sehr in Anspruch. Es könnte auch gut der Fall sein, dass wir Ingenieure brauchen, um den Zugang zu öffnen.« Er hielt kurz inne. »Ich schätze, ihnen ist keine Zeit mehr geblieben, um das Crewabteil herauszusprengen. Zu schade.«

»Sie hatten die Chance dazu, Doc. Sie hätten das Abteil raussprengen können.«

»Und warum haben sie das nicht gemacht?«

»Weil sie lieber alles versucht haben, um die Passagiere zu retten.«

Sekundenlang stand Dr. Asad starr und stumm da. »Das

ist ihnen auch gelungen. Ich werde die Leute da rausschaffen, Sergeant Stark, werde mich um sie kümmern. Versprochen.«

»Danke. Brauchen Sie sonst noch irgendetwas? Mehr Leute, mehr Ausrüstung, weitere Transporter?«

»Haben Sie irgendwas, um die Soldaten abzuholen, die allein gehen können?«

Stark warf einen prüfenden Blick auf sein Kommandodisplay, dann antwortete er. »Ja, habe ich. Es sind noch mehr GTTs auf dem Weg hierher. Die müssten in ein paar Minuten hier sein.«

»Dann haben wir alles, was wir brauchen. Jeder, der Hilfe braucht, hat Hilfe bekommen.«

»Dann bleibt für mich wohl nichts mehr zu tun. Gute Arbeit, was die Versorgung der Verletzten angeht. Danke, und richten Sie bitte auch Ihren Leuten meinen Dank aus. Auch im Namen aller Infanteristen.«

Wieder zuckte Asad mit den Schultern, so unmöglich das eigentlich auch war. »Das ist unser Job. Aber ich werde es meinen Leuten sagen. Es schadet nie zu wissen, dass die geleistete Arbeit von jemandem geschätzt wird.«

Langsam kehrte Stark zu seinem GTT zurück und warf einen letzten Blick auf das Wrack des Shuttles. *Gutierrez. Und Ihre ganze verdammte Crew. Danke, dass Sie diese Soldaten gerettet haben. Ich werde dafür sorgen, dass man Sie nicht vergessen wird.* Er zog sich in den GTT hinein, versiegelte die Luke und legte seine Gurte an, wobei er sich mit jener Trägheit bewegte, die entweder von hohem Alter oder großer Verantwortung zeugte.

Der Besprechungsraum, der groß genug war, um die offizielle Planungshierarchie zu beherbergen, bot Starks kleiner Gruppe allen Platz für die Nachbesprechung der

Operation, den sich irgendjemand nur wünschen konnte. Sergeant Tanaka hatte Stark von der alten Routine dieser Besprechungen erzählt, bevor sie bei dem fehlgeschlagenen Überfall auf Starks Hauptquartier umgekommen war. Die Generäle hatten dabei die besten Plätze inne, an ihrer Seite die Seniorplaner, unterstützt von den Planungsassistenten, denen wiederum die Juniorplaner zur Seite standen. An der Wand standen die Einsatzoffiziere, deren Aufgabe es war, tatsächliche Arbeiten zu erledigen, sollte so etwas erforderlich werden. Vor jedem Offizier am Besprechungstisch befand sich ein Display, das jederzeit Zugriff auf jeden beliebigen Teil des gewaltigen Operationsplans erlaubte, der hier gemeinsam entwickelt wurde. Die Pläne setzten sich zusammen aus Anhängen, Appendizes, Anhängen zu Appendizes, Untersektionen, Unteruntersektionen sowie den allseits beliebten ergänzenden Erläuterungen zu allem und jedem. »Einmal haben sie versucht, einen dieser O-Pläne auszudrucken«, hatte Tanaka berichtet. »Irgendein General wollte das so. Lange bevor der Ausdruck fertig war, war das Papier bereits aufgebraucht.«

»Hatten Sie so wenig Papier?«, hatte Stark gefragt.

»Ganz im Gegenteil. Wir hatten jede Menge Papier. Nur reichte selbst das nicht für den O-Plan. Ich habe gehört, dass O-Pläne früher ein Stück dünner ausfielen, bevor man ganz auf Papier verzichtete. Inzwischen kopiert jeder den Plan auf seine Festplatte und ergänzt noch etwas. Vermutlich reichen diese Notizen bis zurück in die Zeit der Revolution, als wir gegen die Briten gekämpft haben. Wer kann das schon wissen? Kein Mensch vermag heute noch diese Sachen zu lesen, und ich glaube auch nicht, dass es überhaupt jemand versucht.«

Stark verdrängte die Erinnerung an Tanaka – nur ein

weiteres Gesicht, das aus seiner Welt verschwunden war – und konzentrierte sich auf das Hier und Jetzt, wobei er auf das Bild des Lexington-Sektors deutete, das über der Tischplatte in der Luft hing. »Okay, ihr Affen. Was ist richtig gelaufen, und wo haben wir Fehler gemacht?«

Vic zeigte mit einem Finger bedächtig auf den Bogen aus leichten Bodenerhebungen, der mit Defensivsymbolen übersät war und die gegnerische Front darstellte. »Wir haben unsere Streitkräfte da reinbekommen und sie auch wieder rausgeholt. Das ist ein großes Plus.«

»Ja, aber es hat uns trotz allem ein Shuttle gekostet, und viele haben wir davon nicht zur Verfügung. Gordo?« Stark konzentrierte sich auf seinen Versorgungsoffizier Sergeant Gordasa. »Gab es irgendwelche Erfolge dabei, auf dem Schwarzmarkt weitere Shuttles einzukaufen?«

Gordasa schüttelte den Kopf. »Erst mal viel zu teuer. Aber noch wichtiger ist, dass überall verdammt aufgepasst wird. Niemand hat eine Ahnung, wie er uns so was beschaffen soll, ohne erwischt zu werden.« Er lächelte flüchtig. »Hätten Sie die gesamte Munition mitgebracht, statt sie in die Luft zu jagen, wäre ich vielleicht in der Lage gewesen, sie gegen ein Shuttle zu tauschen.«

»Tut mir leid, Gordo, aber wir waren zu beschäftigt, als dass wir erst noch eine Gruppe für den Arbeitseinsatz hätten bilden können.« Er wandte sich an Sergeant Tran. »Da wir schon von dieser Munition reden … gibt es irgendwelche Probleme mit dem ganzen Zeugs, das ins All geschleudert wurde? Könnten wir von irgendwas getroffen werden, wenn das aus dem Orbit zurückkehrt?«

»Nein«, antwortete Tran. »Es war eine Explosion an der Oberfläche, darum stammen die meisten Trümmer, die hochgewirbelt wurden, von der Munition selbst. Und die wurde bei diesen Detonationen in ziemlich kleine Stücke gerissen. Da gibt's zwar sehr viel von, aber die sind eben auch sehr klein, jedenfalls nichts, womit unsere Anlagen auf der Oberfläche nicht zurechtkämen. Die sind alle so konstruiert, dass sie kleinere Einschläge gut wegstecken.«

»Okay. Stacey.« Sicherheitsoffizierin Sergeant Yurivan saß in ihrem Sessel nach hinten gelehnt, als wäre sie in einen Halbschlaf gesunken. Sie machte ein Auge auf und sah zu Stark. »Irgendwelche Reaktionen von zu Hause?«

Yurivan gähnte. »Nichts. Aber natürlich werden die Jungs ganz oben daheim niemandem ein Wort davon erzählen. Es kursieren zwar alle möglichen Gerüchte wegen der Explosion, weil man die einfach nicht geheim halten kann, war sie doch von der Erde aus zu sehen, aber offiziell ist die Ursache noch unbestimmt.«

»Und was glaubt die Regierung«, warf Reynolds schnaubend ein, »wie lange sie in der Sache mauern kann?«

»Wenn sie dumm genug sind, werden sie wohl glauben, dass das noch lange Zeit gut geht. Oder sie schweigen sich einfach aus, bis sie sich uns vorgeknöpft haben, und danach bleibt das Ganze als streng geheim so lange weggeschlossen, bis unsere Sonne erloschen ist.« Stacey Yurivan grinste in die Runde. »Ach, ja, ich habe auch noch ein inoffizielles Dankeschön von einigen Ziv-Unternehmern bekommen, die Sie von der Landebahn haben entkommen lassen. Sie sagen, wir haben was gut bei ihnen. Könnte ganz praktisch sein, die als Freunde zu haben.«

»Könnte sein«, stimmte Stark ihr zu und wandte sich ihrer Platznachbarin zu. »Chief Wiseman, wie geht es Ihnen?«

Die Befehlshaberin seiner Navy verzog das Gesicht, dann winkte sie ab. »Mit geht's gut. Man verliert schon mal Leute, so was kommt vor.«

»Sie haben wirklich gute Leute verloren«, betonte Reynolds.

»Richtig«, pflichtete Stark ihr bei. »Ihre Matrosen haben sich alle hervorragend geschlagen, und diese Shuttlecrew … Tja, die hat weitaus mehr geleistet als das, was ihre Pflicht von ihnen verlangt hätte. Allen Ernstes. Ich habe ein Versprechen gegeben, Chief. Man wird sie nicht vergessen.«

Wiseman brachte ein schwaches Lächeln zustande. »Danke. Und falls es ein Trost ist, möchte ich wetten, dass viele Leute sich noch lange Zeit damit befassen werden, wie wir diese Shuttles eingesetzt haben. Wir haben damit ein neues Kapitel in Sachen Attacke geschrieben.«

»Gut.« Stark sah zu Sergeant Lamont, der untypisch schweigsam dasaß. »Ich schätze, Sie trauern immer noch diesem Panzer nach, den Sie verloren haben.«

Lamont spreizte die Hände. »Die sind eben meine Babys, Stark. Wir können übrigens den Panzer aus dem Wrack des Shuttles bergen. Aber der Verlust eines einzelnen guten schweren Panzers tut mir weh. Wir können keinen von denen ersetzen, wie Sie wissen.«

»Ich weiß. Es sei denn, Gordo kann auf dem Schwarzmarkt ein Shuttle auftreiben. Vielleicht kann er dann auch gleich noch einen Panzer an Bord schmuggeln.«

»Klar doch, warum nicht?«, murmelte Gordasa. »Von uns erwarten doch sowieso alle, dass wir das Unmögliche leisten. Kein Problem. Mit dummen Panzerfahrern haben wir doch ständig zu tun.«

Lamont musste grinsen. »Gordo, wenn sich erst mal herumspricht, wie diese Attacke abgelaufen ist, wird man meine Jungs und Mädels wie Helden verehren. Und für Sie wird es eine Ehre sein, unsere nächste Ersatzteilanforderung abzulehnen.«

Nach einem kurzen Lächeln sagte Stark: »Mendo.« Private Mendoza, der das Kinn auf beide Hände gestützt hatte, während er die anderen Anwesenden beobachtete, zuckte vor Erstaunen leicht zusammen. »Was glauben Sie? Wir haben einiges in die Luft gejagt und dem zuständigen feindlichen General den Tag, die Woche, den Monat, das Jahr verdorben. War es das insgesamt wert?«

»Ich denke, Commander Stark …« Einen Moment lang zögerte Mendo, dann spreizte er die Hände auf dem Display. »Das kommt darauf an. Es hängt von der Zielsetzung ab. Was wollten wir damit erreichen?«

»Wir wollten verhindern, dass uns jemand haut«, gab Yurivan zurück.

Stark überlegte, ob Mendoza sich von Stacey Yurivans Spott beeindrucken lassen würde, doch der schmale kleine Private schüttelte beharrlich den Kopf. »Das ist ein sehr eingeschränktes Ziel, auch wenn es seine Berechtigung hat. Aber ist das unser Ziel, Commander Stark? Und ist es ein kluges Ziel?«

»Warum sollte es kein kluges Ziel sein?«, hakte Stark nach.

Wieder machte Mendoza eine Pause und ordnete seine Gedanken. »Eine defensive Strategie kann funktionieren, aber sie erfordert Zeit. Zeit, um den Feind zu zermürben. Und sie erfordert einen Feind, der einen nicht in die Enge treiben und zu einer Entscheidungsschlacht zwingen kann.«

»Wir sind hier eingekreist«, warf Lamont ein.

»Ganz genau. Das Wesen einer Hinhaltestrategie ist es, die Entscheidungsschlacht zu vermeiden. Oft redet man von einer Fabianischen Strategie nach dem Feldherrn, der sie im Zweiten Punischen Krieg zwischen Römern und Karthagern erfolgreich gegen Hannibal einsetzte. Da die Römer jedes Mal verloren hatten, wenn es zu einem großen Kampf mit Hannibal gekommen war, weigerte sich der römische Konsul Fabius schlicht, sich auf eine Auseinandersetzung mit ihm einzulassen. Stattdessen zog er sich immer zurück, sobald eine Konfrontation anstand.«

»Und was hat diesen Hannibal davon abgehalten, Rom zu erobern, während Fabius mit seinem Rückzug beschäftigt war?«, wollte Reynolds wissen.

»Rom besaß befestigte Verteidigungsanlagen. Stadtmauern. Hannibal verfügte nicht über das nötige Kriegsgerät, um diese Mauern zu durchbrechen. Er konnte sich aber auch nicht vor den Toren der Stadt niederlassen, um dieses Gerät zu bauen, weil sich die römische Armee in seinem Rücken aufhielt. Daher konnte Hannibal nicht siegen, solange sich Fabius dem Kampf verweigerte. Schließlich war Hannibals Armee so demoralisiert, dass ihm nichts anderes übrig blieb als der Rückzug.«

»Interessanter Ansatz«, musste Stark zugeben. »Aber es klingt so, als hätte dieser Fabius sehr viel Zeit gehabt. Das könnte bei uns anders aussehen. Außerdem konnte er sich zurückziehen, wenn er nicht kämpfen wollte. Wir kommen hier nicht weg.«

»Richtig«, stimmte Mendoza ihm zu. »Wir müssen an diesem Ort sitzen und warten, während unsere Gegner ihre Streitkräfte in Stellung bringen können. Wir verfügen durch unsere Einheiten zwar über Roms Stadtmauern, aber uns fehlt eine Armee, die außerhalb unseres Geländes gegen Belagerer vorgehen kann.«

»Wir sitzen hier nicht in der Falle«, konterte Lamont. »Wir haben unser Territorium bereits verlassen, um die feindliche Landebahn anzugreifen. Warum machen wir damit nicht einfach weiter?«

Mendoza schüttelte den Kopf. »Dieser Angriff machte Täuschungsmanöver erforderlich, um die feindliche Verteidigung zu umgehen. Könnte ein Angriff, der noch mal auf dieselbe Weise durchgeführt wird, erneut erfolgreich sein?«

»Auf gar keinen Fall«, erklärte Reynolds. »Ich möchte nicht zu einer Shuttlecrew gehören, die irgendwann tatsächlich mal irrtümlich auf der falschen Landebahn aufsetzt. Die werden in Stücke geschossen, bevor sie ihren Fehler erkennen können. Es könnte sein, dass es noch einen anderen Weg gibt, der um die feindlichen Verteidigungsanlagen herumführt, aber auf Anhieb will mir da nichts einfallen.« Einige am Tisch reagierten mit Unbehagen auf diese Worte, doch niemand widersprach Reynolds.

»Dann müssen wir darauf vorbereitet sein, uns gegen schwere Angriffe zur Wehr setzen zu können«, folgerte Mendoza. »Und wir müssen versuchen, lange genug durchzuhalten, bis unsere Angreifer erschöpft sind.«

Stark sah seinen Stab an und konnte beobachten, wie jeder von ihnen mit einem anderen Maß an Widerwillen Mendozas Empfehlung verarbeitete. »Was Sie nicht erwähnten, Mendo, ist die Tatsache, dass unseren Angreifern praktisch sämtliche Ressourcen der Erde zur Verfügung stehen. Die können sie gegen uns einsetzen, während wir nur über das verfügen, was dieses Fleckchen Mond zu bieten hat. Richtig?«

Mendoza nickte. »Wir können unseren Widersachern immer wieder schwere Verluste zufügen, dennoch werden wir am Ende verlieren.« Er hielt inne und dachte offenbar über seine letzten Worte nach. »Das ist wie mit den Karthagern, Hannibals Volk. Sie haben die Römer wieder und wieder geschlagen, sie haben ganze Armeen und Flotten ausgelöscht, und trotzdem haben die Römer nicht aufgegeben.«

»Sehr erfreulich«, merkte Stacey Yurivan an. »Aber Sie vergessen bei dem Ganzen die politische Seite, nicht wahr? Wie bereitwillig werden die Menschen auf der Erde ihr Leben und ihr Vermögen hergeben, um uns schlagen zu können?«

Vic Reynolds nickte. »Gutes Argument. Unsere vormaligen Bosse, also die Regierung und das Pentagon, werden mit aller Macht auf uns einprügeln. Aber wollen alle anderen das auch? Besonders, wenn die Kosten aus dem Ruder laufen?«

»Vergessen Sie nicht die Unternehmen, denen die Regierung mehr oder weniger gehört«, ergänzte Sergeant Bev Manley. Sie hatte schweigsam dagesessen und mit einem Ohr die Unterhaltung verfolgt, während sie versuchte, parallel dazu administrative Aufgaben zu erledigen. »Einerseits wollen die uns auch schlagen, andererseits hilft es ihren Profiten nicht, wenn sie einfach nur Rache üben. Wenn wir den Preis für unsere Niederlage so sehr in die Höhe treiben, dass der Sieg zu teuer wird, werden die Konzerne sicher einen Deal mit uns schließen wollen. War in der Richtung schon irgendwas zu hören?«

Yurivan schüttelte den Kopf, dann warf sie Stark einen Blick zu. »Vielleicht kann unser Boss ja etwas von seinen Ziv-Freunden in Erfahrung bringen. Die haben schließlich für Konzerne gearbeitet, unmittelbar bevor sie ihre Vorgesetzten in die Wüste geschickt haben, stimmt's?«

»Das stimmt«, bestätigte Stark. »Und später am Tag werde ich mich mit dem Koloniemanager und seiner Assistentin treffen, um ihnen die Ergebnisse unseres Angriffs zu berichten. Ich werde sie fragen, was sie über die Dinge wissen, die auf der Erde vor sich gehen.«

Seine Leute blickten einander an, dann fasste Manley in

Worte, was sie und die anderen dachten. »Bist du dir sicher, dass wir ihnen vertrauen können, Ethan? Ich weiß, bislang sind sie an unserer Seite geblieben, was mich wirklich völlig überrascht. Aber im Augenblick müssen sie sich doch so vorkommen, als ob sie in der Falle sitzen. Und wenn die Zivs es erst mit der Angst zu tun bekommen, könnten sie versuchen, eine Abmachung zu treffen, bei der wir auf der Strecke bleiben.«

Stark setzte daraufhin eine überzeugte Miene auf, obwohl er sich nicht sicher war, dass er tatsächlich so empfand. »Ich vertraue ihnen. Vergesst nicht, dass es die Zivs waren, die uns vor dem Angriff auf dieses Hauptquartier gewarnt haben. Ihrer Warnung dürften wir unsere Leben zu verdanken haben. Außerdem unterstützen sie uns wirtschaftlich und haben uns ihre medizinischen Einrichtungen zur Verfügung gestellt, damit die Verwundeten behandelt werden können. Und ein paar von ihnen haben sich sogar freiwillig zum Militärdienst gemeldet. Stimmt doch, oder, Vic?«

»Oh ja, das stimmt. Das ist das Verrückteste, was ich jemals mitbekommen habe. Ihr hättet das Gesicht des Corporals sehen müssen, den die Zivs gefragt haben, wie man sich freiwillig für den Dienst melden kann.« Das Militär hatte sich von der Gesellschaft mit der Zeit zu weit entfernt, es existierte zu sehr von den Zivilisten isoliert, zu deren Schutz es überhaupt erst geschaffen worden war. Es war ein in sich geschlossener Verein, in dem Militärfamilien Kinder großzogen, die dann ebenfalls dienten. Und die Zivilisten betrachteten unterdessen voller Sorge diese Leute, die Waffen trugen und die bereit zum Töten waren, wenn sie den entsprechenden Auftrag erhielten. Genauso unbegreiflich war für Ziv, dass dieses gleiche Militär auch bereit war, auf Befehl zu sterben. »Ich bin Ethans Meinung. Ich glaube, wir können diesen Zivs vertrauen. Sie leben jetzt schon seit Jahren direkt an der Front. Sie wissen, dass wir hier sind, um sie zu beschützen.«

Stacey Yurivan lächelte unschlüssig. »Es war doch zu erwarten, dass Sie Stark zustimmen würden, nicht wahr, Reynolds? So unter alten Kameraden.«

»Ich sage es so, wie ich es sehe, Stace.«

Sergeant Gordasa räusperte sich. »Ich kann Stark und Reynolds nur beipflichten. Ich arbeite häufig mit Zivs zusammen, um an Ersatzteile, Essen und andere Sachen zu kommen, da unsere normalen Nachschubrouten abgeschnitten sind. Klar, sie versuchen, Profit zu machen, aber sie sind nicht darauf aus, uns auszunehmen. Sie behandeln mich gut … so wie jemanden aus ihren eigenen Reihen. Und was ich bekomme, ist von guter Qualität. Und das Essen ist verdammt noch mal besser als alles, was wir so gewöhnt sind. *Verdad?*«

Alle am Tisch nickten bestätigend. In letzter Zeit war es den Soldaten tatsächlich möglich, bei dem Fleisch in ihren Mahlzeiten zu bestimmen, von welchem Tier es stammte.

»Trotzdem muss ich die Frage stellen«, beharrte Manley. »Was wollen die Zivs? Klar, sie wollen, dass wir sie beschützen. Aber wieso? Was haben sie vor, während wir uns um das Kämpfen kümmern?«

Jeder am Tisch sah Stark an, der finster dreinschaute. »Das Letzte, was ich gehört habe, war der von vielen geäußerte Wunsch, sich für unabhängig zu erklären. Dann würden sie ein neues Land gründen, und wir wären damit wohl das Militär dieses neuen Landes.«

»Was für ein Land?«

»So was wie die USA, würde ich annehmen. Oder vielmehr ein Land, wie die USA eines sein sollten. All die Zivs, die hier oben sind, haben von ihren Konzernen wirklich miese Verträge untergeschoben bekommen. Man hat sie mit Kleinkram abgespeist, während die Konzernbosse umso mehr eingesteckt haben – halt wie immer. Darum können sie davon hier oben nichts gebrauchen.«

»Am Kapitalismus ist nichts falsch«, stellte Stacey fest.

»Das ist richtig, nur ist überall das gleiche Problem, dass man dem System freien Lauf lässt und niemand auf die Idee kommt, dann mal einen prüfenden Blick drauf zu werfen. Das ist das, was eine Regierung tun sollte, anstatt gemeinsame Sache mit den Bossen zu machen, richtig?«

»Die Verfassung schweigt sich darüber eigentlich aus.«

»Nein, tut sie nicht. Die Regierung hat dem Wohl der Allgemeinheit zu dienen«, stellte Vic klar. »Das ist doch wohl eindeutig genug. Okay, nehmen wir also an, diese Zivs erklären ihre Unabhängigkeit und gründen ihr eigenes Land und übernehmen vielleicht sogar exakt die Verfassung, auf die wir unseren Eid geschworen haben. Wie gut kämen wir damit zurecht?«

Es folgte ein langes Schweigen, dem eine mürrische Manley schließlich ein Ende setzte: »Wir sind Amerikaner, verdammt noch mal. Ich will nichts anderes sein.«

»Ich auch nicht«, stimmte Stark ihr zu. »Aber die Leute, die unser Land regieren, können uns nicht allzu sehr leiden. Könnte sein, dass uns gar keine Wahl bleibt, als etwas anderes zu werden.«

Yurivan hob den Kopf und begann zu grinsen. »Das ist doch eine Perspektive. Die Regierung verbreitet, dass wir allesamt Verbrecher und Unruhestifter sind, die sich unter den Nagel reißen, was sie nur kriegen können.«

»Gut, dass diese Beschreibung auf keinen von uns passt, nicht wahr, Stacey?«

»Wenn ich ausreden dürfte, ohne schikaniert zu werden …
Wir haben nicht gerade Propaganda betrieben, um dem etwas
entgegenzusetzen. Aber wir können daheim verbreiten, dass
wir loyale und brave Staatsbürger sind und dass wir diesen
Ärger nur haben, weil die Bosse uns ablehnen. Und zwar,
weil wir anderen Bossen einen Tritt in den Hintern verpasst
haben, die allesamt Idioten waren. Das könnte daheim für einige Unruhe sorgen und uns ein bisschen entlasten.«

Reynolds musste lächeln. »Das ist eine gute Idee. Die
Zivs, die die Kolonie leiten, erzählen uns, dass die beiden
größten Parteien in Panik sind, weil sie fürchten, sie könnten aus dem Amt gedrängt werden. Wenn wir verbreiten,
um was es uns wirklich geht, wird das eine solche Entwicklung unter Umständen beschleunigen.«

»Könnte. Aber die Mitglieder jener anderen Parteien, die
im Land aufräumen wollen, stehen uns womöglich genauso
feindselig gegenüber wie die Schurken, die momentan an
der Macht sind. Wer soll das wissen?«

»Vielleicht Campbell«, gab Stark zurück. »Der Koloniemanager. Wie gesagt, Vic und ich treffen uns nachher
mit ihm. Ich werde ihn zu dem Thema aushorchen. Gibt es
noch andere Themen, denen wir uns jetzt und hier widmen
sollten?«

Lamont grinste ihn breit an. »Lassen Sie mich mal überlegen. Wir haben darüber geredet, welche Hauptstrategie
wir verfolgen sollen, ob wir zu einem anderen Land gehören wollen und wie gut das Essen in letzter Zeit geworden
ist. Was soll da noch übrig bleiben?«

»Die Beschaffung eines Ersatz-Shuttles«, merkte Gordasa an und schüttelte den Kopf vor gespielter Verzweif-
lung. »Darum kümmere ich mich, während ihr euch mit
dem Kinderkram befasst.«

So wie die anderen musste auch Stark lachen, während er ein Zeichen gab, dass die Besprechung beendet war. Er blieb stehen, als ihm Vic die Hand auf den Arm legte und ihn zurückhielt. »Sergeant Milheim. Er ist gerade eben reingekommen. Willst du, dass er dir seine Rückmeldung persönlich schildert? Oder soll er alles in den Bericht schreiben?«

»Wenn er es in seinen Bericht schreibt, finde ich niemals die Zeit, um das zu lesen. Und wenn ich jemanden herbestelle, sollte ich mir wenigstens Zeit für ihn nehmen. Du kannst aber ruhig schon gehen.«

»Kein Problem.« Vic ging nach draußen und gab Milheim ein Zeichen, den Raum zu betreten.

»Tut mir leid, dass ich es nicht eher geschafft hatte«, begann Milheim.

»Machen Sie sich darüber mal keine Gedanken«, sagte Stark und winkte ab, um jede weitere Entschuldigung abzuwehren. »Ihre Leute haben sich da draußen wirklich gut geschlagen. Sind Sie bei der Operation auf irgendwelche Probleme gestoßen?«

Milheim zögerte und legte nachdenklich die Stirn in Falten. »Nein, da will mir nichts einfallen. Aber ich kann Ihnen sagen, dass es sehr angenehm war, nicht die ständig blinkende Anzeige für den Zeitplan sehen zu müssen.«

»Ja, ich glaube, davon werden wir von jetzt an weitestgehend Abstand nehmen. Jedenfalls, wenn es darum geht, individuelle Abläufe vorschreiben zu wollen. Man braucht einen genau abgestimmten Zeitplan, wenn einer auf das Handeln eines anderen angewiesen ist. Aber es hat nie einen Sinn ergeben, dass ein Soldat wie dressiert genau dann einen Satz durch einen Reifen machen soll, nur weil der Planer das so vorgibt.«

»Da fällt mir noch was ein. Es war gut, zu wissen, dass

wir nicht gefilmt wurden, um als Vid-Unterhaltung zu dienen. Davon haben alle wirklich genug.«

»Allerdings«, stimmte Stark ihm zu. Als das Pentagon die Mondoperation finanzieren musste, stand es vor einem gewaltigen Kostenberg. Da kam ein namentlich nicht bekannter Hurensohn auf die glorreiche Idee, die Audio- und Video-Feeds zu verwerten, die über die Kommando- und Kontrollkanäle der Soldaten übertragen wurden. Die Idee bestand darin, die bewegten Bilder nahezu in Echtzeit auf kommerziellen Sendern auszustrahlen, was sich innerhalb kürzester Zeit als so erfolgreich erwies, dass mit der Schaltung der Werbespots ein Vermögen verdient wurde. Eine Zeit lang spielten hohe Einschaltquoten eine mindestens genauso große Rolle wie der Wunsch nach einem Sieg über den Gegner. »Dazu wird es nicht noch einmal kommen, solange wir ein Wörtchen mitzureden haben. Aber was ist mit uns hier im Hauptquartier? Haben wir Ihnen zu sehr über die Schulter geschaut? Hätten wir irgendwas tun sollen, das wir nicht getan haben?«

Milheim zuckte mit den Schultern. »Sie kamen mir ziemlich unsichtbar vor, wenn ich ehrlich sein soll. Ich habe immer wieder hinter mich geschaut und mir die Frage gestellt, was da eigentlich fehlt. Dann wurde mir auf einmal klar, dass da gerade gar kein Wichtigtuer im Hauptquartier sitzt, der mir vorschreiben will, dass ich den nächsten Schritt mit dem linken, nicht mit dem rechten Fuß tun soll. Mir hat es gefallen, dass Sie das Große und Ganze im Auge behalten haben. Es war ein guter Gedanke, sich auf die Lagerhäuser zu konzentrieren. Und ich fand es gut, dass ich nach meiner Meinung gefragt wurde, welchen Eindruck ich von der Situation hatte. Ich würde sagen, ich habe keinen Grund zur Klage.«

Stark sah Milheim eindringlich an und biss sich auf die Lippe, während er nach den richtigen Worten suchte. »Verstehen Sie das nicht falsch, aber ich kenne Sie noch nicht allzu gut. Sie haben einen guten Ruf, und Sie hatten Ihre Einheit wirklich im Griff. Aber ich weiß nicht, ob Sie jemand sind, der es mir ins Gesicht sagen würde, wenn ich irgendwas verbockt habe. Also ... würden Sie das?«

Milheim musste nichts vortäuschen. »Mir geht es um das Wohl meiner Leute. Würden Sie irgendetwas zu ihrem Nachteil tun, würde ich Sie das schon wissen lassen.«

»Gut. Dass Sie gut auf Ihre Leute aufpassen, ist mir klar. Darum hat man Ihnen ja auch dieses Bataillon unterstellt. Man vertraut Ihnen.«

»Oh ja, ich Glückspilz. Aber wenigstens habe ich anders als Sie nicht die ganze Bande am Hals.«

»Ach, ganz so schlimm ist das nun auch wieder nicht«, meinte Stark und grinste selbstironisch. »Vielleicht werden Sie die Bande ja eines Tages von mir übernehmen.«

»Ich lehne dankend ab.«

»Ich gebe Ihnen auch ein Bier aus.«

Milheim musste lachen. »So betrunken können Sie mich gar nicht machen, dass ich diesem Vorschlag zustimmen würde.«

»Kommt mir bekannt vor. Ich glaube, den Spruch habe ich bei jedem Date zu hören bekommen.«

Wieder kam von Milheim ein ausgelassener Lacher. »Ich dachte nicht, dass Dates für Sie überhaupt ein Thema sind. Ich meine, jeder weiß über Sie und Vic Reynolds Bescheid.«

»Jeder außer mir und Reynolds, wollten Sie wohl sagen«, konterte Stark mit einem frustrierten Seufzen. »Wenn wir beide ein Verhältnis hätten, dann wäre sie ganz sicher nicht meine Stellvertreterin geworden. Damit wäre der Ärger von

Anfang an vorprogrammiert. Außerdem wäre es nicht richtig. Wir haben ein enges Verhältnis, Milheim, aber nichts von der Art, was offenbar alle denken.«

»Tatsächlich? Wie kommt das?«

»Keine Ahnung. Es funktioniert so, wie es ist. Haben Sie eine feste Freundin?«

»Nein«, sagte Milheim grinsend. »Meiner Frau würde das nicht gefallen. Ehefrauen sind in dem Punkt ziemlich empfindlich.«

»Ja, das habe ich auch schon mal gehört. Kinder?«

»Ja, und durch den Tausch alte Offiziere gegen Angehörige sind sie jetzt alle hier oben. Kommen Sie doch bei Gelegenheit mal vorbei, dann mache ich Sie mit ihnen bekannt.«

»Wie sind eigentlich die Quartiere?« Mit der Ankunft der Angehörigen hatte die Kolonie von sich aus begonnen, einen großen Block auszuhöhlen, um für die Familien eine Art spontanes »Fort« zu bauen. »Ich hatte noch keine Zeit, mir da irgendwas anzusehen. Ich weiß nur, dass das alles ziemlich schnörkellos gebaut worden ist.«

»Die Quartiere sind ganz in Ordnung«, beschwichtigte Milheim ihn. »Es ist nicht viel nötig, um etwas zu schaffen, das dem Niveau entspricht, an das wir gewöhnt sind, nicht wahr? Aber den Kindern macht die geringe Schwerkraft Spaß. Sie titschen buchstäblich von Wand zu Wand. Wie ich schon sagte: Kommen Sie bei Gelegenheit vorbei und sehen Sie es sich an.«

»Danke. Sobald ich Zeit dafür gefunden habe, werde ich auf Ihre Einladung zurückkommen.«

»Sobald Sie Zeit haben? Das wird dann wohl noch eine ganze Weile dauern, wie?« Mit einem Mal wurde Milheim ernst und presste die Lippen zusammen. »Oh, verdammt.«

»Was ist los?«

»Wo wir gerade von Familie reden, fällt mir ein, dass ich noch ein paar Briefe schreiben muss. Sie wissen schon, an die Familien der Soldaten, die wir beim Angriff verloren haben.« Einen Moment lang kniff er die Augen zu. »Die Familie eines Soldaten ist hier oben bei uns. Ich schätze, ich werde zu ihnen gehen müssen.«

»Dafür haben wir Kaplane.«

»Ich muss das trotzdem selbst erledigen.«

»Ich weiß, aber Sie werden einen Kaplan mitnehmen.« Stark redete etwas leiser weiter, um seinen Worten Nachdruck zu verleihen. »Das ist ein Befehl. Sie müssen diese Last nicht allein auf sich nehmen.«

»Ähm ... okay. Und ... danke.«

»Danken Sie mir nicht. Ich habe den Befehl zu dem Angriff gegeben, bei dem diese Soldaten ums Leben kamen. Ich sollte besser auch mit einem Kaplan reden.« *Aber das werde ich nicht machen, weil niemand da ist, der mir das befehlen könnte, und weil ich viel zu stur bin.* »Was ist mit den Verwundeten? Wo sind die zur Versorgung untergebracht?« Stark musste nicht erst fragen, ob Milheim überhaupt wusste, wohin man seine Leute gebracht und ob er sie bereits besucht hatte. Er kannte den Mann schon jetzt gut genug, um Gewissheit zu haben, dass der beides wie selbstverständlich mit Ja beantworten würde.

»Sie sind in verschiedenen Sektionen untergebracht. Eight Charlie und Ten Delta. Die meisten hat man sowieso längst wieder zusammengeflickt und in ihre Quartiere geschickt.«

»Gut. Ich werde auch noch nach den Verwundeten sehen. Was ist mit Ihnen? Brauchen Sie ein paar Tage frei?«

»Nein, ich fühle mich besser, wenn ich arbeiten kann. Außerdem sollte ich das Ganze inzwischen gewöhnt sein, nicht wahr?«

»Milheim, ich hoffe bei Gott, dass sich keiner von uns jemals an so etwas gewöhnen wird.«

Koloniemanager James Campbell und seine Assistentin Cheryl Sarafina warteten bereits auf Stark und Reynolds, als die beiden im Büro des Managers eintrafen. So wie der größte Teil der Kolonie war auch dieser Komplex aus dem Mondgestein gehauen worden, weshalb von dem Raum jenes angenehme Gefühl ausging, das vier massive Wände zu allen Seiten und eine dicke Decke aus Metall, Gestein und Staub vermitteln können. An einer Wand zeigte ein Vid-Schirm die Aussicht, die man von Campbells Büro aus gehabt hätte, wäre das auf der Mondoberfläche gebaut worden – schwarze Schatten, graue Felsen, dazu weißes Licht, das sich bis zu einem viel zu nahen Horizont erstreckte, hinter dem der unendliche lunare Nachthimmel begann. Campbell war klug genug gewesen, für sein Büro die für den Mond übliche Standardeinrichtung zu wählen: Schreibtische, Tische und Stühle aus leichtem Metall. Das Büro bot keinerlei Luxus, und im Moment hatte es für die Anwesenden auch nur wenig Trost zu bieten. »Danke, dass Sie für dieses Treffen hergekommen sind«, begann Campbell. »Ich musste heute hier in der Nähe bleiben.«

»Das ist schon in Ordnung«, erwiderte Stark. »Außerdem wäre es auch nicht richtig, wenn sich die Ziv-Bosse jedes Mal zu den Mil-Führern begeben, nicht wahr? Immerhin arbeite ich für Sie.«

»Ja.« Campbell schüttelte den Kopf und lachte. »Sie besitzen so viel Macht, dass Sie die gesamte Kolonie kontrollieren könnten, Sergeant. Was war noch gleich der Grund, dass Sie für mich arbeiten?«

Stark schaute verärgert drein. »Sir. Sie sind hier der gewählte Volksvertreter. Ich diene dem Volk, also diene ich Ihnen. So soll das eigentlich laufen.«

»Und so läuft es auch. Apropos …« Campbell deutete mit einer flüchtigen Kopfbewegung in die Richtung, in der sich in etwa die feindliche Landebahn befand, die von ihnen angegriffen worden war. »Ich nehme an, dieses seismische Ereignis, das vor Kurzem in der Kolonie zu spüren war, hatte etwas mit dem Angriff zu tun, vor dem Sie mich gewarnt hatten.«

»Ganz richtig.«

»Das seismische Ereignis hat uns dann alle völlig unverhofft ereilt. Wir haben nichts in dieser Größenordnung erwartet.«

»Wir auch nicht, aber sie hatten einen größeren Munitionsvorrat angelegt als vermutet. Sehr viel größer.«

Sarafina legte die Stirn in Falten. »Sind Sie sich sicher, Sergeant Stark, dass es sich bei einer Explosion von diesem Ausmaß nur um konventionelle Waffen gehandelt hat? Oder könnten auch andere Waffen dort gelagert worden sein?«

Stark sah irritiert zu Vic, die mit einem Schulterzucken reagierte. »Das möchte ich stark bezweifeln, allein schon, weil die amerikanische Regierung nicht das Risiko eingehen würde, dass Massenvernichtungswaffen fremden Mächten in die Hände fallen. Aber es kann nicht schaden, das noch zu überprüfen.« Sie holte ihr Komm-Pad hervor. »Kommandozentrum, hier spricht Sergeant Reynolds. Haben wir die Trümmer der von uns ausgelösten Explosion eigentlich analysiert?«

»Die von der großen Explosion?«, fragte ein Wachhabender. »Ja, Sergeant. Das ist eine Standardmaßnahme.«

»Gibt es irgendwelche Hinweise darauf, dass nicht nur konventionelle Sprengstoffe zur Explosion gelangt sind?«

»Nein, es ist keine Strahlung festgestellt worden. Wir wären in der Lage gewesen, das Vorhandensein von nuklearem Material in geringen Mengen nachzuweisen, wenn es mit allem anderen zusammen hochgegangen wäre. Es wurden auch keine Reste von Null-Partikeln festgestellt. Alles entspricht der Zusammensetzung standardmäßiger Sprengstoffe und Waffen, natürlich durchsetzt mit pulverisiertem Mondgestein.«

»Danke.« Reynolds steckte das Pad weg. »Ganz normale Sprengstoffe. Zwar immer noch tödlich genug, wenn man ihnen zu nahe kommt, aber nichts Schlimmeres dabei.«

»Gut.« Sarafina zeigte nach oben. »Unser Raumhafen hat während Ihrer … Ihrer … Aktion rege Aktivitäten beobachten können. Kriegsschiffe und Shuttles. Damit hatten wir nicht gerechnet.«

Stark rutschte unbehaglich auf seinem Stuhl hin und her. »Nun … ja, das gehörte zu unserem Plan, aber darüber wollten wir nichts verlauten lassen. Wenn davon etwas nach außen gedrungen wäre … na ja …«

Campbell schüttelte den Kopf und schaute ernst drein. »Es tut mir leid, Sergeant, aber in Zukunft müssen Sie uns solche Details mitteilen. Meine Zivilisten führen den Raumhafen. Ich werde ihnen nichts von den Dingen weitergeben, die Sie mir im Vertrauen sagen. Aber nur, wenn ich weiß, was los ist, kann ich meine Leute von falschen Reaktionen abhalten, wenn die mir von ungewöhnlichen Aktivitäten berichten. Verstehen Sie das?«

»Ja. Ja, Sir, das tue ich. Das klingt einleuchtend.«

»Ich sehe ja ein, warum Sie uns nicht in dieses Detail eingeweiht haben, Sergeant, aber wir müssen die Zeit des gegenseitigen Misstrauens endlich hinter uns lassen.«

»Apropos Misstrauen«, warf Vic ein, während Stark

noch zustimmend nickte. »Unsere Soldaten fragen sich, was die Zivilisten in der Kolonie eigentlich vorhaben. Wir wissen, dass die allgemeine Stimmung sich sehr gegen die Regierung auf der Erde richtet, aber was planen Sie in dieser Hinsicht zu tun?«

Campbell seufzte leise. »Es sieht immer mehr danach aus, dass uns kein anderer Weg bleibt als der, unsere Unabhängigkeit zu erklären. Wir müssen wohl einen Schlussstrich ziehen und ein eigenes Land gründen.«

»Was für eine Art von Land? Das wurden wir auch schon von einem unserer Soldaten gefragt.«

Der Manager und Sarafina sahen sich an, da diese Frage für sie offenbar unverhofft gekommen war. »Nun ... ich würde sagen, dass es ein Land werden dürfte, das so ist, wie die Vereinigten Staaten eigentlich sein sollten. Eine Demokratie, die Freiheit für den Einzelnen bietet, und genügend Einschränkungen für jede Art von Macht vorhält, ob sie nun öffentlicher oder privater Natur ist, damit wir diese Freiheit bewahren können.«

»Dann planen Sie, die amerikanische Verfassung zu übernehmen?«

»Ähm ...« Hilfesuchend drehte Campbell sich zu Sarafina um, doch die spreizte die Hände, als fühlte sie sich von der Frage überfordert. »Ich vermute, daran werden wir nicht viel ändern. Vielleicht noch ein wenig an ihr herumfeilen, aber ... Also, wenn ich ganz ehrlich sein soll, glaube ich nicht, dass sich schon irgendjemand darüber tiefschürfende Gedanken gemacht hat.«

»Das haben wir aber«, ließ Stark ihn wissen. »Sie reden davon, aus welchem Grund wir kämpfen. Ich sage Ihnen ganz ehrlich, dass meine Leute eine Diktatur nicht unterstützen werden, ganz gleich, wie geschickt die sich auch tarnt. Sie würden wohl eine Regierung akzeptieren, die auf unserer Verfassung aufbaut, aber begeistert wären sie davon auch nicht.«

Campbell sah ihn an, als könne er ihm nicht so recht folgen. »Und was wollen Sie stattdessen?«

Stark ließ ein kurzes, humorloses Lachen über seine Lippen kommen. »Meine Leute wünschen sich, dass die Dinge so sind, wie sie sein sollen: Dass wir die Befehle vom Pentagon erhalten, welches wiederum von der Regierung gesagt bekommt, was zu tun ist, wobei die Regierung genau das tut, was das Volk will. Aber sie glauben auch, dass es unter den gegebenen Umständen wohl nicht dazu kommen wird.«

»Ich verstehe.« Campbell hielt eine Hand hoch, als Stark weiterreden wollte. »Doch, doch, ganz ehrlich. Es war ein Leichtes, von Unabhängigkeit zu reden, als das Thema noch in weiter Ferne lag. Aber je mehr wir uns der Möglichkeit nähern, dieses eigene Land Wirklichkeit werden zu lassen, umso mehr schwindet meine Begeisterung. Wir sollten verdammt noch mal irgendeine Alternative haben. Wir sollten Mittel und Wege haben, um unsere Regierung dazu zu veranlassen, sich mit unseren Problemen zu befassen, anstatt von ihnen immer nur Warnungen und Drohungen zu hören zu bekommen.«

»Das heißt, die Verhandlungen laufen nicht gut?«, hakte Vic nach.

Campbell verzog das Gesicht und deutete auf Sarafina, die kopfschüttelnd antwortete: »Wir machen keinerlei Fortschritte. Wir stehen fast ständig in Kontakt mit der Gegenseite und strecken unsere Fühler aus, um nach jedem denkbaren Weg zu suchen, der helfen könnte, die strittigen Themen zu klären. Es finden auch regelmäßig Treffen mit offiziellen Unterhändlern statt, aber wir bekommen keine aussagekräftigen Erwiderungen.«

Nun schüttelte Stark ebenfalls den Kopf und versuchte gar nicht, seine Verärgerung zu überspielen. »Die Regierung will immer noch nicht mit uns reden?«

»Reden will sie, und das wird sie auch so lange machen, bis unsere Sonne irgendwann zur Nova wird. Aber wie ich eben sagte: Sie bieten uns nichts anderes an als die Forderung, dass wir den Anweisungen unserer rechtmäßigen Vorgesetzten Folge leisten sollen.«

Sarafina deutete in Richtung Decke. »Es gibt keinen Zweifel, dass unsere Mutterkonzerne auf der Erde dahinterstecken. Sie bestehen darauf, dass die von ihnen bezahlten Politiker alle erforderlichen Anstrengungen unternehmen, um ihnen ihr Eigentum hier oben wiederzubeschaffen. Diese Forderungen unterstützen sie mit ›patriotischen Spenden‹, wie sie selbst das bezeichnen, damit die Militäroperation gegen die Kolonie finanziert werden kann.«

»Soll das ein Witz sein? Die gleichen Konzerne, die dadurch Steuern gespart haben, dass sie uns unterstützten, als wir für ihren Schutz sorgten, lassen jetzt Geld springen, damit der Angriff auf uns bezahlt werden kann? Bin ich der Einzige hier, der das für idiotisch hält?«

»Bis zu einem gewissen Punkt ergibt das durchaus einen Sinn. Und zwar geht es um den Punkt, an dem die zu erwartenden Verluste die zu erwartenden Gewinne übersteigen. Mit Blick auf diese Gewinn-und-Verlust-Rechnung werden die Konzerne solche Aktivitäten nicht bis in alle Ewigkeit bezahlen wollen. Allerdings müssen sie bei ihrer Entscheidung auch noch einige nichtökonomische Themen berücksichtigen.«

»Zum Beispiel?«, fragte Vic.

»Zum Beispiel die Tatsache, dass die Konzerne viel Geld in die Damen und Herren investiert haben, die derzeit im Kongress und im Weißen Haus sitzen. Wie wir ja schon gesagt haben, könnte der Verlust der Mondkolonie vor der anstehenden Wahl durchaus dazu führen, dass diese Politiker auch die Kontrolle über die Regierung verlieren. Das hätte für die Konzerne weitreichende negative Folgen.«

Auch Campbell deutete grob in Richtung Erde. »Und vergessen Sie nicht, dass die Politiker dabei auch noch ihre eigenen Ziele verfolgen. Zumindest müssen sie ihren Wählern alles als Erfolg verkaufen, ganz gleich was passiert. Die Wirtschaft daheim verfällt immer mehr in eine Rezession. Auslöser dafür sind der Schock über den Verlust des Konzernvermögens hier auf dem Mond und die kostspielige Finanzierung der Attacken auf diese Kolonie. Oder besser gesagt: Ihre Streitkräfte besiegen zu wollen, die für die Konzerne das wirkliche Problem darstellen, Sergeant, ist der Grund allen Übels für die Konzerne. Entsprechend gibt sich die Regierung alle Mühe, jegliche Informationen über uns auf ein Minimum zu beschränken, damit die Leute möglichst wenig über die Verhältnisse auf dem Mond erfahren. Nur funktioniert das nicht so, wie es die Regierung gern hätte.«

Er hielt einen Moment lang inne und dachte über seine nächsten Worte gründlich nach. »Die Leute ertragen eine ganze Menge, solange sie das Gefühl haben, dass die Regierenden wissen, was sie tun. Wenn sie dieses Vertrauen aber erst einmal verlieren, fangen sie an, unangenehme Fragen zu stellen, die dann auch andere Angelegenheiten betreffen können. Es hat Demonstrationen gegeben, richtig große. Nach offizieller Lesart werden diese Demonstrationen einer Art unamerikanischer, radikaler Randgruppe angelastet. Unsere Informationen besagen aber, dass da vorwiegend

Mittelschichtler und Arbeiter marschieren, die die Nase voll haben.«

Vic brachte ein schwaches Lächeln zustande. »Ich fürchte, Ethan Stark hat die schlechte Angewohnheit, Revolutionen auszulösen.«

»Zu einer Revolution scheint sich das Ganze nicht zu entwickeln. Ganz sicher nicht zu einer bewaffneten Revolte. Es könnte auch alles sehr schnell wieder verpuffen, wenn die Wirtschaft sich ein wenig erholt. Aber die Regierung wird schon einen überwältigenden Sieg über uns erringen müssen, wenn sie darauf hoffen will, ihre gegen uns gerichtete Politik zu rechtfertigen. Für die Konzerne kommt es nur auf ihre Bilanzen an, und sie haben kein Problem damit, von jetzt auf gleich auf eine andere Strategie umzuschwenken. Bei der Regierung sieht das aber deutlich anders aus.«

Stark nickte frustriert. »Die Regierung wird nicht aufhören, den Sieg erringen zu wollen, ganz gleich wie teuer das alle anderen kommt. Finden die anstehenden Wahlen noch früh genug statt, um einen Unterschied zu bewirken?«

»Schwer zu sagen«, musste Sarafina zugeben. »Das größere Problem ist, dass innerhalb der Kolonie der Druck wächst, so bald wie möglich ein Referendum zur Frage der Unabhängigkeit abzuhalten. Wenn sich der Wunsch nach Eigenständigkeit auf breiter Front durchsetzt, dann wird man das Ergebnis auch sofort verkünden wollen. Dann wird niemand darauf warten, ob sich durch die Wahl in den Staaten irgendetwas an der Einstellung der Regierung zur Mondkolonie ändern wird. Die Leute haben langsam keine Lust mehr zu warten.«

»Und wir haben keine Lust mehr zu kämpfen. Wie sieht der zeitliche Rahmen aus? Wann soll dieses Referendum stattfinden?«

Wieder sahen sich Campbell und Sarafina kurz an. »Vermutlich innerhalb der nächsten Wochen«, sagte der Koloniemanager. »Alles, was darüber hinausgeht, würde von mir verlangen, dass ich den Zeitpunkt gezielt hinauszögere. Und wenn ich ehrlich sein soll, steht mir unsere Regierung bis hier.«

»Da sind Sie nicht der Einzige. Mein alter Herr hatte schon vor Jahren die Nase voll.«

»Eine andere Sache macht uns noch Sorgen«, fuhr Sarafina fort. »Bislang waren die Waffen, mit denen das Militär uns angegriffen hat, doch eher ... äh ... Wie heißt das noch?«

»Vom konventionellen Typ?«

»Ja, richtig. Keine Massenvernichtungswaffen. Es gab Versuche, in unsere Software einzudringen und die automatisierte Infrastruktur zu zerstören. Aber die konnten alle abgewehrt werden. Wir sind allerdings in Sorge, welche Reaktion erfolgt, sobald wir unsere Unabhängigkeit verkünden. Zu welchen Waffen wird die Regierung dann womöglich greifen?«

»Sie werden weder Atombomben noch Null-Bomben einsetzen«, betonte Vic. »Das würde unabsehbare Konsequenzen nach sich ziehen. Außerdem würden sie uns damit zwar schlagen, aber es wäre für die Regierung kein Sieg. Sie würden die Kolonie mit allem verlieren, was dazugehört. Das heißt ...« Sie sah zu Stark. »Wir sind auch ein wenig in Sorge, was kommen könnte.«

»Richtig«, bestätigte Stark. »Die grundlegende Situation ist noch immer die gleiche wie ganz zu Anfang. Weil über lange Zeit Personal abgebaut wurde und jeder General und Admiral permanent Stellen kürzt, damit seine allerneueste Lieblingswaffe bezahlt werden kann, verfügt das Militär längst nicht mehr über genügend Kämpfer. Wir hatten schon vor diesem Theater eine sehr dünne Personaldecke. Aber seitdem hat das Pentagon aufgrund purer Dummheit die Dritte Division verloren, und wir hier oben als Erste Division stehen ihnen auch nicht mehr zur Verfügung. Damit bleibt nur noch die Zweite Division, um Amerikas Feinde aufzuhalten und einen Einmarsch zu verhindern. Also bleiben keine Soldaten mehr übrig, die versuchen könnten, uns von hier zu vertreiben.«

»Und deshalb heuert unsere Regierung Söldner an und trifft Vereinbarungen mit ausländischen Streitkräften«, redete Vic weiter. »Das funktioniert aber nicht wie erhofft, also werden sie sich früher oder später etwas anderes einfallen lassen müssen. Was das allerdings sein wird, wissen wir nicht.«

Campbell zog die Stirn in Falten. »Aber sicherlich haben Sie doch eine Ahnung, zu welchen Mitteln sie greifen könnten.«

»Mr. Campbell, wenn die Mächtigen in der Lage wären, etwas Kluges zu tun, dann könnte ich mit ziemlicher Sicherheit sagen, was sie tun werden. Aber sie haben in der Vergangenheit allzu oft bewiesen, dass sie zu klugen Entscheidungen kaum fähig sind. Und was dumme Entscheidungen angeht, ist schlichtweg alles möglich, ausgenommen natürlich Atombomben und Null-Bomben. Das wäre weit jenseits von dumm.«

»Ich habe gelernt, die Dummheit mancher Leute lieber nicht zu unterschätzen. Aber ich werde mich auf Ihre Einschätzung der Lage verlassen, weil ich keine andere Grundlage zur Hand habe.« Campbell schaute gequält drein und sah wieder zu Sarafina. »Meine Assistentin und ich sind uns nicht sicher, ob der eingeschlagene Weg tatsächlich so klug ist. Aber die Ereignisse geben einem nicht immer die Zeit für eine sorgfältige Bewertung, und die Umstände erlauben einem oft nicht, alle eigentlich möglichen Optionen zu berücksichtigen.«

Nun war es an Stark nachdenklich dreinzublicken. Er starrte zu Boden, als er einmal mehr das Gefühl hatte, von einer Klippe zu stürzen – das Gefühl, dass er von den Geschehnissen mitgerissen wurde und es ihm nicht möglich war, eigene Entscheidungen zu treffen. *Ich entscheide lieber selbst. Das ist bei Gott vielleicht nicht immer die richtige Entscheidung, aber zumindest ist es das, was ich tun will.* Er sah wieder Vic Reynolds und die beiden Zivilisten an, die alle eine seltsam ähnliche Haltung erkennen ließen. Es schien, als seien die kommenden Ereignisse etwas, das man über sich ergehen lassen musste, anstatt es selbst zu kontrollieren. Keiner von ihnen machte einen wirklich glücklichen Eindruck. *Es muss noch einen anderen Blickwinkel für das alles geben. Ich habe versucht, mich nicht in einem Meer aus Alternativen zu verlieren, von denen eine schlechter ist als die andere. Vorausplanen und vorausschauen. Aber ich werde versuchen herauszufinden, ob ich nicht noch was anderes tun kann.*

Vor dem Büro winkte Stark Reynolds weiter. »Wenn du willst, kannst du schon ins Hauptquartier zurückkehren.«

»Und wenn ich nicht will?« Er hob eine Augenbraue hoch. »Wohin gehst du denn?«

»Ins Krankenhaus. Ich sollte nach den Leuten sehen, die bei dem Angriff verwundet wurden.«

»Nur die Leute? Sonst niemand?«

Für einen Moment kniff Stark die Augen zu. »Du weißt verdammt gut, dass da noch jemand ist.«

Sie packte ihn an der Schulter. »Ich will nicht sticheln, Ethan. Aber hör auf, das alles ausblenden zu wollen. Ich bin froh, dass du nach Murphy sehen willst, aber wir kennen beide die Berichte. Er ist immer noch bewusstlos, und das sollte er längst nicht mehr sein. Wir tun trotzdem, was wir können. Aber mach dich deswegen nicht verrückt.«

»Er gehört zu mir, Vic.« Stark war mit seinem eigenen Trupp auf den Mond gekommen, zwölf Soldaten, für die er persönlich die Verantwortung trug. Einige von diesen Soldaten waren schon bald nach der Ankunft umgekommen, andere erst in jüngster Zeit. Murphy hatte dem Trupp sehr lange angehört. Ein besonders guter Soldat war er nicht gewesen, eher jemand von der lässigen Art, der einen Job erst dann erledigte, wenn es wirklich sein musste. Stark hatte das Kommando über den Trupp abgeben müssen, als er von den anderen Unteroffizieren zum Befehlshaber der gesamten rebellischen Streitmacht gewählt worden war. Mit seinem Herzen war er aber auch danach immer bei diesen wenigen Soldaten gewesen. »Vielleicht hätte ich etwas anders machen können …«

»Ethan, hör auf damit. Du hast den Jungen bei einem Dutzend Einsätzen am Leben erhalten. Wenn er jetzt durchkommt, dann hat er das zu einem großen Teil auch dir zu verdanken. Heb dir deine Schuldgefühle für etwas auf, was du wirklich verbockt hast.«

Stark sah sie ernst an. »Danke für die netten Worte.«

»Du brauchst keine netten Worte. Du brauchst jemanden, der dir Bescheid sagt, wenn du dich wie ein Idiot aufführst.« Vic grinste ihn breit an. »Und dieser Jemand bin ich.«

Irgendwie gelang Stark der Anflug eines Lächelns. »Und das machst du auch gut, Soldatin. Danke.«

»›Danke‹ sagt der Mensch dazu. Grüß Murphy von mir.«

»Werd ich machen.«

Im Krankenhaus war es immer ruhig, sogar unmittelbar nach einem Angriff, wenn Ärzte und Krankenschwestern eilig hin und her huschten, um die Verwundeten zu retten. Selbst das Summen der Geräte, von denen sie dabei unterstützt wurden, änderte nichts am Eindruck professioneller Ruhe. Stark machte sich auf das gefasst, was ihn erwartete, dann folgte er dem Korridor vorbei am Empfang. Seine aufgrund der geringen Schwerkraft gleitenden Schritte schienen ihm hier noch etwas leiser zu sein als üblich.

Der Verwundeten des Vierten Bataillons waren noch dort, wo Milheim sie besucht hatte. Selbst die medizinische Wissenschaft des 21. Jahrhunderts konnte beschädigte Organe, Muskeln und Knochen nicht an einem Tag heilen lassen. Allerdings näherte man sich langsam diesem Ziel. Das wesentliche Hindernis auf dem Weg dorthin schien das Unvermögen des menschlichen Körpers zu sein, die beschleunigte Heilung zu verarbeiten, da die zu heilende Verletzung ihn schwächte.

Jeder, der Stark hereinkommen sah, war sofort besserer Laune und brachte es fertig, gute Stimmung auszustrahlen, auch wenn die Gesichter noch so hager und blass waren. *Warum auch nicht? Wenn man es heute bis ins Krankenhaus schafft, wird man weiterleben, weil die Leute dort einen wieder zusammenflicken. Warum sollte einen das nicht freuen?* Stark schüttelte Hände, klopfte – natürlich behutsam – auf die eine oder andere Schulter, fragte nach der Familie, lobte die Einheit und den Einsatz in der Schlacht. Er tat damit alles, was man für Soldaten tun konnte, solange sie noch unter dem Schock standen, dass sie mit dem Tod auf Tuchfühlung gegangen waren.

Als er aber beim letzten verwundeten Soldaten ankam, setzte er sich nur schweigend an dessen Bett. Der Mann war ruhiggestellt worden, man hatte ihn an Maschinen angeschlossen, von denen einige dafür sorgten, dass er am Leben blieb. Andere wiederum arbeiteten gemeinsam mit den Systemen seines Körpers daran, jene Schäden zu reparieren, die noch vor ein paar Jahrzehnten zweifellos den Tod bedeutet hätten. Ein paar Flecken blasser Haut waren inmitten von Pflastern, Verbänden und jenen Anschlüssen zu entdecken, die den Menschen mit den Maschinen verbanden. Einige Kleidungsstücke waren so drapiert, dass die Würde des Mannes gewahrt blieb. Stark blinzelte leicht, um zu lesen, was auf der Tafel stand, die sich neben dem Krankenbett befand, aber da waren nur medizinische Begriffe aufgelistet, mit denen er nichts anfangen konnte. Sein Blick wanderte zu den Anzeigen für Atmung und Puls, die beide einen gleichmäßigen Eindruck machten. *Wenn er jetzt aufwachen würde, was sollte ich ihm dann sagen? Was wäre nicht zu wenig, aber auch nicht zu viel?* Schließlich flüsterte er: »Viel Glück, Soldat.« Dann ging er weiter zu einem anderen Bereich des Krankenhauses, wo noch ein Opfer dieses Krieges auf ihn wartete.

Private Murphy hatte ein eigenes kleines Zimmer, das mit leichten, dünnen Wänden abgeteilt war. Die Maschinen um ihn herum summten und blinkten, der gleichbleibende Rhythmus hatte etwas Beruhigendes. Er lag flach auf dem Rücken, hatte die Augen geschlossen und machte einen widersinnig gesunden Eindruck. Nur jemand, der ihn so gut kannte wie Stark, konnte darauf aufmerksam werden, dass sich die Haut auffallend dünn über Murphys Wangen spannte. Es war ein nur winziger Hinweis auf den Stress, dem sein Körper in jüngster Zeit ausgesetzt gewesen war.

Am Fußende des Krankenbetts stand eine vertraute Person und betrachtete gerade ein Statusdisplay. Stark räusperte sich leise, um auf seine Anwesenheit aufmerksam zu machen. »Hi, Doc.«

Die Ärztin drehte sich zu ihm um, sah ihn mit müden Augen an und brachte ein flüchtiges, freundliches Lächeln zustande. »Willkommen, Sergeant. Wieder mal, möchte ich sagen. Scheint so, als würde ich Sie nie loswerden.«

»Tut mir leid, aber ich muss … Na ja, Sie wissen schon.«

»Die Verwundeten besuchen. Ja, natürlich«, sagte sie. »Als hier noch die Generäle durchkamen, waren immer Vid-Kameraleute mit dabei, um das Ereignis im Bild festzuhalten. Ich vermute, Ihre Art ist das nicht.«

»Ganz sicher nicht. Ich bin schon bei den Neuen gewesen, und jetzt möchte ich sehen, wie es Murphy geht.« Stark ließ sich einen Moment lang seinen Schmerz anmerken. »Was stimmt nicht mit ihm?«

»Gar nichts.« Mit den Handballen rieb die Ärztin über ihre Wangen und sah Murphy bekümmert an. »Wir nennen das Halbleben. Das ist nur so eine Art Spitzname. Der medizinische Fachbegriff ist ein meterlanges Wortungetüm, das eine Person bezeichnet, die auf jede notwendige Weise behandelt wurde, sodass sie eigentlich bei Bewusstsein sein sollte. Nur scheint der Körper das nicht glauben zu wollen. Es ist, als würde sich in seinem Inneren etwas befinden, das genau weiß, wie sehr der Körper gelitten hat, und das ab einem bestimmten Punkt beschließt, dass die Sache gelaufen ist.«

»Ich verstehe das nicht. Er ist doch gesund, oder?«

»Sozusagen, ja. Wie ich schon sagte: Alle Organe funktionieren einwandfrei, aber sie werden dennoch versagen, sobald wir die Lebenserhaltung abschalten. Es ist nicht so, dass sie irgendeinen Schaden erlitten haben. Und doch scheinen sie genau das zu glauben.«

»Ist er …? Ich meine, Sie erzählen mir das, als hätten Sie das schon mal gesehen. Gibt es eine Chance, dass Murph sich davon wieder erholt?«

Die Ärztin lächelte betrübt. Während sie weiterredete, überlegte Stark, ob er diese Frau eigentlich jemals anders als übermüdet und besorgt erlebt hatte. »Eine Chance? Ja, manchmal kommt das vor. Vielleicht in ein paar Tagen, vielleicht aber auch in ein paar Jahren. Unter Umständen auch nie. Zu irgendeinem Zeitpunkt müssen die Verwandten entscheiden, ob wir den Stecker rausziehen sollen. Hat der Junge hier Verwandte?«

Stark schüttelte den Kopf. »Nein. Er hat wohl nur mich.«

»Er könnte es schlechter erwischt haben.« Sie hielt kurz inne und sah Murphy an. »Wissen Sie, selbst wenn er wieder aufwachen sollte, ist er vielleicht nicht mehr derselbe wie früher. Er ist dem Tod so nahe gekommen, wie es nur irgend geht. Das steckt kein Mensch so einfach weg.«

»Kann ich mir vorstellen.« Er deutete so zögerlich auf Murphy, als fürchte er, ihn womöglich zu stören. »Ist es okay, wenn ich mit ihm rede?«

»Sie sind der Boss. Sie können tun, was Sie wollen. Aber schaden kann es jedenfalls nicht.«

»Kann er mich hören?«

»Ich weiß es nicht. Aber gehen Sie einfach davon aus, dass er Sie hören kann. Ich hatte mal einen solchen Fall, da kam der Freund der jungen Frau zu ihr ans Bett, redete mit ihr und sie fing an zu lächeln. Von uns allen eigentlich schon für tot erklärt, begann sie zu lächeln.« Die Ärztin zeigte auf den reglosen Murphy. »Hat er eine Freundin?«

»Hatte er. Sie starb bei dem Zwischenfall, dem Murphy das da verdankt.«

»Hartes Los. Gleiche Einheit wie er?«

»Nein, sie war keine Mil. Sie war eine Ziv. Eine Kolonistin.«

»Eine Zivilistin?« Die Ärztin riss erstaunt die Augen auf, dann konzentrierte sie sich ganz auf Murphy. »Das ist ja mal was ganz Neues für mich. Ihr seht alle so durch und durch nach Mil aus, dass die meisten Zivs Angst vor euch haben.«

»Diese Zivs sind anders. Denen sind wir als Menschen wichtig. Für sie sind wir nicht bloß eine aufregende Vid-Sendung.«

»Ja, so was habe ich auch schon mitbekommen. So wie die Ziv-Ärzte, die uns bei unseren Verwundeten geholfen haben. Aber trotzdem …« Die Ärztin wurde leiser und verstummte. »Wirklich ein hartes Los.« Dann machte sie ein paar Schritte nach hinten. »Ich lasse sie für ein paar Minuten mit ihm allein.«

»Danke.« Nach kurzem Zögern erkundigte er sich: »Diese junge Frau, von der Sie eben sprachen. Die gelächelt hat, als ihr Freund vorbeikam. Ist sie wieder aufgewacht?«

»Nein. Aber sie wusste, dass man sie nicht vergessen hatte.«

Zögerlich ging Stark zum Krankenbett und setzte sich hin, dann betrachtete er einen Moment lang Murphys Miene. Der schlaffe Gesichtsausdruck und die geschlossenen Augen ließen ihn aussehen wie einen beliebigen erschöpften Soldaten, der einen tiefen, erholsamen Schlaf genoss. »Hey, Murph.« Er griff in seine Tasche und holte ein dämlich grinsendes Figürchen heraus. »Ich weiß nicht, ob du das schon mal gesehen hast, aber es hat Robin gehört. Man nennt es Paca. Irgendein dummes Maskottchen, das vor Jahren von allen Ziv-Frauen wie verrückt gekauft wurde. Sie hat dies von ihrer Mutter bekommen. Meine Mom hat auch ein Paca. Zufälle gibt's, wie? Jedenfalls hat es Robin etwas bedeutet, also kann ich mir vorstellen, dass es dir auch etwas bedeuten wird.« Er stellte die Figur behutsam auf den Tisch in Griffweite des Betts, während er seine Gedanken für das ordnete, was er als Nächstes sagen wollte. »Hör zu, ich weiß, ich hab dir immer gesagt, was du tun solltest. Meistens habe ich dir dann auch gesagt, wie du es tun sollte, stimmt's, Murph? Aber jetzt kann ich das nicht machen, weil ich kein Recht dazu habe. Du musst dich entscheiden, wenn du das noch kannst. Du bist ein guter Junge. Du hast ein gutes Leben geführt, hast dich für deine Freunde eingesetzt. Wenn du findest, du hast hier lange genug gedient, und es wird Zeit, dass du dir was anderes suchst, dann ist das dein gutes Recht. Ich weiß, auf dich warten viele Freunde. Jedenfalls hoffe ich das. Aber wenn du noch etwas länger kämpfen möchtest, wenn du zurückkommen willst, werde ich hier sein. Ich werde dir helfen, so gut ich kann. Ich wünschte, ich könnte mehr tun. Und ich wünschte auch, ich wüsste mit Sicherheit, was du willst.«

Murphy verzog keine Miene, wenn man von den leichten, gleichmäßigen Bewegungen absah, die von seiner Atmung verursacht wurden.

»Es ist wohl so wie bei allem anderen im Leben. Wir tun, was wir für das Richtige halten, und hoffen, dass es das auch ist.« Er berührte leicht einen Arm, so als hätte er Angst, den Knochen zu brechen, wenn er etwas fester zupackte. »Ruh dich aus, Soldat.«

Stark stand so leise auf, als wollte er Murphy nicht aus dem Schlaf holen, und ging zur Ärztin, die in respektvollem Abstand gewartet hatte.

»Irgendetwas erreicht?«, fragte sie im Flüsterton.

»Nein. Das haben Sie aber auch bestimmt nicht erwartet, oder?«

»Das nicht, aber manchmal geschehen Wunder. Würde ich nicht daran glauben, dann hätte ich schon viele Male einfach aufgegeben. Stattdessen versuche ich es weiter und weiter, auch wenn der Verstand einem sagt, dass es keine Hoffnung mehr gibt.«

Stark lächelte flüchtig. »Tja, so sind wir Menschen. Wir versuchen es einfach immer weiter und weiter. Aber vielleicht sind wir ja auch alle einfach nur starrsinnig. Ähm … Doc?«

»Ja?«

»Glauben Sie, es gibt noch etwas anderes? Den Himmel oder irgendwas in der Art? Einen besseren Ort?«

»Ich will es doch hoffen. Die Einzigen, die dazu etwas sagen könnten, sind leider nicht in der Lage, sich uns mitzuteilen.«

»Stimmt.« Stark schaute mit finsterer Miene zu Murphy. »Mich wundert dabei eine Sache: Wenn wir glauben, dass es da so einen großartigen Ort für uns gibt, und alle, die von uns gegangen sind, warten da auf uns – warum kämpfen wir dann so sehr, um am Leben zu bleiben? Wieso geben wir nicht einfach auf? Wieso flicken wir die Kranken und Verletzten wieder zusammen, anstatt sie sterben zu lassen, damit sie sich an diesen Ort begeben können?«

»Vielleicht hängt es damit zusammen, dass wir es nicht mit Gewissheit sagen können. Vielleicht liegt es daran, dass die Menschen Veränderungen hassen, selbst wenn es Veränderungen hin zum Guten sind. Oder wir wollen einfach diese Welt mit all ihren Menschen und Orten nicht hinter uns zurücklassen. Oder derjenige, der hinter dem Ganzen steckt, hat die Menschen so entworfen, dass sie so lange wie möglich hierbleiben wollen.«

»Ja, das würde passen, nicht wahr? Aber warum soll

jemand uns Menschen so entwerfen, dass wir hierbleiben wollen, wo man doch so leicht die falsche Entscheidung treffen kann? Wo man verletzt wird oder andere verletzt? Das erscheint mir grausam. Warum sollte jemand so etwas machen. Worin liegt der Sinn, uns hier so lange wie möglich festzuhalten?«

»Könnte doch sein, dass wir irgendetwas lernen sollen, während wir hier sind.«

Einen Moment lang stand Stark schweigend da. »Hm, klingt einleuchtend. Klingt auch so, als hätten Sie sich darüber schon eine Menge Gedanken gemacht.«

»Wenn Sie genügend Leute sterben sehen, kommen Sie ganz zwangsläufig darauf.«

»Geben Sie mir Bescheid, wenn sich etwas tut, okay?«

»Ja, natürlich. Ich werde ihn im Auge behalten.«

Langsam ging Stark weg, drehte sich aber noch einmal um, unmittelbar bevor der Vorhang zufiel und ihm die Sicht nahm. Die Ärztin stand neben Murphys Bett, die Hände auf das Gitter an der Seite gestützt, die Schultern wie von einer schweren Last nach unten gedrückt, den Kopf vornübergebeugt. Ohne es sehen zu können, wusste Stark genau, dass ihre Augen jetzt noch mehr Müdigkeit ausstrahlten als üblich.

Die Artillerie warf ringsum schwere Geschosse ab, während kleinere Waffen die ungeschützte Position unter Beschuss nahm, die von der stetig schrumpfenden amerikanischen Streitmacht besetzt gehalten wurde. Private Ethan Stark krallte sich so in den Erdboden ein, als könnte er sich allein durch Willenskraft in den Untergrund wühlen, um dort Schutz zu suchen. Ein Schauer nach dem anderen lief ihm über den Rücken und war damit im Einklang mit den fast ununterbrochenen Schwingungen der Explosionen. Vor seinen Augen erzitterten die mit Blut bespritzten, zum Teil plattgetrampelten Grashalme.

Die Soldatin rechts von Stark drehte den Kopf zur Seite und sah ihn an. Corporal Stein. Starks Mentorin und das, was einer großen Schwester am nächsten kam. Doch ihr wutentbrannter Blick galt nicht dem Feind, sondern ihm. »Diesmal hast du es wirklich verbockt, nicht wahr, Stark?«

Trotz des Kampflärms drangen ihre Worte laut und deutlich zu ihm durch.

»Kate? Was redest du da? Was soll ich verbockt haben?«

»Du hast uns hergebracht, oder etwa nicht? Deinetwegen sitzen wir hier in der Falle.«

Stark, der durch das Gefecht bereits übermäßig unter Stress stand, wollte vor Frust über diese völlig ungerechtfertigte Unterstellung laut aufschreien.

»Verdammt noch mal, ich habe hier nicht das Kommando! Nichts davon ist meine Schuld!«

Doch etwas stimmte hier nicht. Stark sah dorthin, wo eigentlich die Baumlinie hätte stehen müssen, aus deren Schutz heraus sie beschossen wurden. Doch da waren keine Bäume. An ihrer Stelle befand sich jetzt ein kahler Hügelkamm. Auch das Gras, auf dem er eben noch gelegen hatte, war verschwunden und durch schroffe Felsen ersetzt worden, die allerdings gleichfalls mit Blut bespritzt waren. »Kate? Was zum Teufel ist hier ...« Wieder sah er Kate an, da er seine Frage nicht zu Ende formulieren konnte.

»Wir haben dir vertraut, Stark, und du hast uns hergeführt. Jetzt können wir nicht einmal mehr versuchen wegzulaufen«, beklagte sich Stein und zeigte an sich herab.

Ihm wurde übel, als er sah, dass ihre Beine nicht mehr da waren, offenbar weggesprengt von einem der auf sie abgefeuerten Geschosse. Er riss den Kopf herum, um das nicht sehen zu müssen, doch damit fiel sein Blick auf einen anderen Soldaten, der bäuchlings zu seiner Linken lag, das Gesicht im Gras vergraben. Der Mann rührte sich nicht, woraufhin Starks Hand wie aus eigenem Antrieb nach dem Soldaten fasste und ihn zu schütteln begann. Der Körper wippte schlaff hin und her, nur der Kopf drehte sich zur Seite. Private Murphy. Er lebte noch. Stark konnte den Atem des Mannes auf seiner Hand spüren. Nur seine Augen und das ganze Gesicht waren leer und ausdruckslos. »Du bist nicht tot!«, brüllte Stark ihn an. »Du bist nicht ...«

Abrupt wachte er auf, sein Puls raste, er zitterte am ganzen Leib von der Erinnerung an diese Schlacht. *Patterson's Knoll. Seit dem Ende dieser verdammten Schlacht erlebe ich sie Nacht für Nacht wieder. Das war schon jedes Mal schlimm genug, aber jetzt wird es noch übler.* Er setzte sich auf und rieb sich übers Gesicht, während seine Atmung langsam zur Ruhe kam. Major Patterson hatte gleich zwei Kompanien viel weiter in Richtung Feind marschieren lassen, als alle übrigen Truppen bis zu dem Moment vorgerückt waren. Viel zu spät stellte sich heraus, dass der Feind über ein deutlich größeres Kontingent und weitaus mehr Waffen verfügte als erwartet. Anstatt jedoch den Rückzug anzuordnen, führte der Major seine Soldaten zu einem ungeschützten Hügel, wo er mit ihnen verharrte, während der Gegner sie in aller Ruhe einkreisen und dann gnadenlos beschießen konnte. Stark war einer von drei Soldaten, die das Gemetzel überlebten, weil er in jener Nacht einen Weg fand, der durch die feindlichen Linien hindurchführte. Zurückgelassen hatte er dabei viele tote Freunde, darunter auch Kate Stein.

Und nun träume ich auf einmal, dass das meine Schuld

ist. Dass ich dafür verantwortlich war. Alles ist durcheinandergeraten – Patterson's Knoll und das hier. Die Toten dort, und hier die Lebenden, die auf mich zählen. Was zum Teufel soll ich machen?

Er musste an Kate Stein denken, an die Überlebenslektionen, die sie dem frischgebackenen Soldaten Ethan Stark beigebracht hatte. Unwillkürlich fragte er sich, was sie ihm jetzt raten würde. Doch das rief ihm nur wieder ihren Bruder Grant ins Gedächtnis, jenen Soldaten, der hergekommen war und vorgegeben hatte, Stark zu verehren. Tatsächlich hatte er aber von Rachegedanken fehlgeleitet auf eine Gelegenheit gewartet, um Stark und seine Truppen zu hintergehen. Dafür war Grant auf Starks Befehl vor ein Kriegsgericht gestellt und von einem Erschießungskommando hingerichtet worden, nachdem Stark das Urteil des Gerichts bestätigt hatte. *Ganz gleich, wo du auch sein magst, Kate, ich kann es verstehen, wenn du mich jetzt dafür hasst. Aber ich hatte keine Wahl. Wärst du noch da gewesen, als dieser Idiot Grant aufwuchs, hätte er so wie ich von dir die guten Dinge lernen können.*

Er stand auf und versuchte, alle Gedanken an die damalige Schlacht und die Geschwister Stein zu verdrängen. Er wusste, in dieser Nacht würde er keinen Schlaf mehr finden. Da ihm die Vorstellung nicht gefiel, allein in seinem Quartier zu sitzen und in die Dunkelheit zu starren, öffnete er die Tür und machte sich auf den Weg zum nächstgelegenen Freizeitraum.

Um diese Uhrzeit war der kleine Raum natürlich verwaist, die schlichten Metallstühle waren allesamt unbesetzt. Wer neu auf dem Mond war, benötigte immer eine Weile, um sich mit diesen scheinbar kaum belastbaren Stühlen anzufreunden. Aber die mutmaßliche Sparsamkeit bei der Verwendung der Materialien hatte durchaus ihre Rechtfertigung, denn diese Stühle waren lediglich so konstruiert, wie es erforderlich war, um Menschen zu tragen, die auf dem Mond nur ein Sechstel ihres Gewichts auf der Erde auf die Waage brachten.

Stark nahm sich einen Becher Kaffee und setzte sich an einen der kleinen Tische. Vor ihm lief ein Bildschirmschoner auf dem eingebauten Display, der Farbkleckse in völliger Schwärze entstehen ließ, die an die Lichter erinnerten, die man sah, wenn man die Augen geschlossen hielt. Mit düsterer Miene betrachtete er das Display, bis er nach einer Weile Formen in den leuchtenden Klecksen zu sehen glaubte.

In der Falle. Ja, wir sitzen in der Falle. Zugegeben, ich würde mit niemandem tauschen wollen, der versuchen sollte, uns niederzuringen, aber weglaufen können wir tatsächlich nicht. Wenn sie uns immer wieder angreifen, werden wir am Ende doch noch verlieren. Mathe war noch nie meine Stärke, aber ich weiß, wie man Kämpfe zählen muss. Es ist ganz egal, wie oft man gewonnen hat. Sobald man einmal verliert, sind vorherige Siege nichts mehr wert. Und genauso verhält es sich mit den Gegnern: Du kannst neunundneunzig feindliche Soldaten töten, aber wenn der hundertste Soldat dich erwischt, wofür war das Ganze dann gut?

Starks Gedanken blieben an dieser letzten Frage hängen. *Das erinnert mich an irgendwas. Irgendwelche Leute, die standhaft geblieben und gestorben sind. Aber wer? Wo? Ein* Gesicht tauchte vor seinem geistigen Auge auf. *Rash Paratnam? Nein, er lebt zum Glück noch. Aber er hat mir von diesen Leuten erzählt. Wie hießen die bloß? Irgendwas mit Spo-, nein, Spa-, Spartaner. Ja, genau. Irgendeine Schlacht, in der sie ihren Platz nicht verlassen und bis zum letzten Mann gekämpft hatten. Warum um alles in der Welt haben die das gemacht?*

Vielleicht war die Antwort gar nicht so wichtig, aber die Suche danach würde ihn von seinen Albträumen und von anderen Fragen ablenken, deren Botschaften nicht einfach irgendwo nachgeschlagen werden konnten. Stark aktivierte das Display und suchte nach der Schlacht, von der sein Freund gesprochen hatte. *Das muss es sein. Die Thermopylen.* Er las die Beschreibung durch und fand das Ganze faszinierend genug, um sich auch die Hintergründe anzeigen zu lassen. Schließlich war mehr als eine Stunde verstrichen.

Der Koloniemanager hatte ihm seine private Nummer gegeben, und die wählte Stark jetzt an. Nach mehrmaligem Klingeln meldete sich ein zerzauster Campbell, der ihn mit zusammengekniffenen Augen ansah.

»Sergeant Stark? Gibt es einen Notfall?«

»Nein, keinen Notfall. Aber es ist etwas, worüber ich mit Ihnen reden möchte.«

Campbell sah in eine Ecke seines Bildschirms, wo offenbar die Uhrzeit angezeigt wurde. »Sie halten nicht viel von normalen Schlafgewohnheiten, nicht wahr, Sergeant?«

»Ähm … vermutlich nicht. Das dürfte an zu vielen Nachtschichten im Dienst liegen. Sagen Sie, haben Sie jemals von den Spartanern gehört?«

»Spartaner? Ja, sicher. Antikes Griechenland, richtig?«

»Ja genau. Jedenfalls haben die sich an einem Ort einen erbitterten Kampf geliefert, den ich nicht einmal aussprechen kann. Thermo… irgendwas. Es waren nur ein paar hundert Mann, die losgeschickt worden waren, um eine ganze Invasionsarmee aufzuhalten.«

Campbell schüttelte den Kopf, als wollte er so seine Gedanken sortieren. »Das dürften die Perser gewesen sein, wenn ich das richtig in Erinnerung habe.«

»Ja. Auf jeden Fall haben diese Spartaner lange Zeit die

Stellung gehalten. Das war der Befehl, den man ihnen gegeben hatte. Aber die Perser verfügten über eine riesige Armee, und irgendwann hatten sie es geschafft, die Spartaner einzukreisen, und dann haben sie sie alle getötet.« Stark bewegte den Finger, als würde er auf den Text zeigen, der sich aber längst nicht mehr dort befand. »Sie hätten weglaufen können, aber das taten sie nicht. Man hatte ihnen den Befehl gegeben, diese Position zu halten. Das haben sie getan, und deshalb sind sie gestorben.«

»Das war ganz bestimmt ein nobles Opfer, das sie erbracht haben, Sergeant Stark, aber was …?«

Stark sah nach oben und suchte nach den richtigen Worten. »Aber es war mehr als nur das. Die Griechen haben einander in großem Stil bekämpft. Ich vermute, das waren damals Städte, die untereinander zerstritten waren. Obwohl also diese riesige persische Armee anrückte, waren die Griechen nicht bereit, miteinander zu kooperieren. Aber diese paar hundert Spartaner haben das geändert. Sie haben nicht bloß Zeit schinden wollen, sondern sie haben den Griechen etwas Symbolisches gegeben. Sehen Sie, die Spartaner sind nicht für sich selbst gestorben. Sie wussten, selbst wenn sie sich ganz gut gegen die Perser halten, würden sie am Ende doch alle sterben müssen. Dabei hätten sie genauso gut allesamt in dem Winkel in Griechenland bleiben können, in dem sie zu Hause waren. Da hätten sie versuchen können, ihr eigenes kleines Territorium zu verteidigen. Doch sie sind gestorben, um das Ganze zu beschützen. Sie wurden zu einem Symbol, an dem sich alle Griechen ein Vorbild nehmen konnten.«

Campbell nickte, war aber sichtlich verwirrt. »Ja, das muss damals wichtig gewesen sein. Aber worin liegt die Bedeutung für uns heute?«

»Darin, dass es uns etwas verrät, Mr. Campbell.« Stark beugte sich vor, um den folgenden Worten mehr Nachdruck zu verleihen. »Es verrät uns etwas darüber, wie man gute Dinge wahr werden lassen kann. Ich werde Sie um einen Gefallen bitten, Sir.«

»Was für einen Gefallen?«

»Diese Abstimmung über die Unabhängigkeitserklärung … Ich möchte, dass Sie sie verschieben.«

»Was?« Campbell schüttelte den Kopf, als wollte er seinen Ohren nicht trauen. »Ich soll die Abstimmung verschieben? Wieso?«

Stark zögerte, da er wieder nach den richtigen Worten suchen musste. »Weil wir die Vereinigten Staaten verlassen können und weil wir damit auch eine Weile durchkommen werden. Ich will damit sagen, dass die Kolonie ziemlich gut dasteht, seit die Konzerne daheim sie nicht mehr bluten lassen. Und seit Ihre Zivs keine zusätzlichen Steuern mehr abführen müssen, die ihnen auferlegt wurden, weil Sie keine eigenen Volksvertreter wählen durften; Repräsentanten, die Sie vor genau so einem Unsinn hätten in Schutz nehmen können. Sie verfügen hier über zahlreiche Ressourcen und spezialisierte Fabriken, nicht wahr? Und meine Truppen können die Kolonie auf lange Sicht beschützen, vielleicht sogar für immer. Aber wir würden einfach das Band zerschneiden und davonlaufen, oder nicht? Wir würden uns das nehmen, was wir kriegen können, und all die gewöhnlichen Zivs auf der Erde wären nach wie vor den gleichen korrupten Politikern und dem gleichen korrupten System ausgeliefert.«

»Sie wollen sagen, wir sollen dem Land die Treue halten, das sich alle Mühe gibt, uns einzuschüchtern und zu unterdrücken? Wieso?«, wollte Campbell energischer als zuvor wissen.

»Wenn etwas kaputtgegangen ist, dann hat man zwei Möglichkeiten, Sir. Man wirft es weg, oder man versucht, es zu reparieren. Ich weiß, die vorherrschende Haltung besagt schon sehr lange, dass es einfacher ist, Kaputtes einfach wegzuwerfen. Aber das kann nicht immer so gewesen sein.« Stark hielt kurz inne, als ihm etwas einfiel. »Daheim habe ich noch meine Eltern. Zivs, so wie Sie. Ich erinnere mich noch gut daran, dass ich ein besserwisserischer Teenager war und dass mir meine Eltern peinlich waren. Aber eigentlich waren und sind sie anständige, ehrliche Leute, die nur das Richtige tun wollen. Ich glaube, das trifft auf die meisten Zivs zu. Und auf den größten Teil des Mil wohl auch. Aber man hat allen Leuten – Zivs wie Mil – weisgemacht, dass sie tun können, was sie wollen, ohne dass sich etwas an den Dingen ändern wird. Aber vielleicht würde es etwas bewirken, wenn sie sehen könnten, dass da Leute sind, die etwas zum Besseren zu verändern versuchen. Menschen, die sich engagieren, obwohl sie sich genauso gut einfach abwenden und weggehen könnten, ohne dass es ihnen deshalb an irgendetwas mangeln würde. Vielleicht würden mehr von den anderen dann auch versuchen, etwas zu verändern. Wenn sich aber erst einmal genügend Menschen genauso entscheiden: Was würde das für das System bedeuten?«

»Sie wollen sagen, dass wir als gutes Beispiel für alle anderen vorangehen und den USA verbunden bleiben sollten? Wenn wir uns vornehmen, die Fehler im System zu beheben, würden wir damit andere inspirieren, es uns nachzumachen, meinen Sie? Das ist ein nobler Gedanke, Sergeant. Aber ich bin mir nicht sicher, ob es von mir verantwortungsvoll wäre, das zu meiner Politik zu machen. Ich muss an die Menschen dieser Kolonie denken. Sie verlangen da einiges von ihnen.«

»Sir, bei allem Respekt, aber es sind meine Leute, von denen jeden Tag ein paar sterben, weil sie die Kolonie verteidigen. Ich verlange von Ihren Leuten nicht, sich so einem Schicksal auszusetzen. Ich bitte sie nur darum, aufzustehen und zu sagen: ›Wir laufen nicht weg, obwohl wir es könnten.‹«

Bei Starks letzten Worten war Campbells Miene auf einmal so verschlossen, dass er ihm keine Gefühlsregung mehr ansehen konnte. »Ich weiß die Opfer zu schätzen, die Sie unseretwegen bringen, Sergeant. Das wissen wir alle zu schätzen. Aber Ihnen muss doch auch klar sein, dass eine Unabhängigkeitserklärung für Ihre Soldaten von Nutzen wäre. Als eigenständiges Land können wir mit einzelnen oder sogar allen Ländern der feindlichen Allianz Frieden schließen. Das würde den Druck auf Sie und Ihre Leute spürbar verringern. Und es würde auch bedeuten, dass meine Leute nicht länger diesem Belagerungszustand ausgesetzt wären.«

»Das dachte ich mir schon, Mr. Campbell. Aber ich habe heute etwas gehört, das mich sehr nachdenklich hat werden lassen. Einer meiner klugen Berater hat uns von einem Mann namens Hannibal erzählt. Er wurde von den Römern geschlagen, weil es ihm nicht gelungen war, den Sieg zu erringen, da die römische Armee die offene Schlacht verweigerte, die er anstrebte. Weil die römische Armee ihm beständig aus dem Weg ging, konnte Hannibal auch Rom nicht erobern. Dieser Bericht hat mich sehr unglücklich gemacht. Mir wurde nämlich klar, dass wir leider keine Armee haben, die irgendwo da draußen unterwegs ist und den Leuten das Leben schwermacht, die diese Kolonie stürmen wollen.«

Campbell nickte. »Es gibt keinerlei Aussicht darauf, mit einer anderen Nation der Erde eine Allianz einzugehen.

Keiner will sich den Zorn der Vereinigten Staaten zuziehen und …«

»Nein, Sir«, unterbrach Stark ihn. »Ich dachte nicht an eine fremde Armee, sondern an alle daheim, an die Zivs, die angeblich diese gegen uns gerichteten Angriffe befürworten – sind die nicht auch eine Armee? Was wäre, wenn sie sich alle weigern, zu den Leuten zu halten, die uns hier draußen besiegen wollen? Wenn die sich genau den Typen entgegenstellen, die Leute wie Sie und mich und jeden anderen armen Schlucker hier oben und daheim seit einer Ewigkeit für ihre Zwecke benutzen, was würde dann geschehen?«

»Ich weiß nicht.« Campbell sah so konzentriert vor sich hin, dass Stark sich lebhaft vorstellen konnte, wie sich im Gehirn des Managers die Zahnräder drehten, während er überlegte. »Der Gedanke ist interessant, Sergeant. Er ist sogar sehr interessant. Und Sie haben völlig recht, dass ein kraftvolles Exempel statuiert werden muss, um die heimische Bevölkerung zum Handeln zu veranlassen.«

»Werden Sie dann tun, worum ich Sie gebeten habe?«

»Ich werde darüber nachdenken. Versprechen kann ich Ihnen jetzt noch nichts. Das Referendum kann ich noch ein wenig vor mir her schieben, ohne allzu viel Unruhe auszulösen. Aber eine komplette Absage kann ich momentan noch nicht umsetzen.«

»Mehr kann ich von Ihnen gar nicht erwarten.«

»Wären Sie bereit, das, was Sie mir eben gesagt haben, auch den Bürgern dieser Kolonie zu sagen?«

»Ich? Ich bin kein Rednertyp. Ich bin nur ein Infanterist. Der Politiker sind Sie.«

»Wenn Ehrlichkeit und Glaubwürdigkeit das zentrale Thema sind, ist es nicht immer sinnvoll, einen Politiker reden zu lassen«, kommentierte Campbell ironisch. »Sind Sie von dem, was Sie gesagt haben, so sehr überzeugt, dass Sie es im Vid auch jedem anderen sagen würden?«

Stark verspürte, wie sich starke Kopfschmerzen ankündigten, dennoch nickte er. *Oh verdammt. Warum bringe ich mich bloß immer wieder in solche Situationen?* »Okay. Wenn es sein muss, werde ich es machen.«

»Ich danke Ihnen, Sergeant.« Campbell sah demonstrativ wieder auf seine Uhr. »Ich melde mich später wieder bei Ihnen. Zu einer Uhrzeit, wenn Menschen normalerweise wach sind.«

»Klar.« Stark reagierte mit einem Grinsen auf die spitze Bemerkung. »Jederzeit.«

»Gute Nacht, Sergeant.«

Das Bild auf dem Display erlosch, Stark lehnte sich nach hinten und atmete seufzend aus. *Was habe ich da nur angerichtet? Vic wird mir den Kopf abreißen.*

Ein leises Geräusch drang vom Eingang zum Freizeitraum an sein Ohr. Er drehte sich um und sah Vic Reynolds gegen den Türrahmen gelehnt dastehen. Die Arme hielt sie verschränkt, ihr Gesichtsausdruck war unergründlich. »Oh. Hi, Vic.«

»›Hi‹, sagt der Mensch zu mir. Bist du wieder mal planlos, Ethan?«

»So kann ich am besten arbeiten.«

»Hin und wieder solltest du versuchen, erst einmal zu überlegen und zu planen, bevor du handelst. Einfach nur zum Spaß«, spottete sie, durchquerte den Raum und setzte sich ihm gegenüber hin. »Jetzt willst du also die Zivs darum bitten, sich nicht für unabhängig zu erklären. Willst du die Truppen auch darüber informieren?«

Darüber hatte er zwar noch gar nicht nachgedacht, dennoch kam die Antwort sofort über seine Lippen. »Ja. Sobald ich wieder mit Campbell geredet habe, was irgendwann in den nächsten paar Tagen passieren wird.«

»Gut.« Die Antwort überraschte ihn genauso wie Vics Lächeln, das widerwillige Bewunderung erkennen ließ. »Du erstaunst mich immer wieder, Ethan. Wir haben nach einer Sache gesucht, für die es sich zu kämpfen lohnt, und die meisten waren der Meinung, dass die Unabhängigkeit diese Sache sein wird.«

»Es gibt keine große Begeisterung, was diese Unabhängigkeit angeht, Vic. Das ist mehr eine Sache, von der die Leute glauben, sie anstreben zu müssen.«

»Richtig, und stattdessen bietest du jetzt unser eigenes Vaterland wieder als erstrebenswert an. Bleib dabei! Das Land braucht dich, um auf den rechten Weg zurückzufinden. Die Zivs werden schon das Richtige tun, wenn sie sehen, wofür du zu sterben bereit bist. Nicht als Vid-Sendung und auch nicht, um die Konzernprofite in irgendeinem schmuddeligen Eckchen in die Höhe zu treiben, nur weil es da von Bodenschätzen nur so wimmelt. Nichts davon, sondern weil du für das eintrittst, was wirklich wichtig ist.« Sie hob die Hände und applaudierte verhalten. »Gut gemacht, Sergeant.«

»Hör schon auf. So weit habe ich gar nicht vorausgedacht. Ich hab gar nicht erst versucht, das aus allen Perspektiven zu betrachten.«

»Das machst du nie, Ethan. Und darum glauben die Leute an dich.« Sie beugte sich vor und neigte den Kopf ein wenig zur Seite, um Stark eindringlich zu betrachten. »Aber damit das hier auch klappt, wirst du die Zivs davon überzeugen müssen, dir nicht nur zu glauben, sondern dir auch zu folgen. Kannst du das?«

»Keine Ahnung.« Er starrte missmutig auf das leere Display, auf dem der Bildschirmschoner wieder zufällige Muster entstehen ließ. »Ich bin bloß ein Infanterist, Vic. Wann ist mein Job so dermaßen kompliziert geworden?«

»Vermutlich in dem Moment, als du begonnen hast, deinen Job ernst zu nehmen. Das sind keine leichten Jobs, Ethan, und das sind sie noch weniger, wenn sie rundum richtig erledigt werden.«

»Wie ging noch gleich dieses dumme Motto, das sie uns mal aufzwingen wollten? ›Wenn du keinen Spaß daran hast, dann machst du es nicht richtig.‹ Weißt du noch? Tja, in letzter Zeit habe ich nicht allzu viel Spaß gehabt, was für sich selbst sprechen dürfte. Wieso bist du um diese Uhrzeit eigentlich auf?«

»Seit die uns hier innerhalb des Hauptquartiers angegriffen haben, wache ich zu den unmöglichsten Zeiten auf und verspüre den dringenden Wunsch, die Sicherheitsposten zu inspizieren.«

»Daran ist ja nichts verkehrt.« Den Angreifern, denen Grant Stein alle Zugangscodes zugespielt hatte, wäre beinahe die notwendige Überraschung gelungen, die ihre Aktion zu einem Erfolg hätte werden lassen. Weder Reynolds noch Stark gefiel das hohe Maß an Glück, das auf ihrer Seite nötig gewesen war und ihnen allen den Kopf gerettet hatte. »Alles okay?«, fragte er und musste gähnen, während sie nickte. »Gut, dann schlage ich vor, dass wir wieder ins Bett gehen.«

»Du Casanova, du.«

Stark spürte, dass seine Wangen zu glühen begannen. »So habe ich das nicht gemeint.«

»Ich weiß«, sagte Vic und lächelte ihn beschwichtigend an. »Das Leben ist auch so schon kompliziert genug.« Sie stand auf und ging zur Tür. »Bis morgen, Soldat. Ganz gleich, was die Zukunft bringt, wir werden damit besser umgehen können, wenn wir vorher noch ein paar Stunden Schlaf bekommen.«

»Commander Stark? Die Zivs sehen wieder Geister.«

Stark hatte seine Gefechtsrüstung so schnell angelegt und versiegelt, dass er immer noch verschlafen blinzelte, als er sich auf den Weg zum Kommandozentrum machte. Als die zivilen Techniker, in deren Verantwortung die Überwachung des Gebiets über der Landebahn der Kolonie fiel, das letzte Mal einen Geist auf ihren Scans bemerkt hatten, war das die einzige Vorwarnung vor dem unmittelbar bevorstehenden Angriff auf Starks Hauptquartier gewesen. Im Kommandozentrum warteten bereits Sergeant Tran und Sergeant Reynolds, die beide ebenfalls Panzerung angelegt hatten. »Guten Morgen.« Draußen war der Himmel so schwarz wie immer und ließ keinen Rückschluss auf die Tageszeit zu. Nach der künstlichen menschlichen Uhr war es jetzt etwa 0300 Uhr. »Wie viele Geister haben wir? Und wo sind sie?«

Tran zeigte auf das Display, auf dem Symbole für unbekannte Kontakte über den dazugehörigen Flugbahnen lagen, die sich aus dem All der Kolonie näherten. »Drei oder vier. Die Zivs haben uns benachrichtigt, als ihnen auf ihren Scans Geister aufgefallen waren. Da wir unmittelbar mit ihnen zusammengearbeitet haben, konnten wir unsere Sensoren so anpassen, dass wir diese Erscheinungen jetzt auch von Zeit zu Zeit feststellen können.«

»Warum versuchen sie es auf die gleiche Weise wie beim letzten Mal? Da waren es auch die Zivs, die uns vor ihnen gewarnt haben, weil ihre Sensoren mit etwas anderen Parametern arbeiten. Genau deshalb konnten sie ja das Shuttle entdecken, das uns verborgen geblieben war. Ist denen nicht klar, dass es jetzt ganz genauso ablaufen wird?«

Vic schüttelte den Kopf. »Nein, Ethan. Es ist ihnen nicht klar, weil sie wahrscheinlich nie herausgefunden haben, dass wir von den Zivs gewarnt wurden. Denen ist nur bekannt, dass wir von dem Angriff erst etwas gemerkt haben, als der de facto bereits begonnen hatte. Danach haben wir manuell gescannt, um das feindliche Shuttle zu suchen. Und dann haben wir es ja auch entdeckt.«

»Also dachten sie, sie kommen damit durch, wenn sie es einfach noch einmal versuchen? Diese Geister sehen aber nicht so aus, als ob der Komplex rund um das Hauptquartier ihr Ziel ist.«

»Ist es auch nicht. Aber wir haben noch keine Gewissheit, was sie stattdessen vorhaben. Unsere Systeme versuchen noch immer, das zu berechnen, aber die Anzeigen dieser Geister sind so schwach, dass sie Probleme damit haben.«

»Dann will ich verdammt noch mal eine Vermutung hören! Diese Shuttles werden in Kürze landen, und ich will ihnen ein Empfangskomitee präsentieren.«

Vic sah zu Tran, der sich auf einen seiner Wachhabenden konzentrierte. Dieser Corporal betrachtete kritisch das Display, tippte ein paar Befehle ein, durch die verschiedene Bereiche der anzeigten Flugbahnen heller oder dunkler wurden. Schließlich sagte er: »Sir, wenn ich mich jetzt festlegen müsste, würde ich sagen, ihr Kurs führt sie zum Hauptkraftwerk.«

»Das Kraftwerk.« Ein Hochleistungsfusionsreaktor, ein Stück weit von der Kolonie entfernt, unter der Mondoberfläche vergraben und von Böschungen umgeben. »Das ist es, Vic! Die wollen sich das Kraftwerk holen. Was passiert, wenn es ihnen gelingt?«

»Dann folgt ein langsamer Tod, Sir«, meldete sich ein anderer Wachhabender zu Wort. »Dann haben sie uns und die

Zivs im Würgegriff. Mit dem Reservekraftwerk und unter Zuhilfenahme sämtlicher Solarzellen, die wir vielleicht auftreiben können, wären wir trotzdem nicht in der Lage, hier oben noch irgendetwas zu tun.«

»Na, großartig. Und ich nehme an, die Alternative besteht darin, dass eine Rückeroberung nur in Form eines massiven Feuergefechts unmittelbar am Fusionsreaktor erfolgen kann. Vic, schick sofort die Einheiten zum Kraftwerk, die in Rufbereitschaft sind. Wie ist die Anlage eigentlich gesichert?«

Sergeant Tran zeigte auf ein paar weit verstreute Symbole, während er auf dem Display die Position des Kraftwerks heranzoomte. »Militärpolizei, die das Sicherheitspersonal der Zivs unterstützt.«

Stark sah sich die Symbole an. »Ein Trupp MPs? Das ist alles?«

»Das ist alles.«

»Und da kommen drei oder vier Truppenshuttles herein? Die sind kleiner als die Frachtshuttles, also müsste da ungefähr eine Kompanie Angreifer zusammenkommen, nicht wahr?«

»In der Größenordnung liegt auch unsere Schätzung, Commander. Bei den Angreifern dürfte es sich um Elitetruppen handeln, wenn wir nach der ersten Attacke gehen können.«

»Vic, ich will diese Bereitschaftseinheiten sofort am Kraftwerk sehen. Tran, alarmieren Sie alle Einheiten an der Frontlinie und sagen Sie ihnen, dass hier was Übles naht und dass sie es mit Sonden oder sogar mit richtigen Angriffen zu tun bekommen könnten. Oh, und verbinden Sie mich mit dem Commander dieser MPs.« Im nächsten Moment tauchte auf Starks Display ein Fenster auf, das einen angespannt dreinblickenden Sergeant zeigte. »Sie haben das Kommando über die MPs im Kraftwerk?«

»Richtig. Wie ich höre, bekommen wir Gesellschaft?«

»Sieht so aus, ja. Über welche Waffen verfügen Sie?«

»Wir sind die ganz leichte Infanterie. Gewehre und Handfeuerwaffen. Das ist alles.«

»Was ist mit den Ziv-Sicherheitsleuten?«

»Ausschließlich Waffen, die nicht tödlich wirken. Sofern wir die Leute nicht als menschlichen Schild benutzen wollen, hatte ich eigentlich vor, ihnen zu sagen, dass sie in Deckung gehen sollen.«

Stark nahm sich einen Moment Zeit, die Situation seiner Eingreiftruppe zu betrachten. GTT mit Infanterie an Bord näherten sich aus drei Richtungen dem Kraftwerk. Eine vierte Kolonne, die sich aus Lamonts Panzern zusammensetzte, war ebenfalls dorthin unterwegs. »Okay, drei Kompanien sind auf dem Weg zu Ihnen, außerdem schwere Panzer. Aber was wir da beobachten, wird vor der Verstärkung bei Ihnen eintreffen. Sie müssen dieses Kraftwerk unbedingt halten.«

Der MP-Sergeant nickte. »Ich schätze, danach werde ich mir von Ihren Leuten nicht mehr anhören müssen, dass wir ja gar keine richtige Gefechtstruppe sind. Aber es hört sich sehr danach an, dass wir in Sachen Kampfstärke und Waffen ganz erheblich unterlegen sein dürften.«

»Ich weiß. Sonst haben Sie nichts, was Sie als Waffen einsetzen können?«

»Nur die Partikelkanonen.«

»Partikelkanonen?« Stark sah erneut auf sein Display und tippte zunehmend verärgert Befehle ein. »Mir werden hier keine derartigen Waffen beim Kraftwerk angezeigt.«

»Das liegt daran, dass es sich nicht um Waffen handelt.

Jedenfalls nicht im wörtlichen Sinn. Diese Kanonen sind hier, um alle Gesteinsbrocken zu zerschlagen oder abzulenken, die sich dem Kraftwerk nähern. Aber die sind auch nur so ausgelegt, dass sie gegen Steine eingesetzt werden können. Ich weiß nicht, ob ich damit überhaupt ein Ziel auf der Oberfläche anvisieren kann.«

»Versuchen Sie es wenigstens.« Abermals kontrollierte Stark, wie weit seine Einheiten vorgerückt waren, und verglich das Ergebnis mit den immer deutlicher werdenden Flugbahnen der Geister. »Sie müssen nur ungefähr fünfzehn Minuten durchhalten, Sergeant.«

»Mehr nicht?«, fragte der MP spöttisch und versuchte zu lächeln. »Wenn wir das hier überleben, dann würde ich es zu schätzen wissen, wenn wir anschließend ein paar schwerere Waffen zugeteilt bekämen.«

»Wenn Sie das Kraftwerk halten, werde ich Ihnen einen verdammten Panzer überlassen, falls Sie den haben wollen.« Er warf Vic einen verwunderten Blick zu. »Okay. Jetzt verrat mir mal, warum eine so wichtige Einrichtung nur von ein paar MPs bewacht wird.«

»Kann ich dir nicht sagen, Ethan. Das war schon so, als wir hier alles übernommen haben, und es ist eines von den tausend Dingen, mit denen wir uns bislang noch nicht haben befassen können. Laut System sollen die MPs und die Ziv-Cops auch nur dafür sorgen, dass keine Spinner ins Kraftwerk gelangen. Auf die Möglichkeit großangelegter Angriffe ist niemand gefasst gewesen. Himmel! Tran, können diese Partikelkanonen die Geister zum Absturz bringen, bevor die gelandet sind?«

Tran verzog den Mund. »Daran hätte ich denken müssen. Weiß einer von den Wachhabenden darauf eine Antwort?«

Ein Corporal nickte. »Ich weiß es. Wenn diese Kanonen

so gebaut sind, dass sie Steine unschädlich machen sollen, werden sie gegen die Geister nichts ausrichten können. Sie sind so entworfen, dass sie aktive Zielerfassungssysteme einsetzen, um nicht manövrierfähige Kontakte zu verfolgen und zu treffen.«

»Was? Sie meinen, das ist bloß Radar?«

»Richtig. Mehr benötigen sie nicht. Aber wenn sie die Geister erfassen, werden die ihre Flugbahn ändern, und damit kommt die Feuerkontrolle dieser Kanonen nicht klar.«

Tran drehte sich zu Vic um und spreizte die Hände. »Der Gedanke war gut, aber es funktioniert nicht.«

»Trotzdem danke«, erwiderte Vic. »Andererseits hätten wir diese Kanonen vielleicht sowieso nicht eingesetzt, selbst wenn es möglich gewesen wäre.«

Stark schaute sie verdutzt an. »Wieso nicht?«

»Was ist, wenn es diesmal US-Truppen sind?«, fragte Vic. »Wollen wir wirklich Shuttles vom Himmel holen, in denen amerikanische Soldaten sitzen?«

»Nicht, wenn es sich vermeiden lässt. Könnten das Amerikaner sein?« Stark betrachtete das Display und verzog das Gesicht, als könne er die Geister deutlich sehen. »Wir haben gehört, dass sie Ranger in reguläre Einheiten gesteckt haben, um die Löcher im Personalbestand zu flicken. Würden sie dann reguläre Truppen bei einer Attacke wie dieser hier mitschicken?«

»Das haben wir doch auch gemacht.«

»Das hat damit zu tun, dass wir uns nicht an die Vorschriften halten, Vic. Aber du kennst das Pentagon. Die Vorschrift besagt, dass bei Spezialoperationen Spezialeinheiten zum Einsatz kommen. Bloß hat das Pentagon längst nicht mehr genug Spezialeinheiten, um daraus eine komplette Kompanie zu bilden. Das würde bedeuten, dass sie irgendwelche Söldner angeworben haben, die zu den Spezialeinheiten anderer Länder gehören.«

»Wollen wir's hoffen.«

»Oh ja.«

Seine Komm-Einheit gab einen Piepton von sich. »Stark? Hier ist Yurivan.«

»Hey, Stace. Was gibt's?«

»Ach, ich dachte mir, es könnte interessant sein zu erfahren, dass jemand versucht, ein paar von den Würmern zu aktivieren, die wir nach dem letzten Angriff im System versteckt gefunden hatten.«

Stark atmete erleichtert auf. *Das waren wirklich üble Würmer, wenn ich das richtig in Erinnerung habe. Die hätten unsere Gefechtssysteme und noch einiges mehr unbrauchbar gemacht.* »Besteht eine Chance, diesen ›Jemand‹ ausfindig zu machen?«

»Das versuche ich schon, aber meine Hacker sagen, dass derjenige sehr gut darin ist, seine Spuren zu verwischen.«

»Laufen wir Gefahr, dass wir ein paar Würmer übersehen haben, als das System gesäubert wurde? Oder könnten neue Würmer eingeschleust worden sein?«

»Beide Gefahren bestehen immer, Stark. Wenn alle Lichter ausgehen und Sie anfangen, nach Luft zu schnappen, werden Sie Gewissheit haben, dass wir ein paar Würmer übersehen haben.«

»Danke, Stace.« Stark sah Vic an. »Warum hatte ich Sie noch gleich zur Sicherheitsoffizierin gemacht?«

»Das darfst du mich nicht fragen, das war schließlich deine Idee«, hielt Vic ihm vor Augen. »Aber sie macht ihre Arbeit schrecklich gut.«

»Auf das ›schrecklich‹ könnte ich dabei gut verzichten. Tran, wie lange noch, bis die Geister landen?«

Tran schaute auf das Display und rieb sich den Nacken. »Wir werden die Geister jeden Moment aus den Augen verlieren, weil sie dann für die Multisensorenscan-Analyse zu niedrig fliegen. Bis zur Landung würde ich ihnen noch maximal zwei Minuten geben.«

»Zwei Minuten ...« Stark studierte die Symbole auf dem großen Display und schaltete von einer Einheit zur nächsten weiter, um sich einen Überblick über deren Status zu verschaffen. »Und die schnellste Eingreiftruppe braucht immer noch mindestens zehn Minuten. Vic, ich brauche die Vids der MPs. Ich muss sehen, ob ich ihnen helfen kann, ihre Verteidigung zu koordinieren. Keiner von denen hat meine Kampferfahrung. Du treibst die Verstärkung zur Eile an und hältst mich auf dem Laufenden, wie weit sie sind.«

»Roger. Alles rund um unser Territorium macht einen ruhigen Eindruck.«

»Gut. Dann werde ich ... einen Moment noch. Tran, kann ich den Angreifern eine Nachricht zukommen lassen?«

»Na ja, es gibt einige allgemeine Frequenzen, die von den Angreifern sicherlich überwacht werden, aber Würmer können Sie ihnen auf dem Weg nicht ...«

»Darum geht es gar nicht. Öffnen Sie ein paar Kanäle für mich.« Stark rief das Vid der MPs auf, um durch die Kameras ihrer Gefechtssysteme das Geschehen vor Ort zu beobachten. Der Sergeant hatte sie in Feuerteams zusammengefasst entlang der unteren Böschung platziert. Die Soldaten lagen gleich hinter der Oberkante und machten sich den wenigen Schutz zunutze, den ihre Position zu bieten hatte. *Nicht übel.* Er sah nach dem Namen des MP-Sergeants. »Sergeant Sullivan. Sie haben Ihre Leute gut verteilt. Sind das alle, die dort an der Böschung in Position gegangen sind?«

»Alle bis auf ein, zwei, die für mich an etwas Besonderem arbeiten.«

Er braucht jeden Mann vorn, aber das weiß er selbst. Und er hat jetzt keine Zeit zu erklären, was genau diese beiden anderen für ihn erledigen. Also werde ich ihm vertrauen. »Haben Sie Ihren Soldaten irgendwelche Anweisungen zur Zielerfassung gegeben?«

»Ähm … nein, Sir. Ich bin davon ausgegangen, dass wir als Kriterium die höchste Trefferwahrscheinlichkeit anwenden. So wie in den Simulationen.«

»Genau das weiß der Feind aber. Sobald Sie das Feuer eröffnet haben, werden die wahrscheinlich ein paar Leute losschicken, die den Beschuss auf sich lenken, und dann können die anderen in aller Ruhe Ihre Schützen anvisieren. Setzen Sie nur ein oder zwei von Ihren Leuten auf die höchsten Trefferwahrscheinlichkeiten an, alle weiteren sollen sich den übrigen Zielen widmen.«

»Ja, Sir. Gute Idee. Ich schätze, das haben Sie auf die harte Tour lernen müssen, wie?«

»Darauf können Sie wetten.« *Er ist nervös und scherzt mit mir, um das zu überspielen.* »Ich würde gern ein paar Worte zu Ihren Leuten sagen.«

»Aber sicher. Ich meine, Sie sind der Boss.«

Stark schaltete auf den Kanal um, auf dem er den ganzen Trupp erreichen konnte. »Hier spricht Stark. Auf Sie wartet ein harter Kampf. Diese Angreifer werden zähe Brocken sein, aber Sie müssen nur ein paar Minuten lang dafür sorgen, dass diese Truppe nicht vorrücken kann. Die werden sehr schnell auf Sie alle losstürmen, weil sie wissen, dass sie das Kraftwerk einnehmen müssen, bevor Verstärkung eintreffen kann, die Ihnen helfen soll. Allerdings glauben sie, dass wir sie nicht kommen sehen und deshalb nicht wissen, dass sie sich im Anmarsch befinden. Zeigen Sie ihnen, dass sie sich gründlich geirrt haben.« Auf dem HUD von Sergeant Sullivan konnte Stark mitverfolgen, wie von den visuellen Systemen Anomalien markiert wurden. »Sergeant, das dürften sie sein.« Die Anomalien wurden rasch mehr, je näher die Geister ihrem Ziel kamen. Schließlich war ein Punkt erreicht, von dem ab die Shuttles einfach nicht mehr verborgen werden konnten.

Vier Shuttle-Symbole tauchten scheinbar aus dem Nichts auf, als die Raumfahrzeuge zu einer harten Landung ansetzten. Unwillkürlich verzog Stark mitfühlend den Mund, da er sich noch deutlich an die Belastung für den Körper erinnerte, da die Fliehkräfte bei diesem Bremsmanöver in letzter Minute etliche g verursachten. Das erste Shuttle hatte kaum aufgesetzt, da öffneten sich auch schon die ersten Schleusen, und gepanzerte Gestalten stürmten nach draußen, die sofort auf die Böschung zueilten.

»Sie tragen unsere Rüstung«, murmelte Vic. »Typ V. So wie die letzten Angreifer.«

»Alles klar.« Stark öffnete die Frequenzen, die er inzwischen vorbereitet hatte. »An das Personal, das mit den Shuttles hergebracht wurde, und an die Shuttlebesatzungen: Wir haben Sie bereits erwartet und dafür gesorgt, dass diese Anlage massiv verteidigt wird.« *Jedenfalls von dem Moment an, wenn die Verstärkung eingetroffen ist.* »Sie sind uns zahlenmäßig und in Sachen Kampfstärke deutlich unterlegen. Ergeben Sie sich auf der Stelle.«

Es mochte sein, dass die Angreifer für einen Sekundenbruchteil zögerten, doch anstatt sich zu ergeben, eröffneten viele von ihnen bereits das Feuer, während immer mehr Soldaten nachrückten. Auch die MPs begannen zu schießen und konnten etliche Angreifer zu Boden schicken, da die

110

auf dem freien Gelände zwischen Landebahn und Kraftwerk ganz ohne Deckung unterwegs waren. Doch schon folgten weitere Angreifer, die die Böschung zielsicher und massiv unter Beschuss nahmen, sodass die MPs gezwungen waren, in Deckung zu gehen.

»Sergeant Sullivan! Sagen Sie Ihren Soldaten, sie sollen auf Vollautomatik umschalten. Sie müssen den Angreifern so viel entgegensetzen, dass die am Vorrücken gehindert werden!«

»Ja, Sir.« Die Lautstärke der Schüsse, die von den Verteidigern gleich darauf abgefeuert wurden, stieg unüberhörbar an.

Stark sah mit an, wie die MPs Verluste erlitten, und versuchte, das so distanziert wie nur möglich hinzunehmen. Innerhalb von fünf Minuten nach dem ersten abgegebenen Schuss war die Hälfte des MP-Trupps entweder verwundet oder tot. Die Überlebenden begannen vor dem Ansturm der Angreifer zurückzuweichen. »Vic, wo bleibt die Verstärkung?«

»Die nähern sich so schnell, wie sie nur können, Ethan. Aber wir müssen noch ein paar Minuten herausholen!«

Weitere MPs gingen zu Boden und rollten die Böschung hinunter, da sie von der Wucht der Treffer mitgerissen wurden. Plötzlich wurde das Vid unscharf, das von Sergeant Sullivans Rüstung übertragen wurde, da sich Kugeln in die Systeme des Anzugs bohrten. Auf Sullivans HUD konnte Stark die Schadenswarnungen sehen, die rot aufleuchteten, während der Anzug die Schäden zu reparieren versuchte. In einem anderen Bereich des HUD wurde angezeigt, was die Kugeln dem Mann in diesem Anzug angetan hatten. Zwar kämpfte Sullivan unverdrossen weiter, doch die zerschmetterte Schulter musste ihm bei jedem Schuss schlimme

Schmerzen bereiten – und das obwohl das Medkit schmerzlindernde Medikamente injizierte. Stark warf einen prüfenden Blick auf die verbliebenen MPs und stellte mit finsterer Miene fest, dass deren Zahl immer weiter schrumpfte und auch die Munition bald aufgebraucht sein würde.

»Ethan, die Einheit, die am nächsten dran ist, braucht noch zwei Minuten, erreicht dann aber erst von der anderen Seite das Kraftwerk.«

»Dann sind sie zu weit weg, Vic. Es sind vielleicht noch sechs MPs in der Lage zu kämpfen, und ihnen geht die Munition aus.« Auf dem Vid sah Stark, wie die Angreifer zu einem Massenansturm auf die Böschung ansetzten. Erst einmal dort angekommen, wäre es so gut wie unvermeidbar, in unmittelbarer Nähe des Kernreaktors gegen die Angreifer vorzurücken. *Jetzt könnten wir ein Wunder wirklich gut gebrauchen.*

Überrascht zuckte Stark nach hinten, da unvermittelt ein Teil der Mondoberfläche in die Höhe schoss, als hätte ein Riese mit der Faust auf das Gestein geschlagen. Die Eruption setzte sich in einer leicht schwankenden Linie fort und fraß einen Graben von gut einem Meter Tiefe in den Untergrund, der sich kreuz und quer durch die Reihen der Angreifer zog, bis er schließlich eines der Shuttles erreichte. Die Linie setzte sich auf dem Gefährt fort und ließ einen Riss entstehen, durch den das Shuttle in Zeitlupe in zwei Teile zerfiel, da die niedrige Mondschwerkraft die Masse nur langsam an sich ziehen konnte. Die Angreifer drehten sich schockiert um, der geordnete Angriff kam für einen Moment zum Erliegen. »Was zum Teufel war denn das?«

»Eine der Partikelkanonen, würde ich mal annehmen«, erwiderte Vic. »Zwar nicht gerade zielgenau, aber sie hat einiges an Durcheinander geschaffen. Für mich hat das eigentlich so ausgesehen, als hätte jemand die Kanone von Hand ausgerichtet.«

»Geht das denn?«

»Wenn es sich vermeiden ließe, würde ich auf so etwas lieber verzichten. Ich will nur hoffen, dass keiner von den MPs von dem Ding geschmort worden ist.«

Das müssen die zwei gewesen sein, die für Sullivan einen besonderen Auftrag erledigen sollten. Auf dem Vid war zu beobachten, wie sich die Angreifer auf Drängen ihrer Offiziere neu ordneten und dann weiter Richtung Böschung vorrückten, obwohl sie von den übrig gebliebenen MPs beschossen wurden. »Vic.«

»Verkleinere die Anzeige, Ethan, dann kannst du sehen, dass die Kavallerie eingetroffen ist.«

Stark veränderte die Ansicht und grinste erleichtert, als er sah, wie die GTTs am Fuß der Böschung zum Stehen kamen und seine Soldaten aus den Fahrzeugen quollen. »Sorg dafür, dass sie wissen, dass der Feind auf dem Weg zu ihnen ist.«

»Das wissen die längst, Ethan.«

Die ersten Angreifer, die den Rand überwanden, taten das mit einer solchen Schnelligkeit, dass sie mitten in die Reihen von Starks Soldaten hineinmarschierten und erst dann merkten, dass etwas nicht stimmte. Ein paar versuchten noch, zu kämpfen, starben aber in einem von allen Seiten kommenden Kugelhagel, der so heftig ausfiel, dass Stark fürchtete, seine Soldaten könnten sich gegenseitig treffen. Dann rückte die Verstärkung auf der Schräge nach oben vor, während weitere Einheiten eintrafen und ihnen Feuerschutz gaben.

Der Ansturm der Angreifer brach in sich zusammen, als sie den soeben eingetroffenen Truppen in die Arme liefen.

Prompt ließen sie sich zurückfallen, und diesmal traten sie unübersehbar den Rückzug zu ihren Shuttles an, wobei sie immer wieder auf Starks Leute schossen, obwohl ihre Verluste dank der wachsenden Zahl an Verteidigern deutlich größer wurden.

»Ethan, ich schicke die Panzer und eine Infanteriekompanie um das Kraftwerk herum. Vielleicht können sie diese Shuttles noch erwischen, bevor die wieder abheben.«

»Gute Idee, Vic. Ich werde in der Zwischenzeit versuchen, diesem Gemetzel ein Ende zu setzen, bevor die Panzer da eintreffen.« Wieder wechselte Stark auf eine andere Frequenz. »An das Personal der angreifenden Streitmacht: Sie sitzen in der Falle, und Sie sind deutlich in der Unterzahl. Ergeben Sie sich, um weiteres Blutvergießen zu vermeiden. Sie da in den Shuttles: Sie wurden als Ziel erfasst. Sollten Sie versuchen, zu starten, werden wir Ihre Shuttles zerstören. Ich fordere Sie auf, sich umgehend zu ergeben.«

Auch jetzt erfolgte keine erkennbare Reaktion auf Starks Forderung. Die meisten Angreifer erwiderten unbeirrt das Feuer, obwohl sie von den Verteidigern des Kraftwerks so massiv unter Beschuss genommen wurden, dass sie sich nicht mehr von der Stelle rühren konnten. Ein paar von ihnen versuchten dennoch, sich weiter zurückzuziehen, um zu den Shuttles zu gelangen, wo sie sich sicherer aufgehoben fühlen würden.

Zwei Panzer kamen um das Kraftwerk herumgefahren und hielten kurz an, damit ihre Hauptgeschütze nach Zielen suchen konnten. Beide feuerten sie gleichzeitig ihre Geschosse ab, die sich in die Seite des vordersten Shuttles bohrten. Die anschließenden Explosionen rissen große Löcher in die Hülle, die noch größer wurden, da Treibstoff und Gase sich in den getroffenen Vorratstanks entzündeten und weitere Feuerbälle entstehen ließen. »Vic, sag den Panzerfahrern, sie sollen die anderen Shuttles erst mal in Ruhe lassen. Ich möchte die zwei gerne intakt unserer Flotte einverleiben können.«

»Roger. Panzerfahrer, wählen Sie Ziele am Boden aus, es sei denn, die Shuttles versuchen doch noch zu starten.« GTTs kamen neben den Panzern ruckartig zum Stehen und entließen die Dritte Infanteriekompanie ins Freie, die sich ebenfalls die Angreifer vornahm, die sich trotz allem beharrlich weiter zur Wehr setzten.

Stark fluchte, als er sah, wie immer mehr Symbole aufflammten, die einen der feindlichen Soldaten als tot markierten. *Ich wollte ihren Tod, als sie noch eine Chance hatten, uns zu besiegen. Aber jetzt verwandelt sich das Ganze in ein Gemetzel.* Erneut wandte er sich an den Feind. »Gegnerischer Commander, Sie vergeuden das Leben Ihrer Soldaten. Sie können nicht mehr gewinnen, und Sie können auch nicht entkommen. Ergeben Sie sich endlich.«

Diesmal schienen seine Worte etwas zu bewirken. Die feindlichen Soldaten stellten binnen weniger Augenblicke das Feuer ein, dann kam eine Reaktion auf der Frequenz, auf der Stark seine Forderung gesendet hatte. »Hier ist der Commander der Sturmeinheit. Meine Soldaten haben den Befehl erhalten, das Feuer einzustellen. Ich bitte darum, dass Ihre Soldaten das Gleiche tun.«

»Ich habe noch nicht von Ihnen gehört, dass Sie sich ergeben.«

»Ja, verdammt, wir ergeben uns!«

»Vic.«

»Hab's gehört, Ethan. An alle Einheiten: Feuer einstellen. Kompanien Alpha und Delta: Position beibehalten. Kompanie Charlie: Vorrücken und die Angreifer entwaffnen. Schicken Sie je einen Trupp zu den unversehrten Shuttles, um sie in unseren Besitz zu bringen. Chief Wiseman, wir brauchen ein paar von Ihren Leuten, um diese Shuttles in den Raumhafen zu bringen.«

Wieder überprüfte Stark den Status von Sergeant Sullivan und dessen MPs. Kopfschüttelnd las er die Zahl, die für die Toten stand. »Sullivan? Können Sie mich hören?«

»Oh … ja.« Die Auswirkungen der Wunden auf Sullivans Körper und die Menge der Medikamente, die dem Sergeant von seinem Medkit in den Blutkreislauf gepumpt worden waren, sorgten dafür, dass der Sergeant weitestgehend zusammenhanglos redete. »Wir haben die Stellung gehalten, richtig?«

»Das haben Sie tatsächlich gehalten. Die Sanitäter sind auf dem Weg hierher.«

»Gut. Mich hat's wohl erwischt. Oh Gott, meine Leute! Sehen Sie sich das nur an!«

Stark musste schlucken, ehe er weiterreden konnte. »Sie haben viele Soldaten verloren, Sergeant Sullivan.« Vorausgesetzt, die Ärzte konnten jeden retten, der jetzt noch lebte, war der Trupp auf die Hälfte reduziert worden. Und alle Überlebenden waren unterschiedlich schwer verletzt. »Jeder von ihnen hat seine Arbeit getan. Sie waren die beste Gefechtstruppe, die ich jemals in Aktion gesehen habe.« Es war zwar eine kleine Übertreibung, wie Stark zugeben musste, aber nur eine ganz kleine.

»Danke, ich … ach, zum Teufel! Ein Glück, dass wir diese Partikelkanone noch in Gang setzen konnten, nicht wahr?«

»Ja, das kann man wohl sagen. Wie kommt es, dass mein Scan mir die Leute nicht angezeigt hat, die Sie da hingeschickt hatten?«

»Uns war klar, dass wir die Kanone von Hand ausrichten müssen, wenn das Ganze funktionieren soll.« Sullivans Stimme schwankte leicht infolge des Schocks, den er erlitten hatte. »Sie mussten dafür Spezialanzüge anziehen, damit sie vor den Energiefeldern geschützt werden, von denen die Kanone umgeben ist. Da kommt kein Signal durch, weder raus noch rein. Lediglich ein sehr eingeschränktes Display ist vorhanden, damit sie sehen, was sie tun.«

»Sie haben auf jeden Fall gute Arbeit geleistet, Sergeant. Und das gilt für Sie alle.« Stark sah, dass sich Sanitäter neben Sullivan hinknieten. »Und jetzt erholen Sie sich erst mal, Soldat.«

»Ja, Sir.«

Stark ließ Sullivan in Ruhe und sah sich stattdessen wieder das gesamte Areal an. Ein kurzer Blick auf die Verlustzahlen bei den Angreifern zeigte, dass sie wegen des Einsatzes der Partikelkanone und des gerade noch rechtzeitigen Eintreffens der Verstärkung deutlich schwerere Verlust hatten hinnehmen müssen als die Verteidiger. Gut zwei Drittel der Angreifer waren tot oder verwundet. Im nächsten Moment wurde Stark von einer seltsamen Kälte erfasst, da ihm mit Verspätung ein erschreckender Gedanke kam. »Jemand muss sofort herausfinden, ob wir gerade gegen Amerikaner gekämpft haben!« Im buchstäblichen Eifer des Gefechts hatte niemand lange genug innehalten können, um darüber nachzudenken. Jetzt blieb ihm nur, voller Angst auf die Antwort zu warten.

»Commander Stark? Hier ist der Commander von Kompanie Charlie. Das sind keine von uns.«

»Ganz sicher?«

»Absolut sicher. Sie haben zwar implantierte Hundemarken, aber die sitzen erstens an der falschen Stelle, zweitens kann unsere Ausrüstung sie nicht lesen. Vielleicht erhalte ich eine ID, wenn wir die Gelegenheit bekommen, ihnen die Rüstung abzunehmen. Aber es sind definitiv keine Amerikaner.«

»Gut.« Stark ließ sich nach hinten sinken und widersetzte sich dem Impuls, vor Erleichterung zu zittern. »Großer Gott.«

Reynolds sah ihn erstaunt an. »Was ist?«

»Vic, ich habe keine Sekunde überlegt, gegen wen wir kämpfen. Es hätte genauso gut sein können, dass ich hier sitze und zusehe, wie amerikanische Soldaten im Gefecht von uns getötet werden. Mir ist dieser Gedanke einfach nicht gekommen.«

»Du warst ja auch beschäftigt.« Stark warf ihr einen finsteren Blick zu, während sie weiterredete. »Die haben zuerst geschossen. Die haben nicht gezögert, tödliche Schüsse auf unsere Leute abzugeben. Was hättest du anders machen sollen?«

»Darüber nachdenken, was ich da eigentlich tue, verdammt noch mal. Man schaltet beim Töten nicht auf Autopilot.«

»Das macht man sehr wohl, wenn ein anderer einen töten will.«

Fast hätte er Vic angebrüllt, um sie wissen zu lassen, dass ihre Kaltherzigkeit ihn anwiderte. Aber dann beschloss er, den Mund zu halten und ein paarmal tief durchzuatmen. *In gewisser Weise hat sie recht. Die haben uns keine Chance gelassen, etwas anderes zu tun, als das Feuer zu erwidern. Aber ich möchte wetten, der Gedanke, wir könnten auf andere Amerikaner schießen, hat ihr genauso zu schaffen gemacht wie mir. Allerdings wird sie das nie zugeben, wenn ich sie merken lasse, wie sehr mir diese Vorstellung zusetzt.*

»Da hast du recht«, sagte er und sah, wie überrascht sie darauf reagierte und dann den Mund verzog. »Was ist los?«

»Oh, ich musste nur gerade eine Erwiderung runterschlucken«, sagte sie. »Die hat einen leichten Nachgeschmack.«

»Das kann ich dir nachempfinden. Okay, was passiert ist, ist passiert. Schauen wir lieber nach vorn. Oberste Priorität nach der Unterbringung der Gefangenen hat eine umfassende Prüfung aller sensiblen Anlagen auf unserem Territorium, militärisch oder zivil, um sicherzustellen, dass sie auch ihrer Wichtigkeit entsprechend verteidigt sind.«

»Sehe ich auch so. Das soll Bev Manley erledigen.«

»Bev? Sie ist für Verwaltungsabläufe zuständig, nicht für Kampfhandlungen.«

»Das ja, aber sie ist extrem gründlich und wird das alles völlig unvoreingenommen in Augenschein nehmen. Bev wird jede Schwachstelle ausfindig machen.«

Stark rieb sich die Augen. »Ja, du hast recht. Wir müssen auch Sergeant Gordasa darüber informieren, dass uns die Regierung freundlicherweise zwei neue Shuttles mit hochmoderner Tarntechnologie geliefert hat. Vielleicht können wir mit denen ja Kontrabande durch die Blockade schmuggeln.«

»Das möchte ich bezweifeln. Die Regierung wird wissen, wie sie sich gegen ihre eigene Ausrüstung zur Wehr setzen kann.«

»Vermutlich. Na ja, vielleicht sind sie ja noch von Nutzen, wenn wir hier oben gegen irgendwelche anderen Leute kämpfen müssen.« Stark schüttelte den Kopf. Mit einem Mal wurde ihm bewusst, wie wenig Schlaf er durch das nächtliche Aufwachen eigentlich nur bekommen hatte. »Ich brauche jetzt erst mal einen richtig starken Kaffee.«

Ein Wachhabender gleich neben ihm sprang prompt auf. »Den hole ich Ihnen, Sir.«

»Nein, das werden Sie nicht machen. Sie bleiben an Ihrer Konsole sitzen und tun die Arbeit, für die Sie bezahlt werden.« Er ließ den Blick durch das Kommandozentrum schweifen. »Sie haben alle gute Arbeit geleistet. Die Entdeckung der Shuttles, der Alarm und alles andere – das hatten Sie sehr gut im Griff. Danke.« Dann stand Stark auf und sah Vic an. »Willst du auch einen Kaffee?«

»Ja, bitte. Und wenn keiner mehr da ist, bring mir einfach eine Handvoll Kaffeebohnen mit. Dann kaue ich die halt.«

»Notfalls werd ich das auch machen.« Er hielt kurz inne. Sein Blick blieb an einem Monitor hängen, auf dem die Erde zu sehen war, die mitten im schwarzen Nichts hing. »Vielleicht wird dieser erneute Fehlschlag die Regierung ja zur Einsicht bringen, dass sie besser mit uns verhandeln sollte. Was meinst du?«

»Wunder sollen ja schon geschehen sein«, gab Vic seufzend zurück. »Und du willst dich wirklich nicht noch ein oder zwei Stunden schlafen legen, bevor der neue Tag offiziell beginnt?«

»Ach was, ich habe noch Arbeit zu erledigen.«

Teil Zwei: Reibung

»Eilmeldung: Niemand Geringeres als die Vereinten Nationen haben Sergeant Ethan Stark und seine Gefolgsleute zu internationalen Gesetzlosen erklärt.« Stacey Yurivan grinste die anderen Stabsmitglieder an, während sie auf das Display vor ihr tippte. »Sämtliche Mitgliedsstaaten sind damit autorisiert, mit Gewalt gegen uns vorzugehen.«

Sergeant Gordasa kratzte sich am Kopf. »Können die das machen?«

»Offenbar ja, und vor allem dann, wenn die USA jedem anderen Land vollmundige Versprechungen machen.« Yurivan grinste Stark spöttisch an, der sich hinsetzte, die Arme vor der Brust verschränkte und sich mit bewusst ausdrucksloser Miene zurücklehnte. »Ich schätze, dass Ihre noble Geste, mittels der wir die Bürger daheim mit unserem Idealismus inspirieren wollten, die Regierung nicht beeindrucken konnte.«

»Es hat die Regierung zumindest so sehr beeindruckt, dass sie sich zu diesem Schritt entschloss«, hielt Vic dagegen. »Ich weiß nicht, welche Anstrengungen erforderlich waren, um die UN gegen uns aufzubringen.«

Yurivan lächelte noch etwas breiter. »Keine Regierung kann sich für Revolutionäre begeistern, Reynolds. Schon gar nicht, wenn diese Revolutionäre auch noch ehrbare Absichten verfolgen. Das versetzt jeden professionellen Politiker in Angst und Schrecken.«

»Gut. Das soll es ja auch. Alles, was im System für Angst

sorgt und uns die Unterstützung durch die kleinen Leute einbringt, ist eine gute Sache.«

»Der Haken ist nur der, dass die kleinen Leute nicht über die notwendigen großen Waffen verfügen. Apropos Waffen: Wir befinden uns jetzt mit jedem Land auf der Erde im Krieg. Das dürfte wohl ein Rekord sein.«

Bev Manley nickte zustimmend. »Also, ich bin darauf stolz. Und mit Ethan Stark an der Spitze ist das womöglich erst der Anfang. Wir könnten immer noch einer außerirdischen Spezies begegnen, die uns ebenfalls den Krieg erklärt.«

Stark schüttelte mit gespielter Entrüstung den Kopf, während die anderen lachten. »Solange Leute wie ihr für mich arbeitet, ist jede Katastrophe denkbar. Also gut. Wenn ihr Affen dann mit eurer Comedy-Nummer fertig seid, könnten wir uns dem widmen, was wichtig ist.« Er sah auf den Tisch, dabei verfinsterte sich seine Miene. »Wir haben endlich Informationen darüber erhalten, wie das Pentagon uns niederringen will.«

Manley zog fragend eine Augenbraue hoch. »Sie haben herausgefunden, wie sie das anstellen können, ohne Scharen von Unteroffizieren mit vorgehaltener Waffe zum Dienst zu zwingen?« Sie sah zu Vic Reynolds, um von ihr eine Bestätigung zu bekommen, doch die konnte nur den Kopf schütteln, da sie selbst keine Ahnung hatte. Manley wandte sich Stark zu.

»Ja, sie glauben, dass sie einen Weg gefunden haben.«

Lamont zuckte mit den Schultern. »Und wieso die ernste Miene? Ich dachte, sie heuern dafür Söldner aus dem Ausland an. Mit denen können wir es aufnehmen. Haben wir ja auch schon. So wie beim Angriff auf das Kraftwerk. Ganz einfach.«

»Es war sicher alles andere als ›ganz einfach‹, diesen Angriff abzuwehren. Aber es stimmt schon, dass wir bislang alles abgewehrt haben, was sie auf uns hetzten. Ich vermute, dass manchmal sogar die hohen Tiere im Pentagon begreifen, dass ein Plan nicht funktioniert, wenn er oft genug fehlschlägt. Nachdem wir diese letzte Ladung Söldner ausgeschaltet haben, die sich hier häuslich niederlassen wollten, sind sie auf eine andere Idee verfallen.« Stark hielt eine Datenmünze hoch und drehte sie langsam zwischen Daumen und Zeigefinger hin und her. »Ich habe das hier erhalten. Fragen Sie nicht nach dem Wie.«

Plötzlich wurde Stark ernst. »Keine Sorge, Stace. Ich weiß, dass Sie sich eigentlich um das Zusammentragen geheimer Informationen kümmern. Ich will Sie damit nicht übergehen, jedenfalls nicht vorsätzlich. Jemand hat mir das da aus ganz anderen Gründen zukommen lassen, mehr weiß ich auch nicht. Verstehen Sie?« Alle nickten und schauten gleichermaßen neugierig wie besorgt drein. Stark schob die Münze in seine Einheit, die er so hielt, dass niemand außer ihm den Monitor sehen konnte, obwohl der ohnehin nichts weiter zeigte als eine schwarze Silhouette.

Die Gestalt auf dem Bildschirm begann auf eine Weise zu sprechen, als würde man sie zu jedem Wort zwingen, die sie über die Lippen brachte. Die Stimme wurde von Sicherheitsprotokollen getarnt, indem sich immer wieder mal die Tonlage, das Sprechtempo und der Akzent änderten. Damit war gewährleistet, dass der Sprecher nicht identifiziert werden konnte, aber damit war auch fast sichergestellt, dass jeder, der sich eine solche Aufnahme über einen längeren Zeitraum anhören musste, Kopfschmerzen bekam. »Ethan Stark, Sie machen Ihren Job da oben viel zu gut. Sie haben alles und jeden abgewehrt, egal, was man auf

Sie gehetzt hat. Jetzt kommen die Verantwortlichen hier auf keinen grünen Zweig mehr, wenn es darum geht, Sie und Ihre Affen zu bezwingen. Deshalb lassen sie sich jetzt auf etwas dermaßen Dummes ein, dass ich Sie unbedingt warnen muss.« Nach einem deutlich hörbaren Durchatmen fuhr der Sprecher fort: »Man wird Ihnen Metallköpfe hochschicken. An den Fließbändern wird zurzeit schon kräftig gearbeitet. Offiziell nennen sich die Dinger ›Joint Autonomous Battle Robotic Weaponized Combatants‹, und selbst dieser Name ist streng geheim. Aber wir nennen diese vollautomatischen Gefechtsroboter sowieso nur Jabberwocks. Wegen der Abkürzung JABRWCs, wissen Sie? Ich glaube, der Name passt, weil die wirklich eine ganz hässliche Truppe sind.«

Wieder ein tiefes Durchatmen. »Ich weiß, Sie denken, die werden Sie schon auf die übliche Weise außer Gefecht setzen, indem Sie die elektronische Nabelschnur kappen. Aber wie gesagt, die Jungs da oben geben sich diesmal besonders dumm. Ich weiß aus einer sicheren Quelle, dass diese Metallköpfe so entwickelt wurden, dass sie ohne eine solche Nabelschnur arbeiten können. Halten Sie sich das vor Augen. Vor allem mit Blick auf all die Zivs, die Sie da oben beschützen. Das ist eine ganz üble Sache, mit der ich nichts zu tun haben will. Auch wenn diese Warnung dazu führen sollte, dass man mich erwischt und ich vor dem gleichen Erschießungskommando lande wie Sie, kann ich nicht dasitzen und schweigen.« Nach einer kurzen Pause redete die Gestalt hastig weiter: »Je kürzer das hier ausfällt, umso wahrscheinlicher kommt es bis zu Ihnen durch. Außerdem habe ich ohnehin keine weiteren Details. Sie müssen mit dem zurechtkommen, was Sie jetzt wissen. Besiegen Sie diese Dinger, Stark.« Dann erlosch das Bild.

»Wer war das?«, fragte Gordasa und beendete das Schweigen, das nach dem Abspielen der Nachricht eingesetzt hatte.

»Ich bin mir nicht sicher. Vielleicht ein Freund?«, antwortete Stark, zog die Münze aus der Einheit und steckte sie zurück in seine Tasche. »Auf jeden Fall ist er ein großes Risiko dabei eingegangen, mir diese Nachricht zu schicken.«

»Metallköpfe.« Vic ließ das Wort einen Moment lang im Raum stehen. »Die bauen tatsächlich Kampfroboter, die uns angreifen sollen?«

Stark nickte. »Du hast ihn gehört. Jabberwocks. Was bedeutet das überhaupt?«

»›Hüt dich vor dem Jabberwock, mein Sohn‹«, zitierte Bev Manley. »›Vor den Zähnen, die beißen, vor den Klauen, die reißen.‹ Das stammt aus einer der Alice-Geschichten von Lewis Carroll. Wenigstens müssen wir uns nicht wegen frumiöser Bandersnatchi Sorgen machen«, fügte sie noch hinzu.

Stark warf ihr einen ernsten Blick zu. »Ich habe schon genügend Probleme, da muss ich mir das nicht auch noch aufhalsen, ganz gleich, was ein frumiöser Bandersnatchi sein soll.«

»Ich glaube, das muss eher ›was frumiöse Bandersnatchi sein sollen‹ heißen«, meinte Manley, zuckte aber zusammen, als sie Starks missbilligenden Blick bemerkte.

Gordasa schaute auf den Tisch, als würde er auf die Erleuchtung warten. »Ich verstehe das nicht. Was hat es mit diesen elektronischen Nabelschnüren auf sich?«

Vic schob die Zeigefinger über die Tischfläche. »Kontrollmechanismen, Gordo. Die klugen Jungs und Mädels in der Abteilung für die Entwicklung von Gefechtssystemen versuchen schon seit Jahrzehnten, unbemannte Waffen zur Einsatzreife zu bringen. Nichts davon hat je funktioniert, weil diese Art von Kriegsgerät immer eine Komm-Verbindung zu einem menschlichen Operator benötigt, der der Waffe sozusagen als Gehirn dient.«

»Und eine Künstliche Intelligenz könnte das nicht?«

Stark schnaubte ungläubig. »Verdammt, Gordo, eine KI bekommt doch ohne menschliche Überwachung nicht mal eine ordentliche Nachschubversorgung in den Griff. Diese Systeme könnten nie über ihre eigene Programmierung hinausschauen, und ein Gefecht ist viel zu unberechenbar. Das erfordert beim Programmieren mehr Fantasie und Voraussicht, als irgendjemand leisten kann. Und es hat bislang noch jedes Metallgehirn überfordert. Selbst wenn eine Waffe in der Lage ist, allein zu operieren, muss man sie ständig überwachen, Statusberichte anfordern und sie von irgendwelchen Dummheiten abhalten, nur weil die Befehle des Metallgehirns zu unflexibel sind.«

»Ganz genau«, stimmte Vic ihm zu. »Sie haben immer einen Menschen benötigt, der ihnen sagt, wo es langgeht, oder der diesen Metallköpfen über die Schulter sieht. Sie benötigen also eine Komm-Verbindung. Das Problem dabei ist, dass man diese Verbindung stören kann, und dann ist eine unbemannte Waffe von sehr beschränktem Verstand irgendwo unterwegs und läuft dabei mehr oder weniger Amok.«

»Oder«, ergänzte Stacey Yurivan, »wenn der Feind mitdenkt, kopiert er die Verbindung und sendet eine stärkere Version von Befehlssätzen, die die alte einfach überrennt.«

Sergeant Gordasa nickte verstehend. »Was den Feind in die Lage versetzt, die Waffe zu kontrollieren und sie selbst zu benutzen, richtig? Warum entwirft man nicht einfach eine Waffe, die in einem vorhersehbaren Rahmen operiert, ohne dass eine Verbindung notwendig ist?«

»Weil alles«, antwortete Yurivan lächelnd, »was programmiert werden kann, auch umprogrammiert werden kann. Man muss nur einen Weg finden, wie man die neue Programmierung in das System bringt. Vielleicht über die Luft, vielleicht auch als Wurm, aber schon hat man den Metallkopf übernommen. Und damit verfügt der Feind auf einmal über eine ganze Truppe aus mechanischen Soldaten, und die stellen ein ganz besonders großes Problem dar, wenn man die Kontrolle über sie nicht zurückerlangen kann.«

»Warum weist man die Metallköpfe dann nicht einfach an, jede neue Programmierung rigoros zurückzuweisen?«

Staceys Grinsen nahm einen fast dämonischen Zug an. »Klar kann man das machen. Entwerfen Sie eine KI, die ihre eigene Programmierung ablehnen kann. Und dann rüsten Sie sie mit einer Waffe aus. Klingt nach einer guten Idee, nicht wahr?«

Gordasa wurde bleich. »Dios. Diese KI könnte sich über alles hinwegsetzen, was die Programmierung ihr untersagt. Sie könnte alles und jeden töten. Ist es das, was das Pentagon da macht? Kein Wunder, dass Starks Freund so um die Zivs hier oben besorgt ist.«

»Ja«, stimmte Stark zu. »Bei allen früheren Versuchen, Metallköpfe zu entwickeln, hat man immer Sicherungen eingebaut, um zu verhindern, dass die Dinger durchdrehen und alles abschlachten, was atmet. Aber wenn diese … ähm … Jabberwocks … so ausgelegt sind, dass sie auch ohne Verbindung zu einem Controller agieren können, dann müssen wir damit rechnen, dass es keine Schutzmaßnahmen gegen Fehlfunktionen gibt. Und sie zu übernehmen oder zu besiegen, wird bei Weitem nicht so einfach sein, wie eine Unterbrechung der Verbindung es wäre. Also, Leute, was werden wir machen? Wie sollen wir diese Jabberwocks stoppen? Irgendwelche Vorschläge?«

Bev Manley zog die Augenbrauen zusammen. »Es gibt immer ein Hintertürchen, Ethan. Das habe ich in der Verwaltung gelernt. Es gibt immer eine Möglichkeit, um ins System zu gelangen. Wie diese Möglichkeit entworfen ist, sollte dabei erst mal egal sein.«

»Vermutlich ja. Ich bin kein Hacker, aber ich habe mit genügend Leuten von der Sorte zu tun gehabt. Hier klingt es allerdings so, als würden sie versuchen, diese Hintertür zu verbarrikadieren.«

Missmutig kniff Vic die Augen leicht zusammen. »Wenn sie tatsächlich versuchen, auf diese Verbindung zu verzichten, bedeutet das, dass sie entweder Frankensteins Monster erschaffen und ihm schwere Waffen in die Hand drücken wollen, oder dass sie die Dinger mit integrierten Schutzmaßnahmen ausrüsten, um Fehlfunktionen zu verhindern.«

»Die Verbindung ist die Schutzmaßnahme«, beharrte Stark. »Durch nichts anderes kann sichergestellt werden, dass man eine direkte Kontrolle auf den Metallkopf ausüben oder ihn notfalls auch abschalten kann, richtig?«

Lamont hob einen Finger hoch. »Es sei denn, die Konstrukteure konnten die Chefetage davon überzeugen, dass eine Verbindung gar nicht nötig ist, weil die neueste Software die KI automatisch davon abhalten wird, das Falsche zu tun. Ich habe das mit verschiedenen automatisierten Systemen bei meinen Panzern mitgemacht. Man brauche dafür keinen Menschen, hat mir der Waffenexperte einreden wollen. Das System könne ganz allein denken. Das Problem daran war, dass das nie funktioniert hat, und am Ende mussten wir das System bemuttern und dazu noch sämtliche Arbeiten übernehmen, die uns eigentlich abgenommen werden sollten.«

»Ganz richtig«, pflichtete Vic ihm bei. »Warum also sollte das Pentagon den Herstellern diesmal glauben?«

»Weil sie ihnen glauben wollen. Anbieter machen der Chefetage doch jedes Mal weis, dass sie eine Waffe entwickelt haben, die in der Anschaffung nur einen Dollar pro Stück kostet, keinerlei Wartung bedarf, sich selbst aus eigenem Antrieb abfeuert und das Böse automatisch ins Visier nimmt. Am Ende bezahlen sie einen Dollar pro Atom, und sobald jemand schief hinguckt, geht was kaputt, und irgendein armes Schwein von der Infanterie darf sich fortan mit der Waffe abschleppen, um sie an ihr Ziel zu tragen. Glaubt hier wirklich jemand, das Pentagon würde sich davon abhalten lassen, etwas zu kaufen, das nicht so funktioniert, wie es die Werbung verspricht?«

Schweigen machte sich am Tisch breit. Dann nickte Vic. »Das ist ein sehr gutes Argument.« Sie sah zu Stark. »Wir müssen davon ausgehen, dass wir gezwungen sind, die Fähigkeit zu entwickeln, diese Dinger schnell und präzise zu zerstören.«

»Allerdings sind diese Dinger schnell und gemein«, betonte Lamont. »Sie wissen, wie schwer es ist, ein Ziel zu erfassen, das auf Automatik eingestellt ist. Die Dinger sind schneller als wir. Und wir müssen mit sekundären Funktionen rechnen, was bedeuten würde, dass ein Treffer sie nicht aufhalten kann.«

»Das hängt aber davon ab, was für ein Treffer das sein wird, nicht wahr?«, warf eine wieder lächelnde Yurivan in die Runde.

»Haben Sie eine Idee, Stace?«, wollte Stark wissen.

»Vielleicht. Sie wissen doch, wie gut ich darin bin, Leute aus dem Konzept zu bringen, nicht wahr? Könnte sein, dass mir ein Gedanke gekommen ist, wie ich das Gleiche mit einem Metallkopf machen kann. Wie gesagt, es *könnte* sein. Ich muss aber erst mal mit ein paar Leuten reden.«

»Tun Sie das.« Stark ließ seinen Blick von einem zum anderen wandern. »Aber seien Sie vorsichtig. Niemand lässt auch nur eine Silbe darüber verlauten, auf welchem Weg wir von dieser Sache erfahren haben.« Er konzentrierte sich auf Chief Wiseman, die bislang nichts gesagt hatte. »Irgendeine Chance, dass wir die Shuttles mit diesen Dingern an Bord abfangen und abschießen können, bevor sie hier eintreffen?«

Wiseman verzog den Mund. »Eine Chance besteht immer, ich glaube bloß nicht, dass es eine brauchbare Chance sein wird. Es sind ständig Konvois hierher unterwegs. Woher sollen wir wissen, wer von denen die Jabberwocks transportiert? Und selbst wenn wir den richtigen Konvoi finden, werden die ihre kostbare Fracht mit so viel Feuerkraft absichern, dass man uns pulverisiert, noch bevor wir mit unseren Waffen in Feuerreichweite gelangt sind. Da würde nicht mal eine Kamikaze-Aktion Erfolg haben.« Sie schaute zu den anderen am Tisch, dann wieder zu Stark. »Natürlich könnten wir sie mit Steinen bewerfen und den Landeplatz in eine Kraterlandschaft verwandeln.«

»Steine«, wiederholte Vic. »Also richtig große Brocken.«

»Ja, verdammte Felsbrocken. Wir schaffen ein paar neue Krater, und für die Leute daheim gibt's noch ein Feuerwerk zu sehen.«

Vic schüttelte den Kopf und sah zu Stark, damit der ihr Rückhalt gab. »Wenn wir das zum Einsatz von Massenvernichtungsmitteln eskalieren lassen, dann könnten die Leute, gegen die wir kämpfen, auf den Gedanken kommen, dass wir das Gleiche auch mit der Erde machen werden. Und wenn sie das erst mal glauben, werden sie uns mit so vielen

Steinen, Atombomben und Null-Bomben bewerfen, dass hier ein Krater entsteht, neben dem Tycho winzig aussieht.«

Stark nickte. »Und der Rest der Welt wird sie dafür auch noch bejubeln, weil das nämlich der Albtraum wäre, um den wir bislang einen Bogen machen konnten. Also, keine Steine. Tut mir leid, Chief.«

»Schon okay. Es war sowieso nichts, was ich hätte tun wollen.«

»Aber danke für die Erwähnung dieser Möglichkeit. Ich muss alle Optionen kennen, die wir haben. Okay, das ist alles, was ich dazu sagen kann. Sieht ganz so aus, als würde sich die Situation militärisch gesehen zuspitzen.«

»Wie meinst du das?«, erkundigte sich Manley.

»Ich meine damit, dass entweder wir diese Dinger besiegen oder dass diese Dinger uns besiegen werden. Roboterkämpfer kosten ein Vermögen, was bedeuten dürfte, dass das Pentagon alles Geld in diese Strategie steckt, das überhaupt noch da ist. Nachdem sie uns damit attackiert haben, werden sie nur noch über leere Kassen verfügen.«

Gordasa lächelte. »Dann kommt der Mondkrieg vielleicht endlich zu einem Ende?«

»Vielleicht. Und vielleicht wird sogar beiderseitige Erschöpfung der Grund dafür sein. Hoffen wir, dass wir alle noch miterleben, wie der Krieg endet.« Stark saß schweigend da, während sich der Stab erhob und zum Ausgang strebte. Einige unterhielten sich, andere hingen ihren Gedanken nach. Den Schluss der Gruppe bildete Chief Wiseman, die nur zögerlich zur Tür ging.

»Haben Sie noch etwas auf dem Herzen, Chief?«

»Nein, ich … ähm …«

Ihre Unschlüssigkeit entging Stark nicht, und er winkte Wiseman zu sich zurück. »Wie wär's, wenn Sie mir noch ein paar Minuten Gesellschaft leisten? Wir bekommen nicht oft die Gelegenheit uns zu unterhalten. Außerdem kenne ich nicht gerade viele Matrosen.«

»Sie Glückspilz. Macht es Ihnen was aus, wenn ich ›Besanschot an‹ sage?«

»Wenn ich wüsste, was das bedeutet, könnte ich Ihnen sagen, ob es mir etwas ausmacht.«

Sie lachte und deutete auf den Getränkeautomaten, den einer der vorangegangenen befehlshabenden Generäle im Konferenzraum hatte aufstellen lassen. »Es bedeutet, etwas zu trinken. Einen heben.«

»Oh, klar. Nehmen Sie sich ruhig ein Bier, und wenn es geht, bringen Sie mir auch eins mit.«

»Kein Problem.«

Verwundert betrachtete Stark das Bier, das Wiseman ihm mitbrachte. »Was hat ein Bier trinken mit … wie hieß das noch gleich … zu tun?«

»›Besanschot an‹? Keine Ahnung«, musste sie zugeben und trank erst einmal einen großzügigen Schluck. »Es ist einfach Tradition, das so zu nennen. So wie man zum Beispiel auch ankündigt, dass die Raucherlampe aus ist.«

»Raucherlampe? Was ist das? Irgendeine Art von Beleuchtung?«

»Wenn ich das wüsste. Aber an jedem Abend wird auf jedem Schiff verkündet, dass die Raucherlampe aus ist, und am Morgen lassen wir alle wissen, dass sie wieder brennt.«

»Sie wissen gar nicht, was das eigentlich für ein Ding ist, und trotzdem machen Sie es jeden Tag an und aus?« Stark schüttelte den Kopf und trank ebenfalls einen Schluck Bier. »Ich werde Matrosen niemals verstehen.«

Sie reagierte mit einem breiten Grinsen, wurde dann aber schlagartig ernst. »Das ist Tradition, Stark. Das muss gar nichts bedeuten, und wahrscheinlich tut es das auch längst nicht mehr, aber es gibt unserem Leben Struktur. Es sagt uns, dass wir uns auf einem Kriegsschiff befinden, dass wir die Dinge auf unsere Art erledigen, und dass sich manche Dinge einfach nicht verändern. Was hoffentlich nur für die guten Dinge gilt. Aber das kann man nie wissen.« Wiseman verstummte abrupt, dann trank sie noch einen Schluck. »Mann, ist das ein mieses Bier.«

»Sie müssen es ja nicht trinken, wenn Sie nicht wollen.«

»Ich hab ja nicht gesagt, dass es *so* mies ist.« Einen Moment lang saß sie schweigend da, dabei legte sich ein Schatten über ihre Augen.

»Was macht Ihnen zu schaffen, Chief?«, wollte Stark wissen. »Irgendetwas bedrückt Sie. Kann ich Ihnen irgendwie behilflich sein?«

»Das möchte ich bezweifeln.« Wiseman grinste flüchtig, als hätte sie eben an einen Witz denken müssen. »Ich habe nur überlegt, wie wichtig Tradition sein kann, selbst wenn sie keinen Sinn ergibt. Haben Sie sich darüber schon mal Gedanken gemacht, Stark? Dass vielleicht nur deshalb alles um uns herum in die Brüche geht, weil wir die Tradition zum Fenster hinauswerfen?«

»Nein, das habe ich noch nicht. Jedenfalls nicht aus diesem Grund. Wir haben uns nicht aus freien Stücken dafür entschieden, Chief. Wir wurden dazu gezwungen.« Er hob seine Hand, da Wiseman zu einer Erwiderung ansetzen wollte. »Warten Sie. Sie machen sich Sorgen um die Tradition. Ich kann das verstehen, weil Traditionen wichtig sind. Verdammt wichtig sogar. Aber meiner Meinung gibt es zwei Arten davon. Es gibt Traditionen, die eine Einheit zusammenschweißen. Das macht diese Einheit zu etwas Besonderem, zu etwas, das die Leute durchhalten lässt, wenn sie eigentlich längst aufgeben wollen. Richtig? Aber es gibt noch eine andere Art von Tradition, die nichts damit zu tun hat, dass einer auf den anderen aufpasst oder dass die Dinge reibungsloser laufen oder die einen zum Weiterkämpfen veranlasst, wenn andere längst alles hinschmeißen und weglaufen. Nein, das ist die Tradition, die nichts weiter besagt als: ›Das haben wir so gemacht, das macht ihr auch so.‹ Oder: ›Das war schon immer so.‹ Oder: ›Ihr habt bei dieser Sache nicht mitzureden, weil das längst von jemandem beschlossen worden ist, der eine Million Meilen von hier entfernt sitzt.‹ Verstehen Sie, was ich meine? Das sind die Traditionen, die von Bürokraten in Uniform und von Idioten und Sadisten vorgeschoben werden, um eine Rechtfertigung zu haben, warum sie guten Menschen dumme Dinge antun.«

Wiseman grinste etwas forscher. »Von der Sorte kenne ich ein paar.«

»Traditionen oder Idioten?«

»Sowohl als auch.« Sie wurde wieder ernst, ihr Gesicht nahm einen nachdenklichen Zug an. »Ja, Sie haben recht. So habe ich das noch nie betrachtet, aber genau so läuft es ab, nicht wahr? Mein Stellvertreter Chief Gunner Mate Melendez hat mir mal von einer alten Armee erzählt; den Briten, wenn ich mich nicht irre. Sie wollten erreichen, dass ihre Artillerie schneller abgefeuert wird. Also ließen sie Spezialisten kommen, um zu analysieren, wie sie die großen Geschütze abfeuerten. Nachdem sie sich das einige Male angesehen hatten, fragten die Spezialisten: ›Wie kommt es, dass diese zwei Soldaten aus der Geschützgruppe sich immer erst in Habtachtstellung danebenstellen müssen, bevor die Geschütze abgefeuert werden können?‹ Niemand konnte das beantworten. Sie wussten nur, dass das so abzulaufen hatte. Schließlich machten die Spezialisten einen sehr alten Schützen im Ruhestand ausfindig, den sie fragen konnten. Was glauben Sie, was der ihnen gesagt hat?«

Stark zuckte mit den Schultern. »Ich habe absolut keine Ahnung.«

»Er meinte, die beiden Soldaten sollten die Pferde zurückhalten«, fuhr Wiseman lachend fort, während Stark sie unübersehbar verwirrt ansah. »Früher wurden die Kanonen von Pferden zu ihrer Stellung gezogen, und wenn die abgefeuert wurden, musste jemand die Pferde festhalten, damit die nicht vor Schreck über den Lärm durchgingen.« Sie unterdrückte ein erneutes Lachen mit einem hastigen Schluck Bier. »Die Pferde wurden schon seit ewiger Zeit nicht mehr gebraucht, trotzdem standen an jeder Kanone zwei Soldaten bereit, um die nicht vorhandenen Pferde im Zaum zu halten.«

»Oh Mann, das ist ja wirklich dämlich«, sagte Stark, der nun auch lachen musste. »Hat Ihnen Stacey Yurivan mal die Geschichte von irgendeiner alten russischen Herrscherin erzählt? Catherine oder Kate oder so ähnlich.«

»Nein, was war mit ihr?«

»An einem Frühlingstag ging sie über den Rasen in ihrem Schlossgarten und entdeckte dabei irgendeine schöne Blume, die gerade erst zu blühen begonnen hatte. Sie wies ihre Leute an, einen Wachposten neben dieser Blume zu postieren, damit niemand aus Versehen drauf trat. So ungefähr hundert Jahre später sieht sich ein anderer russischer Herrscher diesen Rasen an und fragt sich zum ersten Mal, warum denn da ein Wachposten steht. Auf Nachfrage fand er heraus, dass seinerzeit niemand angeordnet hatte, die Blume nur so lange zu bewachen, wie sie blühte. Also stand seit damals jeden Tag bei Wind und Wetter, bei Hitze und bei Schnee ein Soldat dort draußen und bewachte die Stelle, an der einmal eine Blume geblüht hatte.«

»Ha! Das hört sich nach etwas an, das auch unseren Vorgesetzten einfallen könnte.« Dann wurde Chief Wiseman wieder ernst, nippte an ihrem Bier und schaute in die Ferne. »Ja, das sind die dummen Dinge. Aber die guten Traditionen sind wichtig.«

»Ja, die guten Traditionen sind tatsächlich wichtig. Und ganz gleich, was alles noch kommen mag, wir werden sie behalten und bewahren. Was hat Sie dazu veranlasst, darüber nachzudenken? Irgendein besonderer Anlass?«

»Mein Geburtstag.« Sie lächelte flüchtig, als sie Starks Reaktion bemerkte. »Machen Sie sich nicht die Mühe, mir ein Ständchen zu singen. Das Einzige, was ich heutzutage noch feiere, ist die Tatsache, dass ich lange genug überlebt habe, um noch einen Geburtstag zu erleben. Na ja, das hat mich an meine Familie denken lassen. Meine Brüder gingen natürlich auch zur Navy. Was auch sonst? Welche andere Wahl bleibt einem schon, wenn die Eltern bei der Navy sind?« Zwar lächelte sie noch, aber ihr Blick war in die Vergangenheit gerichtet. »Wenn wir alle im gleichen Hafen waren, gingen wir immer auf Kneipentour. Die Leute nannten uns gern die Drei Weisen.«

»Nannten?«

»Ja. Joe starb, als sein Schiff hier oben unter schweren Beschuss geriet. Die U.S.S. Hancock. Sie wurde zerstört, als sie einigen Transportschiffen Deckung geben sollte. Das Schiff hätte den Rückzug antreten sollen, aber sie mussten ja die anderen Schiffe retten, nicht wahr? Was die Beerdigung der Crewmitglieder anging, brauchten wir uns keine Gedanken zu machen, da von den Körpern der Toten nichts mehr übrig war.« Wieder trank sie einen Schluck, ihr Gesicht machte einen traurigen Eindruck. »Posthum wurden Schiff und Besatzung vom Präsidenten geehrt, weil sie in bester Navytradition bis zum letzten Atemzug gekämpft hatten. Halt der übliche Mist. Aber sie haben ja auch ihre Pflicht getan, nicht wahr? Ein gutes Schiff, eine gute Tradition. Mein Bruder hat uns stolz gemacht.« Eine Weile saß sie einfach nur da und schwieg. »Jetzt sind es nur noch die Zwei Weisen. Bislang.«

»Tut mir leid.«

»Ich habe gehört, dass Sie in Ihrer Familie der einzige Mil sind, Stark, und alle anderen Zivs. Stimmt das?«

»Ja.«

»Macht es das irgendwie einfacher?«

Stark schüttelte irritiert den Kopf. »Was soll es einfacher machen?«

»Leute in den Kampf zu schicken. Zu wissen, dass ein paar von ihnen sterben werden. Ich meine, in Ihrem Fall sind es nie Verwandte, es ist nie jemand, mit dem Sie aufgewachsen sind.«

»Trotzdem sind es Freunde. Nein, das macht es nicht einfacher. Höchstens noch schwieriger.«

Wiseman lächelte wieder. »Das erinnert mich an einen Witz, den mir mein Großvater mal erzählt hat. Er spielt damals im 20. Jahrhundert, als die Russen die Kontrolle über Polen hatten. Da kommt ein Russe nach Polen und fragt einen Einheimischen, ob die Russen für ihn mehr seine Freunde oder mehr seine Familie sind. Daraufhin sagt der Pole: ›Natürlich meine Familie, denn meine Freunde kann ich mir aussuchen.‹«

Stark musste lachen. »Da ist was Wahres dran. Aber trotzdem ist die Familie wichtig. Was ist mit Ihrem anderen Bruder?«

»Der ist bei der guten alten Navy, die noch zur See fährt.

Darüber bin ich schon froh. Hier oben würde ich ihm nicht über den Weg laufen wollen. Er hat immer gesagt, dass ich verrückt bin, weil ich eine Weltraumsurferin geblieben bin. Er meint, Schiffe müssten Wasser unter sich haben, aber kein Vakuum.«

»In gewisser Weise hat er recht. Die Air Force sagt so was doch auch immer, nicht wahr?«

»Ja, richtig.« Chief Wiseman atmete schnaubend aus. »Das hat sie immer gesagt, als sie noch versuchte, die Kontrolle über alle Einsätze im All für sich zu reklamieren. Erst als ihnen auffiel, dass sie es nicht schafften, hier für ihre Piloten Luxusunterkünfte zu errichten, haben sie den Job den Matrosen überlassen. Schließlich sind wir ein Leben in Elend gewöhnt.« Sie trank das Bier aus und stand auf. »Danke fürs Zuhören, Boss.«

»Auch das gehört zu meinen Aufgaben.«

»Ja, aber manche können es besser als andere. Für einen Schlammkriecher sind Sie gar kein so übler Boss.«

»Danke, Chief. Für eine Qualle sind Sie auch nicht so übel.«

»Und so was kommt von Ihnen.« Grinsend salutierte Wiseman. »Wenn Sie gestatten, Sir.«

Stark stand ebenfalls auf und erwiderte den Salut. »Passen Sie gut auf sich auf, Chief. Und da ist sonst nichts, worüber Sie noch reden wollen?«

»Nein, danke. Außerdem muss ich los, wenn ich zeitig zur Berichterstattung um acht Uhr wieder bei unserer kleinen Flotte sein will.«

»Um acht Uhr? Sie meinen Zwanzig-Hundert?«, fragte Stark, der reflexartig die zivile Zeitangabe in eine militärische umwandelte. »Bis dahin haben Sie aber noch genügend Zeit.«

»Nein, habe ich nicht. Die Navy lässt die Berichterstattung um acht Uhr immer um halb acht beginnen.«

»Warum heißt es dann …? Augenblick, das ist so was Verrücktes wie die Sache mit dieser Lampe, richtig?«

»So in etwa. Es ist eine Navy-Sache, die Sie nicht verstehen würden.« Wieder salutierte sie, was diesmal fast schon fröhlich wirkte, dann machte sie sich auf den Weg und stieß an der Tür mit Vic Reynolds zusammen.

Vic sah verdutzt hinter Wiseman her. »Plant ihr irgendeine geheime Operation?«

»Nein, ich war bloß als Zuhörer gefragt.«

Mit besorgter Miene nahm sie Platz. »Hat Chief Wiseman irgendwelche Probleme?«

»Nein, nur das Übliche. Kleinkram. Sie brauchte nur jemanden, der ihr die Hand hält und eine Weile zuhört. Du weißt ja, wie das abläuft.«

»Du meinst, so wie bei jedem Mal, wenn du deprimiert zu mir kommst? Ja, das weiß ich wirklich.«

»Das liegt daran, dass du eine gute Anführerin bist«, erklärte Stark. »Ich hoffe, ich bin das auch. Ein Glück, dass wir immer miteinander reden können, wenn es mal wieder besonders hart zugeht.«

»Ich schätze schon. Apropos Führung und Verantwortung …«

»Oh Mann, was kommt jetzt?«

Vic schürzte nachdenklich die Lippen. »Wie soll ich es ausdrücken? Wir siegen, und die Moral der Truppe ist hervorragend. Aber die Leute sind seltsam nervös.«

»Ja, das habe ich auch schon gespürt. Ich kann nicht sagen, was es ist, aber etwas stimmt nicht. Hast du irgendeine Ahnung?«

»Mehr als eine.« Reynolds lehnte sich nach hinten und

sah nach oben zu den einfachen Metallplatten hoch, die als Deckenverkleidung und Panzerung zugleich dienten. »Zum Teil hat es mit der ewigen Frage nach dem Endspiel zu tun. Du hast uns zwar jetzt neben dem Willen zu überleben einen weiteren Grund zu kämpfen geliefert, aber das Problem, dich als Symbol zu behaupten, besteht darin, dass man nicht weiß, ob es funktioniert oder nicht.«

»Das versuchen viele Leute herauszufinden, Vic. Die Demonstrationen daheim werden immer größer. Die Regierung hetzt uns Söldner auf den Hals, und jetzt probieren sie es mit diesen Jabberwocks. Das zeigt, wie besorgt sie sind. Stacey und die Ziv-Sicherheitsleute entdecken immer wieder Versuche, in unsere Systeme einzudringen oder Würmer einzuschleusen. Ach ja, und die Propagandamaschinerie der Regierung produziert fleißig Geschichten über uns, was für schreckliche Menschen wir doch sind. Wenn man überlegt, wie viel unsere Feinde daransetzen, uns zu besiegen und uns schlechtzureden, dann müssen sie uns als echte Bedrohung ansehen.«

»Ich weiß. Aber selbst wenn das funktioniert, wissen wir nicht, wie lange es dauern wird. Wir kämpfen jetzt schon seit einer scheinbaren Ewigkeit, und niemand hier will noch einen Tag länger als unbedingt nötig damit weitermachen.«

Stark nickte. »Ich wünschte, ich hätte darauf eine Antwort. Himmel, ich wünschte, ich könnte den Krieg auf der Stelle beenden. Ich kann nur sagen, dass die Zivs in der Kolonie wie verrückt daran arbeiten, daheim auf der Erde Unzufriedenheit und Hass gegen die Regierung zu schüren. Hält Sarafina dich auf dem Laufenden, was sie alles unternehmen?«

»Ja, macht sie. Die Regierung kann nicht alles blockieren, was die Zivs in die Systeme dort unten hochladen. Aber

Sarafina weiß genauso wenig, wie gut oder wie schlecht ihre Strategie funktioniert. Allerdings erwartet von ihr auch keiner, dass sie sich beschießen lässt, während sie auf die Antwort wartet.« Vic hob eine Hand, um Stark von einem Einwand abzuhalten. »Ich weiß. Cheryl Sarafina ist eine gute und anständige Frau, und ich respektiere ihr Urteil, auch wenn ich nie gedacht hätte, das jemals über irgendeine Ziv zu sagen. Aber es ist nun mal eine Tatsache. Da gibt es eine andere Art von Stress. Trotzdem glaube ich nicht, dass das Problem nur mit diesem Thema zu tun hat.«

»Hm? Was denn noch, Vic? Was sagt dir dein Gefühl?«

»Das sagt mir, dass unsere lieben Freunde daheim an etwas arbeiten, das wir noch nicht entdeckt haben. Nämlich dass sie ihrerseits versuchen, hier Hass und Unzufriedenheit zu verbreiten.«

»Würde mich gar nicht wundern.«

»Hat Stacey was entdeckt?«

Stark schüttelte den Kopf. »Auch nichts. Aber sie ist aus dem gleichen Grund besorgt wie du. Stace meint, dass man daheim ganz sicher versucht haben wird, hier oben für Ärger zu sorgen. Aber sie hat bislang keine Hinweise darauf finden können, jedenfalls nicht mit den Mitteln, die uns hier zur Verfügung stehen.«

»Wir könnten Loyalitätsüberprüfungen vornehmen und ...«

»Nein, auf keinen Fall. Wenn ich damit anfange, richte ich noch viel mehr Schaden an als die Regierung mit ihren Maßnahmen. Ich muss meinen Leuten vertrauen können, Vic.«

Missmutig nickte sie. »Du dürftest recht haben, was diese Loyalitätsüberprüfungen angeht. Aber manche Leute verdienen es nicht, dass man ihnen vertraut, Ethan. Das ist nicht so wie früher, als du jeden in deinem Trupp gekannt hast. Jetzt gibt es in dieser kleinen Armee Leute, von denen wir noch nie gehört haben. Du weißt selbst, dass Soldaten keine Engel sind.« Sie streckte sich nach dem nächsten Displaypanel und tippte einen Code ein. »Zum Beispiel das hier. Wir haben fast hundert Infanteristen, denen zur Last gelegt wird, diese neue synthetische Droge namens Rapture zu konsumieren. Irgendwer stellt sie her, irgendjemand verkauft sie, aber wir sind noch keinem von diesen Leuten auf die Spur gekommen.«

»Das werden wir schon noch. Stacey ist wegen dieser Rapture-Geschichte richtig sauer. Das ist was von der Art, die sie früher auch versucht hätte. Okay, vielleicht nicht mit Rapture. Das Zeug kann doch bleibende Schäden verursachen, richtig? Bei so was hätte sie nicht mitgemacht. Trotzdem ist sie fest entschlossen, die Dealer dingfest zu machen.«

»Und gleich darauf wird die nächste Designerdroge in Umlauf gebracht, damit uns das Leben nicht zu einfach gemacht wird«, merkte Vic an.

»Okay. Und was machen wir mit den Leuten? Wollen wir irgendwie aktiv werden, oder warten wir ab, bis was schiefgeht?«

»Wir sollten aktiv werden. Mir will zwar beim besten Willen nichts einfallen, was wir nicht schon versucht haben, aber vielleicht geht ja noch irgendwas. Es ist schon spät am Tag, und das ist nicht gut für kreative Gedanken. Setzen wir uns morgen zum Mittagessen zusammen und überlegen wir uns was.«

»Klingt gut.« Sie sah Stark eindringlich an. »Hast du sonst noch was auf dem Herzen?«

»Nicht dass ich wüsste. Vermutlich ist es so, wie du

sagst. Die Herrschaften auf der Erde müssen irgendetwas aushecken, das uns unglücklich machen soll. Ich wüsste nur zu gern, was das ist.«

Stark hatte soeben sein Quartier betreten und überlegte, ob er sich dem virtuellen Stapel aus papierlosem Papierkram widmen sollte, der sein Terminal in Beschlag nahm, da summte seine Komm-Einheit in einem dringenden Ton.

»Stark hier.«

»Commander Stark, hier ist die Sicherheitszentrale.« Der Wachhabende klang außer Atem, was Stark umso wachsamer reagieren ließ. »Da spielt sich eine Art Situation ab, Sir.«

»Was bitte ist ›eine Art Situation‹? Was genau ist denn los?«

»Also, Sir, aus zwei Gebieten gehen bei uns Warnmeldungen ein. Und zwar von der Chamberlain-Kaserne und der Morgan-Kaserne. Außerdem haben wir das Signal für die Überwachungskameras des Munitionslagers verloren, das sich ganz in der Nähe dieser Kaserne befindet und das …«

»Was für Warnmeldungen?«, unterbrach ihn Stark, der am liebsten sofort in Aktion getreten wäre, der sich aber dazu zwang, mindestens so lange zu warten, bis er alles gehört hatte. »Reden Sie von einem erneuten Angriff?«

»Nein. Nein, Sir. Über feindliche Aktivitäten liegen mir keine Meldungen vor. Diese Nachrichten lassen sich nur schwer erklären. Ich werde Ihnen eine davon vorspielen, Sir.« Nach einer kurzen Pause meldete sich hastig eine andere Stimme zu Wort: »Hey, Leute, hier in der Morgan-Kaserne spielt sich gerade etwas Seltsames ab. Hier sind Soldaten aufgetaucht, die ihre komplette Gefechtsausrüstung tragen. Sie behaupten, dass es jetzt einen neuen Mannschaftsrat gibt, der ab sofort das Sagen hat. Sie meinten, Stark und seine Bande benutzen uns nur, und deshalb übernähmen sie jetzt die Kontrolle. Ich wollte von ihm wissen, wer denn ›sie‹ sein sollen, woraufhin sie ziemlich verwirrt dreinschauten. Wir forderten sie auf, sich in ihre eigene Kaserne zurückzuziehen, aber es sieht ganz so aus, als wollten sie diese Kaserne besetzt halten. Ich glaube, die gehören alle zum Fünften Bataillon der Zweiten Brigade. Sie sollten sich das besser …«

»Sicherheit, die Nachricht wurde unterbrochen!«

»Ja, Sir. Das ist richtig. Wir haben zwar die in Bereitschaft befindliche Kompanie aktiviert, aber … ähm … was sollen wir jetzt machen, Sir? Ich meine, sollen die jemanden angreifen oder …?«

Stark kniff die Augen zu und wünschte, das Mittagessen mit Vic hätte schon ein paar Tage früher stattgefunden, bevor sie allem Anschein nach von den Ereignissen überrollt wurden. »Erstens: Benachrichtigen Sie meinen gesamten Stab. Zweitens: Verbreiten Sie die Anweisung, dass alle Soldaten in ihren Quartieren oder Kasernen bleiben sollen, solange sie keinen anderslautenden Befehl von mir erhalten. Drittens: Schicken Sie die Bereitschaftskompanie rüber zu den beiden Kasernen und sagen Sie ihnen, sie sollen jedem den Weg versperren, der unerlaubt versucht, diese Kasernen oder irgendwelche anderen Gebiete zu besetzen. Sie sollen aber nicht das Feuer eröffnen. Ist das klar? Sie haben mir gegenüber nicht erwähnt, dass dort in der Gegend geschossen wurde, also gehe ich davon aus, dass nichts in dieser Richtung vorgefallen ist.«

»Richtig, Commander. Keine Meldungen über Schusswechsel, und die Sensoren deuten auch nicht auf Kampfhandlungen hin.«

»Gut. Also schicken Sie unsere Leute hin, damit sie den anderen den Weg versperren, bis wir wissen, was die eigentlich wollen.«

Vic meldete sich auf dem gleichen Kanal. »Reynolds hier. Schicken Sie die Bereitschaftskompanien auch in die umliegenden Sektionen. Welches Reservebataillon ist in der Gegend dahinten?«

»Ähm … das wäre das Fünfte Bataillon.«

»Okay«, sagte Stark. *Ich schätze*, das *können wir hier nicht gebrauchen.* »Holen Sie das von diesen Kasernen aus nächstgelegene Reservebataillon. Und alle Bereitschaftskompanien, wie Sergeant Reynolds gesagt hat. Ich will, dass dieser selbsternannte Mannschaftsrat von einer Mauer aus Soldaten umgeben wird.«

»Jawohl, Sir. Ähm, was ist mit dem Munitionslager, Commander?«

Stark atmete langsam und tief durch, während er überlegte, was in Panik geratende Soldaten alles tun könnten, wenn sie von großen Mengen an Munitionen umgeben waren. »Genau das Gleiche. Blockieren Sie die Ausgänge, aber es darf auf keinen Fall irgendwelche offensiven Aktivitäten rund um das Munitionslager geben. Auch keine Gewaltandrohungen oder Ähnliches. Ich will nicht, dass die halbe Kolonie in die Luft gesprengt wird.«

»Verstanden, Sir. Truppen sind unterwegs, Commander.«

»Vic, komm ins Kommandozentrum.«

»Bin schon auf dem Weg. Heißt das, unsere Verabredung zum Mittagessen hat sich erst mal erledigt?«

Ihr Sarkasmus brachte ihn zum Grinsen. »Ich gehe nicht davon aus, dass ich in den nächsten paar Tagen dafür Zeit haben werde. Vergiss deine Gefechtsrüstung nicht.«

»Ethan, ich bin schon ein großes Mädchen. Ich weiß, dass ich in einer Krisensituation meinen Panzer tragen muss. Willst du mich nicht auch noch daran erinnern, dass ich mein Gewehr mitbringen soll?«

»Nein. Allerdings hoffe ich, du wirst es nicht benötigen.«

Das Kommandozentrum wirkte wie aus dem Gleichgewicht gefallen. Die üblicherweise reibungslosen Abläufe waren von einem Ereignis gestört worden, auf das keiner der Wachhabenden vorbereitet war. »Wollen Sie mir erzählen, dass ich keine Karte der Kasernen auf diesem Display angezeigt bekommen kann?«

»Wir suchen danach«, erwiderte Sergeant Tran. »Das ist ein Gebiet, über das wir uns eigentlich gar keine Gedanken machen müssten.«

Vic kam herein und schüttelte den Kopf, als sie Trans Worte hörte. »Was ist mit der Frontlinie, wenn der Feind sie durchbricht? Es muss doch einen Verteidigungsplan für den Militärkomplex geben.«

Daraufhin klatschte Tran mit der flachen Hand gegen seine Stirn. »Aber natürlich gibt es den. Wir rufen ihn sofort für Sie auf.« Dann eilte er zu einer Konsole, beriet sich mit dem dortigen Wachhabenden und suchte gemeinsam mit ihm nach dem benötigten Plan. Einen Moment später tauchten auf dem Display 3D-Darstellungen der Chamberlain- und der Morgan-Kaserne auf. »Wir werden feindliche Aktivitäten hier sehr schnell angezeigt bekommen, Commander Stark.«

»Danke. Allerdings dürfen wir nicht vergessen, dass wir es hier nicht mit einem Feind zu tun haben.« Stark betätigte frustriert die Kontrollen. Sein Instinkt wollte ihn zu schnellem Handeln antreiben, auch wenn er nichts tun konnte, so-

146

lange er nicht über mehr Informationen verfügte. »Ich sollte da hingehen«, murmelte er so leise, dass nur Vic ihn hören konnte.

»Nein, die Situation ist zu verworren«, widersprach sie ihm, während auf ihrem Display rote Markierungen aufleuchteten, wo Aktivitäten des sogenannten Mannschaftsrats gemeldet worden waren. »Ethan, mir fällt gerade etwas ein.«

»Klingt nicht nach was Gutem.«

»Ist es auch nicht. Weißt du noch, wer zum Fünften Bataillon gehört hat? Ein Mann namens Kalnick.«

»Kalnick?« Sergeant Kalnick hatte kurzzeitig das Fünfte Bataillon befehligt, bis ihm seine eigenen Soldaten nach einem Versuch, Starks Autorität zu unterhöhlen, das Vertrauen entzogen hatten. Dadurch hatte das Bataillon erst mit einer Verspätung auf einen Vorstoß des Gegners reagieren können, die beinahe verheerende Folgen für Stark gehabt hätte. Nachdem Kalnick von seinen eigenen Leuten vertrieben worden war, hatte Stark ihn zurück zur Erde geschickt, da er niemanden in seiner Nähe haben wollte, dem er nicht vertrauen konnte. »Warum haben wir nicht daran gedacht, diese Einheit im Auge zu behalten?«

»Wahrscheinlich dachten wir beide, dass sie von Kalnick genug hätten. Aber ich wette, er hat immer noch ein paar Freunde im Fünften Bataillon. Freunde, die sich lange Zeit bedeckt gehalten haben. Wenn man vom Teufel spricht …«, fügte Vic hinzu und deutete auf ihre Konsole. »Sieht so aus, als ob der Commander der Zweiten Brigade was von uns will.«

Stark nahm den eingehenden Anruf an. »Sergeant Shwartz? Sie sehen nicht gerade glücklich aus.«

»Aus gutem Grund«, antwortete sie, drehte sich kurz

zur Seite, um jemandem gleich neben ihr etwas zu sagen, dann wandte sie sich wieder Stark zu. »Ich muss melden, dass beträchtliche Teile meines Bataillons nicht länger auf erteilte Befehle reagieren. Sie haben zwei Kasernen und das angrenzende Munitionslager teilweise besetzt.«

»Teilweise?«, wiederholte Vic. »Dann ist es ihnen also nicht gelungen, die Kaserne komplett unter ihre Kontrolle zu bringen?«

»Nein. Nur ein ganz kleiner Teil der Morgan-Kaserne wird von ihnen besetzt gehalten, allerdings scheint die Chamberlain-Kaserne so gut wie ganz unter ihrer Kontrolle zu stehen. Meiner Ansicht nach gehören die meisten, wenn nicht sogar alle Meuterer zu meinem Fünften Bataillon. Trotz ihrem Gerede von einem Mannschaftsrat scheinen sie jedoch keine weiteren Anhänger gewinnen zu können. Wobei ich nicht mal weiß, was dieser Mannschaftsrat sein soll. Mir ist nicht bekannt, dass es irgendwelchen aktiven Widerstand gegen diese Gruppe gibt, es scheinen sich lediglich alle zu weigern, sich dieser Meuterei anzuschließen.«

Innerlich konnte Stark nicht anders, als sich selbst zu verspotten. *Mir hat man das Kommando über alles aufgedrängt, nur weil ich eine Meuterei angezettelt habe. Und jetzt sind da Leute, die gegen mich eine Meuterei anzetteln wollen. Geschieht mir ganz recht, immerhin bin ich mit schlechtem Beispiel vorangegangen.* »Alles der Reihe nach. Wie ich sehen kann, gehen die Bereitschaftskompanien bei diesen Kasernen in Stellung. Stehen Sie in Kontakt mit ihnen?«

»Ja, Sir. Aber meinen Leuten fehlt eine klare Vorgabe, was sie tun sollen.«

»Jetzt nicht mehr. Lassen Sie sie ruhig und gemächlich vorrücken. Das Fünfte Bataillon ist in der Chamberlain-

Kaserne untergebracht, richtig? Dann würde ich vermuten, dass die besetzten Teile der Morgan-Kaserne im Moment nicht von allzu vielen Ihrer Leute gehalten werden.«

Shwartz nickte. »Das passt zu dem, was ich von hier aus sehen kann.«

»Gut. Dann versuchen Sie, die Leute vom Fünften Bataillon aus Morgan rauszudrängen. Lassen Sie einfach Ihre Leute vorrücken, damit die einen Raum nach dem anderen besetzen. Und achten Sie darauf, ob sich die Leute vom Fünften zurückziehen. Sollten die aber ihre Waffen ziehen, dann will ich, dass der Vormarsch sofort gestoppt wird. Ist das klar?«

»Habe verstanden. Kein Schusswechsel. Vormarsch stoppen, wenn wir bedroht werden. Was ist mit dem Munitionslager?«

Stark zog die Stirn in Falten und sah auf sein Display. »Mir wurde gesagt, dass sich eine unbekannte Anzahl Soldaten dort eingeschlossen haben soll. Schicken Sie eine Handvoll Leute hin, mehr aber nicht. Sie sollen anklopfen und versuchen, die Leute dazu zu bewegen, das Lager zu verlassen. Stellen Sie sicher, dass Ihre Leute unbewaffnet sind. Ich will nicht, dass die Soldaten nervös werden, die auf dieser Munition sitzen.« Während Sergeant Shwartz die Befehle weitergab, beugte sich Stark zu Reynolds vor. »Vic, was hältst du von dem Ganzen?«

»Ich finde, du machst das Richtige. Oder zumindest das Beste, was unter diesen Umständen möglich ist. Wir müssen verhindern, dass die Meuterei um sich greift, und wir dürfen nicht zulassen, dass es zu einem Gewaltausbruch kommt.«

»So hatte ich mir das auch gedacht. Sergeant Shwartz? Ich darf annehmen, dass es keine Alarmsignale gab, die auf eine solche Entwicklung hingedeutet haben?«

»Nein, Sir. Das Fünfte Bataillon gehört nicht gerade zu den am höchsten motivierten Truppen, aber ich habe nie irgendwelche Anzeichen für eine so problematische Lage bemerkt. Ich verstehe auch nicht, wieso die Senior-Unteroffiziere im Bataillon nichts bemerkt haben wollen.«

»Sergeant Shwartz, ich glaube, Sie sollten davon ausgehen, dass diese Senior-Unteroffiziere Teil des Problems sind.« Stark entging nicht die entsetzte Miene, mit der sie reagierte. »Wir kümmern uns um die Situation, wenn wir die Meuterer umstellt haben.«

»Sergeant Stark, angesichts der Tatsache, dass ich zu spät auf diese Meuterei aufmerksam wurde, um sie noch im Keim zu ersticken, habe ich volles Verständnis dafür, wenn Sie kein Vertrauen mehr in meine Fähigkeiten als ...«

»Ich habe volles Vertrauen in Ihre Fähigkeiten. Niemand von uns hat das kommen sehen, und ich habe ja soeben miterlebt, wie schnell und korrekt Sie gehandelt haben, um ein Umsichgreifen der Meuterei zu verhindern. Sie bleiben weiterhin Commander Ihrer Einheit. Sollte aber irgendjemand von diesem Mannschaftsrat mit Ihnen reden wollen, stellen Sie ihn zu mir durch. Wir müssen alle Dialoge an einer einzigen Stelle zusammenlaufen lassen, damit es nicht zu Missverständnissen oder Widersprüchen kommt.« Stark sah zu den Wachhabenden. »Es hat doch niemand Probleme mit den Komm-Verbindungen zur Chamberlain-Kaserne gemeldet, oder? Nehmen Sie Kontakt mit ihnen auf, ich will mit demjenigen reden, der glaubt, dass er das Sagen hat.«

Im Verlauf der nächsten Stunde stabilisierte sich die Situation allmählich. Unter der Anleitung von Shwartz wurden die rebellischen Soldaten des Fünften Bataillons langsam aus der Morgan-Kaserne gedrängt, doch als die loyalen Truppen den Zugang zur Chamberlain-Kaserne erreichten, wurde ihnen der Zugang verwehrt. »Die Soldaten im Munitionslager weigern sich, die Tür zu öffnen«, meldete Shwartz außerdem. »Sie sagen, dass ihnen das vom Rat befohlen werden müsste.«

»Machen Sie die bloß nicht nervös«, warnte Reynolds.

»Die sind auch so schon nervös. Ich habe alle Zugänge zum Lager von mehreren Trupps beobachten lassen, aber die habe ich jetzt weit zurückgezogen und ihnen gesagt, sie sollen die Finger von den Waffen lassen.«

»Gut gemacht«, lobte Stark sie. »Tun Sie das Gleiche an den Zugängen zur Chamberlain-Kaserne. Wir müssen dafür sorgen, dass es nicht zu Schießereien kommt.« *Es sei denn, wir wollen damit anfangen. Aber was wird sein, sollte es tatsächlich passieren?*

Als hätte Reynolds seine Gedanken gelesen, beugte sie sich vor und sagte leise: »Ethan, wir müssen versuchen, diese Leute zur Aufgabe zu veranlassen, aber es kann sein, dass wir Gewalt anwenden müssen.«

»Das kann ich nicht tun, und das sage ich nicht nur aus moralischen Gründen. Das ist eine realistische Feststellung. Wenn ich anfange, auf meine Kameraden zu schießen, um meine Autorität zu wahren, dann habe ich diese Autorität im gleichen Moment verloren. Niemand hier oben wird mir dann noch vertrauen.« Er warf ihr einen finsteren Blick zu. »Und mach dir gar nicht erst die Mühe, mir zu sagen, dass ich mir das nicht anmerken lassen soll, wenn ich mit diesem Rat rede.«

»Das ist mir gar nicht in den Sinn gekommen. Apropos Rat, ich glaube, wir haben endlich eine Komm-Verbindung.«

Auf dem Bildschirm starrte ihm ein Corporal entgegen, der unübersehbar versuchte, Gelassenheit und Selbstsicherheit auszustrahlen. Doch Stark war erfahren genug darin, unter Stress stehende Menschen zu erkennen, um zu wissen, dass dieser Corporal ihm nur etwas vormachte. *Er ist völlig aufgewühlt. Und er hat jede Menge Leute mit Waffen, die im Augenblick auf ihn hören. Ich sollte ihn am besten wie eine scharfe Granate behandeln. Sehr, sehr vorsichtig.* »Corporal? Hier ist Sergeant Stark. Vertreten Sie diesen Mannschaftsrat, dessen Existenz mir heute zu Ohren gekommen ist?«

»Ja. Ja, das tue ich. Ich bin Corporal Hostler. Sergeant Stark, Sie … ähm … Sie besitzen nicht länger die Autorität, um … äh … um uns Befehle zu erteilen.«

Das hört sich an wie auswendig gelernt. Hat ihm vielleicht jemand gesagt, was er erzählen soll? »Corporal, die anderen Einheiten haben sich Ihnen nicht angeschlossen, wie Sie selbst sehen können. Sie sind in Ihrer Kaserne allein und isoliert.«

»Wenn Sie versuchen sollten, diese Kaserne zurückzuerobern, werden wir uns mit … ähm … mit aller notwendigen Gewalt zur Wehr setzen!«

»Nur die Ruhe. Ich habe mit keinem Wort davon gesprochen, so etwas zu versuchen. Wir stehen auf der gleichen Seite, nicht wahr?«

»Nein. Nein, das tun wir nicht. Sie verfolgen nur Ihre eigenen Interessen. Sie und Ihre Gang!«

»Meine Gang?« Stark warf Reynolds einen flüchtigen Blick zu. »Reden Sie von meinem Stab?«

»Ja. Ja. Reynolds und … ähm … Gordasa und … ähm … Yurivan und …«

»Sergeant Stacey Yurivan?« Stark konnte nicht anders als die Aufzählung des Corporals zu unterbrechen. »Jetzt kommen Sie aber. Sergeant Yurivan kommt ursprünglich aus Ihrer Einheit. Sie hat lange Zeit bei Ihnen gedient, und

Sie alle kennen sie. Sie lässt sich von niemandem zur Marionette machen, und bestimmt auch nicht von mir.« Der Corporal verstummte, da ihn Starks Widerspruch anscheinend aus dem Konzept gebracht hatte. *Oder hört er gerade einem anderen zu, der ihm sagt, was er tun soll?* Wieder musste Stark an Sergeant Kalnick und dessen Freunde in den Reihen der Senior-Unteroffiziere denken. »Hören Sie, Corporal, wenn Sie irgendein Problem haben, dann gibt es zahlreiche bessere Wege, um es aus der Welt zu schaffen. Wenn alle Beteiligten ihre Waffen weglegen, können wir in Ruhe darüber reden.«

»Nein! Keine Tricks!«

Sehr nervös. Ich hasse nervöse Leute mit geladenen Waffen. »Ich rede hier nicht von Tricks, Corporal. Wir sollten nur alle sicherstellen, dass nichts passiert, was wir später bedauern könnten. Was wollen Sie?«

Die Miene des Corporals hellte sich prompt auf. Offenbar passte die Frage zu dem, was er auswendig gelernt hatte. »Sie müssen das ... ähm ... Ihr Kommando abgeben. Der Mannschaftsrat erteilt von nun an die Befehle.«

»Das ist nicht Ihr Ernst.«

»Der Mannschaftsrat vertritt die wahren Interessen der Unteroffiziere. Die Zeit Ihrer ... ähm ... korrupten und ... ähm ... inkompetenten Führung ist vorüber.«

»Corporal, die einzigen Personen, die Ihr Rat vertreten *könnte*«, gab Stark betont zurück, »sind ein paar Soldaten des Fünften Bataillons. Ich werde nicht das Vertrauen enttäuschen, das alle anderen Soldaten in mich gesetzt haben, indem ich auf Ihre Forderungen eingehe.«

Corporal Hostler schluckte verdutzt. »Wir ... äh ...«

»Wo sind Ihre Senior-Unteroffiziere, Corporal? Wo sind die Sergeants des Fünften Bataillons?«

»Die sind … alle verhaftet worden. Sie sind unsere Geiseln.« Die Worte kamen fast schon etwas zu hastig über die Lippen des Mannes.

Stark sah zu Reynolds, die skeptisch den Kopf schüttelte. Dann sagte er ruhig, aber zugleich bestimmend: »Machen wir doch einen Schritt nach dem anderen. Zuerst muss ich wissen, dass diese Geiseln unversehrt sind. Dann müssen Ihre Leute das Munitionslager verlassen, das sie besetzt haben.«

»Nein! Das ist unser Trumpf! Sie werden nicht wagen, etwas gegen uns zu unternehmen, solange wir das Lager unter unserer Kontrolle haben.«

»Hören Sie, Corporal. Wenn jemand das Lager in die Luft jagt, ob nun mit Absicht oder versehentlich, wird das verdammt großen Schaden anrichten. Und es wird jeder sterben, der sich in seinem Inneren aufhält, außerdem eine Menge Leute in der unmittelbaren Umgebung. Viele Ihrer Kameraden werden dabei ihr Leben verlieren. So etwas wollen Sie doch bestimmt nicht, oder etwa?«

»Das … das ist unser Trumpf«, beharrte Hostler, dessen Selbstsicherheit wieder ins Wanken geriet.

»Ich kann nicht zulassen, dass Sie diese Kolonie als Geisel nehmen. Ich kann nicht zulassen, dass das Leben so vieler Soldaten in Ihren Händen liegt. Das Risiko ist zu groß, dass irgendwem ein Fehler unterläuft, den Sie und ich und jeder andere bereuen wird. Das verstehen Sie doch, nicht wahr?« Stark wartete, um die Worte in den Verstand des Corporals vordringen zu lassen. Als er sah, wie die Sorge in Hostlers Augen zunahm, legte er nach: »Aber ich kann mit Ihnen reden. Ich will nicht, dass hier irgendjemand auf einen anderen schießt. Und ich kann nicht zulassen, dass Sie das Munitionslager besetzt halten. Wenn irgendwer ausrastet, ob auf Ihrer oder auf meiner Seite, dann könnte das vielen Soldaten den Tod bringen. Und vielen Zivs auch. Ich erwarte nicht von Ihnen, dass die Zivs für Sie wichtig sind. Aber wie viele Ihrer Kameraden wollen Sie auf dem Gewissen haben?« Hostler wollte zu einer Erwiderung ansetzen, doch dann presste er die Lippen zusammen, während sein Blick leicht zur Seite aus dem Blickfeld des Monitors wanderte. *Hatte ich mir auch so gedacht. Du hast hier nichts zu sagen, nicht wahr, Corporal? Jemand außerhalb des Bildausschnitts erzählt dir, was du zu tun hast, und du hörst nur aufmerksam zu.*

»Ähm … Sergeant Stark, wir wollen unsere Kameraden auch keinem Risiko aussetzen. Aber wir brauchen von Ihnen etwas, damit wir Gewissheit haben, dass Sie uns nicht angreifen werden.«

»Ich gebe Ihnen mein Wort.«

»Ähm … nein. Wir brauchen ein … äh … eine Geisel. Jemanden, der wichtig ist.«

Stark musste nicht zur Seite schauen, um zu wissen, dass Vic heftig den Kopf schüttelte.

»Du kannst dich nicht dafür melden!«, zischte sie ihm zu.

»Warum nicht?«

»Weil du hier das Sagen hast! Wer soll Entscheidungen treffen, wenn du deren Geisel bist?«

Stark verzog den Mund, als hätte er etwas Bitteres gegessen. Dann sah er Corporal Hostler an. »Haben Sie an jemanden Bestimmtes gedacht?«

»Ja, Sir. Sergeant Reynolds. Sie übergeben sie uns als Geisel, und wir verlassen das Munitionslager.«

Ohne sich eine Regung anmerken zu lassen, drehte er sich zu Vic um, doch anstatt mit ihm zu reden, beugte sie sich so vor, dass die Vid-Kamera sie erfasste. Dann nickte sie nachdrücklich und sagte: »Einverstanden. Ich bin in fünf-zehn Minuten am Eingang zu Ihrer Kaserne. Benötigen Sie Unterstützung, um mit Ihren Leuten im Lager Kontakt auf-zunehmen?«

»Nein, wir stehen mit ihnen in Verbindung.« Hostler grinste erleichtert, doch dann nahm sein Gesicht wieder den bekannten nervösen Ausdruck an. Sein Blick verriet, dass er abermals jemandem zuhörte, der nicht im Bild zu sehen war. »Sie kommen unbewaffnet her, Sergeant Reynolds. Keine Waffen, keine Rüstung.«

Reynolds zog abschätzig die Mundwinkel nach unten. »Selbstverständlich komme ich unbewaffnet zu Ihnen.« Dann unterbrach Hostler die Verbindung, während Stark immer noch Vic anstarrte. »Komm mit, Ethan. Privatkon-ferenz.«

Sie ging vor ihm her in den Besprechungsraum gleich ne-ben dem Kommandozentrum, wo kein Wachhabender mit-hören konnte. »Ich weiß, dir gefällt das nicht, Ethan, aber es ist notwendig.« Schweigend sah Stark mit an, wie sie ihre Waffe aus dem Holster zog und auf einen Tisch legte. »Pass gut darauf auf, okay?«

»Vic, ich …«

»Hör auf.« Sie sah ihm tief in die Augen. »Ich habe mich aus zwei Gründen bereiterklärt, mich als Geisel zur Verfü-gung zu stellen. Erstens bin ich mir sicher, dass diese Idioten für keine andere Geisel das Lager räumen würden. Zweitens verschafft uns das einen Vorteil. Einen großen Vorteil.«

»Einen Vorteil?«

»Du weißt, was ich meine, Ethan. Diese Affen«, mit ei-ner ausholenden Geste deutete sie in die Richtung, in der die Chamberlain-Kaserne lagen, »sind davon überzeugt, dass du nicht zulassen wirst, dass ich getötet werde.«

»Was durchaus passieren könnte! Was ist, wenn die Kerle in Panik geraten? Was ist, wenn der Feind das mitbekommt und die Gelegenheit für einen Angriff nutzt, der das Ganze hier zusammenbrechen lässt? Und was ist, wenn sie auf die Idee kommen, dass sie fordern können, was sie nur wollen, solange sie dich als Geisel haben?«

Sie nahm seine Worte ungerührt auf. »Du hältst sie auf, Ethan. Du hältst sie auf, und dann ringst du sie nieder.«

»Und dann töten sie dich.«

»Und dann töten sie mich. Das ist unser Trumpf, den wir ausspielen können, wenn wir ihn brauchen, Ethan. Die rechnen nicht damit, dass du mein Leben opfern wirst, wenn du dadurch alle anderen retten kannst.«

Dieses Eis, das einmal seinen Körper fest im Griff gehabt hatte, kehrte zurück, sodass er das Gefühl hatte, sich nicht von der Stelle rühren zu können. Wenigstens konnte er noch reden, auch wenn das kaum mehr als ein heiseres Flüstern war. »Das würde ich tun, wenn es sein müsste. Wenn ich dadurch die anderen retten kann. Für sie alle bin ich verantwortlich, Vic.«

»Ich weiß. Niemand sonst weiß, dass du es tun würdest, aber es kennt dich ja auch niemand sonst so gut wie ich.« Sie streckte ihre Hand aus und tätschelte leicht seine Schulter. »Wir haben keine Zeit für Abschiedsreden. Tu, was du tun musst, Ethan.« Vic wandte sich zum Gehen. »Wenn es zum Schlimmsten kommt, sehen wir uns in der Hölle wieder.«

»Auf jeden Fall.«

»Es wird da ziemlich überlaufen sein, aber ich werde zusehen, dass ich dir einen Platz freihalte.«

»Tu das.« Das Eis in seinem Inneren zerbrach, und seine Gedanken überschlugen sich. *Wie kann sie jetzt noch Witze machen? Weil sie Todesangst hat, du Idiot. Vic begibt sich ohne eine Waffe und ohne Rüstung in tödliche Gefahr, und alles hängt nur davon ab, wie ich mit der Situation umgehe. Ich habe nicht gerade die beste Erfolgsquote in solchen Dingen.*

»Vic.« Sie blieb stehen, drehte sich aber nicht zu ihm um.

»Ich werde dich da rausholen.«

»Mach du *deinen Job*, Soldat. Nur das zählt.« Dann ging sie weg.

Der Austausch lief fast etwas zu glatt. Reynolds stand in gelassener Haltung an einer der vom Fünften Bataillon errichteten Barrikaden, während die Meuterer das Munitionslager verließen und Shwartz ihre loyalen Streitkräfte außer Sichtweite gebracht hatte, um die Stimmung nicht unnötig aufzuheizen. Auf seinem Vid sah Stark mit an, wie Reynolds von den Meuterern in die Kaserne gebracht wurde. Ein Gefühl von Leere hatte Stark dabei genauso fest im Griff wie eine lähmende Angst. *Was mache ich jetzt? Keine Ahnung. Was würde Vic mir raten? Sie würde mir klarmachen, dass ich mit meinem Stab reden muss. Die Zivs sollten wissen, was da draußen vor sich geht. Ich muss die Leute informieren, damit sie für den Fall auf dem Laufenden sind, dass mir etwas zustoßen sollte. Außerdem sollen sie wissen, dass die Lage unter Kontrolle ist. Also gut, dann wollen wir mal.*

Ein halber Tag zog sich unerträglich in die Länge, dann wurden volle vierundzwanzig Stunden daraus. Corporal Hostler wirkte von Stunde zu Stunde frustrierter, während er beständig die Forderung wiederholte, Stark solle das Kommando abgeben. Dass andere Einheiten sich dem Fünften Bataillon nicht angeschlossen hatten, war von den Meuterern so offensichtlich nicht geplant gewesen, dennoch machten sie keine Anstalten sich zu ergeben.

»Also gut, Leute.« Starks Stab, der um Sergeant Shwartz, den Koloniemanager und andere Zivs erweitert worden war, die Stark bis dahin noch nie gesehen hatte, saß am Konferenztisch. Alle schauten so drein, als hätten sie seit dem Vortag kein Auge mehr zugetan, was zweifellos auch der Fall war. »Was haben wir?«

Sergeant Shwartz deutete auf ihr Display. »Ich habe die übrigen Senior-Unteroffiziere der Zweiten Brigade darauf durchleuchtet, wer im Fünften Bataillon hinter diesem Corporal Hostler und dem sogenannten Mannschaftsrat stecken könnte. Wir haben einige passende Kandidaten gefunden, aber es sind auch einige Leute mit dabei, die sich ganz sicher nicht an einer solchen Aktion beteiligen würden. Wir müssen davon ausgehen, dass man sie genau wie Sergeant Reynolds als Geiseln festhält.«

Sergeant Stacey Yurivan sah sich die Liste an. »Eine gute Einschätzung. Wann hatten Sie die Gelegenheit, dies zusammenzustellen?«

»In meiner im Überfluss bemessenen Freizeit natürlich«, gab Shwartz zurück und versuchte ein Gähnen zu unterdrücken.

Stark nickte anerkennend. »Sie haben gute Arbeit geleistet, damit die Lage rund um die Kaserne stabil bleibt. Wie sieht es bei Ihnen aus, Stace? Irgendwelche Fährten aufgetan, wer hinter dieser Aktion steckt?«

Sie verzog das Gesicht. »Ich bin mir sicher, dass unser guter Kumpel Harry Kalnick etwas damit zu tun hat, so wie Sie es ja auch vermuten. Aber ich finde keine Spuren, und das wird vermutlich auch so bleiben, bis wir wieder Zugang zur Kaserne des Fünften Bataillons haben.«

Daraufhin schüttelte Bev Manley den Kopf. »Ich hatte ein paarmal mit ihm zu tun. Ich würde ihn als einen fähigen

Mann bezeichnen, aber nicht als bösartiges Genie. Könnte ihm jemand dabei geholfen haben?«

»Ich bin mir sogar sicher, dass er Hilfe hatte. Ganz bestimmt haben ein paar professionelle Schwachköpfe von gewissen nationalen Agenturen unseren lieben Kalnick als Mittel zum Zweck benutzt, während er selbst glaubt, dass er alle Fäden in der Hand hält. Aber Beweise dafür zu liefern, wird verdammt schwierig.« Yurivan tippte wieder auf ihren Monitor. »Doch es gibt auch Erfreuliches. Es sieht nämlich so aus, als hätten wir es nicht mit einem kompletten Bataillon unzufriedener Soldaten zu tun. Die Jungs vom Geheimdienst haben die Zahlen der Truppen addiert, die gesehen wurden, als die Meuterei die Übernahme versuchten. Das Ergebnis ist weit von Bataillonsstärke entfernt. Eher zwei Kompanien plus minus ein paar Leute.«

»Ganz bestimmt haben sie noch ein paar Soldaten in der Hinterhand«, hielt Gordasa dagegen.

»Das haben wir auch in Erwägung gezogen«, sagte Yurivan und nickte Sergeant Shwartz zu. »Die Meuterer, die die Barrikaden bewachen, haben an ihrer Gefechtsrüstung das IFF-System nicht abgeschaltet.«

»IFF?«, wiederholte Koloniemanager Campbell verständnislos.

»Die Identifizierung von Freund oder Feind«, erklärte Stark. »Dieses System stellt sicher, dass man nicht auf die eigenen Leute schießt, weil es einem anzeigt, wer Feind und wer Freund ist. Inwieweit bringt uns das weiter, Stace?«

»Nun, man kann das IFF einer Rüstung abfragen, um eine individuelle Identifizierung zu erhalten, ohne dass der Träger davon etwas mitbekommt. Das wussten Sie nicht, Stark? Nicht schlimm, das weiß kaum jemand. Auf der Grundlage des Personalwechsels an den Barrikaden können wir davon ausgehen, dass ungefähr sechs Züge Soldaten aktiv bei dieser kleinen Party mitmischen.«

»Also zwei Kompanien«, murmelte Stark nachdenklich. »Das ist zwar nicht gerade bedeutend weniger, aber immer noch wesentlich besser, als wenn wir es mit einem kompletten Bataillon zu tun hätten. Gute Arbeit. Sonst noch was?«

Yurivan grinste wie Katze, die soeben irgendeine Leckerei verspeist hatte. »Meine kleine Idee für den Umgang mit diesen Jabberwocks hat sich als machbar entpuppt. Das könnte es uns auch ermöglichen, diese Meuterer zu überwältigen, ohne auch nur einen von ihnen zu verletzen.« Sie ließ eine kurze Pause folgen, um sich an den überraschten Mienen der meisten Anwesenden zu erfreuen. »Wie großartig ich bin, können Sie mir später immer noch sagen. Jetzt sollte erst mal Mr. Campbell die Erklärung folgen lassen.«

Campbell schüttelte den Kopf. »Ich weiß nur in groben Zügen Bescheid. Er ist der Experte.« Dabei deutete er auf den Mann gleich neben ihm, der auf den ersten Blick von schmächtiger Statur schien. Erst wenn man genauer hinsah, wurde klar, dass er sich absichtlich klein machte. »Doktor Gafton ist der Leiter der Nano-Forschung und -Entwicklung. Er hat wichtige Informationen für Sie.«

Doktor Gafton zwinkerte ein paarmal, ehe er zu reden anhub. Obwohl niemand mehr auf Brillen angewiesen war, machte Gafton den Eindruck, als benötige er eine. Ganz auf Stark konzentriert begann er: »Mr. Stark …«

»Sergeant«, unterbrach ihn Stark.

»Sergeant?«

»Ja, Sergeant.«

Abermals zwinkerte der Mann. »Mr. Sergeant …«

Ein erstickter Laut ertönte am anderen Ende des Tischs,

wo Bev Manley sich das Lachen zu verkneifen versuchte. Stark warf ihr einen verärgerten Blick zu, dann wandte er sich an Doktor Gafton. »Sergeant ist mein Titel.«

Der andere Mann zog verwirrt das Gesicht in Falten. »Mein Netlink sagt dazu, dass ›Sergeant‹ ein recht weit unten angesiedelter Dienstgrad mit nur geringem Verantwortungsbereich ist. Der Befehlshaber einer großen Streitmacht sollte den Titel ›General‹ tragen.«

Stark sah zu Campbell, der sichtlich frustriert die Augen kurz zukniff. »Ich fürchte, Doktor Gafton kommt nicht oft unter Leute. Doktor, Sergeant Stark ist der Befehlshaber unserer Streitkräfte.«

Bevor Gafton noch etwas dazu sagen konnte, hob Stacey Yurivan warnend den Finger hoch. »Sie haben einen aktiven Netlink implantiert? Trotz der bekannten Gefahren?«

Gafton verzog den Mund und nickte. »Er ist notwendig. Ohne Implantat könnte ich unsere Arbeit nicht koordinieren. Natürlich sind die Risiken allen Vorsichtsmaßnahmen zum Trotz immens, aber ich muss diese Risiken eingehen, wenn ich meinen Pflichten nachkommen will.«

Stark sah zwischen Yurivan und Gafton hin und her. *Um was geht es hier gerade? Außer mir scheinen alle zu wissen, was damit gemeint war. Ich werde später Vic fragen müssen. Wenn es ein Später gibt.* Vor diesem Gedanken schreckte er sofort zurück ins Hier und Jetzt. »Also, was haben Sie mir zu berichten, Doktor?«

»Die von Ihnen angeforderten Nanobots durchlaufen die letzten Designtests und sollten ...«

»Ich habe Nanobots angefordert?« Stark schaute in die Runde, aber jeder sah ihn mit ahnungsloser Miene an. Nur Sergeant Yurivan lächelte ihn listig an.

»Ja, das haben Sie. Ganz eindeutig. Ein Sonderauftrag.«

»Erzählen Sie mir mehr darüber, Doc. Was tun diese Nanobots?«

Wieder stutzte der Mann. »Natürlich das, was Sie haben wollten.«

»Und das wäre?«

»Interne Umprogrammierung und Systemabschaltung einer komplexen, autonom operierenden Robotereinheit. Ich muss allerdings eines sagen: Die Anforderung, dass die Nanobots mittels Hochgeschwindigkeitsprojektilen die Außenhülle des Zielobjekts durchschlagen müssen, um in die Programmierung des Objekts zu gelangen, stellte für den Designprozess selbst heutiger Nanotechnologie eine ganz schöne Herausforderung dar. Aber nachdem wir ein geeignetes Medium zum Abfedern der einwirkenden Kräfte gefunden hatten …«

Stark unterbrach den Redefluss des Mannes, indem er mit der Hand so abrupt und so heftig auf die Tischplatte klatschte, dass es fast wie ein Schuss wirkte. »Sie haben Nanobots entwickelt, die Roboter ausschalten können?«

»Na ja, die Vorgaben sprachen auch von der Möglichkeit einer Umprogrammierung. Aber da wir nichts über die verwendete Hard- und Software wissen, können wir den Nanobots nicht genügend Optionen mitgeben, um diese Funktion auch sicher zu bewirken.«

»Aber die Nanobots werden einen Robotkämpfer stoppen?«

»Auf jeden Fall. Die Nanobots suchen nach den Befehlsverzweigungen und unterbrechen den Fluss von Kontrollsignalen. Ein simples Stören erschien uns die zuverlässigste Lösung zu sein. Als Reserve gibt es aber auch noch eine kurzzeitige Stromabschaltung, die ebenfalls zum Einsatz kommen wird.« Doktor Gafton sah sich um, als versuche er einzuschätzen, wer wie viel von seinen Ausführungen verstanden hatte. »Einfach ausgedrückt passiert dem Roboter das Gleiche wie einem Menschen, der mit Nervengift wie Sarin in Berührung kommt.«

Manley beugte sich vor. »Wie können Sie sich sicher sein, dass das funktionieren wird?«

»Es gibt natürlich keine Erfolgsgarantie, wenn man die Ergebnisse der Experimentierphase betrachtet. Es gibt eine Reihe von Variablen, mit denen wir konfrontiert wurden. Das betrifft zum Beispiel das Ausmaß der Abschirmung der Befehlsverzweigungen, oder die Leistung der Befehlssignale, die blockiert werden sollen. Auch das Vorhandensein oder Fehlen von Abwehrnanobots, deren Aufgabe es ist, eine interne Sabotage zu beenden und eventuell auch zu reparieren ist von-« Gafton brach mitten im Satz ab und schaute nachdenklich vor sich. »Wissen Sie, defensive Nanobot-Systeme sind bislang noch gar nicht zum Einsatz gekommen. Also gibt es auch keinen Grund, von ihrem Vorhandensein auszugehen. Nichtsdestotrotz stellt es eine nichtkontrollierbare Variable dar.«

»Dann haben wir also keine Gewähr, dass sie funktionieren, solange sie nicht zum Einsatz gekommen sind?«

»Nun … ja. Es sei denn, Sie können mir ein funktionstüchtiges Modell des Zielobjekts zur Verfügung stellen, damit ich Tests daran vornehmen kann.«

»Großartig.« Starks Lob war ehrlich gemeint. »Wenn auch nicht perfekt. Ich wünschte, wir könnten diese Nanobots vorab einmal testen, dann wären wir diesen Jabberwocks einen klaren Schritt voraus. Aber auch so kommen wir schon ein Stück weiter.« Er sah kurz zu Yurivan und dann wieder zu Gafton. »Aber wie soll uns das helfen, die Meuterei in den Griff zu bekommen?«

Erneut zwinkerte Gafton. »Ich wurde gefragt, ob die Nanobots und die Projektile so verändert werden können, dass die Systeme einer standardmäßigen Gefechtsrüstung des Militärs funktionsuntüchtig gemacht werden. Die Anpassungen dafür waren ziemlich schnell erledigt.«

Es dauerte ein paar Sekunden, dann hatte Stark die Worte auf sich wirken lassen und ihre Bedeutung begriffen. »Dann können wir damit also Würmer in Gefechtsrüstungen einschleusen?«

»Würmer?«, wiederholte Gafton. »Dieser Slangbegriff bezieht sich auf zerstörerische Software. Nein, die fragliche Abschaltung wird dadurch erreicht, dass die Nanobots alle Bewegungs-, Waffen- und Kommunikationssysteme außer Funktion setzen.«

»Verdammt.« Stark lächelte Yurivan an. »Stacey, ich bin ja so froh, dass Sie auf unserer Seite sind. Kann ich meine Leute jetzt mit diesen Projektilen ausrüsten?«

Garton schüttelte nur einmal den Kopf. »Nein, jetzt noch nicht. Erst in vierundzwanzig Stunden. Plus minus vier Stunden als Zeitpuffer für unerwartete Entwicklungen. Dann kann ich Ihnen schätzungsweise zweitausend individuell gefertigte Projektile liefern, die exakt den Vorgaben für den Einsatz bei geschulterten Antipersonen-Abschussmechanismen entsprechen.«

Stark sah den Doktor einen Moment lang ratlos an, dann wanderte sein Blick zu Sergeant Gordasa. »Verstehe ich das richtig? Er liefert uns zweitausend Schuss Munition?«

»Ja«, bestätigte Gordasa. »Wir bekommen von ihm zweitausend Schuss Gewehrmunition.«

Gafton nickte zweimal hintereinander. »Das ist das, was ich gesagt habe.«

»Zweitausend.« Stark ließ sich diese Zahl wieder und

wieder durch den Kopf gehen. »Das genügt, um die Magazine aller Gewehre einer ganzen Kompanie loyaler Soldaten zu laden. Ich werde eine Kompanie suchen und …«

»Die haben Sie bereits«, ließ Stacey ihn wissen, wobei ihre Miene verriet, dass ihr das Ganze ungeheures Vergnügen bereitete.

»Danke, aber ich möchte eine Bewertung der Leute selbst vorn-«

»Diese spezielle Kompanie wird Ihnen gefallen. Vertrauen Sie mir.«

Stark nickte und versuchte, sich keine Gefühlsregung anmerken zu lassen. *Na, großartig. Vic hat sich als Geisel zur Verfügung gestellt, und ich muss einer Frau wie Stacey Yurivan vertrauen. Ich kann nur hoffen, dass ich das Richtige tue.*

Ein paar Stunden später salutierte Sergeant Sanchez vor Stark, seine Miene so gefasst und so ausdruckslos wie immer. »Schön Sie wiederzusehen, Commander Stark.«

»Hören Sie schon auf, Sanch. Wir sind alte Kameraden. Bei mir müssen Sie sich an keine Formalitäten halten. Ihre Kompanie hat sich also tatsächlich freiwillig gemeldet, um mich zu begleiten?«

»Ich hätte keinen von ihnen davon abhalten können«, versicherte Sanchez ihm. Für Sekundenbruchteile war ein minimales Zucken an seinen Mundwinkeln zu beobachten, das man für den Ansatz eines Lächelns hätte halten können.

»Das glaube ich Ihnen aufs Wort. Verdammt, Sanch, es kommt mir vor, als wäre es erst gestern gewesen, dass Sie und ich und Vic Truppführer im gleichen Zug waren. Und gleichzeitig scheint es eine Ewigkeit her. Ich habe es wirklich gehasst, meinen Trupp zu verlassen. Ich hab diese Affen schließlich jahrelang geführt.«

»Sie waren derjenige, der die Meuterei ausgelöst hat, durch die wir die Offiziere unserer Division losgeworden sind«, hielt Sanchez ihm vor Augen. »Hätten Sie das nicht getan, wären die Senior-Unteroffiziere nie in die Lage versetzt worden, Sie zum Befehlshaber der gesamten Streitmacht zu machen.«

»Da Vic Reynolds momentan als Geisel festgehalten wird, übernehmen Sie jetzt wohl ihre Rolle und erinnern mich an all die Fehler, für die ich heute noch bezahlen muss, wie? Ich sage Ihnen eines, Sanch: Es gibt Augenblicke, in denen wünschte ich mir, es wäre nie dazu gekommen.«

Der Ausdruck, der über Sanchez' Gesicht huschte, war so schnell wieder einer ausdruckslosen Miene gewichen, dass Stark nicht wusste, wie er ihn deuten sollte. »Ich bin mir sicher, in der Dritten Division gibt es viele, die das anders einschätzen, weil sie durch Ihr Handeln gerettet wurden.«

»Das will ich doch hoffen. Dann führen Sie jetzt mit mir die Kompanie an?«

»Bedauerlicherweise nicht. Das muss ich demjenigen überlassen, der diese Kompanie momentan befehligt.«

Stark versuchte, sich seine Enttäuschung nicht anmerken zu lassen. *Stimmt, Sanchez ist ja zum Commander des ganzen Bataillons aufgestiegen. Eigentlich sollte ich wissen, wer der Commander dieser Kompanie ist, verdammt!* »Wer ist es, Sanch? Jemand, den ich kenne?« Früher hatte er jeden in der Einheit gekannt, aber seitdem hatte es einige Gefechte gegeben, und die dabei gerissenen Lücken waren mit Leuten aus anderen Einheiten geschlossen worden.

Wieder war der Anflug eines Lächelns zu sehen. In den

letzten Monaten hatte Sanchez eine deutliche Veränderung hin zu einem Mann gemacht, dem man eine Gefühlsregung ansehen konnte, auch wenn man in seinem Fall schon sehr genau aufpassen musste. »Ich glaube schon.« Er drehte sich ein wenig zur Seite und winkte jemanden zu sich. »Sie erinnern sich noch an Lieutenant Conroy?«

Conroy salutierte zackig vor Stark. »Guten Tag, Commander Stark.«

Der erwiderte die Geste und musste seinerseits ein Lächeln unterdrücken. »Sie haben jetzt die ganze Kompanie unter sich, Lieutenant? Kommen Sie mit allen klar?«

»Ganz gut. Am Anfang hat der eine oder andere versucht, meine Grenzen zu testen oder Druck auf mich auszuüben. Einige Soldaten waren überrascht, mich hier zu sehen.«

»Kann ich mir vorstellen. Ich hätte auch nie erwartet, dass einer unserer ehemaligen Offiziere bei uns bleiben würde, noch dazu unter meinem Kommando.«

»So viele waren wir eigentlich nicht. Insgesamt sechzehn, wenn ich mich nicht irre.«

»Sechzehn ist eine ganze Menge«, betonte Stark, »wenn man bedenkt, dass das bedeutet, unter mir zu dienen und vor ein Kriegsgericht gestellt zu werden, sollten wir verlieren. Aber ich war dankbar dafür, dass Sie geblieben sind. Wir brauchten dringend ein paar gute Offiziere, um den Leuten zu zeigen, wie wichtig Sie hier sind. Natürlich nur dann, wenn die ihre Aufgaben richtig erledigen. Dann haben die Truppen Ihnen nicht zu viel Ärger gemacht?«

»Sagen wir, es gab einige interessante Momente, aber ich musste nur daran erinnern, dass ich immer noch Offizier bin. Inzwischen kommen wir bestens miteinander aus.«

Stark nickte und dachte darüber nach, wie schwierig

manche von diesen Momenten gewesen sein mussten, wenn sich Unteroffiziere mit einer gesunden Portion Abneigung gegen ein Offizierskorps stellten, das üblicherweise mehr mit der eigenen Beförderung als mit Führungsfragen beschäftigt war. »Gut, Lieutenant, Sie kennen die Situation. Ich vermute, Sie dürfen mich dann wieder retten.«

»Als ich das das letzte Mal tat, wurde mir mein Zug weggenommen, und man machte mich zum Schreibtischhengst.«

Stark war nach einem riskanten Angriff noch zurückgeblieben, um die Nachhut zu bilden, damit der restliche Zug entkommen konnte. Conroys Mitwirkung bei einer nicht genehmigten Rettungsaktion für Stark hatte ihr die Missgunst ihrer Vorgesetzten eingebracht, weil die nicht daran interessiert gewesen waren, die teure Ausrüstung aufs Spiel zu setzen, nur um einen Sergeant zu retten, der einem zudem nichts weiter als Ärger einbrachte. »Aber jetzt liegen die Dinge etwas anders«, merkte Conroy an. »Ich glaube, die neue Befehlshaberin dürfte Ihren Segen haben. Sicherlich erinnern Sie sich noch an Corporal Gomez.«

»Cor-?« Stark verschluckte den Rest. *Ich werde verrückt. Anita Gomez, der beste Corporal, den ich je hatte. Sie sorgt dafür, dass diese Affen immer hellwach sind.* »Wie haben Sie sie dazu überreden können?«

»Gar nicht, sie hat sich freiwillig gemeldet. Vielleicht sagt sie *Ihnen* ja, warum sie das gemacht hat. Wann beginnt die Operation?«

Stark bedeutete den beiden, sich zu setzen, während er rastlos auf und ab ging. »Wir benötigen zuerst die Spezialmunition für unsere Gewehre. Diese Munition ist nicht tödlich, sondern legt die Gefechtsrüstung desjenigen lahm, der von ihr getroffen wird.« Weder Conroy noch Sanchez schafften es, ihre Neugier zu überspielen. »Diese besonderen Patronen enthalten Nanobots, die nach dem Treffer die Rüstung übernehmen und abschalten. Aber diese Munition wird momentan noch angefertigt. Sobald wir sie haben, startet die Operation während der nächsten Pause, die sie einlegen. Hauptmahlzeit, Schlafenszeit, egal was. Sorgen bereiten mir die Geiseln, und Sorgen macht mir auch der Gedanke, die Meuterer könnten sich so in die Enge getrieben fühlen, dass sie das Feuer auf uns eröffnen.« Die beiden nickten, während Stark weiterredete: »Wir haben es mit einer Anzahl von Soldaten zu tun, die ungefähr zwei Kompanien entspricht. Das sind schlechte Verhältnisse für einen Angriff, aber sie halten sich ja nicht alle an einer Stelle auf, und es ist zu hoffen, dass ihnen nicht klar wird, dass wir sie mit spezieller Munition beschießen.«

»Ein einzelner Treffer an einer beliebigen Stelle soll also die Rüstung handlungsunfähig machen?«, vergewisserte sich Conroy.

»Ja. Die Kaserne ist standardmäßig angeordnet. Es gibt drei Hauptzugänge, zwei für Personal, einer für schwere Fracht. Ich werde mir mit einem Zug den Haupteingang vornehmen, die zwei anderen Züge kümmern sich um die übrigen Zugänge.« Ihm entging der ablehnende Gesichtsausdruck der beiden nicht. »Ja, ich weiß, dass ich eigentlich keine Kampfeinsätze anführen sollte. Und genau das könnte aus dieser Operation werden, wenn die Meuterer das Feuer erwidern. Aber wenn ich da geradewegs reinmarschiere, könnte es sein, dass sie doch noch kapitulieren, ohne dass ein einziger Schuss fällt. Ich halte das Risiko für vertretbar, wenn dadurch die Chance besteht, dass dieser Aufstand ohne Blutvergießen zu Ende geht.«

»Ihr Argument klingt einleuchtend«, meinte Sanchez.

»Aber Sergeant Reynolds wird Ihnen anschließend trotzdem den Kopf abreißen.«

»Ganz sicher. Noch Fragen?«

Conroy seufzte. »Vermutlich sollte ich einen der anderen Züge auf die gleiche Weise nach drinnen führen. Ein Lieutenant, der äußerlich ruhig und gelassen auf die Meuterer zukommt, könnte sie ernsthaft zögern lassen. Vielleicht genügt es, um hinter die Barrikaden zu gelangen, ohne einen Schuss abgeben zu müssen.«

Sanchez brachte einen Moment lang eine fragende Miene zustande. »Ruhig und gelassen, Lieutenant Conroy? Sie wollen da ruhig und gelassen reingehen?«

»Ich sagte *äußerlich* ruhig und gelassen. Außerdem kennen Sie doch das Motto der Infanterieschule: Immer mir nach.«

Stark musste lachen. »Das sagt sich so leicht, nicht wahr? Bis auf einmal jemand seine Waffe auf einen richtet. Okay, mehr gibt es aktuell nicht. Lieutenant, wir werden die Grundrisse der Kaserne auf die taktischen Systeme jedes Soldaten runterladen. Wir können es uns nicht leisten, ihnen allen vor Beginn der Operation etwas zu erklären, weil das Risiko zu groß ist, dass jemand die Meuterer warnt.«

»Verstehe.«

Sanchez verzog seine Stirn minimal, was bei jedem anderen als massives Stirnrunzeln ausgefallen wäre. »Sie wollen einen detaillierten Plan auf die taktischen Systeme überspielen, aber den Soldaten vorher nicht erklären, um was es geht? Das klingt nicht nach dem Ethan Stark, den ich kenne.«

»Nein«, stimmte Stark ihm zu. »Das klingt ganz und gar nicht nach ihm. Sie erhalten den Grundriss des Gebäudes und alles, was wir über die Verteilung der Soldaten im Inneren wissen, was nicht allzu viel ist. Am ehesten können wir etwas zu den Leuten rund um die Barrikaden sagen. Es liegt dann in der Hand jedes einzelnen Soldaten, da reinzukommen und den Gegner auszuschalten.« Er grinste breit. »Maximale individuelle Initiative. Klingt das nach dem Ethan Stark, den Sie kennen?«

»Auf jeden Fall. Das dürfte eine interessante Operation werden. Lieutenant Conroy und ich werden die Kompanie in Bereitschaft halten, bis wir Ihren Befehl erhalten.«

»Danke. Ach, Lieutenant, richten Sie Corporal Gomez doch bitte aus, dass ich mich schon darauf freue, wieder mit ihr zusammenzuarbeiten.«

»Wird gemacht, Commander.«

Stark wartete geduldig die von Doktor Gafton kalkulierten vierundzwanzig Stunden ab. Dazu kamen drei der möglichen vier Stunden Zeitpuffer, die der Wissenschaftler sich als Reserve ausbedungen hatte, aber dann traf die Munition ein. Er betrachtete skeptisch die Magazine, die der Doktor ihm brachte. »Diese Magazine sind versiegelt. Woher wissen wir, dass es sich tatsächlich um Nanobot-Patronen handelt?«

Doktor Gafton reagierte mit seinem typischen Zwinkern und zeigte auf das Magazin, das Stark in der Hand hielt. »Die Magazine sind mit der entsprechenden Bezeichnung versehen.«

»Und wenn die Beschriftung verkehrt ist?«

»Das sollte sie nicht sein. Das würde zu Problemen führen.«

Stark atmete schnaubend aus und sah zu Sergeant Gordasa. »Gordo?«

Gordasa lächelte und deutete auf die Kiste mit den Magazinen. »Ich hab's überprüft und wahllos zwei Magazine geöffnet. Das kostete uns zwar zwei Magazine und vierzig Schuss Spezialmunition, aber ich hielt es für vertretbar. Es ist drin, was draufsteht.«

»Das ist tatsächlich vertretbar. Danke, Gordo. So stelle ich mir einen Versorgungsoffizier vor.« Stark betätigte seine persönliche Komm-Einheit. »Sanch? Lassen Sie Conroy und ihre Leute herkommen. Es gibt Arbeit.«

Keine halbe Stunde später stand Corporal Gomez vor Stark und sah ihn mit ernster Miene an. Die Hand hatte sie zum Salut erhoben. »Der Zug ist einsatzbereit, *Sargento*.«

Stark sah die in Reih und Glied dastehenden Soldaten an und entdeckte diverse vertraute Gesichter, die alle bemüht waren, ein Grinsen zu unterdrücken. Er erwiderte den Salut. »Schön, Sie zu sehen, Anita. Wir sollten uns öfter treffen.«

»Vielleicht sogar mal dann, wenn wir ausnahmsweise nicht beschossen werden, wie, *Sargento*? Wir sollen diesen Meuterern in den Hintern treten?«

»Ganz genau.« Stark bedeutete allen drei Zügen, sich hinzusetzen, dann erklärte er die Nanobot-Patronen, nannte die mutmaßliche Zahl an Meuterern, rief den Grundriss der Chamberlain-Kaserne auf und wies auf die Barrikaden hin. »Das ist so ziemlich alles, was wir wissen. Jeder von Ihnen hat eine Kopie dieses Grundrisses in seinem taktischen System.«

»Ist der taktische Plan da auch zu finden?«, wollte Sergeant Rosinski vom Dritten Zug wissen.

»Nein.« Stark ließ ein paar Sekunden verstreichen, damit alle diese überraschende Tatsache verarbeiten konnten. »Es gibt keinen taktischen Plan, weil wir dafür nicht genug wissen. Ihr Affen macht Folgendes: Ihr geht rein, schwärmt aus und entwaffnet jeden. Wenn jemand auf Sie schießt, setzen Sie ihn mit einer Nanobot-Salve außer Gefecht.«

»Aber ... wohin sollen wir gehen?«

Stark deutete auf den Grundriss. »Dahin, wo Sie hingehen müssen. Ich werde es Ihnen erklären, damit Sie verstehen, warum ich so vorgehe.« Das war eine der Angewohnheiten, für die Stark in der Vergangenheit immer wieder von Offizieren kritisiert worden war, die sich nicht die Zeit nehmen wollten, ihm die Befehle zu erklären, die sein Trupp am Besten ohne nachzudenken ausführen sollte. »Versetzen Sie sich in die Lage des Gegners. Jemand greift Sie an. Was machen Sie als Erstes?«

Nach einer kurzen Pause antwortete Corporal Gomez: »Man stellt fest, wo der Angreifer am aktivsten ist, wo also der Hauptangriff erfolgt, *si*? Dann schickt man Verstärkung zu diesen Positionen.«

»Richtig. Aber stellen Sie sich nun vor, dass es keinen Hauptangriff gibt, sondern dass Sie es mit hundert Soldaten zu tun haben, von denen jeder völlig unabhängig von allen anderen agiert.« Wieder folgte eine Pause, dann begannen vereinzelt Soldaten zu lächeln. »Genau das meine ich damit. Sie haben jeder ausreichend Erfahrung. Bilden Sie kleine Gruppen, oder gehen Sie ganz individuell vor, wenn es nötig ist. Schwärmen Sie aus, um jeden Raum in der Kaserne zu durchsuchen. Ihre Gewehre sind auch mit Blendgranaten geladen, damit Sie Verwirrung stiften können, wenn Sie die brauchen. Außerdem leiten wir durch die Lüftungsschächte etwas Rauch in die Räume, damit die Sicht ein wenig eingeschränkt ist. Aber nicht zu viel Rauch, wir wollen schließlich nicht, dass jemand erstickt, nur weil er keine Rüstung trägt.«

»Und was machen wir, während unsere Truppen eigenständig durch die Gegend laufen?«, wollte Rosinski wissen.

»Sie behalten sie im Auge«, antwortete Stark. »Irgendjemand wird früher oder später in Schwierigkeiten geraten. Vielleicht sitzt er irgendwo in der Falle. Oder er steht zu vielen Meuterern gegenüber. Auf solche Dinge achten Sie bei Ihren Scans, und dann geben Sie Anweisungen, um den Betroffenen zu helfen. Hören Sie, ich weiß, das ist alles vollkommen unkonventionell, aber wir müssen für zwei Dinge sorgen, damit wir die Geiseln unversehrt rausholen können. Das Erste ist das Überraschungselement, das Zweite ist Schnelligkeit. Indem Ihre Leute jeden nur denkbaren Weg nehmen, sollten wir in der Lage sein, beides zu erreichen. Noch Fragen?«

Ein Corporal aus dem Ersten Zug hob die Hand. »Wir werden die gleichen Gefechtsrüstungen tragen wie die Meuterer. Woher wissen wir, wer wer ist?«

»Wir haben das IFF in Ihrer Ausrüstung ein wenig verändert, damit es eine besondere Reaktion zeigt. Dadurch wissen Sie, wer die anderen Mitglieder Ihrer Kompanie sind. Jede Rüstung, die diese Veränderung nicht aufweist, erhält eine Standardantwort, wenn sie eine Anfrage vornimmt. Das dürfte uns dabei helfen, die Bösen ein wenig in die Irre zu führen. Oh verdammt, jetzt hätte ich beinahe etwas sehr Wichtiges vergessen. Die Nano-Projektile töten niemanden, der eine Rüstung trägt. Sie sollten nicht einmal die Panzerung durchschlagen. Treffen Sie damit aber einen Soldaten, der keine Rüstung trägt, fügen Sie seinem Nervensystem sogar schon im harmlosesten Fall schwere Schäden zu. Schießen Sie also auf niemanden, der keine Rüstung trägt.«

»Und wenn einer von denen auf uns schießt, Sarge?«, erkundigte sich Private Chen von Starks altem Trupp.

»Dann gehen Sie nahe genug ran, um ihm einen Schlag

auf den Schädel zu verpassen, und nehmen ihm die Waffe weg.« Er konnte den Leuten anmerken, dass diese Anweisung keine Begeisterung auslöste. »Tut mir leid, Leute, aber so muss es sein! Keiner dieser Meuterer wird durch unser Handeln ums Leben kommen. Und ja, falls einer von Ihnen glaubt, ich könnte so was ja leicht von Ihnen verlangen, dann vergessen Sie nicht, dass ich mit dabei sein werde. Ich werde den Zweiten Zug anführen und durch die Vordertür reinmarschieren.«

Freude machte sich unter den Angehörigen des Zweiten Zugs breit. Daraufhin stand Conroy auf. »Ich werde den Ersten Zug leiten. Auf die gleiche Weise. Rosinski, der Dritte Zug gehört Ihnen.«

»Ich Glückspilz. Marschiere ich auch mit rein?«

»Das liegt ganz an Ihnen. Wie sieht es heute mit Ihrer Kommandopräsenz aus?«

»War schon besser, aber das sollte noch immer genügen, um mit ein paar Affen der Zweiten Brigade klarzukommen.«

»Gut«, brummte Stark vor sich hin. »Sonst noch was?«

Nach einigen Sekunden erhob sich ein anderer Corporal. »Sergeant, ich muss Ihnen sagen, dass einige von uns wegen dieser … dieser speziellen Munition für unsere Gewehre besorgt sind.«

»Die wird funktionieren, Corporal. Sie wurde an einer Gefechtsrüstung getestet. Also kein Grund zur Sorge.«

»Bei allem Respekt, Sergeant, aber das ist nicht der Grund für unsere Bedenken.« Der Corporal sah sich um und fuhr mit der Zunge über die Lippen. Die Senioroffiziere bedachten ihn mit ernsten, fragenden Blicken. »Einige von uns fragen sich … nun … also …«

»Spucken Sie's schon aus.«

»Woher wissen wir, dass das nicht ganz normale Munition ist und wir reingehen und alle da drin einfach erschießen?«, platzte der Corporal raus.

Hastig hob Stark eine Hand, um das verärgerte Gemurmel verstummen zu lassen, das von allen Seiten zu hören war. »Das heißt, mein Wort reicht Ihnen nicht?« Der Corporal schluckte nervös, schüttelte dann aber den Kopf. »Na ja, immerhin haben Sie den Mut aufgebracht, diese Frage zu stellen. Wer ist deswegen noch alles in Sorge? Melden Sie sich. Das ist mein Ernst.«

Zögerlich ging hier und da eine Hand nach oben. *Zwanzig. Einundzwanzig zusammen mit diesem Corporal. Ich kann es mir nicht leisten, so viele Leute aus dieser Operation herauszunehmen. Die Chancen stehen jetzt schon nicht besonders gut. Aber wie kann ich ihnen ihre Sorge nehmen? Noch ein Magazin zu öffnen, würde auch zu nichts führen. Aber was dann? Oh. Na gut, wenn es sein muss, muss es eben sein.*

Stark machte vier Schritte zur Seite, um auf Abstand zum Display zu gehen, versiegelte das Visier seiner Rüstung und drehte sich wieder zu den Soldaten um, wobei er leicht die Arme öffnete. »Okay, ihr Affen seid also in Sorge, die Nano-Kugeln könnten eure Kameraden töten. Dann schießt halt auf mich.« Ihm entgingen die ungläubigen Blicke der Anwesenden nicht. »Das ist mein Ernst. Ich vertraue den Kugeln so sehr, dass ihr ein paar Salven auf mich abgeben könnt, wenn ihr das wollt. Anders kann ich euch nicht beweisen, dass stimmt, was ich sage.« *Und Anita, komm um Himmels willen nicht auf Idee, den Soldaten zu erschießen, der als Erster seine Waffe auf mich richtet.*

Niemand stand auf, um seine Waffe zu benutzen. Der Corporal grinste und nickte zufrieden, als er sich hinsetzte. »Das genügt mir vollauf.«

»Gut.« Stark öffnete das Visier wieder, froh darüber, dass er sich nicht so kurz vor der anstehenden Operation an eine neue Rüstung gewöhnen musste. »Dann machen wir uns jetzt auf den Weg, um einigen Leuten einen Tritt in den Hintern zu verpassen.«

»Auf eine sanfte, nichttödliche Weise?«, fragte Sergeant Rosinski.

»Genau, Rosinski, achten Sie nur darauf, auf niemanden zu schießen, der keine Rüstung trägt.«

Alles machte einen trügerisch ruhigen Eindruck, als sie sich der Chamberlain-Kaserne näherten. Die Barrikaden der Meuterer erinnerten an die in den Fluren übereinandergestapelten Möbel, denen man immer dann begegnete, wenn das Mondgestein des Fußbodens in den Wohnquartieren neu versiegelt werden musste. Es war die Zeit kurz nach dem Abendessen, wenn alle sich entspannen sollten. Stark warf einen Blick über seine Schulter und ließ kurz den Blick über den ihm folgenden Zug gleiten. Unwillkürlich überkam ihn ein Lächeln, das von einem völlig unpassenden Gefühl der Zufriedenheit begleitet wurde, wenn man überlegte, dass er im Begriff war, nervösen Meuterern gegenüberzutreten, deren Gewehre im Gegensatz zu seinem tödliche Munition verschossen. »Bereit, Corporal Gomez?«

»*Si*. Fühlt sich gut an, nicht wahr? Wir alle wieder zusammen.«

»Verdammt gut. Ich würde mit keinem anderen Trupp und keinem anderen Zug unterwegs sein wollen, wenn ich die freie Wahl hätte.« Nachdem er das ausgesprochen hatte, fühlte er sich ein wenig verlegen, so als wäre es eine Spur zu viel gewesen. Doch die Wahrheit hinter seinen Worten überwand diese Verlegenheit.

Stark überprüfte die Zeit und zählte die letzten Sekunden runter, die auf seinem HUD angezeigt wurden. »Okay, alle aufgepasst. Es geht los, einer nach dem anderen.« Gomez hatte recht, es fühlte sich tatsächlich gut an, wieder eine kleine Gruppe Soldaten anführen zu können und nur für eine begrenzte Anzahl Personen in einem eng umrissenen Gebiet verantwortlich zu sein.

Stark entriegelte das Visier und klappte es hoch, damit man sein Gesicht deutlich erkennen konnte. Sein Gewehr hielt er locker in den Armen, als er sich auf den Weg zum Haupteingang zur Kaserne machte. Über der Tür befand sich das erhaben gearbeitete Bild eines Soldaten, der eine Uniform mit sternendekoriertem Stehkragen trug. Mit ernstem Blick schaute er herab, sein ausladender Schnauzbart hing so weit nach unten, als wollte er seiner Enttäuschung über das Ausdruck verleihen, was sich im Inneren des Gebäudes zutrug. *Das ist also Chamberlain. Wird wohl ein General gewesen sein. Möchte wissen, was er getan hat und wann er es getan hat. Ich sollte das mal irgendwann nachschlagen.*

Die Meuterer hinter der Barrikade hatten bemerkt, dass Stark sich langsam und gelassen näherte. Gewehre wurden angehoben und auf ihn gerichtet. Mit zwanzig Meter Abstand folgte ihm sein Zug, aber weder in Formation noch in Gefechtshaltung, sondern so ungeordnet, dass man ihn offensichtlich nicht als Bedrohung wahrnehmen sollte. Stark wusste, dass es an den anderen Eingängen bei Conroy und Rosinski nicht anders aussah.

»Halt!«, ertönte eine entschlossene Aufforderung.

Doch Stark setzte unbeirrt einen Fuß vor den anderen.

»Stehenbleiben, oder wir schießen!«

Er blieb nicht stehen, sondern ging in seinem gemächlichen Tempo weiter, während er zu reden anfing. »Ich bin Sergeant Ethan Stark. Sie wissen, wer ich bin, und Sie wissen, dass Sie mir vertrauen können. Mir ist egal, was irgendjemand Ihnen über mich erzählt hat. Ich werde Sie nicht belügen. Legen Sie die Waffen nieder, und es wird niemandem etwas geschehen.« Der eine oder andere Soldat ließ in seiner Entschlossenheit sichtlich nach und ließ seine Waffe ein kleines Stück weit sinken. »Da draußen warten genügend echte Feinde, da müssen wir uns nicht auch noch gegenseitig bekämpfen. Wenn Sie Grund zur Klage haben, werde ich mir das anhören. Das Versprechen gebe ich Ihnen.«

»Er lügt!« Der Corporal, der offenbar das Sagen über die Barrikade hatte, herrschte seine Leute an: »Ihr könnt ihm nicht über den Weg trauen. Er will nur Diktator werden und dabei über unsere Leichen gehen! Unsere Leichen, unser Blut! Wie viele von euch haben dank Starks kleinem Krieg Freunde verloren?«

Die Waffen gerieten wieder ein bisschen in Bewegung, auch wenn keine mehr direkt auf ihn zeigte.

Das ist es. Soll er doch reden, ich gehe in der Zwischenzeit weiter. Jetzt gleich muss ihnen mein Zug irgendwo hinter mir auffallen. »Ich fange keine Kriege an, Corporal. Ich bringe sie zu Ende. Ich versuche, diesem Krieg ein Ende zu setzen, den wir hier oben führen. Ich wüsste nicht, wer außer unseren Feinden davon profitieren könnte, wenn wir uns gegenseitig bekriegen.« Er hatte inzwischen fast die Barrikade erreicht und nahm das Zögern der Meuterer deutlich zur Kenntnis. *Nur noch ein paar Schritte …*

»Erledigt ihn!«, befahl der Corporal, doch die anderen zögerten und schauten sich untereinander unschlüssig an. Der Corporal beschimpfte seine Truppe auf das Übelste, dann richtete er sein eigenes Gewehr auf Stark. *Also gut, das war's dann.*

Stark setzte zu einem Sprung nach vorn und gleichzeitig zur Seite an, wobei er die Sprunghöhe so bemaß, dass er so eben die Barrikade überwand. Sein Gewehr ließ er dabei herumschwingen, sodass es auf den Corporal zeigte und Stark eine kurze Salve abfeuern konnte, die genau ins Ziel traf. Er schloss sein Visier, während er sich auf die andere Seite der Barrikade zubewegte, wo er auf der Schulter landete und sein Gewehr sofort in Anschlag brachte, um es auf die Meuterer auszurichten, die nun mit dem Rücken zu ihm standen.

Die fast völlige Stille des Augenblicks, die eben noch geherrscht hatte, wurde von einem lärmenden Durcheinander ersetzt, da einige Männer versuchten, mit ihren Gewehren Stark anzuvisieren, während die übrigen das Feuer auf Starks Zug eröffneten. Der Schock des Gewehrfeuers, das von den Wänden zurückgeworfen wurde, war ebenso irritierend wie verstörend für Soldaten, die sich an die lautlosen Gefechte in der Luftleere auf der Mondoberfläche gewöhnt hatten. Blendgranaten sorgten zudem dafür, dass Augen und Ohren der Meuterer massiv belastet wurden. Die meisten Verteidiger der Kaserne ergriffen schlichtweg die Flucht, manche ließen dabei sogar ihre Waffen zurück.

Mitten in diesem Durcheinander lag Stark flach dort auf dem Boden, wo sein Sprung ihn hingetragen hatte. Sorgfältig konnte er aus dieser Position heraus einen Meuterer nach dem anderen anvisieren. Kugeln prallten von einer Wand nahe seinem Kopf ab, rissen aber nur Stücke des Mauerwerks heraus, die in kleinen Fontänen aufwirbelten. Einen Moment später versteifte sich der Mann und kippte zu Boden, da Starks spezielle Patronen den Meuterer getroffen und seine Gefechtsrüstung komplett stillgelegt hatte. *Ich liebe diese Nanobots!* Sein HUD schrie ihn warnend an und hob eine Meuterin hervor, die vor ihm mit ihrer Waffe hantierte. Einen Augenblick später sank auch sie zu Boden, nachdem Stark ihrer Rüstung einen lähmenden Schuss zugefügt hatte.

So plötzlich der Kampf begonnen hatte, war er auch schon vorüber. Die Meuterer, deren Körperpanzer immer noch zuließ, dass sie sich bewegen konnten, gaben auf und ließen ihre Waffen fallen. »Anita, stellen Sie eine Wache für diese Leute ab. Weiter geht's!«

Stark lief den Korridor entlang, die Mikrofone seiner Rüstung fingen die Geräusche vor ihm fliehender Meuterer und die Schritte des größtenteils folgenden Zugs dicht hinter ihm auf. »Ausschwärmen, wenn wir auf abzweigende Gänge stoßen. Die sollen weiterhin rätseln, wo wir sind und was wir vorhaben.« Angestrengt atmend erreichte er eine Ecke, wo er für einen kurzen Moment innehielt und den Scanausschnitt veränderte, damit er sehen konnte, wie es den anderen Zügen erging. Rosinski hing anscheinend in der Nähe des Frachtdocks fest, während Conroys Gruppe genauso zügig vorankam wie Starks Zug. *Das ist ein verdammt guter Lieutenant. Sie ist der Beweis für alles Positive, das dabei herauskommen kann, wenn man einen Offizier richtig ausbildet.*

Dann bog er um die Ecke und lief geduckt los. Schüsse schlugen um ihn herum ins Mauerwerk ein, während er sich zur gegenüberliegenden Wand rollte. Weitere Soldaten folgten ihm und erwiderten das Feuer. Er verspürte einen Anflug von Angst, da er wusste, dass er in diesem Moment nahezu ungeschützt agierte. Ein Rückzug war aber auch nicht möglich, weil er dann erst recht auf sich aufmerksam gemacht hätte. *Ich habe schon zu lange keine taktische Operation mehr mitgemacht. Bin eingerostet. Und das hier habe ich nicht gründlich durchdacht.* Das Einzige, was ihn in diesem Augenblick rettete, war der offensichtliche Unwille der Meuterer, das Risiko einzugehen, getroffen zu werden. Sie blieben in Deckung und feuerten auf gut Glück.

»*Sargento*, alles in Ordnung?«

»Ja, Anita. Aber ich bin gar nicht glücklich. Befindet sich jemand in einer Position, von der aus er hinter diese Meuterer gelangen kann?«

»*Sí*, das ist nur eine Frage von ein paar Augenblicken«, sagte sie. Gleich darauf kam es zu einer heftigen Schießerei hinter der Barrikade, dann kehrte abrupt Ruhe ein, da die Meuterer sich den Soldaten ergaben, die sie an ihrer Flanke erwischt hatten.

Stark richtete sich wieder auf, obwohl eine leise Stimme in seinem Hinterkopf darauf beharrte, dass das eine idiotische Aktion war. *Ich muss zu Vic gelangen. Wenn sie irgendjemanden erschießen, dann wird sie das sein.* Erneut scannte er die Kaserne, während er mit einer kleinen Gruppe aus dem Zweiten Zug den Gang entlang eilte. Die Symbole, die sich durch die 3D-Darstellung des Gebäudes bewegten, waren schrecklich verwirrend. Er konnte beobachten, wie eine versprengte Ansammlung von Symbolen, die als dem Ersten Zug zugehörig gekennzeichnet waren, sich den roten Symbolen jener Meuterer näherten, die den Dritten Zug daran hinderten, das Frachtdock zu verlassen. Als der Erste Zug näher kam, zogen sich die roten Symbole rasch zurück. Manche verharrten an ihrem Platz; sie wurden als ausgeschaltet gekennzeichnet. Andere Symbole verschwanden einfach, da sie Gänge und Räume aufsuchten, in denen sie von den Sensoren der Gefechtsrüstung nicht mehr wahrgenommen werden konnten. »Corporal Gomez.«

»*Sí, Sargento.*«

»Ein paar von Ihren Leuten befinden sich ganz in der Nähe des zentralen Komm-Relais für die Kaserne. Wenn Sie das einnehmen, können wir hier drinnen wieder jeden Winkel überblicken.«

»Wird erledigt.«

Es war ein gutes Gefühl, sich bei einem Gefecht so blindlings auf einen anderen verlassen zu können. Stark verschwendete keinen weiteren Gedanken an das Komm-Relais und konzentrierte sich wieder auf die 3D-Darstellung, während einige seiner Soldaten an ihm vorbeiliefen. *Also gut. Suchen wir nach einem großen Raum, wo sie möglichst wenige Wachen aufstellen müssen, ein Raum mit nicht mehr als den zwei Ausgängen, die von den Brandschutzbestimmungen gefordert werden.*

Es gab vier Entsprechungen, jeder davon ein Besprechungsraum. Stark machte sich auf den Weg zu dem nächstgelegenen und hielt dabei nach möglichen Überraschungen Ausschau. Er war jetzt allein unterwegs, die anderen Soldaten des Zweiten Zugs hatten sich aufgeteilt, um nach Einzelzielen zu suchen.

Zwei gepanzerte Gestalten kamen um die Ecke, sofort wurden die Gewehre angelegt, doch dann wies das IFF sie als Angehörige des Ersten Zugs aus. »Sergeant Stark?«

»Ja«, antwortete er. In der gleichen Sekunde flammten auf seinem HUD unzählige neue Symbole auf, da das Komm-Relais der Kaserne zurückerobert worden war und seiner Gefechtsrüstung Daten aus allen Räumen des Gebäudes übermittelt wurden. »Bekommen Sie auch gerade die komplette Darstellung zu sehen?«

»Ja, Sir. Hey, in dem Raum gleich hinter uns sind ein paar von den Jungs des Fünften Bataillons.«

»Erledigen Sie das, ich muss in die andere Richtung.«

»Kein Problem.«

Stark ließ die beiden hinter sich zurück und schritt zuversichtlich durch den Korridor, da sein HUD ihm nun das anzeigte, was den größten Teil der Meuterer darstellen musste. *Ich muss davon ausgehen, dass der eine oder andere die Sensoren in seinem Raum überbrückt hat*, überlegte er. Soldaten machten so was schon mal, wenn sie nicht bei illegalen Aktivitäten erwischt werden wollten oder wenn sie Besuch hatten und es zwar nicht illegal, dafür aber intim zuging. Die Besprechungsräume zeigten allerdings gar nichts an, was bedeutete, dass die Sensoren nicht bloß überbrückt, sondern komplett abgeschaltet worden waren. *Also werden dort Leute festgehalten, und diese Leute sind darüber so verärgert, dass sie die Sensoren zertrümmert haben. Ich möchte wetten, dass das den Mannschaftsrat rasend gemacht hat.*

Im am weitesten entfernten Besprechungsraum leuchteten plötzlich Symbole auf, da einige Soldaten des Dritten Zugs den Raum gestürmt hatten. »Hier wimmelt es von Privates«, meldete einer der Soldaten. »Die scheinen alle unbewaffnet zu sein.«

»War die Tür von außen zugeschlossen?«, wollte Sergeant Rosinski wissen.

»Jawohl, Sarge.«

»Rosinski«, ging Stark dazwischen. »Das sieht danach aus, dass sich Soldaten in Kompaniestärke da drinnen aufhalten. Das dürften diejenigen sein, die bei der Meuterei nicht mitmachen wollten. Lassen Sie sie trotzdem nicht aus den Augen. In einem der anderen Besprechungsräume könnte eine weitere Kompanie eingesperrt sein. Haben Sie verstanden, Lieutenant Conroy?«

»Ja, habe verstanden, Sarge. Irgendein Hinweis auf die Senior-Unteroffiziere?«

»Ich glaube, ich stehe kurz davor, zumindest ein paar von ihnen aufzuspüren«, erwiderte Stark und blieb vor dem Raum stehen, den er sich zum Ziel genommen hatte. Von drinnen waren laute Stimmen zu hören, einige davon wurden durch Gefechtsrüstungen verstärkt. Nicht zu überhören war vor allem der panikartige Tonfall eines Sprechers, der anscheinend davon überzeugt war, dass ihnen die Kontrolle über die Situation entglitt.

Stark riss die Tür auf und stürmte in den Raum, dann ließ er sein angelegtes Gewehr kreisen, um die Umgebung abzutasten. Eine gepanzerte Gestalt zögerte einen Moment lang, die IFF-Kennzeichnung identifizierte sie als einen Meuterer. Stark feuerte eine kurze Salve ab, dann wirbelte er herum und sah in die Richtung, wo Vic Reynolds und einige andere Sergeants versuchten, einem zweiten Wachmann die Waffe zu entreißen. »Zur Seite!«, brüllte er sie über seine Außenlautsprecher, und sofort wichen alle Sergeants zurück, während Stark zwei Kugeln in die gepanzerte Brust des Wachmanns jagte. Der Mann versuchte noch, die eigene Waffe hochzunehmen, doch dann ging er bereits zu Boden.

Sorgfältig suchte er erneut den Raum ab, konnte aber keine weiteren Bedrohungen entdecken. »Vic, waren das alle Wachleute hier im Zimmer?«

Sie starrte ihn mit einer Mischung aus Fassungslosigkeit und Entrüstung an. »Du hast gerade eben die beiden erschossen? Einfach so? Was zum Teufel soll …«

»Ich habe gefragt, ob das die einzigen Wachen waren, Soldat!«

Vic verstummte kurz, dann nickte sie. »Ja, es waren nur die zwei.«

»Gut.« Stark überprüfte sein HUD, ob sich Hinweise auf weitere Meuterer in der unmittelbaren Umgebung fanden, doch die wenigen roten Symbole waren ein ganzes Stück entfernt. Er beugte sich über den zweiten Wachmann. »Reg dich nicht auf, Vic, der hat gar nichts abbekommen.« Er öffnete das Visier des Soldaten, dessen Gesicht schweißnass war und der Stark mit weit aufgerissenen Augen anstarrte. »Aber wenn dieser Komiker irgendwen hier getötet hätte, wäre ich vielleicht auf die Idee gekommen ihn in seiner Rüstung verhungern zu lassen.«

Private Billings von Starks altem Trupp kam mit feuerbereiter Waffe in den Raum gestürmt, blieb abrupt stehen und sah sich um. »Alles in Ordnung mit Ihnen, Sarge?«

»Ja, alles in Ordnung.«

»Wow«, hauchte sie, da sie erleichtert ausatmete. »Gott sei Dank. Corporal Gomez hätte mich umgebracht, wenn Ihnen etwas zugestoßen wäre.«

»Wieso? Erklären Sie mir das.«

»Ähm … na ja, Corporal Gomez hatte mir befohlen, immer bei Ihnen zu bleiben und dafür zu sorgen, dass Ihnen nichts passiert. Aber im Getümmel hatte ich Sie mit einem Mal aus den Augen verloren. Für so einen alten Mann sind Sie verdammt schnell, Sarge.«

»Besten Dank. Sie und Gomez sollten wissen, dass ich sehr gut auf mich aufpassen kann.«

»Okay, Sarge. Äh … die suchen alle Räume ab, deshalb sollte ich wohl besser …«

»Ja, ja, gehen Sie ruhig. Ach ja, Billings?« Sie blieb an der Tür stehen. »Vielen Dank. Das ist mein Ernst. Wir sehen uns.«

»Klar, Sarge«, erwiderte Billings und verließ den Raum. Als sie zurück im Korridor war, befand sie sich bereits wieder im Gefechtsmodus.

Vic kniete auf dem Boden und sah sich beide Wachen genauer an. »Die Anzüge sind ausgeschaltet. Mit was für Kugeln hast du auf sie geschossen?«

»Etwas Besonderes, das wir für ein paar Besucher entwickelt haben, die demnächst hier erwartet werden. Dabei ergab sich, dass sie hier auch sehr gut zum Einsatz kommen könnten.« Er warf ihr einen finsteren Blick zu. »Übrigens vielen Dank für deine Unterstellung.«

Sie zuckte leicht zusammen. »Das tut mir wirklich leid, Ethan. Ich hätte wissen müssen, dass du so etwas nicht tun würdest.«

»Ja, das hättest du wissen müssen. Wer sind Sie alle?«, wandte er sich den anderen im Besprechungsraum zu. Es handelte sich in erster Linie um Sergeants und um vereinzelte Corporals.

Einer von ihnen trat vor. »Wir sind die Senior-Unteroffiziere des Fünften Bataillons. Jedenfalls der größte Teil davon. Wir müssen uns bei Ihnen entschuldigen, Stark. Das hier hätte nie passieren dürfen. Wir hätten es kommen sehen und im Keim ersticken müssen.«

»Wir können später immer noch analysieren, was wie gelaufen ist. Sie sagten, Sie sind hier nur der größte Teil, richtig? Wo sind die anderen? Ich habe nur mit einem Kerl namens Hostler gesprochen.«

»Hostler? Oh Mann, der kann was erleben, wenn ich ihn in die Finger kriege, diesen verdammten Drecks-«

»Lieutenant Conroy«, rief Stark über den Kommandokanal. »Hat schon jemand Corporal Hostler zu fassen bekommen?«

»Ja, Commander. Einer von Rosinskis Leuten hat ihn geschnappt, als er sich aus der Kaserne schleichen wollte. Er befindet sich momentan in Sergeant Yurivans Gewahrsam.«

»Yurivan? Wie hat die ihn denn so schnell zu fassen bekommen?«

»Sie ist mit mir reingegangen, Commander. Sie tauchte in letzter Minute auf und sagte, sie sollte mich besser begleiten, weil sie vom Fünften Bataillon kommt und vermutlich die Soldaten an der Barrikade kennen würde. Es hat auch funktioniert, und wir konnten die Position übernehmen, ohne auch nur einen Schuss abzugeben. Erst danach ging es hier hitzig zu.«

»Das konnte ich sehen. Ich glaube, wir haben hier sämtliche loyalen Senior-Unteroffiziere versammelt. Jeder andere, auf den Sie jetzt noch stoßen können, dürfte Teil der Meuterei gewesen sein.« Stark betrachtete noch einmal sein taktisches Display, bemerkte, dass keine Kämpfe mehr angezeigt wurden, und klappte sein Visier hoch, damit er sich persönlicher und direkter an die Soldaten im Raum wenden konnte. »Sie werden sich noch ein wenig gedulden müssen, was Hostler angeht. Momentan hat Sergeant Yurivan ihn in ihrer Gewalt.«

»Stacey?« Der Sergeant vom Fünften Bataillon grinste hämisch. »Oh Mann, das wird Hostler gar nicht gefallen.« Dann wurde er wieder ernst. »Aber er steckt nicht hinter der Meuterei. Dafür fehlt es ihm an Köpfchen und an Mut. Gesagt hat uns niemand was, aber es müssen auf jeden Fall einige der Sergeants beteiligt gewesen sein, die nicht bei uns hier sind.«

»Sind zufällig ein paar von denen mit einem Mann namens Kalnick befreundet?«

»Ganz genau, das sind sie. Wir wollen auch noch ein

paar Takte mit ihnen reden, es sei denn, Stacey will sie sich vornehmen, wenn sie mit Hostler fertig ist.«

»Bestimmt freut sie sich schon darauf, aber ich werde sehen, was ich tun kann. Apro-« In diesem Moment kam Lieutenant Conroy herein, begleitet von vier Soldaten des Ersten Zugs, die mehrere Sergeants in Gewahrsam hatten. »Wo haben Sie die denn aufgelesen?«

»Ein paar von ihnen waren in ihrer Gefechtsrüstung. Nachdem wir die abgeschaltet hatten, haben wir sie da rausgezogen, um sie zu Ihnen zu bringen. Die anderen hatten sich in einem der Konferenzräume verkrochen, der vermutlich auch ihr Hauptquartier war.«

»Da dürften Sie richtigliegen.« Stark klappte sein Visier nur gerade lange genug runter, um sein HUD zu überprüfen. »Mir wird angezeigt, dass alle Räume gesichert sind und es keinen weiteren Widerstand gibt. Sehen Sie das auch so, Lieutenant?«

»Ja, Sir.«

»Irgendwelche Opfer?«

»Ein paar Verwunderte und vier Soldaten, die von den eigenen Leuten ausgeschaltet wurden. Die Meuterer haben vorwiegend einfach wahllos um sich geschossen, soweit ich das beobachten konnte.«

»Das ist mir auch aufgefallen.« Stark wechselte auf einen anderen Kanal. »Sergeant Shwartz, die Chamberlain-Kaserne ist gesichert. Schicken Sie die Militärpolizei rüber, damit sie sich um das Gebäude und um unsere Gefangenen kümmern. Ach ja, von ein paar Verletzten auf unserer Seite abgesehen, ist niemand zu Schaden gekommen. Verbreiten Sie das, wo Sie können.« Erneut schaltete er auf einen anderen Kanal um, diesmal zum Kommandozentrum. »Sergeant Tran. Senden Sie an alle die Nachricht, dass die Meuterei niedergeschlagen und die Ordnung wiederhergestellt wurde. Keinem der Meuterer ist etwas zugestoßen.« *Das kann sich aber immer noch ändern, wenn ein paar von denen diesen Sergeants da in die Finger fallen.* »Lassen Sie das alle wissen.« Dann wandte er sich an Lieutenant Conroy. »Übergeben Sie das Gebäude der MP, danach haben Sie und Ihre Kompanie dienstfrei. Lassen Sie Ihre Leute gehen, so schnell Sie können.«

»Commander Stark, die routinemäßige Abschlussbesprechung …«

»… wird später nachgeholt, Lieutenant. Im Moment ist es wichtig, dass Ihre Soldaten unter Leute kommen und damit prahlen, wie sie die Meuterer überwältigt haben, ohne auch nur einem einzigen von ihnen ein Haar zu krümmen.«

»Ah.« Conroy nickte. »Ich verstehe.« Sie machte ein paar Schritte zur Seite und gab den Befehl an ihre Zugführer weiter.

Schließlich nahm sich Stark die zerzausten Sergeants vor, die hinter der Meuterei gesteckt hatten. »Das Spiel ist aus, Ladies and Gentlemen. Sie hätten wissen müssen, dass es keine gute Idee sein würde, auf Kalnick zu hören.« Ein paar von ihnen zuckten bei diesem Namen verräterisch zusammen. »Ja, wir wissen, dass er das Ganze angezettelt hat. Und jetzt erwarten Sie, von uns erst grün und blau geprügelt zu werden, um Sie anschließend vor ein Erschießungskommando zu stellen, nicht wahr?« In manchen Gesichtern zeichnete sich Angst ab, in anderen unerschrockene Entschlossenheit. »Tja, den Gefallen werde ich Ihnen nicht tun, denn damit würde ich Sie zu Märtyrern machen. Stattdessen landen Sie hinter Gittern. Wer sich zu den Drahtziehern äußern will, den erwartet eine bessere Behandlung. Wer nicht reden möchte, der wird in seiner Zelle für einige Zeit erst mal vergessen werden, da ich mit wichtigeren Dingen befasst bin. Ich werde jedenfalls vergessen, dass Sie da irgendwo hocken. Sergeant Yurivan wird Sie aber ganz sicher verhören wollen, und dann wird die Zeit sicher sehr schnell vergehen. Haben Sie verstanden? Denken Sie lieber noch mal gut darüber nach.«

Stark wandte sich seinen anderen Sergeants zu, drehte sich dann aber doch noch einmal zu den Meuterern um: »Eine Sache noch. Wäre durch diesen Unfug auch nur einer von meinen Soldaten ums Leben gekommen, hätte ich jeden von Ihnen höchstpersönlich in Stücke gerissen.« Eine Gruppe MPs kam herein, der Führer salutierte vor Stark. »Schaffen Sie diese Leute hier raus und sperren Sie sie weg.«

»Jawohl, Sir. Ähm … wir benötigen eine Auflistung der Vergehen, die jedem Einzelnen zur Last gelegt werden. So lauten die Vorschriften.«

»Die Auflistung werden Sie bekommen.« Er wandte sich wieder den anderen Sergeants des Fünften Bataillons zu und machte dabei keinen Hehl aus seinem Bedauern. »Ich hoffe, Sie haben Verständnis dafür, dass wir uns mit jedem Einzelnen in dieser Kaserne beschäftigen müssen, um Gewissheit zu bekommen, dass er mit der Meuterei nichts zu tun hat. Ich gehe nicht davon aus, dass irgendeiner von Ihnen Probleme damit haben wird, diesen Verdacht zu entkräften, aber bis die Ermittlungen abgeschlossen sind, darf keiner von Ihnen das Gebäude verlassen. Momentan wird hier jeder Raum auf den Kopf gestellt, um nach Waffen und nach Meuterern zu suchen, die sich noch irgendwo versteckt haben könnten. Wenn das erledigt ist, können Sie in Ihre Quartiere zurückkehren. Wir werden Ihnen Bescheid geben, sobald Sie sich wieder frei bewegen dürfen. Noch Fragen?«

Niemand schaute erfreut drein, aber es kam auch kein Widerwort. Der Sergeant des Fünften Bataillons, der schon zuvor mit Stark gesprochen hatte, nahm Haltung an und salutierte. »Wir verstehen das schon. Wir bitten nur darum, bei der Entscheidung für die neue Bataillonsführung beratend mitwirken zu dürfen.«

»Neue Bataillonsführung?« Stark schüttelte den Kopf. »Die Leute, die diese Meuterei vorbereiteten, waren so geschickt, dass niemand etwas gemerkt hat. Diejenigen von Ihnen, die sich den Meuterern nicht angeschlossen haben, können davon ausgehen, dass sie ihren bisherigen Posten zurückerhalten. Es sei denn, ich erfahre etwas besonders Negatives über ein bestimmtes Individuum.« *Und ich weiß, ihr alle werdet ab jetzt versuchen, eure Arbeit viel, viel besser zu tun, um Wiedergutmachung dafür zu leisten, dass man vor euren Augen eine Meuterei angezettelt hat, von der ihr nichts mitbekommen habt.* Motivation war das Wichtigste, und Stark hatte keine Absicht, auf Personal zu verzichten, das jetzt erst recht alles geben würde.

Auf allen Gesichtern zeichnete sich erleichtertes Lächeln ab. »Sie werden das nicht bereuen, Stark. Ich wusste sofort, dass dieser Mist über Sie nicht stimmt, den man uns einreden wollte.«

Vic räusperte sich. »Muss ich auch hierbleiben? Du hast gesagt, jeder soll befragt werden.«

Stark sah sie mit ernster Miene an. »Nein. Du warst schließlich nicht hier, als die Revolution ihren Anfang nahm. Also kann ich davon ausgehen, dass du damit nichts zu tun hattest. So, ich muss jetzt zurück ins Kommandozentrum und dafür sorgen, dass keine verdrehten Informationen an die Öffentlichkeit herausgegeben werden.« Dann verließ er den Raum, ohne auf Vic zu warten.

Vic holte ihn ein, bevor er auch noch die Kaserne verlassen konnte. »Ethan, ich habe dir gesagt, es tut mir leid. Es war unverzeihlich von mir, dir in Gegenwart dieser Unteroffiziere Vorwürfe zu machen. Und genauso unentschuldbar ist, dass ich nicht auf deine Hauptsorge reagiert habe, als du wissen wolltest, ob noch weitere Wachen anwesend sind.«

»Und was ist mit deinem Gedanken, ich könnte einfach ein paar Kameraden erschießen, als würde ich einen Spaziergang durch einen Park unternehmen? Tut dir der auch leid?«

»Das habe ich bereits gesagt. Aber wenn es sein muss, kannst du auch knallhart sein, Ethan Stark.«

So zerknirscht hatte er Vic noch nie erlebt. *Vielleicht sorgt ihr schlechtes Gewissen ja dafür, dass sie mir gegenüber mal eine Weile Nachsicht walten lässt.* »Ist schon okay, würde ich sagen.«

»Aber was zum Teufel hast du dir eigentlich dabei gedacht, bei dieser Operation an vorderster Front mitzumischen?«

Na, das hat ja nicht allzu lange angehalten. »Dafür gab es gute Gründe. Der vorrangigste Grund war der, dass ich nicht andere Leute in den Kampf schicke, damit sie meine Autorität wahren, wenn ich nicht selbst zumindest einen Versuch unternehme, dieser Meuterei ohne Blutvergießen ein Ende zu setzen. Und wäre es zum Kampf gekommen, hätte ich nicht irgendeinen anderen alle Risiken auf sich nehmen lassen können.«

»Ethan …« Vic rieb sich die Stirn und machte eine gequälte Miene. »Ach, verdammt noch mal. Was soll ich sagen? So bist du nun mal. Vermutlich wird diese Art eines Tages deinen Tod bedeuten, und ich werde nur dastehen und sagen können, dass ich dich schon immer gewarnt habe. Und dann werden sie zu deinen Ehren ein Monument errichten, weil du ein so ehrbares Opfer gebracht hast.«

»Lass bloß nicht zu, dass jemand für mich ein Monument errichtet.«

»Es wird riesengroß sein, Ethan, mit Brunnen und Türmen und Säulen und mit einer gewaltigen Statue von dir, wie du in den Himmel schaust und ...«

»Wag das ja nicht!« Er lächelte sie an. »Wie war es da drinnen? Übel?«

»Es war nicht gut. Die dachten, sie haben dich in der Hand. Ich konnte es daran merken, wie sich die Wachen verhielten. Es hat etwas an sich, wenn man eingesperrt ist und bewacht wird, Ethan. Etwas Hässliches.«

»Kann ich mir vorstellen. Ich bin froh, dass du heil da rausgekommen bist.«

»Und ich erst, Ethan.«

Stark las die restlichen Unterlagen durch, die die Meuterei betrafen. Yurivans Verhöre hatten eine Fülle von Ergebnissen geliefert, die jedoch allesamt in Sackgassen führten. Die Kontakte, die zur Meuterei aufgerufen hatten, entpuppten sich durchweg als Personen, über die offenbar keinerlei Aufzeichnungen existierten und die nirgends auffindbar waren. Kalnicks Name war zwar großzügig verwendet worden, aber nichts davon konnte als Beweis gegen ihn herangezogen war. *Na ja, wir wussten ja, dass es Profis sein mussten, die diese Meuterei eingefädelt haben.* Den Meuterern hatte man vieles versprochen, insbesondere eine vollständige Amnestie für alle Vergehen, die sie im Zusammenhang mit der von Stark ausgelösten Meuterei begangen hatten. Außerdem sollte dieser Aufstand von außen massiv unterstützt werden, sobald er in Gang gekommen war. Von dieser Unterstützung war dann aber nichts mehr zu entdecken gewesen, was daran liegen mochte, dass die Meuterei anscheinend nicht das gewünschte Ausmaß angenommen hatte. Denkbar war aber auch, dass die Unterstützung zwar versprochen worden war, aber nie eine Absicht bestanden hatte, sie auch in die Tat umzusetzen.

Alle Meuterer waren gründlich durchleuchtet worden, danach hatte man einen Großteil der Privates mit einer verwaltungstechnischen Strafe belegt, da sich ihre Beteiligung auf wenige oder unbedeutende Aktionen beschränkt hatte. Damit blieben noch gut dreißig Soldaten in den Arrestzellen, die auf eine Anklage warteten. Vorgeworfen wurde ihnen unter anderem Aufruf zur Meuterei und Angriff auf die eigenen Truppen, da sie das Feuer auf die von Stark und Conroy angeführten Soldaten eröffnet hatten.

Was soll ich mit ihnen machen? Ich will nicht so viele Kriegsgerichtsverfahren durchziehen, aber ich will sie auch nicht bis zum Jüngsten Tag in den Zellen sitzen lassen. Das wäre weder richtig noch rechtmäßig. Hm, ich wette, es gibt immer noch etliche Angehörige der anderen Soldaten, gegen die wir sie tauschen könnten, sofern die Behörden daheim das noch mitmachen. Dann wär ich sie los, und an ihrer Stelle kämen Leute her, die wir auch hier haben wollen. Für die Moral wär das sicher nicht verkehrt.

Seine Komm-Einheit summte, woraufhin Stark mit einem Anflug von Erleichterung die Akten der Meuterer schloss und auf das Display tippte, um den eingehenden Anruf anzunehmen. Auf dem Bildschirm tauchte das Gesicht von Koloniemanager Campbell auf, das einen sehr nachdenklichen Eindruck machte. »Sergeant Stark, ich nehme an, Ihnen ist bekannt, dass soeben ein offizielles Shuttle gelandet ist, weil unsere Verhandlungen weitergeführt werden sollen.« Nach einer kurzen Pause fügte er an: »Nicht, dass wir uns davon irgendwelche Resultate versprechen würden.«

»Ja, Sir, ich weiß von dem Shuttle. Meine letzte Information besagt, dass sich keine Vertreter der Militärs an Bord befinden, weshalb meine Anwesenheit eigentlich nicht erforderlich ist. Aber es gibt eine Sache, die wir ansprechen müssen.«

»Tatsächlich? Was denn?«

»Die hinter uns liegende Meuterei. Ich habe rund dreißig Soldaten hier, die so tief in den Vorfall verstrickt sind, dass ich sie unmöglich wieder ihren Dienst verrichten lassen kann. Ich will sie aber auch nicht hier in meinen Arrestzellen haben. Können Sie vielleicht einen Tausch arrangieren, so wie wir das bei den Offizieren gemacht haben?«

»Auf jeden Fall, Sergeant Stark. Es ist noch nicht zu spät, um das in die Gespräche einfließen zu lassen. Gut dreißig Mann, sagen Sie? Ich bin mir sicher, dass wir da eine Lösung finden werden. Aber ich rufe Sie an, weil das offizielle Shuttle noch einen Besucher mitgebracht hat. Einen unangekündigten Besucher.«

Stark zog die Augenbrauen hoch. »Jemand, den ich kennen sollte?«

»Das würde ich doch annehmen, Sergeant. Er sagt, er ist Ihr Vater.«

Dreißig Minuten später stand Stark bei Wachposten Eins am Haupteingang zum militärischen Komplex und trat nervös von einem Fuß auf den anderen. Er hatte eine frische Uniform angezogen, und Vic hatte dafür gesorgt, dass er auch sonst manierlich aussah. »Du begegnest schließlich nicht jedem Tag deinem Dad«, merkte sie jetzt an.

»Vic, ich habe meinen Dad nicht mehr gesehen, seit ich zum Militär gegangen bin. Damals war er stinksauer auf mich und meinte zu mir, ich sei ein Idiot. Bis vor gut einem Jahr haben wir kein Wort miteinander geredet, und seitdem sind ein paar Mails hin und her gegangen. Mehr nicht.«

»Ich weiß, Ethan. Warum also kommt er jetzt mit dem offiziellen Shuttle her, dass die unterhandlungsunwilligen Unterhändler zu uns bringt?«

»Ich schätze, in ein paar Minuten werde ich das wissen.«

»Brauchst du mich hier? Oh, vergiss die Frage. Das wirst du ja erst sagen können, wenn du mit ihm geredet hast. Falls du mich brauchst, ich bin im Kommandozentrum.«

»Danke.« Und dann wartete Stark auf den Mann, dem er nicht mehr gegenübergestanden hatte, seit er fast noch ein Teenager gewesen war. Eine kleine Gruppe Personen tauchte am anderen Ende des Korridors auf, der zum Wachposten führte. Stark konnte Cheryl Sarafina erkennen, die vor den anderen herging. Weiter hinten entdeckte er zwei Sicherheitsleute der Kolonie, die früher stets Campbell begleitet hatten. Als die Gruppe nah genug war, erkannte Stark den Mann in ihrer Mitte, der sich an einem Arm oder einer Schulter festhielt, wenn die geringe Schwerkraft ihn aus dem Tritt brachte. Dann blieb die gesamte Gruppe vor ihm stehen, während Stark den Mund nicht aufbekam, dem erst jetzt bewusst wurde, dass er es völlig versäumt hatte, sich zu überlegen, wie er seinen Vater nach der langen Zeit begrüßen sollte.

Sekundenlang herrschte betretene Stille, schließlich lächelte Sarafina höflich, als wäre ihr klar, was hier los war. »Sergeant Stark, hier ist Ihr Vater.«

Die harmlosen Worte halfen, das Eis zu brechen. Stark beugte sich vor und schüttelte seinem Vater die Hand. »Dad. Schön, dich zu sehen.«

Sein Vater ergriff die Hand, wobei er sich mit der übertriebenen Sorgfalt all jener bewegte, für die die Schwerkraft auf dem Mond etwas Neues war; als sei bei jeder Bewegung mit dem Schlimmsten zu rechnen. »Schön, dich zu sehen, Sohn.«

»Wie war die Reise?«

»Nicht schlecht. Ich habe schon Schlimmeres durchgemacht.«

Sarafina schien sich ein erneutes Lächeln zu verkneifen. »Ich kann Ihnen beiden anmerken, dass dies ein sehr emotionaler Moment für Sie ist. Wir werden hier auf Ihren Vater warten, Sergeant Stark.«

»Okay, danke. Ich weiß zu schätzen, dass Sie ihn hergebracht haben.« Dann hielt er seinem Vater wieder die Hand hin. »Brauchst du ... brauchst du Hilfe bei der Balance oder so?«

Sein Vater winkte ab, auch wenn seine Miene Unschlüssigkeit erkennen ließ. »Ich glaube, das kriege ich schon hin. Aber lauf nicht so schnell, wenn das möglich ist.«

»Kein Problem.« Sie gingen am Wachposten vorbei, die diensthabenden Wachen nahmen Habtachtstellung an und salutierten, als Stark mit seinem Vater die Männer passierte. Mit besonderer Sorgfalt erwiderte er den Salut. »Er gehört zu mir«, ließ er die Wachen wissen.

Nachdem sie ein paar Schritte gegangen waren, fragte sein Vater auf einmal: »Warum haben die das gemacht?«

»Hm?« Stark sah ihn verwundert an. »Was gemacht?«

»Na, dieses Aufspringen und Salutieren. War das für dich gedacht?«

»Ja. Das ist eine beim Militär übliche Höflichkeitsgeste.«

»Ich sehe hier aber viele Militärs aneinander vorbeigehen, und keiner von denen macht das.«

»Sie haben gegrüßt, weil ich ihr Commander bin«, erklärte er.

»Der Boss, meinst du. Du bist hier also der Boss? Von wie viel?«

»Na ja … von allem hier.« Er machte eine ausladende Geste, die den Flur einschloss. »Das alles hier. Diese Leute. Jeder Soldat und jedes militärische Gerät, mit dem die Kolonie verteidigt wird.«

»Das alles?« Sein Vater schaute sich um, aber sein Gesichtsausdruck ließ keine Deutung zu. »Sieh an.«

»Tja.« *Ich brauche Vic. Das hier ist zu unbeholfen. Wir wissen nicht, worüber wir reden sollen. Aber das war auch noch nie anders gewesen.* »Ich zeige dir erst mal das Kommandozentrum.«

»Einverstanden.« Gehorsam folgte ihm sein Vater durch die Korridore, zog nur hin und wieder verdutzt die Brauen hoch, wenn ein entgegenkommender Soldat seinem Sohn salutierte.

Mit der Handfläche öffnete Stark den Zugang zum Kommandozentrum, wobei er es vermied, die neue Metalltür genauer zu betrachten, die auf schmerzhafte Weise an den Angriff auf sein Hauptquartier erinnerte, der etliche Menschenleben gekostet hatte. »Also, das … ähm … das ist das Kommandozentrum.«

»Sagtest du schon.« Sein Vater sah sich aufmerksam um. »Ziemlich beeindruckend, nur … einiges sieht beschädigt aus. Das habt ihr doch sicher nicht gebraucht bekommen, oder?«

»Nein, nein, es gab einen Angriff auf uns, genau hier. Wir mussten hinter den Konsolen in Deckung gehen. Inzwischen sind die aber alle repariert worden. So wie die Tür auch.«

»Oh.« Für einen Moment schienen seinem Vater die

Worte zu fehlen. »Jetzt erinnere ich mich. Wir haben davon gehört.«

»Ethan.« Vic kam ihnen entgegen. »Hast du Besuch?«

»Ja. Das ist mein Dad. Dad, das ist Vic Reynolds. Sie ist eine sehr gute Freundin von mir, und sie ist auch meine Stellvertreterin. Sie ist eine verdammt gute Taktikerin.«

»Es ist mir ein Vergnügen«, sagte sein Vater und lächelte strahlend. Er lehnte sich ein Stück weit vor, um einen Blick auf Vics Schulter zu werfen, wo ihre Streifen zu sehen waren. »Sie sind auch … Sergeant?«

»Das ist richtig.«

»Und trotzdem sind Sie die Assistentin meines Sohnes?«

Stark zuckte zusammen, als er den Begriff hörte, doch Vic lächelte nur freundlich. »So kann man das sagen. Meine Hauptaufgabe scheint es zu sein, ihn vor jeglichem Ärger zu bewahren. Da ist nie ein Ende in Sicht.«

»Kann ich mir vorstellen! Wir beide könnten uns sicher gegenseitig ein paar haarsträubende Geschichten erzählen. Sie haben doch Ethans Mutter und mir einmal einen Brief geschrieben, nicht wahr?«

»Ja, richtig«, bestätigte sie erfreut und deutete mit dem Daumen auf eine Tür. »Wir wär's, wenn wir uns irgendwo hinsetzen, wo wir uns in Ruhe unterhalten können, Ethan?«

»Von mir aus.« *Ich fasse es nicht! Sie kennt meinen Dad gerade mal fünf Sekunden, und schon sprechen die beiden miteinander, als wären sie alte Freunde.* »Nach euch.«

Vic brachte sie in den Freizeitraum gleich neben Starks Quartier, dann holte sie Kaffee, während Vater und Sohn sich hinsetzten. Er schaute sich um und betrachtete die Wände aus Mondgestein. »Hier arbeitest du?«

»Manchmal«, bestätigte Stark. »Mein Quartier ist hier um die Ecke. Das ist ungefähr so groß wie dieser Raum.«

»Tatsächlich? Als du noch jung warst, hast du dich immer beschwert, weil dir dein Zimmer zu klein war. Das hier ist noch kleiner als dein Kinderzimmer.«

Stark spürte, wie die Erinnerung daran ihm einen roten Kopf bescherte. »Ich habe mehr gemeckert, als nötig war. Du und Mom, ihr habt verdammt viel für mich getan. Und ihr habt mir viele wichtige Dinge beigebracht.«

»Kann gut sein. Allerdings muss ich gestehen, dass ich mich nicht daran erinnern kann, wie wir dir beigebracht haben, eine Revolution anzuzetteln und damit Regierungen zu stürzen.«

Stark verzog den Mund. »Die Schuld daran kann ich dir nicht geben.«

»Sieh mich nicht so an«, fügte Vic prompt an. »Mein Fehler war das auch nicht!« Dann wandte sie sich in ernstem Tonfall an Starks Vater. »Es tut mir leid, Sir, aber ich muss Ihnen eine direkte Frage stellen: Was führt Sie her? Die Regierung hat alle inoffiziellen Reisen auf den Mond untersagt, und dennoch kommen Sie Bord eines Shuttles her, das für den Transport einer offiziellen Unterhändlergruppe vorgesehen ist.«

»Ich hatte mich schon gewundert, dass mich noch niemand danach gefragt hat.« Sekundenlang starrte er auf den Boden, das Gesicht spiegelte seine Verärgerung wider. »Einfach ausgedrückt: Ich bin hier, um Ethan davon zu überzeugen, dass er aufgeben soll. Kapitulieren. Und er soll annehmen, was immer ihm die Regierung anbietet, bevor noch jemand zu Schaden kommt.«

»Ich verstehe. Aber Sie scheinen sich über diese Mission nicht zu freuen.«

»Tue ich auch nicht. Ich bin sogar sehr stolz auf das, was mein Sohn getan hat. Ich musste mein Leben lang Leuten in den Hintern kriechen, die sich für etwas Besseres hielten. Mein Sohn hat jetzt ebendiesen Leuten in genau diesen Hintern getreten, und das gehörig. Nach allem, was ich mitbekommen habe, hat er das nicht getan, um selbst einen Nutzen daraus zu ziehen, sondern um anderen zu helfen.«

Einen Moment lang herrschte betretenes Schweigen. »Verdammt, Dad«, sagte Stark schließlich. »Du hast dir doch nie von anderen Leuten etwas vorschreiben lassen.«

»Doch, das habe ich. Und das tue ich jetzt gerade, indem ich hergekommen bin! Nicht, dass ich eine Wahl gehabt hätte. Deine Mutter ist krank. Es tut mir leid, dass wir dir davon noch nichts gesagt hatten, aber du hast hier oben genug Sorgen und Probleme. Und abgesehen davon hättest du es vermutlich nur für einen Trick der Regierung gehalten. Nein, sie ist in einer ziemlich schlechten Verfassung, aber eine erfolgreiche Behandlung ist möglich. Sehr gute Heilungschancen, heißt es. Sofern die Behandlung genehmigt wird. Weißt du, wer diese Genehmigung erteilen muss, Ethan?«

»Lass mich raten.«

»Ganz richtig. Ein Regierungsvertreter. Sie werden sicher zustimmen, wurde mir gesagt. Aber man machte mir auch klar, dass eine Entscheidung ganz bestimmt zügiger getroffen wird, wenn ich herkomme und dich anflehe, dass du aufgibst.«

»Diese Dreckskerle.« Stark rammte seine Faust gegen die Wand, nahm aber keine Notiz von dem Blut, das anschließend aus den aufgeschlagenen Knöcheln trat. »Ich würde sagen, dass Mom nur eine von ganz vielen ist, um die sich eigentlich niemand kümmert, es sei denn, die Bosse merken, dass sie sie für ihre Zwecke benutzen können. Na gut, dann sag der Regierung, du hast mich auf Knien angefleht, aber ich wollte dir nicht mal zuhören. Das ist mein Ernst. Wenn sie glauben, dass sie über den Umweg über Mom an mich herankommen, dann kann es gut sein, dass sie es bei ihrer Behandlung mit irgendwelchen anderen Tricks versuchen werden.«

»Damit dürftest du recht haben«, sagte sein Vater leise seufzend. Erst jetzt fiel ihm der Becher mit Kaffee auf, er trank einen Schluck und verzog sofort das Gesicht. »Das Zeugs ist ja schrecklich. So was müsst ihr wegen der Blockade trinken?«

»Nein, das ist das Zeugs, das wir von der Regierung immer bekommen. Standardkaffee fürs Militär.«

»Sie sollten mal ein Bier probieren«, schlug Vic vor. »Im Vergleich dazu schmeckt der Kaffee köstlich.«

»Das glaube ich Ihnen aufs Wort.« Starks Vater versuchte noch einen Schluck, konnte aber nicht anders, als sich zu schütteln. »Gut, ich habe gesagt, was ich sagen sollte. Bestimmt willst du mich jetzt schnellstens wieder loswerden.«

»Nein!«, protestierte Stark. »Dad, ich weiß, du wirst nicht lange bleiben, aber du musst doch nicht gleich wieder weglaufen.«

»Danke.« Irritiert sah er sich um. »Ist es denn sicher hier? Uns wird erzählt, dass man euch belagert und eure Verteidigung bröckelt. Aber keiner von euch scheint deswegen in Sorge zu sein.«

»Wir sind durchaus in Sorge, weil niemand weiß, wie das Ganze hier ausgehen wird. Aber bröckeln tut hier gar nichts. Auf keinen Fall. Wir haben alles abwehren können, was die Regierung gegen uns aufgefahren hat.«

»Vor ein paar Monaten gab es mal eine gewaltige Explosion. Viele Menschen haben das mitbekommen. Die Regierung sagt, die Kolonie sei dabei in die Luft geflogen, aber etliche Leute beharren darauf, dass sich diese Explosion deutlich außerhalb der Kolonie ereignet hat.«

»Das ist richtig. Wir haben das veranlasst und einen großen Munitionsbestand hochgehen lassen, der von der Regierung hergeschickt wurde.«

»Das war euer Werk?« Sein Vater musste lachen. »Das geschieht ihnen recht. Dann seid ihr hier oben also in Sicherheit, und ihr habt jeden Angriff abgewehrt?«

»Ich will das nicht so angeberisch klingen lassen. Ein paarmal hatten wir gehöriges Glück«, gestand Stark. »Manchmal war es verdammt knapp. Und wir haben Leute verloren.«

»Verloren? Wie verloren?«

Stark brauchte einen Moment, ehe ihm klar wurde, dass sein Vater die Formulierung »verloren« mit Blick auf einen Soldaten tatsächlich nicht verstand. »Sie wurden getötet, Dad. Sie sind im Kampf gefallen.«

»Oh.« Vor Verlegenheit zog Starks Vater den Kopf ein wenig ein. »Ich … das tut mir leid. Ich hatte ja keine …«

»Ich weiß. Das ist schon okay.«

»Aber du bist weiterhin zuversichtlich, wenn meine Menschenkenntnis mich nicht völlig im Stich lässt. Alle hier oben scheinen zuversichtlich zu sein.«

Stark dachte über diese Worte nach, dann hob er die Schultern kurz an. »Ja, das stimmt. Um ehrlich zu sein, ich glaube, wir könnten sogar noch zusätzliches Territorium erobern, wenn wir das wollten.«

»Zusätzliches Territorium?« Starks Vater zog die Augenbraue zunächst hoch, runzelte dann aber die Stirn. »Militärisch besteht doch hier oben seit Jahren eine Pattsituation. Jedenfalls sagt uns das die Regierung immer wieder. Ist das etwa gelogen?«

»Nein, in dieser Hinsicht ist da mal nichts gelogen. Es liegt nur an der Art, wie wir gekämpft haben. An der Art, wie sie uns gesagt haben, wie wir kämpfen sollen. Das hat uns daran gehindert, diese Pattsituation zu beenden. Alles war zu starr organisiert, zu sehr bis ins Detail geplant. Es gab von der Seite der Befehlshaber zu viel Mikromanagement, was die Leute betraf, die die Waffen abfeuern. Nachdem wir uns dieser Leute entledigt hatten, die immer weit von der Front entfernt waren, und nachdem wir es geschafft hatten, lange genug zu überleben, kamen wir dahinter, wie wir es besser machen können.«

»Ich weiß nicht, ob ich das alles verstanden habe. Du willst sagen, du kannst jetzt ... ähm ... besser kommandieren?« Sein Vater beugte sich vor, als könne er die Antwort kaum erwarten.

Stark rieb sich über die Stirn und versuchte, seine Gedanken zu ordnen. »In der Vergangenheit ist uns jede Handbewegung vorgeschrieben worden, Dad. Du weißt schon, so wie bei einem ziv- ... einem zivilen Job. Der große Boss sagt dem kleineren Boss, der sagt es dem noch etwas kleineren Boss, bis man irgendwann bei den Affen angekommen ist, die die eigentliche Arbeit erledigen, und von denen wird erwartet, dass die exakt das tun, was ihnen gesagt worden ist. Natürlich wird immer davon geredet, dass man die Leute, die tatsächlich die Arbeit erledigen, auch mitgestalten lassen will, aber das passiert letztlich nie. Es gibt nämlich kaum einen Boss, der Informationen herausgeben oder Autorität abtreten würde. Ich schätze, es ist schon immer so gewesen, und vielleicht musste es auch so ablaufen, weil nur der große Boss alle Daten sammeln und dabei überblicken konnte, was sich genau abspielte.«

Sein Vater nickte nachdenklich. »Natürlich. Jedes System, das ich je gesehen habe, funktioniert nach diesem Prinzip. Es werden Daten gesammelt und an den weitergeleitet, den du als den großen Boss bezeichnest – also derjenige, der das Recht hat, Entscheidungen zu treffen. Und dann benutzt dieser Boss das gleiche System, um auf dem umgekehrten Weg jedem zu sagen, was er zu tun hat.«

»Aber warum muss jemand ganz weit oben über jegliches kleine bisschen entscheiden?« Stark stand auf und ging hin und her, während er redete. Aufgrund der geringen Schwerkraft war es ihm möglich, mit einem einzigen ausholenden Schritt fast das andere Ende des Raums zu erreichen. »Vielleicht musste das früher so ablaufen. Aber heute ist es jedem Infanteristen möglich, genauso viel zu wissen wie der Kerl, der ganz oben sitzt. Alle haben Zugriff auf die gleichen Daten, auch wenn die Bosse meistens versuchen, sie zu blockieren, damit die kleinen Leute sie nicht zu sehen bekommen, weil sie ja davon angeblich überhaupt keine Ahnung haben. Wir werden behandelt, als wären wir Champignons. Wir tappen im Dunkeln und sollen uns von irgendwelchem Mist ernähren.«

Sein Vater musste lachen. »Den kannte ich noch nicht.«

»Aber weißt du«, fuhr Stark fort, »es kann doch sein, dass jemand, der wie du oder ich auf der untersten Ebene seine Arbeit erledigt, heute einen Teil oder sogar sämtliche Informationen versteht. Immerhin sind wir genau da, wo alles passiert, und nicht irgendwo weit weg von der Front, wo man nichts fühlen kann.«

»Fühlen?«

»Ja, du weißt schon. Es geht nicht um das, was dir gesagt wird oder was dir deine Sensoren anzeigen, sondern es geht darum, wie die Truppen drauf sind, wie der Feind reagiert, wie sich der Boden unter einem anfühlt. Das kann dir kein Datenstrom vermitteln. Nie im Leben.« Stark hielt inne und bewegte seine Hände, als wollte er die Worte formen, die er sprach. »Also haben wir einen anderen Ansatz versucht. Wir haben unsere Leute vor Ort entscheiden lassen. Wenn sie es für richtig hielten, wurde der Plan geändert, um so vorgehen zu können, wie es ihnen am besten erschien.«

»Aber … ich dachte, der Sinn eines Plans ist, ein bestimmtes Ziel zu erreichen.«

»Das sollte so sein, aber der Plan wurde immer mehr zum Selbstzweck. Dann geht das Ziel im Rahmen der Planung völlig unter, und alle Beteiligten machen sich nur noch Gedanken darüber, alle Vorgaben unbedingt irgendwie einzuhalten. Man kann etwas auch zu Tode planen, Dad. Man kann alles einbeziehen, was irgendwer dazu zu sagen hat, bis man schließlich auch noch die Latrinenpause exakt vorgibt. Wenn du die Leute dann fragst, was genau sie eigentlich erreichen wollen, können alle nur noch auf den Plan zeigen, aber keine Antwort geben.«

»Hmm.« Sein Vater sah zu Vic, um ihre Meinung zu hören.

»Das hört sich vielleicht verrückt an, aber so funktioniert es«, versicherte sie ihm. »Die gesamte historische Grundlage für militärisches Handeln bestand darin, alle verteidigenden Streitkräfte dort zusammenzuziehen, wo der Feind angriff. Wenn aber die angreifende Streitmacht stattdessen mit dutzenden oder sogar hunderten individuell operierenden Einheiten vorrückt, wird es für die Verteidiger so gut wie unmöglich, den Punkt zu identifizieren, an dem der Hauptangriff erfolgt. Dank unserer Technologie sind wir trotzdem in der Lage, diese Einheiten zu koordinieren, sollte die Situation das erforderlich machen. Für die

Verteidiger ist das so, als würde man mit bloßen Händen Wasser aufhalten wollen.«

»Richtig, denn es gibt keinen Hauptangriff«, übernahm Stark von ihr. »Wir haben das in seiner einfachsten Form testen können, als es hier in jüngster Zeit eine … ein Problem gegeben hatte. Schick deine Truppen in kleinen Gruppen in ein von feindseligen Streitkräften besetztes Gebäude und lass sie den Weg gehen, den sie für den besten halten. Die bösen Jungs waren zwar bemüht, eine Reaktion auf unser Vorrücken zu organisieren, aber sie wussten einfach nicht, wo sie ansetzen sollten.«

»Verstehe«, erwiderte Starks Vater, auch wenn seine Stimme immer noch einen zweifelnden Unterton hören ließ. »Ich verstehe das also so, dass du jetzt in der Lage bist, jede andere militärische Streitmacht zu besiegen, richtig?«

»Ich glaube schon. Ja, wenn wir das wirklich wollen.«

Sein Vater sah noch betrübter drein. »Und dein Hauptfeind ist jetzt die US-Regierung.«

»Das würde ich so sagen.«

»Dann nehme ich an, dass du einen Angriff auf die Regierung planst, nicht wahr?«

Die Frage kam so unverhofft, dass Stark davon überzeugt war, dass ihm sein Entsetzen anzusehen sein musste. Dennoch verneinte er es auch noch mit Worten. »Das habe ich keineswegs vor. Ich werde keinen Angriff auf die USA beginnen.«

»Würde er es tun wollen, würde ich ihm dabei nicht helfen«, erklärte Vic entschieden.

Sein Vater schürzte die Lippen und sah Stark forschend an. »Du weißt aber schon, dass du auf diese Weise nicht siegen kannst. Ich mag ja kein militärischer Meisterstratege sein, aber ich kenne mich zumindest mit Sport aus. Wenn du nichts anderes unternimmst, als nur immer wieder zu versuchen, den Gegner davon abzuhalten, zu gewinnen, dann *wird* der andere dich früher oder später doch besiegen.«

»Dad, manchmal ist das Siegen den Preis nicht wert, den man dafür zahlen muss. Die Menschen, die Zivs daheim in Amerika, die verlassen sich darauf, von uns beschützt zu werden. Sie haben in der Vergangenheit zwar eine seltsame Art an den Tag gelegt, sich bei uns für diesen Schutz zu bedanken, doch das zählt jetzt nicht. Ich werde diesen Krieg nicht zu unseren Gunsten entscheiden, indem ich einen Schlag gegen sie führe. Oder indem ich gegen die Regierung vorgehe, die von den Menschen immerhin noch unterstützt wird. Es ist eine beschissene Regierung, aber eine bessere haben wir momentan nicht. Entschuldige meine Ausdrucksweise.«

»Wir sind alle erwachsen, Sohn. Aber was ist mit deinen Leuten, Ethan? Was ist mit all den Soldaten, die sich dir angeschlossen haben? Ist dir klar, dass du sie alle zu einem endlosen Krieg verdammst, den sie am Ende unweigerlich verlieren werden?«

»Ja.« Stark sah ihn mit sturer Miene an. »Ich bin stets den Leuten treu geblieben, für die ich verantwortlich bin. In diesem Fall heißt das, ich kann diese Affen nicht in einen Angriff auf unsere Heimat führen und dabei das Gefühl haben, ich hätte das Richtige getan. Und wir alle tragen die Verantwortung, diesen Zivs treu zu bleiben und sie zu beschützen. Nichts, was wir bislang getan haben, steht im Konflikt mit der Verfassung, und wir haben uns geschworen, dass es dabei auch bleiben wird. Würden wir mit Gewalt gegen die Regierung vorgehen, dann könnten wir dieses Stück Papier auch gleich in Fetzen reißen. Ich werde das nicht tun, und ich werde auch keinen meiner Soldaten anweisen das zu tun. Wenn ihnen das nicht gefällt, müssen sie sich eben einen neuen Boss suchen.«

Sein Vater lächelte ihn an. »Das war die große Frage, die mich und viele andere Leute daheim die ganze Zeit über beschäftigt hat. Was genau hat dieser Stark vor? Ich wusste es selbst nicht, Sohn. Ich kannte nur den Jungen, der vor langer Zeit von zu Hause weggegangen war. Aber ich war mir nicht sicher, wie sehr er sich seitdem verändert hat. Jetzt weiß ich es, und ich werde dafür sorgen, dass möglichst viele andere das auch erfahren.«

Vic lachte leise. »Das hört sich ganz so an, als wäre der Plan der Regierung, Sie gegen Ethan zu benutzen, ein Schuss, der nach hinten losgeht.«

»Das hört sich tatsächlich so an, nicht wahr, Ms. Reynolds? Das geschieht ihnen recht.«

»Ähm, Dad«, ging Stark dazwischen. »Du solltest ›Sergeant‹ sagen. Sergeant Reynolds.«

»Das tut mir leid. Es fällt mir bloß schwer, mir bei einer so netten jungen Lady vorzustellen, dass sie der gleichen Tätigkeit nachgeht wie du. Ähm, das heißt …«

»Schon gut, Dad, ich weiß, wie du es gemeint hast.«

»Ich auch«, warf Vic ein. »›Nette junge Lady‹? Du hast einen sehr aufmerksamen Vater, Ethan.«

»Klar. Das denkt er aber auch nur, weil er dich noch nie dabei erlebt hat, wie du einen Trupp Infanterie-Affen anführst, um eine feindliche Streitmacht in ein Häuflein zitternde Soldaten zu verwandeln.«

»Es ist nun mal das gute Recht eines Mädchens, im Leben auch mal ein bisschen Spaß zu haben, Ethan.« Dann sah sie auf das nächstgelegene Display, um nach der Uhrzeit zu schauen. »Ich glaube, Sie müssen uns jetzt wieder verlassen, Mr. Stark. Ich werde Sie zum Landeplatz eskortieren, damit

Sie nicht das Shuttle verpassen, sobald die Delegation wieder abreist.«

Stark schüttelte den Kopf. »Vic, Cheryl Sarafina wartet am Wachposten Eins, um ihn zum Shuttle zurückzubringen. Ich sollte ihn begl-«

»Nein, das solltest du nicht«, unterbrach sie ihn und zeigte dabei mit dem Finger auf ihn. »Du gehst nicht mal in die Nähe eines offiziellen Shuttles, von dem du nicht weißt, mit welchen Waffen es ausgestattet ist. Ich werde nicht zulassen, dass der Feind einfach ein so verlockendes und kostbares Gut hingehalten bekommt, um es sich unter den Nagel zu reißen. Und jetzt verabschiede dich von deinem Vater.«

»Jawohl, Sir«, knurrte Stark. »Tut mir leid, Dad, aber Vic hat recht.«

»Sie hört sich fast so an wie deine Mutter.«

»Sag so was nicht. Ich bin wirklich froh, dass wir uns sehen konnten. Grüß Mom von mir, und sag ihr, ich hoffe, es geht ihr bald wieder gut. Und ich hoffe, hier geht alles gut aus, damit ich wieder runterkommen kann. Irgendwann.«

»Ich glaube, wenn das jemandem gelingen kann, dann dir. Und wenn nicht, hast du es zumindest versucht. Viel Glück.« Sie gaben sich noch einmal die Hand, dann ging sein Vater weg.

Stark saß anschließend nur da und nippte an dem kalten, bitteren Kaffee, bis Vic zurückkam und sich wieder hinsetzte.

Sie schaute auf den Monitor, den er aktivierte und der einen Ausblick auf die karge Mondlandschaft bot, die völlig frei von menschlichen Aktivitäten war. Totes Gestein, keine Luft, überall Staub. »Du wirkst deprimiert, aber diese Aussicht wird daran auch nichts ändern.«

»Nein, aber sie schadet auch nicht. Ich habe nachgedacht. Während du von den Meuterern als Geisel gehalten wurdest, ist hier was vorgefallen. Ich wollte dich deswegen eigentlich sofort fragen, aber dann habe ich es doch wieder vergessen.«

»Dann frag mich jetzt.«

»Dieser Ziv-Wissenschaftler, der die spezielle Munition entwickelt hat, mit der die Jabberwocks ausgeschaltet werden können ... Er hat ein Implantat, das ihn mit dem Netzwerk verbindet. Das schien einige Leute zu erschrecken, sogar Stacey Yurivan, die normalerweise ziemlich abgebrüht ist.« Stark unterbrach sich, als ihm auffiel, wie jetzt auch Vics Miene zu erstarren schien. »Offenbar gefällt dir das auch nicht. Was ist damit los? Wieso benehmen sich alle wie von der Tarantel gestochen, wenn von den Implantaten die Rede ist?«

Sie drehte den Kopf weit genug in seine Richtung, um ihm einen finsteren Blick zuzuwerfen, dann widmete sie sich ebenfalls der toten Mondlandschaft. »Ich schätze, du kannst das nicht wissen. Nicht, wenn du als Ziv aufgewachsen bist. Beim Mil weiß hier jeder Bescheid, aber das Ganze reicht eine Generation weit zurück, und ich kann nicht davon ausgehen, dass Zivs jemals davon gehört haben. Da herrscht eine Geheimhaltung, die bis zum jüngsten Tag halten wird. Trotzdem ist das eine von den Horrorgeschichten, die man Mil-Kindern erzählt und die sie nie wieder vergessen.«

Vics Tonfall war frostiger als die Leere da draußen, was Stark ungewollt schaudern ließ. »Und um was ging es?«

Es dauerte eine Weile, ehe Reynolds mit tonloser Stimme zu reden begannen. »Es wurde eine Einheit für spezielle Experimente eingerichtet. Alle neuesten technischen Spielereien, mit denen sich alles Mögliche verbessern ließ. Implantate vom Feinsten. Infrarotsensoren in den Augen, Zeugs, mit dem die Reaktionsgeschwindigkeit verbessert wurde oder das das Herz schneller schlagen oder Muskelmasse wachsen ließ. Irgendwelche Methoden, um Verletzungen aus dem Körperinneren heraus rasend schnell heilen zu lassen. Kurz: Supersoldaten, die bei ihren ersten Einsätzen alle Gegner einfach überrannten. Aber dann kam die Gegenseite dahinter, womit sie es zu tun hatte, und sie überlegten sich Gegenmaßnahmen.«

»Gegenmaßnahmen?«, wiederholte Stark, als Vic ins Stocken geriet.

»Ja. Alles, was programmiert werden kann, das kann man auch umprogrammieren, nicht wahr? Ich weiß, wir haben darüber geredet, nachdem wir das von den Jabberwocks gehört hatten. Tja, und jedes Implantat besitzt eine Programmierung, die ihm sagt, wie es seine Arbeit zu erledigen hat.«

»So wie die Metallköpfe.«

»So wie die Metallköpfe, ganz genau. Die Opposition begann Nanobots zu produzieren, und das in Massen. Nanobots kosten nicht viel. Ein paar von ihnen hatten die Aufgabe, Löcher in den Anzugfiltern zu schaffen, damit andere Nanos passieren konnten. Andere wurden von den Jungs mit den Implantaten einfach eingeatmet. Einige Nanos programmierten die Implantate, andere verschmolzen mit der Verkabelung und übernahmen sie.«

»Nein!« Wieder musste Stark sich schütteln.

»Oh ja. Sie starben auf ganz unterschiedliche Weisen, abhängig davon, welches Nanovirus zuerst aktiviert wurde. Einige Soldaten erblindeten, dann hörte ihr Herz auf zu schlagen. Bei anderen brannte das Nervensystem durch.«

»Jesus.« Das eine Wort war Ausdruck des Erschreckens und zugleich ein Gebet für die vor langer Zeit umgekommenen Soldaten, die nie eine Chance bekommen hatten, sich zu wehren. Stark atmete tief durch, während Vic erneut ins Stocken geriet. »Sie starben alle auf diese Weise?«

»Nicht alle. Diejenigen in den hinteren Reihen sahen, was sich weiter vorn abspielte. Ihnen war klar, dass sie selbst auch dem Untergang geweiht waren. Sie töteten jeden befallenen Kameraden, den sie ins Visier nehmen konnten, und richteten dann die Waffen gegen sich selbst.«

»Oh mein Gott«, hauchte Stark und versuchte sich dieses Bild bloß nicht vorzustellen. »Dann wundert mich nichts mehr. Aber wie kann es sein, dass unser Einsatz von Nanobots für so viele Leute etwas ganz Neues darstellt?«

»Vermutlich, weil man den Einsatz von angreifbaren Implantaten aufgegeben hatte. Unsere neue Rüstung ist ein in sich geschlossenes System, also könnten die damals eingesetzten Nanos die Filter heute nicht mehr durchdringen. Eine Technologie, sie mit einem Projektil ins Ziel zu bringen, ohne dass sie ihre Funktionsfähigkeit einbüßen, existierte damals noch nicht. Also hat man ihre Verwendung eingestellt und sie mit der Zeit einfach vergessen. Bis jetzt wieder jemand daran gedacht hat.«

»Vic, entschuldige, wenn ich da so direkt frage, aber es scheint, dass dich das Thema mehr mitnimmt als jeden anderen. So als wäre es für dich etwas Persönliches. Hast du …?«

»Fang gar nicht erst an, Ethan.«

»Okay.« Hilflos starrte er die Wand an, da er wusste, er würde die Worte nicht zusammenkriegen, die in diesem Moment notwendig gewesen wären. »Und … wieso haben Zivs keine Implantate?«

»Ich dachte, ein Ziv würde das wissen.« Abermals sah sie ihn an. »Aber ich möchte wetten, der Grund wurde totgeschwiegen, um Nachahmer zu vermeiden.«

»Keine Ahnung. Wie gesagt, ich habe mir noch nie viele Gedanken über diese Implantate gemacht. Und viel gehört habe ich darüber auch nicht.«

»Niemand wird dazu angespornt, über sie nachzudenken. Im Fall der Zivs war es das Joker-Virus. Aber das spielte sich lange vor dem Nanobot-Massaker ab. Ich habe darüber in einer geheimen Studie gelesen. Es reicht zurück in eine Zeit, als viele Wissenschaftler Implantate hatten, die eine direkte Kommunikation zwischen dem Gehirn und dem Netz erlaubten. Zu Zwecken der Fernprogrammierung und Ähnlichem. Aber wenn dieser Mist funktionieren soll, muss die Kommunikation in beide Richtungen möglich sein. Irgendein Psychohacker, der etwas gegen College-Professoren hatte, entwickelte ein Computervirus, bei dem er sich von seiner liebsten Comicfigur inspirieren ließ. Das Virus wurde über die Komm-Verbindung übertragen und ergänzte die Implantate im Gehirn um Unterprogramme, die dann Befehle in verschiedene Teile des Hirns schickten. Alle betroffenen Professoren begannen daraufhin, so unbeherrscht zu lachen, dass diese Lachkrämpfe sie umbrachten. Es hatten schon zuvor Hacker mit Viren gespielt, zum Beispiel mit einem, der Menschen mit Implantaten zu einem Verhalten zwang, als wären sie stockbetrunken. Aber nichts war je so schrecklich wie das Joker-Virus. Und danach wollte niemand mehr Implantate haben. Polizei und Rettungspersonal ließen sogar ihre Kommunikationsimplantate entfernen. Die dienten zwar ausschließlich der Kommunikation untereinander, doch die Leute hatten auf einmal alle Angst davor, dass jemand mit Klangimpulsen oder irgendetwas anderem in der Lage sein könnte, auf ihren Verstand einzuwirken.« Sie starrte auf den Monitor, der die verwaiste Mondlandschaft zeigte. »Jetzt weißt du es.«

»Du erzählst mir immer wieder Dinge, die ich eigentlich gar nicht wissen will. Irgendwann werde ich wohl schlau genug sein, dich nicht mehr zu fragen.«

»Mag sein, aber Wetten würde ich darauf keine abschließen.«

»Besten Dank.« Eine Weile starrte Stark vor sich hin, während seine Gedanken wild hin und her sprangen. »Vic, glaubst du eigentlich, dass wir Menschen eines Tages etwas bauen werden, das wir weder zerstören noch als Waffe benutzen können? Etwas, bei dem Menschen endlich mal nicht dahinterkommen, wie man mit dem Teil Unheil anrichten kann?«

»Nein. Das würde nämlich bedeuten, dass wir besser im Erschaffen von Dingen sind als in deren Zerstörung. Soweit ich das beurteilen kann, sind die Menschen einfach zu gut darin, Sachen kaputt zu machen, da wird es dazu wohl nie kommen.«

»Weißt du, die Leute fragen sich, wenn es vielleicht doch Außerirdische geben sollte, warum sie dann nicht endlich Kontakt mit uns aufnehmen. Aber unter Umständen haben die Aliens ja einfach nur große Angst vor uns.«

»Da könntest du sogar recht haben. Die Menschen sind womöglich am besten darin, Dinge zu zerstören.« Erneut hielt sie inne. »Ich schätze, es hat eigentlich etwas Gutes an sich, wenn man in irgendeiner Sache der Beste ist. Nur ist diese Sache ganz sicher nicht die, die ich ausgewählt hätte.«

»Geht mir nicht anders.« Stark fasste daraufhin einen Entschluss, beugte sich in Richtung Vid-Schirm vor und gab einen Befehl ein. Die hässliche Mondlandschaft verschwand, an ihre Stelle rückte eine grüne Wiese, die mit Wildblumen aller Art übersät war. Eingerahmt wurde das Ganze von Bäumen, die von einer außerhalb des Bildes befindlichen Sonne beschienen wurden. Im Vordergrund waren Dutzende von süßen flauschigen Häschen zu sehen.

»Was zum Teufel soll das darstellen?«, rief Vic aufgebracht. »Das ist ja abscheulich.«

»Nein, es ist niedlich.«

»Ich *hasse* niedlich. Kann ich nicht in Ruhe schlecht gelaunt sein?«

»Nein, kannst du nicht. Gib es dran, sonst werde ich dich zwingen, dir die Häschen anzusehen.«

»Sadist.« Plötzlich begann Vic zu lachen. »Dir ist doch klar, dass ich genau das gleiche Bild aufrufen werde, wenn du das nächste Mal schlecht drauf bist, oder?«

»Das wird dir aber nicht gelingen, weil ich das Bild mit meinem eigenen Zugangscode gesperrt habe.«

»Du hast das geplant? Ethan Stark, ich schwöre, ich werde mich an dir rächen.«

»Versuch es ruhig.« Dann griff er für einen Moment nach ihrer Hand. »Du sagst mir doch immer, ich solle nicht in der Vergangenheit leben. Das ist ein guter Ratschlag.«

»Das weiß ich, vielen Dank auch. Trotzdem werde ich mich rächen.«

Stark überflog die Liste der eingegangenen Nachrichten und fürchtete, dass sich früher oder später das Krankenhaus bei ihm meldete. Es gelang ihm fast, einen genaueren Blick auf die Liste zu vermeiden, doch dann bemerkte er einen gänzlich unpassenden Smiley am Ende der Absenderzeile, die eben genau das Krankenhaus betraf. Die übersandte Mitteilung erwies sich als äußerst kurz, bestand sie doch nur aus drei Worten. Die jedoch hatten für Stark eine größere Bedeutung als jedes Buch, das er in seinem Leben je gelesen hatte. *»Private Murphy aufgewacht.«* Stark benötigte nicht mehr als eine Sekunde, um sich vom Schock zu erholen, dann hatte er sich auch schon auf den Weg gemacht.

Obwohl die normale Tagschicht längst vorüber war, wartete die Ärztin bereits auf ihn, als er im Krankenhaus eintraf. Ihre Augen verrieten den Grad ihrer Müdigkeit, ein schwaches Lächeln umspielte ihre Mundwinkel. Mit einer Kopfbewegung deutete sie auf Murphys Bett. »Wunder kommen tatsächlich manchmal vor. Sie schulden dem alten Herrn da oben was.«

»Dem schulde ich noch einiges mehr. Kann ich mit Murphy reden?«

»Auf jeden Fall. Er ist gesund, er war ja auch schon gesund. Aber er dürfte noch ein wenig desorientiert sein, und vom langen Liegen ist er definitiv geschwächt. Allerdings gibt es nicht so viele Methoden, um durch passive Übungen seinem Körper noch etwas Gutes tun zu können. Also gehen Sie es langsam an.«

»Alles klar. Danke, Doc. Ich weiß gar nicht, wie ich Ihnen dafür danken kann.«

»Das war ja nicht mein Werk, Sergeant. Das hat Ihr Junge ganz allein geleistet. Bedanken Sie sich bei ihm.«

Stark ging zwar leise zum Bett, doch seine Schritte waren trotz allem deutlich zu hören. Murphy drehte den Kopf zur Seite und musste lächeln, als er seinen Besucher erkannte.

Stark nahm neben dem Krankenbett Platz und betrachtete Murphys Gesicht. Der Soldat schien um einiges älter, das Jungenhafte in seinen Gesichtszügen war einem härteren, reiferen Ausdruck gewichen. Auch sein Lächeln war nicht mehr ganz so wie zuvor. Es wirkte ein wenig bemüht, so als hätte Murphy zu viel Schlimmes gesehen, um je wieder simple Freude empfinden zu können.

»Hey, Murph. Willkommen zurück.«

»Hey, Sarge.« Murphys Stimme klang etwas eingerostet, da er sie so lange Zeit nicht mehr benutzt hatte. »Man hat mir gesagt, dass Sie oft hier waren und nach mir gesehen haben, als ich noch nicht wieder bei Sinnen war.«

»Ja, ich war ein paarmal hier, doch nicht so oft, wie ich es hätte sein sollen. Aber Sie wissen ja, dass es jede Menge zu arbeiten gibt.«

»Ich weiß, Sarge. Ich schätze, meinetwegen waren alle in Sorge.«

Stark nickte und lächelte ihn an. »Da liegen Sie völlig richtig. Sie haben ja schon einige Male den Dienstbeginn verschlafen, Murph. Aber noch nie so extrem.«

»Ha! Immer noch der gute alte Sarge, wie?«

»Größtenteils ja. Ich habe ein paar Narben mehr, innerlich und äußerlich. So wie Sie wohl auch.« Stark ließ eine lange Pause folgen, um Murphy eine Gelegenheit zu geben, über seine Erfahrung zu reden.

Das tat Murphy dann auch, nachdem er mit der Zunge über seine Lippen gefahren war. Den Blick nach oben gerichtet begann er: »Als ich weg war, habe ich viel nachgedacht, Sarge. Und viel geredet.«

»Geredet? Mit wem denn, Murph?«

»Vor allem mit ihr.«

Stark musste sich zu seiner ausdruckslosen Miene zwingen. »Sie meinen … Robin?« Robin war Murphys Freundin gewesen, sie war beim Angriff auf Starks Hauptquartier ums Leben gekommen, den auch Murphy selbst beinahe nicht überlebt hätte.

»Ja, Sarge. Ich weiß, sie ist tot. Ich habe mein Bestes versucht, um sie zu retten, aber das war wohl nicht gut genug.«

»Murph, Sie haben im Alleingang eine komplette Gruppe Angreifer erledigt. Sie haben mehr getan, als jeder andere zu träumen gewagt hätte.«

Das Lob schien Murphy peinlich zu sein. »Ich wollte mich rächen, Sarge. Ich wollte es ihnen heimzahlen. Zuerst hatte ich vor, sie alle umzubringen, wenn ich wieder aufgewacht bin. Aber sie sagte mir, das sei der verkehrte Weg.«

Stark gab einen zustimmenden Laut von sich.

»Und damit hatte sie auch völlig recht. Jeder Idiot kann eine Waffe in die Hand nehmen und anfangen, einfach ein paar Leute umzubringen. Klar, manche Leute sind darin verdammt gut, aber beweisen kann man damit nichts. Stimmt's, Sarge?«

»Jedenfalls nicht, wenn man nur des Tötens wegen tötet.«

»Richtig, Sarge«, bekräftigte Murphy. »Deshalb werde ich ab jetzt alles anders machen. Ich werde den Rest meines Lebens damit verbringen, Leute zu retten. So wie Sie, Sarge. Mir ist früher nie klar gewesen, welche Risiken Sie unseretwegen eingegangen sind. Wie hart Sie stets dafür gearbeitet haben, dass wir alle überleben. Das will ich auch tun.«

»Das ist gut, Murph.« Stark zögerte und schaute kurz zu Boden, ehe er den Blick auf Murphys erwartungsvolle Miene richtete. »Es ist gut, wenn Sie das mit Ihrem Leben machen wollen. Aber es ist schwierig, Murph, manchmal sogar verdammt schwierig. So was führt Sie an Orte, die Sie lieber nicht sehen würden. Und es lässt Sie Dinge tun, die Sie gar nicht tun wollen.«

»So wie Sie, Sarge? Aber genau darum geht es doch eigentlich. Wenn man tut, was man tun will, dann wählt man den einfachen Weg. Sie hat mir gesagt, ich soll etwas bewegen, etwas Sinnvolles leisten. Und das werde ich tun, Sarge.«

Sarge sah den Soldaten schweigend an und dachte an seine eigene Vergangenheit zurück. Er dachte an die Toten, die überall auf der Erde und auf dem Mond verstreut lagen. Er dachte an seine alte Einheit, die auf Patterson's Knoll abgeschlachtet worden war. An Corporal Kate Stein, die unter ihnen war und die mit ihrem letzten Atemzug den Befehl an ihn richtete, er solle sich in Sicherheit bringen. An seinen eigenen Schwur, andere vor einem ähnlichen Schicksal zu bewahren. Und nun trug Murph seine eigene Version von Patterson's Knoll mit sich herum. *Das ist dem Jungen gegenüber nicht fair. Er war nicht der großartigste Soldat auf der ganzen weiten Welt, aber er war ein guter Junge. Jetzt ist der Junge wohl für immer weg. Allerdings werde ich ihn nicht umstimmen. Ich bräuchte es ohnehin gar nicht erst zu versuchen, denn ich weiß genau, wie es ist. Ich kann ihn nur im Auge behalten und ihm unter die Arme greifen, wenn er Hilfe braucht.* »Das ist ein wirklich gutes Ziel fürs Leben, Murph.«

»Sarge? Soweit ich weiß, brauchte der Trupp zuletzt einen neuen Corporal, weil Gomez aufgestiegen ist. Kann ich mich dafür bewerben?«

Stark schaute ungläubig drein. »Natürlich können Sie das machen.«

»Zwar glaube ich nicht, dass Corporal Gomez mich haben will. Aber ich werde ihr zeigen, dass ich das kann, Sarge. Ich werde so lange und so hart arbeiten, bis ich sie davon überzeugt habe, dass ich für diesen Posten geeignet bin. Natürlich nicht so gut wie Sie oder Gomez, aber ich kann das.«

»Natürlich«, wiederholte Stark. *Und eines Tages wirst*

du einen Trupp führen und irgendwann vielleicht sogar ei-
nen Zug. Und dann wirst du nie wieder ruhig schlafen kön-
nen, weil du dir um jeden einzelnen deiner Soldaten Sorgen
machst. »Ich werde mit Gomez reden. Sie ist jetzt Zugführerin.«

»Was? Wow. Das ist schon erstaunlich. Ich wette, Sie
sind stolz auf sie.«

»Ich bin auf Sie alle stolz, Murph. Wann kommen Sie
hier raus? Hat man Ihnen das schon gesagt?«

»Noch nicht, Sarge. Ich muss erst eine lange Physiotherapie hinter mich bringen, um meine Muskeln wieder
aufzubauen. Außerdem wollen die mich ganz besonders
gründlich untersuchen.« Als Murphy daraufhin grinste,
blitzte da wieder etwas von seiner spitzbübischen Art auf.
»Und ich möchte wetten, meinen Kopf wollen sie dabei so
richtig intensiv durchleuchten.«

»Ich glaube, da müssen Sie sich keine Sorgen machen,
Murph.« Ihm fiel auf, wie Murphy sich nach hinten sinken
ließ. »Sie sind immer noch ziemlich kraftlos, wie? Ich will
Ihnen auch gar nicht noch länger auf die Nerven gehen. Sie
ruhen sich aus, kommen wieder zu Kräften, und dann geht's
zurück zu Ihrem Trupp. Ich werde Sie im Auge behalten.«

»Danke, Sarge.« Entspannt sank Murphy aufs Bett, ließ
Stark aber nicht aus den Augen, während der den Raum
verließ.

Auf dem Weg zum Kommandozentrum griff Stark nach
seiner Komm-Einheit. »Corporal Gomez, sind Sie gerade
beschäftigt?«

»Nein, *Sargento*. Was gibt es?«

»Murphy ist aufgewacht.« Stark ließ eine Pause folgen,
damit Gomez die Neuigkeit verarbeiten konnte. »Es geht
ihm gut.«

»*Gracias, Dios.* Ich werde es dem Trupp sagen, *Sargento.*«

»Warten Sie. Bevor Sie das machen, habe ich noch eine Bitte.«

»Eine Bitte? Sagen Sie einfach, was Sie brauchen.«

»Murph möchte sich im alten Trupp als Corporal versuchen.« Schweigen. »Hallo? Anita?«

»Ähm ... *sí, Sargento.* Also ... Private Murphy ... nun, er ... Ich würde ihn nicht als sonderlich professionell und ehrgeizig einstufen. Ich meine ... Corporal? Murphy?«

Stark musste sich ein Lächeln verkneifen. »Ich weiß genau, was Sie sagen wollen. Aber ich habe eben mit ihm gesprochen, und ich muss sagen, er hat sich verändert. Er ist viel erwachsener geworden. Und er will sich für den Job einsetzen und hart arbeiten.«

»Wenn er von sich aus arbeiten will, dann hat er sich sogar sehr verändert. Und er hat von sich aus gesagt, dass er Corporal werden will? *Verdad?*«

»Ja. Ich möchte Sie um den persönlichen Gefallen bitten, es in Erwägung zu ziehen. Sehen Sie ihn sich an, wenn er wieder raus ist. Überzeugen Sie sich selbst davon, wie er sich schlägt.«

»Okay, *Sargento.* Ihnen zuliebe mache ich das. Sie sind ein ziemlich guter Menschenkenner, und wenn Sie glauben, er schafft das ...«

»Ich glaube, er könnte dazu in der Lage sein, ja. Wie gesagt, Anita, er hat sich verändert.«

Nach einer kurzen Pause erwiderte sie: »*Sargento,* Sie hören sich fast so an, als würde es Ihnen gar nicht behagen, dass Murphy sich verändert hat.«

»Ich bin froh, dass er wieder da ist, und ich bin froh, dass er mehr Verantwortung übernehmen will. Ich glaube nur, dass mir der alte Murph hin und wieder fehlen wird. Wer hätte das gedacht?«

»Wenn Ihnen der alte Murph fehlen sollte, sagen Sie mir Bescheid, dann komme ich vorbei und sorge für ein bisschen Chaos. Dann werden Sie gleich wieder das Gefühl haben, dass er noch da ist. Also gut, *Sargento*, ich bin einverstanden. Ich werde ihn mir ansehen, aber jetzt will ich erst mal den anderen sagen, dass es ihm gut geht.«

»Kann ich verstehen, Anita. Grüßen Sie die alle von mir.«

Nachdem er das Gespräch beendet hatte, entschied sich Stark für eine andere Route, die ihn zu Sergeant Reynolds' Quartier führte. »Vic? Hast du einen Moment Zeit?«

Sie rieb sich die Augen. »Es ist spät. Ich hoffe, du willst keine Stabssitzung einberufen.«

»Nein, ich will dir nur was sagen. Murphy ist wieder wach.«

Vics Miene hellte sich auf. »Das ist ja großartig.« Dann aber musterte sie Stark skeptisch. »Und wieso wirkst du dann so niedergeschlagen? Was ist los? Ist mit seinem Kopf alles okay?«

»Ja, es ist nur so …« Dann berichtete er ihr von seinem Gespräch mit Murphy. »Wie du siehst, wird eine harte Zeit vor ihm liegen.«

»Klingt sehr nach jemandem, den ich gut kenne.«

»Schuldig im Sinne der Anklage.«

Sie grinste ihn an. »Nach all den Jahren hast du auf einmal einen Sohn, Ethan, jedenfalls im geistigen Sinne. Hättest du jemals gedacht, dass es ausgerechnet Murphy sein würde?«

»Nein. Das Universum hat schon einen seltsamen Sinn für Humor, nicht wahr? Jedenfalls will ich dich um einen Gefallen bitten. Einen sehr großen Gefallen. Sollte mir etwas zustoßen …«

»Keine Sorge, Ethan. Ich werde auf Murphy aufpassen, falls dir irgendwas passiert. Versprochen.«

»Danke, das bedeutet mir sehr viel.«

»*Nyet problema*. Es ist zwar schon eine Weile her, aber ich kann mich noch gut daran erinnern, wie man mit einem Kind umgehen muss.«

Stark sah sie verdutzt an, sein Erstaunen konnte er nicht vor ihr verbergen. »Du hast ein Kind, Vic?«

Anstatt auf seine Frage zu antworten, gähnte Reynolds und sah auf ihre Uhr. »Oh Mann, es ist schon spät, und ich muss so viel Kram erledigen, bevor ich ins Bett gehen kann. Wir sehen uns morgen, Ethan.«

»Ja, sicher.« Stark musterte sie einen Moment lang mit einem neugierigen Blick, doch zumindest äußerlich wirkte sie kühl und gelassen. Er winkte ihr zum Abschied und ging weiter, schlenderte noch eine Weile durch den Gebäudekomplex, sah hier und da nach dem Rechten und unterhielt sich mit den Soldaten, die Wachdienst schoben.

Zurück in seinem Quartier ließ er sich in seinen Sessel sinken und betrachtete den Schreibtisch. Auf dem Monitor wurden ihm alle Arbeiten angezeigt, die noch zu erledigen waren. *Hey, da fällt mir was ein. Dieses System erlaubt mir den Zugriff auf die Personalunterlagen, und ich habe die höchste Freigabestufe. Also kann ich mir ansehen, was ich will. Ich könnte über Vics Vergangenheit herausfinden, was immer ich will. Keine Geheimnisse mehr.* Er streckte die Hand aus und tippte mit dem Zeigefinger auf das Feld, das die Einheit schlafen schickte. *Aber das werde ich nicht machen. Vielleicht habe ich durch meinen Job noch längst nicht alles gelernt, was ich wissen sollte. Zumindest aber habe ich gelernt, dass man nicht alles machen sollte, was man machen kann, nur weil das System einem die Möglichkeit dazu bie-*

tet. Wenn Vic es mir doch irgendwann mal sagen will, wird sie es schon tun.

Stark nutzte die geringe Schwerkraft, um sich mit einer solchen Drehung so abzustoßen, dass er rücklings auf seinem Bett landete. Er starrte die metallene Deckenverkleidung an, die das Mondgestein verdeckte, auf dem wiederum eine hauchdünne Staubschicht lag. Darüber nahm die endlose Leere ihren Anfang, die bis in alle Ewigkeit reichte. Starks Blick ruhte auf dem Bild vor seinem geistigen Auge, das ihm die unendliche Finsternis zeigte. Unwillkürlich musste er lächeln: *Zum Teufel mit dir, du unendliche Schwärze. Ich bin immer noch hier, und hier passiert, was ich sage.*

Es war ein Leichtes, zu glauben, dass die Tage miteinander verschmolzen, da die Zeit parallel zu den tagtäglich auftretenden Ereignissen so gut wie unmerklich verstrich – insbesondere natürlich an einem Ort, an dem das Konzept von Tag und Nacht von den Menschen von einer Welt mitgebracht worden war, auf der die Sonne tatsächlich im Verlauf von vierundzwanzig Stunden auf- und wieder unterging. Stark kehrte in sein Quartier zurück, nachdem er einer Kompanie beim Einüben von Kampftaktiken zugesehen hatte, die von Vic entwickelt worden waren, um den Jabberwocks etwas entgegensetzen zu können. Müde legte Stark seine Gefechtsrüstung ab. *Das sah gut aus. Damit sollten wir diese Monster in den Griff bekommen. Hoffe ich jedenfalls. Wie sollen wir es aber herausfinden, bevor die hier eintreffen und das Feuer auf uns eröffnen?*

Der Türsummer wurde betätigt, und mit einem ausladenden Schritt war Stark an der Tür, um sie zu öffnen.

»Mendo? Was führt Sie her?«

»Commander Stark ...« Private Mendoza zögerte und warf einen Blick auf das altmodische, auf Papier gedruckte Buch, das er in einer Hand hielt. Dann sah er Stark mit neugefasster Entschlossenheit an. »Es gibt da etwas, das ich mit Ihnen besprechen möchte. Falls Sie Zeit dafür haben.«

»Aber sicher.« *Mendo will von sich aus etwas erzählen? Das ist ja was ganz Neues. Aber sein Dad hat ja schon gesagt, wenn ich ihn vor eine Herausforderung stelle, wird er zeigen wollen, dass er ihr gewachsen ist.* »Kommen Sie rein und setzen Sie sich.«

»Danke, Sir.« Mendoza wartete, bis Stark sich an seinen Schreibtisch gesetzt hatte, erst dann nahm er ihm gegenüber Platz. Er hielt das Buch so, dass Stark den Titel lesen konnte; dabei behandelte er es wie ein zerbrechliches und sehr kostbares Objekt. »Das hier ist ein alter historischer Text.«

»Dass er ziemlich alt ist, kann ich sehen.«

»Nein, Sir. Ich will damit sagen, dass dieses Buch vor Jahrtausenden geschrieben wurde. Eine der ersten Geschichten in den Aufzeichnungen der Menschen überhaupt. Es geht darin um eine Serie von Kriegen.«

»Unser erstes Buch dreht sich um Kriege? Ja, das passt zu uns«, merkte Stark lächelnd an.

Mendoza lächelte zurück und entspannte sich als Reaktion auf Starks Bemerkung. »Genau, Commander. Das Buch trägt den Titel *Der Peloponnesische Krieg*, verfasst wurde es von einem Mann namens Thukydides.«

»Noch nie gehört, tut mir leid.«

»Dieser Krieg war zu jener Zeit von großer Bedeutung«, fuhr Mendoza fort. »Ausgetragen wurde er von zwei Allianzen, die von den Stadtstaaten Athen und Sparta angeführt wurden.«

»Sparta? Von denen hab ich gehört. Thermo … irgendwas.«

»Die Thermopylen?«

»Ja, richtig. Diese Schlacht, bei der ein paar Spartaner ihre Position bis zum letzten Atemzug gegen die Perser verteidigten. Der Kampf, der die anderen Griechen dazu inspiriert hat, sich gegen den Feind zusammenzutun. Reden wir von diesen Leuten?«

Mendoza nickte, konnte aber kaum sein Erstaunen überspielen, dass Stark überhaupt so viel über das antike Griechenland wusste. »Ja, genau die meine ich. Diese Schlacht bei den Thermopylen spielte sich aber lange vor dem Peloponnesischen Krieg ab, um den es in diesem Buch geht.«

»Okay. Dann dürfte das auch einen Sinn ergeben, wenn sich die Spartaner und die Jungs aus Athen diesen Krieg geliefert haben, von dem Sie da reden. Und warum muss ich jetzt über dieses Buch Bescheid wissen?«

Mendoza schwieg so lange, dass Stark bereits wachsende Ungeduld verspürte. Dennoch wartete er, bis der Private schließlich fortfuhr: »Das hier ist das Buch meines Vaters, Commander. Er hat an den Seitenrändern Notizen gemacht, die zwar nur bruchstückhaft sind, aber gelesen habe ich sie alle. Ich glaube, ich sollte Ihnen von den Schlussfolgerungen erzählen, zu denen mein Vater gelangt war.«

»Lieutenant Mendoza, Ihr Vater wusste ganz genau, wovon er redete. Ich würde gern jede seiner Schlussfolgerungen erfahren.«

»Sie müssen bedenken, dass die Notizen nicht vollständig sind«, betonte Mendoza. »Aber die wesentlichen Argumente sind ziemlich klar.« Er deutete auf das Buch. »Vor langer Zeit war die Stadt Athen viele Jahre nach dem Sieg gegen die Perser extrem mächtig geworden. So mächtig, dass sich die Regierung jede Freiheit herausnahm, die ihr in den Sinn kam, und niemand konnte ihrem Treiben ein Ende setzen. Schließlich erklärten Sparta und die meisten anderen Städte Athen den Krieg, aber sie waren nicht in der Lage, Athen zu besiegen.«

»Hmm«, machte Stark und rieb sich am Kinn. »Kommt mir bekannt vor. So wie jetzt, nicht wahr? Die Vereinigten Staaten haben die ganze Welt im Griff und tun, was sie wollen, ohne auf jemanden Rücksicht zu nehmen. Alle anderen haben ruhig zu sein. Das ist gut gegangen, bis wir versucht haben, uns auch noch den Mond unter den Nagel zu reißen. Daraufhin haben sich alle zusammengetan, um uns hier davon abzuhalten. Wollte Ihr Vater darauf anspielen?«

»Ja, Commander«, bestätigte Mendoza, dessen Gesicht so strahlte wie das eines Lehrers, der einem seiner Schüler etwas vermittelt hatte. »Aber die Athener übertrieben es schließlich. Um das Ziel Allmacht zu erreichen, griff Athen die mächtige Stadt Syrakus an.«

»Syrakus? Liegt die nicht im Staat New York? Die ist aber nicht so alt.«

»Nein, Commander. Das ist Syracuse. Die ursprüngliche Stadt mit Namen Syrakus liegt auf Sizilien, einer Insel im Mittelmeer.« Mendoza sammelte kurz seine Gedanken, dann fuhr er fort. »So mächtig Syrakus auch war, konnte die Stadt die angreifenden Athener dennoch nicht aus eigener Kraft aufhalten. Also bat man die Spartaner um Hilfe, was Athen veranlasste, ebenfalls weitere Truppen auf den Weg zu schicken. Allerdings wurden die athenischen Befehlshaber nach ihrer politischen Loyalität ausgewählt, nicht nach ihrem militärischen Können. Nach einem langwierigen Feldzug mussten sich die Athener geschlagen geben. Die gesamte Armee und die Flotte, die man nach Syrakus entsandt hatte, war entweder ausgelöscht oder gefangen genommen worden. Athen konnte sich von diesen massiven Verlusten nicht mehr erholen und wurde Jahre später so nachhaltig besiegt, dass sie nie wieder die Macht zurückerlangten, die sie einmal besessen hatten.«

Mit zusammengekniffenen Augen sah Stark Mendoza nachdenklich an, nachdem der am Ende seiner Schilderungen angekommen war. »Das klingt auch vertraut, jedenfalls in Ansätzen. Also fand Ihr Dad, dass der amerikanische Versuch, die alleinige Kontrolle über den Mond zu erlangen, damit zu vergleichen war, wie Athen damals aufgebrochen war, um sich Syrakus einzuverleiben?«

»Ja, Commander. Übereifer auf dem Höhepunkt der Macht. Auch hierher wurden weitere Truppen als Verstärkung auf den Weg geschickt, um den Krieg zu gewinnen. Das schlug auch hier fehl.«

»Das schon, aber es besteht kein Risiko, dass wir scheitern, Mendo. Niemand wird diese Kolonie einnehmen. Wir werden bis zum Jüngsten Tag die Stellung hier halten.«

»Aber darum geht es ja, Commander.« Abermals deutete Mendoza auf das Buch, seine Gesichtszüge ließen Begeisterung erkennen. »Sie werden die Stellung halten. Sie haben das Kommando. Nach dem Scheitern von General Meechams Offensive glaubte mein Vater, dass wir die Kolonie verloren haben und dass alle Soldaten tot seien – so wie die Athener Streitmacht bei Syrakus ausgelöscht worden war. Dazu wäre es auch gekommen, wenn nicht zwei Dinge passiert wären.«

»Was für zwei Dinge? Wovon reden Sie?«

Erneut zögerte Mendoza, dann zeigte er auf Stark. »Sie sind Nummer eins, Sir.«

»Was soll denn das bedeuten?«

»Die Notizen meines Vaters deuten darauf hin, dass er unsere vormaligen Senioroffiziere für genauso unfähig hielt wie die der athenischen Truppen bei Syrakus. Er war zu der Überzeugung gelangt, dass Meechams Offensive zum Verlust der gesamten Kolonie hätte führen müssen. Zum einen war da das mangelnde Vertrauen der Truppe in ihre Befehlshaber, zum anderen herrschte Unsicherheit und Verwirrung bei ebendiesen Befehlshabern. Dazu kamen noch die bereits erlittenen schweren Verluste fast der gesamten Dritten Division. All diese Faktoren ergaben in ihrer Kombination genau die richtigen Voraussetzungen, unter denen eine Gegenoffensive des Feinds zum Sieg über uns geführt hätte. Zumindest hätte der Feind uns so viel Territorium wegnehmen können, dass unsere Position nicht länger haltbar gewesen wäre.«

Stark zog nachdenklich die Augenbrauen zusammen, während Erinnerungen an Augenblicke der Angst und der Ungewissheit wach wurden. »So wie in der Phase unmittelbar nachdem wir die Kontrolle übernommen hatten? Da hätten wir fast verloren, weil der Feind mit aller Härte angriff und unsere Front zu bröckeln begann. Aber ich dachte, es hätte daran gelegen, dass wir in diesem Moment noch nicht so recht wussten, wofür wir eigentlich kämpften.«

»Das gehörte zweifellos auch dazu«, stimmte Mendoza ihm zu. »Aber wären Meecham und die anderen Offiziere weiterhin die Befehlshaber gewesen, wie hätte sich das auf die Motivation unserer Streitkräfte ausgewirkt?«

»Auf keinen Fall gut, und das wissen Sie ebenso wie ich. Wir hätten keinerlei Motivation mehr gehabt, nachdem wir hatten zusehen müssen, was mit der Dritten Division geschehen ist. Jemand wie Meecham hätte nicht den Hauch einer Chance gehabt, die verbliebenen Truppen noch einmal zum Vorrücken anzuspornen.«

»Ganz genau, Commander. Eine Katastrophe konnte hier genauso wie bei Syrakus nur durch einen dynamischen Commander verhindert werden, jemanden, der in der Lage ist, Soldaten auch nach einer ganzen Serie von Rückschlägen zum Weitermachen zu bewegen.«

»Das hätte aber nicht ich sein müssen«, wandte Stark ein. »Das hätte jeder gute Anführer bewirken können.«

»Nein, Sir«, widersprach Mendoza, der im Hin und Her der Argumente seine sonst übliche Zurückhaltung vergessen zu haben schien. »Es musste jemand sein, der außerdem in der Lage war, den Gehorsam zu überwinden, der der Truppe eingeimpft ist. Jemand, der fähig war zu handeln, wenn Handeln erforderlich war. Das, Sir, konnten nur Sie bewerkstelligen.«

»Nein, ich …« Stark verstummte, während sein Blick Richtung Weltall wanderte und die Erinnerung an jenen Tag sich durchsetzte, als durch General Meechams völlig verkehrt entwickelte und umgesetzte Offensive die Dritte Division so gut wie ausgelöscht worden war. Tausende Soldaten waren in immer sinnloseren Attacken gegen die feindlichen Positionen rund um die Kolonie angerannt und gefallen, während die Mondveteranen der Ersten Division von ihren Stellungen aus das Ganze fassungslos und hilflos hatten mitansehen müssen. *Alle schienen mich anzusehen und darauf zu warten, dass ich etwas unternahm. Und erst als ich diesen ersten Zug machte, folgten mir die anderen. Wieso? Und wieso hat mich das zuvor noch nicht gewundert?* »Wieso denkt Ihr Dad so von mir?«

»Weil Sie erst als junger Mann zum Militär gekommen sind.« Mendoza machte eine ausholende Geste. »Praktisch jeder andere hier ist so wie ich in einer Militärfamilie aufgewachsen, wir haben in Forts oder auf Militärbasen gelebt.

Gehorsam und das unbedingte Befolgen von Regeln wurden uns von Kindheit an eingeimpft. Das war einfach ein Teil unseres Lebens. Für Sie galten Regeln, die viel lockerer waren. So mussten Sie beispielsweise als Kind nicht strammstehen, wenn die Nationalhymne gespielt wurde. Sie konnten in vielen Dingen selbst entscheiden; mal zum Besseren, mal zum Schlechteren, aber es waren Ihre Entscheidungen.«

Stark fühlte sich mit einem Mal durch Raum und Zeit versetzt, da diese Unterhaltung ihn an ein Gespräch erinnerte, das er vor Jahren während des Truppentransports in Richtung Mond schon einmal geführt hatte. »Pablo DeSoto und ich haben auch einmal darüber gesprochen, wie grundverschieden wir beide doch aufgewachsen sind. Sie erinnern sich noch an Pablo, nicht wahr, Mendo?«

»Natürlich, Sir.« Corporal DeSoto war in der frühen Phase des Mondkriegs ums Leben gekommen, als ihn ein schweres Artilleriegeschoss getroffen hatte. Von seinem Körper war nichts übrig geblieben, das seine Freunde hätten betrauern können. »Dann verstehen Sie mich? Ihre frühen Erfahrungen mit dieser Entscheidungsfreiheit bedeuteten, dass Sie schließlich handeln konnte, als Sie das für notwendig hielten, während von uns niemand dazu fähig gewesen wäre, da Gehorsam für uns ein Teil des Lebens ist. Anders als bei uns fehlt es Ihnen an diesem Reflex, Autoritätspersonen automatisch zu respektieren und sich ihnen unterzuordnen.«

»Ich bin ein Amerikaner. Wollte ich grundlos Autorität respektieren, wäre ich alles, nur kein Amerikaner.« Für Stark ergab das auf die Weise einen Sinn, mit der eine Sache nicht nur zu einem Anlass passte, sondern sich auch noch richtig anfühlte. *Ich bin nichts Besonderes, aber ich bin ja wirklich anders aufgewachsen. Ist uns tatsächlich etwas ab-*

handengekommen, als das Militär so professionell wurde,
dass die Menschen nur noch in diese Welt hineinwachsen
konnten? Haben wir dadurch die Fähigkeit verloren, auch
mal »Nein« zu sagen, wenn es erforderlich ist? Zielt das
ganze Gerede vom »Bürger in Uniform« genau darauf ab?
Geht es darum, dass man Leute im Mil braucht, die die Vor-
gesetzten dann zum Teufel schicken können, wenn es wirk-
lich darauf ankommt? Oder die den Vorgesetzten zumin-
dest sagen, dass so etwas passieren wird, wenn sie von ihren
Leuten zu viel verlangen?

»Belassen wir es für den Moment dabei. Sie sprachen von zwei Dingen. Eines bin ich, aber was ist das zweite?«

»Technologie. Die Kommando- und Kontrollsysteme, die es jedem ermöglicht haben, sich über Ihr Handeln auf dem Laufenden zu halten.« Mendoza beugte sich vor und zeichnete mit dem Zeigefinger Muster in die Luft, als hätte er ein HUD vor sich. »Bei Syrakus hätte ein einzelner, weit unten angesiedelter Anführer innerhalb der athenischen Arme nichts bewirken können. Seine Einheit wäre ihm gefolgt, ein paar Soldaten in einer riesigen Armee. Aber niemand sonst hätte etwas von seiner Vorgehensweise und seinen Befehlen mitbekommen. Diese eine, kleine Einheit hätte keinesfalls überlebt. Hier dagegen konnten alle Soldaten fast in Echtzeit miterleben, wie Sie das Kommando übernahmen, weil durch die Kommunikationssysteme jeder Soldat mit allen anderen vernetzt ist.«

»Sicher, unsere Kommando- und Kontrollsysteme sind so entworfen, dass die höherrangigen Commander ihren Untergebenen jede einzelne Handbewegung vorschreiben können. Und genau so sind die Systeme von den Seniorof-fizieren ja auch genutzt worden, die der Meinung waren, je-dem Untergebenen vorschreiben zu müssen, was er wie tun soll. Aber wir haben schon vor langer Zeit herausgefunden, wie wir diese Systeme für unsere eigenen Zwecke nutzen können.« Stark wusste nicht, welche Sergeants die Ersten gewesen waren, die versteckte Komm-Kanäle in die Kommando- und Kontrollsysteme geschleust hatten, damit die Senior-Unteroffiziere sich untereinander austauschen konnten, ohne dass die Offiziere davon etwas mitbekamen. Solche Tricks, zu denen auch der unerlaubte Zugriff auf Scans der Kommandoebene gehörte, hatten bereits zur Verfügung gestanden, als Stark zum ersten Mal mit diesen Systemen in Berührung gekommen war.

»Eben. Und das gab Ihnen die Möglichkeit, die starre Befehlskette zu umgehen und Ihr Handeln unmittelbar mit den Befehlshabern anderer kleiner Einheiten ringsum Sie abzustimmen. Diese Kommando- und Kontrollsysteme können von sämtlichem Junior-Personal genutzt werden, die damit alles in Erfahrung bringen können, was früher einmal nur den hochrangigsten Offizieren vorbehalten gewesen war. Es erlaubt ihnen auch, extrem schnell und flexibel zu reagieren und gleichzeitig das eigene Handeln mit dem der anderen zu koordinieren. So konnten Sie innerhalb von Minuten das Kommando übernehmen, ohne dass es auf Seiten unserer Streitkräfte zu spürbaren Unruhen kam.«

Stark nickte bekräftigend. »Sie wissen ja, dass wir die Kommando- und Kontrollsysteme so eingesetzt haben, um zu testen, ob das so funktioniert.«

»Ja, Sir.« Mendoza begeisterte sich so für das Thema, dass er mit beiden Händen Bilder in die Luft malte. »Ich habe mich umfassend mit Ihren Innovationen bei den Taktiken und Abläufen beschäftigt, die sie in die Kämpfe einfließen lassen. Es ist fast so wie bei den römischen Legionen, als die den Gipfel ihrer Fähigkeiten erreicht hatten. Deren Taktiken legten großen Wert auf eine offene, flexible Aufstellung, die in der Lage war, sich an jede Formation anzupassen, mit der der Gegner sie konfrontierte. Die Feinde Roms versteiften sich demgegenüber auf starre Formationen, die nur funktionieren konnten, wenn der Gegner in einem ebenso starren Rahmen agierte.« Er wurde allmählich ruhiger. »Erinnern Sie sich an die Zeit, gleich, nachdem Sie das Kommando übernommen hatten, als der Feind unsere Reihen zu durchbrechen drohte? Sie konnten unsere Truppen entlang der Front an allen Positionen gleichzeitig reagieren lassen. Verstehen Sie, Commander? Früher wäre so etwas gar nicht möglich gewesen. Die Tatsache, dass es hier zur Anwendung kommen konnte, ist der einzige Grund, wieso die Kolonie noch steht.«

Stark schaute in eine dunkle Ecke des Raums. »Ich glaube, Sie haben recht. Wir standen ohnehin auf sehr wackligen Beinen. Die Erste Division hatte schon zu lange hier oben gekämpft. Als wir dann noch mitansehen mussten, wie die Dritte Division durch den Fleischwolf gedreht wurde, waren wir eigentlich längst bereit, einfach alles hinzuschmeißen. Hätte der Feind einen massiven Angriff gegen uns folgen lassen, hätten wir ihn nicht mehr zurückhalten können, weil uns einfach völlig egal gewesen wäre, was als Nächstes geschieht.« Er musste an den Vorstoß des Feindes denken, kurz nachdem er das Kommando übernommen hatte. Es war ihm beinahe gelungen, die Verteidigungslinie ein für alle Mal zu durchbrechen, daher war es von solch entscheidender Bedeutung gewesen, die Truppen zur Gegenwehr zu motivieren. Fast hätte das Starks Fähigkeiten überstiegen. »Hätte Amerika die Dritte und gleich darauf die Erste Division verloren, wären das nahezu zwei Drittel der verfügbaren Bodenstreitkräfte gewesen. Ganz zu schweigen von all den Schiffen, die womöglich bei dem Versuch zerstört worden wären, Personal zu evakuieren oder in letzter Minute doch noch die Kolonie zu retten. Mit der ganz sicher folgenden Auslöschung der Kolonie wäre es mit der Konjunktur schlagartig talwärts gegangen, nicht gemächlich, wie es derzeit der Fall ist. Es wäre wie bei den Athenern gelaufen, nicht wahr? Sie wollten zu viel, setzten zu viel dafür ein, und am Ende bekamen sie einen Tritt in den Hintern verpasst. Daraufhin konnte sich der Rest der Welt bei ihnen holen, was er haben wollte.«

»Ich glaube, ja, Commander. Solange der Status der amerikanischen Streitkräfte auf dem Mond unklar ist, solange niemand weiß, in welche Richtung die Loyalität der Kolonie ausschlagen wird, solange kann der Rest der Welt keine Schwäche ausmachen, die markant genug wäre, um die letzte Supermacht der Erde vom Thron zu stoßen. Alles in allem glaubte mein Vater, dass Ihr Handeln die Vereinigten Staaten vor der Überdehnung bewahrt hat. Aber dieses Handeln hätte allein gar nichts bewirkt, wären da nicht die modernen Kommando- und Kontrollsysteme gewesen.«

Wie so vieles, was von Lieutenant Mendoza und seinem Sohn ausgeführt wurde, ergab das alles durchaus einen Sinn. Das einzige gravierende Problem, das Stark damit hatte, war die Rolle, die er dabei spielte. *Dann bin ich hier der große Held? Der die Kolonie und das ganze Land und all seine Kameraden gerettet hat?* Nach einer erfolgreich verlaufenen Aktion hatte er manchmal dieses Gefühl empfunden, das Gleiche jederzeit wieder leisten zu können, weil der Sieg so wunderbar süß schmeckte, dass eine Niederlage schlicht undenkbar war. *Ich brauche niemanden, der mich auch noch dazu ermutigt, so zu denken. Aber ich kann doch unmöglich der Einzige oder der Erste sein, dem solche Gedanken durch den Kopf gehen.* »Mendo, Sie kennen sich doch gut in Geschichte aus, auch abseits von dem ganzen griechischen Zeugs. Es hat doch sicher viele Generäle gegeben, die so gut wie jede Schlacht gewonnen haben, nicht wahr? Was ist aus denen geworden?«

»Ich bin mir nicht sicher, ob ich Ihre Frage verstehe, Sir.«

»Ich meine zum Ende hin«, versuchte Stark, konkreter zu werden. »Diese Generäle waren gut. Jedenfalls gut genug, um Schlachten zu gewinnen. Aber was hat sich in den letzten Kapiteln ihres Lebens abgespielt?«

»Ah, ich verstehe.« Mendoza zog die Augenbrauen zusammen, während er über die Frage nachdachte. »Im Wesentlichen kann man diese Generäle in zwei Kategorien einteilen, Commander Stark. Einige feiern jeden Sieg, aber dann hören sie auf einmal auf. Irgendetwas hält sie davon ab, es zu übertreiben. General George Washington gehörte dazu. Er war keineswegs der brillanteste Befehlshaber aller Zeiten, aber er kannte seine Grenzen, und so gewann er seinen Krieg. Danach verweigerte er zahlreiche Gelegenheiten, die ihn zum Diktator oder zum König der Vereinigten Staaten gemacht hätten.«

»Kein Wunder, dass er unsere Geldscheine ziert. Was ist mit der zweiten Kategorie?«

»Dazu gehören Generäle wie Napoleon oder Alexander oder auch Julius Cäsar. Sie siegten in der einen Schlacht und strebten gleich nach der nächsten, weil sie immer mehr Eroberungen verbuchen wollten, um ihren Ruhm beständig zu erweitern und Titel um Titel zu sammeln. Irgendwann war dann der Bogen überspannt. Napoleon ernannte sich zum Kaiser, dann verlor er in Russland so viele Soldaten, dass er sich von diesem Tiefschlag nie mehr erholte. Alexander trieb seine Soldaten weiter und weiter in die letzten Winkel der erforschten Welt, bis die Leute schließlich meuterten, weil sie zurück nach Hause wollten. Alexanders Reich war so riesig, dass es nicht zusammengehalten werden konnte und mit seinem Tod auch prompt zerfiel. Und Cäsar war dabei, sich zum Diktator aufzuschwingen, als er von denjenigen ermordet wurde, die sich vor seinem Ehrgeiz fürchteten.«

»Hm.« Stark saß da, starrte gedankenverloren vor sich hin und erinnerte sich an Bruchstücke von namenlosen Kämpfen auf namenlosen Schlachtfeldern. »Das sind die zwei Alternativen? Entweder ist man so von sich eingenommen, dass man sich übernimmt und daran scheitert, oder man nimmt Vernunft an und hält sich davon ab, alles zu tun, was man tun könnte. Das ist so wie mit dem nächsten Berg, wie? Früher oder später hört man damit auf, auch noch den nächsten Berg bezwingen zu wollen, oder aber man macht weiter, bis man irgendwann abstürzt.« Wieder grübelte er eine Weile. »So wie die Athener.«

»Ja, Commander, genauso wie die Athener.«

»Man sollte meinen, dass es mit dem Kriegführen das Gleiche ist wie mit jedem anderen Job. Je länger man ihn ausübt, desto besser wird man darin. Aber so läuft das nicht, richtig?«

Private Mendoza nickte bedächtig. »Clausewitz erklärt das mit der Reibung.«

»Reibung?«

»Ja, das ist der Begriff, mit dem Clausewitz die vielen Probleme bezeichnet, die jedem Commander zu schaffen machen. Alle Schwierigkeiten, die falsch ausgeführten oder falsch verstandenen Befehle, das Versagen von Ausrüstung, unvorhersehbare Ereignisse, die unberechenbaren Aktionen des Feindes, selbst das Wetter. Reibung umfasst im

Grunde einfach alles, was den theoretischen Krieg von der praktischen Kampferfahrung unterscheidet.«

»So was wie diese Meuterei, die vom Fünften Bataillon angezettelt worden ist? Niemand hatte so was kommen sehen.«

»Richtig. Solche Dinge gehören dazu.«

Stark nickte und atmete seufzend aus. »Tja, solche Dinge nehmen einfach nie ein Ende. Und früher oder später wird einem davon etwas so zwischen die Beine geworfen, dass man strauchelt und hinfällt.« *Ich muss bloß den Mut aufbringen, den einen oder anderen Berg links liegen zu lassen. Hört sich so einfach an. Aber ich bin mir sicher, dass schon bessere Commander als ich sich vorgenommen haben, nur noch diesen einen Berg zu bezwingen.* »Reden Sie immer noch mit Ihrem Dad, Mendo?«

Private Mendoza zog unwillkürlich den Kopf ein wenig ein, um sich keine Gefühlsregung ansehen zu lassen, als er auf seinen Vater Lieutenant Mendoza angesprochen wurde, der bei der Verteidigung dieses Gebäudes sein Leben verloren hatte. »Ich bete jeden Abend.«

»Gut. Dann richten Sie Ihrem Dad von mir aus, dass Sie verdammt gut darin sind, seinem Commander genau im richtigen Moment den Kopf zu waschen, damit er wieder klar denken kann.«

»Danke, Sergeant ... oh, tut mir leid ... danke, Commander.«

»Reden Sie mich so an, wie es Ihnen recht ist. Ich mag es, mit Sergeant angeredet zu werden ...« Der Rest blieb unausgesprochen, da eine Stimme aus seiner Komm-Einheit ertönte.

»Commander Stark? Hier ist das Kommandozentrum. Oben bahnt sich eine Situation an, die Sie sich vermutlich ansehen wollen.«

»Eine Situation?«

»Oben« bezog sich auf etwas hoch über der Mondoberfläche, mindestens im Orbit, womöglich auch noch höher. »Erzählen Sie mehr.«

»Es sieht danach aus, als wollten sich ein paar Ziv-Shuttles an der Blockade vorbeischleichen.«

Stark nickte verstehend. Es gab verschiedene Waren, mit denen man Spitzenpreise erzielen konnte, wenn es gelang, sie in die Kolonie zu schmuggeln. Genauso gab es einige Dinge, die wertvoller waren als ihr Gewicht in Gold, wenn man sie vom Mond wegzuschaffen vermochte. Ganz zu schweigen von den Bestellungen für notwendige Ersatzteile, die man sehr dezent an Stellen platzieren musste, wo sie von den Schwarzhändlern entgegengenommen wurden. »Es kann aber gut sein, dass sie es nicht schaffen. Die Navy hat sie entdeckt und schreitet ein.«

Das konnte zu allen möglichen Problemen führen, unter anderem auch dazu, dass die Kriegsschiffe der Navy bei der Verfolgung in die Reichweite der Antiorbital-Waffensysteme gerieten. »Verstanden«, sagte Stark. »Ich bin schon auf dem Weg.« Dann wandte er sich an Private Mendoza. »Mendo, es tut mir leid, aber ich muss Sie jetzt wegschicken. Das hier sieht nach noch einer weiteren Portion Reibung aus. Danke, dass Sie hergekommen sind, danke auch für alles, was Sie da herausgefunden haben. Damit werde ich noch eine ganze Weile beschäftigt sein.« Nachdem Mendoza gegangen war, zögerte Stark einen Moment, da die Macht der Gewohnheit ihn dazu bringen wollte, seine Gefechtsrüstung anzulegen. Doch dann schüttelte er nachdrücklich den Kopf. *Die brauche ich nicht, wenn irgendwas im Orbit los ist. Außerdem laufen solche Vorfälle immer verdammt schnell ab, weshalb ich mich besser beeilen sollte.*

Das große Hauptdisplay im Kommandozentrum war auf die »Situation« im Weltall ausgerichtet. Stark veränderte die Einstellung so, dass er auch die Mondoberfläche und ihr Verhältnis zu den Raumfahrzeugen zu sehen bekam, die als kleine Symbole mit scheinbarem Schneckentempo durch die dunkle Leere krochen. Gerade hatte er sich auf Shuttlesymbole konzentriert, da kam Sergeant Tran zu ihm und nickte zum Gruß.

»Commander Stark, diese Shuttles werden Schwierigkeiten bekommen, wenn sie hier landen wollen. Sehen Sie die Kriegsschiffe dort?« Größere Symbole markierten die Kampfschiffe der Navy, für die auch immense Beschleunigungsvektoren angezeigt wurden. Die berechneten Flugbahnen kreuzten nach einer nicht allzu langen Strecke die der Shuttles.

»Ja«, bestätigte Stark, »sieht ganz danach aus, dass die Kriegsschiffe die Shuttles einholen werden, noch bevor unsere Orbitalverteidigung sie beschützen könnte.« Sekundenlang betrachtete er die Flugbahnen der Shuttles, dann stutzte er. *Irgendwas stimmt doch da nicht. Aber was? Oh, ja, genau.* »Tran, diese Shuttles müssen doch wissen, dass die Navy sie entdeckt hat, oder nicht?«

»Auf jeden Fall. Solche Kriegsschiffe kann man nicht übersehen, und erst recht nicht, wenn sie so angerast kommen.«

»Wenn ihnen also klar ist, dass die Navy sie entdeckt hat, warum beschleunigen sie dann nicht? Warum versuchen sie nicht, in den Schutz unserer Orbitalverteidigung zu gelangen?«

Tran stutzte. »Gute Frage.«

»Wissen wir etwas darüber, was sie an Bord haben?«

»Nein, Sir. Wir haben die Shuttles im Kommandosystem

überprüft, gleich nachdem wir sie entdeckt hatten. Es gibt keinerlei Informationen über sie.«

Etwas an dieser Antwort kam Stark seltsam vor, obwohl es keinen vernünftigen Grund dafür gab. Immerhin erzählten Shuttles, die eine Blockade durchbrechen wollten, niemandem im Voraus von ihrem Kommen, und erst recht verbreiteten sie nicht, welche Fracht sie an Bord hatten. *Aber etwas stört mich hier. Diese Shuttles verhalten sich nicht so, wie sie es eigentlich sollten. Vielleicht sind das ja trojanische Pferde. Unter Umständen spielen sie uns nur was vor, damit wir nicht das Feuer auf sie eröffnen, und die Navy tut nur so, als würde sie die Shuttles verfolgen. Aber warum versuchen sie dann nicht, überzeugender aufzutreten?* »Tran, informieren Sie Vic Reynolds, damit sie weiß, was hier los ist. Und bitten Sie Chief Wiseman, mit ihren bewaffneten Shuttles in Bereitschaft zu gehen.«

Sergeant Tran sah Stark überrascht an. »Sir? So was kommt von Zeit zu Zeit schon mal vor. Diese spezielle Situation entspricht zwar keiner Routine, aber …«

»Ich weiß. Nennen Sie es Erfahrung oder was auch immer, auf jeden Fall stimmt da irgendwas nicht. Ich will, dass wir bereit sind, zu reagieren, sollten wir reagieren müssen.« Tran nickte und führte den Befehl aus. *Jetzt hat Wiseman noch ein Bier bei mir gut.*

Die Kriegsschiffe der Navy hatten noch stärker beschleunigt, sodass der Abfangpunkt sich noch ein Stück weiter aus der Reichweite der orbitalen Verteidigungsanlagen entfernt hatte. Aus unerfindlichen Gründen reagierten die Shuttles darauf bislang jedoch nicht. Stark betrachtete das Display so konzentriert, dass er Vics Ankunft erst bemerkte, als sie bereits neben ihm stand und fragte: »Was ist los?«

»Das, was du da siehst.« Stark zeigte auf das Display. »Shuttles, die die Blockade durchbrochen haben und die anscheinend von der Navy gejagt werden.«

»Das sehe ich. Daran ist nichts ungewöhnlich. Ungewöhnlich ist nur, dass du unsere bewaffneten Shuttles in Alarmbereitschaft versetzt hast.«

»Ja, ich weiß.« Stark rieb sich das Kinn. »Irgendwas passt da nicht zusammen. Diese Shuttles fliegen nicht vor den Kriegsschiffen davon, obwohl sie das eigentlich müssten, richtig?«

»Ich würde es an ihrer Stelle jedenfalls tun.«

»Vielleicht haben sie ja irgendwelche empfindliche Fracht an Bord. Etwas, das einer plötzlichen Beschleunigung nicht standhalten würde. Ich wünschte, ich wüsste, was sie befördern.«

»Egal, was es ist, es kann ersetzt werden«, meinte Vic achselzuckend.

»Commander?«, meldete sich eine der Wachhabenden zu Wort. »Der Koloniemanager ist in der Leitung. Er sagt, es ist sehr dringend.«

»Na, großartig, noch eine Komplikation mehr …«, murmelte Stark und nahm das Gespräch an. »Stark hier.«

»Sergeant, ist Ihnen bekannt, dass mehrere Shuttles gerade zu landen versuchen?«, fragte Campbell hastig und ohne Vorrede.

»Ja, wir beobachten sie in diesem Moment.« Die Symbole krochen förmlich über das Hauptdisplay, an einer Seite war nur ein Hauch von Mondoberfläche zu sehen, da sich der Ausschnitt veränderte, um die Gesamtsituation darstellen zu können. »Ich würde allerdings keine Wetten darauf abschließen wollen, wie die Chancen stehen, heil zu landen. Da sind mehrere schwere Einheiten der Navy unterwegs, um sie abzufangen, und nach unseren Berechnungen werden sie die Shuttles erreicht haben, bevor wir ihnen Feuerschutz geben können.«

»Das sagen unsere Orbitalsysteme auch, aber da stimmt etwas nicht. Diese Navy-Schiffe sollten die Shuttles passieren lassen.«

Stark verkniff sich eine giftige Bemerkung und starrte Campbell stattdessen nur einen Moment lang wütend an. »Wieso? Wollen Sie etwa sagen, dass diese Shuttles offiziell angekündigt waren?«

»Ja, natürlich. Sie wissen ja, dass wir mit der Regierung verhandeln. Diese Gruppe Shuttles hat eine Freigabe erhalten, aber die Kriegsschiffe der Navy verhalten sich, als hätten sie die Blockade unerlaubt durchbrochen. Ich bin in großer Sorge.«

»Das bin ich auch. Wenn diese Shuttles eine Freigabe haben und ihr Besuch offiziell angekündigt ist, wieso wissen meine Leute dann nichts davon?«

»Sie wissen nichts …? Ich … habe keine Erklärung dafür. Die Unterhändlergruppe der Regierung wurde zwar vor einer Weile neu organisiert, aber die hätten eigentlich …«

»Mr. Campbell, meine Leute wissen nichts über diese Shuttles. Wenn das Militär hier unten nicht informiert wurde, kann man wohl davon ausgehen, dass das Militär da oben auch nichts weiß. Deshalb nimmt die Navy an, dass diese Shuttles die Blockade durchbrechen wollten, und reagiert entsprechend. Sagen Sie diesen Shuttles, sie sollen den Kriegsschiffen erklären, was passiert ist. Vielleicht müssen sie dann ein paarmal um den Mond fliegen, ehe sie landen können, aber …«

»Sie haben bereits versucht, der Navy zu erklären, dass sie in einer offiziell genehmigten Mission unterwegs sind!

Aber die Kriegsschiffe halten weiter auf sie zu. Sie wissen, dass sie dazu berechtigt sind, jedes Shuttle zu zerstören, das die Blockade zu durchbrechen versucht.«

»Die werden doch niemanden abschießen, der sich ergeben will.« *Oder doch? Wie lauten deren Befehle?*

»Die Shuttlepiloten glauben, dass sie das durchaus machen könnten. Sie haben Angst. Solche Angst, dass sie nicht anhalten wollen.«

Stark schaute hilfesuchend zu Vic, doch die konnte nur die Hände spreizen, da sie keine Ahnung hatte. »Sir, ich weiß nicht, was ich …«

»Sergeant.« Campbell bemühte sich sichtlich, langsam und wohlüberlegt zu reden. »Die ›Fracht‹ auf diesen Shuttles besteht aus Menschen. Verwandte von Leuten hier in der Kolonie, die ihren Ehemann oder ihre Ehefrau wiedersehen wollen, ihre Väter und Mütter. Verstehen Sie, was ich sagen will?«

»Oh, verdammt. Die Shuttles transportieren Ziv-Passagiere? Mit Kindern und allem anderen?«

»Ja, Sergeant.«

»Und Sie wussten, dass die jetzt herkommen?«

Campbell kniff kurz die Augen zu. »Jeder sollte darüber informiert worden sein.«

»Tja, das ist eine verdammt böse Überraschung, Sir. Nur damit das allen klar ist: Jemand hat vergessen, den Leuten Bescheid zu geben, die mit den Waffen hantieren, und das führt jetzt zu einigen ernsten Problemen. Also gut, dann lasse ich mal meine Shuttles starten.« Er machte eine Geste und hob die vier Symbole hervor, die seine eigene kleine Flotte darstellten. Dann drehte er den Daumen nach oben. Reynolds nickte und erteilte den Shuttles auf einem anderen Kanal den Startbefehl. »Allerdings stehen die Chancen schlecht. Diese Kriegsschiffe sind auf Abfangkurs und werden die Shuttles an einem Punkt einholen, der von unserer Orbitalverteidigung nicht mehr erreicht wird. Meine Shuttles können nichts dagegen unternehmen. Ich kann nur versuchen, dass sie die Aufmerksamkeit auf sich lenken, während Ihre Shuttles versuchen, mit den Navy-Oberen zu reden, damit die ihre Leute zurückpfeifen.«

»Ich habe verstanden. Bitte, Sergeant, beschützen Sie sie.«

Einen Moment lang stand Stark einfach nur da und schwankte zwischen Verärgerung über dieses Missverständnis und Erstaunen über den flehenden Tonfall des Mannes. Schließlich nickte er. »Das ist unser Job, Sir. Wir werden unser Bestes geben. Aber unsere Chancen sähen wesentlich besser aus, wenn wir im Voraus gewusst hätten, dass diese Shuttles hierher unterwegs sind.«

»Das ist mir klar.«

Vic schaute drein, als hätte sie auf etwas Saures gebissen. »Ich hatte mich wohl geirrt. Manche Fracht kann man doch nicht einfach so ersetzen. Ich möchte nur wissen, welcher Idiot vergessen hat, uns zu sagen, dass da Kinder an Bord sind.«

»Frag mich was Leichteres. Wenn das alles vorbei ist, werde ich mir den Idioten vornehmen. Im Moment haben wir Wichtigeres zu tun.«

»Hey«, meldete sich Chief Wiseman. »Was ist los? Müssen wir diese Schmuggler in Sicherheit bringen?«

»Es sind keine Schmuggler, Chief«, erwiderte Stark. »Es ist ein offizieller abgesegneter Flug, nur ist darüber niemand informiert worden. Deshalb werden sie von der Navy gejagt. Kann sein, dass wir sie retten müssen. Geht das überhaupt?«

»Nein, das geht nicht. Meine Shuttles können keine Kreuzer aufhalten.«

»Chief, an Bord der Shuttles sind Zivs. Zivs vom Typ Familie mit Kindern.«

»Ach, verflucht! Dann sollten sie sofort kapitulieren. Wenn wir gute Chancen hätten, würde ich das anders sehen, aber so ...«

»Roger. Die Zivs versuchen ja, die Kriegsschiffe zum Umkehren zu bewegen, aber sie sind besorgt, weil sie die Befehle der Navy betreffs eindringender Shuttles kennen.«

»Ja, da wäre ich auch besorgt. Der Befehl lautet, dass jedes Schiff zerstört wird, das die Blockade durchbricht.«

»Genau. Also rauf mit Ihnen. Für alle Fälle. Vielleicht können Sie ja irgendwelche Störmanöver fliegen, damit diese Shuttles in den Schutz unserer Orbitalverteidigung gelangen.«

»Ich hoffe, dass es nicht dazu kommt. Wir sind jetzt auf dem Weg. Oh Mann, ich werde für so viele Beschleunigungen allmählich zu alt.«

Stark grinste, wurde aber gleich wieder ernst, als er das Display betrachtete. Die Beschleunigungsvektoren der zivilen Shuttles hatten mit einem Mal einen Satz nach vorn gemacht, da jemand den Hauptantrieb hochgefahren hatte. »Was soll denn das? Da ist irgendwer in Panik geraten! Diese Idioten versuchen, vor den Navy-Schiffen davonzufliegen. Tran, fragen Sie Campbell, ob er mit irgendjemandem auf Regierungsseite hat sprechen können. Wenn diese Kriegsschiffe nicht bald zurückgepfiffen werden, haben wir ein großes, hässliches Problem am Hals.«

»Da passiert was«, sagte Vic und zeigte auf das Display. »Feuern diese Kriegsschiffe Projektile ab?« Ein halbes dutzend kleine Objekte hatten sich von jedem der Navy-

Kreuzer gelöst und beschleunigten noch schneller als die Kriegsschiffe in Richtung der Shuttles. Das Gefechtsidentifizierungssystem versah jedes Objekt umgehend mit einem Symbol, das nichts weiter als »Unbekannt« besagte.

»Negativ«, antwortete der Wachhabende für die Orbitalsysteme. »Ich versuche, die Objekte zu identifizieren, aber für Torpedos sind sie viel zu groß.«

»Vielleicht schicken die Kreuzer ja ihre eigenen bewaffneten Shuttles los«, überlegte Vic.

»Für Shuttles sind sie wiederum zu klein«, wandte der Wachhabende ein. »Und es sind zu viele. Kein Kreuzer hat so viele Shuttles an Bord.«

»Was soll es dann sein?«, wollte Stark wissen. »Chief Wiseman?«

»Ja.« Über den Komm-Kanal klang sie so, als würde sie neben ihm stehen. Stark musste sich vor Augen halten, dass sie in diesem Moment in Wahrheit auf dem Weg in den Orbit war. »Was wird da von den Kreuzern abgefeuert?«

»Ich hatte gehofft, Sie würden uns das sagen können.«

»Tut mir leid, aber so was habe ich noch nie gesehen. Und meine Gefechtssysteme können diese Dinger auch nicht identifizieren.«

Stark betrachtete mit finsterer Miene die Symbole der seltsamen Flugobjekte, die eine streng geordnete Formation einnahmen, während sie ihre Mutterschiffe hinter sich zurückließen. *So was hab ich doch schon mal gesehen. Was war das? Etwas an der Art, wie sie sich bewegen … verdammt!* »Vic, warst du eigentlich bei der Operation Eissturm mit dabei?«

»Zum Glück nicht. Ich habe nur gehört, dass es die Hölle gewesen sein muss. Wieso?«

»Weil mich die Flugbewegungen dieser neuen Schiffe an

etwas erinnern«, antwortete er und zeigte auf die Symbole, die sich den Shuttles näherten. »Die Air Force hat damals neue, unbemannte Flugzeuge getestet. Das Neueste und Größte, was es zu der Zeit gab. Roboterschiffe mit einer besonders schmalen und verschlüsselten Funkverbindung. Ein paar stürzten ab, andere wurden abgeschossen, weil sie die eigenen Leute angriffen, und den Rest hat der Feind vom Himmel geholt. Die bewegten sich ganz genauso.«

Vic schaute auf das Display. »Genau wie die … Bist du dir sicher?«

»Oh ja. Absolute Präzision. Als sie in Formation gingen, war da kein Zögern und kein Korrigieren zu sehen.«

»Also Navy-Metallköpfe. Autonome Roboterkämpfer für den Einsatz bei Gefechten im All. Ich schätze, davon hat dein rätselhafter Freund nichts gewusst.«

»Das kann ich ihm nicht zum Vorwurf machen.« Stark öffnete erneut den Kanal zu Wiseman. »Chief. Was die Kreuzer da abgefeuert haben – das sind Metallköpfe.«

»Was? Sind Sie sich sicher?«

»So sicher, wie ich mir sein kann, ohne einen von denen aufzubrechen.«

»Oh Mann. Das ist ja mal übel, Schlammkriecher. Das ist richtig übel.«

Stark stutzte, als er feststellte, dass sich die Kurs- und Geschwindigkeitsvektoren von Wisemans Shuttles auf einmal verschoben und dabei länger wurden.

»Gehen auf Abfangkurs«, meldete sie.

»Abfangkurs? Negativ, Chief. Abbrechen. Mit vier Shuttles können Sie es nicht mit diesen Dingern aufnehmen!«

»Das weiß ich selbst. Aber diese Dinger sind auf dem Weg zu Shuttles, in denen Kinder sitzen, oder nicht? Also muss ich sie aufhalten.«

»Wir versuchen ja gerade, Ordnung in dieses Durcheinander zu bringen, Chief. Die Navy wird den Angriff abbrechen, wenn klar wird, dass da Kinder an Bord sind. Es gibt keinen Grund …«

»Irrtum«, unterbrach ihn Wiseman. »Bei allem Respekt, Sir, aber ich gehe davon aus, dass die Metallköpfe der Navy von der gleichen Art sind wie die, die am Boden eingesetzt werden sollen. Das heißt, es gibt keine Verbindung, über die man sie kontrollieren könnte. Also haben wir es mit freilaufenden Metallköpfen zu tun, die den Auftrag haben, diese Shuttles anzugreifen. Glauben Sie wirklich, die verstehen die Worte ›Wir kapitulieren!‹?, Sir?«

»Oh mein Gott.«

Stark sah zu Reynolds, die aufgebracht den Kopf schüttelte. »Sie hat recht, Ethan. Diese Zivs werden von Dingern angegriffen, die intelligent genug sind, um sie zu töten, die aber vermutlich gleichzeitig zu dumm sind, sie nicht zu töten, wenn es nicht sein muss. Vielleicht haben die Shuttles ja deswegen beschleunigt. Vielleicht haben sie Gerüchte über diese Dinger gehört. Oder sogar Berichte, die mehr als Gerüchte sind.«

»Campbell sagte, die Piloten hätten Angst. Jetzt kennen wir den Grund dafür. Tran!« Stark wirbelte herum, während er seinen Befehl erteilte: »Wir können nicht länger darauf warten, dass die Kriegsschiffe auf dem offiziellen Weg von den Shuttles erfahren. Stellen Sie eine direkte Verbindung zu den Kreuzern her. Sagen Sie ihnen, in den Shuttles sitzen nur Zivs, einige davon Kinder. Sagen Sie ihnen auch, dass die Shuttles offiziell angekündigt sind, wir aber trotzdem von ihnen erwarten, dass sie sich ergeben. Die müssen sofort diese Metallköpfe zurückholen.«

»Ja, Sir, wird sofort erledigt. Wir werden die universelle

Notruffrequenz nehmen.« Diese Frequenz war lebensbedrohlichen Notfällen vorbehalten, doch was da draußen geschah, fiel unbestritten in ebendiese Kategorie.

Stark atmete tief durch und versuchte, seinen plötzlich mit Adrenalin vollgepumpten Körper zur Ruhe zu zwingen. *Von hier aus sind mir die Hände gebunden. Ich kann nur eine Nachricht an die richtigen Leute schicken und hoffen, dass sie auch das Richtige tun werden.* »Vic, ruf Campbell an und sag ihm, was hier los ist. Wenn er jemanden kennt, der dafür sorgen kann, dass diese Shuttles ihren Fluchtversuch abbrechen, dann soll er denjenigen dazu bringen, sofort was zu unternehmen.« Die Abfangvektoren verschoben sich jetzt nur minimal, da die Geschwindigkeit der Metallköpfe garantierte, dass sie die Shuttles einholen würden, wenn die noch weit von den Orbitaleinrichtungen entfernt waren.

»Ist das wirklich die beste Empfehlung?«, überlegte Vic. »Wenn man bedenkt, womit sie es zu tun haben, sitzen sie womöglich genau auf dem Präsentierteller, wenn sie dieser Aufforderung nachkommen.«

»Ich weiß es nicht. Aber wenn sie sich ergeben, sollten die Kreuzer ihnen helfen und sie vor den Metallköpfen beschützen.«

»Commander«, meldete Sergeant Tran. »Der zivile Raumhafen meldet, dass die Shuttles den Empfang des Befehls bestätigen, nicht länger vor der Navy davonzufliegen. Allerdings weigern sie sich, den Kurs zu ändern. Die Navy-Schiffe haben unsere Nachricht definitiv empfangen, aber bislang nicht darauf reagiert.«

»Das könnte unglaublich übel ausgehen«, murmelte Vic. »Sind diese Shuttlepiloten Idioten oder Angsthasen oder was?«

»Womöglich von allem etwas. Aber wenn ich mir vorstelle, die Dinger würden mich verfolgen … Tran, was hat Campbell gesagt?«

»Er sagt, er droht den Shuttlepiloten damit, dass er sie verhaften und ihre Schiffe beschlagnahmen lassen will, wenn sie sich nicht der Navy ergeben. Aber er glaubt auch, dass sie trotzdem versuchen werden, den Metallköpfen zu entkommen. Er sagt, die Piloten hören sich an, als würden sie Todesängste ausstehen, und sie flehen darum, dass wir sie beschützen.«

»Warum haben sie mit Kindern an Bord überhaupt erst die Flucht angetreten? Hätten sie das nicht gemacht, wäre die Navy wohl kaum auf die Idee gekommen, ihnen die Metallköpfe auf den Hals zu hetzen. So dumm, so unsagbar dumm, das Ganze. Wenn ich diese Kerle in die Finger bekomme … und gleich danach die Pfeifen, die es versäumt haben, allen Beteiligten wegen dieser Shuttles Bescheid zu geben.«

»Zumindest hat es den Anschein, als würde sich Campbell persönlich verantwortlich fühlen.«

»Davon hat jetzt auch keiner was.«

»Die Kreuzer senden etwas«, berichtete Tran. »Ich kann es aber nicht auffangen, das Signal ist zu eng gebündelt. Sieht fast so aus, als wollten sie ihre Metallköpfe zurückpfeifen.«

Stark atmete zunächst noch erleichtert auf, doch dann wartete er mit wachsender Unruhe darauf, dass die Roboterkämpfer auf einen neuen Kurs gingen. »Warum brechen die ihre Verfolgung nicht ab?«

»Autonom heißt autonom«, merkte Vic an. »Es ist so, wie wir befürchtet haben. Jemand hat vor langer Zeit mal eine Geschichte über so etwas geschrieben. Fail-Safe hieß sie, wenn ich mich nicht irre. Durch einen Unfall wurde ein

Raketenangriff gestartet und niemand hatte eine Ahnung, wie man diese Raketen zurückrufen sollte.«

»Und was geschah dann?«, fragte Stark ohne den Blick vom Display zu nehmen.

»Ein paar Städte wurden ausgelöscht.«

Neue Symbole erwachten zum Leben, die von einem der Navy-Kreuzer ausgingen. »Was ist denn jetzt los?«

»Dieser Kreuzer dort hat das Feuer eröffnet«, antwortete der Wachhabende für die Orbitalsysteme.

»Diese Mistkerle schießen auf die Shuttles?«

»Nein, Sir. Sie haben ihre eigenen Metallköpfe anvisiert. Sehen Sie die Flugbahn der Geschosse? Sie versuchen die Dinger zu stoppen, indem sie sie zerstören.«

»Ihr Glück.« *Für denjenigen, der das Sagen über den großen Kreuzer hat, kann das keine leichte Entscheidung gewesen sein*, überlegte Stark. *Jeder Commander, dem es in erster Linie um sein eigenes Wohl geht, hätte gewartet, bis die Metallköpfe tatsächlich irgendeinen Schaden angerichtet haben, damit er von einem Untersuchungsausschuss von jedem Vorwurf freigesprochen wurde. Den Kindern in den Shuttles wäre damit allerdings nicht geholfen.* »Landen sie irgendwelche Treffer?«

»Ähm … nein, Sir. Die Chancen stehen auch sehr schlecht. Ihre Waffen jagen den Metallköpfen hinterher. Die relative Geschwindigkeit ist recht niedrig, was es den Metallköpfen leicht macht, die Waffen unschädlich zu machen.« Auf dem Display war zu sehen, wie ein Waffensymbol nach dem anderen erlosch, sobald es den Metallköpfen zu nahe kam.

Die zivilen Shuttles beschleunigten abermals und gerieten damit in den Gefahrenbereich. Wenn sie nicht bald ihr Tempo wieder drosselten, würden sie für eine sichere Landung nicht mehr rechtzeitig abbremsen können.

»Wir gehen dazwischen«, gab Chief Wiseman bekannt, was Stark zusammenzucken ließ.

»Was zum Teufel soll denn das heißen?« Er suchte nach den vier Symbolen, die für die bewaffneten Shuttles standen, und entdeckte ihre Vektoren, die vom Mond zu einer Position aufstiegen, die irgendwo zwischen den davoneilenden Zivilisten und den Metallköpfen lag. »Diese Metallköpfe werden für Ihre Shuttles zu schwer bewaffnet sein. Mit denen können Sie sich nicht anlegen. Es sind zu viele. Brechen Sie die Mission ab und kommen Sie zurück.«

»Tut mir leid, aber den letzten Befehl habe ich akustisch nicht verstanden.«

»Ich sagte Sie sollen zurückkehren!«

»Wie bitte?«

»Wiseman …!«

»Wir haben den Feind erreicht.« Waffensymbole lösten sich von den bewaffneten Shuttles und jagten an den fliehenden Shuttles vorbei, womit die verwirrende Menge an Vektoren auf dem Display noch weiter zunahm. Stark sah, wie sich sämtliche Geschosse auf die beiden vordersten Metallköpfe konzentrierten und deren Verteidigungsfähigkeit überforderten. Detonationen nahmen einen Moment lang die Sicht auf die Ziele, dann verwandelten die sich in zwei sich schnell ausdehnende Sphären aus Metallfragmenten und Gas.

»Das sind zwei weniger«, stellte Tran fest. »Aber sie hat dafür alles aufgebraucht, was sie an Munition an Bord hatte.«

Die verbliebenen Metallköpfe flogen unbeirrt weiter und visierten nach wie vor die zivilen Shuttles an. »Die werden keine Ruhe geben«, murmelte Vic. »Diese verdammten Dinger werden die Ziv-Shuttles verfolgen, bis sie sie endlich erwischt haben.«

Stark sah mit an, wie sich die Beschleunigungsvektoren von drei der vier Shuttles veränderten, da sie von ihrem Kurs abbogen und wieder in Richtung Mond flogen. Das bewaffnete Shuttle mit Chief Wiseman an Bord blieb dagegen auf Abfangkurs zu den Metallköpfen. »Wiseman! Was machen Sie denn da?«

»Ich werde diese Dinger auf mich aufmerksam machen«, gab Wiseman zurück. Ihre Stimme klang angestrengt, da sie dem Druck der starken Beschleunigung ausgesetzt war. »Ich lenke sie von den Ziv-Shuttles ab, bevor sie in Waffenreichweite kommen, was jeden Moment der Fall sein muss.« Im nächsten Moment schien das Symbol für ihr Shuttle doppelt so hell zu leuchten.

Der Wachhabende der Orbitalsysteme sah ungläubig auf sein Display. »Sie ... sie hat alle Schutzmaßnahmen abgeschaltet und sendet auf sämtlichen Frequenzen.«

Stark brauchte keine weitere Erklärung zu dieser Information. »Damit fällt ihr Shuttle auf wie eine Zielscheibe auf einem Schießstand.« Das Überleben in einer Schlacht hing oft davon ab, vom Gegner gar nicht erst bemerkt zu werden. Schutzmaßnahmen sorgten dafür, dass Emissionen aller Art vor den feindlichen Waffensystemen verborgen blieben. Außerdem schaltete man die Bordsysteme passiv, um zu verhindern, dass sie Signale aussandten, die einer Waffe genügten, das gesuchte Ziel zu erfassen. Chief Wiseman sorgte mit ihrer Aktion für das genaue Gegenteil und erzeugte damit ein Maximum an Signalen, die sämtliche Aufmerksamkeit fast zwangsläufig auf ihr Shuttle lenkten.

Vic legte die Hand auf Starks Schulter und kniff die Augen zu. »Das ist ihre Absicht, Ethan. Sie verwandelt ihr Shuttle in ein riesiges Ablenkungsmanöver, damit die Metallköpfe der Navy das Feuer auf sie eröffnen und darüber die zivilen Shuttle vergessen.«

»Ein Ablenkungsmanöver.« Stark ballte hilflos die Fäuste. »Ein Waffenmagnet. Wiseman!«

»Hier.«

»Hören Sie sofort auf! Das ist ein Befehl! Reaktivieren Sie sofort alle Schutzmaßnahmen und verschwinden Sie von da!«

»Ich muss hier meinen Job erledigen, Bodenaffe.« Wiseman klang im ersten Moment seltsam ruhig und gelassen, doch bei genauerem Hinhören konnte Stark die Anspannung aus ihrem Tonfall heraushören. »Ich muss diese Ziv-Shuttles schützen. Zum Teufel mit den Torpedos. Das hier ist eine Navy-Angelegenheit.«

»Wir haben den Kreuzern gesagt, sie sollen die Verfolgung abbrechen. Die wissen inzwischen, dass sich auch Kinder an Bord der Ziv-Shuttles befinden. Sie versuchen ja bereits, ihre eigenen Metallköpfe abzuschießen!«

»Stark, diese Metallköpfe werden den Angriff nicht abbrechen, und die Kreuzer können sie nicht stoppen, jedenfalls nicht rechtzeitig. Ich werde dieses Weltraumungeziefer aufhalten, so lange es geht.«

Das klang alles so vertraut. Völlig hilflos starrte Stark auf das Display, wo die Metallköpfe inzwischen den Kurs geändert und einen Schwall Objekte ausgestoßen hatten, die als Gefahrensymbole dargestellt wurden und auf Wisemans Shuttle zuflogen. Er musste daran denken, wie er selbst in einer ähnlichen Situation Verfolger seines Zugs aufgehalten hatte, um seine Leute lebend davonkommen zu lassen. Obwohl es eine halbe Ewigkeit her war, kam es ihm vor, als sei es erst gestern geschehen. An dem Tag war Stark durch ein Wunder gerettet worden. Ein Wunder in der Form von

Verstärkung, die in letzter Sekunde eingetroffen war. *Und ich habe hier nichts und niemanden, den ich da raufschicken könnte, um diese Quallen zu retten. Bitte, Gott, wenn du irgendwas für diese verrückte Matrosin tun kannst, dann tu es.*

Alarmsirenen ertönten, weitere Symbole tauchten bei Wisemans Shuttle auf. »Sie werden getroffen, Commander«, rief ein Wachhabender. »Der eingehende Beschuss überwindet ihre Verteidigung.«

»Chief Wiseman, das reicht jetzt! Sie haben dafür gesorgt, dass die Metallköpfe abgelenkt wurden! Ziehen Sie sich zurück.«

»Wir empfangen Meldungen von überspringenden Schäden«, fuhr der Wachhabende fort. »Massive Systemtreffer.«

»Wiseman! Verschwinden Sie verdammt noch mal von da! Wiseman!« Eine Hand auf seiner Schulter lenkte seine Aufmerksamkeit zurück auf das Kommandozentrum und zurück zu Reynolds, die wortlos auf eine Markierung auf dem Display zeigte. Eine sich rasch ausbreitende Trümmerwolke beherrschte für Sekunden den Scan, Hitze und Metallfragmente leuchteten vor dem Schwarz des toten Alls grell auf. Dann korrigierten die Scansysteme die Darstellung, filterten alle Trümmerteile heraus und konzentrierten sich ganz auf potenzielle Bedrohungen. Die Überreste des Shuttles und seiner Crew verschwanden vom Display, zurück blieb nur eine Warnmarkierung vor den Trümmern, die vom Zentrum der Explosion aus in alle Richtungen davontrieben.

»Verdammt«, flüsterte Stark. »Leben Sie wohl, Chief. Jetzt gibt es nur noch einen Wiseman.« Mit der Faust schlug er auf die Konsole. »Holen Sie die anderen bewaffneten Shuttles hierher zurück!« Auf dem Display war zu erkennen, dass die zivilen Shuttles sich schnell dem Erfassungsbereich der antiorbitalen Verteidigungsanlagen der Kolonie näherten. Die Metallköpfe folgten ihnen zwar immer noch, doch die ersten Salven hatten sie auf Chief Wisemans Shuttle abgefeuert. Durch den kurzen Kampf waren sie gerade so lange aufgehalten worden, dass der Abfangpunkt inzwischen innerhalb der Waffenreichweite der Kolonie lag. »Jetzt werden diese Idioten es wohl schaffen, oder?«

Vic betrachtete die Vektoren der Shuttles, schließlich nickte sie. »Sieht ganz danach aus. Wenn die Metallköpfe nicht aufgeben, können wir sie und alles, was sie noch auf diese Shuttles abfeuern, mit unseren Waffen abwehren. Chief Wiseman hat für sie die Zeit herausgeholt, die sie zum Überleben brauchten.«

»Der Preis dafür war viel zu hoch. Sagen Sie Campbell, dass ich diese Piloten haben will, sobald die Shuttles aufgesetzt haben. Sie werden dafür bezahlen, dass wir ihretwegen ein gutes Schiff und eine gute Crew verloren haben. Und ich will mit Campbell reden. Ihm sagen, dass ich gute Leute verloren habe und dass Kinder in Gefahr gebracht wurden, nur weil irgendwelche Schwachköpfe zu dumm waren, alle Beteiligten frühzeitig zu informieren. Ich will mit ihm darüber reden.« Er hielt inne und presste die Lippen zusammen. »Und sagen Sie Chief Gunner Mate Melendez, dass er nicht länger Stellvertreter des Befehlshabers unserer Navy-Streitkräfte ist. Er ist jetzt der Befehlshaber.«

»Jawohl, Sir«, entgegnete Tran. »Sonst noch etwas, Sir?«

Die Roboterkämpfer befanden sich immer noch im Anflug, da sie von den Verteidigungsanlagen der Kolonie offenbar noch keine Notiz genommen hatten. »Ja. Sagen Sie den Leuten von der Orbitalabwehr, dass sie diese Metallköpfe in so winzige Stücke schießen sollen, dass nicht mal Gott sie wieder zusammensetzen könnte.«

Er saß in seinem abgedunkelten Quartier, die Tasse Kaffee neben ihm längst vergessen, den Blick ins Nichts gerichtet.

»Ethan?« Vic stand in der Tür und wartete auf sein Okay, dass sie eintreten konnte.

»Ja, komm rein.«

»Danke.« Sie ließ sich auf den freien Platz plumpsen, was selbst bei der geringen Mondschwerkraft möglich war, wenn man nur erschöpft und betrübt genug war. »Ich habe jetzt die Bestätigung, dass jeder Metallkopf vollständig zerstört wurde. Die werden keinen Kindern mehr nachstellen.«

»Gut. Vielleicht überlegt sich das verdammte Pentagon ja noch mal, wie schlau es ist, diese elenden Roboter einzusetzen.«

»Darauf würde ich nicht wetten.« Vic ließ den Kopf sinken. »Wiseman und ich sind nie besonders gut miteinander ausgekommen, aber sie war ein echter Profi. Die Qualle wird mir fehlen.«

»Mir auch. Aber vielleicht habe ich das gebraucht. Vielleicht musste ich diesmal vom Berg stürzen.«

»Vom Berg stürzen? Was soll das heißen?«

»Das soll heißen, dass ich vielleicht endlich mal daran erinnert werden musste, wie hoch der Preis für einen Sieg oder eine Niederlage sein kann. Und vielleicht musste ich auch daran erinnert werden, dass ich nicht alles in die Tat umsetzen kann, was ich in die Tat umsetzen möchte, nur weil unzählige Leute meine Befehle befolgen.«

»Wenn du meinst. Ethan, dir waren immer die Menschen wichtig, die unter dir dienen, und auch wenn du hier das Kommando über alles hast, ist dir diese Macht bislang nicht zu Kopf gestiegen.«

Achselzuckend drehte er sich von ihr weg. »Ja, das schon. Aber es sind jetzt so viele, Vic. So viele Leute. Das fällt mir nicht leicht. Führst du einen Trupp an, ist es einfach. Jedenfalls vergleichsweise. Du kennst jeden Einzelnen. Du kennst die Namen, die Gesichter, du weißt, wie die Ehefrau oder der Ehemann oder Freund oder Freundin heißen. Du weißt, wie die Kinder heißen. Jeder von ihnen ist ein Individuum. Wir müssen einen Bunker stürmen. Wen schicke ich los? Da vorn lauert ein Scharfschütze. Wer kann ihn am besten ausschalten? Jede Entscheidung basiert darauf, wer diese Leute sind.« Er atmete tief durch und sah in eine dunkle Ecke. »Aber hier oben im Hauptquartier sind sie alle nur Symbole. Du kennst niemanden. Oder so gut wie niemanden. Vielleicht merkst du dir mal einen Namen oder ein Gesicht, aber insgesamt sind es einfach hunderte oder tausende Privates, Corporals und Sergeants. Es sind keine Menschen mehr, jedenfalls denkst du nicht mehr an Menschen, wenn du an sie denkst. Es sind Einheiten, die du von hier nach da laufen lässt, damit sie irgendwas für dich erledigen. Vic, wenn du einen Trupp anführst und du verlierst fünf Leute, dann bist du am Boden zerstört. Das ist fast die Hälfte der Leute, die du befehligst. Du schreibst jeder Familie und lässt sie wissen, wie verdammt leid es dir tut. Aber von hier aus kannst du fünfhundert verlieren, ohne einen Schmerz zu verspüren. Weil du keinen von ihnen kennst und keine Menschen sterben siehst. Außerdem sind das ja nur ein paar im Vergleich zu denen, die du immer noch hast.«

Vic saß da und schwieg, als könnte sie spüren, dass Stark noch nicht fertig war.

»Und das ist nur die Gefechtsseite, Vic. Im Hauptquartier überbieten sich die Leute, um mir was Gutes zu tun. Ich bin der Boss. ›Bringt ihm einen Kaffee, bringt ihm ein Bier, bringt ihm einen bequemen Sessel. Sorgt dafür, dass er niemals auf irgendetwas warten muss, und lasst seinetwegen alle anderen ruhig warten.‹ Und wenn er einen Befehl erteilt, der für seine Untergebenen von Nachteil ist, dann führen die Leute den Befehl trotzdem aus, denn er ist ja der Boss. Wenn du nicht höllisch aufpasst, wirst du nach einer Weile glauben, dass es tatsächlich so sein soll. Du wirst dir einbilden, dass du was Besonderes bist und dass du keine Sonderbehandlung bekommst, sondern nicht mehr als das, was du auch verdient hast.«

Schließlich sah er Vic wieder an, die Lippen hatte er zu einer schmalen Linie zusammengepresst. »Es verdirbt einen, es raubt dir Stück für Stück deine Seele, und du merkst nicht mal, dass sie weg ist. Dir ist auch nicht klar, für was du sie eigentlich verkauft hast.«

»Verstehe. Und darum ist dir auch Wisemans Tod völlig egal.« Seinen giftigen Blick ignorierte sie, stattdessen redete sie in ihrem spöttischen Tonfall weiter. »Ethan, wenn es stimmte, was du sagst, und dass dich die Gefallenen nicht berühren, dann würde dir der Tod von Chief Wiseman und ihrer Crew nicht so nahe gehen. Du würdest in der Öffentlichkeit ein paar Tränen vergießen, eine Gedenkfeier ausrichten und einige lobende Worte über sie und das von ihr erbrachte Opfer aufsagen, dabei aber nicht vergessen, selbst auch noch ein wenig von dem zu profitieren, was Wiseman getan hat. Sollte jemand fragen, wo etwas schiefgelaufen ist, würdest du eine Untersuchung in die Wege leiten, die nur den Zweck verfolgt, alles zu vertuschen, was falsch gelaufen ist, und die Schuld anderen Leute unterzuschieben.«

Stark saß eine Weile da und starrte wortlos auf seine geballten Fäuste. »So gehe ich nicht vor, Vic. Das weißt du.«

»Richtig. Und die Truppen wissen das auch. Was glaubst du, wieso die Truppen dich so mögen, Ethan? Nein, wieso sie dich so respektieren, sollte ich sagen, denn das ist viel,

viel wichtiger. Sie halten so viel von dir, weil ihr Wohl dir mehr bedeutet als dein eigenes. Und dir wichtiger ist als deine Karriere.«

»Die sind nur dankbar dafür, dass ich sie nicht umgebracht habe. Toller Job, wie? Solange du nicht zu viele von deinen eigenen Leuten draufgehen lässt, giltst du als Genie und du wirst von deinen Soldaten geliebt. Ist es verkehrt von mir, zu glauben, dass ich nach anderen Maßstäben beurteilt werden sollte?«

»Und nach welchen Maßstäben soll das geschehen? Du befehligst Kampftruppen, Ethan. Sie müssen bereit sein, sich zu opfern, und du musst bereit sein, einige von ihnen zu opfern. Das ist ein seltsamer Deal, das gebe ich zu, aber man kann auf sehr verschiedene Weise damit umgehen. Deinen Job zu erledigen und dabei nur minimale Verluste zu erleiden, ist etwas, worauf du stolz sein kannst.«

»Das ist die andere Sache.« Stark schaute mürrisch vor sich.

»Die andere Sache? Du bist deprimiert, weil du immer wieder gewinnst? Ethan, du schaffst es immer wieder, mich in Erstaunen zu versetzen.«

»Ich meine das ernst. Wenn man zu oft siegt, kann das gefährlich werden. Ich habe vor einiger Zeit mit Mendo geredet, und weißt du, was er gesagt hat? Unter all den großartigen Generälen früher gab es viele, die davon überzeugt waren, ohne Rücksicht auf den Gegner, das Gelände, die Befestigungen, das Wetter und alles andere immer gewinnen zu können. Das ging so lange gut, bis ihnen ein Irrtum unterlaufen ist. Nicht irgendein unbedeutender Irrtum, sondern ein kapitaler Fehler, der den Tod von tausenden Soldaten mit sich brachte und in manchen Fällen zur Folge hatte, dass ein Krieg verloren wurde, den man hätte gewinnen sollen.«

»Das sind eben die Momente, in denen man mit der Realität konfrontiert wird, Ethan.«

»Und wieso müssen Tausende sterben, nur damit ein General mit der Realität konfrontiert werden kann?«

»Keine Ahnung. Willst du von mir wissen, wieso das Universum nicht gerecht ist?«

»Vermutlich ja.« Stark hob den Kopf, die düstere Stimmung wich mit einem Mal einer tatkräftigen Entschlossenheit. »Ich beklage mich über unfaire Behandlung, als wäre ich ein Private, der soeben seine Grundausbildung abgeschlossen hat. Okay, ich kann nicht alles ins Lot bringen, aber hier und jetzt kann ich sehr wohl ein paar Dinge verändern. Erst einmal werde ich Campbell klarmachen, dass er uns gefälligst auch vertrauen soll, wenn er von uns erwartet, dass wir ihm vertrauen. Und dann werde ich dafür sorgen, dass jedes Opfer, das hier oben erbracht wird, auch gewürdigt wird, Vic. Und ich werde dafür sorgen, dass Helden wie Chief Wiseman nicht vergessen werden. Vielleicht lasse ich für sie ein Monument errichten. Oder ich benenne irgendetwas Wichtiges nach ihr. Was meinst du?«

»Ich meine, dass es nie die Verlierer sind, die Monumente errichten oder Dinge nach jemandem benennen. Das machen eigentlich nur die Sieger.«

»Dann werde ich wohl auch dafür sorgen müssen, dass wir weiter siegen.«

Teil Drei: Mittel und Zwecke

Stark saß mit mürrischer Miene in seinem Sessel, sein ganzes Verhalten erinnerte an einen Mann, der vor einem Erschießungskommando stand. Ein Stück neben ihm hatte Vic Platz genommen, die ihn fröhlich und aufmunternd anlächelte. Stark nahm sich die Zeit, ihr einen finsteren Blick zuzuwerfen, dann bemühte er sich um eine positivere Miene. *Sie haben es mir versprochen. Das hat Campbell immer wieder gesagt. Sie haben mir versprochen, mit den Leuten zu reden, wenn ich Sie darum bitte. Und jetzt sitze ich hier und warte darauf, im Vid aufzutreten. Ganz bestimmt werde ich etwas so Blödsinniges von mir geben, dass das noch in hundert Jahren irgendwo zu sehen sein wird. Man wird es nicht mehr als Panne bezeichnen, sondern als einen »Stark«. Ihr werdet ja sehen.*

Vic hielt den Daumen nach oben und erntete dafür einen weiteren finsteren Blick. »Du schaffst das schon, Ethan.«

Ein weiteres Display in Vics Nähe zeigte Koloniemanager Campbell, der an seinem Schreibtisch saß und Gelassenheit und Ruhe vortäuschte, während er ungeduldig auf den Beginn des Interviews wartete. »Stell dir einfach vor, du würdest dich an deine Truppen wenden.«

»Schon klar. Hast du etwas darüber herausfinden können, wie die kommerziellen Vid-Networks das Interview den Menschen auf der Erde zeigen wollen? Die Regierung wird doch jede Übertragung sofort stören.«

»Sie werden es versuchen. Diese Vid-Networks haben

eine ziemlich beeindruckende Technologie zur Verfügung, Ethan. Das Interview wird als zerhackte Übertragung im Breitbandbereich gesendet, wobei ständig die Frequenz gewechselt wird. Dabei ist jedes Häppchen mit einer Kennung versehen, damit es von jedem Receiver in Reichweite weitergeschickt werden kann.«

»Das dürften ja jede Menge Receiver sein. Aber wenn die nur das Störsignal der Regierung auffangen, nützt das letztlich doch nichts.«

»Stimmt. Aber wie gesagt, die Übertragung wird zerhackt, und zwar in tausende kleine Päckchen, von denen jedes immer und immer wiederholt wird und mit einer Kennung für die Reihenfolge versehen ist. Wenn die Regierung ihre Störsignale nicht unentwegt auf allen Frequenzen sendet, wird es ihr nicht gelingen, jedes dieser Päckchen abzufangen. Außerdem kann sie sich so etwas gar nicht erlauben, weil sie damit weltweit jegliche Kommunikation blockieren würden. Überleg mal, was in aller Welt *das* für Reaktionen auslösen würde! Wenn diese Päckchen dann bei einem Receiver eintreffen, auf dem die entsprechende Software installiert ist, werden sie dank ihrer Kennungen in die richtige Reihenfolge gebracht, und schon hat man das komplette Interview.«

»Oh, das ist ja raffiniert. Das erinnert mich an die Geschichte von dem Monster, das in ganze viele kleine Stücke zerfällt, um an alle möglichen Orte zu gelangen, wo es sich dann wieder zusammensetzt und jeden verschlingt, der sich in dem Raum aufhält. Wie kommt es eigentlich, dass die Networks sich so viele Mühe machen uns zu helfen?«

Vic grinste ihn an. »Die tun das nicht, um uns zu helfen. Die tun das nur, weil die Einschaltquoten durch die Decke gehen werden, und auf Grundlage dieser Quoten berechnen sie, was ein Werbespot kostet.«

»Ich hätte es ahnen sollen. Aber solange wir davon profitieren, kann es mir nur recht sein. Obwohl ...«

»Interview beginnt in fünf ...«, wurde er von einer Stimme aus einem Lautsprecher unterbrochen. »... vier ... drei ... zwei ... eins ... und los.«

Ein Bild entstand vor Stark, als würde genau vor ihm eine Frau in einem Sessel sitzen. Die Moderatorin lächelte Stark mit strahlender Unehrlichkeit an, dann sah sie auf eine Stelle ein Stück neben ihm. In der Sendung – so hatte man es ihm erzählt – würde es einen geteilten Bildschirm geben, um den Eindruck zu erwecken, dass er und Campbell Seite an Seite saßen. Auch die Interviewerin ihnen gegenüber schien sich im gleichen Rum aufzuhalten. Tatsächlich saß sie in einem Shuttle hoch oben über der Mondoberfläche, von der sie gerade weit genug entfernt war, dass die durch die Lichtgeschwindigkeit entstehende zeitliche Verzögerung kein Problem darstellte. Gleichzeitig hielt ihr Schiff so viel Abstand, dass die zur Blockade gehörenden Kriegsschiffe nicht in der Lage waren, mit irgendeinem Manöver das Interview zu stören.

»Guten Morgen.« Die Stimme der Moderatorin wies die gleiche unterkühlte Perfektion auf wie ihre Kleidung und die Frisur. Stark fand, dass sie auf ihn wie ein Diamant wirkte – sehr attraktiv, aber kalt und so scharfkantig, dass man Glas mit ihr hätte schneiden können. Er sah, wie Campbell nickte, und hörte die Antwort des Koloniemanagers aus dem Lautsprecher kommen. Stark nickte nur und gab sich alle Mühe, mit einem flüchtigen Lächeln zu reagieren, das nicht nach Grimasse aussah.

Die Moderatorin sah in eine andere Richtung und wandte sich an ein unsichtbares Publikum. »Geht es nach unserer Regierung, dann ist dieses Interview illegal. Dennoch haben wir die notwendigen Vorkehrungen getroffen, um sicherzustellen, dass das amerikanische Volk über dieses heikle Thema informiert wird. Wir unterhalten uns heute Morgen mit den beiden Individuen, die dafür verantwortlich sind, dass es zum ersten Mal in zweihundert Jahren zu einer umfassenden Rebellion gegen die Bundesregierung gekommen ist. Dieses Ereignis ist unserer Ansicht nach bedeutsam genug, um sich über Zensurversuche seitens der Regierung hinwegzusetzen. Schließlich ist der Erste Verfassungszusatz bislang noch nicht aufgehoben worden.« Sie ließ ein Lächeln folgen, das wohl Ironie vermitteln sollte, dann wandte sie sich dem Koloniemanager zu.

»Es gibt in den Köpfen des amerikanischen Volks eine alles beherrschende Frage, deren Antwort uns ein Rätsel ist, seit diese Rebellion begonnen hat. Was wollen Sie, Mr. Campbell?«

»Ich will die gleichen Rechte durchsetzen, wie sie jeder Amerikaner hat«, antwortete Campbell. »Alle Bewohner der Lunarkolonie wünschen sich diese Rechte. Sie möchten wählen gehen und in der nationalen Legislative vertreten sein. Und sie klagen das Recht ein, von der Regierung die Wiedergutmachung von begangenem Unrecht zu verlangen.«

»Wollen Sie damit behaupten, dass Ihnen diese Rechte vorenthalten werden?«

»Auf jeden Fall. Man hat uns sämtliche Rechte abgesprochen, die einem amerikanischen Bürger zustehen. All unsere Versuche, diese Rechte zu erlangen, wurden rigoros abgeschmettert.«

»Die Regierung sagt dazu, dass es eine notwendige Verteidigungsmaßnahme war, das Kriegsrecht über die Kolonie zu verhängen.«

»Ich bin mir sicher, dass unser militärischer Befehlshaber dazu etwas sagen kann. Sergeant Stark?«

»Genau. Was sagen Sie dazu, Sergeant Stark?«

Die Moderatorin wandte sich ihm zu, das Lächeln saß perfekt auf ihren Lippen. Stark versuchte, Gelassenheit auszustrahlen, obwohl ihn die Angewohnheit dieser Frau wütend machte, ständig irgendetwas betonen zu müssen. *Aber vielleicht meint sie ja auch, dass sie dadurch die Zuschauer vom Einschlafen abhält. Möglicherweise stimmt das sogar.*

»Ma'am, den Zivilisten in dieser Kolonie wurde vor Kurzem erlaubt, alle Bürgerrechte im Rahmen ihrer eigenen Regierung auszuüben. Die Kolonie ist so gut verteidigt und gesichert wie eh und je. Es gibt keinen Konflikt zwischen der Ausübung ihrer Bürgerrechte und unserem Auftrag, die Kolonie zu verteidigen.«

»Aber während Ihrer Meuterei ist die öffentliche Ordnung doch zusammengebrochen, nicht wahr?«

»Nein, wir haben zu jeder Zeit die Ordnung aufrechterhalten. Wäre uns das nicht gelungen, hätten wir die Kolonie auch nicht erfolgreich verteidigen können.« Vic setzte ein übertriebenes Lächeln auf und zeigte nachdrücklich darauf. *Okay, okay, ich werde versuchen, freundlich zu bleiben.*

»Wieso verteidigen Sie die Kolonie? Wonach streben Sie? Mr. Campbell, Sie sagen, Sie erstreben nicht mehr als die gleichen Bürgerrechte wie jeder andere Amerikaner auch. Aber viele Leute glauben, dass Sie in Wahrheit Ihren eigenen Staat gründen wollen und dann alles auf dem Mond an sich reißen werden, was von amerikanischen Steuerzahlern finanziert worden ist. Glauben Sie, als Amerikaner haben Sie das Recht, fremden Besitz und Wertgegenstände einfach zu Ihrem Eigentum zu erklären?«

»Nein«, gab Campbell in ruhigem, vernünftigem Tonfall

zurück, so als sei er immer noch damit befasst, die jüngsten Äußerungen der Regierung zu widerlegen, die Zweifel an seinem Gesundheitszustand geäußert hatte. »Die einzigen Amerikaner, die glauben, dieses Recht zu besitzen, sind die Leute, die unsere großen Konzerne führen und die hohe politische Ämter bekleiden.« Er ließ die giftige Bemerkung ein paar Sekunden lang wirken. »Wir haben wiederholt angeboten, über einen finanziellen Ausgleich für alle hier befindlichen Werte zu reden. Wir haben auch wiederholt unseren dringenden Wunsch geäußert, Löhne und Gehälter in einer Höhe auszuhandeln, wie man sie Arbeitnehmern, aber nicht einer Dienerschaft zahlt. Weder die Unterhändler der Regierung noch die Vertreter der Konzerne wollten das Thema überhaupt nur anschneiden.«

Die Moderatorin lächelte unverändert strahlend vor sich hin, auch wenn das mit jedem Satz noch etwas deplatzierter wirkte. »Sie haben meine Frage nicht beantwortet, Mr. Campbell. Streben Sie nach Unabhängigkeit für die Lunarkolonie?«

Es folgte ein kurzes Zögern, dann sah Stark, wie Campbell, von einer Geste untermalt, leise seufzte, die dezent genug war, um ihn nicht dem Vorwurf eines inszenierten Auftritts auszusetzen. »Zu dieser Zeit kann man mit Gewissheit sagen, dass eine Mehrheit der Bürger der Lunarkolonie eine Unabhängigkeitserklärung unterzeichnen würde. Ich möchte allerdings betonen, dass das Verhalten unserer eigenen Regierung uns zu dieser Einstellung getrieben hat. Zu diesem Verhalten zählen auch die von der Regierung unterstützten Angriffe auf die Kolonie, die zum Tod mehrerer ziviler Bewohner geführt haben …«

»Die Regierung behauptet, diese Todesfälle seien in Wahrheit meuterndem Militärpersonal zuzuschreiben …«

Stark kochte vor Wut, während Campbell der Frau das Wort abschnitt. »Das ist eine Lüge!«, konterte er leidenschaftlich. »Soldaten sind hier oben ums Leben gekommen, als sie für unseren Schutz gesorgt haben. Sie sind gestorben, um uns vor Angriffen unserer eigenen Regierung zu beschützen! Eine meiner Assistentinnen, eine unbewaffnete Zivilistin, die nicht einmal eine Gelegenheit zur Gegenwehr bekam, wurde von Söldnern getötet, die man angeheuert hatte, um uns anzugreifen. Söldner, deren Überfall von Sergeant Starks Soldaten gestoppt werden konnte. Jeder Bürger der Kolonie würde jedem dieser Soldaten ohne zu zögern sein Leben anvertrauen.«

Stark fand, dass die Moderatorin mit der hitzigen Antwort unterschwellig sehr zufrieden war, da der Ausbruch Campbells zweifellos die Quoten in die Höhe schnellen ließ. »Jeder Bürger, Mr. Campbell? Sicherlich wird es doch auch noch andere Meinungen in Ihrer Kolonie geben.«

»Ja, selbstverständlich. Ich möchte betonen, dass wir hier oben als demokratische Regierung arbeiten. Und es gibt eine Minderheit, die der Autorität der Vereinigten Staaten unterstellt bleiben möchte. Aber ich will ehrlich sein, die Mehrheit der Kolonisten übt einen immer stärkeren Druck auf mich aus, den Bruch mit unserer Regierung zu vollziehen.« Campbells Auftreten hatte sich in den letzten Minuten verändert, weshalb es nun so schien, als führe er einen Dialog mit der Moderatorin und ihrem Publikum. »Das würde bedeuten, dass wir formal unsere Unabhängigkeit erklären und uns selbst regieren, wie es jedem Amerikaner erlaubt sein sollte. Dass wir eine eigene Regierung einsetzen, die die Stimme jedes Einzelnen wahrnimmt. Es würde ein Entkommen vor der Willkür unserer Herrschaften aus Konzernbossen und korrupten Politikern bedeuten, die nur existieren, um sich selbst zu dienen.« In den Dialog hatte sich völlig unmerklich der Hauch einer populistischen Erklärung geschlichen, die in einem ernsten, überzeugten Tonfall vorgetragen wurde.

Stark musste sich dazu zwingen, jetzt ja nicht zu lächeln. *Der Kerl ist ein verdammt guter Politiker. Ich will nur hoffen, dass er auch wirklich so eingestellt ist und nicht bloß weiß, wie man den guten Politiker vortäuschen muss.*

Die Moderatorin lächelte weiter, anscheinend benötigte sie etwas Zeit, um ihre Gedanken neu zu ordnen, da ihr die Kontrolle über das Interview kurzzeitig entglitten war. »Und warum haben Sie das nicht bereits gemacht, Mr. Campbell? Was hält Sie davon ab, zu tun, was Ihrer Ansicht nach richtig und rechtens ist?«

»Ich weiß nicht.« Seine Worte schienen die Frau so aus der Fassung zu bringen, dass sie erstmals ihr Lächeln vergaß. »Es klingt verlockend. Und wie Sie selbst gesagt haben, ist es rechtens. Und richtig und angebracht. Warum also will ich es nicht machen?«

»Nun, ich bin mir sicher, unsere Regierung würde einer solchen Erklärung auf das Schärfs-«

»Sergeant Starks Soldaten können uns beschützen. Stimmt doch, Sergeant, oder nicht?«

Stark nickte. »Ja, niemand wird diese Kolonie mit Gewalt einnehmen.« *Verdammt, jetzt hat sie mich doch dazu gekriegt, alles Mögliche zu betonen!*

Campbell redete unverdrossen weiter, seine Stimme hatte inzwischen einen nahezu flehentlichen Tonfall angenommen. »Die Behörden daheim weigern sich, uns wie Leute zu behandeln, die legitime Beschwerden vortragen. Jeglicher Rechtsweg bleibt uns verschlossen, und ständig wird uns nur gedroht. Warum hat die Regierung solche

Angst vor uns? Warum haben sie Angst davor, uns unsere verfassungsrechtlich verbrieften Grundrechte zu gewähren?«

»Mr. Campbell ...«, begann die Moderatorin in dem vergeblichen Bemühen, die Kontrolle über das Gespräch zurückzuerlangen.

»Die verdienen doch gar nicht zu gewinnen, nicht wahr? Sie haben es nicht verdient, über Leute wie uns zu bestimmen. So sollte das in unserem Land nicht ablaufen. Warum soll ich also nicht die Unabhängigkeit verkünden?«, wiederholte Campbell in einem Tonfall, der zwischen Hilflosigkeit und Wut schwankte. »Welchen möglichen Grund kann es geben, dass ich weiterhin versuche, eine friedliche Lösung herbeizuführen, durch die wir Teil der Vereinigten Staaten bleiben können? Der einzige Grund kann nur der sein, dass unser Land so viel mehr sein kann und sein sollte. Ein Land, das keiner von uns tatsächlich für immer aufgeben will.«

Die Moderatorin wartete einen Moment, um Gewissheit zu haben, dass Campbell ausgeredet hatte. Offenbar war sie zu der Erkenntnis gekommen, dass seine Ausführungen der Quote dienlicher waren als ihre Fragen. Sie schien fast schon enttäuscht darüber, dass der Koloniemanager nicht fortfuhr. »Wenn ich ganz offen reden darf, Mr. Campbell – manche sagen, dass Sie gar keine Wahl haben, sondern zu einem bestimmten Handeln gezwungen werden.«

»Gezwungen? Von wem?«

Die Frau zog betont die Augenbrauen hoch. »Natürlich von dem Militär, von dem Sie umgeben sind. Sie konnten nicht mal Ihr Einverständnis zu diesem Interview geben, ohne dass einer ihrer Vertreter anwesend ist.«

»Tut mir leid, aber ich bin derjenige, der Sergeant Stark

bei diesem Interview an seiner Seite haben wollte. Ich musste ausdrücklich darauf bestehen.«

»Wenn das so ist, warum sind Sie dann hier, Sergeant Stark?«

»Weil ich meine Befehle von Mr. Campbell entgegennehme.«

Diese einfache Antwort schien die Frau ein weiteres Mal aus dem Konzept zu bringen. »Es ist allgemein bekannt, dass Sie über eine sehr große Militärstreitmacht verfügen, die Ihrem Kommando untersteht, Sergeant Stark. Sind Sie überhaupt immer noch Sergeant? Haben Sie sich nicht selbst befördert?«

Stark spürte, wie sein Gesicht rot anlief, während Vic aufgeregt gestikulierte, um ihn daran zu erinnern, dass er die Ruhe selbst sein sollte. »Ich bin nicht dazu autorisiert, mich selbst zu befördern, Ma'am. Offiziell bin ich immer noch Sergeant, und das werde ich auch bleiben. Was die Stärke der meinem Kommando unterstehenden Militärstreitmacht angeht, hat die keinen Einfluss darauf, dass ich Mr. Campbells Befehle befolge. Das Militär erhält seine Befehle von zivilen Autoritäten, und eine solche ist Mr. Campbell für die Kolonie.«

»Aber Sie verfügen über eine sehr große bewaffnete Streitmacht, mit der Sie Ihren Willen durchsetzen können, Sergeant Stark.«

»Das tut nichts zur Sache. Das Militär erteilt keine Befehle, es nimmt sie entgegen.«

»Unsere Zuschauer kennen sicher die vielen Berichte, die in unzensierten Medien kursieren, wo Sie ohne Angabe von Quellen mit den Worten zitiert werden, dass Sie Ihr eigenes Land nicht angreifen werden. Kennen Sie die Quelle dieser Meldungen, Sergeant Stark?«

Dad. Ich würde sagen, du hast nach unserer Unterhaltung ein wenig geplaudert. Und wie es aussieht, hast du damit die Regierung zumindest ein bisschen in eine Zwickmühle gebracht. Gut gemacht. »Ja, ich glaube, ich kenne die Quelle.«

»Und werden Sie uns den Namen dieser Quelle nennen?«

»Nein.«

»Wie soll das Publikum dann entscheiden, ob diese Berichte glaubwürdig sind oder nicht?«

Stark lächelte in der Hoffnung, dass das so zuversichtlich rüberkam, wie er es beabsichtigte. »Sie treffen zu, das kann ich Ihnen versichern.«

»Dann sind Sie also bereit, öffentlich zu erklären, dass Sie keinerlei Absichten hegen, die Vereinigten Staaten anzugreifen?«

»Was?« Stark konnte seine Fassungslosigkeit über diese Frage nicht unterdrücken, doch als er dann Vics zustimmendes Lächeln sah, konnte er davon ausgehen, dass sein ungeschminktes Entsetzen genau die richtige Reaktion gewesen war. »Zum Teufel, nein! Ich habe niemals einen Befehl zum Angriff auf die USA gegeben. Nie!«

»Aber auf die Regierung, Sergeant Stark? Was ist mit einem Angriff auf die Regierung?«

»Nein, ich werde auch nicht die Regierung angreifen. Die Regierung repräsentiert das Volk, jedenfalls soll sie das tun. Ich würde nie im Leben das amerikanische Volk angreifen. Es ist so, wie Mr. Campbell gesagt hat.«

»Wie Mr. Campbell sagte? Auf welche Aussage von ihm beziehen Sie sich dabei?«

»Er sprach davon, dass nicht alles so läuft, wie es laufen sollte. Und damit hat er völlig recht. Würden wir zu einem anderen Land gehören, wäre die Situation vielleicht komplett umgedreht. Womöglich würde das Militär dann die Befehle geben, anstatt sie entgegenzunehmen. Aber die USA sollten ein besseres Land sein. Und sie sollten auch besser sein, als sie es im Augenblick sind. Das kann ich nicht ändern, nicht einmal mit meiner Streitmacht. Und das werde ich auch nicht. Aber ich werde verdammt noch mal die Rechte von Mr. Campbell und seinen Mitbürgern verteidigen und versuchen, ein paar Dinge zu verändern.«

Die Moderatorin zog wieder die Augenbrauen hoch und schaute dorthin, wo sich ihr Publikum befinden sollte. »Sergeant Stark, glauben Sie ernsthaft daran, dass ein einzelner Mann etwas bewirken kann?«

»Ja, daran muss ich glauben.«

Campbell konnte sich noch immer nicht so recht seinen Ernst bewahren, als er Stark nach dem Interview anrief. »Erinnern Sie mich bitte daran, dass ich mich niemals auf eine Diskussion mit Ihnen einlasse, Sergeant.«

»Sie würden mir schon zeigen, wo es langgeht.« Stark, der sich nach seiner Debatte mit der Moderatorin noch immer nicht ganz gefangen hatte, machte keinen Hehl aus dem Unbehagen, das er auch jetzt noch empfand.

»Ganz im Gegenteil. Und diese Moderatorin haben Sie wunderbar auf dem falschen Fuß erwischt.«

»Dabei habe ich nur gesagt, was ich meine.«

»Ja, aber das sind die nicht gewöhnt, Sergeant. Das können Sie mir ruhig glauben. Allerdings ist das nicht der Grund für meinen Anruf. Ich muss mit Ihnen unter vier Augen reden, und zwar so bald wie möglich.«

»Ein privates Treffen?« Stark sah fragend zu Vic, dann nickte er Campbells Bild zu. »Okay, ich kann in ungefähr einer Stunde bei Ihnen sein.«

»Hervorragend. Dann bis gleich.« Der Bildschirm wurde dunkel und kehrte zu Starks vorangegangener Einstellung zurück, die einen Ausschnitt der Mondlandschaft zeigte.

Starks Gesicht nahm einen grüblerischen Ausdruck an. »Ich frage mich, was los ist. Vic, hat Sarafina dir erzählt, dass sich irgendetwas Ungewöhnliches anbahnt?«

»Ich nehme an, mit ›ungewöhnlich‹ meinst du etwas anderes als die ständige Gefahr, dass wir von unserem eigenen Land angegriffen werden könnten, richtig? Nein, da war nichts. Vielleicht will er sich ja dafür entschuldigen, dass er uns nicht auf Shuttles hingewiesen hat, die mit Ziv-Kindern an Bord unterwegs waren.«

»Da kann er sich entschuldigen, so oft er will. Ich habe ihm gesagt, dass es vor allem darauf ankommt, uns bei ähnlichen Vorgängen künftig sofort zu informieren. Ich würde ja auch zu gern diese Shuttlepiloten in die Finger bekommen, aber Campbell sagt, dass er sie vor ein Zivilgericht stellen muss.«

»Du könntest auf ihn einwirken, Ethan. Wenn du ihm klarmachst, dass er sie dir überlassen sollte, wird er das auch machen.«

»Ja, natürlich. Ich werde meine militärische Macht nutzen, um die Ziv-Behörden zu zwingen, das zu tun, was ich will. Aber nur dieses eine Mal, weil es wirklich wichtig ist«, spottete er und würde wieder ernst. »Auf keinen Fall. Mir ist schon seit geraumer Zeit bewusst, dass der Weg in die Hölle mit Schildern gepflastert ist, auf denen geschrieben steht: ›Nur dieses eine Mal, weil es wirklich wichtig ist.‹«

»Du musst nicht so giftig reagieren. Ich teile schließlich deine Meinung.«

»Und warum hast du das dann überhaupt vorgeschlagen?«, wollte Stark wissen.

»Ich will nur dafür sorgen, dass du dir selbst gegenüber ehrlich bleibst. Vor allem wenn du im Begriff bist, dich mit einem Ziv zu treffen. Aber wahrscheinlich ist es sowieso keine große Sache. Vielleicht möchte sich Campbell mit dir über Philosophie unterhalten.«

»Das wäre ja noch schöner. Ich glaube, für die nächste Zeit habe ich von philosophischen Diskussionen die Nase voll.«

Vic setzte sich neben Stark, lehnte sich nach hinten und legte die Füße hoch. »Schon seltsam, dass einem von der vielen Rennerei hier die Füße genauso wehtun wie auf der Erde. Und? Wie viele philosophische Diskussionen hast du in letzter Zeit geführt?«

»Ein paar.« Als Vic betont eine Augenbraue hochzog, lenkte Stark ein: »Okay, die eine mit dir. Du weißt schon, nachdem wir Chief Wiseman verloren hatten. Unmittelbar davor hatte ich aber auch ein langes Gespräch mit Private Mendoza.«

»Ja, stimmt. Das hattest du bei unserer Unterhaltung kurz angedeutet. Was hat Mendo eigentlich gewollt?«

Stark betrachtete die Leere des Mondes auf seinem Display, während er die historischen Ereignisse rund um Athen und Syrakus zusammenfasste. »Fazit des Ganzen war, dass Lieutenant Mendoza glaubt, wir hätten hier oben nach Meechams Offensive beinahe alles verloren. Mendo glaubt, dass es diesmal nur dank unserer Kommandoausrüstung anders abgelaufen ist. Dadurch konnten wir die Kontrolle über alles erlangen, als sie unseren Anführern entglitt.«

»Würde ich auch so sehen«, meinte Vic und musterte den Monitor, als ob sie nach dem Objekt suchte, das Starks Aufmerksamkeit gefangen hielt. »Du hast den Ball ins Rollen gebracht, und jeder hat erstaunlich schnell begriffen, was zu tun ist. Wir haben gehandelt, um die Lage in den Griff zu bekommen, und nachdem das erledigt war, konnten wir uns alle an dich wenden, um von dir unmittelbar neue Befehle entgegenzunehmen. Keine Verzögerung, kein Durcheinander.«

»Stimmt. Das alles wäre noch vor Kurzem nicht möglich gewesen. Denn dann wäre alles, was ich gemacht habe, völlig isoliert vom Rest der Truppe abgelaufen. Die anderen hätten davon erst viel später erfahren.«

»Das kann ich nachvollziehen, aber ihr beide vergesst da etwas. Die Kommandoausrüstung hat dir geholfen, dass alle davon erfahren haben. Aber warum waren die Leute überhaupt bereit, dir zu folgen? Weil du dir vorher einen Ruf erarbeitet hattest. Weil du etwas geleistet hattest.« Mit einer Handbewegung hielt sie Stark von dem Einwand ab, den er machen wollte. »Es ist egal, was du sagtest, und es ist auch egal, was die Oberen sagten – die Leute konnten sich in den Systemaufzeichnungen selbst ein Bild machen. Alle hatten dich schon einmal in Aktion erlebt. Sie wussten, was du erreichen konntest, und sind zu dem Schluss gekommen, dass sie dir vertrauen.«

»Und zum Dank haben sie mir diesen miesen Job aufs Auge gedrückt.«

»Den du verdammt gut erledigst.« Vic legte nachdenklich den Kopf schräg. »Die Oberen haben diese Kommando- und Kontrollausrüstung installiert, damit sie uns bis ins Detail vorschreiben konnten, was wir tun sollten, und damit sie über alles Bescheid wussten, was wir machten. Aber damit gaben sie uns auch ein Mittel in die Hand, um herauszufinden, was unsere Bosse eigentlich taten. Und sie gaben uns die Möglichkeit, alles zu erfahren, was sie wussten. So konnten wir uns genau dieser Ausrüstung bedienen, um sie zum Teufel zu jagen, als sie schließlich komplett versagten. So was nenne ich Ironie des Schicksals.«

»Was immer das auch bedeuten soll.«

Lächelnd ergänzte sie: »Es ist das Gleiche wie bei dir. Dass man dich zum Commander gemacht hat, nachdem du während deiner gesamten Karriere nichts anderes tatest, als jedem Commander die Hölle heiß zu machen.«

»Dann gefällt mir diese Ironie des Schicksals aber nicht.«

Vic folgte seinem Blick zum Display, das nach wie vor die karge Mondlandschaft zeigte. Ihre Belustigung ging nahtlos in die ungehaltene Frage über: »Was zum Teufel siehst du dir da eigentlich an?«

»Ich sehe mir gar nichts an, ich suche etwas.«

»Okay, dann suchst du eben was. Und was?«

»Ich habe keine Ahnung.«

Als er Campbells Büro betrat, fiel Stark auf, dass auf dem Display an der Wand ebenfalls ein Bild der Mondoberfläche zu sehen war. Campbell folgte Starks Blick und nickte verstehend. »Wissen Sie, Sergeant Stark, als die ersten Leute sich hier niederließen, sah man auf diesen Displays fast überall nur Aufzeichnungen von Erdlandschaften. Flüsse, Seen, Wälder. Heute dagegen kommt es mir so vor, dass ich jeden beliebigen Raum betreten kann und überall nur Bilder vom Mond zu sehen bekomme. Was ist Ihrer Meinung nach der Grund dafür?«

Stark zuckte mit den Schultern. »Ich schätze, das bedeutet, dass wir begonnen haben, den Mond als unsere Heimat anzusehen.«

»Das ist auch mein Gefühl. Wenn ja, dann ist das eindeutig ein Beleg für die Fähigkeit des Menschen, in jeder Umgebung Wurzeln zu schlagen.«

»Sir, ich war einmal im Winter in Minnesota. Wenn die Menschen dort ein glückliches Leben führen können, dann sollte das auf dem Mond auch möglich sein.«

»Zumindest ist es nicht viel kälter. Und wegen des Windchillfaktors muss man sich hier oben wenigstens auch keine Gedanken machen«, erwiderte Campbell, wurde dann aber wieder ernst. »Möchten Sie einen Kaffee?«, fragte er und deutete auf zwei Becher, die vor ihm auf dem Tisch standen. »Er schmeckt bestimmt besser als das, was Sie im Militärkomplex angeboten bekommen.«

»Ganz sicher.« Stark trank einen kleinen Schluck. »Nicht übel.«

»Danke. Der Kaffee, der hier angebaut wird, gilt auf der Erde als Luxus und ist enorm kostspielig, müssen Sie wissen. Nicht weil er so ausgesprochen gut schmeckt, sondern weil er eben von hier kommt.«

Campbell trank ebenfalls einen Schluck Kaffee, dann stellte er den Becher schon wieder zur Seite. »Ich denke, ich sollte Ihnen jetzt sagen, weshalb ich Sie so dringend sprechen muss. Kurz gesagt bin ich in der Lage gewesen, ein paar politische Kontakte daheim auf der Erde aufrechtzuerhalten. Nicht jeder ist davon angetan, wie die Dinge sich entwickeln, deshalb haben mir einige Leute wichtige Informationen zukommen lassen.«

Stark machte sich auf das Schlimmste gefasst, wenn er nach Campbells düsterer Miene gehen konnte. »Und zwar?«

»Es gab einigen Aufruhr über den Einsatz der neuen Waffen, die die Navy auf die Shuttles angesetzt hatte, von denen sie glaubte, sie hätten die Blockade durchbrochen. Es gab Diskussionen im Senat, einen Untersuchungsausschuss im Weißen Haus, all der übliche Unsinn. Aber diesmal waren die Leute tatsächlich in Sorge, sie haben das nicht bloß vorgetäuscht.« Kopfschüttelnd griff Campbell nach seinem Notizbuch. »Immerhin haben diese … ähm … autonomen Robotkämpfer Zivilisten angegriffen. Wir haben alle Aufzeichnungen über den Vorfall an verschiedene Quellen auf der Erde geschickt, damit niemand einen Zweifel daran hegen kann, dass diese eigenständig operierenden Waffen Jagd auf Shuttles voller Familien gemacht haben. Aus dem Material wird auch ersichtlich, dass keine Reaktion dieser Roboter erfolgte, als versucht wurde, sie zurückzurufen.« Campbell kniff kurz die Augen zu. »Ich möchte gern noch einmal meine große Wertschätzung des von Chief Wiseman erbrachten Opfers zum Ausdruck bringen. Die Tatsache, dass meine eigene Nachlässigkeit, Sie nicht von den Kindern an Bord der Shuttles in Kenntnis zu setzen, zu ihrem Tod beigetragen hat, ist ein unentschuldbarer Fehler. In Zukunft werde ich Sie auf jeden Fall über alles Relevante informieren, so wie ich Sie im Gegenzug auch gebeten habe, mich auf dem Laufenden zu halten.«

Einen Moment lang saß Stark schweigend da, dann nickte er. »Mehr als das kann ich nicht verlangen. Chief Wiseman hat ihre Entscheidung aus freien Stücken getroffen, aber vielleicht hätte sie das gar nicht tun müssen, wenn wir frühzeitig vorbereitet gewesen wären.«

»Tja, am gegenseitigen Vertrauen müssen wir beide wohl weiterhin arbeiten, nicht wahr, Sergeant? Wollen Sie immer noch die beiden Shuttlepiloten überstellt bekommen, um sie zur Rechenschaft zu ziehen?«

»Wie? Ist das Ihr Ernst?«

»Wenn ich so Wiedergutmachung leisten kann, dann ja.«

Stark zögerte. *Ich könnte es völlig legal durchziehen. Eine Anklage und ein Gerichtsverfahren mit allem Drum und Dran. Aber das würde bedeuten, dass Zivilisten von Soldaten in Handschellen gelegt und abgeführt werden. Und dass Zivilisten in einem Militärgefängnis sitzen müssen. Als Kind war ich selbst ein Ziv. Wie hätte mir so was gefallen?* »Nein.«

»Nein?«

»Nein. Sie sprachen eben von Vertrauen. Ich werde das Vertrauen der Zivilisten nicht gewinnen, wenn ich ein paar von ihnen mit vorgehaltener Waffe abführen und in eine Arrestzelle stecken lasse. Ganz gleich, wie ich es nach dem Gesetz rechtfertige. Behalten Sie die beiden Piloten lieber.«

»Sehr gut, Sergeant. Ich wünschte nur, es wäre möglich, Chief Wisemans Opfer in angemessener Weise zu würdigen. Sie genießt hier auf dem Mond momentan von allen das höchste Ansehen.«

»Oh ja, Soldaten und Matrosen neigen dazu, Ansehen vor allem dann zu genießen, wenn sie erst mal tot sind, nicht wahr? Aber wenn Sie etwas für sie tun wollen, dann hätte ich da vielleicht was Passendes.«

»Und das wäre?«, hakte Campbell nach.

»Ich möchte etwas nach ihr benennen. Und nach einem Shuttlepiloten namens Gutierrez. Beide haben ihr Leben gegeben, um andere Menschen zu retten. Ich möchte, dass man sich an sie und an ihre Crews erinnert. Gibt es irgendetwas hier in der Kolonie …?«

Campbell überlege kurz. »Da wäre der Raumhafen.«

»Ich dachte, der hat einen Namen.«

»Hat er auch, aber niemand benutzt ihn. Benannt haben sie ihn damals nach einem sehr mächtigen und sehr korrupten Politiker, der bei der Erbauung die Hand in vielen Brieftaschen hatte. Es wäre also nicht nur angemessen, sondern auch gerecht, ihn in Wiseman-Gutierrez-Raumhafen umzubenennen.«

»Können Sie das machen?«

»Ich könnte versuchen, das im Alleingang durchzuziehen, aber das würde unter Umständen die Leute auf den Plan rufen, die aus Prinzip gegen alles sind, was die andere Seite will. Wir brauchen hier oben niemanden, der sich wie ein Diktator aufführt. Darum werde ich es zur Abstimmung vorlegen. Aber ich glaube, ich kann Ihnen getrost garantieren, dass der Antrag mit überwältigender Mehrheit angenommen werden wird.«

Stark grinste ihn an. »Danke. Vielen Dank. Natürlich ist das dann noch eine Sache, die den hohen Herren daheim nicht gefallen wird.«

»Die sollen sich zum Teufel scheren«, gab Campbell genauso grinsend zurück. »Sie sehen, Sergeant, ich übernehme jetzt schon Ihre Redeweise.«

»Ihre Mom hätte Sie davor warnen sollen, sich nicht mit Typen wie mir abzugeben.«

»Das hat sie sogar gemacht. Sie hat mir damals gesagt, ich solle nicht in die Politik gehen, um den Familiennamen nicht zu beschmutzen.« Dann wurde Campbell wieder ernst. »Aber ich war noch nicht fertig. Ich muss Ihnen noch etwas über die Folgen dieses Zwischenfalls mit den Robotkämpfern der Navy und den Shuttles erzählen. Mit viel Publicity wurden die Navy-Roboter bis auf Weiteres aus dem Dienst genommen, um sie noch einmal gründlich zu testen und zu überarbeiten. Dann ist irgendwie an die Öffentlichkeit gekommen, dass es bei der Army das Gegenstück als Bodentruppen gibt. Das Pentagon und eine sehr große und sehr einflussreiche Gruppe aus Rüstungskonzernen haben Gott und aller Welt versichert, dass die Robotkämpfer der

Armee nicht mit den gleichen Problemen zu kämpfen haben und im Gefecht exakt nach ihren Vorgaben agieren werden.«

Shark schüttelte den Kopf. »Die werden sich nie ändern. Ich frage mich, wie sie sich mit einem Bedienfehler rausreden wollen, wenn mit diesen Jabberwocks doch etwas schiefgeht – wo die doch niemanden haben, der sie bedient.«

»Jabberwocks?«

»Das ist unser Spitzname für die Bodenroboter, Sir.«

»Ah, verstehe. Dann sollten wir wohl die Navy-Roboter in Bandersnatchi umtaufen.«

»Ja, würde ich auch sagen.« *Bin ich der Einzige auf dem ganzen Mond, der den Witz nicht begreift?* »Das hört sich ja ganz so an, als würden wir dann doch noch mit dem Jabberwocks zu tun bekommen. Die dürften kaum weniger übel sein als die von der Navy.«

»Ja, Sergeant. Meine Informationen deuten darauf hin, dass diese … hm … Jabberwocks für den Transport in Richtung Mond vorbereitet werden.«

»Tatsächlich?« Stark machte keinen Hehl aus seiner Verwunderung. »Und wohin wollen sie sie bringen? Haben Sie dazu auch etwas erfahren?«

Campbell ging zu seinem Display und rief eine Karte der Mondoberfläche auf, die in der Mitte die Kolonie zeigte. »Dort drüben. Sehen Sie das? Da ist eine Art ausladendes Tal, das mit seiner breiten Seite zur Kolonie weist. Ich vermute, es ist eigentlich ein Krater, aber für mich sieht das immer aus wie ein Tal.«

»Das kenne ich. Während des Kriegs haben sich da einige Angriffe abgespielt.« Stark ließ den Finger über die Karte wandern und erinnerte sich an verschiedene Truppenbewegungen, die sich ihm ins Gedächtnis eingebrannt hatten. »Es sah nach einem einfachen Weg aus, weil es an der Frontlinie kein Terrain gab, das die Gegner sich zunutze machen konnten. Jedenfalls wirkte das Gelände für die Leute problemlos, die weit hinter der Front saßen. Als sich unsere Truppen aber in diesen Krater begaben, wurde schnell klar, dass das Ganze in Wahrheit eine Todesfalle war, weil der Feind von allen Seiten des Kraterrands aus völlig freie Schussbahn hatte und jeden unserer Soldaten in Stücke ballern konnte. Seitdem nennen wir den Krater auch den Fleischwolf.«

»Fleischwolf? Geben Soldaten eigentlich allem einen Spitznamen?«

»Wahrscheinlich nicht wirklich allem, aber auf Anhieb will mir nichts einfallen.« Stark beugte sich vor und sah sich die Karte genauer an. »Ja, genauso habe ich das auch in Erinnerung. Der Fleischwolf ist eine natürliche Trennlinie zwischen zwei Mitgliedern der feindlichen Allianz. Zwei der größten und härtesten Gegner, um genau zu sein.«

»Tja, Sergeant, dann haben diese beiden Gegner sich offenbar mit Washington einigen können, denn meine politischen Quellen haben mich wissen lassen, dass eine große Streitmacht des US-Militärs dieses Gebiet in Kürze in Beschlag nehmen wird. Die gegnerischen Streitkräfte werden sich von da zurückziehen und US-Truppen Platz machen, die uns von dort aus angreifen werden.«

»Sie machen Witze.« Im Geiste ging Stark durch, welche seiner Verteidigungseinrichtungen diesem Sektor zugewandt waren. »Wie groß ist diese große Streitmacht? Haben Sie irgendwelche Zahlen?«

»Nein, leider nicht.«

Stark rieb sich den Nacken und überlegte, was er über die verbliebene Schlagkraft des US-Militärs wusste. *Die*

Dritte Division wurde ausradiert, die Erste Division ist hier oben und untersteht mir, nicht dem Pentagon. Die Zweite Division ist unterbesetzt und muss versuchen, überall auf der Welt die Investitionen der Konzerne zu beschützen – und nebenbei auch noch die Vereinigten Staaten selbst behüten. Da bleibt nichts übrig. Noch mehr Söldner? Kann das Pentagon tatsächlich so dumm sein und seine Killerroboter einer Meute Söldner überlassen? »Ich werde meine Leute dransetzen. Vielleicht finden wir ja etwas heraus.«

Campbell musterte Stark. »Sie denken gerade an irgendetwas. Etwas, das Sie mit mir teilen können?«

»Ich denke gerade an Athen und Sparta.«

»Athen und Sparta? Ich weiß, dass Sie über die Thermopylen geredet haben, aber wie kommen Sie in diesem Zusammenhang wieder auf griechische Stadtstaaten?«

»Ich muss an Syrakus denken, Mr. Campbell. Ich frage mich, was aus den Athenern geworden wäre, wenn sie nach den schweren Verlusten doch einen weiteren Angriff versucht hätten.« Campbell sah ihn fragend an. »Ich meine, nach Syrakus hat Sparta immer noch einige Zeit gebraucht, um Athen zu schlagen. Aber was, wenn Athen sofort mit den Resten seiner Streitkräfte einen weiteren Anlauf unternommen und dabei alles verloren hätte?«

Eine Weile dachte Campbell über diese Frage nach, während Stark die Karte betrachtete. »Athen wäre viel eher und viel umfassender geschlagen worden, würde ich sagen. Die Spartaner und ihre Verbündeten, die alle vom Krieg erschöpft waren, hätten sich in Ruhe erholen können und wären anschließend um ein Vielfaches stärker gewesen. Als Alexander der Große später dann versuchte, Griechenland zu erobern, hätten die Spartaner ihn womöglich stoppen, ihn aber zumindest lange Zeit aufhalten können. Dadurch hätte wiederum das Perserreich länger existiert, vielleicht wäre es sogar überhaupt nicht von Alexander erobert worden. Langfristig gesehen ...« Campbell schüttelte wie benommen den Kopf. »Ich kann mir nicht bei jedem Detail überlegen, was daraus hätte werden können.« Dann nahmen seine Augen auf einmal einen beunruhigten Ausdruck an. »Wollen Sie sagen, Sie glauben, dies ist, was die Vereinigten Staaten vorhaben? Sie glauben, sie stürzen sich in den Abgrund, um den selbst die Athener all ihrem Stolz und Hochmut zum Trotz einen Bogen zu machen wussten?«

»Ja, Sir. Das will ich damit sagen. Vielleicht waren wir einfach zu lange eine bedeutende Nation, und vielleicht waren wir einfach zu lange in der Lage, alles zu tun, was wir tun wollten. Niemand denkt mehr daran, dass wir auch verlieren könnten. Oder vielleicht liegt es auch daran, dass unsere Anführer so davon besessen sind, im Amt zu bleiben und die Macht zu behalten, dass sie lieber das ganze Land den Bach runtergehen lassen, anstatt eine Niederlage zugeben zu müssen. Bevor sie das tun, verwetten sie Haus und Hof und hoffen darauf, dass sie ein gutes Blatt auf die Hand bekommen.«

»Ich habe mal irgendwo gelesen, dass jemand Ende des letzten Jahrhunderts vorhergesagt hat, in diesem Jahrhundert würden die Vereinigten Staaten von einer schweren Krise erfasst werden. Ich hätte nie für möglich gehalten, dass der Grund dafür der sein könnte, dass wir zu mächtig sind.«

»Na ja, wenn man schwach ist, dann achtet man genau darauf, wohin man tritt. Es sind die großen, starken Leute, die ins Nichts treten, weil sie der Meinung sind, dass sie nichts und niemanden fürchten müssen.«

»Das ist wohl wahr. Ich muss Ihnen etwas gestehen, Sergeant Stark. Ich habe Sie nie für einen tiefgründigen Menschen gehalten. Ich hätte mir nie vorgestellt, dass Sie unsere Situation auf eine solche Weise durchdenken könnten. Ich hoffe nicht, dass ich Sie damit beleidigt habe.«

»Keineswegs. Aber ich habe mir das auch gar nicht alles allein überlegt. Einer von meinen Männern erzählte mir von Athen und Sparta und so weiter. Man muss kein Genie sein, um eins und eins zusammenzuzählen.«

Campbell nickte. »Mag sein, aber Untergegebenen zuzuhören erfordert weit mehr Verstand, als Sie vielleicht für möglich halten, Sergeant. Kaum ein Manager kommt jemals auf eine solche Idee.«

»Ich bin kein Manager, Mr. Campbell, ich bin ein Anführer. Ich habe es noch nie bereut, mir anzuhören, was meine Leute zu sagen haben. Okay, manchmal muss ich ihnen sagen, sie sollen die Klappe halten, wenn sie von einer Sache wirklich keine Ahnung haben und nicht merken, dass sie besser aufhören sollten. Aber normalerweise schadet es nicht, wenn man zuhört. Und manchmal kommt sogar etwas sehr Nützliches dabei heraus.«

»Dagegen kann ich nichts einwenden«, sagte Campbell und ließ sich in seinen Sessel fallen. Durch die geringe Schwerkraft hatte diese Aktion etwas seltsam Elegantes an sich. »Das macht aber alles nur noch komplizierter.«

»Ich dachte, alles ist schon längst verdammt kompliziert.«

»Das ist es auch.« Campbell griff nach seinem Pad und tippte ein paar Befehle ein, um eine Karte der westlichen Hemisphäre aufzurufen. »Aber jetzt werden wir mit der durchaus realen Möglichkeit konfrontiert, dass unser Sieg hier oben den Vereinigten Staaten auf der Erde den Untergang beschert. Können wir damit leben?«

»Ich weiß nicht. Aber, Sir, können wir mit einer Niederlage leben? Nicht wir beide persönlich, sondern alle anderen. Ich denke da nicht nur an diese dreihundert Spartaner, die zu inspirierenden Vorbildern wurden. Ich denke da auch an unsere Regierung, die den Sieg mit Jabberwocks und Banda... Ban...«

»Bandersnatchi.«

»Ja, genau die. Wenn die Regierung siegt, weil sie die einsetzt, wird das Pentagon gar nicht mehr in Menschen investieren. Himmel, diese Erbsenzähler im Pentagon wollen die Menschen ohnehin seit Langem loswerden, wenn ihnen das dabei hilft, sich noch ein paar mehr Spielzeuge anzuschaffen. Also werden sie einfach noch mehr Jabberwocks kaufen, die das Land verteidigen sollen und anderswo hingeschickt werden, um da auf den Putz zu hauen. Und was werden die auf den Putz hauen. Soll das etwa unser ... na, wie heißt es ... unser Vermächtnis sein? Ein US-Militär, bestehend aus Robotern, die jeden Befehl ohne zu hinterfragen ausführen?«

Campbells Blick blieb auf die Karte gerichtet. »Ich kann nicht anders, als mich zu fragen, wie lange es wohl dauern würde, bis jemand diesen Robotern den Befehl gibt, ihm beim Sturz der Regierung zu helfen. Einen solchen Befehl hätten Sie doch nicht ausgeführt, nicht wahr, Sergeant?«

»Kein Soldat würde das tun, Sir. Wir haben alle unseren Eid auf die Verfassung abgelegt. Wir sind rechtlich und moralisch dazu verpflichtet, jeden gegen die Verfassung gerichteten Befehl zu verweigern.«

»Aber Sie sind natürlich auch keine Roboter, nicht wahr?« Campbell vergrößerte den Ausschnitt so sehr, dass nur noch die Vereinigten Staaten zu sehen waren. »Ich sehe uns vor ein schwerwiegendes Dilemma gestellt, Sergeant.

Wir können uns einen Sieg genauso wenig erlauben wie eine Niederlage.«

»Wie lauten meine Befehle, Sir? Ich kann das nicht allein entscheiden. Was soll ich machen?«

Campbell brütete noch eine Weile vor sich hin und starrte so auf die Karte, als könnte er die Menschen auf dem Kontinent ausmachen. »Ich will, dass Sie die Kolonie verteidigen, Sergeant. Ich will, dass Sie meine Leute verteidigen. Aber ich möchte auch, dass Sie alles unternehmen, um den Schaden am Wohlergehen der Vereinigten Staaten so gering wie möglich zu halten. Sodass sie auch danach immer noch in der Lage sind, sich gegen einen Angreifer zur Wehr zu setzen.«

»Hah. Nichts leichter als das. Jawohl, Sir, ich werde mein Bestes geben, aber es wird schwierig sein, gegen jemanden zu kämpfen und gleichzeitig dessen Wohl im Auge zu behalten.«

Campbell grinste ihn an. »Wenn es jemand kann, dann Sie, Sergeant.«

»Herzlichen Dank. Ich kann es nicht erwarten, Vic von diesem Befehl zu erzählen.«

»Das sollten Sie bald tun. Ich muss meine Assistenten auch noch einweihen.« Campbell griff nach seinem Kaffeebecher. »Jetzt müssen wir eigentlich nur noch auf unseren bevorstehenden Sieg anstoßen, richtig, Sergeant? Das sieht man doch immer in den alten Vids.«

»Ja, richtig. Und auf was stoßen wir an, wenn wir uns nicht sicher sind, ob wir überhaupt gewinnen wollen?«

»Sergeant Stark, wir sollten einfach auf das Richtige anstoßen. Es ist lange her, dass hier das Richtige geschehen ist. Stoßen wir am besten darauf an, dass das Resultat, ganz gleich wie es ausgeht, das Richtige sein soll.«

»Richtig. Ganz gleich, was dabei herauskommen wird.«
Sie stießen mit den Bechern an, dann tranken sie den
Rest Kaffee aus und verzogen angesichts des bitteren Ge-
schmacks den Mund.

»Wir sollen *was*?« Vic tat, als würde sie die Hand gegen
ihren Kopf klatschen, weil sie glaubte, nicht richtig zu hören. »Wir sollen siegen, ohne unsere Angreifer zu schlagen?
Hast du gerade gesagt, dass so unser Befehl lautet?«

»So in etwa.« Stark zeigte auf das Display, auf dem er
eine Karte der Region um den Fleischwolf aufgerufen hatte.
»Irgendwelche Ideen?«

»Nichts, was ich laut sagen könnte. Das klingt nach
einem Befehl, wie er von General Meecham hätte kommen können.« Vic ging in jener gleitenden Gangart durch
das Zimmer, die sie sich durch viele Jahre in der niedrigen
Schwerkraft auf dem Mond angewöhnt hatte, und schüttelte ihren Kopf dabei. »Ethan, wir brauchen eine klare De-
finition unseres Auftrags, der nicht von uns verlangt, zwei
komplett widersprüchliche Aufgaben zu erledigen.«

»Vic, ich habe es dir bereits erklärt. Es gibt gute Gründe,
uns diesen Auftrag zu erteilen.« In einer hilflosen Geste hob
Stark die Hände hoch. »Ich brauche dich, weil du mir helfen
musst, das zu schaffen.«

»Hältst du mich vielleicht für eine Kriegsgöttin, die sich
über die Gesetze der Physik hinwegsetzt?«

»Nein, aber ich glaube, du bist eine der Priesterinnen
dieser Göttin. Vielleicht kannst du ja ein gutes Wort für
mich einlegen.«

»Du bist ein hoffnungsloser Fall«, sagte sie und fuchtelte
mit den Händen. »Ich werde eine Stabsbesprechung einberufen. Vielleicht kennt Lamont ja irgendeine verrückte Pan-

zertaktik, die dir weiterhilft. Oder Gordo hat irgendwo im Bestand noch ein unbenutztes Wunder rumliegen, das er dir überlassen kann. Kommst du?«

»In ein paar Minuten. Mir wurde gesagt, dass in meinem Büro ein Ziv-Besucher auf mich wartet.«

»Ein Ziv-Besucher?« Vic bewegte den Mund so, als wäre ihre jede Silbe dieses Begriffs zuwider. »Was für eine Art von Ziv?«

»Ich habe keine Ahnung«, sagte Stark und hob sofort die Hände, um ihrer Ermahnung zuvorzukommen. »Ja, ja, ich weiß. Ich werde schon vorsichtig sein. Außerdem ist der Kerl vom Sicherheitsdienst nach Waffen abgesucht worden.«

»Okay, du bist ja ein großer Junge. Dann bis gleich. Vielleicht liefert dir dieser Besucher ja einen genialen Plan, mit dem wir unseren Auftrag erledigen können.«

Wenig später stand Stark da und betrachtete seinen Besucher. Der war nicht bloß ein Zivilist, sondern einer von jenen mit diesem glatten, äußerst gepflegten Erscheinungsbild, das von einem großzügigen Monatsgehalt kündete. Entweder ein Mitglied der Führungsriege irgendeines Konzerns, allerdings nicht zu weit oben angesiedelt, da er sein Anliegen selbst in die Hand nehmen musste, oder ein Anwalt. Stark kämpfte gegen den ersten negativen Eindruck an, gab dem Besucher die Hand und nahm dann an seinem Schreibtisch Platz. »Was führt Sie zu mir, Mister …?«

Der Zivilist lächelte mit einer sorgfältig kultivierten Authentizität, die bedeutete, dass es sich um ein aufgesetztes Lächeln handelte. »Jones. Frank Jones.«

»Mr. Jones.« Mit einem Knöchel tippte Stark unauffällig auf eine Taste auf seinem Schreibtisch, mit der die Aufzeichnung jeder Unterhaltung im Raum gestartet wurde. Er sah weiter den Besucher an, obwohl er aus dem Augenwinkel ein Warnlicht blinken bemerkte, das nur er sehen konnte. Es machte darauf aufmerksam, dass der Besucher irgendwelche Ausrüstung bei sich trug, die diese Aufnahme störte. *Jones? Ehrlich? Aber für wen arbeitet der Typ?*

Mit einem Lächeln sah sich Jones in Starks Büro um und nickte bewundernd beim Anblick des Displays, das die Mondlandschaft zeigte. »Ein schönes Büro. Wie ich sehe, sind Sie nicht der prahlerische Typ.«

»Mr. Jones, ich bin ziemlich beschäftigt. Was wollen Sie?«

Das Lächeln nahm einen geschäftsmäßigen Zug an. »Ich habe ein Angebot für Sie, Sergeant Stark. Wenn ich richtig verstehe, möchten Sie vorzugsweise mit ›Sergeant‹ angesprochen werden.«

»Das ist richtig.«

»Nun, Sergeant Stark, meine Arbeitgeber machen sich Sorgen wegen der Kosten. Ich bin mir sicher, dass Sie das verstehen können.«

»Und wer sind diese Arbeitgeber, Mr. Jones?«

Wieder nahm Jones' Lächeln einen anderen Zug an, der etwas von einem gemeinsamen Interesse anzudeuten schien. »Sergeant Stark, Sie haben inzwischen Erfahrungen gesammelt, eine große Gruppe von Individuen zu handhaben, die alle auf die gleichen Ziele hinarbeiten. Ganz, wie es in einem Konzern auch der Fall ist. Ich bin mir sicher, diese Erfahrungen werden Ihnen dabei helfen, die Probleme zu erkennen und angemessen einzuschätzen, denen sich meine Arbeitgeber gegenübersehen.«

»Ich weiß noch immer nicht, wer diese Arbeitgeber sind, Mr. Jones.«

»Das ist auch nicht wichtig, Sergeant Stark. Wirklich

nicht. Wichtig ist nur, was meine Arbeitgeber bereit sind, Ihnen zu bieten, wenn Sie im Gegenzug in kleinem Rahmen mit uns kooperieren.«

Stark zog eine Augenbraue hoch. »Welcher Art soll diese Kooperation sein, die Ihre Arbeitgeber erwarten. Und warum sollte ich kooperieren?«

»Warum?« Jetzt schien es so, als würde er zusammen mit Stark auf einen subtilen Witz reagieren. »Wenn die Kosten die Gewinne übersteigen, leidet darunter das Kapital, Sergeant Stark. Die Kosten müssen sich innerhalb eines bestimmten Rahmens bewegen. Einfach ausgedrückt ist ein Krieg ein Kostenfaktor, und in diesem Fall hat er einen zu großen Einfluss auf die Gewinn- und Verlusterwartungen.«

»Ich verstehe.« *Also ein Konzerntyp, der einen oder mehrere Konzerne vertritt. Sicherlich mehr als einen Konzern, immerhin redet er von »Arbeitgebern«.*

»Natürlich verstehen Sie das. Um nun die Kosten zu senken, und so die zu erwartenden Verluste niedriger ausfallen zu lassen, und um die Gewinnerwartungen wieder auf das Niveau zu bringen, das von den Finanzmärkten bevorzugt wird, müssen meine Arbeitgeber die Kontrolle über ihre Anlagen hier auf dem Mond zurückerlangen und auch die Voraussetzungen schaffen, neue Angestellte herzubringen, die bereit sind, sich an die Bedingungen ihrer Arbeitsverträge zu halten. Sie, Sergeant Stark, spielen dabei eine maßgebliche Rolle.«

Diesmal zog Stark beide Augenbrauen hoch. »Schön zu wissen, dass ich so wichtig bin.«

»Sie sind sehr wichtig. Manager erkennen das Talent anderer Manager, und sie passen aufeinander auf. Meine Arbeitgeber möchten nichts weiter, als dass Sie kooperieren, damit sie ihre gesteckten Ziele erreichen können.«

»Kooperieren? Und wie?«

Mr. Jones legte die gefalteten Hände in den Schoß und war mit einem Mal sehr ernst. Er hatte sichtlich in den Verhandlungsmodus umgeschaltet. »Idealerweise schaffen Sie die Bedingungen für eine zügige Rückgabe des Eigentums meiner Arbeitgeber.«

»Sie meinen, ich soll dafür sorgen, dass die Kolonie kapituliert?«

»Eine Kapitulation ist unter den gegebenen Umständen sicher nicht sehr wahrscheinlich, richtig? Nein, Sergeant Stark, Sie haben gute Arbeit geleistet. So hervorragend, dass unsere Ziele nur noch erreicht werden können, wenn die Streitkräfte besiegt werden, die diese Kolonie verteidigen.«

»Also möchten Sie, dass ich etwas arrangiere, das die von mir angeführten Streitkräfte verlieren lässt?« Insgeheim wunderte sich Stark, dass er immer noch so ruhig und gelassen dasitzen und reden konnte, obwohl er innerlich vor Wut kochte.

»So extrem muss das nicht ablaufen. Es könnte zum Beispiel der eine oder andere Sicherheitscode dem Gegner zugespielt werden. Oder ein Wurm gelangt in die Überwachungssysteme, die daraufhin den vorrückenden Feind nicht mehr anzeigen. Sie könnten dem Ganzen sehr schnell ein Ende setzen, was natürlich auch das Risiko verringert, dass eine größere Zahl weiterer Soldaten diesem auf bedauerliche Weise fehlgeleiteten Kampf zum Opfer fallen.«

»Aha. Und was war noch der Grund dafür, dass ich mich darauf einlassen will?«

»Nun, das sind natürlich die gleichen Interessen, die auch meine Arbeitgeber verfolgen.« Frank Jones lehnte sich ein wenig vor und lächelte flüchtig, so als würde er Stark in etwas absolut Vertrauliches einweihen. »Sergeant Stark, meine Arbeitgeber sind bereit, Ihnen Ihre Kooperation äußerst angemessen zu vergüten, selbstverständlich.«

»Selbstverständlich.«

»Mir ist klar, dass eine Million Dollar nicht mehr die Summe ist, die es mal war. Außerdem wären Ihre Dienste von beträchtlich höherem Wert. Daher hat man mich autorisiert, Ihnen als Lohn für Ihren professionellen Dienst die Summe von einhundert Millionen Dollar anzubieten. Zahlbar auf jedes von Ihnen gewünschte Bankkonto, was sich von selbst versteht.«

»Ja, natürlich.« Stark musste mit sich ringen, um äußerlich Ruhe auszustrahlen. »Von dem Geld habe ich aber nichts mehr, wenn ich tot bin, nicht wahr? Die Regierung will mich vor ein Kriegsgericht bringen und mich anschließend erschießen lassen.«

»Das ist uns klar. Natürlich müssten Sie sozusagen ›sterben‹, damit die Justizbehörden Ruhe geben. Aber es ist alles ziemlich einfach. Sie werden an einen von Ihnen ausgesuchten Ort gebracht, erhalten passend zu Ihrem frischen Vermögen eine neue Identität, und die Leiche eines anderen wird hier zurückgelassen und als die Ihre identifiziert werden.«

»Wird dieser ›andere‹ nicht etwas dagegen einzuwenden haben, Mr. Jones?«

»Oh, nein, nein, ganz und gar nicht. Für den richtigen Preis bekommt man immer eine Leiche. Wir würden jemanden aussuchen, der eines natürlichen Todes gestorben ist, und ihn Ihren Platz einnehmen lassen. Ein paar Bestechungen, ein Datenaustausch im forensischen Labor, und schon wird die DNS als Ihre ausgewiesen. Das ist alles ganz einfach.«

»Das glaube ich Ihnen. Aber wie können Sie so sicher

sein, dass gerade dann jemand stirbt, wenn Sie ihn brauchen.«

»Es sterben doch ständig Leute an natürlichen Ursachen, oder nicht?«

»Ja, da haben Sie recht.« *Wer hat noch gleich erklärt, dass jeder Tod als Herzversagen deklariert werden konnte? Natürliche Todesursachen. Unfassbar!* »Ich muss zugeben, Ihr Angebot ist weitaus besser als das, was General Meecham mir vor einer Weile gemacht hatte.«

Jones' Lächeln nahm einen spöttischen Zug an. »Sie können nicht erwarten, dass das Militär Ihnen tatsächlich gute Angebote machen wird.«

»Davon habe ich gehört.« Stark lehnte sich zurück und ließ es jetzt zu, dass sich seine Miene verhärtete. »Lassen Sie mich Ihnen etwas deutlich machen: Ich bin an Ihrem Angebot nicht interessiert, weder jetzt noch später. Manche Dinge und manche Menschen lassen sich nun einmal nicht kaufen, auch nicht für hundert Millionen Dollar.« Jones nickte höflich und lächelte unbeirrt weiter. »Es stört Sie gar nicht, was ich Ihnen gerade eben gesagt habe?«

»Nein, natürlich nicht. So oder ähnlich reagiert jeder. Daher weiß ich auch, wofür das eigentlich gut sein soll.«

»Und wofür, Mr. Jones?« Starks Stimme war so leise geworden, dass sein Gegenüber sich schon ein wenig anstrengen musste, um ihn verstehen zu können.

»Natürlich ist das Ihr Eröffnungsschachzug, um einen höheren Auszahlungsbetrag für sich herauszuholen. Wir müssen da keine Spielchen treiben. Meine Arbeitgeber erkennen an, dass Ihre Position in gewisser Weise vergleichbar ist mit der eines Chief Executive Officer in einem Konzern. Daher entspricht die Auszahlung an Sie auch ein-«

Stark hatte einen Finger auf Jones gerichtet und sein Ge-

sicht war dabei so todernst geworden, dass der Konzernre-
präsentant vor Schreck mitten im Wort abbrach. »Jetzt ist
der Punkt erreicht, von dem an ich nicht länger bereit bin,
mir diesen Unsinn anzuhören. Nein, Sie kleiner Mistkerl,
ich bin nicht so wie einer von Ihren CEOs. Ich setzte mich
nicht mit einem Haufen Geld ab, wenn etwas nicht ganz
nach Plan verläuft. Ich opfere nicht dutzende meiner Untergebenen, nur um von meinen eigenen Fehlern abzulenken.
Und ganz bestimmt hintergehe ich nicht die Menschen, die
mir ihr Leben anvertraut haben.« Er streckte die Hand aus
und tippte für seinen Besucher erkennbar auf die Komm-
Taste auf seinem Schreibtisch. »Sicherheitszentrale, hier ist
Stark. Ich brauche zwei MPs, die Mr. Jones aus dem Hauptquartier begleiten. Und Sie müssen Kontakt mit Ms. Sarafina im Büro des Koloniemanagers aufnehmen und ihr sagen, dass ihre Sicherheitsleute bestimmt auch mit Mr. Jones
reden wollen.« Endlich hörte Jones auf zu lächeln, gleichzeitig wurde sein Gesicht blass.

»Sie wollen, dass wir den Ziv den Ziv-Sicherheitsleuten
der Kolonie übergeben, Commander?«

»Ganz richtig. Aber ich muss die Gewissheit haben, dass
diese Sicherheitsleute von Ms. Sarafina begleitet werden. Ist
das klar?« Wachleute konnten bestochen werden, und Stark
wollte nicht das Risiko eingehen, einen Gefangenen, für den
hundert Millionen Dollar oder mehr alltägliche Summen
darstellten, in die Obhut von zweifellos unterbezahlten und
überarbeiteten Sicherheitsleuten zu übergeben.

»Verstanden, Commander. Die MPs machen sich sofort
auf den Weg.«

»Gut. Dann sorgen Sie dafür, dass einer von ihnen der
Commander der laufenden Schicht ist.« Die Anwesenheit
eines Senior-Unteroffiziers mochte einen Bestechungsver-

such zwar nicht völlig verhindern, aber es würde schon um einiges schwieriger sein, den Versuch überhaupt zu beginnen.

Jones schüttelte den Kopf und schaute ernst drein. »Sergeant Stark, das ist wirklich unnötig. Wir können ganz sicher zu einer Einigung kommen, ohne Drohungen auszusprechen. Aber wenn meine Arbeitgeber davon erfahren, kann es sein, dass sie ihr Angebot zurückziehen. Sie müssen unbedingt ...«

»Erzählen Sie mir nicht, was ich tun muss!« Starks Tonfall traf Jones wie ein Fausthieb, sodass der elegante Zivilist minutenlang stumm dasaß, bis die MPs eintrafen.

»Da haben Sie Ihren Gefangenen. Ich weiß, bevor man ihn durchgelassen hat, wurde er nach Waffen durchsucht. Aber er trägt irgendwelche Technologie am Körper, die mein Aufzeichnungsgerät gestört hat. Vielleicht ist er ja noch mit anderen Dingen ausgerüstet, die wir nur noch nicht gefunden haben. Passen Sie gut auf ihn auf, aber hören Sie nicht hin, was er ihnen vielleicht erzählen will.«

Die Soldatin musterte Jones mit einem abfälligen Blick. »Müssen wir ihn in Handschellen legen, Sir?«

»Ach, das geht schon. Falls er weglaufen will, holen Sie ihn ein und lassen ihn ein paarmal von der nächstbesten Wand abprallen. Versuchen Sie aber, das so zu machen, dass es keine Schäden gibt.«

»Jawohl, Sir. Schäden am Gefangenen ... oder an der Wand?«

»An der Wand.«

»Ja, Sir.« Dann machten sich die MPs auf den Weg, Frank Jones ging zwischen den beiden, seine falsche Höflichkeit war einem völlig verblüfften Gesichtsausdruck gewichen.

Nachdem sie mit Jones weggegangen waren, saß Stark

noch eine Weile da, dann betätigte er wieder die Komm-Taste. »Sergeant Yurivan? Ich muss mit Ihnen reden, Stace.«

Yurivan klang seltsam betreten, als sie sich meldete. »Gut, ich muss nämlich auch mit Ihnen reden.«

»Dann sollten wir das bei der Stabsbesprechung erledigen, die Vic gleich einberu-«

»Nein, ich möchte unter vier Augen mit Ihnen reden, Sir. Ich bin in ein paar Minuten da.«

»Okay.« Stark beendete die Verbindung und ließ den Blick auf dem Schreibtisch ruhen, als könnte dessen Oberfläche ihm die Erklärung für Yurivans rätselhafte Worte liefern. Bahnt sich eine neue Meuterei an? Hat Stacey noch einen Spion entdeckt? Oder weiß sie womöglich nur, dass es einen weiteren Spion gibt, aber sie hat keine Ahnung, wer es ist?

Er hatte soeben Campbell von »Frank Jones« berichtet, da betrat Sergeant Yurivan sein Büro. »Hi, Stace, setzen Sie sich.« Stark beendete das Gespräch, lehnte sich zurück und machte keinen Hehl aus seiner Neugier.

Yurivan ließ sich in den Sessel ihm gegenüber sinken und sah ihn missmutig an, bis er sie schließlich mit einer Geste aufforderte. »Okay, Stace, was ist los? Wieso diese Privatkonferenz, und was ist der Grund für Ihre mürrische Miene?«

»Weil das privat bleiben soll und weil ich mich mies fühle. Ich bin nämlich im Begriff etwas zu tun, wofür ich mich hassen werde.«

»Stace, wenn Sie versuchen sollten, mich zu küssen, werde ich Ihnen eine reinhauen.«

Diese Erwiderung ließ Yurivan grinsen. »Stark, es gibt immer noch ein paar Dinge, die ich niemals tun würde, und das gehört dazu.«

»Danke. Und jetzt raus mit der Sprache. Ich habe nicht den ganzen Tag Zeit.«

Prompt machte sie wieder einen verärgerten Eindruck. »Ich muss Ihnen etwas sagen. Ich habe mit einem Mann namens Maguire gesprochen.«

»Maguire? Sagt mir nichts. In welcher Einheit ist er?«

»In gar keiner. Er ist der Chef der CIA. Sie wissen schon, der große Boss von Spook Central.«

»Ich weiß, was die CIA ist. Aber was wollte dieser Maguire von Ihnen?«

»Was glauben Sie, was er wollte? Er hat versucht, mich zu überreden, Sie alle ans Messer zu liefern. Ich sollte den Behörden daheim helfen, Sie zu besiegen. Als Anreiz hat er mir eine hübsche Summe Geld und eine neue Identität in Aussicht gestellt.«

»Hm.« Stark rieb sich übers Kinn und sah Yurivan nachdenklich an. *Ich frage mich, wer hier in der Kolonie sonst noch von solchen Typen angesprochen worden ist.* »Ich wusste gar nicht, dass der Chef der CIA persönlich seine potenziellen Rekruten aufsucht.«

»Ich auch nicht. Wahrscheinlich bin ich was Besonderes.«

»Ja, etwas Besonderes sind Sie tatsächlich. Dass Sie mir jetzt davon erzählen, bedeutet dann aber, dass Sie nicht auf das Angebot eingegangen sind.«

»Bin ich nicht. Hören Sie, Stark, ich erledige die Dinge auf meine Weise, und es macht mir auch nichts aus, mit irgendwem einen Deal einzugehen, aber ich bin noch nie jemandem in den Rücken gefallen. Und das werde ich auch nicht machen. Allerdings hat es mir schon geschmeichelt, so ein Angebot zu bekommen.«

»Wenn Sie doch abgelehnt haben, warum erzählen Sie mir davon?«

Der Ärger war in ihre Miene zurückgekehrt, doch Stark konnte nicht sagen, ob der gegen ihn oder gegen jemand anders gerichtet war. »Weil ich mit ihm gesprochen habe, okay? Früher oder später hätten Sie vielleicht irgendwen darüber reden hören. Sergeant Yurivan hat Gespräche mit der Gegenseite geführt, vielleicht hat sie ja was für sich ausgehandelt. Und dann wollen Sie meinen Kopf auf einem Silbertablett serviert bekommen.«

Stark nickte. »Indem Sie es mir jetzt sagen, schützen Sie sich selbst. Okay, das verstehe ich. Aber warum um alles in der Welt sind Sie so unglaublich wütend? Tut es Ihnen etwa leid, dass Sie das Angebot ausgeschlagen haben?«

»Hah! Ich habe Sie schon mal gewarnt, Stark! Versuchen Sie nicht, mich zu analysieren. Ich bin so sauer, weil ich nur darauf warten kann, dass Sie mich feuern.«

»Ich Sie feuern? Wieso?«

»Weil Sie mir jetzt nicht mehr vertrauen können. Warum muss ich Ihnen das auch noch alles erklären?«

»Weil ich dumm bin, Stacey. Erklären Sie es mir. Sie haben es gesagt, und ich will wissen, warum ich Ihnen jetzt nicht mehr vertraue.«

Ungläubig sah sie ihn an, dann lachte sie. »Sie sind mir einer, Stark. Also gut. Was, wenn ich gelogen hätte? Wenn ich Maguires Angebot sehr wohl angenommen hätte?«

»Warum sollten Sie mir dann davon erzählen?«

»Um mich selbst zu schützen. Wenn Sie später herausfinden, dass ich mit dem Feind geredet habe, dann sagen Sie sich: ›Ach ja, genau. Yurivan hat mir davon erzählt. Alles bestens.‹ Richtig?«

»Ja, richtig. Haben Sie gelernt, so zu denken, oder ist das eine natürliche Gabe?«

»Das ist eine Gabe. So, dann bringen wir's jetzt bitte hinter uns, Stark. Feuern Sie mich, sperren Sie mich ein. Tun Sie, was Sie für nötig halten, ich werd's schon überleben.«

»Davon bin ich überzeugt. Und wahrscheinlich hätten Sie den ganzen Trakt spätestens nach einer Woche von Ihrer kleinen Zelle aus fest in der Hand.« Lächelnd lehnte sich Stark nach hinten. »Also soll ich Sie feuern, weil die CIA bei Ihnen angeklopft hat. Und wenn das der Sinn der Aktion gewesen ist, Stace? Oder zumindest ein Teil davon?«

»Wie? Was wollen Sie damit sagen?«

»Dass es darum geht, Misstrauen zu säen. Wären Sie auf das Angebot eingegangen – gut. Dann hätten sie einen Spitzel genau dort gehabt, wo sie ihn brauchen. Lehnen Sie ab, kann ich Ihnen nicht länger trauen, weil ich nicht weiß, was sich tatsächlich abgespielt hat. Also muss ich Sie feuern, und damit verliere ich jemanden, der verdammt gut darin ist, mich und jeden anderen Affen hier oben zu beschützen. So oder so gewinnen Maguires Hintermänner, und wir verlieren. Richtig?«

Jetzt war es an Yurivan, zustimmend zu nicken. Widerwillige Bewunderung spiegelte sich in ihrem Gesicht wider. »Ja. Daran hatte ich gar nicht gedacht. Guter Gedanke. Sie sind immer noch für eine Überraschung gut, Stark.«

Ich wünschte, die Leute würden aufhören, mir das zu erzählen. »Danke. Vermute ich jedenfalls. Abgesehen davon haben Sie nicht als Einzige ein Angebot erhalten, Stacey. Ich hatte vorhin jemanden hier, der versucht hat, mich zu kaufen. Deshalb hatte ich Sie auch angerufen.«

»Sie kaufen?« Yurivan setzte sich gerader hin und hatte vor Neugier ihre schlechte Laune prompt vergessen. »Wer hat das Angebot gemacht?«

»Das hat er nie ausdrücklich gesagt, aber ich bin mir sicher, dass hinter seinen ›Arbeitgebern‹ ein Großteil der auf dem Mond vertretenen Konzerne steckt, die ihr Eigentum zurückhaben wollen. Er redete auf jeden Fall wie einer von diesen Geschäftstypen, und er hat versucht, mir zu schmeicheln, indem er mich mit einem hochkarätigen Konzernmanager verglichen hat.«

»Hm, das war nicht allzu klug. Wie viel hat er Ihnen geboten?«

Stark zuckte mit den Schultern. »Hundert Millionen.«

»Hundert Millionen Dollar? Und das haben Sie abgelehnt?«

»Hätten Sie nicht abgelehnt?«

»Ähm … reden wir über was anderes. Wo ist der Kerl jetzt?«

Er warf einen Blick auf die Uhr. »Inzwischen dürfte er Bekanntschaft mit einer Arrestzelle im Gefängnistrakt der Kolonie gemacht haben.«

»Ich möchte wetten, dass die nicht so bequem ist wie ein Resort der Business-Klasse.«

»Wahrscheinlich nicht. Hey, vielleicht hat der Kerl ja auch für Maguire gearbeitet. Immerhin hat er kein Wort zu seinen Arbeitgebern gesagt, sondern nur angedeutet, dass er im Auftrag verschiedener Konzerne unterwegs ist.«

Diesmal war es Yurivan, die mit einem Achselzucken reagierte. »Möglich wäre es, aber nicht jede dubiose Gestalt arbeitet zwangsläufig für die CIA. Bestimmt sehr viele von ihnen, aber eben nicht alle.«

»Sie ja schließlich auch nicht«, sagte er und entlockte ihr damit ein Lächeln. »Ich sage es, wie es ist, Stace: Ich vertraue Ihnen. Gott allein kennt den Grund dafür.«

»Sie haben es doch selbst gesagt: Sie sind dumm.«

»Stimmt, das habe ich gesagt. Aber selbst wenn ich klüger wäre als alle Menschen auf dem Mond zusammen, könnten Sie mir immer noch was vormachen, nicht wahr? Genau deshalb habe ich Sie ja auch zur Sicherheitsoffizierin gemacht. Bislang habe ich keine Beschwerde auf den Tisch bekommen, die die Art und Weise betrifft, wie Sie Ihren Job machen. Okay, vielleicht könnten Sie von Zeit zu Zeit mit etwas weniger Insubordination ans Werk gehen. Aber abgesehen davon bin ich zufrieden.«

Sie nickte und sah ihn mit berechnender Miene an. »Und was wollen Sie jetzt, Stark? Vergessen wir einfach, was vorgefallen ist?«

»Nein, wir nehmen das zu den Akten – was der Kerl von mir wollte und was Maguire mit Ihnen besprochen hat.«

»Gute Idee. Und dann sollten wir allen berichten, was passiert ist.«

»Allen? Wieso?«

»Wenn wir verbreiten, dass man mit uns Kontakt aufgenommen hat und wir die Angebote abgelehnt haben, dann wird jeder andere, an den sich auch noch einer von diesen Typen heranmacht, sofort wissen, dass wir nach solchen Kontaktversuchen Ausschau halten. Das wird viele Leute genügend erschrecken, um sie davon abzuhalten, sich auf irgendwelche Deals einzulassen.«

»Gute Idee.« Stark warf ihr einen anerkennenden Blick zu. »Sie wissen eine ganze Menge über Spionage und Sicherheit und so weiter. In was waren Sie verstrickt, bevor das hier seinen Anfang nahm, Stace?«

»Ich? Ich war nie in irgendwas verstrickt, Stark. Ich bin so jungfräulich wie eine Lage Neuschnee.«

»Aber klar doch. Und ich möchte wetten, dass Sie bereit wären, mir diesen Schnee mit einem ordentlichen Rabatt zu verkaufen.«

»Wenn Sie ihn haben wollen, bekommen Sie ihn zu Ihrem persönlichen Sonderpreis. Mit der Garantie, dass der Schnee gefroren bleibt, bis er taut.«

»Raus hier, Stace. Wir sehen uns bei der Stabsbesprechung.«

»Aber ja, Sir, Commander.« Yurivan stand auf, salutierte überzogen präzise und verließ dann den Raum im Gleichschritt zu einer Marschmusik, die niemand außer ihr hören konnte.

Stark lag nahe der äußersten Verteidigungslinie rund um die amerikanische Kolonie und betrachtete durch sein Visier die sich ihm bietende Aussicht. Scans hoben die Stellen hervor, wo kurze Bewegungen der feindlichen Streitkräfte hinter deren Linie festgestellt worden waren. Außerdem konnte er die gelegentlichen Positionsveränderungen seiner eigenen Leute zur Linken und zur Rechten sowie hinter ihm beobachten. Rechts von ihm befand sich nicht weit entfernt ein verborgener Bunker, in dem ein Trupp Soldaten untergebracht war. Die Stellung bildete das Herzstück des Frontabschnitts.

In diesem Bunker achteten die Soldaten auf jede noch so winzige Bewegung sowie selbst die unbedeutendste Emission oder kleinste Anomalie, die auf feindliche Aktivitäten hinweisen mochte. Ergab sich aus diesen Beobachtungen, dass man es mit einer gegnerischen Sonde zu tun hatte, eröffneten im Mondboden versteckte Waffen sofort das Feuer und nahmen jeden mit Granaten und Hochgeschwindigkeitsprojektilen unter Beschuss, der leichtsinnig genug war, die Verteidigungsbereitschaft auf die Probe zu stellen. Auf der anderen Seite des Areals fanden sich zwischen den gegnerischen Streitkräften ganz ähnliche Bunker und Waffensysteme, die ihrerseits nur darauf lauerten, dass Starks

Truppen eine Regung erkennen ließen. Das Gebiet dazwischen war schon vor langer Zeit auf den Namen Todeszone getauft worden, der nicht treffender hatte gewählt werden können, war es einem Soldaten doch praktisch unmöglich, lebend die andere Seite zu erreichen.

Seit einiger Zeit herrschte Ruhe, es gab nur kleinere Vorstöße von beiden Seiten, um den Gegner auf die Probe zu stellen. Stark wollte keine Soldaten verlieren, nur um eine feindliche Verteidigungsbereitschaft zu testen, die längst zu viele Menschenleben gekostet hatte – erst recht nicht, seit die Amerikaner durch Starks Einschreiten ihr langfristiges Ziel aufgegeben hatten, die Kontrolle über sämtlichen Besitz auf dem Mond zu übernehmen. Der Feind wiederum hatte über die Jahre hinweg bei seinen eigenen Offensiven gegen die Kolonie schwere Verluste hinnehmen müssen. In jüngerer Zeit hatte er dann noch einige schmerzhafte Lektionen gelernt, die ihm von Starks ungewohnt flexiblen und damit unberechenbaren Streitkräften erteilt worden waren. Der Krieg auf dem Mond, der von Anfang an ein kostspieliges Unterfangen gewesen war, hatte die kämpfenden Parteien buchstäblich ausgesaugt. Die herrschende Ruhe hatte nichts damit zu tun, dass irgendeine Seite über- oder unterlegen war. Vielmehr waren die Bestände an Soldaten, an Vermögen und an neuen Ideen schlicht erschöpft.

Doch die Ruhe würde nicht mehr lange anhalten. Sobald die Arbeiten abgeschlossen waren, die Stark momentan beobachtete.

Ein großer Teil der Aktivitäten verlief allerdings vor den Blicken Neugieriger abgeschirmt. Gepanzerte Bulldozer hatten Steine und Staub vormaliger Stellungen abgetragen und zu einem Wall aufgetürmt, der die offene Seite des

Fleischwolfs abschloss. Der Wall reichte nicht so hoch wie die Kraterwände links und rechts davon, doch es genügte, um eine direkte Beobachtung der Taloberfläche zu verhindern. Kleine seismische Beben innerhalb des Walls waren von Starks Technikern analysiert worden, die zu dem Schluss gekommen waren, dass in aller Eile vorgefertigte Verteidigungsanlagen im Wall eingegraben wurden. Zweifellos zusammen mit zahllosen Sensoren, die ein ungehindertes Ausspionieren von Starks Streitkräften erlaubten. Mindestens ein Tunnel war unter dem Wall gegraben worden, schätzten die Techniker, vermutlich sogar mehrere, die bis auf Weiteres nur über eine minimale Öffnung verfügten, um ihre Position zu kennzeichnen. Ganz öffnen konnte man sie dann, wenn das zum Einsatz kommen sollte, für das sie gegraben worden waren.

Shuttles setzten zur Landung an, sie zogen als helle Lichtpunkte durch das Schwarz des Himmels und ließen feine, nur langsam wieder zu Boden sinkende Staubwolken aufsteigen, als sie auf der neuen Landebahn zum Stehen kamen. Diese Bahn war erst vor Kurzem in die Oberfläche des Tals getrieben worden. Die Flugbahnen der Shuttles führten sie gefährlich nahe an die Reichweite der Waffen heran, über die die Kolonie verfügte, dennoch hatte Stark nicht versucht, sie unter Beschuss zu nehmen. Schließlich wusste er nicht, wer sich an Bord befand, und er hatte keine Lust, ein Shuttle zu treffen, das mit amerikanischen Truppen besetzt war.

Stacey sagt, ihren Quellen zufolge werde das Pentagon eine verstärkte Brigade aus der Zweiten Division absetzen, um für die Sicherheit der Basis im Fleischwolf zu sorgen. Aus wie vielen Soldaten besteht ein Brigade-Gefechtsteam? Ich weiß, die Zweite Division war unterbesetzt. Wenn sie Leute in dieser einen Brigade zusammengefasst haben, dann dürfte auf der Erde nur noch gut eine vollwertige Brigade verblieben sein. Wie können die bloß ein solches Risiko eingehen? Selbst mit unserer gesamten Hi-Tech-Ausrüstung kann eine einzige Brigade niemals das ganze Land verteidigen. Was ist, wenn ein paar unserer langjährigen Feinde daheim auf die Idee kommen, dass jetzt der ideale Zeitpunkt ist, um eine Division Soldaten über die Grenze zu schicken und in eine unserer Städte einmarschieren zu lassen? Was sollen wir dann machen? Atombomben auf die Stadt werfen, um sie wieder loszuwerden?

Stark wusste sehr wohl, dass er die gleichen Bilder mit allen Sensoranzeigen über die Aktivitäten im und rund um den Fleischwolf auch in seinem Kommandozentrum hätte betrachten und auswerten können. Stattdessen lag er draußen inmitten der verstreuten Felsbrocken am Rand des eigenen Terrains und sah sich persönlich um. Grübelnd nahm er alle Informationen in sich auf, die ihm dieser direkte Kontakt bot. *Ich muss wissen, wie sich dieses Gelände anfühlt. Wie es sich anfühlt, wenn man sich hier aufhält. Ich muss das wissen, bevor die Jabberwocks das alles ins Chaos stürzen.*

»Ethan?«

»Ja, Vic?«

»Ich nehme an, du siehst nichts, was wir nicht vorher auch schon gesehen haben.«

»Richtig.« Er lächelte, dann bewegte er sich gerade weit genug, um nach links hinten schauen zu können, wo Vic Reynolds auf den Boden gedrückt lag, die so wie er eine Gefechtsrüstung trug.

»Die Jabberwocks werden durch diesen Tunnel da kommen, und vermutlich ist das auch nicht der einzige.«

»Das war auch mein Gedanke. Sobald sie den Tunnelausgang freisprengen, werden wir wissen, dass sie auf dem Weg sind.«

»Genau. Natürlich werden die Jabberwocks bei ihrem Vorrücken durch die umherfliegenden Bruchstücke und durch den Staub erst mal unseren Blicken verborgen bleiben.« Vic verstummte für einen Moment. »Und wenn die Nano-Patronen nicht funktionieren, Ethan? Was, wenn wir sie uns auf die harte Tour vornehmen müssen?«

»Dann werden wir es eben auf die harte Tour machen.«

»Ich finde, wir sollten sicherstellen, dass jeder Schütze darauf vorbereitet ist, notfalls sofort auf konventionelle Munition umzustellen, wenn wir den Befehl geben.«

»Gute Idee, Vic. Wir werden dafür sorgen, dass jeder Bescheid weiß.« Stark beobachtete die Szene noch etwas länger, während er zu erfassen versuchte, was er bei alldem empfand. Als ihm ein paar seiner Gefühlsregungen schließlich bewusst wurden, musste er unwillkürlich lachen. »Hey, Vic, willst du mal was Komisches hören?«

»Ich hätte nichts gegen einen guten Witz einzuwenden.«

»Ich meinte das nicht so, dass es zum Lachen ist. Ich meinte das mehr im Sinne von ›seltsam‹.« Während er weiterredete, ließ er den Blick über den Fleischwolf wandern. »Ich sehe mir an, was da drüben los ist, und auf einmal muss ich denken: ›Genau. So machen wir das.‹«

»Wie bitte?«

»So machen wir das. Wir Amerikaner. Wir bauen Dinge. Sieh es dir an! Wir schieben Schutt hin und her, wir bauen was auf, schaffen was Großes. Irgendwie cool, findest du nicht? Wir sind Amerikaner. Wir bauen Sachen.«

»Ethan, du bist ein hoffnungsloser Fall. Ich will dich ja nicht ärgern, aber die bauen da drüben nur was, damit sie herkommen und hier alles kaputtschlagen können. Dich und mich eingeschlossen.«

»Ich weiß, ich weiß. Und was denkst du, wenn du das da drüben siehst?«

Vic antwortete in einem nachdenklichen Tonfall, als müsse sie erst noch überlegen, was ihr alles durch den Kopf ging. »So einiges. Stacey hat mir noch ein paar Informationen mitgegeben, bevor wir uns auf den Weg hierher gemacht haben.«

»Gute oder schlechte Informationen?«

»Gibt es jemals gute Informationen? Sie hat zuverlässige Informationen, dass einige Leute in dieser Brigade der Zweiten Division aus anderen Einheiten kommen.«

»Das wissen wir doch schon. Sie mussten dafür Leute aus anderen Brigaden der Division abziehen.«

»Nein, Ethan, es geht um Einheiten, die nicht zur Zweiten Division gehören. Darunter befinden sich einige Überlebende der Dritten Division.«

»Die Dritte?« Starks Blick kehrte zurück in die Ferne, während er an die Überreste der Dritten Division dachte, die dank seiner Meuterei überlebt hatte. Nur ein paar hatten sich Stark angeschlossen, die meisten anderen hatten die Rückkehr zur Erde gewählt, darunter auch sein alter Freund Sergeant Rash Paratnam. *Rash, du hast mein Angebot rundweg abgelehnt. Genau genommen hättest du mir auf meine Frage hin am liebsten den Kopf abgerissen. Allerdings war auch gerade erst deine Schwester getötet worden, und ich war auch noch derjenige, der es dir sagen musste. Jetzt könntest du auf einmal wieder hier sein. Was, wenn wir uns auf einmal gegenüberstehen und unsere Waffen aufeinander gerichtet halten? Vielleicht bin ich ja in der Hölle gelandet.* »Irgendwelche Namen?«

»Nein.« Nach einer kurzen Pause fügte sie hinzu: »Ich hatte auch ein paar Freunde in dieser Einheit. Aber es kommt noch schlimmer.«

»Ich weiß nicht, ob ich das überhaupt wissen will.«

»Diese Soldaten des Fünften Bataillons. Die Meuterer, die wir nach Hause geschickt haben, um im Gegenzug mehr von unseren Angehörigen raufzuholen. Die sind jetzt auch bei der Zweiten Division.«

»Warum zum Teufel machen die so was? Glaubst du, sie haben sich freiwillig dafür gemeldet?«

»Das möchte ich sehr stark bezweifeln. Wahrscheinlich wurden sie raufgeschickt, weil sie auf dem Mond gedient und entsprechende Erfahrung haben, Ethan. Diese Art von Erfahrung ist bei den Truppen der Zweiten Division nicht zu finden.«

»Ja, damit dürftest du recht haben. Verdammt. Wir haben uns schon die Frage gestellt, ob wir es wohl fertigbringen, auf andere Amerikaner zu schießen. Wenn wir jetzt auch noch ein paar von denen persönlich kennen, macht es das Ganze nur noch schwieriger.«

»Aber wir wissen, dass sie auf uns schießen werden. Während der Meuterei haben sie das zumindest schon getan.«

»Richtig.« Stark ging im Geiste die Soldaten des Fünften Bataillons durch und versuchte, sich an die dreißig zu erinnern, die zu tief in die Meuterei verstrickt gewesen waren, als dass er sie mit einer Verwarnung hätte davonkommen lassen. »Nein, auch das macht es nicht gerade leichter. Du hast von verschiedenen Dingen gesprochen. Was gibt es noch?«

»Na ja, ich frage mich inzwischen, ob wir mit Blick auf diese Jabberwocks irgendetwas Wichtiges übersehen haben.«

»Wie meinst du das?«

»Weißt du, als ich hier so rumgelegen und mir die Todeszone angesehen habe, die sie überqueren müssen, da habe ich überlegt, wie wohl unsere Befehle aussehen würden, wenn die in unser taktisches System eingespielt würden. Ich meine, uns würde doch genau wie immer jeder einzelne Schritt vorgeschrieben, nicht wahr?«

»Ja, und das werde ich so bald auch nicht vergessen können. Wir haben ja schon überlegt, dass diese Jabberwocks irgendein taktisches Supersystem haben müssen, um das Gleiche tun zu können.«

»Ja, aber das ist es ja, Ethan. Überleg doch mal. In unserem taktischen System waren immer ganz präzise Befehle aufgelistet. ›Tu das. Geh dahin. Tu jenes.‹ Die Jabberwocks müssen doch ihre Befehle ebenfalls klar vorgegeben bekommen. Richtig?«

»Natürlich.«

»Aber wenn wir mit etwas Unerwartetem konfrontiert wurden, das im taktischen System nicht vorgesehen war ... was haben wir dann gemacht?«

Stark konnte in seiner Rüstung nicht mit den Schultern zucken, dennoch vollzog er die Geste zumindest in Gedanken. »Wir haben improvisiert, nach einem Weg um das Problem gesucht. Was gerade nötig war ... oh, ich glaube, ich weiß, worauf du hinauswillst.«

»Genau. Unsere Vorgesetzten wollten immer schon Soldaten, die nicht denken, sondern die stur die Befehle befolgen, die ihnen erteilt werden. Jetzt haben sie diese Soldaten in der Gestalt der Jabberwocks. Da es keine Verbindung zu irgendjemandem gibt, der ihnen helfen könnte, müssen sie sich ganz auf ihr taktisches System verlassen, das ihnen die Vorgehensweise vorgibt.«

»Und wir legen ihnen Steine in den Weg, auf die ihr taktisches System nicht eingestellt ist.«

»Exakt. Dann werden sie erst mal überlegen müssen, was sie nun am besten tun. Wir können es zwar nicht mit ihren Reflexen und ihrer Schnelligkeit aufnehmen, aber ich möchte wetten, wir kommen mit einer Gefechtssituation immer noch besser klar als jede KI, die sie in diese Dinge einbauen können.«

Stark betrachtete seinen Scan, konzentrierte sich auf die eigenen Verteidigungsanlagen und auf das Gelände vor ihm. Exakte Verteidigungspositionen wurden nur selten identifiziert, dennoch mussten die Jabberwocks so programmiert sein, dass sie das Gebiet großflächig unter Beschuss nehmen konnten, in dem die Bunker zu finden waren. *Ja, wir können das in Verwirrung stürzen, was ein Jabberwock als Gehirn benutzt. Schaden anrichten kann es nicht, aber es könnte von immensem Nutzen sein.*

»Danke, Vic. Ich bin froh, dich auf meiner Seite zu haben.«

»Ach, komm schon, so was sagst du doch bestimmt zu allen Frauen«, konterte sie.

Stark sah auf seinem Display, dass Vics Symbol sich von ihm entfernte.

»Ich ziehe mich jetzt erst aus der unmittelbaren Reichweite des Feindes zurück. Kommst du?«

»In ein paar Minuten.« Stark lag in seiner Gefechtsrüstung auf dem Hügelkamm, unter sich das tote Mondgestein, während er zusah, wie der Feind im Fleischwolf seine Vorbereitungen zum Angriff traf. Stark hatte einfach nur das Gefühl, zu Hause zu sein.

Wären Besprechungen die Lösung für jedes Problem, mit dem sie konfrontiert waren, überlegte Stark, *dann hätte schon vor einer halben Ewigkeit alles erledigt sein können.*

»Das hier dürfte die letzte Stabssitzung sein, bevor es zum großen Angriff auf uns kommt. Ich will, dass jeder noch einmal angestrengt darüber nachdenkt, ob wir irgendetwas bislang nicht berücksichtigt haben. Kleinigkeiten ebenso wie große Dinge. Auf welche wichtigen Fragen brauchen wir eine Antwort?«

Stacey Yurivan lächelte mit leerem Blick vor sich hin und sagte mit versonnener Stimme: »Warum bin ich hier?«

»Um mir das Leben schwerzumachen, Stace. Ich nehme an, Sie haben nichts Neues zu berichten.«

»Nichts von Bedeutung. Die Demonstrationen daheim weiten sich immer mehr aus. Offenbar gefällt den Leuten Ihre Bestätigung, dass wir nie vorhatten, in D.C. reinzuplatzen und bis zum Umfallen Party zu machen. Das war übrigens gute Arbeit, diese Berichte zu verbreiten, die dann zu Ihrem Interview geführt haben.«

»Danke. Die Regierung hat mir dabei geholfen.«

»Habe ich gehört. Anscheinend ist es niemandem gelungen, eine Verbindung Ihres Vaters zu den Berichten zu belegen. Auf jeden Fall wird die Regierung dadurch nur noch stärker unter Druck gesetzt. Man hat versprochen, die Rebellion zu beenden und bis zum Ende des Monats diese Kolonie wieder unter Kontrolle zu bekommen.«

Vic schaute auf den Kalender auf ihrem Display. »Damit bleibt ihnen ja nur noch gut eine Woche.«

»Sehr gut erkannt, Reynolds, nehmen Sie sich einen Donut. Ja, und ich kann mir nicht vorstellen, dass die Generäle darüber erfreut sind, dass die Politiker hinausposaunen, bis wann wir spätestens mit einem Angriff rechnen müssen. Tja, was haben wir noch? Es gab einen weiteren Kurssturz auf dem Aktienmarkt, weil verschiedene Länder ihre Verträge mit den US-Konzernen neu verhandeln wollen. Als die Verträge seinerzeit geschlossen wurden, waren amerikanische Soldaten anwesend, um die Unterschriften zu erzwingen. Diese Soldaten sind jetzt weg, also kann man Stärke zeigen. Wie Sie sehen, handelt es sich einfach nur um den üblichen politischen, wirtschaftlichen und gesellschaftlichen Trubel.«

»Commander Stark?« Alle Blicke richteten sich auf Private Mendoza. »Ich habe mich gefragt, ob die Regierung nicht schon längst weiß, mit welcher Waffe wir uns gegen die Jabberwocks zur Wehr setzen wollen.«

»Die Nano-Munition?« Stark runzelte die Stirn. »Wie kommen Sie darauf? Mir ist klar, völlige Verschwiegenheit gibt es nie, aber ich finde, wir haben uns in Sachen Nano-Munition sehr bedeckt gehalten.«

»Das stimmt, Sir. Aber die Tatsache, dass wir die Meuterei beenden konnten, ohne dass es auch nur einen einzigen toten Meuterer gab, hat in der Kolonie zu umfangreichen Diskussionen geführt. Das wurde auch auf verschiedenen Wegen in Richtung Erde weitererzählt und dort von Vid-Sendern aufgegriffen. Außerdem haben wir einige Meuterer nach Hause geschickt. Auch wenn keiner von ihnen unmittelbar etwas über die Waffe weiß, mit der wir ihre Rüstung außer Gefecht gesetzt haben, so können sie doch den Effekt beschreiben.«

»Das ist wahr.« Stark strich sich übers Kinn und sah die anderen am Tisch an. »Gibt es in irgendeiner Hinsicht genügend Informationen, die das Pentagon zu der Erkenntnis gelangen lassen könnte, dass wir die Rüstungen der Meuterer mit Nanobots abgeschaltet haben? Stacey? Vic?«

Vic schüttelte den Kopf. »Das wissen wir nicht. Aber

wenn das der Fall sein sollte, dann könnte das Pentagon in einem ungewöhnlichen Anfall von Intelligenz zu der Erkenntnis gelangt sein, dass Nanobots, die bei Gefechtsrüstungen Wirkung zeigen, auch Jabberwocks stoppen können. Vielleicht gibt es schon Abwehrmaßnahmen. Mendoza, ich wünschte, das wäre Ihnen früher eingefallen.«

»Tut mir leid, Sergeant Reynolds. Ich habe gerade erst ...«

»Schon okay, Mendo«, unterbrach Stark ihn. »Wir werden Ihnen keinen Strick daraus drehen, dass Sie an etwas gedacht haben, was niemandem von uns in den Sinn gekommen ist. Also, gehen wir vom schlimmsten Fall aus, dass Mendo recht hat, und das Pentagon weiß von der Nano-Munition. Was werden die unternehmen?«

Lamont spreizte die Hände. »Sie werden an Abwehrmaßnahmen arbeiten. Was sonst?«

»Klar, aber welche Art von Gegenmaßnahmen? Die Jabberwocks wären jetzt längst alle gepanzert und nach Möglichkeit auch getarnt. Was könnten sie tun, um Nano-Projektile zu stoppen?« Stimmengewirr machte sich breit, als der Stab eine ganze Reihe von Ideen ins Spiel brachte.

»Eine Rüstung aus mehreren Schichten? Würde das funktionieren?«

»Nein. Aber was ist mit verbesserter Punktverteidigung?«

»Gegen Gewehrkugeln? Auf keinen Fall. Vielleicht kann man sie schneller machen, wodurch es schwieriger wird, sie zu treffen.«

»Das geht aber nur, wenn man die Rüstung leichter macht. Warum sollte jemand ...«

Die Diskussion verstummte, als Bev Manley energisch auf den Tisch klopfte. »Entschuldigen Sie, aber Sie alle vergessen eine Sache: Wenn das Pentagon dahintergekommen ist, dass wir Nano-Munition eingesetzt haben, dann könnten sie inzwischen selbst welche hergestellt haben. Es wäre also möglich, dass wir mit unserer eigenen Waffe konfrontiert werden. Folglich müssen wir herausfinden, wie wir uns davor schützen können.«

Vic rieb sich über die Stirn, als kämpfe sie gegen Kopfschmerzen an. »Das wird ja immer schlimmer.«

Stacey Yurivan lächelte ironisch. »Wir könnten es so handhaben wie unsere Vorgesetzten es immer tun, wenn irgendwas passiert, das nicht zu ihren Plänen passt. Wir tun einfach so, als wäre da gar kein Problem, und machen weiter wie gehabt.«

»Danke, Stace. Sie können gern mehr von diesen hilfreichen Erkenntnissen beisteuern.« Vic wandte sich mit finsterer Miene von ihr ab. »Okay, nehmen wir an, wir müssen uns gegen Nano-Kugeln zur Wehr setzen. Wie machen wir das?«

Unbehagliches Schweigen folgte der Frage, bis Lamont mit einer hilflosen Geste antwortete: »Sie müssen von der Annahme ausgehen, dass Sie früher oder später getroffen werden.«

»Gut«, stimmte Stark ihm zu. »Sie werden also getroffen. Wie gehen wir damit um? Wie können wir die Nanobots davon abhalten, unsere Gefechtsrüstung lahmzulegen?«

Sergeant Gordasa fuchtelte mit einer Hand. »Wissen Sie, wie sich das für mich anhört? Als hätte man es mit einer Infektion zu tun. Sie können die Nano-Viecher nicht daran hindern, ins Innere zu gelangen. Wenn das nicht geht, stellt sich die Frage, wie man sie davon abhalten kann, Schaden anzurichten, wenn sie erst mal eingedrungen sind. Könnte man mit so was arbeiten wie mit … na ja … einer Nano-Impfung? Oder mit einem Nano-Gegengift?«

Vic wandte sich Stark zu. »Gordo hat recht. Wir müssen das Ganze wie ein medizinisches Problem angehen. Aber eine Impfung dürfte nicht machbar sein, jedenfalls nicht innerhalb der Zeit, die uns bleibt. Ich bin mir nicht mal sicher, wie das überhaupt ablaufen sollte. Nanobot-Jäger und -Killer in der Gefechtsrüstung? Lamont, Sie sind unser bester Ausrüstungsexperte.«

»Einer, der so etwas noch nie in seinem Leben gesehen hat«, antwortete Lamont. »Ich denke, man müsste sich erst mal eine IFF überlegen, die in der Lage ist, die unerwünschten Eindringlinge zu identifizieren. Dann müssen die Killer-Nanos irgendwie dorthin gebracht werden, wo die Infektion begonnen hat, und sie brauchen auch noch Nano-Waffen. Ich wüsste nicht, wie wir das alles innerhalb einer Woche in die Tat umsetzen sollten, ganz zu schweigen davon, dass das auch noch in jeder Rüstung installiert werden muss.«

»Ich auch nicht. Wie kann man sonst noch gegen die Nano-Geschosse geschützt werden, wenn wir das aus medizinischer Sicht betrachten?«

Stark drehte sich zu seiner Komm-Taste um. »Von uns wird das wohl niemand beantworten können. Aber vielleicht habe ich jemanden, der uns ein paar Antworten geben kann.« Er tippte einen Code ein, wartete kurz und sah dann in die müden Augen der überarbeiteten Ärztin. Sie schien sich gerade in einem der Krankenzimmer aufzuhalten, da im Hintergrund die Umrisse von Lebenserhaltungssystemen vage zu erkennen waren.

»Guten Tag, Sergeant Stark. Private Murphy wurde entlassen. Er macht schon seit einer Weile regelmäßig seine Physiotherapie.«

»Danke, das weiß ich bereits. Aber deshalb rufe ich nicht

an. Ich benötige Ihr medizinisches Fachwissen bei einer wichtigen Frage.«

»Fragen Sie ruhig, aber ich bin keine Nobelpreisträgerin. Also, um was geht es?«

»Angenommen, Sie haben es mit einem Virus zu tun. Eines, das keine Heilung zulässt und das sich sehr schnell verbreitet. Was kann man unternehmen?«

Die Ärztin sah ihn mit großen Augen an. »Sie denken sich immer wieder richtig fröhliche Geschichten aus, Sergeant. Ich muss erst mehr über dieses Virus wissen. Wo gelangt es in den Körper?«

»An ... an einer beliebigen Stelle. Es dringt durch die Haut ein.«

»Verstehe.« Zum ersten Mal hatte Stark das Gefühl, dass die Ärztin aufgebracht war. »Sergeant, falls Sie eine Biowaffe entwickeln wollen, dann werde ich mit dem nächsten Shuttle von hier verschwinden, und meine Kollegen werden genau das Gleiche tun. Damit gehen Sie einen Schritt zu weit.«

Hastig schüttelte er den Kopf. »Oh, tut mir leid. Damit hat das nichts zu tun, ehrlich nicht. Es geht nicht um ein echtes Virus, sondern um ein mechanisches, das die Ausrüstung lahmlegt.«

»Mechanisch? Reden Sie von einem Computervirus?«

»So ungefähr.«

»Ein Computervirus bewegt sich mit Lichtgeschwindigkeit durch die Schaltkreise, Sergeant. Da können Sie zwar der Infektion entgegenwirken, aber sie lässt sich nicht stoppen.«

»Okay, wir reden hier nicht über Würmer oder Ähnliches, sondern über Nanobots.«

»Oh. So wie die Nanos, die wir auch manchmal einsetzen. Die bewegen sich deutlich langsamer durch einen Körper.« Beruhigt, dass sie mit ihrer Befürchtung falsch gelegen hatte, dachte die Ärztin jetzt über die Problematik nach. »Ein schnelles Virus, kein Heilmittel, Eindringen an jeder Stelle möglich … tja, da gibt es nur eine Lösung, Sergeant: Amputieren.«

»Amputieren?«

»Ja.« Die Ärztin lächelte völlig humorlos. »Trennen Sie den befallenen Bereich vom Rest ab, bevor die Infektion in irgendeine riskante Ecke vordringt. Und zwar ganz schnell. Natürlich kommen Sie mit der Methode nicht weit, wenn das Virus über den Kopf hereinkommt.«

»Das kann ich nachvollziehen.«

»Was Sie eigentlich haben wollen, sind Antikörper, die etwas gegen die Infektion tun können. Das ist in jedem Fall besser als eine Amputation. Denn auch wenn wir heute ganze Gliedmaßen nachwachsen lassen können, ist das für den Betroffenen kein Vergnügen.«

»Schon klar.«

»Es gibt auch noch die Schlangenbiss-Methode. Das würde man machen, wenn das Virus beispielsweise irgendwo durch den Bauchraum eindringt: herausschneiden und aussaugen. Ich weiß allerdings nicht, ob so etwas hier praktikabel ist.«

Stark verzog den Mund, als er sich die nüchternen, präzisen Ausführungen anhörte. »Danke, Doc, ich weiß Ihre Informationen zu schätzen.«

»Kein Problem.«

»Hat das jeder mitbekommen?«, fragte Stark und sah die Anwesenden einen nach dem anderen an. »Können wir Teile der Gefechtsrüstung sozusagen amputieren, wenn die von einer Nano-Kugel getroffen wird?«

Bev Manley schaute finster vor sich auf den Tisch. »Es müssten erst einmal Pläne entwickelt werden, wie man solche Autoamputationsvorrichtungen an Knien, Ellbogen, Hüften und Schultern einbauen kann. Kein Soldat würde so was anlegen, wenn er befürchten müsste, aufgrund einer Fehlfunktion einen Arm oder ein Bein zu verlieren.«

»Kann ich gut verstehen.« Es gelang Stark nicht, den Schauer zu unterdrücken, der ihm bei dieser Vorstellung über den Rücken lief. »Aber wir reden auch gar nicht darüber, irgendjemandem die Gliedmaßen abzutrennen. Sowas steht gar nicht zur Debatte.«

Vic hatte in der Zwischenzeit ein Diagramm der Gefechtsrüstung aufgerufen und sah sich das Design gründlich an. »Rein theoretisch könnte man einen Bereich der Rüstung vom Rest abtrennen und versiegeln, allerdings wäre dann mehr nötig als nur die Abschaltung der Schaltkreise und der Zufuhr von Flüssigkeiten und Gasen. Es müsste eine Art … stoffliche Barriere geben, mit der sich verhindern lässt, dass irgendetwas den Weg durch einen schmalen Spalt findet.«

Sergeant Gordasa nickte zustimmend. »Etwas wirklich Kleines bräuchte nur eine winzige Lücke, um durchzukommen. Da muss etwas her, das sich so verhält wie zum Beispiel … Blut. Blut, wenn es gerinnt. So müsste die betroffene Partie einfach blockiert werden.«

»Können wir die Anzüge so umbauen, dass das funktioniert?«

Doch Lamont schüttelte den Kopf. »Ich darf wohl annehmen, dass ich von allen hier die meiste Erfahrung mit der Ausrüstung habe, trotzdem haben Sie alle schon einmal Ihre Rüstung gewartet, richtig? Unsere Körperpanzer sind nicht für ein solches … Gerinnungssystem ausgelegt.

Es werden zwar Risse in der Außenhülle wieder versiegelt, die aber auch nur sehr klein sein dürfen. Aber eine Abtrennung interner Bereiche, damit da nichts mehr durchkommt? Da bräuchte man schon eine Firewall, um diese Bereiche zu isolieren. Und man bräuchte irgendeine Art von Mechanismus, um diese Gerinnungssubstanz schnellstens dahin zu bringen, wo sie benötigt wird. Egal, ob das nun speziell programmierte Nanos sind oder irgendein klebriger Schaum. Außerdem ist ein Überwachungssystem erforderlich, das eine Infektion feststellen und lokalisieren kann. Und zwar so gut wie im Moment des Auftretens, damit der Bereich noch rechtzeitig versiegelt werden kann.«

Vic deutete auf die Baupläne, die sie vor sich hatte. »Nichts davon klingt so, als wäre es unmöglich zu bewerkstelligen.«

»Das ist es auch nicht. Ich behaupte ja gar nicht, dass man das nicht verwirklichen kann. Es ist aber so, dass man erst einmal ein Programm entwerfen muss, damit das alles so geschehen kann, wie es soll. Das kann man nicht einfach bei den vorhandenen Systemen dazupacken. Es müsste von Grund auf neu aufgebaut werden. Und wenn man damit anfängt, kann man auch gleich eine komplett neue Gefechtsrüstung konstruieren, die von vornherein so ausgelegt ist, dass sie gegen diese Bedrohung gewappnet ist.«

»Da hat er recht«, meinte Stacey Yurivan und schaute sich triumphierend um. »Jetzt ergibt das auch endlich einen Sinn, was ich da gehört hatte. Es gab ein paar sehr vage Gerüchte, das Pentagon wolle in irgendeinem Schnellverfahren eine neue Gefechtsrüstung entwerfen lassen. Diese Gerüchte kursierten, kurz nachdem die Meuterei des Fünften Bataillons niedergeschlagen worden war.«

Vic beugte sich vor und warf Yurivan einen aufgebrachten Blick zu. »Warum haben Sie das nicht schon früher gesagt?«

»Wie ich schon sagte, Reynolds, habe ich versucht, erst mal eine Bestätigung dafür zu erhalten. Ich gebe nicht einfach ungeprüfte Gerüchte weiter, die auf meinem Schreibtisch landen.«

»Wie viel Zeit bleibt uns noch? Wann wird diese neue Gefechtsrüstung zum Einsatz kommen?«

»Sehe ich aus wie ein Waffenfreak aus dem Pentagon? Ich kann vorhersagen, dass die neuen Rüstungen sich um Jahre verzögern werden und ihr Budget um Millionen oder Milliarden überzogen ausfallen wird. Was alles andere angeht – wer soll das schon wissen?«

Stark hob seine Hand, um bei dem Streit dazwischenzugehen. »Stace, wenn diese neue Gefechtsrüstung kurz vor der Fertigstellung wäre, hätten Sie dann nicht etwas Konkreteres zu hören bekommen?«

»Ja, da bin ich mir sicher. Die werden weder heute, morgen noch nächste Woche einsatzbereit sein.«

Lamont ächzte, als wäre ihm eben ein entscheidender Gedanke gekommen. »Die Jabberwocks! Bei denen müssen sie die gleichen Anpassungen vornehmen, aber das dauert ebenfalls seine Zeit. Die können nicht so verändert worden sein, dass sie gegen unsere Nanos immun geworden sind.«

»Gutes Argument. Stace, sind irgendwelche Hinweise darauf zu entdecken gewesen, die darauf hindeuten, dass die Jabberwocks aufgerüstet worden sind?«

»Nein.« Yurivan verzog leicht den Mund, als sie weiter nachdachte. »Das hätte zweifellos für genügend Gerede gesorgt, um bis zu uns vorzudringen. Ich wette, irgendwer hat dieses Thema angesprochen, aber die Jabberwocks müssen äußerst komplex sein. Wollte man sie gegen die Nanobots immunisieren, müssten sie von Grund auf neu programmiert werden, und das dürfte bedeuten, dass man die alten Jabberwocks zerlegen muss, um sie komplett neu aufzubauen. Das ist die gleiche Situation wie bei den Gefechtsrüstungen.«

Wieder nickte Gordasa. »So etwas erfordert neue Teile, neue Spezifikationen, eine frische Programmierung. Das alles würde sehr viel Zeit und noch viel mehr Geld kosten. *Verdad?* Und die Regierung verfügt weder über das eine noch über das andere.«

»Richtig, Gordo«, bestätigte Stark. »Laut Campbell geht die Regierung davon aus, dass sie diesen Feldzug noch vor der Wahl gewinnen muss, weil sie sonst ihre Mehrheit verlieren wird. Und dann würden sich einige Leute, die das System wieder in Gang setzen wollen, sehr genau all die Dinge ansehen, die der Öffentlichkeit verschwiegen wurden. Die Regierung kann einen Schlag gegen uns unmöglich noch lange genug hinauszögern, um die Gefechtsrüstungen oder die Jabberwocks umzurüsten.«

»Klingt seltsam vertraut, wie?«, warf Vic ein. »Es gibt zwar Probleme mit dem Material, aber wir machen trotzdem genau nach Plan weiter. Wie oft hat man uns schon unter solchen Bedingungen in Kampfsituationen geschickt?«

»Also werden sie es auch jetzt wieder tun. Sie werden einfach hoffen, dass wir keine Nano-Munition besitzen, die wir gegen die Jabberwocks einsetzen können. Ist denen überhaupt bekannt, dass wir von dem Einsatz der Jabberwocks wissen?«

»Die wissen, dass wir wissen, dass sie daran arbeiten«, gab Yurivan zurück. »Ihre Politiker haben das ausgeplaudert. Allerdings gehen sie davon aus, wir hätten keine Ahnung davon, dass die Metallköpfe voll funktionstüchtig sind.«

»Das hilft uns schon mal weiter; hoffe ich jedenfalls. Damit hat diese Diskussion letztlich wenigstens die Ausgangsfrage beantwortet, auch wenn wir dafür einen großen Umweg nehmen mussten. So konnten wir überlegen, welche Waffen und Methoden das Pentagon anwenden wird, und wir sind zu der Erkenntnis gelangt, dass sie das in der zur Verfügung stehenden Zeit wahrscheinlich nicht schaffen werden.«

Gordasa zeigte auf Private Mendoza. »Damit ist aber immer noch die andere von ihm aufgeworfene Frage unbeantwortet. Was ist, wenn der schlimmste Fall eintritt und die Nanos keine Wirkung zeigen? Was machen wir dann?«

Stark grinste in die Runde. »Dann greifen wir eben auf die traditionellen Methoden zurück, mit denen wir feindseligen bewaffneten Widersachern begegnen: großzügig bemessene Mengen an hochexplosivem und hochbeschleunigtem Metall, abgefeuert mit dem notwendigen Maß an Genauigkeit.«

»Na, das nenne ich doch mal ein Wort«, rief Lamont daraufhin. »Das mag zwar altmodisch sein, aber mir sind die bewährten Zerstörungsmethoden immer noch am liebsten. All diese sanften und behutsamen Touren bei der Kriegführung sind doch nur Zeitverschwendung.«

Der Alarm ertönte ein paar Tage später kurz nach Mitternacht. Stark lag in seinem Bett und versuchte vergeblich einzuschlafen, als sich seine Komm-Einheit bemerkbar machte. »Commander Stark, hier ist die Kommandozentrale. Die zum Fleischwolf hin ausgerichteten Sensoren registrieren ein hohes Maß an Bewegung unter der Oberfläche, darunter auch Hinweise auf Grabungen.«

»Danke. Benachrichtigen Sie Sergeant Reynolds, und

aktivieren Sie die Reserve. Die Leute sollen sich in Bewegung setzen. Rufen Sie in allen Sektoren Alarm aus. Jemand könnte uns aus einer anderen Richtung kommend angreifen, wenn die glauben, dass wir uns ganz auf den Fleischwolf konzentrieren.«

Stark versiegelte soeben die letzten Verschlüsse an seiner Gefechtsrüstung, als Vic sich meldete. »Ethan? Ich komme zu dir in die Kommandozentrale.«

»Das wird nicht gehen. Ich nehme nämlich den Kommando-GTT, damit ich mir die Lage direkt vor Ort ansehen kann.«

»Ethan Stark, davon war nie die Rede!«

»Ja, weil ich darüber nicht diskutieren wollte und jetzt keine Zeit dafür bleibt. Hör zu, Vic, ich bin ein Stück von der Front entfernt, der GTT ist direkt zur Hand, außerdem bin ich zu allen Seiten von Reserveeinheiten umgeben.«

»Befehle kannst du von hier genauso gut erteilen.«

»Nein, nicht, wenn da ein neuer Gegner ins Spiel kommt. Ich muss mir diese Jabberwocks ansehen, ich muss ein Gefühl dafür bekommen, wie sie angreifen. Das kann ich nicht aus der Ferne.« Er griff nach seinem Gewehr und ging zur Tür. »Ich muss jetzt los.«

Sogar über die Sprechverbindung konnte er Vic seufzen hören. »Na gut. Sieh aber zu, dass du den Kopf immer schön unten hältst, Soldat.«

Sein GTT wartete bereits, er stieg durch die seitliche Luke ein und nahm sich zum x-ten Mal vor, diesen Zugang verschließen zu lassen, damit Panzerung und Tarnung des Fahrzeugs wieder intakt waren. Ein General, der nicht in der Lage war, durch die Standardluke in einen GTT einzusteigen, verdiente nach Starks Meinung den Posten eines Commanders nicht. Er legte das Geschirr an und klinkte sich in das interne Komm des GTTs ein. »Okay, Fahrer, dann wollen wir mal Jabberwocks jagen.«

»Jawohl, Sir.« Der Tonfall des GTT-Fahrers ließ jegliche Begeisterung vermissen. Vielleicht lag es an der Uhrzeit, vielleicht gefiel es ihm aber auch nicht, so dicht an die Front heranfahren zu müssen. Das Fahrzeug setzte sich in Bewegung, glitt über die ebenen Oberflächen innerhalb der Kolonie, dann über das rauere Terrain des Mondes.

Stark betrachtete das Display vor ihm, obwohl er sich so oft mit dem Gelände befasst hatte, dass er sich notfalls sogar im Schlaf dort zurechtgefunden hätte.

Noch keine Spur von Jabberwocks. Kein gesprengter Tunnelausgang. Diese Affen von der Zweiten Division hätten sich denken müssen, dass wir frühzeitig auf unterirdische Aktivitäten aufmerksam werden, wenn sie sich erst noch den Weg nach draußen bahnen müssen. Ach, vermutlich haben sie sich das sogar gedacht und darauf hingewiesen, aber das Planungsgenie, das sich die Sache mit dem Tunnel ausgedacht hat, hat sich letztlich durchgesetzt.

Stark hatte schon vor langer Zeit diesen Platz als Standort für seinen mobilen Kommandostand ausgewählt, der nicht weit von dem niedrigen Hügelkamm entfernt lag. Dessen sanft abfallender Verlauf täuschte über die Tatsache hinweg, dass auch dieser Krater vor langer Zeit von einem Meteor geschaffen worden war.

Der GTT kam zum Stehen und hielt exakt an der vorgegebenen Stelle, um Stark auf die Mondoberfläche zu entlassen. Vorsichtig kroch er den Hang hinauf, auch wenn sein Scan ihm anzeigte, dass noch kein Jabberwock entdeckt worden war und von der gegnerischen Seite auch noch niemand einen Schuss abgegeben hatte. *Ganz so, wie wir es uns vorgestellt haben. Kein vorbereitendes Artilleriefeuer, nichts, das uns ablenken soll. Sie verlassen sich offenbar ganz auf den Überraschungseffekt. Nicht nur, was den Zeitpunkt des Angriffs angeht, sondern auch das Auftauchen der Jabberwocks. So ein Pech aber auch, dass wir uns nicht überraschen lassen.*

»Ethan«, meldete sich Vic über das Komm. Ihre Stimme klang genauso ruhig wie zuvor, als sie noch ihren Trupp direkt an der Front befehligt hatte.

Stark konnte sich vorstellen, wie sie in der Kommandozentrale vor dem riesigen Display stand und die Situation analysierte. »Hier. Wie sieht es aus?«

»Genauso wie auf deinem Display. Ich kann nichts entdecken, womit wir nicht gerechnet haben. Die Reservestreitkräfte rücken vor und sollten in ein paar Minuten ihre Positionen erreichen.«

Er überprüfte seinen Scan und nickte zufrieden, als er sah, wie die Symbole für vier Bataillone an den zugewiesenen Punkten in Stellung gingen. Es war eine riskante Entscheidung gewesen, so viele Bataillone hier aufmarschieren zu lassen. Doch anstatt diese Soldaten an anderen Stellen der Front zu postieren, an denen ein Angriff zwar möglich, aber nicht wahrscheinlich war, erschien es Stark wichtiger, den Abschnitt zu schützen, von dem sie wussten, dass der Gegner dort attackieren würde. Er nahm sich einen Moment Zeit, um die Truppenbewegungen zu beobachten. Dabei fiel ihm auch das Fünfte Bataillon der Zweiten Brigade auf. Diese Soldaten hatten sich für ihren Einsatz freiwillig gemeldet, um nach der Schmach der kurzfristigen Meuterei zu beweisen, dass auf sie Verlass war. Er betrachtete die Szene noch etwas länger, als ihm auf einmal etwas Unerwartetes auffiel. »Eine Reserveeinheit scheint auf dem Weg zu mir zu sein.«

»Richtig, Ethan. Ich bringe eine dieser Einheiten in die Nähe deiner Position. Nur für den Fall, dass du sie brauchst.«

»Eine der Einheiten? Welche denn?«

»Kompanie Bravo. Zweites Bataillon. Erste Brigade. Befehlshaber Lieutenant Conroy. Sergeant Sanchez und der Rest des Bataillons werden ganz in der Nähe sein. Zufrieden?«

»Mehr als zufrieden.« Starks Gefühl sagte ihm, dass er ganz genau wusste, welcher Zug aus der Kompanie Bravo bei ihm vor der Tür sein Lager aufschlagen würde. Er entspannte sich, beobachtete die Front und stellte sich vor, dass er in der Lage war, die unterirdischen Aktivitäten sehen zu können, die von den Sensoren nach wie vor gemeldet wurden.

»*Sargento?*«

Stark konnte sich ein Grinsen nicht verkneifen. »Corporal Gomez. Ich freue mich verdammt noch mal, Sie zu sehen.«

»Ganz unsererseits, *Sargento*. Wir haben den Befehl, so eng an Ihnen zu kleben wie die Hot Pants am Hintern einer Hure.«

»Ich ahne, von wem dieser Befehl kommt. Okay. Wenn schon so was wie eine Leibwache sein muss, dann habe ich immerhin die Leute, die ich haben will.«

»*Gracias, Sargento.*«

Stark nahm sich etwas Zeit, um die Statusanzeigen seines alten Trupps zu lesen. Dabei genoss er das Gefühl, einfach wieder nur ein Truppführer zu sein, der sich um das Wohl seiner Leute sorgte.

»Murphy? Sind Sie schon wieder bereit?«

»Ja, Sarge, ich bekomme das schon hin.«

Er wollte zum nächsten Soldaten wechseln, da fiel ihm auf, dass es einen Anhang zu Murphys Personaldaten gab.

»Diensttuender Corporal? Sie sind Diensttuender Corporal für den Trupp, Murph?«

»Das ist richtig, Sarge. Corporal Gomez hat gesagt, dass sie mir eine Chance geben will.«

»Ich hoffe, Sie geben im Gegenzug Ihr Bestes.«

»Auf jeden Fall, Sarge. Corporal Gomez sagt, ich schlage mich ganz gut.«

Stark musste sich einen überraschten Ausruf verkneifen. Was bei Corporal Gomez ein »ganz gut« war, bedeutete ein überschwängliches Lob von jedem anderen Vorgesetzten. »Freut mich, das zu hören.« Plötzlich erfasste ihn eine innere Unruhe, die ihn von seinem Vorhaben abbrachte, auch noch mit jedem der anderen Soldaten seines alten Trupps zu reden. »Okay, ihr Affen. Ich bin wirklich froh, euch alle hier bei mir zu haben. Was uns alles erwartet, weiß ich selbst nicht so genau. Ich weiß nur, wir werden ein paar Robotern gehörig in den Hintern treten. Anita?«

»*Sí, Sargento?*«

»Es kann sein, dass ich schrecklich viel um die Ohren haben werde, weil ich die ganze Front im Auge behalten muss. Halten Sie mir den Rücken frei.«

»Das müssen Sie uns nicht erst noch sagen, dafür sind wir ja hergekommen. Wir halten Ihnen den Rücken frei, notfalls auch die Arme und die Beine und was sonst noch so nötig ist. Keine Sorge.«

»Ich bin auch nicht in Sorge.« Einen Moment später meldete ein Alarm seiner Gefechtsrüstung, dass es am Zugang zum Fleischwolf zu verstärkten Aktivitäten kam. Stark vergrößerte den entsprechenden Ausschnitt seines HUDs, dann sah er Geysire aus Mondgestein und Mondstaub in den Himmel schießen, da mehrere Tunnelausgänge freigesprengt wurden. Er wechselte zum Kommandokanal und wandte sich an alle Soldaten in diesem Frontabschnitt. »Okay, ihr Affen, es sieht ganz danach aus, dass sie loslegen. Wir sind bereit, und ich erwarte von jedem von euch, dass ihr euer Bestes gebt. Es gibt keine anderen Soldaten, die nur annähernd so gut sind wie ihr Affen, und Roboter können es schon mal gar nicht mit euch aufnehmen. Wollen wir doch mal sehen, was nötig ist, um einen Jabberwock in einen Haufen Schrott zu verwandeln.«

Eine kurze Ruhephase schloss sich an, wobei die Schockwellen der Explosionen verhinderten, dass sich irgendwelche Bewegungen der Jabberwocks feststellen ließen. Die Roboter an sich mussten einfach noch zu weit entfernt sein, da ihre Anwesenheit auch nicht auf eine andere Weise feststellbar war. Gesteinstrümmer und Staub sanken so träge zurück zur Mondoberfläche, dass man meinen konnte, der Schutt wolle dem Ärger über Störung seiner endlos langen Ruhe auf einer toten Welt Ausdruck verleihen.

Stark wartete ab, dabei war er sich der Anwesenheit realer, erfahrener Soldaten zu seiner Linken und seiner Rechten sehr bewusst. Dieses Wissen erfüllte ihn mit Ruhe und Selbstsicherheit, was wiederum half, sich gegen die Angst vor dem Unbekannten abzuschirmen.

Zögerliche Alarmsignale zuckten über Starks HUD, als die Jabberwocks vorrückten und dabei von den verschiedenen Sensoren entlang der Front erfasst wurden. Hier war eine Bodenvibration zu spüren, dort fing eine Infrarotkamera ein Bild auf, an anderen Stellen war es Bewegung vor einem statischen Hintergrund. »Vic, was glaubst du, wie viele da kommen?«

»Ethan, die Feststellungen sind so bruchstückhaft und so verstreut ...«

»Ich weiß. Aber ich habe das Gefühl, dass diese Welle

nicht so massiv sein wird. Die Messungen fallen einfach zu sporadisch aus. Da können nicht sehr viele Metallköpfe unterwegs sein«, redete er weiter.

Geduldig wartete Stark auf Vic, die sich erst mal einen Eindruck vom Gesamtbild verschaffen musste. »Sehe ich auch so, Ethan. Das da kommt mir eher wie eine Sondierung vor, die unsere Stellungen auskundschaften will, damit die Gegenseite genau weiß, wo sich was befindet.«

»Gut. Diese Sonden nehmen wir uns an der realen Front vor, Papa Romeo muss noch warten.« Sie setzten alles auf Papa Romeo, das Codewort für den Plan, den sie aus Schätzungen, Mutmaßungen und ihrer gemeinsamen Gefechtserfahrung zusammengeschustert hatten, um den Jabberwocks die Hölle auf Erden zu bereiten. Allerdings mussten sie auf den richtigen Moment warten, um den Plan in Gang zu setzen.

»Sehe ich auch so.«

Stark versuchte sich zu entspannen, indem er ruhig und gleichmäßig atmete. Ein Gefecht bedeutete immer Anspannung, doch ein anstehender Kampf gegen einen völlig unbekannten und dazu nicht einmal menschlichen Feind ließ das Ganze nur noch nervenaufreibender werden. Als er schließlich das Gefühl hatte, dass seine Stimme ruhig und siegessicher klingen würde, aktivierte er den Kommandokanal wieder. »An das gesamte Personal. Das da sieht nach einer Sonde aus, verpassen wir ihr eine blutige Nase.«

Die Sensoren schnappten jetzt stärkere Signale auf, doch sie waren alle nur von kurzer Dauer. Starks Rüstung versuchte aus diesen Datenschnipseln ein Bild der Jabberwocks zusammenzufügen, brachte aber noch nichts zustande, was auch nur im Entferntesten als verlässlich zu bezeichnen gewesen wäre. Feststellungen blitzten nur kurz auf, sobald ein

Jabberwock seine Deckung verließ, um ein Stück vorzurücken. *Verdammt, sind die schnell.*

Der Alarm seiner Rüstung meldete sich wieder, als die Sensoren sich auf einen weiteren Jabberwock konzentrierten, der kurz zu sehen war, sich aber so schnell bewegte, dass seine Beine fast verwischten. Die großen Gefechtssysteme im Hauptquartier fügten alle bislang gemachten Beobachtungen zusammen und projizierten ein mutmaßliches Bild der Kreatur auf Starks HUD. Himmel. *Wir dachten, die sind so groß wie wir, aber das Ding ist ja mindestens halb so groß wie ein GTT.*

»Stark? Lamont hier.«

»Ja.« Stark überprüfte, von wo der Ruf kam, dann sah er, dass Lamont in einem der Panzer saß, die mitten zwischen den Reserveeinheiten standen. »Was haben Sie für mich?«

»Sehen Sie sich das mal an.« Ein kleines Fenster öffnete sich in einer Ecke des HUDs und gab das Vid wieder, das ihm sein Panzercommander geschickt hatte. »Das war vor ein paar Sekunden gegenüber von meiner Position. Achten Sie genau auf den Käfer.« Auf dem Display war zu sehen, wie an der Flanke eines kleinen Kraters ein Jabberwock ins Bild kam, mitten in der Bewegung dann aber stockte, allem Anschein nach bemüht, das Gleichgewicht zu wahren. Gleich darauf jagte er weiter, um wieder Schutz vor Beobachtern zu suchen. »Haben Sie es gesehen?«

»Gesehen habe ich's. Aber was hat das zu bedeuten?«

»Das bedeutet, dass diese Jabberwocks kopflastig sind. Der da wäre beinahe vornübergekippt. Wenn diese hässlichen Käfer also Probleme mit der Balance haben, kommen sie auf unebenem Terrain nicht so schnell voran, wie sie es eigentlich sollten. Dadurch können wir sie leichter unter Beschuss nehmen.«

»Danke, Lamont.« Stark betrachtete das mutmaßliche Erscheinungsbild des Jabberwocks auf einem HUD. Einzelne Bereiche waren immer noch verschwommen, aber die wesentlichen Elemente wurden umso deutlicher, je mehr Bilder von den Sensoren an das Gefechtssystem gesendet wurden. Acht Beine, sechs Arme, viel zu groß und dazu auch noch kopflastig. *Ich schätze, so was kommt dabei heraus, wenn man es beim Design eines Soldaten allen recht machen will.* Er überlegte, ob er die Information über diese Kopflastigkeit an alle Soldaten weitergeben sollte. *Es könnte sie siegessicher und unvorsichtig werden lassen. Aber wenn sie es nicht wissen, ignorieren sie vielleicht, was das Zielerfassungssystem ihnen vorgibt, weil ihnen der angegebene Zielpunkt falsch gewählt erscheint. Ich sollte meinen Leuten besser vertrauen, dass sie das Richtige tun.* »Vic, hast du Lamonts Information mitbekommen?«

»Roger. Wirst du es den anderen sagen?«

»Mach du das für mich. Diese Jabberwocks werden jedes Mal langsamer machen müssen, wenn sie auf schwieriges Terrain stoßen. Das ist dann der Moment, das Feuer zu eröffnen.«

»Alles klar. Das gebe ich so an alle weiter.«

»Commander Stark?« Stark warf einen Blick auf die ID der Anfrage und stellte fest, dass sie von der Befehlshaberin der Kompanie kam, die den mittleren Abschnitt der Verteidigungslinie bildete. »Wie nahe lassen wir die Dinger an uns herankommen, ehe wir das Feuer eröffnen?«

Ich kann ihnen schlecht erzählen, dass sie warten sollen, bis sie das Weiße im Auge des Feindes sehen, wenn der Feind gar keine Augen hat. »Ich will, dass sie nur noch eine minimale Chance haben, der anderen Seite irgendwelche Rückmeldungen zu geben. Lassen Sie sie nahe herankommen, und dann feuern Sie.«

»Wie nahe, Sir?«

Stark musste sich eine aufgebrachte Erwiderung verkneifen. *Sie kann nichts dafür. Alle hier sind es immer noch gewöhnt, dass ihnen jemand sagt, wie sie ihre Arbeit zu erledigen haben, anstatt sich auf die eigene Erfahrung zu verlassen.* »Sergeant, Sie haben das Terrain vor sich, Sie können die Trefferwahrscheinlichkeit weitaus besser beurteilen als ich. Schießen Sie, sobald Sie der Meinung sind, dass Sie diese Dinger treffen und ausschalten können.«

»Jawohl, Sir.«

Noch näher ran. Stark überprüfte seinen Scan, um festzustellen, wo die Jabberwocks am weitesten vorgestoßen waren, dann wechselte er zum Blick aus dem nächstgelegenen Bunker. Die Sensoren nahmen die Kreaturen jetzt deutlicher und länger wahr, dennoch fielen die Feuerlösungen nach wie vor frustrierend kurz und knapp aus. Stark schüttelte den Kopf, während er zusah, mit welcher Geschwindigkeit die Jabberwocks von einer Deckung zur nächsten eilten. *Also gut, ihr Bastarde. Geht in Deckung, so lange und so oft ihr wollt. Aber das letzte Stück vor den Bunkern ist so vollständig geräumt worden, dass ihr dort keinerlei Schutz mehr findet. Dann werden wir ja sehen, ob ihr schneller als unsere Kugeln seid.*

Ein Jabberwock kam ins Sichtfeld des Bunkers und wirkte dabei wie eine Monsterspinne aus einem schlecht gemachten Vid aus dem letzten Jahrhundert. Die Beine der Robotkreatur verwischten vor Starks Augen, dafür konnte er nun erkennen, dass jeder der vielen Arme mit einer anderen Waffe bestückt und Läufe und Abschussvorrichtungen auf der Suche nach einem Ziel waren.

338

Dem Befehlshaber im Bunker reichte es offenbar auf einmal, da plötzlich automatische Schnellfeuerkanonen gleich aus drei Richtungen einen Strom aus Projektilen auf den Punkt abfeuerten, an dem der Jabberwock sich befinden würde, wenn die Kugeln dort eintrafen. So unglaublich das auch erschien, gelang es dem Roboter dennoch, diesen ersten Salven auszuweichen. Die Beine tänzelten wild hin und her, während die Systeme das Vorankommen überprüften und den Jabberwock gerade noch rechtzeitig zur Seite zucken ließen. Dummerweise feuerte aber eine der Kanonen weiter, sodass die Projektile genau auf die gewölbte Hülle des Roboters zuschossen. Funken flogen umher, die vor den schwarzen Schatten ringsum umso greller leuchteten.

Stark sah, wie der Jabberwock sich umdrehte und seine Waffen auf die Schnellfeuerstellungen ausrichtete. *Oh Mann, die sind tatsächlich so schwer kleinzukriegen, wie wir befürchtet haben.* Dann wurde der Roboter auf einmal langsamer und zögerte, da es schien, als würden ihm gleich mehrere Beine den Dienst versagen. Zwei weitere Gewehrsalven trafen den Jabberwock aus nächster Nähe, und er geriet ins Wanken, erstarrte dann in seiner Bewegung und kippte um. *Einer erledigt. Wie viele sind jetzt noch übrig?*

Stark erweiterte den Ausschnitt seines HUDs und ließ einen Scan nach dem Geschehen an den anderen Positionen durchlaufen, an denen die Metallköpfe die Verteidigungsbereitschaft testeten. Fünf weitere Roboter waren bereits außer Gefecht gesetzt, und noch während Stark auf sein Display schaute, kamen noch zwei der Symbole zum Stillstand und wurden einen Moment später als »getötet« gekennzeichnet. Stille legte sich über die Frontlinie, die Waffen der Verteidiger schwiegen, und nirgendwo war noch ein Hinweis auf die Anwesenheit weiterer Jabberwocks zu entdecken. *Haben wir sie alle erwischt? Oder halten sich die anderen noch immer versteckt, um auf eine weitere Gelegenheit zum Angriff zu warten?* »Vic, glaubst du, das waren alle Metallköpfe, die die uns geschickt haben?«

»Davon würde ich ausgehen. Ein oder zwei können natürlich trotz allem auf der Lauer liegen und uns beobachten. Immerhin vermögen unsere Systeme nicht mit Sicherheit zu sagen, wie viele Jabberwocks sie losgeschickt hatten. Gewissheit können wir nur haben, wenn wir Patrouillen losschicken, die sich überall gründlich umsehen.«

»Na ja, so unbedingt muss ich das nun auch wieder nicht haben«, meinte Stark. Er wusste, in der gegnerischen Basis im Fleischwolf versuchten jetzt zig Offiziere und vermutlich auch einige technische Repräsentanten der Entwicklerfirmen zu analysieren, was sich da gerade abgespielt hatte. Zweifellos war die erste Jabberwock-Welle viel schneller als von den Angreifern erwartet ausgeschaltet worden. Würde man das als Anfängerglück auf der Seite der Verteidiger abtun oder darauf schieben, dass zu wenige Roboterkämpfer zum Einsatz gekommen waren? In jedem Fall würde die nächste Angriffswelle schlagkräftiger ausfallen.

»Stark an alle: Wir haben sie kalt erwischt. Unsere Spezialmunition hat Wunder gewirkt. Gehen Sie aber alle davon aus, dass wir es beim nächsten Anlauf mit mehr Jabberwocks zu tun bekommen werden.« Aufmerksam betrachtete er das Schlachtfeld und wartete auf einen wie auch immer gearteten Hinweis, in welcher Form sich der nächste Angriff abspielen würde.

»Eingehender Beschuss!«, meldete das Warnsystem seiner Gefechtsrüstung. Stark sah auf sein HUD und verfolgte die Flugbahnen des Artilleriefeuers, das auf seine Frontlinie zielte. Langstrecken-Abwehrsysteme reagierten, als die

Geschosse näher kamen, und erwischten viele von ihnen, die über der leeren Todeszone zwischen den Fronten wirkungslos explodierten. Einige Projektile schafften es dennoch bis an ihr Ziel und bohrten sich von einer gewaltigen Explosion begleitet ins Mondgestein, während andere Scharen von Submunition ausstießen, die sich hinter den Felsen neue Ziele suchten. *Das kann doch nur ein Ablenkungsmanöver sein!*

»Es geht wieder los«, meldete Vic denn auch einen Moment später.

»Ich kann sie sehen, Vic. Die kann man gar nicht übersehen.« An dutzenden Stellen stießen mit einem Mal Jabberwocks ins Blickfeld vor. Starks HUD erfasste den Ausstoß ihrer Raketenrucksäcke sofort. *Sprungraketen! Der gleiche selbstmörderische Müll, den sie uns seit Jahren vergeblich aufschwatzen wollen. Ich nehme mal an, die Jabberwocks sind zu dumm, den Waffenentwicklern sagen zu können, wo sie sich ihre Sprungraketen hinschieben können*, dachte Stark, während er zusah, wie die Roboter im Flug leicht hin und her zuckten, als ihre Steuerdüsen versuchten, die Zielerfassungssysteme der Verteidiger zu verwirren.

In geringer Höhe schossen die Jabberwocks über die Todeszone und gaben vor dem Hintergrund des leeren Mondhorizonts perfekte Zielscheiben ab. Schon gelangten sie in die Feuerreichweite der Waffen von Starks Soldaten, die trotz des flächendeckenden Artilleriefeuers keine Mühe hatten, die vordersten Roboterkämpfer zu erfassen. Für einen Moment schaltete Stark auf visuelle Darstellung um und konnte mitansehen, wie der führende Jabberwock in ein konzentriertes Abwehrfeuer geriet, das seine Panzerung mitten im Flug in tausend Stücke zerriss, die in alle Richtungen davonwirbelten. Als er wieder auf den Scan umschaltete, stellte er fest, dass alle fliegenden Angreifer mit einer roten Markierung versehen waren, die die erfolgreiche Zerstörung des Objekts anzeigte. *Zu schade, dass wir Nano-Munition für die Dinger vergeudet haben.* »An alle: Wenn noch mal einer von denen versucht, sich im Flug zu nähern, verwenden Sie normale Munition.«

»Ja, Sir«, bestätigte einer der Bunkercommander. »Was fliegt, wird abgeschossen.«

Stark grinste, da er sich über das Fehlen jeglicher Schuld-gefühle freute. *Wir töten niemanden. Wir verschrotten bloß ein paar Maschinen. Wir können den ganzen Tag so weiter-machen und nicht das geringste Maß an schlechtem Karma davontragen.*

»Ethan, das war viel zu einfach.«

»Die waren dumm, Vic. Darum war es so einfach.«

»Das wird beim nächsten Anlauf nicht passieren, da-von kannst du ausgehen. Die haben jetzt schon zu viele von diesen Dingern verloren. Was haben unsere alten Offiziere immer gemacht, wenn ein Trupp eine Position nicht halten konnte?«

»Einen Zug hingeschickt, dann eine Kompanie, dann ein Bataillon.«

»Und denen da ist jetzt klar, dass die Überlebenschan-cen bei einem Flugangriff für diese Metallköpfe gleich Null sind. Also werden sie beim nächsten Mal wieder am Boden vorrücken, und das in großen Stückzahlen.«

»Gute Einschätzung«, erwiderte Stark, scannte das Ge-lände und überlegte, was er tun sollte. *Starte ich Papa Ro-meo jetzt oder später? Nein, später. Ein bisschen später. Zu lange kann ich damit allerdings auch nicht warten.*

Die Sensoren schlugen wieder an, und abermals waren es – wenngleich weitaus mehr als beim ersten Angriff – nur extrem kurze Messungen, die für ein beständiges Flackern in Starks HUD sorgten, das ihn an ein Tal voller Glühwürmchen erinnerte. *Eine Finte? Oder ist das die echte Attacke?* »Vic? Was meinst du?«

»Das sieht nach der großen Offensive aus. Die Dinger sind so schwer zu registrieren, dass sich ihre genaue Anzahl nicht bestimmen lässt. Aber es sind viele, und ihre Art vorzurücken entspricht dem ersten Versuch.«

Stark scannte die Frontlinie und beobachtete auf seinem HUD, wie immer wieder Sensoren kurzzeitig anschlugen. Er überließ es ganz seinem Instinkt, die Situation einzuschätzen. »Ja, das denke ich auch. An alle Einheiten: Papa Romeo ausführen. Ich wiederhole: Papa Romeo ausführen!«

Papa Romeo diente als Tarnname und war aus den Anfangsbuchstaben des Gegenstands dieser Operation entstanden: Pseudo-Rückzug. Die Einheiten eines langen Frontabschnitts begannen in aller Eile den Rückzug, wobei sich Teams abwechselten, die sich gegenseitig Feuerschutz für den Fall gaben, dass die Jabberwocks einen unerwarteten Vorstoß versuchten. Die Bunker wurden geräumt, beim Verlassen stellten die Trupps die Waffensysteme auf automatisch passive Verteidigung, dann ließen sie sich so wie die anderen Soldaten zügig zurückfallen.

Stark achtete genauestens auf Anzeichen von Panik oder andere auffällige Verhaltensweisen, die den vorgetäuschten in einen echten Rückzug verwandeln konnten. Es war immer gefährlich, Soldaten einen Rückzug zu befehlen, weil es sich stets als Problem erweisen konnte, die Rückwärtsbewegung tatsächlich wieder zum Stillstand zu bringen. Selbst erfahrene Commander hatten sich damit schon ein Bein gestellt, wenn ihre Truppen durch unerwartete Ereignisse verunsichert worden waren oder jemand das Gerücht einer drohenden Katastrophe verbreitet hatte, das dann rasend schnell um sich griff.

Doch Starks Truppen zeigten keine Anzeichen dafür, ihre Kampfbereitschaft über Bord zu werfen. Das mochte auch daran liegen, dass sie gerade erst zwei Angriffswellen erfolgreich abgewehrt und sämtliche Jabberwocks vernichtend geschlagen hatten. Als der Rückzug die bereits festgelegten neuen Positionen erreichte, gingen die Truppen entlang der neuen Verteidigungslinie in Stellung. Die beschrieb einen groben Bogen, der an Fixpunkten mit der alten Frontlinie verbunden blieb.

Stark hatte im Detail die taktische Situation überprüft, in der sich die Jabberwocks ihrer Programmierung zufolge wiederfinden sollten. Von Vic Reynolds war der Vorschlag gekommen, den typischen Frontverlauf aufzugeben, den die Angreifer eigentlich erwarteten, und sich stattdessen ein Stück weit vor ihnen zurückzuziehen. Der neue Verlauf der Verteidigungslinie wirkte von oben betrachtet so, als hätte ein Riese einfach ein Stück aus der bestehenden Front herausgebissen. An den Stellen, an denen die neue Linie die alte berührte, waren neue Bunker eingerichtet worden, außerdem hatten sich dort massiv Streitkräfte versammelt, um jedem Druck zu begegnen, der auf die vermeintliche Schwachstelle ausgeübt werden könnte.

»Vic, aktiviere das Minenfeld.« Stark stellte sich vor, wie sie in diesem Moment im Hauptquartier den Code eintippte, der eine ganze Reihe scheinbarer Ansammlungen von Steinen in Todesfallen verwandelte. Zwar schalteten sich die Minen wieder ab, auch wenn sie nicht ausdrücklich deaktiviert wurden, doch da dies erst in ein paar Tagen der Fall sein würde, stellte diese Funktion kein Problem dar.

Stark überprüfte seinen Scan und lächelte finster und zufrieden, als er den Status der Verteidigungslinie begutachtete. Die angreifenden Roboter würden an der alten Front nirgendwo auf Widerstand stoßen, da die Bunker so geschaltet waren, dass sie nur dann feuerten, wenn sie zuerst beschossen wurden. Hatten die Jabberwocks erst einmal diese alte Linie hinter sich gelassen, würden sie von drei Seiten unter Beschuss genommen werden, während sie sich über ein Gelände bewegten, auf dem ihnen laut Programmierung keine befestigte Verteidigung im Weg stehen sollte. Hätte es sich bei den Angreifern um Menschen gehandelt, hätte Stark zweifellos Mitleid und Trauer angesichts der vielen Menschenleben empfunden, die diesem Hinterhalt zum Opfer fallen würden. Angesichts der Metallköpfe dagegen konnte er es kaum erwarten, die angreifenden Maschinen in Stücke zerlegt zu sehen.

Das glühwürmchenartige Flackern der Sensoren hielt an, die Jabberwocks rückten mit beängstigender Präzision vor und wurden erst etwas langsamer, als sie in Feuerreichweite der alten Frontlinie gerieten. Stark zoomte einen Abschnitt heran und sah mit an, wie im stetigen Wechsel einige Jabberwocks stehenblieben, während andere vorrückten. *Sie geben sich gegenseitig Feuerschutz.* Diese Erkenntnis führte gleich zu einer weiteren, die ihn wie ein Schlag traf. »Vic, ich glaube, da kommen doppelt so viele Metallköpfe wie erwartet auf uns zu. Es ist immer nur eine Hälfte von ihnen in Bewegung.«

»Verdammt.« Stark wusste, dass Vic den Fluch auf sich selbst bezog. »Das hätte ich eigentlich vor dir erkennen sollen. Ich sorge dafür, dass die Scans das deutlich anzeigen.«

Mit erschreckender Schnelligkeit vervielfachte sich die Anzahl möglicher Kontakte auf Starks HUD, als die taktischen Systeme auf die neuen Instruktionen reagierten. *Wenn es mir schon nicht gefällt, wo ich wusste, was kommen wird, dann werden alle anderen noch viel unglücklicher darüber sein als ich.* »An alle Einheiten: Die Jabberwocks rücken immer abwechselnd vor, deshalb können Sie jetzt auch viel mehr Kontakte auf Ihrem Scan sehen. Bleiben Sie konzentriert, und behalten Sie einen kühlen Kopf. In ein paar Minuten werden dort schon viel weniger Metallköpfe sein.«

Die Jabberwocks erreichten die Angriffspositionen, dann rückten sie weiter vor, wichen mal nach links, mal nach rechts aus, liefen Zickzack – und das alles mit dieser unmenschlichen Schnelligkeit. Ein Bunker links von der Angriffsspitze eröffnete das Feuer, als er von den Jabberwocks buchstäblich überrannt wurde. Es gab ein kurzes Feuergefecht, bei dem die Automatik des Bunkers alle Waffen aktivierte, während die Jabberwocks wie ein Schwarm zusammenkamen und jedes Geschoss unter massiven Beschuss nahmen. Stark beobachtete das Geschehen mit versteinerter Miene. *Wie ein Schwarm Feuerameisen, die sich auf einen armen Käfer stürzen, weil der ihnen im Weg steht,* dachte er. Es waren diese von den Insekten abgeguckten Bewegungen und Angriffsmuster, die Stark nervös machten, auch wenn er wusste, dass sie bereits etliche dieser Kampfmaschinen vernichtet hatten.

Der Bunker ging lautlos unter, die Waffen waren zerstört, die schützende Hülle aufgebrochen worden. Bedächtig suchte Stark die Frontlinie ab. Die Jabberwocks hatten ihren Vormarsch für den Moment unterbrochen, als wollten sie die Eroberung des Terrains erst einmal in Ruhe genießen. *Kommt schon, ihr hässlichen Mistkerle. Wir haben einen kleinen Empfang vorbereitet.* Aber die Roboter verharrten auf ihren Positionen, da es ihnen zu genügen schien, die Frontlinie eingenommen zu haben. »Vic, wir haben ein Problem.«

»Ja, das sehe ich.«

»Wir können sie nicht zerstören, wenn sie da bleiben. Wie bekommen wir sie dazu, sich von der Stelle zu bewegen?«

»Ethan, sie haben sich wie die Wilden auf den Bunker gestürzt, als die Waffen automatisch auf sie geschossen haben. Vielleicht kommen sie hinterher, wenn ihr von eurer neuen Position auf sie schießt.«

»Keine üble Idee. Lamont, sagen Sie Ihren Panzern, ich will sehen, wie viele von diesen Blechdosen sie von hier aus zerquetschen können.«

»Alles klar. Mal sehen, wie ihnen schwerer Beschuss gefällt.«

Von einem Dutzend Stellen entlang der neuen Verteidigungslinie eröffneten Lamonts Panzer das Feuer. Die Jabberwocks sahen fast gemächlich zu, wie die Projektile auf sie zuflogen, dann machten sie rasch einen Schritt zur Seite, um nicht getroffen zu werden. Ein paar von ihnen erwiderten das Feuer auf die Panzer, doch in Anbetracht der großen Entfernung war es für Lamonts Panzerbesatzungen kein Problem, die Geschosse mit ihren eigenen Waffen abzuwehren. »Die kommen nicht näher, Boss. Und ich kann sie von hier aus nicht erwischen. Vielleicht wäre das mit Partikelkanonen als Hauptwaffe etwas anderes, aber bei der Flugzeit eines Projektils haben die Jabberwocks keine Mühe, früh genug auszuweichen. Die sind einfach zu schnell für uns.«

Na, großartig. Wir haben nie an die Möglichkeit gedacht, dass diese dämlichen Käfer einfach stehenbleiben. Muss ich sie angreifen? Auf die Weise könnte ich etliche Leute verlieren. Allerdings kann ich auch nicht zulassen, dass die Jab-

berwocks die Frontlinie besetzen. Früher oder später wird sich die Zweite Division in Bewegung setzen und herkommen, und dann werde ich mir den Kopf zerbrechen müssen, wie wir unsere alte Position wieder einnehmen sollen. »Vic, ich hätte nichts gegen weitere Vorschläge einzuwenden. Je eher, umso besser.«

»Gern.« Stark wusste, ihr zorniger Tonfall galt nicht ihm, sondern den Robotern. »Lass uns über ihre Programmierung nachdenken. Die wurde ja von unseren alten Offizieren vorgegeben. Was hätten die uns gesagt, wie wir uns verhalten sollten?«

»Hmm, mal überlegen. Nehmt die Position ein. Haltet die Position. Rückt vor, wenn sie ... genau, das ist es. Vic, wenn sie sehen, dass wir vor ihnen weglaufen, dann werden sie vorrücken, um uns zu verfolgen.«

»Das ist riskant, Ethan.«

»Ich weiß. Arbeite die neuen Positionen aus, so schnell du kannst. Die Front soll bis dorthin verlegt werden, wo die Reservestreitkräfte warten.«

»Womit du dich schon wieder an vorderster Front befindest. Hast du das etwa so geplant?«

»Vic, verdammt ...«

»Schon gut, schon gut. Ich hab die neuen Positionen und lade sie auf eure taktischen Systeme runter.«

Stark nahm sich nur Sekunden Zeit, um die neue Verteidigungslinie zu begutachten, die Vic erstellt hatte. *Mann, sie ist wirklich verdammt gut.* »An alle Einheiten, hier ist Stark. Wir müssen die Jabberwocks sehen lassen, dass wir uns zurückziehen, weil sie nur dann versuchen werden uns zu verfolgen. Sie bekommen jetzt Ihre neuen Positionen übermittelt. Auf mein Zeichen hin will ich, dass die jeweilige Einheit aufsteht, mit den Armen fuchtelt und sich dann schnell zurückzieht. Aber es soll nicht nach einer Panik aussehen, ist das klar? Wenn jemand auch nur einen Schritt weiter rennt als ihm vorgegeben, dann werde ich ihn persönlich ausfindig machen und ihm einen Tritt in den Hintern verpassen, der ihn in den Orbit befördert. Und jetzt los!«

Überall im hinteren Bereich der bogenförmigen neuen Verteidigungslinie standen Soldaten für die Jabberwocks deutlich sichtbar auf, drehten sich um und liefen davon. Stark musste sich bei diesem Anblick zusammenreißen. *Das sieht für meinen Geschmack viel zu realistisch aus. Bleibt stehen, wenn ihr eure neue Position erreicht. Bleibt bloß stehen.*

An der alten Front schien es zunächst so, dass die Jabberwocks das Geschehen nur beobachteten. Doch dann auf einmal setzten sich wie ein Fischschwarm alle gleichzeitig in Bewegung. *Also schön. Dann kommt mal zu Papa, ihr kleinen Monster.* »Es klappt. Sie rücken vor. An alle Reserveeinheiten, Sie gehören jetzt mit zur Frontlinie. Nehmt sie euch vor!«

Stark spürte, dass sich jemand in seiner Nähe aufhielt. Als er sich umsah, stellte er fest, dass Soldaten in ihren Gefechtsrüstungen rechts und links von ihm auf der Anhöhe in Stellung gegangen waren. Es war sein alter Trupp, bereit ihn zu verteidigen. Er musste sich dem Wunsch widersetzen, die einzelnen Positionen persönlich zuzuteilen. *Das ist nicht mehr mein Job, darum muss sich der Truppführer kümmern. Und Anita soll ihre Arbeit als Zugführerin erledigen.* Nicht zum ersten Mal fühlte er sich von den Leuten und dem Kommandoposten isoliert, der ihm immer so am Herzen gelegen hatte.

Stark hatte die Kontrolle über die Artillerie an Vic delegiert, womit es in ihre Zuständigkeit fiel, Missionen zu vergeben. Dadurch wurde er selbst bei der Überwachung der Verteidigung von einer Aufgabe befreit, die ihn sonst allzu sehr abgelenkt hätte. Jetzt beobachtete er auf seinem HUD, wie ein Sperrfeuer angezeigt wurde, das hinter ihm abgeschossen wurde und in hohem Bogen über die Verteidiger hinwegjagte. Die einzelnen Jabberwocks waren noch immer schwerer zu erfassen und zu verfolgen, da sie von einer noch so minimalen Deckung zur nächsten hin und her huschten. Doch auch eine kurze Feststellung ihrer Positionen genügte durchaus, um zu bestimmen, wo sie waren und in welche Richtung sie sich bewegten.

Die feindliche Basis im Fleischwolf versuchte, die Metallköpfe mit Defensivfeuer vor dem Beschuss durch die Artillerie der Verteidiger zu schützen. Ihre Geschosse erreichten jedoch kaum Starks Linien, sodass die meisten Projektile von seiner Seite unversehrt durchkamen und mit tödlicher Wirkung inmitten der Angreifer landeten.

Der Großteil der Geschosse konzentrierte sich auf den hinteren Bereich jenes Geländes, auf das die Jabberwocks vorgerückt waren, und trieb sie vor sich her und geradewegs in die Arme von Starks Leuten. Dabei fraßen sich metallene Fragmente in die Hüllen der Roboterkämpfer, und individuelle Submunition attackierte sie von oben. Sogar die Gase der explodierenden Geschosse zeitigten Wirkung auf die Angreifer. Schon taumelten aufgerissene mechanische Spinnengestalten vorwärts oder liefen wie benommen im Kreis, während andere für Momente zu wandelnden Fackeln wurden, da ihre Munitions- oder Treibstoffvorräte Feuer fingen. Die Jabberwocks hinterließen eine immer breiter werdende Spur aus Wracks und Trümmern, doch ohne jede Rücksicht auf die erlittenen Verluste drängten Nachrücker unverdrossen weiter vor.

Wieder musste Stark lächeln, dabei bleckte er kurz die Zähne, als er sah, dass Vic die Jabberwocks mit dem Artilleriebeschuss in Richtung Minenfeld getrieben hatte. Weitere Riesenkäfer wurden zerrissen, als sie auf die Minen traten. Die Freude währte nicht lange, da die nachfolgenden Jabberwocks daraufhin begannen das Minenfeld zu räumen, indem sie mit einer für Menschen unerreichbaren Präzision auf jeden im Weg liegenden Stein schossen. Dabei rückten sie mit einer Schnelligkeit vor, wie sie nur eine Maschine auf Dauer durchhalten konnte.

Nachdem das Minenfeld komplett geräumt war, rückten die Jabberwocks wieder ungehindert vor. Stark stockte der Atem, als er die Maschinen durchzählte, die noch aktiv waren. *Mein Gott, was hat die Regierung ausgegeben, um das alles zu finanzieren? Wir sollten sie nicht noch näher kommen lassen.* »An alle Einheiten: Ladies and Gentlemen, zeigen wir's ihnen. Feuer frei.«

Ein Feuerinferno erwachte auf drei Seiten zum Leben und traf die Jabberwocks von vorn und an beiden Flanken. Zwar verfehlten die meisten Schüsse ihr Ziel, weil die mechanischen Gegner sich zu schnell hin und her bewegten, sodass die Gefechtssysteme ihre Ziele nicht schnell genug erfassen konnten. Allerdings wurden so viele Waffen abgefeuert, dass die vordersten Reihen der Jabberwocks aus allen möglichen Winkeln getroffen wurden und zur Nutzlosigkeit erstarrt das Gleichgewicht verloren.

Trotz der massiven Salven von gleich drei Seiten gewannen die Jabberwocks unablässig an Boden. Die umherhuschenden Gestalten stiegen dabei wie eine Monsterhorde über die Rümpfe der gefallenen Roboter. *Ich habe mich immer gefragt, wie es sein würde, etwas Nichtmenschlichem zu begegnen. Tja, jetzt sind wir ihm begegnet, und wir müssen auch noch mit ihm kämpfen.* Er überprüfte seinen Scan und verfolgte die Welle aus Symbolen, die sich rasch der improvisierten Verteidigungslinie näherten. »Vic, pass auf, ob sie irgendwo durchkommen.«

»Darauf passe ich schon auf, aber die sind euch jetzt so nahe gekommen, dass ich keine Artillerie einsetzen kann. Ich will nicht das Risiko eingehen, dass eine Salve unsere eigenen Leute trifft.«

»Verstanden. Wir nehmen sie uns im Nahkampf vor.« Stark hob sein Gewehr hoch und sah, wie auf seinem HUD die möglichen Ziele markiert wurden, gleich nachdem das Zielerfassungssystem aktiviert worden war. Er wählte die mit der höchsten Trefferwahrscheinlichkeit aus und feuerte sorgfältig. Ein Fluch kam über seine Lippen, weil so viele Patronen dadurch vergeudet wurden, dass immer wieder ein Jabberwock einen unerwarteten Satz nach vorn machte, kaum dass Stark abgedrückt hatte.

Die Roboter erwiderten das Feuer und teilten ohne Unterbrechung gezielte Schüsse aus, wobei ihre Präzision allerdings zum Glück immer noch durch die aktiven und passiven Verteidigungssysteme gestört wurde. Auch die Erschütterungen der unzähligen Explosionen infolge des pausenlosen Beschusses aus allen verfügbaren Waffen trugen dazu bei, die Zielgenauigkeit der Angreifer zu stören.

Die erste Welle aus Jabberwocks traf auf die Mitte der improvisierten Frontlinie und rannte geradewegs in ein massives Sperrfeuer, das jeden Angreifer zu Boden gehen ließ. Aber die nächsten rückten bereits nach und feuerten in atemberaubendem Tempo auf die Verteidiger, die nur die Wahl hatten, in Deckung zu gehen oder zu sterben.

Einer von Lamonts Panzern, dessen riesige, käferartige Hülle im Mondschatten fast unsichtbar war, sah sich plötzlich mit zwei Jabberwocks konfrontiert. Der erste eröffnete augenblicklich das Feuer, doch die kleinkalibrigen Geschosse prallten in einem Funkenregen von der Panzerung ab. Der zweite Jabberwock, der ein Stück weit hinter seinem Roboterkameraden stand, hielt für den Bruchteil einer Sekunde inne, während er schwere Panzerabwehrmunition in seine Abschussvorrichtung lud.

Die sekundäre Kanone des Panzers brüllte los, und der erste Jabberwock wurde von einem Geschosshagel in zwei Hälften zerlegt. Der Turm drehte sich eben in Richtung des zweiten Käfers, als der seine Panzerabwehrrakete abfeuerte. Die Punktverteidigung griff ein und landete zwar keinen direkten Treffer, lenkte aber die Rakete ein Stück weit von ihrem ursprünglichen Kurs ab. Der Panzer erbebte, als die Rakete in einen nicht lebenswichtigen Teil des Gefährts einschlug. Die Panzerung wurde in Splitter gerissen, die in hohem Bogen davontrieben. Dann hatte das Hauptgeschütz des Panzers sein Ziel erfasst und feuerte. Auf diese kurze Distanz reichte nicht einmal die unnatürlich kurze Reaktionszeit des Jabberwocks, um dem Geschoss auszuweichen. Der Roboter löste sich einfach in seine Bestandteile auf, als das Projektil nach dem Durchdringen der Hülle im Inneren explodierte und den Roboter zerriss. Zurück blieben die Stümpfe der acht Metallbeine, die umkippten und im Mondstaub landeten, der mit den Trümmern der Schlacht übersät war.

»Hey, ihr Bodenaffen! Wie wär's mal mit ein bisschen Feuerschutz für uns? Ich werde eine Ewigkeit brauchen, um das Loch in diesem Panzer wieder zu verschließen!«

Stark feuerte erneut, während er Befehle ausgab. »Bodentruppen, schirmt den Panzer von Sergeant Lamont ab. Ihr könnt die Jabberwocks am besten in dem Moment erwischen, da sie versuchen, einen Panzer als Ziel zu erfassen.«

Erschreckend plötzlich tauchte ein Jabberwock in seiner Nähe auf. Mattes Metall und hektisch bewegte Gliedmaßen ließen den Roboter vor dem endlosen Schwarz des Mondhimmels als vage Silhouette erscheinen, die einem Albtraum hätte entsprungen sein können. Stark richtete noch sein Gewehr auf das Ding, als die Soldatin neben ihm vor Schmerz und Wut aufschrie. Ihre Gefechtsrüstung zeigte auf Starks HUD gleich mehrere Stellen an, an denen der eben erst begonnene Beschuss durch den Jabberwock die Panzerung durchdrungen hatte. Noch immer schreiend feuerte die Soldatin ihr Gewehr vollautomatisch ab, wobei die Funken sprühten, als eine Patrone nach der anderen von Kopf und Brust abprallten. Der Käfer geriet leicht ins Schwanken, was sich weiter verstärkte, als Stark und andere Soldaten ihn ebenfalls beschossen. Die Beine zappelten aufgeregt hin und her, dann mit einem Mal erstarrten sie, und der Jabberwock begann in Zeitlupe auf die Seite zu fallen.

Dann wandte sich Stark zunächst der verletzten Soldatin zu, die ihre Waffe immer noch krampfhaft in den Händen hielt. »Ganz ruhig, das Ding ist tot.« Billings. Verdammt! Er scannte ihre medizinischen Werte, dann versah er ihr Symbol mit einem Hinweis an die Sanitäter, sich umgehend um sie zu kümmern. »Sieht so aus, als würden Sie's schaffen.« *Sofern die Sanis rechtzeitig hier eintreffen.* »Halten Sie durch.« *Bitte!*

»Hauptsache, ich hab den Mistkerl erwischt«, brachte Billings heraus, dann sackte sie in sich zusammen, überwältigt von der Masse an Medikamenten, die der Anzug in ihren Körper pumpte.

»Ethan.«

»Ja, Vic?«

»Mir werden verschiedene Jabberwocks angezeigt, die

links von dir im Begriff sind, die Verteidigungslinie zu durchbrechen. Ich schicke GTTs rüber, damit sie sie abfangen.«

»Ein paar Panzer sollen die GTTs begleiten.« Wieder gab Stark ein paar Schüsse ab, während er neben der schwerverletzten Private Billings dalag, um sie zu beschützen. »Allein können sie es mit den Käfern nicht aufnehmen, dafür sind die zu zäh und zu schwer gepanzert!«

»Roger. Ich werde die Panzer von der Front abziehen müssen. Alle anderen sind in Kämpfe verwickelt.«

Ehe Stark darauf antworten konnte, tauchte nicht weit von ihm entfernt ein weiterer Jabberwock auf, der mit vier Armen um sich schoss, während er auf Starks Position zugeeilt kam. Zwei Schüsse erwischten ihn am Kopf und an der Seite, dann wurden ihm durch einen Glückstreffer zwei Beine abgetrennt. Der Roboter wankte einen Moment lang hin und her, während er aufs Geratewohl weiter seine Waffen abfeuerte. Schließlich fiel er auf die Seite und rührte sich nicht mehr.

»Guter Schuss, Caruso«, hörte er Corporal Gomez' Lob. »Chen, gehen Sie ein paar Meter weiter, damit Sie dem *Sargento* und Billings besser Deckung geben können. *Dios!* Da kommt ja noch einer!«

Stark fluchte, als die Soldaten ganz in seiner Nähe das Feuer auf den nächsten Jabberwock eröffneten. Er veränderte den Ausschnitt seines Scans, damit er wieder die gesamte Lage überschauen konnte. Die tanzenden Symbole, die anzeigten, dass ein Jabberwock für ein paar Sekundenbruchteile von Sensoren erfasst worden war, machten es schwierig einzuschätzen, wie viele von ihnen übrig waren. Die Anzahl der Symbole, die für ausgeschaltete oder komplett zerstörte Jabberwocks standen, ließ zumindest erkennen, dass mehrere dutzend Roboter keine Bedrohung mehr darstellten. »Los, zieh die Panzer zurück, Vic.« Ein eisiger Schauer lief ihm über den Rücken, als ihm klar wurde, wie völlig falsch diese Aktion ausgelegt werden könnte. »An alle Einheiten: Die Panzer werden von der Front abgezogen, um eine Angriffsstreitmacht zu verstärken. Wir ziehen uns nicht zurück.«

Seine Befürchtung, die Verlegung der Panzer könnte falsch gedeutet werden, war offenbar völlig unnötig gewesen, da von einem namenlos bleibenden Soldaten prompt die Antwort kam: »Natürlich ziehen wir uns nicht zurück!«

Stark konzentrierte sich wieder auf die unmittelbare Umgebung, dabei fiel ihm auf, dass sich in nächster Nähe keine Ziele mehr befanden. Die Symbole gaben an, dass nahe seiner Position die Überreste von einem halben Dutzend kampfunfähig geschossener Roboter herumlagen. Die Soldaten um ihn herum kauerten im feinen Staub und gaben einzelne Schüsse auf sorgfältig ausgewählte Jabberwocks ab, die nach wie vor an anderen Stellen der Front unverdrossen vorrückten. *Die sind so wie diese Roboterkämpfer, von denen die Shuttles verfolgt wurden, deren Besuch nicht angemeldet worden war. Auf ein einziges Ziel und dessen Vernichtung ausgerichtet, gibt es für sie keinen anderen Daseinszweck.* Die aufflackernden Beobachtungen waren deutlich weniger geworden, tauchten überwiegend an der linken Flanke auf, einige davon hinter der Frontlinie. Auf einmal verließ Infanterie in großen Zahlen die Front und versetzte Stark sekundenlang in Angst und Schrecken, bis ihm klar wurde, dass sie den Jabberwocks folgten, die es bis hinter ihre Linien geschafft hatten.

GTT-Symbole näherten sich einer von ihnen, und Stark schaltete den Scan um, damit er das Geschehen aus der Perspektive des GTT-Schützen mitverfolgen konnte. Auf dem Zielerfassungssystem des GTTs sah er die Symbole des gejagten Jabberwocks in Abständen aufblinken, da der Käfer immer wieder zwischen Felsbrocken verschwand. Im nächsten Moment erzitterte ein GTT, da er von dem Roboter getroffen wurde. Das gepanzerte Gefährt schlitterte über die Mondoberfläche, Warnsymbole machten auf die dabei erlittenen Schäden aufmerksam.

Die anderen GTTs eröffneten das Feuer und ließen rund um den Jabberwock Gestein und Staub aufsteigen, der weiter den getroffenen GTT beschoss. Die Ausweichmanöver des Roboters waren zu schnell, als dass die Zielerfassungssysteme der übrigen GTTs ihnen folgen konnten, während der unbeirrt ganz darauf konzentriert blieb, den einmal erfassten GTT endgültig zerstören zu wollen.

Ein Panzer kam in Sichtweite, seine Waffensysteme suchten nach dem Jabberwock und erfassten ihn. Der Roboter wiederum hatte entweder dem GTT genügend zugesetzt, oder aber er war auf die neue Bedrohung aufmerksam geworden, da er sich prompt umdrehte, um den Panzer anzugreifen. Dabei jedoch wurde er von Geschossen aus verschiedenen Richtungen getroffen, was ihn zu einer Seite wegkippen ließ. In aller Eile versuchte der Jabberwock, sein Gleichgewicht wiederzuerlangen und war damit nicht mehr zu irgendwelchen Ausweichmanövern in der Lage. Im nächsten Augenblick wurde er vom Feuer der GTTs durchsiebt, dann schleuderte ihn ein Treffer der Panzerkanone auf die Seite.

Stark veränderte wieder den Ausschnitt auf seinem HUD, dabei fiel ihm auf, dass er unter dem Stress begonnen hatte, angestrengt zu atmen. Ein oder zwei Jabberwocks waren nach wie vor unterwegs, doch dann erstarrte erst einer, dann der zweite mitten in der Bewegung. Letzte Salven sorgten dafür, dass keiner von beiden sich je wieder von der Stelle rühren würde, und es senkte sich Stille auf sie alle herab, während die Verteidiger vergeblich nach neuen Zielen Ausschau hielten.

Wir haben's geschafft. Großer Gott im Himmel, wir haben es tatsächlich geschafft. Soldaten haben über Kampfroboter gesiegt.

»Vic, ich sehe hier, dass der Angriff zum Erliegen gekommen ist.«

»Das sieht hier auch danach aus. Keine erkennbaren Bewegungen. Ich deaktiviere das Minenfeld, damit unsere Leute an die alte Frontlinie zurückkehren können.«

»Roger. Schick die Einheiten gleich wieder rüber.« Er hielt inne, da er einen bitteren Geschmack im Mund wahrnahm. »Ich brauche eine Opferzahl.«

»Die wirst du auch bekommen.«

Stark wirbelte herum zu Private Billings, stellte aber erleichtert fest, dass sie soeben zu einer Ambulanz gebracht wurde. »Wird sie durchkommen?«

Im Gehen antwortete einer der Sanitäter: »Ja, Sir. In ein paar Minuten haben wir sie stabilisiert.«

»Danke. Anita?«

»Sí, Sargento?«

»Wie viele?«

Es folgte eine Pause, aber Stark wusste nicht, ob Corporal Gomez sich zunächst sammeln oder erst einmal im Geiste zählen musste. »Ein Toter, zwei Verwundete, einer davon schwer.«

Stark rechnete das hoch, indem er das Verhältnis der von ihnen persönlich ausgeschalteten Jabberwocks zu Gomez' Verlusten und Verletzten auf die geschätzte Anzahl Roboterkrieger umlegte, die insgesamt auf sie losgegangen waren. *Vielleicht haben wir ja nicht ganz so viele Leute verloren.* »Sie haben alle exzellente Arbeit geleistet, Corporal Gomez. Sie haben die Leute wirklich gut in Schuss gehalten.«

»*Gracias, Sargento.* Nehmen wir uns jetzt deren Basis vor?«

»Das habe ich derzeit nicht geplant.« Stark kehrte gemächlich zu seinem Kommando-GTT zurück und wünschte sich einmal mehr, dass das Fahrzeug mit Waffen ausgestattet wäre. Dann hätte er wenigstens damit ins Geschehen eingreifen können. *Noch eine Sache, um die ich mich irgendwann kümmern muss.* »Wie sieht es aus?«

»Die Wiedereinnahme der alten Frontlinie verläuft reibungslos, ausgenommen der eine Bunker, der von den Käfern in Schutt und Asche gelegt worden ist. Ich werde da ein paar Panzer in Stellung gehen lassen, um die Lücke zu schließen«, berichtete Reynolds.

Er konnte die Erleichterung aus ihrer Stimme heraushören, die Art, wie die Anspannung der gerade erst überstandenen Schlacht allmählich von ihr abfiel.

»Nun, Ethan. ›Also habt Ihr den Jabberwock getötet?‹«

Sein Blick wanderte über die karge Mondlandschaft bis zu der Stelle, wo das Hauptquartier tief unter dem Gestein lag. »Was?«

»›Also habt Ihr den Jabberwock getötet?‹ Das ist ein Zitat, Dummkopf. Aus Alice hinter den Spiegeln.«

Da muss wohl auch dieser Bander... Bander-Sonstwas-Kram herstammen. »Wie kommt es, dass du dich an so etwas erinnerst?«

»Das waren als kleines Mädchen meine Lieblingsbücher.«

»Das überrascht mich. Das ist so was wie Alice im Wunderland, richtig? Über ein schick angezogenes britisches Mädchen? Das hat dir gefallen?«

»Mir gefiel die Vorstellung, dass ein Mädchen ganz auf sich gestellt fremde neue Welten erkundet. Was ist daran verkehrt? Zugegeben, ich hatte immer das Gefühl, dass Alice bewaffnet zu ihren Expeditionen aufbrechen sollte. Einfach für den Fall, dass einer von den schrägen Typen, denen sie begegnet, in Wahrheit ein gefährlicher Spinner ist.«

»Na, das vermag nun gar nicht, mich in Erstaunen zu versetzen.« Wieder schaute Stark auf seinen Scan und zoomte weit genug weg, um einen Großteil der Front betrachten zu können. Seine Belustigung verschwand sofort, als er an einer Ecke des Scans hinter der gegnerischen Front irgendwelche Aktivitäten bemerkte. Er richtete das Display in diese Richtung und konzentriertes sich ganz auf den Scan. »Was zum Teufel ist denn da los?«

»Wo? Lass mich deinen Scan sehen. Du meinst das, was da an den Flanken des Fleischwolfs läuft?«

»Ja, das meine ich.« Auf diese Entfernung konnte der Scan nur ein bruchstückhaftes Bild anzeigen, weil lediglich dargestellt wurde, was die Sensoren erfassten. Dennoch wuchs die Zahl feindlicher Symbole dem Anschein nach immer stärker an. Dort gingen Soldaten in Position, offenbar sehr darauf bedacht, dass sie von den offiziellen amerikanischen Streitkräften nicht gesehen wurden. »Was haben die vor? Wollen die jetzt auch ausländische Streitkräfte auf uns loslassen?«

»Ethan, wenn diese feindlichen Einheiten gegen uns zum Einsatz kämen, dann würden sie alles tun, um nicht von uns gesehen zu werden. Es wäre ihnen egal, ob die offiziellen Truppen sie bemerken. Sieh dir diese Bewegungen an. Wenn es einen Weg gibt, sich auf diesem Gelände zu bewegen, ohne vom Fleischwolf aus gesehen zu werden, dann ist es der, den die da nehmen.«

»Warum? Was zum Teufel tun sie da?«

»Sie machen sich bereit, die offiziellen Streitkräfte zu attackieren. Sieh mal, da im Süden auch. Wir haben von dort kein so klares Bild, aber irgendwas läuft auch da ab.«

Unwillkürlich hob Stark die Hand, um sich frustriert übers Gesicht zu reiben, doch der Versuch endete darin, dass er mit dem gepanzerten Handschuh gegen sein Visier schlug. »Ein Hinterhalt? Wieso jetzt?«

»Das fragst du noch? Ist doch ganz klar. Betrachte das mal aus der Perspektive des Gegners. Die offiziellen amerikanischen Streitkräfte gehen auf uns los, wir setzen uns zur Wehr. Beide Gruppen sind geschwächt, und dann erst greifen die Leute, die weder uns noch die anderen leiden können, die Soldaten an, die im Fleischwolf sitzen, und überrennen sie. Danach hoffen sie, unsere Verteidigung ebenfalls aus dem Weg zu räumen; immerhin haben wir uns mit den Jabberwocks herumschlagen müssen. Und dann werden sie die Kolonie einnehmen. Im Handumdrehen stehen wir ohne irgendetwas auf dem Mond da.«

»Verdammt, das können wir nicht zulassen.«

»Würde ich auch sagen. Die Frage ist: Wie halten wir es auf?«

»Wir müssen ihnen helfen. Den Leuten im Fleischwolf, meine ich. Die haben nicht genug Soldaten, um Überraschungsangriffe von beiden Seiten abzuwehren. Nicht auf diesem Gelände.«

»Haben sie definitiv nicht. Lass dir das aber gut durch den Kopf gehen, Ethan. Ganz egal, wie wir versuchen, ihnen zu helfen: Es wird unsere Verteidigung hier schwächen. Wir müssen Einheiten losschicken, denen es passieren kann, dass sie sowohl von den beiden feindlichen Streitkräften als auch von den Verteidigern des Fleischwolfs angegriffen werden. Im schlimmsten Fall werden wir so massiv geschwächt, dass wir die Kolonie bei dem Versuch verlieren, die offizielle US-Streitmacht zu retten. Und wenn wir sie retten, werden sie dann vielleicht dennoch versuchen uns zu schlagen.«

»Ja.« Stark starrte hinaus auf die Mondlandschaft, die ihre Kargheit in den Farbtönen Schwarz, Weiß und Grau präsentierte. Sein Blick wanderte weiter zu der blau-weiß gemusterten Erde, die wie eine große Scheibe am Himmel hing. Erinnerungen stürmten auf ihn ein, dennoch blieb von allem nur ein einzelner, klarer Gedanke übrig. »Ja, das weiß ich. Aber ich bin ein Amerikaner, Vic. So wie wir alle. Die Idioten, die das Land führen, können an dieser Tatsache nichts ändern, auch wenn sie noch so viel Mist bauen. Und ich werde verdammt noch mal keinen Unschuldigen für die Dummheiten unserer Bosse bezahlen lassen. Wir werden diese Affen der offiziellen Streitmacht retten, und wir werden sie sicher nach Hause zurückschicken, damit sie auf der Erde die Zivs beschützen, was schließlich ihre eigentliche Aufgabe ist.«

»Und wenn diese Affen sich auf die Weise bedanken, dass sie die Kolonie übernehmen? Unsere Truppen werden auf die Soldaten der Zweiten Division nicht das Feuer eröffnen, Ethan. Nicht einmal, um ihr eigenes Leben zu retten. Das ist dir doch klar.«

Er atmete tief durch, den Blick weiter auf die Erde gerichtet. Irgendwo auf dieser Kugel, irgendwo unter den Wolken, wartete all das, was zu erhalten ihm beigebracht worden war, auf seine Entscheidung. Diesmal fühlte er keine eisige Kälte in sich, sondern eine gleichmäßige, angenehme Wärme, die nicht von der Heizung seiner Gefechtsrüstung herrührte. »Ja, das ist mir auch klar. Aber was sollen wir sonst machen, Vic? Wir haben einen klaren Befehl vom Kolonieleiter, dass diese offizielle Streitmacht nicht ausradiert werden darf. Das ist unser Befehl, und der hat oberste Priorität. Dieser Befehl ist auch nachvollziehbar, Vic, denn was wäre die Alternative? Sollen wir unser Land wehrlos zurücklassen? Wenn dieser Teil der Zweiten Division ausgelöscht wird, kann der verbleibende Rest die Grenzen nicht sichern. Diese Truppen, die ihnen hier oben in den Rücken fallen wollen, werden anschließend auch daheim unser Land angreifen. Wir haben einen Schwur geleistet, Vic. Den Schwur, die Verfassung zu schützen. Bislang haben wir nichts getan, was dem entgegensteht. Unser Zuhause, die Verfassung, sie sind unversehrt. Aber wenn wir diese Affen sterben lassen, dann lassen wir auch zu, dass jeder, der mit den USA noch eine Rechnung offen hat, einfach einmarschiert und sich holt, was ihm seiner Meinung nach zusteht. Was ist dann? Dann ist alles verloren. Dazu werde ich es nicht kommen lassen, und wenn ich ganz allein da rübergehe und gegen sie kämpfe.«

»Du wirst nicht allein sein, Ethan.« Nach einer kurzen Pause fuhr Vic fort: »Wir haben noch einen Trumpf in der Hand, den wir ausspielen können. Stacey hat mir eben Bescheid gegeben, dass es ihr gelungen ist, ihn einzupflanzen.«

»Wen einzupflanzen?«

»Erinnerst du dich an den Wurm, den Stace nach dem Überfall auf unser Hauptquartier in unseren Systemen entdeckt hatte? Den Wurm, der unser IFF umkehren sollte, damit Freunde als Feinde und umgekehrt dargestellt werden? Ihre Computerexperten waren in der Lage, den Wurm zu verändern, sodass er von den Wachhunden in den offiziellen Systemen möglichst nicht entdeckt wird. Er wird dafür sorgen, dass wir auf ihren IFF als Ihresgleichen erscheinen.«

»Ernsthaft? Das ist ja mal ein netter Wurm.«

»Stacey meinte, er könnte von Nutzen sein. So kann ich ein ganzes Bataillon in Shuttles setzen und über die Front bringen, um es dort abzusetzen, wo es helfen kann, den Überraschungsangriff zu verhindern. Das mag nicht genügen, aber es sollte ausreichen, die Stellung zu halten, bis die offiziellen Streitkräfte dazukommen können.«

»Mach das. Und danke, Vic, dass du das arrangiert hast. Und dass du mit mir einer Meinung bist.«

»Dank mir nicht, du Idiot. Ich habe während meiner ganzen Karriere auf einen Anführer gehofft, dem Ideale wichtiger sind als die eigenen Interessen. Das hat mir dich eingebracht. Geschieht mir recht. Versuchen wir, uns nicht umbringen zu lassen.«

»Abgemacht.«

Er stand neben dem GTT und fragte sich, wie wohl die Soldaten auf seine Entscheidung reagieren würden, die ihm bislang vertraut hatten und ihm gefolgt waren. *Ich werde ihnen sagen, was ich warum tun werde. Sie verdienen es, das von mir zu erfahren.*

»An alle Einheiten, hier spricht Stark. Wir haben feindliche Streitkräfte entdeckt, die offenbar vorhaben, den Fleischwolf von beiden Flanken her anzugreifen. Die beabsichtigen, die Affen der Zweiten Division in die Zange zu nehmen, und es ist möglich, dass sie danach versuchen werden, uns auch noch zu überrennen. Wir könnten einfach hier an der Front bleiben und wären in Sicherheit, aber die Zweite Division wird einen solchen Angriff ohne unsere Hilfe nicht überleben. Ich habe vor, ihnen diese Hilfe zu gewähren. Zwar bedeutet das auch, dass uns die offizielle

Streitmacht im Anschluss niederringen kann, aber zumindest werden diese Soldaten überleben und in der Lage sein, heimzukehren und zu Hause die USA zu verteidigen. Wenn sie hier untergehen, hat unser Land keine Überlebenschance. Ich hoffe, ihr werdet mir alle folgen.« Dann ging er in bedächtigem Tempo in Richtung Front los und ließ den Kommando-GTT hinter sich zurück.

»*Sargento!* Nicht vorneweg, *Sargento!* Lassen Sie das einen Private übernehmen.« Gomez winkte einem Soldaten zu, damit der vorausging, dann holte sie den Rest des Zugs zu sich, um neben Stark herzugehen. »Sie gehen da nicht allein rüber.«

»Danke, Anita.«

Sie überquerten den flachen Hügelkamm und hatten damit freie Sicht auf die sich vor ihnen erstreckende Todeszone.

»Es heißt, im Militärgefängnis Leavenworth soll es verdammt kalt sein«, überlegte Gomez. »Wir werden Mäntel und Pullover mitnehmen müssen. Aber so kalt wie hier wird es da sicher nicht sein.«

»Nein, ganz bestimmt nicht. Aber mich erwartet ohnehin eher ein Erschießungskommando als eine Gefängniszelle.«

»*Verdad.* Zumindest erzählt man sich, dass es in der Hölle richtig warm sein soll. Da brauchen Sie keinen Mantel, da können Sie ein paar dünne Sachen einpacken.«

Stark musste lachen. »Und es werden schon viele Freunde auf mich warten. Schön, dass Sie mich auf diesem Weg hier begleiten, *compadre.*«

»*De nada.*«

Vic Reynolds meldete sich und berichtete hastig. »Ethan, ich habe die Shuttles beladen. Griffbereit war Milheims

Bataillon. Ich glaube, ihm ist immer noch schwindlig von dem Befehl, den ich ihm gegeben habe, sonst hätte er schon längst empört aufgeschrien. Aber das kann ja noch kommen.«

»Sieht so aus, als würde sich der Feind immer noch an den Fleischwolf heranschleichen. Gut, dass die so langsam vorrücken.«

»Ethan, die rechnen ja auch nicht damit, dass wir irgendetwas unternehmen werden, selbst wenn wir sie entdecken. Ich habe den Shuttles gerade eben den Startbefehl erteilt. Da wir nichts über die Basis im Fleischwolf wissen, lasse ich die Shuttles an der Nordflanke landen, wo es zum massivsten Angriff kommen dürfte.«

»Alles klar. Hört sich gut an. Wann wirst du den Wurm aktivieren?«

»Erst in der allerletzten Minute, wenn sich die Shuttles der Front nähern. Wir wissen nicht, wie lange der Wurm durchhält, bevor die Wachhunde des Systems ihn entdecken und unschädlich machen.«

»Ich will nur hoffen, dass das alles auch so funktioniert.«

»Stacey hat's versprochen.«

Stark musste wieder lachen. »Wir verlassen uns auf das, was Stacey Yurivan uns erzählt. Allmächtiger, wir haben wohl den Verstand verloren.«

»Kann schon sein. In vier Minuten fliegen die Shuttles über euch hinweg.«

»Roger.« Stark beschleunigte seine Schritte und beobachtete auf dem HUD, wie die Kompanien und Bataillone zu allen Seiten seinem Beispiel folgten. Wieder hörten sie auf ihn und führten seinen Befehl aus, weil sie an die Sache glaubten. Oder weil sie einfach darauf vertrauten, dass er das Richtige tat. *Vier Bataillone. Genügen die, um den An-*

griff auf den Fleischwolf zu stoppen? Nein, fünf Bataillone.
Wir setzen ja auch noch Milheims Leute dort ab.

Ein paar Minuten später schossen die Shuttles über sie hinweg. Stark sah hin, versuchte, sie durchzuzählen, und bemerkte in der Gruppe Symbole für seine drei verbliebenen bewaffneten Shuttles. »Vic, sind die bewaffneten Shuttles als Eskorte mit dabei?«

»Zum Teil ja. Die Idee kam von Chief Melendez. Er sagt, seine Shuttles könne ihre Punktverteidigung nutzen, um Ziele auf der Oberfläche zu beschießen, wenn die Zielerfassung manuell geschieht. Ich glaube, er freut sich schon darauf, es auszuprobieren. Ach ja, ich habe soeben den Wurm aktiviert.«

»Funktioniert er?«

»Er funktioniert nicht, wenn gleich aus dem Fleischwolf heraus auf die Shuttles geschossen werden sollte. Drück die Daumen, Ethan. Wie sieht eigentlich dein Plan aus, um zu den offiziellen Streitkräften zu gelangen?«

»Ich finde, es ist ein schöner Tag für einen Spaziergang, Vic.«

»Entschuldigung, dass ich gefragt habe. Viel Glück.«

»Hey, Gomez, Murphy und die anderen sind ja bei mir. Was soll da schon schiefgehen?«

»Frag mich das lieber nicht. Die Bewegungen an den Flanken des Fleischwolfs sind fast komplett eingestellt worden. Der Feind muss in Position gegangen sein.«

»Verstanden.« Stark beschleunigte seine Schritte noch etwas mehr. Ein kleines Stück voraus verlief die befestigte Linie, dahinter erstreckte sich die so zutreffend bezeichnete Todeszone, die die beiden Streitmächte voneinander trennte. Es hatte Stark noch nie gefallen, in dieses Gebiet vorzudringen, und er mochte es auch jetzt nicht. Aber er sah keine andere Möglichkeit, wenn er nicht für den Rest seines Lebens von Albträumen verfolgt werden wollte.

Auf seinem Scan konnte Stark mitverfolgen, wie die Shuttles die Todeszone überflogen, ohne dass irgendjemand das Feuer auf sie eröffnete. *Sieh einer an. Staceys Wurm hat funktioniert. Gut, dass ich sie nicht gefeuert habe. Im Fleischwolf bekommen zweifellos gerade etliche Offiziere eine Krise, weil sie nicht wissen, woher diese Shuttles kommen, wieso sie als »Freunde« markiert sind und warum sie nicht auf die Befehle des Hauptquartiers reagieren, das irgendwo im Tal untergebracht sein muss.*

»Vic, schalt mir die Notruffrequenz frei. Ich will mit den Leuten im Fleischwolf reden.«

»Das gilt als missbräuchliche Nutzung der Frequenz. Dafür kannst du ins Gefängnis kommen, das weißt du ja.«

»Das Risiko gehe ich ein.«

»Frequenz ist offen.«

Stark nahm sich einen Moment Zeit, um seine Gedanken zu sammeln, dann sprach er auf einem Kanal, über den er jeden Soldaten in einer Gefechtsrüstung, jedes Schiff und jedes offizielle Komm-System erreichte. »An alle Angehörigen der offiziellen amerikanischen Streitkräfte in dem Tal, das wir intern als den Fleischwolf bezeichnen. Hier spricht Sergeant Ethan Stark, Sie sind im Begriff, von Ihren eigenen Verbündeten angegriffen zu werden. Es machen sich in diesem Moment an beiden Flanken Einheiten bereit, gegen Sie vorzurücken. Ich habe per Shuttle ein Bataillon losgeschickt, um Ihre nördliche Flanke zu verstärken. Ich selbst komme mit weiteren Einheiten durch die Todeszone zu Ihnen. Ich betone: Meine Streitkräfte kommen zu Ihnen, um Ihnen zu helfen, einen feindlichen Angriff abzuwehren. Keiner von meinen Leuten wird Sie angreifen. Wir rücken vor, um Ihnen zu helfen und …« Plötzliches statisches Rauschen fiel ihm ins Wort.

Autsch. Die Notruffrequenz zu blockieren, ist verdammt illegal. Zugegeben, Ansprachen auf dieser Frequenz zu verbreiten, ist auch nicht erlaubt. Auf dem Scan sah Stark mit an, wie Milheims Bataillon die Shuttles verließ, um am Nordrand des Tals in Stellung zu gehen. Versprengte Symbole ganz in ihrer Nähe kennzeichneten offizielle amerikanische Soldaten, die entweder durch den Wurm verunsichert wurden, da es sich allem Anschein nach um Freunde handelte, oder die einfach nicht bereit waren, das Feuer auf Milheims Leute zu eröffnen.

Einen Moment später spülte eine Welle roter Symbole über den Talrand. Stark hielt gebannt den Atem an, während seine Soldaten die Angreifer unter Beschuss nahmen. Gefahr ging für die Angreifer zudem von den drei bewaffneten Shuttles aus, da Chief Gunner Mate Melendez und seine Crews für Feuerschutz sorgten. *Na, ihr Mistkerle? Wie fühlt sich das an, total überrascht zu werden?* Die roten Symbole zögerten und zogen sich gleich darauf völlig überrumpelt zurück. Etliche Markierungen, die Opfer kennzeichneten, blieben dabei auf der Strecke.

Zu beiden Seiten fielen die Bunker der Verteidigungslinie der Kolonie hinter ihnen zurück. Stark erhöhte das Tempo noch einmal, die geringe Schwerkraft erlaubte es ihm, mit einem einzigen Schritt eine weite Distanz zurückzulegen. Immer, wenn er keinen Kontakt zur Mondoberfläche hatte, gab er ein perfektes Ziel ab, da er nirgendwo hin ausweichen konnte. Dennoch war das höhere Tempo erforderlich, wenn seine Truppen noch so rechtzeitig die Todeszone hinter sich bringen wollten, dass sie auch etwas bewirkten.

»Stark? Stark? Was zum Teufel machst du da?«

»Vic? Woher kommt diese Übertragung?«

»Die Quelle ist die offizielle Streitmacht, Ethan. Von irgendwo aus dem Fleischwolf.«

»Hm. Hier ist Stark. Wer ist da?«

»Rash Paratnam, du verdammter Idiot. Was soll der Mist mit den Truppen? Willst du etwa absichtlich gegen uns kämpfen?«

»Nein, du Schwachkopf! Hast du meine Nachricht an alle denn nicht gehört?«

»Ja, aber ...«

»Dann mach die Augen auf und sieh dich um. Überprüf deinen Scan.«

»Der Scan wurde von unserem Hauptquartier bereinigt, Stark. Wir sehen da überhaupt nichts.«

»Oh verdammt, Rash. Ihr werdet auf beiden Flanken von feindlichen Truppen angegriffen. Eure Leute im Süden werden von denen überrannt. Wir haben es geschafft, das Vorrücken im Norden erst einmal aufzuhalten, aber ohne Verstärkung werden wir diese Position nicht lange halten können. Du musst deine Leute losschicken und Verteidigungspunkte einrichten.«

Es folgte eine Pause, dann kam eine gequälte Antwort. »Ach, Himmel, Ethan! Was sollen wir jetzt machen? Unser Befehl lautet, gegen euch vorzurücken. Ich habe meine Offiziere gefragt, was mit den geliebten Verbündeten, diesen feindlichen Streitkräften los ist, aber ich bekam keine Antwort.«

»Rash, hör mir zu. Wir kämpfen hier auf der gleichen Seite. Ich werde nicht zulassen, dass die Reste der amerikanischen Armee einfach überrannt werden, während ich aus sicherer Entfernung dabei zusehe. Hey, kannst du dich in meinen Scan einklinken?«

»Vermutlich ja, aber diesen Hintereingang könntest du benutzen, um einen Wurm in unsere Systeme zu schleusen.«

»Rash, der Wurm ist längst in euren Systemen.«

»Tatsächlich? Darum zeigt mein Scan dich als Freund an? Verdammt.« Wieder eine Pause, die diesmal noch etwas länger dauerte. »Okay, du hast mich nie belogen, Ethan. Nie. Ich klinke mich in deinen Scan ein, und ich verbinde hier alle mit mir. Dann werden wir ja sehen, was da los ist. Jedenfalls bis zu dem Moment, in dem die Systemwachhunde merken, was ich hier tue. Dann werden sie versuchen, die Verbindung zu trennen.«

»Danke, Rash.«

Nach gut der Hälfte des Weges durch den Fleischwolf näherten sie sich dem neuen Wall, der die Sicht auf alles nahm, was sich dahinter befand. Von hier aus wirkte er höher als je zuvor. Sollten die Soldaten, die dieses Hindernis bewachten, das Feuer auf Stark eröffnen wollen, würden sie das schon bald tun.

Eine andere Meldung ging ein. »Stark, wir können so nicht weitermachen!«, rief Milheim, in dessen Stimme Wut und Angst mitschwangen. »Mein Bataillon wird von zwei Seiten gleichzeitig beschossen!«

»Von wem? Vom Feind oder von der offiziellen Streitmacht?«

»Vom Feind. Die, die sich uns von Süden her nähern, stoßen unterwegs nicht auf nennenswerten Widerstand.«

»Das wird sich gleich ändern. Die Offiziellen ordnen sich gerade neu, um sie zu stoppen.«

»Gott sei Dank. Wir halten das hier nicht mehr lange durch, selbst wenn unsere bewaffneten Shuttles hier die Landschaft in Stücke reißen.«

»Ich höre Sie, Milheim. Wir sind ja auch schon fast da.«

Der Wall lag nun steil ansteigend direkt vor ihnen. Unter den Schwerkraftbedingungen auf der Erde hätte kein Stein an diesem Hang Halt gefunden, doch die schwache Anziehungskraft des Mondes sorgte dafür, dass alles dort liegenblieb, wo es sich befand. Stark lief die Steigung hinauf und verfluchte, dass er immer wieder ins Wanken geriet, weil ein Stein wegrutschte. Gleichzeitig war er dankbar für die Mondschwerkraft, die es ihm möglich machte, die Schräge fast im Laufschritt zu bewältigen.

Oben angekommen hielt Stark inne und musste erst einmal durchatmen. Ein paar Soldaten in einer Waffengrube ganz in der Nähe sahen ihn schweigend an, während die meisten anderen Verteidigungsanlagen oben auf dem Wall verlassen waren. Die dafür eingeteilten Soldaten waren vermutlich abgezogen worden, um an den Flanken zu kämpfen. Er scannte die Verteidigergruppe und stutzte, da die Namen Erinnerungen wachriefen. »Ich kenne euch Jungs.«

»Ja, Sie kennen uns«, bestätigte einer von ihnen. »Wir haben mal zu Ihrem Fünften Bataillon gehört, Zweite Brigade.«

Die Meuterer, die ich zur Erde zurückgeschickt habe. »Die haben euch die Verteidigung des Walls übertragen?«

»Richtig. Ich schätze, die haben sich überlegt, dass wir wohl am ehesten auf Sie schießen würden.«

»Und wieso habt ihr das nicht gemacht?«

»Weil Sie uns bei der Niederschlagung der Meuterei mühelos hätten abknallen können. Oder uns anschließend vor ein Erschießungskommando stellen. Haben Sie aber nicht. Wenn Sie uns hätten umbringen wollen, dann hätten Sie dazu ein Dutzend Gelegenheiten gehabt. Wir sind zu der Einsicht gekommen, dass es Zeit wird, mehr auf das zu achten, was Sie tun, statt auf das zu hören, was uns die Leute erzählen, die was gegen Sie haben.«

Stark konnte sich ein Grinsen nicht verkneifen. »Ich nehme an, Kalnick ist nicht hier oben, oder?«

»Er ist auch hier, im Hauptquartier. Wenn Sie mich fragen, taugt der Kerl nicht zum Soldaten auf dem Schlachtfeld. Schlechtes Urteilsvermögen. Tut uns leid, dass wir das nicht früher erkannt haben.«

»Besser spät als nie. Was ist mit Ihrem Scan? Zeigt er die Aktivitäten des Feindes schon an?«

»Der offizielle nicht. Wir holen uns über einen Umweg das genaue Bild bei den Jungs, die mit dem Feind tatsächlich Kontakt haben.« Ein kurzes Zögern, dann: »Ich nehme an, wir ergeben uns jetzt?«

»Ganz sicher nicht. Warum sollten Sie sich ergeben?« Er deutete auf den Hang hinter sich. »Ihre alte Einheit ist auf dem Weg hier rauf. Die haben bis jetzt gut gekämpft, und sobald sie hier eintreffen, schließt ihr euch ihnen an.«

»Eine zweite Chance? Sie geben uns eine zweite Chance?«

»Ich würde sogar dem Teufel eine zweite Chance geben, wenn ich das Gefühl hätte, einen guten Soldaten aus ihm machen zu können. Aber zählen Sie nicht darauf, dass Sie bei Gelegenheit um eine dritte Chance bitten können.«

Das hier kostet mich zu viel Zeit, ich muss weitergehen. »Kommt«, rief Stark seinen Soldaten zu, als mehr von ihnen die Kuppe des Walls erreicht hatten. »Das Zweite Bataillon folgt mir zur Südflanke. Das Dritte Bataillon sieht zu, dass es sich zu Sergeant Milheims Position begibt und sich von ihm erzählen lässt, wo er Leute braucht. An die Commander des Ersten und des Fünften Bataillons: Sobald Sie den Hügelkamm erreicht haben, begeben Sie sich mit Ihrer Einheit dorthin, wo Sie glauben, am dringendsten benötigt zu werden. Fünftes Bataillon, hier oben warten ein paar von Ihren Leuten auf Sie.«

Sein taktisches System scannte die Umgebung und versuchte, ein Bild der Basis zu erstellen, damit Stark wusste, wohin er gehen musste. Im Gegensatz zu der fast komplett unterirdisch angelegten Kolonie bestand die Basis im Fleischwolf aus vielen flachen Gebäuden, auf die man Steine getürmt hatte, um sie vor Meteoritenschlägen zu schützen. »Siehst du das, Vic? Hier stehen jede Menge Gebäude auf der Mondoberfläche.«

»Ich seh's. Vermutlich haben sie das gemacht, um sich die Arbeit für das Aushöhlen des Untergrunds so weit wie möglich zu ersparen. Diese Basis ist ganz offensichtlich nur eine vorübergehende Einrichtung.«

»Ich wette, dass du recht hast. Allerdings sagt mir mein Gefühl, dass das alles viel eher wieder abgebaut werden wird, als die Erbauer es erwartet haben.« Stark lief los und bemerkte verärgert, dass sein alter Trupp sich wie ein menschlicher Schutzschild um ihn herum angeordnet hatte. *Und damit sind wir alle zusammen eine große Zielscheibe, die niemand übersehen kann. Aber ich kann sie nicht einfach wegschicken.* Sie näherten sich vereinzelten Gruppen von Soldaten der Zweiten Division, die unschlüssig hin und her eilten. »Folgt mir, ihr Affen.« Die anderen Soldaten wurden von Starks Einheiten geschluckt und mitgenommen, dann fielen die Flachbauten hinter ihnen zurück, während vor ihnen plötzlich das Schlachtfeld auftauchte.

Die feindlichen Streitkräfte, die von Süden aus in den Fleischwolf vorgerückt waren, hatten allem Anschein nach jeden Versuch einer Verteidigungslinie einfach überrannt. Nun waren sie im Begriff, triumphierend weiterzustürmen, gerade als Starks Bataillon zwischen den Gebäuden zum

Vorschein kam und ihnen genau in die Flanke lief. Die Attacke des Feindes brach so prompt in sich zusammen wie ein Kartenhaus, das von einem Basketball getroffen wurde. Keiner der Soldaten war in der Lage, eine wie auch immer aufgebaute Form von Gegenwehr auf die Beine zu stellen.

Starks Einheit raste förmlich durch die Angreifer hindurch, und hinter ihr blieben die frischgebackenen Gefangenen zurück, die sofort von der nächsten Welle übernommen wurden. Der Druck auf den Feind wurde dabei weiter aufrechterhalten, während die vor Starks Leuten fliehenden Soldaten sich zu einer anderen gegnerischen Streitmacht retten wollten, die gut einen Kilometer weiter vorgerückt war. Die von Panik erfassten Soldaten platzten in die andere Formation hinein und behinderten so deren Bemühungen, sich umzuwenden und Starks Gegenattacke zu stellen.

»Feuer frei!« Stark kniete sich hin und nahm sich die Zeit, in Ruhe zu zielen und abzudrücken, sobald er einen der in der Menge aufgeregt umherlaufenden Gegner erfasst hatte. Von allen Seiten wurden äußerst akkurate Schüsse auf den Feind abgefeuert, in dessen Reihen immer mehr Soldaten jeden Versuch aufgaben, diesem unerwarteten Widerstand etwas entgegenzusetzen, und selber losrannten.

Eine kleine Gruppe amerikanischer Soldaten verließ ihre Position im Schutz eines Bulldozerwracks, was den Feind in ein heftiges Kreuzfeuer geraten ließ. Auch der letzte Rest von Kampfeswille der gegnerischen Streitkräfte schwand, und sie ergriffen die Flucht in Richtung des südlichen Talrandes. *Das sollte uns ein paar Minuten Verschnaufpause verschaffen*, dachte Stark keuchend. Die andauernde Anstrengung hatte ihn nach Luft schnappen lassen. Wenn er es genau überlegte, war er in den letzten Stunden insgesamt doch etliche Klicks weit gelaufen. So etwas machte sich sogar auf dem Mond bemerkbar, vor allem wenn man schon den ganzen Tag über in Kampfhandlungen verstrickt gewesen war. »Zweites Bataillon, verfolgen Sie die Typen und versuchen Sie, sie über den Hügelrand zu jagen. Gehen Sie dann da oben in Stellung und verfolgen Sie die auf keinen Fall noch weiter.«

Er ging zu der kleinen Gruppe, die beim Bulldozer stand, und winkte zum Gruß: »Hi, schöner Tag für einen Krieg, nicht wahr?«

»Könnte kaum schöner sein«, erwiderte einer der Soldaten, der einen Schritt nach vorn machte. »Sergeant Pericles.«

»Pericles?« Bedächtig nickte Stark, während er angestrengt überlegte, wo er diesen Namen schon einmal gehört hatte. »Ich bin Stark.«

»Ich hätte nicht gedacht, dass ich das mal sagen würde, aber ich bin wirklich verdammt froh, Sie zu sehen.«

Ein weiterer Soldat kam nach vorn. »Lieutenant Fox. Ich habe hier das Kommando.« Die Stimme des Lieutenants war ein wenig zittrig, aber das war nichts Ungewöhnliches für jemanden, der bis gerade eben in einen aussichtslos erscheinenden Kampf verwickelt gewesen war.

Stark warf Pericles einen flüchtigen Blick zu, der mit einer ebenso flüchtigen Geste antwortete, die in Zeichensprache eine Beschreibung des Offiziers lieferte. Er ist also okay? »Freut mich Sie kennenzulernen, Lieuten-«

»Sergeant Stark, es tut mir leid, aber ich muss Sie festnehmen.«

Starks Augenbrauen schossen wie aus eigenem Antrieb nach oben, was hinter dem Visier glücklicherweise nicht zu sehen war. Der ihn begleitende Zug rückte ein Stück vor, die feindselige Haltung dem Lieutenant gegenüber war nicht zu übersehen. Ehe Stark jedoch etwas erwidern konnte, ging Sergeant Pericles dazwischen: »Lieutenant, das ist jetzt kein guter Zeitpunkt für so etwas.« Als sollten seine Worte dadurch unterstrichen werden, meldete sich in diesem Moment der Alarm der Gefechtsrüstung und warnte vor eingehendem Artilleriebeschuss, der auch auf dem HUD angezeigt wurde. »Ich würde sagen, unsere ›Verbündeten‹ haben entschieden, dass der Überraschungseffekt verpufft ist und dass es Zeit wird, die Krallen zu zeigen. Wir sollten besser alle Deckung suchen.«

Stark schüttelte den Kopf und setzte sich in Bewegung. »Ich muss mich meinen Streitkräften an der Nordflanke widmen. Ich muss eine Schlacht führen. Lieutenant Fox, Sergeant Pericles, ich würde es zu schätzen wissen, wenn Sie meinem Zweiten Bataillon unter die Arme griffen, vor allem wenn meine Leute ihr Handeln mit Ihren Leuten abstimmen müssen.« Eine mögliche Antwort der beiden Soldaten ging in einem kurzen statischen Rauschen unter. *Ein Störsender? So stark und so wirkungsvoll? Das muss das Werk unserer offiziellen Streitkräfte sein. Jemand spielt noch nicht mit.* »Kann jemand die Quelle dieses Störversuchs feststellen? Ich will, dass der Sender sofort abgeschaltet wird.«

»Ist soeben passiert«, meldete sich eine unbekannte Stimme. »Wir haben die Energieversorgung des Transmitters gekappt. Sergeant Stark, hier im Norden sieht es richtig übel aus.«

»Ist Milheim bei Ihnen?«

»Ich … ähm … keine Ahnung. Hier herrscht ziemliches Durcheinander. Ich … oh, da kommt ein ganzer Schwung neuer Leute.«

Stark verkniff sich einen Fluch. »Freund oder Feind, Soldat?«

»Alle als Freunde markiert. Sorry, Sarge, der Scan sagt, sie gehören zum … ähm … Ersten Bataillon?«

»Das sind meine Leute. Können Sie mich mit Ihrem Scan verbinden?«

»Bestätigt, Sergeant. Hier ist er.«

Während ein Stück weit hinter ihm Artillerie auf Gestein traf und Brocken heraussprengte, blieb Stark stehen und betrachtete das Bild, das sich aus den übermittelten Fragmenten des Scans ergab. Die Nordflanke war ein Wirrwarr aus verschiedenen Einheiten, die an manchen Stellen vorrückten, sich andernorts aber zurückziehen mussten. Dutzende rauchende Wracks waren alles, was von den gepanzerten Transportern des Gegners geblieben war. Dieser Angriff war entweder von Milheims Panzerabwehrteams oder von den bewaffneten Shuttles abgewehrt worden. Auf der linken Seite der Flanke drängten frische Streitkräfte nach vorn und veranlassten den Feind zu einem widerwilligen Rückzug.

An der südlichen Flanke sah es zumindest für den Augenblick besser aus. Das zweite Bataillon, das durch eine wachsende Anzahl Soldaten der zweiten Division verstärkt wurde, war in der Lage gewesen, die fliehenden Feinde fast bis zum Talrand zu verfolgen. Frisch zum Einsatz gekommene Angreifer hatten den Gegenangriff dann aber kurz vor dem Talrand stoppen können.

»Vic, kannst du mich hören?«

»Nur schwach. Die feindlichen Streitkräfte rechts und links stören, so gut sie nur können. Welches Bild bietet sich dir da drüben?«

»Ein völliges Durcheinander. Kannst du meinen Scan empfangen?«

»Warte kurz … ja, ich habe ihn. Wow. Was ist denn das für ein Chaos?«

»Das kannst du laut sagen. Okay, kannst du erkennen, ob sich noch irgendwas von den Seiten nähert, um an den Flanken zuzuschlagen?«

Anstatt ihm zu antworten, verband Vic ihn wieder mit dem Scan der Kommandozentrale. Es war nicht zu übersehen, dass der Feind Verstärkungen anrücken ließ, und das nicht zu sparsam. Unwillkürlich stieß Stark beeindruckt einen Pfiff aus.

»Wir können hier nicht bleiben, Vic. Diese Position ist eine Todesfalle.«

»Ganz meine Meinung. Vermutlich hat man die offiziellen Streitkräfte genau deshalb da in Stellung gehen lassen.«

»Ich muss das hiesige Hauptquartier finden und den Rückzug koordinieren. Schick ein paar GTTs rüber bis an den Wall, damit die die Leute wegschaffen.« Er wechselte auf einen anderen Kanal, und fragte auf der allgemeinen taktischen Frequenz nach: »Weiß irgendjemand von der Zweiten Division, wo ich Ihre Commander finde? Ich muss dringend mit ihnen reden.«

»Stark?« Rash Paratnams Stimme strahlte sogar über den Komm-Kanal einen Anflug von Verärgerung aus. »Stark, du bist verrückt! Nein, du bist einfach nur dumm! Was zum Teufel hast du hier zu suchen?«

»Ich versuche, dir deinen starrsinnigen Hals zu retten.«

»Was willst du von unseren Commandern?«

»Ich muss einen Rückzug koordinieren, Rash. Wir können diese Position nicht halten.«

Er konnte Rash anmerken, dass er unschlüssig war und dass ihm der Gedanke missfiel, sich unter Beschuss zurückzuziehen.

»Okay, hier hast du den Grundriss. Wir treffen uns am Haupteingang.«

»Danke«, antwortete Stark, der schon wieder losgelaufen war. Gomez' Zug war wie zuvor dicht hinter ihm und suchte mit den Waffen die Umgebung unablässig nach Bedrohungen ab. Stark bahnte sich seinen Weg durch ein Gewirr aus kleinen Gebäuden, dann sah er vor sich einen niedrigen, breiten Bunker mit Schutzwällen aus schwerem Mondgestein an allen Seiten. Nahe dem Eingang wartete eine einzelne Gestalt in Gefechtsrüstung. »Rash?«

»Ja. Sieht übel aus im Fleischwolf, wie? Komm mit.« Rash eilte vor ihm nach drinnen, vorbei an Wachposten mit fahlen, verwirrt dreinschauenden Gesichtern. »Hier rein. Unser Kommandozentrum.«

Stark trat ein und fragte sich, welchen Eindruck er wohl in seiner vom Kampf gezeichneten Rüstung machte, das Gewehr in der Hand, um sich herum ein Zug aus entschlossen dreinblickenden Soldaten. Mehrere Offiziere in Gefechtsrüstung standen um das Hauptdisplay herum, ihre Körperhaltung verriet das unterschiedliche Maß an Bestürzung, die jeder von ihnen ausstrahlte.

»Mein Name ist Sergeant Stark.«

»Wie sind Sie an den Wachen vorbeigekommen?«, rief eine Gestalt, die wild gestikulierte. »Ergeben Sie sich sof-«

»Halten Sie die Klappe, Kalnick. Ich habe jetzt keine Zeit für Ihren Blödsinn.« Stark scannte die anderen. »Wer hat das Kommando?«

Sekundenlang herrschte Stille, dann machte eine der Gestalten eine vage Geste. »Das versuchen wir gerade zu entscheiden.«

»Wie bitte? Ich will ja niemanden drängen, aber da draußen ist gerade die Hölle los«, sagte Stark und wies auf den Anblick, den das Display zeigte. »Wir können diese Position nicht länger halten.«

»Sergeant Stark, mit den zusätzlichen Streitkräften, die Sie hergebracht haben …«

»Nein, Sir, tut mir leid. Von hier aus können Sie das nicht sehen, aber wir wissen inzwischen, dass sich diesem Gelände von der anderen Seite ein massives Truppenaufgebot nähert. Dieses Tal wird aus gutem Grund Fleischwolf genannt. Ein Feind, der den Rand besetzt hält, kann jeden, der sich hier drin aufhält, durch die Mangel drehen. Wir haben das vor Jahren am eigenen Leib erfahren müssen.«

»Verstehe. Danke für Ihre Einschätzung, Sergeant. Ich bin übrigens Major Kutusov.«

»Major? Sind Sie hier die Senioroffizierin?«

»Einer von denen, die noch hier sind. Vermutlich haben Sie nicht mitbekommen, dass mehrere Shuttles vor Kurzem fluchtartig die Basis verlassen haben.« Kutusov machte keinen Hehl aus ihrer Verbitterung. »Unser befehlshabender General hat den Mac Arthur gemacht. Er kam zu dem Schluss, dass die Lage hoffnungslos ist, also hat er uns befohlen, dass wir uns so lange wie möglich tapfer zur Wehr setzen sollen, während er sich in Sicherheit bringt. In diesen Shuttles saßen er und alle übrigen hochrangigen Offiziere.«

Stark schüttelte den Kopf. »Jetzt werfen die Senioroffiziere schon ihre Jungen den Wölfen zum Fraß vor? Will hier immer noch irgendjemand behaupten, dass wir nicht alle auf derselben Seite stehen?«

»Er lügt! Sehen Sie denn ni-«

Kutusov drehte den Kopf ein Stück weit zu ihm herum. »Halten Sie den Mund, Sergeant Kalnick. Bislang haben sich Ihre Ratschläge nicht als sonderlich nützlich erwiesen. Was schlagen Sie vor, Sergeant Stark?«

»Einen Waffenstillstand. Zwischen Ihren und meinen Leuten. Wir stehen alle auf derselben Seite, und wir werden jeden verfügbaren Soldaten brauchen, um unsere Truppen weitestgehend heil hier rauszubringen.«

»Sergeant, ich kann nicht …«

Major Kutusov wurde von einem weiteren Offizier unterbrochen, der in die Kommandozentrale gestürmt kam. »Lieutenant Colonel Hayes, Sergeant. Ich habe hier den höchsten Dienstgrad. Vielen Dank, Major.«

»Colonel, ich wollte soeben die Major davon überzeugen, dass …«

»Ich weiß. Das können Sie sich sparen, Sergeant. Ich war selbst draußen, und es sieht wirklich hässlich aus. Sie kennen sich auf dem Mond aus und sind mit dieser Region vertraut. Wie stehen unsere Chancen, unsere Position zu halten?«

Die fast schon schroffe, aber direkte Art des Lieutenant-Colonels gefiel Stark, der ungewollt lächeln musste. Hinzu kam das Wissen, dass dieser Mann wenigstens versucht hatte, eine Verteidigung aufzubauen, während andere einfach das Weite gesucht hatten. »Die Chancen tendieren gegen Null, Sir.«

»Wie sieht Ihre Alternative aus, Sergeant? Wir können uns nirgendwohin zurückziehen.«

»Verschwinden Sie von hier. Schaffen Sie alles, was Sie haben, hinter die Verteidigungslinie der Kolonie. Wir geben Ihnen Feuerschutz.«

»Da gibt es zwei Probleme, Sergeant. Erstens können wir nicht alles rausschaffen, was wir hier haben, jedenfalls innerhalb der vermutlich verfügbaren Zeit. Es gibt nicht genügend Shuttles und Transporter.«

»Na gut, dann sprengen wir eben, was Sie zurücklassen müssen. Ich nehme an, Sie haben genügend Munition hier gelagert.«

»Haben wir, auch wenn ich mir nicht vorstellen kann, dass mir eine solche Aktion bei der nächsten Beförderungsrunde von Nutzen sein wird. Das zweite Problem ist aber viel grundlegender, Sergeant. Ich kann meine Streitmacht nicht guten Gewissens kapitulieren lassen.«

»Das kann ich verstehen, Sir. Und werde es auch nicht von Ihnen verlangen. Schaffen Sie raus, was Sie rausschaffen können, bringen Sie alles zur Kolonie. Dort werden wir Ihnen und Ihren Streitkräften freien Zugang zum Raumhafen gewähren. Wir lassen Sie mit all Ihren Waffen nach Hause zurückkehren.«

»Warum sollten Sie das tun, Sergeant Stark?«

Stark entging nicht, dass seine Worte bei seinem Gegenüber Erstaunen und Argwohn hervorriefen, dennoch antwortete er in respektvollem Tonfall: »Weil wir alle auf derselben Seite stehen. Oder es zumindest tun sollten. Wir wissen, was zu Hause los ist. Wir wissen, dass man die anderen beiden Brigaden der Zweiten Division geplündert hat, um Ihre Brigade hier oben auf Kampfstärke zu bringen. Damit sind viel zu wenige Soldaten zurückgeblieben, um Amerika zu verteidigen. Die brauchen Sie auf der Erde.«

»Das ist es? Sie setzen Ihre Truppen aufs Spiel, um uns zu retten, dann lassen Sie uns mit all unseren Waffen auf Ihr Territorium – und das alles zum Wohl des Landes?«

»Ja, Sir, so kann man das zusammenfassen.« Stark sah wieder auf seinen Scan. »Uns bleibt nicht mehr viel Zeit, Colonel.« Die Offiziere steckten die Köpfe zusammen und diskutierten heftig untereinander.

»Ethan, kannst du mich hören? Komme ich bis zu dir durch?«

»Vic? Ja. Da hat wohl jemand endlich die richtigen Relais zusammengesteckt.«

»Was zum Teufel ist da los? Ich versuche, mehr Einheiten zu aktivieren und zu euch zu schicken, aber das dauert alles seine Zeit.«

»So viel Zeit haben wir nicht. Außerdem wollen wir hier nicht die Stellung halten. Ich rede momentan mit dem stellvertretenden Commander und ... warte kurz. Ja, Colonel Hayes?«

»Vermutlich werden wir vor dem gleichen Erschießungskommando enden, Sergeant, aber wir nehmen Ihr Angebot an. Ich würde mich über Vorschläge freuen, wie wir die Operation ausführen sollen.«

»Vic? Wir haben grünes Licht. Wir kommen mit allen rüber aufs Gelände der Kolonie. Ich brauche jemanden, der unsere Flanken im Auge behält, während wir die Todeszone durchqueren.«

»Roger. Wirst du ihre und unsere Leute aufteilen, bevor ihr losgeht, oder warten wir damit, bis ihr hier seid?«

»Hier haben wir keine Zeit mehr für so was.«

Stark wandte sich wieder dem Colonel zu, als ein weiterer Offizier hereingestürmt kam. »Unser Senior-Gefechtsingenieur«, erklärte Lieutenant Colonel Hayes. »Er will zusehen, in der wenigen noch verbliebenen Zeit mit der verfügbaren Munition so viel wie möglich zu zerstören. Ich habe sämtliches nicht kämpfendes Personal angewiesen, sich mit allem, was sie tragen können, zum Wall zu begeben.«

»Gut, da werden GTTs auf sie warten, in die sollen sie einsteigen. Sind noch Exemplare von diesen verdammten Jabberwocks übrig?«

»Sie meinen die autonomen Roboterkämpfer? Nein. Alles, was wir hatten, wurde ins Gefecht geschickt. Ich nehme nicht an, dass Sie noch ein Exemplar übriggelassen haben, oder?«

»Nein, Sir. Allerdings liegen da drüben so viele Einzelteile herum, dass man davon ein paar zusammensetzen könnte. Nicht, dass wir das vorhätten.« Stark drehte sich zum zentralen Display des Hauptquartiers um. »Vic, hast du schon die Karte bereit?«

»Ja. Das wird schwierig werden, Ethan.« Reynolds begann den Rückzugsplan zu skizzieren, während Stark die anderen in der Kommandozentrale mithören ließ. »Besser als das geht es auf die Schnelle nicht.«

»Colonel?« Stark deutete auf den Plan, der jetzt auf dem Display zu sehen war. »Ist das für Sie okay?«

»Ja, Sergeant. Es widerstrebt mir zwar, das zu tun, aber der Plan berücksichtigt alles Maßgebliche. Gehen wir so vor.«

Stark verließ die Kommandozentrale, sein Zug und Rash Paratnam folgten ihm auf Schritt und Tritt. »Alle herhören. Das gilt für alle Soldaten in allen Einheiten in diesem Tal. Laden Sie meinen taktischen Plan in Ihre Systeme.« Auf der Karte der Basis leuchteten helle Linien auf, deren Verlauf dem Zweck diente, jede sich bietende Deckung optimal zu nutzen. »Jeder westlich der Linie Whiskey nimmt Blockadeposition ein und behält sie so lange bei, bis ich etwas anderes sage. Jeder östlich der Linie Whiskey beginnt einen geordneten Rückzug. Überqueren Sie die Linie Whiskey und gehen Sie weiter bis zur Linie X-Ray. Sergeant Milheim?«

»Hier.«

»Ich weiß, man hat Ihnen schwer zugesetzt, aber ich möchte, dass Sie so vielen Verwundeten wie möglich Feuerschutz geben, um sie in die Shuttles zu bringen, mit denen Sie hergekommen sind. Sobald die starten, ziehen Sie sich schnellstens zurück.«

»Verstanden.« Milheim klang erschöpft, aber entschlossen. »Wird erledigt.«

»Chief Melendez.«

»Aye.«

»Chief, Sie haben hervorragende Arbeit geleistet, aber Ihre Shuttles werden ohne Feuerschutz der Infanterie auf dem Präsentierteller sitzen. Ich will, dass Sie gemeinsam mit den Shuttles mit den Verwundeten an Bord in die Lüfte aufsteigen.«

»Lüfte gibt's hier zwar keine, Schlammkriecher, aber ich habe verstanden. Aye, aye.«

»Schlamm gibt's hier auch keinen.« Stark schaltete auf einen anderen Kanal um und hörte noch, wie Lieutenant Colonel Hayes den Rückzugsbefehl an seine Einheiten bestätigte. »Rash, ich gehe davon aus, dass du eine Einheit hast, die dich braucht.«

»Habe ich. Wir sehen uns in der Kolonie, du großer Affe.«

»Das sagt der Richtige.« Stark kontrollierte wieder seinen Scan und beobachtete, dass der Feind den sich zurückziehenden Amerikanern nur zögerlich folgte. Zweifellos hielt die Gegenseite das Manöver für einen Trick. Während er zusah, startete zunächst ein Shuttle, dann ein zweites, beide verließen ihre Position nahe der nördlichen Flanke. Ihnen folgten die übrigen Frachtshuttles und schließlich Chief Melendez mit seinen bewaffneten Shuttles. Auf auch dem Rollfeld des Fleischwolfs erhoben sich Shuttles und nahmen Kurs auf die Kolonie, beladen mit so viel Personal und Material, wie man in der Kürze der Zeit hatte an Bord schaffen können. Trotz der Ausmaße des Tals hielt sich eine große Anzahl Soldaten im Fleischwolf auf, die meisten von ihnen am östlichen Ende, wo der Wall verlief.

»Sergeant Stark?«

»Ja, Colonel?«

»Ich habe hier noch Ausrüstung, die wir so nicht die Schräge nach unten transportieren können, die ich aber nur ungern zurücklassen möchte. Was passiert, wenn wir sie in der geringen Schwerkraft einfach anstoßen, damit sie runterrollt?«

»Wenn die Ausrüstung genug Masse hat, wird sie beim Aufprall trotzdem zerdrückt. Aber ich schätze ... oh Mann, wo habe ich nur meinen Kopf? Benutzen Sie doch die Tunnels.«

»Die Tunnels?«

»Die Tunnels, die Sie für die Jabberwocks gegraben haben, damit wir sie erst im letzten Moment zu sehen bekommen«, antwortete Stark. »Wenn die Jabberwocks da durchgepasst haben, dann sollte Ihre Ausrüstung auch Platz genug haben.«

»Die habe ich ja völlig vergessen! Hervorragende Idee. Ich werde die Ausrüstung auf dem Weg rausschaffen lassen, und von meinen Leuten sollen auch so viele wie möglich diese Route nehmen.«

Abermals warf Stark einen prüfenden Blick auf den Scan und stutzte, als er sah, dass die feindlichen Streitkräfte den auf dem Rückzug befindlichen Amerikanern zu nahe kamen. Da ihre Einheiten längst völlig ungeordnet waren, hatten die Amerikaner Mühe, den Rückzug so zu koordinieren, dass sie regelmäßig auf den Feind schießen konnten, um ihn auf Abstand zu halten. »Auf mein Kommando hin unterbricht jeder östlich der Linie Whiskey den Rückzug, dreht sich zur Front um und feuert wie verrückt auf den Feind. Ich will, dass diese Angreifer auf Abstand bleiben. Achtung ... und Feuer!«

Stark war bereits wieder in Bewegung und behielt mit einem Auge den Scan im Blick, während er mit dem anderen auf das vor ihm liegende Terrain achtete. Er sah die Gefahrensymbole, die mit einem Mal aufflammten, da die Amerikaner ein konzentriertes Sperrfeuer entfesselten, das den Feind tatsächlich dazu zwang, ein Stück weit zurückzuweichen.

»Okay, und jetzt weiter zurückziehen.« Die Einheiten überschritten nun die Linie Whiskey und kamen zügiger voran, da die Truppen entlang der Verteidigungslinie ihnen jetzt Feuerschutz geben konnten. Die feindlichen Streitkräfte wurden einmal mehr an einer zügigen Verfolgung gehindert, da sie sich bei Erreichen der Linie Whiskey mit erneutem Beschuss konfrontiert sahen.

Stark überschritt selbst ebenfalls die Linie Whiskey und stellte fest, dass er sich wieder ganz in der Nähe der Kommandozentrale im Fleischwolf befand. Soldaten kamen aus dem Gebäude gestürmt, manche bereit, sich auf den Gegner zu stürzen, andere damit beschäftigt, wichtige Ausrüstungsgegenstände wegzuschaffen. Einen Moment lang fragte Stark sich, ob Sergeant Kalnick wohl auch auf dem Rückzug war oder ob er es vorzog, vom Feind gefangengenommen zu werden, anstatt seine Freiheit und sein Leben ausgerechnet Ethan Stark zu verdanken.

Der Gedanke war gleich wieder vergessen, da erneuter Artilleriebeschuss folgte und ringsum Projektile einschlugen, vor deren Detonationen sie aber weitgehend geschützt waren, da in vielen Fällen Gebäude im Weg standen. Stark und sein Zug machten sich in westlicher Richtung auf den Weg und liefen dabei instinktiv so geduckt, als würde Regen fallen und keine Sprengladungen und Schrapnells. Wieder jagten Shuttles mit Kurs auf die Kolonie über sie hinweg, gleich darauf wurde über den Kommandokanal eine Warnung verbreitet: »Wir sind im Begriff, alles rund um die Landebahn zu sprengen.«

Stark überprüfte seine Position und musste feststellen, dass er dem betreffenden Gebiet noch viel zu nahe war. »Los geht's, Leute.« Die Linie X-Ray verfestigte sich allmählich zu einer zwar zusammengewürfelten, aber starken Barriere. »Jeder an der Linie Whiskey zieht sich jetzt zurück, überquert Linie X-Ray und geht an Linie Yankee in Verteidigungsstellung. Milheim, wie sieht es bei Ihnen aus?«

»Wir verlassen jetzt die Linie Whiskey.«

Während Milheim redete, schaute Stark auf sein Display und atmete erleichtert auf, als die arg ramponierten, aber immer noch standfesten Soldaten des Vierten Bataillons den Rückzug antraten. Nach Milheims Stimme und der Anzahl der Opfermarkierungen bei seiner Einheit zu urteilen, hatten diese Leute unter massivem Stress gestanden. »Okay, Milheim. Sie gehen einfach weiter. Sie überqueren mit Ihren Leuten in einem Zug die Todeszone. Für heute haben Sie alle genug getan.«

»Aber wenn Sie uns brauchen …«

»Sollte ich Sie brauchen, werde ich Sie rufen. Und jetzt zurück mit Ihnen zur Kolonie.«

Es fiel Milheim schwer, seine Erleichterung zu überspielen. »Sind schon unterwegs.«

Auf dem Weg zurück gesellten sich Soldaten anderer Einheiten zu Stark und seiner Eskorte. Als die versprengten Gruppen des Brigadegefechtsteams sich hinter den Verteidigungslinien zu sammeln begannen, wurde die Anzahl der Soldaten der offiziellen Streitmacht deutlicher. Da es sich bei den Leuten nur um einen Teil des gesamten Kontingents handelte, war klar, dass sie alle zusammengenommen Starks an der Front verbliebenen Bataillonen deutlich überlegen waren. *Nicht drüber nachdenken*, sagte er sich. *Wenn sie mich doch noch hintergehen wollen, werden sie das auch tun. Aber es ist längst zu spät, um sich noch irgendwelche Vorwürfe zu machen.*

»Geht alle in Deckung!« Die tote Mondoberfläche bewegte sich auf einmal wie eine lebende Kreatur, als die Schockwellen von Explosionen den Boden erschütterten. Der Scan zeigte Trümmer, die hoch hinauf ins All geschossen wurden, während sich die Detonationen durch das Munitionslager fraßen.

Für einen Augenblick fragte Stark sich, wie viele der feindlichen Streitkräfte in diese Explosionen hineingeraten sein mochten, doch dann verdrängte er den Gedanken wieder. *Zumindest wird das Chaos den Druck auf unseren Rückzug ein wenig vermindern.* Tatsächlich hörten die feindlichen Truppen direkt hinter ihnen auf, sie zu verfolgen, als die Landebahn zerstört worden war.

Von Dauer war die Verschnaufpause allerdings nicht. Da die feindlichen Commander anscheinend begriffen, dass ihre Beute auf einem unerwarteten Weg zu entwischen drohte, schien es so, als würden sie ihre Soldaten umso härter antreiben. Der Rückzug von der Linie X-Ray erwies sich als äußerst mühselig, da man kaum einmal einen Schritt machen konnte, ohne sich mit irgendwem einen Schusswechsel zu liefern.

Auch Stark und seine Eskorte geriet unter Beschuss, als er kurz stehenbleiben musste, um Durchblick durch das Wirrwarr auf seinem Scan zu bekommen. Er ließ sich fallen und rollte sich zur Seite, gleichzeitig legte er sein Gewehr an, während sein Zug mit einem todbringenden Beschuss gegen die Angreifer vorging. Auf den Gefechtsrüstungen der vorrückenden Angreifer leuchteten die Zielpunkte für die Gewehre auf. Zielen. Abdrücken. Feuern. Zielen. Abdrücken. Feuern. Die Angreifer ließen sich zurückfallen, viele sanken tot zu Boden. »Kommt schon, ihr Affen, lasst uns von hier verschwinden.«

Sie liefen zügig weiter und ließen sich wieder von der Masse der auf dem Rückzug befindlichen Truppen aufnehmen. Die Linie Yankee tauchte plötzlich vor ihnen auf, eine unsichtbare Linie, die aber dadurch an Substanz gewann, dass sich dort Scharen von Soldaten in einander überlagernden Feuerzonen aufgestellt hatten. »Der Feind ist dicht hinter uns!«, ließ Stark die Verteidiger wissen.

Weitere Detonationen sorgten gleich darauf für noch mehr Chaos, als die Gefechtsingenieure alle noch verbliebene Munition benutzten, um die zurückgelassene Ausrüstung zu zerstören. Ein feiner Nebel aus Mondstaub, der durch die Sprengungen aufgewirbelt worden war, sank langsam und fast träumerisch um die fliehenden Soldaten herum zu Boden, wurde aber immer wieder durch Kugeln und das Detonieren von Artilleriegeschossen gestört, die auf der felsigen Oberfläche einschlugen. Der ewig dunkle Himmel über dem Mond schien schwärzer als sonst, da durch den Staub kaum ein Stern zu sehen war. Stark hörte jemanden lachen, drehte sich um und stellte fest, dass es sich um Sergeant Sanchez handelte. »Was ist so witzig?«

»Ich musste gerade an Napoleons Rückzug aus Russland denken.« Sanchez' tonlose Art zu reden ließ das Gesagte wirken, als würde er den Witz irgendwo im Hauptquartier erklären, wo keine Gefahr drohte. »Ich habe mich vor Kurzem damit beschäftigt. Das hier ist unsere Version von Schnee. Das kam mir amüsant vor.«

»Wirklich zum Totlachen, Sanch. Wie schlägt sich Ihr Bataillon?«

»So wie bei allen anderen Einheiten herrscht auch hier völliges Durcheinander. Bei so vielen Leuten habe ich keinen Überblick über all meine Soldaten. Aber ich habe noch keinen Hinweis darauf entdecken können, dass die Moral irgendeines dieser Affen auf der Kippe steht.«

»Ich auch nicht. Übrigens danke für die Eskorte.«

»Stark, wenn ich Corporal Gomez irgendeine andere Aufgabe zugeteilt hätte, dann wäre ich der Nächste gewesen, der sich mit einer Meuterei konfrontiert sieht. Wir sehen uns in der Kolonie.«

»Genau, Sanch.« Die Linie Yankee hielt gerade lange genug, um Linie Zebra bilden zu können, dann begann der nächste Schritt des Rückzugs. Stark bewegte sich durch einen Wust aus Ausrüstung und Soldaten, die sich allesamt in gleichmäßigem Tempo dem Wall am Zugang zum Fleischwolf näherten. Die umhertreibenden Trümmer der Schlacht und der aufgewirbelte Staub waren jetzt so dicht, dass die Funktionsweise der Sensoren beeinträchtigt wurde. Ein schwerer Lastenheber blieb vor ihnen stehen, der fluchende Fahrer stieg aus und befestigte in aller Eile eine Sprengladung an dem Fahrzeug, während sich die Soldaten teilten, um dem Hindernis zu beiden Seiten auszuweichen. Greller Lichtschein war an verschiedenen Stellen hinter den Soldaten dort zu sehen, wo Treibstoffvorräte brannten, die mit ihrem eigenen Sauerstoff die Flammen am Leben erhielten.

Abermals schaute Stark auf seinen Scan und fluchte, da der Feind die Sensoren störte und die Folgen der Schlacht zusätzlich dafür sorgten, dass er kein Bild bekam. »Lieutenant Colonel Hayes, ich will mich bis zum Wall zurückfallen lassen.«

»Da kommen immer noch Leute rüber oder unten durch. Können Sie noch etwas länger im Tal bleiben?«

Stark betrachtete die Soldaten, die sich um ihn herum aufhielten, und stieg auf ein zurückgelassenes Teil irgendeiner Ausrüstung, um über die Menge hinweg nach hinten zu schauen. *Vielleicht kann ich so besser einschätzen, was für einen Druck der Feind auf die Soldaten ausübt.* »Sir, das möchte ich lieber nicht. Ich glaube, dass ich den Rückzug von diesem Moment an nicht mehr aufhalten kann. Ich werde aber versuchen, das Tempo so weit wie möglich zu drosseln.«

»Verstehe, Sergeant. Ich warte oben auf dem Wall auf Sie.« Stark hielt überrascht inne. *Ich habe irgendwie gedacht, dass er schon auf halbem Weg durch die Todeszone und in Richtung Sicherheit unterwegs wäre. Guter Mann, Colonel Hayes!*

Der agierende Corporal Murphy kam zu Stark, mit einer Hand stützte er ihn, mit der anderen zog er ihn zu sich heran. »Sarge, Sie sind da oben völlig ungeschützt.«

»Ich muss wissen, was los ist, Murph.«

»Ähm ... Sarge ... was würden Sie sagen, wenn wir so etwas machen würden?«

»Ich würde Ihnen gehörig den Kopf waschen und Ihnen sagen, dass Sie alle gefälligst in Deckung gehen sollen.« Schließlich gab er Murphys Drängen nach und kehrte zwischen die Massen fliehender Soldaten zurück. »Wenn Sie schon so klar denken können, haben Sie dann zufällig auch eine Idee auf Lager, wie wir uns den Feind noch etwas länger vom Hals halten können?«

»Oh Mann, Sarge, haben Sie uns nicht immer gesagt, dass wir sicherstellen sollen, dass wir auch mit allem, was uns zur Verfügung steht, auf den Feind einprügeln?«

Verdammt, er hat mir tatsächlich zugehört! »Das stimmt, ja. Vic, kannst du mich hören?«

»Dein Signal ist schwach und nicht konstant da, aber ich kann dich hören.«

»Gut. Ich brauche Artillerie.«

»Du befindest dich noch im Erfassungsbereich der feindlichen Waffen, Ethan. Die schießen jedes Projektil ab, lange bevor es ihnen gefährlich werden kann.«

»Das dachte ich auch die ganze Zeit über. Ich habe dabei aber vergessen, dass sie ihre Verteidigungsanlagen abgezogen haben, damit die offizielle amerikanische Streitmacht Platz für ihre eigenen Waffen hat.«

Stark glaubte, hören zu können, wie Vic sich mit der flachen Hand gegen die Stirn schlug.

»Aber ja, natürlich. Kann mir mal jemand ein Gehirn leihen? Wo soll die Artillerie denn hin?«

»So nahe an uns heran, wie du es hinkriegen kannst. Ich will unseren Verfolgern ein bisschen Angst machen.«

»Bin schon dabei.«

Dennoch dauerte es noch ein paar Minuten, bis Starks Sensoren die näher kommenden Geschosse registrierten und sein HUD einen Alarm ertönen ließ. Schwere Munition schlug dicht hinter den Reihen der amerikanischen Soldaten ein. Die Schockwelle übertrug die Wucht der Explosionen auf ihre Umgebung, von dort setzte sie sich durch die Sohlen der gepanzerten Stiefel fort. Stark blieb erneut stehen, weil er wissen wollte, welches Resultat die Attacke erbracht hatte. Er gab es gleich wieder auf, da durch diesen Beschuss nur noch mehr Staub- und andere Partikel aufgewirbelt worden waren, die den Scan und die Sensoren zusätzlich störten. »Alle Soldaten an Linie Zebra, ziehen Sie sich zum Wall zurück.« Dann schaltete er auf den Kanal um, auf dem er nur mit dem ihn begleitenden Zug reden konnte. »Wir begeben uns jetzt auch zum

Wall, Leute. Und, Murphy, Sie sind ab sofort ein ganz regulärer Corporal.«

Die Gebäude der Basis hinter sich zurückzulassen, hätte eigentlich ein Gefühl von Erleichterung auslösen sollen. Doch von so vielen Soldaten und Geräten umgeben zu sein, die man nicht aufgeben wollte, sorgte dafür, dass Stark weiterhin von einem Anflug von Klaustrophobie heimgesucht wurde. Weitere Soldaten sprangen in weiten Sätzen den Hang hinunter und behinderten das Vorankommen der Kameraden, da sie dabei immer wieder Steine losrissen, die anderen in den Weg rollten. Einige Soldaten, die eindeutig zur Zweiten Division gehörten und keinerlei Erfahrung mit den Verhältnissen auf dem Mond hatten, glaubten, sie könnten die gesamte Strecke mit einem einzigen ausholenden Satz überwinden. Beim Aufprall auf dem Boden mussten sie dann feststellen, dass auch ein Sechstel der Erdschwerkraft genügte, um einen fallenden Körper stärker zu beschleunigen, als gesund war.

»Vic, wir brauchen Ambulanzen.«

»Die pendeln unentwegt hin und her, Ethan. Sogar die GTTs sind im Einsatz. Herrscht bei euch da drüben eigentlich auch nur ein Hauch von Struktur und Ordnung?«

»Gomez' Zug ist vollständig an meiner Seite. Das dürfte aber auch schon alles sein.«

»So etwas hatte ich befürchtet. Ich hab noch zwei Bataillone mobilisiert, und Sergeant Shwartz von der Zweiten Brigade leitet die Streitkräfte, die für Deckung und Feuerschutz sorgen soll. Sie begibt sich mit den beiden Bataillonen in die Todeszone, um euch entgegenzukommen. Sag einfach allen da drüben, dass sie so schnell wie möglich rüberkommen sollen.«

»Klingt nach einem guten Plan.« Stark aktivierte den Kommando-Kanal. »Lieutenant Colonel Hayes?«

»Ja, Sergeant?«

»Ich weiß nicht genau, wo Sie sich aufhalten, Sir, weil die Scans massiv gestört sind. Die Situation ist eine Katastrophe. Meine Stellvertreterin empfiehlt, dass wir versuchen sollten, so schnell wie möglich die Kolonie zu erreichen.«

»Und wenn der Feind uns verfolgt?« Ein Albtraumszenario sah so aus, dass sich feindliche Soldaten unter fliehende Truppen mischten. Dann konnten die Verteidiger der Kolonie den Feind nämlich nicht stoppen, ohne gleichzeitig auf die eigenen Soldaten zu schießen.

»Unsere Artillerie hat sie ein wenig langsamer werden lassen, außerdem werden uns zwei frische Bataillone entgegengeschickt, die uns bei unserem Rückzug Deckung geben werden. Colonel, Sir, ich mag es nicht, andere zu bedrängen, aber …«

»Sergeant Stark, nach allem zu urteilen, was ich über Sie gehört habe, scheinen Sie andere immer zu bedrängen, und üblicherweise mit Fug und Recht. Geben Sie den Befehl, ich begleite die Nachhut von ihrem Platz auf dem Wall.«

»Ja, Sir. An sämtliches Personal im Fleischwolf. Begebt euch sofort durch die Todeszone zur Kolonie, und zwar hurtig. Wer seine Waffe hier vergisst, darf später wieder herkommen, um sie zu holen.«

Immer mehr Soldaten setzten zur Flucht über den Wall an, überall fielen Schüsse, da die feindlichen Streitkräfte ihre Artillerie zum Vorrücken aufgefordert haben mussten. Stark und seine Eskorte lieferten sich während ihres Rückzugs einen Schusswechsel mit ihren Verfolgern. Warnungen vor Gefahren blinkten auf und erloschen gleich wieder, weil zu viel Staub durch das Tal trieb. *Ich möchte ja lieber nicht diesen Wall hochlaufen müssen, wenn Leute auf mich schie-*

ßen, auch wenn die Sichtverhältnisse nicht die besten sind. Aber ich schätze … hm, wer ist das?

Eine Gestalt in Gefechtsrüstung winkte ihn und seine Eskorte zu sich und zeigte dabei auf die Unterkante des Walls. »Ihr seid die letzten hier unten, wie?«, rief die Frau ihnen zu.

»Soweit ich das beurteilen kann, ja.«

»Dann ab durch den Tunnel.« Die Gefechtsingenieurin deutete auf eine noch schwärzere Stelle inmitten der Schatten. »Und etwas zackig, wenn ich bitten darf. Ich werde euch dicht auf den Fersen sein, und sobald wir raus sind, sprenge ich den Tunnel.«

Erst bei genauerem Hinsehen erkannte Stark die weite nach unten führende Öffnung. Er zögerte nicht länger als den Bruchteil einer Sekunde, dann sprang er in die Schwärze. »Mitkommen, Leute!« Obwohl Stark vermutete, dass er schon zu Sprengstoff hätte greifen müssen, um sich seiner Eskorte zu entledigen, wollte er nicht das Risiko eingehen, ausgerechnet jetzt den Kontakt zu ihnen zu verlieren.

Im Tunnel herrschte völlige Schwärze, doch das war nur logisch, da die Jabberwocks natürlich kein Licht brauchten, um sich zu orientieren. Seine Rüstung schaltete automatisch auf IR-Sicht um und ließ eine Lampe mit passender Lichtfrequenz aufleuchten. Grob bearbeitete Wände führten in eine noch tiefere Schwärze hinein. Das Komm begann zu schwanken und verstummte völlig, da Relais im Fleischwolf zeitweise ausfielen oder sogar zerstört wurden. Der Scan fiel ebenfalls aus und zeigte nichts weiter als die unmittelbare Umgebung, außerdem die Soldaten seines Zugs sowie die Gefechtsingenieurin, die sie alle zur Eile antrieb. Unter normalen Umständen wären diese Stille und das Gefühl von

Isolation schon unheimlich gewesen, doch nach dem langen Höllentrubel der Schlacht war so viel Ruhe geradezu beängstigend.

Es schien eine Ewigkeit zu dauern, doch auf einmal führte der Tunnel wieder nach oben, und dann sah Stark den sternenübersäten Himmel sich wohltuend vom toten Schwarz der Tunnelwände abheben. Einen Augenblick später war er zurück auf der Oberfläche und Komm wie auch Scan funktionierten wieder. Und auch das Chaos war wie vorher: Soldaten hetzten an ihnen vorbei in Richtung Kolonie.

»Ethan!«

»Hier. Verdammt, Vic, du musst mir nicht so ins Ohr brüllen.«

»Wo warst du? Wir hatten dich vollständig verloren.«

»Ich bin durch einen Tunnel rausgekommen. Würde ich zwar nicht weiterempfehlen, aber es hat seinen Zweck erfüllt.« Stark blieb stehen, als die Gefechtsingenieurin die Sprengladungen zündete. Ein langer, schmaler Streifen Mondgestein, der vom Fuß des Walls wegführte, bäumte sich kurz auf und sackte dann in sich zusammen. Es entstand ein Graben, als Gestein in den Tunnel rutschte und ihn komplett auffüllte. Die Ingenieurin zeigte Stark den nach oben gestreckten Daumen, dann folgte sie den anderen in Richtung Kolonie. »Ich bin jetzt auf dem Weg«, sagte er zu Vic.

»Gott sei Dank. Pass auf die feindliche Artillerie auf. Ich habe zwar ein paar mobile Einheiten in Position gebracht, aber die können nicht alles aufhalten.«

Eine große käferähnliche Gestalt schob sich lautlos an Stark vorbei, blieb stehen und richtete die Waffen auf den Wall. »Hey, Commander Stark. Darf ich mich wieder Ihrer Gruppe anschließen?«

»Mit Vergnügen, Sergeant Lamont.« Der Feind konnte den Wall nicht mit Panzern überwinden, und seine Panzerabwehrteams mussten durch die Verfolgung von Starks Leuten großflächig verstreut sein. Das mobile Fort, das der Tank darstellte, würde sich als unangenehme Überraschung für jeden erweisen, der die Infanterie mit zu viel Eifer verfolgte. »Bleiben Sie aber nicht zu lange hier draußen.«

»Keine Sorge, ich bekomme alle meine Panzer wieder sauber nach Hause. Da ist ein ganzer Haufen frischer Infanteristen, die uns abschirmen.«

»Gut.« Stark setzte langsam einen Fuß vor den anderen, da er sich mit einem Mal zu müde fühlte, um noch länger im Laufschritt unterwegs zu sein – und das, wo es immer wieder vereinzelten Artilleriegeschossen gelang, einen Weg durch den Abwehrschirm zu finden, den Vic provisorisch über dem Gebiet aufgespannt hatte. Soldaten und Ausrüstung begleiteten Stark, und niemand rannte, alle trotteten in einem gleichbleibenden Tempo vor sich hin. An den Flanken versuchten die feindlichen Streitkräfte von ihrer eigenen Frontlinie aus, die abziehenden Truppen zu beschießen. Doch da die genau in der Mitte des Gebiets zwischen Fleischwolf und Kolonie blieben, kamen nur wenige Geschosse auch nur in ihre Nähe.

Hinter ihnen – das meldete der Scan – kam es zu Schusswechseln, da die feindlichen Streitkräfte den Wall einzunehmen versuchten. Lamonts Panzer und das neue Bataillon nahmen ihn gemeinschaftlich unter Beschuss, um die Angreifer wieder und wieder zurückzutreiben, bis der Strom an Soldaten sich auf ein schmales Rinnsal reduziert hatte. Dann wichen Panzer und Infanterie langsam zurück, immer darauf bedacht, auf alles und jedes zu feuern, das es wagte, einen Blick über die Kuppe zu werfen.

Stark ging beharrlich weiter und bemerkte nach einer Weile mit nur einem Anflug von Erstaunen, dass er die Kolonie erreicht hatte. Auf seinem Scan waren die wohltuenden Symbole der wieder besetzten Bunker zu sehen, die entlang der Front Wache hielten. Er ging weiter, bis er fast den Fuß des flachen Hangs erreicht hatte. Erst dort blieb er stehen und drehte sich um, um auf dem Scan und mit eigenen Augen zu verfolgen, wie nach und nach alle Soldaten an ihm vorbeigingen. Er wartete, bis der letzte Soldat zu Fuß die Kolonie erreicht hatte, dann ließ er auch noch Lamonts Panzer und die frisch entsandte Infanterie passieren, ehe er ein stummes Dankgebet zum Himmel schickte.

»Vic, du musst ein paar Bereiche für die Leute von der Zweiten Division einrichten, sodass jeder zu seiner Einheit zurückfindet.«

»Sergeant Manley ist bereits damit befasst. Wie viele Sicherheitsleute sollen in den Bereichen postiert werden?«

»Gar keine. Nur Helfer, die den Leuten von der Zweiten Division zur Seite stehen, um sie da hinzubringen, wo sie hingehören.«

»Okay. Ich wollte sowieso sagen, dass wir gar nicht genug Wachposten aufstellen könnten, um die offiziellen Streitkräfte von irgendetwas abzuhalten, was sich gegen uns richtet. Wir müssen ihnen einfach vertrauen.«

»Ja, genau. Danke, Vic.« Stark schaltete auf einen anderen Kanal um, was er als eine unglaubliche mühselige Aktion empfand, da er völlig erschöpft und übermüdet war. »Corporal Gomez, holen Sie Ihren Zug nach Hause. Danke, ihr Affen, das war wirklich gut!«

»Kann sein«, meinte Chen mit vor Müdigkeit zittriger Stimme. »Aber es war kein wirkliches Vergnügen.«

»Alles in Ordnung, *Sargento?*«

»Klar, Anita. Ihr Affen habt gute Arbeit geleistet. Wir sehen uns.«

»*Gracias, Sargento. Vaya con Dios.*«

Der Zug entfernte sich, da er seine Pflicht erfüllt hatte. Stark stand noch sekundenlang da und genoss die Tatsache, dass er hier in Sicherheit war. »Was für ein verrückter Tag. Weiß zufällig jemand, wo mein GTT ist?«

Gut fünf Stunden später, nach großzügigen Mengen Koffein und einem Nickerchen von gut einer Stunde, betrat Stark einen Konferenzraum nahe dem Raumhafen. Er salutierte vor Lieutenant Colonel Hayes, der die Geste erwiderte, dabei aber aus seinem Erstaunen keinen Hehl machte. »Sergeant? Ich dachte, Sie sind ein Meuterer.«

»Das bin ich auch. Formal jedenfalls, aber nicht aus freien Stücken. Ich achte die militärische Höflichkeit, wenn es angemessen ist, Sir.« Er deutete auf die anderen, die ihn in den Konferenzraum begleitet hatten. »Das ist mein Seniorstab: die Sergeants Reynolds, Manley, Lamont, Gordasa, Yurivan und Chief Gunner Mate Melendez.«

»Yurivan?«, warf Major Kutusov ein. »In meinem Kurs über Militärrecht gab es eine Fallstudie über jemanden mit Namen Yurivan.«

Irgendwie schaffte Stacey Yurivan es, sich völlig erstaunt zu geben. »Das muss einen anderen Yurivan betreffen, Major.«

Colonel Hayes nickte jedem Soldaten zu. »Sergeant Reynolds, das war ein hervorragender Rückzugsplan, den Sie da auf Zuruf aus dem Ärmel geschüttelt haben. Sergeant Lamont, wir wissen es sehr zu schätzen, dass Ihre Panzer uns beim Rückzug Deckung gegeben haben. Und natürlich Sie, Sergeant Stark. Ihre Handhabung der Defensive während des Rückzugs gab uns die Möglichkeit, uns ganz darauf zu konzentrieren, jeden aus diesem Tal da rauszubringen.« Er rieb sich das Genick und schaute sich ein wenig betreten um. »Ich verstehe jetzt auch, wie Sie in der Lage waren, sich so gut gegen alle Angriffe zur Wehr zu setzen. Uns wurde immer gesagt, Sie seien bloß ein wilder Haufen, der von Opportunisten angeführt wird. In Wahrheit sind Sie eine Armee, die von absoluten Profis befehligt wird. Es tut gut zu sehen, wozu eine solche Streitmacht fähig sein kann. Nochmals danke, dass Sie uns aus dieser Falle herausgeholt haben.«

»Apropos Falle«, meldete sich Vic zu Wort. »Haben Sie eigentlich von Ihrem befehlshabenden General gehört?«

»Ja. Er ist auf einem Schiff der Navy. Er hat sein Bedauern darüber ausgedrückt, dass das Pentagon ihm den Befehl gab, seine eigene Evakuierung vorzunehmen, damit der Feind keinen Propagandacoup landen kann, indem er den General und dessen Stab in seine Gewalt bringt.« Abrupt begann Bev Manley zu husten, um das Lachen zu überspielen, das ihr über die Lippen kommen wollte. »Der General zeigte sich ... nun ... überrascht, dass unsere Streitmacht intakt ist und abgeholt werden kann. Er hat den Ablauf der Evakuierung mir überlassen. Ich stehe in Kontakt mit den Navy-Schiffen, die an der Blockade beteiligt sind. Sobald sie sich mit Ihren Orbitalabwehreinheiten abgestimmt haben, werden sie uns und die gerettete Ausrüstung mit Shuttles abholen. Ich selbst werde mich in ein paar Minuten mit einem unserer eigenen Shuttles auf den Weg machen.«

»Was ist mit Ihren Verwundeten, Sir?« Vic hielt ihren Palmtop so, dass er die Namensliste sehen konnte. »Wir haben da einige Patienten aus der Zweiten Division, die der erhöhten Schwerkraft eines Shuttleflugs besser nicht ausgesetzt werden sollten. Wenn Sie darauf bestehen, dass sie Sie begleiten, dann ...«

»Nein. Vielen Dank, Sergeant. Lassen Sie sie noch hier in Behandlung. Ich werde die Navy bitten, sie abzuholen, wenn ihr Zustand es erlaubt.« Er hielt inne und wirkte aufgewühlt. »Ich will ehrlich sein, Sergeant Stark. Sie haben mich verdammt in Versuchung geführt.«

»Sir?«

»Ich habe meine Leute auf Ihrem Territorium. Soldaten, denen Sie gestattet haben, ihre Waffen zu behalten. Und Sie haben sie alle wieder zu ihrer Einheit zurückkehren lassen. Was würde passieren, wenn ich ihnen den Befehl gäbe, die Kolonie unter ihre Kontrolle zu bringen?«

»Darüber möchte ich lieber nicht spekulieren, Sir.«

»Ich auch nicht, Sergeant. Eine solche Aktion könnte mich zum Helden machen, zumindest in den Augen der anderen. Aber ich habe Ihnen allen zu viel zu verdanken. Jeder Soldat der Zweiten Division hat Ihnen zu viel zu verdanken.«

»Danke, Sir. Wie kommt es, dass Ihr General Ihnen nicht befohlen hat, eine Übernahme der Kolonie zu versuchen?«

»Es könnte sein, dass ich vergessen habe zu erwähnen, dass wir unsere Waffen behalten durften. Ich bin mir sicher, er denkt, dass wir entwaffnet wurden. So oder so habe ich kein Interesse daran, mich auf eine solche Weise zu revanchieren. Stattdessen werde ich sehen, inwieweit ich mich für Sie einsetzen kann, wenn ich wieder zu Hause bin.«

»Colonel Hayes, Sir.« Vic deutete Richtung Himmel. »Ihnen dürfte einiger Ärger bevorstehen, wenn Sie heimkehren.«

»Na ja«, meinte Hayes und lächelte flüchtig. »Dann endet meine Karriere eben in einem Schwall verpasster Gelegenheiten.«

Lieutenant Conroy kam herein und salutierte. »Colonel, Major, Ihr Shuttle ist startbereit. Ich werde Sie zum Dock begleiten.«

Lieutenant Colonel Hayes nickte, dann sah er Stark an. »Auf Wiedersehen, Sergeant Stark. Vielleicht werden wir ja eines Tages wieder Seite an Seite kämpfen.«

»Das würde mir gefallen, Colonel. Ich wusste nicht, dass Soldaten von Ihrem Schlag jemals befördert werden.«

»Tja, manchmal rutscht der eine oder andere von uns versehentlich durch, Sergeant.« Wieder salutierte er und alle anwesenden Unteroffiziere erwiderten die Geste. Dann verließ er zusammen mit Major Kutusov und Lieutenant Conroy den Konferenzraum.

»Sieht aus, als hätten wir alles richtig gemacht«, meinte Bev Manley.

»Ja, das könnte durchaus der Fall sein.« In dieser Nacht träumte Stark zum ersten Mal nicht von verlorenen Schlachten.

»Sie sind ein Mann der großen Geste«, sagte Koloniemanager Campbell, der sich in seinem Sessel zurücklehnte, nachdem Stark sein Büro betreten hatte. Es war der Tag nach der Schlacht der Rettung der Kolonie und der anschließenden Rettung der Brigade der Zweiten Division. »Es ist überall im Vid zu sehen. Hier und zu Hause. Wie Sie die Roboterkämpfer geschlagen haben, die das eigentlich mit Ihnen machen sollten. Und wie Sie dann auch noch die offiziellen amerikanischen Streitkräfte gerettet haben, als sich deren mutmaßliche Verbündete gegen sie wenden wollten. Jeder, der bis dahin an Ihren Worten gezweifelt hatte, dass Sie die

USA nicht angreifen werden, muss jetzt widerlegt worden sein. Haben Sie eigentlich Interesse daran, als Präsidentschaftskandidat ins Rennen zu gehen?«

»Besten Dank, aber ich bin Soldat. In die Politik mische ich mich nicht ein.«

»Zu schade. Sie hätten jetzt wirklich die besten Chancen.«

»Ich dachte immer, Straftäter dürfen nicht Präsident werden. Mir werden einige Verbrechen zur Last gelegt.«

»Verurteilte Straftäter, Sergeant. Das trifft auf Sie ja noch nicht zu.« Campbell warf einen hoffnungsvollen Blick auf sein Display, dann zuckte er flüchtig mit den Schultern. »Es gibt noch immer keine offizielle Stellungnahme zu den Ereignissen hier oben. Aber sobald sich etwas tut, werde ich Sie das wissen lassen.«

»Ich ebenfalls.«

Als eine offizielle Reaktion eintraf, riefen Stark und Campbell einander sofort gegenseitig an. »Haben Sie schon gehört?«, fragte Campbell als Erster.

»Ich habe gehört, dass das Pentagon die Entwaffnung und Festsetzung aller Soldaten der Zweiten Division angeordnet hat, die wir gerettet haben. Sie behaupten, sich nicht mehr auf diese Soldaten verlassen zu können.«

»Für den vorgesehenen Zweck könnten sie damit sogar recht haben.«

»Wovon reden Sie?«

»Ich rede davon, dass die Regierung den nationalen Ausnahmezustand verkündet hat. In diesem Zusammenhang wurden die Wahlen bis auf Weiteres verschoben.«

»Was?« Stark bekam vor Unglauben kaum den Mund zu. »Das können die doch nicht machen, oder etwa doch?«

»Nein, können sie nicht. Selbst während des amerikanischen Bürgerkriegs wurden nationale Wahlen zum festgelegten Termin durchgeführt.« Campbell ließ sich in seinen Sessel sinken und wirkte mit einem Mal abgekämpft. »Das ist nichts weiter als ein entsetztes Festkrallen an einem Posten, Sergeant Stark. Die Leute, die die Macht innehaben, fürchten sich davor, sie abgeben zu müssen. Da sie wissen, dass sie nicht auf einen Wahlsieg hoffen können, greifen sie zum einzigen Mittel, mit dem sie verhindern können, sich von ihrer Macht verabschieden zu müssen.«

»Damit werden sie nicht durchkommen.«

»Wer soll sie denn aufhalten, Sergeant?«

»Das weiß ich nicht. Noch nicht. Aber es gibt etwas, das ich tun kann.«

Campbell horchte auf und sah Stark forschend an. »Und das wäre …?«

»Die Truppen, denen wir das Leben gerettet haben, wurden entwaffnet, also können sie die USA nicht verteidigen. Der eine oder andere auf der Erde könnte sich denken, dass das eine gute Gelegenheit wäre, die USA anzugreifen und zu zerschlagen. Alle sollen wissen, dass meine Truppen gegen jeden vorgehen werden, der so etwas versucht.«

Campbell gelang es nicht, sein Erstaunen zu überspielen. »Sie würden einen Teil Ihrer Streitkräfte zur Erde schicken, damit sie helfen, das Land zu verteidigen? Einen Teil unserer Streitkräfte?«

»Ähm … ja, Sir. Ich gehe davon aus, dass das für die Zivilbehörde der Kolonie kein Problem darstellt.«

»Ich denke, ich spreche für die anderen, wenn ich sage, dass ich nicht wüsste, wie wir ein solches Ansinnen ablehnen könnten. Aber wie sollten die Soldaten auf die Erde gelangen? Sie müssten die Blockade überwinden, und Sie müssten einen Weg um die strategischen Verteidigungsanlagen auf der Erde herum finden.«

»Das würde ich schon schaffen.«

»Davon bin ich überzeugt.« Campbell nickte. »Keine Sorge, Sergeant. Wir haben viele verschiedene Möglichkeiten, Informationen auf die Erde gelangen zu lassen, ohne dass es jemand blockiert. Ich werde dafür sorgen, dass innerhalb von vierundzwanzig Stunden jeder Mensch auf der Welt ihre Worte zu hören bekommt.«

»Danke.« Stark ballte die Fäuste. »Ich wünschte nur, wir könnten gegen diesen Unfug rund um die Wahl vorgehen. Aber das können wir nicht.«

»Richtig, Sergeant, das können Sie nicht. Aber es gibt Leute, die das können, und die müssen wir ansprechen und ermutigen.«

Eine Woche später hatten die Demonstrationen in den amerikanischen Großstädten solche Dimensionen angenommen, dass ganze Stadtviertel abgesperrt werden mussten. Stark und sein Stab sahen sich Vids von daheim an und staunten über die Menschenmengen, die dort zusammengekommen waren. »Wie lange kann das noch so weitergehen?«, fragte sich Sergeant Gordasa laut.

»Die Frage sollte eher lauten, was wird die Regierung machen?«, gab Bev Manley zurück. »Solche Demonstrationen lassen sich nicht niederschlagen, abgesehen davon hätten sie dafür auch gar nicht genug Leute zur Verfügung. Außerdem haben sie keine Handhabe, Gewalt anzuwenden, da die Demonstranten allesamt friedfertig auftreten. Ausgenommen natürlich ein paar Chaoten, die so was missbrauchen, um Schaufensterscheiben einzuschlagen. Alle anderen marschieren ja nur.«

Vic nickte. »Richtig. Stacey, haben Sie irgendetwas Neues über die Situation daheim herausfinden können?«

Yurivan lächelte. »Die Wirtschaft liegt ziemlich am Boden. Was sagt man dazu? Haben Sie eigentlich noch mal von Ihrem Freund Jones gehört, Stark?«

»Kein Wort. Wieso?«

»Ach, ich meine nur, weil die Konzernleitungen jetzt unter Beschuss stehen. Es dreht sich ja alles nur um Profite, Stark, und ich möchte wetten, dass in sehr vielen Vorstandszimmern heftig darüber diskutiert wird, wie das Land wieder Fahrt aufnehmen kann.«

»Denen die Kolonie zu überlassen, würde aber nicht weiterhelfen«, wandte Manley ein.

»Das meine ich auch gar nicht. Konzernloyalität ist die zentrale Grundlage. Wenn sie ein paar alte Freunde feuern müssen, weil die ein politisches Amt innehaben, das diese Freunde über kurz oder lang zur Belastung geraten lässt, dann kann es gut sein, dass sie uns ein Angebot machen werden, damit sie unsere Hilfe bekommen. Zumindest aber würden sie sich niemandem in den Weg stellen, der diese Leute auf die harte Tour von ihren Posten scheucht.«

Stark schüttelte den Kopf. »Derartige Angebote habe ich bislang nicht bekommen, und ich würde sie auch nicht annehmen. Keiner von unseren Soldaten wird sich auf den Weg nach Washington machen, um gegen die Regierung vorzugehen.«

»Aber es könnte die richtige Maßnahme sein, Truppen zu entsenden«, hielt Vic dagegen.

»Vic, wir setzen keine Regierung mit dem Bajonett ab. So etwas haben wir noch nie getan, und ich werde nicht derjenige sein, der den Anfang macht. Punkt. Das ist kein Thema fürs Militär.«

Wieder war es Yurivan, die lächelnd dasaß. »Wie ich gehört habe, wollen wir aber Truppen runterschicken, um die Grenzen zu sichern. Haben Sie sich schon überlegt, wie der Plan dafür aussehen soll?«

Stark warf ihr einen finsteren Blick zu. »Nein, Stace, und ich hoffe, wir brauchen das auch gar nicht.«

»Na ja, ausländische Truppen haben in den letzten Tagen bereits erste Manöver durchgeführt und sich die eine oder andere Provokation erlaubt. Aber sie verhalten sich alle sehr vorsichtig. Niemand möchte unbedingt als Erster herausfinden, ob dem amerikanischen Adler tatsächlich die Flügelfedern gestutzt wurden.« Yurivan sah nach oben, als würde sie die Sterne betrachten, die sich jenseits der metallenen Deckenverkleidung befanden. »Ich habe ein paar Kontakte bei den strategischen Verteidigungsstreitkräften, Stark. Wenn wir Leute runterschicken sollten, um das Land zu verteidigen, dann werden die Verteidigungsanlagen sehr wahrscheinlich einen massiven Systemausfall erleiden, sollten sie den Befehl erhalten, das Feuer auf uns zu eröffnen. Das hat man mich zumindest wissen lassen.«

»Ist nicht wahr! Wir müssten immer noch erst einen Weg durch die Blockade finden und dann die Reise zurück auf den Planeten auch noch überleben.« Stark richtete einen finsteren Blick auf die Tischplatte und war außerstande, seine widersprüchlichen Gefühle in den Griff zu bekommen. »Ich sage das wirklich nur ungern, aber ich glaube nicht, dass wir im Moment irgendetwas unternehmen können. Wir können nur abwarten, was kommt. Wir haben es nicht länger in der Hand.«

»Und wer hat es in der Hand?«

»Diejenigen, die von vornherein über all diese Dinge hätten entscheiden können.« Er zeigte auf das Vid, wo

Massen von Demonstranten die Straßen irgendeiner Stadt hoffnungslos verstopften. »Diese Leute da, die bislang nicht oder nicht oft genug zur Wahl gegangen sind, weil sie dachten, es ist sowieso ganz egal. Jetzt wollen sie aber wählen gehen, und ich glaube nicht, dass es irgendjemanden gibt, der sie davon abhalten kann.«

Stunden später wurde Stark von seiner Komm-Einheit aus einem weiteren kurzen Schlaf gerissen. In den letzten Nächten hatte er kein Auge zubekommen, also musste er tagsüber jede Gelegenheit nutzen, auch wenn es nur für ein paar Minuten war. »Stark hier.«

»Ethan, Vic hier. Du musst sofort in die Kommandozentrale kommen!«

»Bin unterwegs.« Er brauchte nur Sekunden, um die Kleidung glattzuziehen, in der er geschlafen hatte, dann eilte er auch schon aus dem Quartier. Vic stand am Zugang zur Kommandozentrale und strahlte deutlich spürbar Unentschlossenheit aus. »Was ist los? Werden wir angegriffen?«

»Nein.« Sie drehte sich um und lief vor ihm her in einen kleinen Nebenraum, dessen Wände mit allen möglichen elektronischen Elementen übersät waren, die dafür sorgten, dass niemand belauschen konnte, was in diesem gesonderten Komm-Modul besprochen wurde, ganz gleich über welch hochentwickelte Technologie ein potenzieller Lauscher auch verfügen sollte. Reynolds deutete mit einer Kopfbewegung auf das Modul. »Da ist ein Anruf für dich.«

»Ein Anruf? Die einzigen Leute, die auf die Geräte zugreifen können, die erforderlich sind, um einen solchen Anruf zu tätigen, sind offizielle Angehörige der US-Streitkräfte. Willst du mir etwa erzählen, dass mich das Pentagon anruft?«

»Nein.« Vic schüttelte den Kopf und zeigte auf Sergeant Manley, die sich ganz in der Nähe aufhielt. »Sag du es ihm, Bev.«

Manley räusperte sich und deutete ebenfalls auf das Modul. »Es ist ein Marine.«

»Ein was?«

»Ein Marine«, wiederholte sie. »Ein United States Marine. Von denen hast du schon mal gehört, oder?«

»Ja, sicher.« In vielen der Filme, die er sich als Junge spätabends angesehen hatte, waren Marines mit von der Partie gewesen. Vor allem war ihm ein Film mit einem Schauspieler von früher namens John Wayne im Gedächtnis geblieben. »Aber ich dachte, die gibt es nicht mehr. Ich dachte, man hätte sie wegrationalisiert.«

»So gut wie. Die Marines sind die Infanteristen der Navy, und den Army-Oberen hat es nie gefallen, dass die Navy über eine eigene Infanterie verfügte. Irgendwann musste sich dann die Navy entscheiden, ob sie für eine Raumflotte oder für Marines bezahlen will. Ratet mal, wie das wohl ausgegangen ist. Durch das Gesetz zur Reform und Umstrukturierung der nationalen Verteidigung wurden sie jedenfalls praktisch abgeschafft.«

»Wenn die so großartig waren, warum wurden sie dann nach und nach wegrationalisiert?«

Manley hob flüchtig die Schultern an. »Soweit ich weiß, waren sie zu sehr darauf fixiert, ihren Job zu machen. Während sie alles gegeben haben, um irgendwelche Krisenherde aus der Welt zu schaffen, haben die Spitzen der anderen Militärzweige sie bei den Budgetkämpfen ins Abseits manövriert. Die Politiker haben lediglich eine einzige Kompanie im aktiven Dienst belassen, und die ist in Washington stationiert.«

»D.C.? Wieso da?«

»Schutz. Marines als Wachposten sind was Besonderes, deshalb haben ein paar wichtige Leute im Kongress und beim Pentagon sie engagiert. Das läuft jetzt schon eine ganze Weile so, aber es sind immer noch Marines. Der Mann, der dich sprechen will, ist ein gewisser Sergeant Major Morrison.«

»Sergeant Major?«, wiederholte Stark verwundert. »Die Dienstgrade wurden doch vor langer Zeit vereinheitlicht. Alle verschiedenen Stufen eines Sergeants wurden zum Sergeant zusammengefasst. Wie kann dieser Marine ein Sergeant Major sein?«

»Marines machen alles auf ihre eigene Weise, Ethan«, antwortete Bev lächelnd. »Das gehört mit zu dem, was einen Marine ausmacht.«

»Was macht einen Marine denn sonst noch aus?«

Manley überlegte einen Moment lang. »Sie sind einfach anders. Sie sehen aus wie Infanteristen, sind aber keine. Vergiss das nicht, wenn du mit diesem Typ redest. Marines sind nicht wie Soldaten. Die sind mehr so eine Art Kult.«

»Und was macht dieser Kult seit Jahrzehnten so alles? Außer dass er die Vorschriften für Dienstgradbezeichnungen ignoriert?«

»Wie ich schon sagte: Sie bewachen D.C. Sie führen Zeremonien für die Touristen und selbstverliebte VIPs auf. Du weißt schon, das ganze Drum und Dran.«

»Ja. Das heißt, Marines sind bloß Showtruppen? Typen, die wissen, wie man gut aussieht, die aber nicht kämpfen können?«

Manley schüttelte den Kopf. »Das glaube ich nicht. Ein paar von ihnen hab ich mal kennengelernt. Sie waren nur in Washington stationiert und hatten deshalb auch noch nie einen Kampfeinsatz mitgemacht, aber die waren keine Showtruppe.«

»Okay, danke für die Info und deine Einschätzung. Ich schätze, ich sollte mir anhören, was dieser Typ zu sagen hat.« Stark betrat das Komm-Modul und setzte sich auf den Stuhl, der für irdische Verhältnisse einfach nur gut gepolstert war, unter den Bedingungen der geringen Schwerkraft auf dem Mond aber maßlos übertrieben wirkte. Nachdem er das Bedienfeld genauer betrachtet hatte, drückte Stark auf die Taste, mit der er das Gespräch annahm.

Ein kantiges, hartes Gesicht blickte ihm vom Monitor entgegen. Gepflegtes Äußeres, tadellos sitzende Uniform, und doch war da etwas, was für Stark nicht zum Mitglied einer Showtruppe passte. *Manley hat recht. Ganz egal, was die Politiker auch aus diesen Marines haben machen wollen, sie sind Profis geblieben. Zumindest gilt das für den da.* »Hier ist Sergeant Stark. Ich höre, Sie wollten mich sprechen.«

Ein paar Sekunden vergingen, die seine Worte brauchten, um mit Lichtgeschwindigkeit die Strecke zwischen Mond und Erde zurückzulegen. Dann bewegte sich der Marine ein wenig, sein Blick wanderte dorthin, wo sich eben noch Starks Augen befunden hatten. »Das ist richtig. Ich bin ein Marine, Stark. Wahrscheinlich sind Sie noch nie einem von uns begegnet, darum werde ich Ihnen sagen, was das bedeutet. Unser Motto ist Semper Fidelis. Das heißt ›immer treu‹. Wir haben überall auf der Erde gekämpft. Wir sind Marines. Sie können uns töten, aber Sie können uns nicht besiegen. Verstanden?«

»Ja, verstanden. Das klang nach einer Drohung.«

Wieder verstrichen Sekunden. »Und wenn es eine wäre?«

Es fühlte sich eigenartig an, sich gegenseitig Macho-Drohungen an den Kopf zu werfen, wenn man immer erst sekundenlang auf die Antwort seines Gegenübers warten musste.

Na, ganz so eigenartig ist es auch wieder nicht, ging es ihm durch den Kopf. *Ich habe oft genug mit jemandem in einer Bar gesessen, und weil wir so völlig betrunken waren, hat jeder von uns eine Ewigkeit gebraucht, um auf eine Äußerung etwas zu erwidern.* Wieder sah er sich das Bild des Marines an und zog jeden Aspekt von Morrisons Auftreten mit ein. *Ja, er ist echt. Also werde ich ihn wie jeden anderen Soldaten behandeln.* »Dann würde ich die Worte ernst nehmen. Mit einem Marine würde ich mich allenfalls in einer Bar prügeln.«

»Wenn Sie in eine Kneipenschlägerei mit uns verwickelt werden sollten, dann brauchen Sie aber sehr viel Glück auf Ihrer Seite, Soldat. Allerdings könnte es passieren, dass Sie in eine richtige Schlägerei mit uns verwickelt werden, Stark, je nachdem, was Sie vorhaben.«

»Wie soll ich das verstehen?«

»Es heißt, dass Ihre Truppen vorhaben herzukommen. Stimmt das?«

Stark antwortete nicht sofort, sondern versuchte zu erkennen, worauf dieser Marine hinauswollte. »Und wenn es stimmen würde?«

»Wir sind hier, um das Land zu verteidigen, Stark. Die Verfassung. Wir werden uns nicht zurücklehnen und zusehen, wie jemand hereinspaziert und die Kontrolle übernimmt.«

»Ich werde mit Ihnen nicht meine Pläne diskutieren, aber ich werde Ihnen sagen, dass ich nur aus zwei Gründen Truppen runterschicken würde. Der erste Grund ist, die Grenzen der USA zu verteidigen. Sollte jemand versuchen, auf das Territorium der USA vorzudringen, werden wir helfen, ihn davon abzuhalten.«

Morrison nickte. »Okay. Was ist der zweite Grund?«

»Die Verfassung. Das, was Sie sagten. Wir haben den Eid

abgelegt, sie zu beschützen. Sie wissen ja, was los ist. Der nationale Ausnahmeschwachsinn. Die großen Demonstrationen. Wenn eine Gruppe Zivs ins Capitol marschiert und die Politiker rauswirft, die gerade die Verfassung in Stücke reißen wollen, dann werden meine Soldaten diese Zivs vor jedem beschützen, der sie daran hindern will.«

Morrison kniff die Augen ein wenig zusammen, seine Miene wirkte so versteinert, als wäre sie aus Granit. »Spucken Sie's schon aus. Was wollen Sie damit sagen?«

»Ich sage damit, dass jede militärische Streitmacht, die das Feuer auf diese Zivs eröffnen will, sich mit meinen Leuten konfrontiert sehen wird. Haben Sie verstanden, Sherman? Jede militärische Streitmacht. Wenn Sie auf die Zivs schießen wollen, dann machen wir das Gleiche mit Ihren Leuten, und zwar bevor Sie auch nur einen Schuss abgeben können.« Stark wusste, es war in erster Linie ein Bluff. Er hatte keine Ahnung, ob seine Soldaten auf andere Amerikaner schießen würden, selbst wenn es sich um Amerikaner handelte, die korrupten Politikern dabei halfen, an der Macht zu bleiben. Aber zumindest war jedes Wort so gemeint, wie Stark es gesagt hatte.

Anstelle eines finsteren Blicks kam von Morrison ein Grinsen. »Sie können es ja mal versuchen, Stark. Was Sie gerade gesagt haben, meinen Sie auch so?«

»Darauf gebe ich Ihnen mein Wort. Von Soldat zu Soldat.«

»Von Soldat zu Marine, wollten Sie sagen. Passen Sie auf: Falls Sie eine ganze Division oder auch nur einen einzigen Soldaten herschicken werden, um hier die Macht zu ergreifen, werden wir Sie davon abhalten, auch wenn das unseren Tod bedeutet. Klar?«

»Klar.«

»Aber wenn Sie herkommen, um den Zivs zu helfen und um sie zu beschützen, ihre in der Verfassung verankerten Gesetze wahrzunehmen, dann werden sich die Marines Ihnen nicht in den Weg stellen. Marines schießen nicht auf Zivilisten.«

Stark hielt inne, da ihn die unerwartete Erklärung völlig überraschte. »Darum habe ich Sie nicht gebeten.«

»Das müssen Sie auch nicht. Wir haben den gleichen Eid abgelegt wie Sie, nämlich die Verfassung der Vereinigten Staaten von Amerika vor allen Feinden zu beschützen, ganz egal ob die sich im eigenen Land oder im Ausland aufhalten. Diesem Eid werden wir treu bleiben, notfalls bis in den Tod.« Morrison zögerte. »Es muss einen Grund dafür geben, dass wir den Eid auf die Verfassung ablegen, nicht auf die Regierung. Jemand muss wohl damit gerechnet haben, dass irgendwann mal so etwas passieren könnte.«

»Ja, dafür gibt es einen wirklich guten Grund. Danke, Morrison. Sollten wir uns jemals über den Weg laufen, werde ich Ihnen ein Bier ausgeben.«

»Ich werde Sie beim Wort nehmen. Hauptquartier, United States Marine Corps, Ende.« Das Bild zerplatzte in Millionen bunter Punkte, als die gesicherte Verbindung beendet wurde.

Stark verließ das Komm-Modul und wurde sich nur nach und nach der Tatsache bewusst, dass Reynolds und Manley auf ihn warteten. Letztere sprach als Erste und deutete auf das Modul. »Und? Was hat der Jarhead gesagt?«

»Jarhead?«

»Ja, das ist ein Slangbegriff für einen Marine.«

»Wieso? Was bedeutet das?«

»Weiß der Himmel. Eigentlich klingt es ja wie eine Beleidigung, nicht wahr? Also, was er gesagt?«

Stark sah sich um, weil er Gewissheit haben wollte, dass keiner der Wachhabenden sie belauschte. »Er hat gesagt, die Marines werden nicht auf Ziv-Demonstranten schießen, und sie werden sich uns nicht in den Weg stellen, sollten wir runterkommen, um die Zivs zu verteidigen.«

Reynolds schaute verdutzt drein. »Die Marines sind bereit, ihre Offiziere abzusetzen?«

»Das hat er nicht gesagt. Er sagte nur, dass die Marines es nicht tun würden. Klang, als würde er für sie alle sprechen.«

»Der Marine mit dem höchsten Dienstgrad ist gerade mal ein Major«, merkte Manley. »Wir haben ja schon einiges darüber gehört, dass Junioroffiziere vom System die Nase voll haben. Vielleicht ...«

»Ja, vielleicht«, stimmte Stark ihr zu. »Mein Gefühl sagt mir, dass daheim schon bald etwas passieren wird. Drücken wir die Daumen.«

Als die Nachricht eintraf, war sie ein Schock, auch wenn stündlich mit ihr zu rechnen gewesen war. Campbell wirkte wie benommen, so als könne er die erhaltene Information nicht hinnehmen. »Es ist vorbei«, sagte er zu Stark.

»Was ist vorbei? Was ist denn passiert?«

»Die Regierung wurde ... gestürzt. Anders kann ich es nicht bezeichnen. Eine Massendemonstration hat die Hauptstadt und das Weiße Haus besetzt und darauf bestanden, dass die Wahlen so wie angesetzt in der nächsten Woche stattfinden sollen.«

»Und niemand hat sie aufgehalten?«

»Nein.« Ungläubig schüttelte Campbell den Kopf. »Anscheinend wurde noch versucht, eine Militäreinheit anzufordern, um die Demonstranten zurückzutreiben.«

»Die Marines?«

»Ja, genau. Aber die sind in ihren Kasernen geblieben. Also wird es nächste Woche doch Wahlen geben.«

»Wer führt bis dahin das Land?«

»Ehemalige Politiker, die eigentlich schon im Ruhestand sind und immer noch hohes Ansehen genießen.« Campbell lächelte ihn an. »Keiner von denen hat den Job gewollt, Sergeant.«

»Gut, dann werde ich ihnen eine Beileidskarte schicken.«

Stark rieb sich mit beiden Händen übers Gesicht und versuchte, seine Gedanken zu ordnen, während sein Stab darauf wartete, dass er zu reden begann. »Also ... die Wahlen liegen hinter uns. Die neue Regierung verspricht, alles besser und richtig zu machen. Da unten sind alle glücklich und zufrieden, nur nicht die Leute, die die letzten Jahrzehnte über das Sagen hatten. Laut Campbell ziehen sich viele von denen in die Berge zurück. Er sagt auch, dass bald mehr pensionierte amerikanische Politiker im Ausland als im eigenen Land leben werden.«

»Das ist deren Problem«, meinte Bev Manley dazu. »Was wird aus dem Mil?«

»Jeder Offizier oberhalb eines Commanders der Navy oder Lieutenant Colonels der Army wurde in den Ruhestand geschickt, und zwar mit sofortiger Wirkung. Offiziere bis zu diesem Dienstgrad werden auf ihre Befähigung hin getestet. Die Regierung behauptet, dass die politische Gesinnung dabei ohne Bedeutung sein soll.«

»Das glaube ich erst, wenn ich es sehe.«

»Ja. Aber vielleicht ... Also, Campbell hat gemeint, dass etwas in der Art früher schon vorgekommen ist. Als Jefferson Präsident war, gab es auch einen Überschuss an Offizieren. Jedenfalls ist jetzt jeder Captain oder Colonel raus

aus dem Militär.« Er sah zu Chief Melendez. »Mann, es fällt mir schwer, mir das vorzustellen. Dann gibt es jetzt bei der Navy keinen Captain mehr. Wirklich seltsam.«

»Natürlich gibt es da noch Captains«, beharrte Chief Melendez. »Sie befehligen ihr Schiff. Sie sind bloß kein Captain.«

»Wie?«

»Jemand, der ein Schiff befehligt, ist ein Captain«, führte Melendez aus. »Aber das macht ihn noch nicht zum Captain.«

»Dann ist er ein Captain, aber er ist kein Captain?«

»Richtig. Er ist … Commander.«

»Ein Navy Commander ist ein Captain?«, fragte Vic. »Warum nennt man ihn dann Commander?«

»Weil sie keine Captains sind! Sie sind Commander, die auch Captains sind.«

»So, so.«

Melendez legte die Stirn in Falten. »Das ist wie bei euch Bodenaffen. Ihr habt Captains, richtig?«

»Richtig.«

»Aber das sind keine Captains.«

»Natürlich sind es Captains. Darum nennen wir sie ja so.«

»Aber die sind keine Captains im Sinne eines Captains!«

Die Soldaten sahen sich untereinander an. »Okay«, warf Stark ein. »Ich würde sagen, das ist damit geklärt.« *Quallen!* »Ich habe noch weitere Neuigkeiten. Campbell sagt, die neue Regierung wolle mit allen hier oben verhandeln. Also wirklich verhandeln. Sie reden davon, die Flagge um einen Stern zu erweitern.«

»Ein neuer Bundesstaat?«, rief Gordasa erfreut. »Sie wollen aus der Kolonie einen Bundesstaat machen?«

»Darüber reden sie gerade.«

»Und was wird aus uns?«, wollte Vic wissen.

»Campbell sagt, er wird sich für uns einsetzen.« Die Mienen der anderen verhärteten sich, als sie einen skeptischen Zug annahmen. »Er hat es versprochen. Nächste Woche schickt die neue Regierung ein Team von Unterhändlern. Dann werden wir schlauer sein.«

Manley griff hinter sich, als würde sie etwas zwischen ihren Schulterblättern suchen. »Hmm, fühlt sich so an, als hätte ich vergessen, meine Gefechtsrüstung anzulegen. Sollte ich besser schnell nachholen, falls jemand versucht, mir ein Messer zwischen die Rippen zu jagen.«

Obwohl die anderen darüber lachten, blieb Stark ernst. »Wir haben zu den Zivs gehalten, als sie uns brauchten, und nun haben sie uns versprochen, zu uns zu halten. Heute Nachmittag treffe ich mich mit Campbell. Dann werden wir ja erfahren, was er zu sagen hat.«

Campbell wirkte missmutig, als Stark später sein Büro betrat. »Nehmen Sie Platz, Sergeant.«

»Danke. Irgendwas macht Ihnen zu schaffen, nicht wahr?«

»Kann man so sagen.« Campbell rutschte hin und her, als sei sein Stuhl besonders unbequem. »Wie Sie wissen, habe ich mit dem Unterhändlerteam der neuen Regierung gesprochen. Die haben ein paar Fragen, die nur Sie beantworten können.«

»Das hört sich nicht nach aufregenden Fragen an.«

»Das sind sie auch nicht.« Campbell tippte auf sein Display und rief Notizen auf, die Stark aus seiner Perspektive nur als verschwommene Linien wahrnehmen konnte. »Ich kann Sie diese Dinge direkt fragen, Sergeant. Hier oben auf dem Mond wurden Straftaten begangen, von Ihnen genauso wie von mir. Abhängig davon, wie man unser Handeln auslegt, könnte man uns wegen Rebellion belangen.«

»Das war mir von Anfang an klar, Sir.«

»Wie werden Sie dann reagieren, wenn die Regierung darauf besteht, Sie vor Gericht zu stellen?«

»Dass es dazu kommen könnte, hatte ich von Anfang an einkalkuliert, Sir. Ich weiß, wir haben hart gekämpft, um uns gegen jeden Angriff zur Wehr zu setzen, und ich kann mir vorstellen, dass das jetzt so klingt, als würde ich letztlich kapitulieren. Aber es ging immer nur darum, für ein Ziel zu kämpfen. Mein Ziel war es, die Dinge wieder ins Lot zu bringen und meine Leute zu retten. Soweit ich das einschätzen kann, sind die Dinge so sehr im Lot, wie es nur möglich ist, und solange ich weiß, dass man sich um das Wohl meiner Leute kümmert, bin ich bereit, die Verantwortung zu übernehmen.«

»Sie wollen sich das nicht erst noch einmal in Ruhe durch den Kopf gehen lassen?«

»Ich habe mir das schon seit einiger Zeit durch den Kopf gehen lassen.« Stark lehnte sich auf seinem Stuhl nach hinten und spreizte die Hände. »Sir, es ist … Ach, Himmel, Tatsache ist doch, dass ich gar keine echte Wahl habe. Das verstehen Sie doch, nicht wahr? Wenn die Regierung einen Sündenbock braucht, den sie aufknüpfen kann, damit alle anderen ungeschoren davonkommen, dann werde ich eben dieser Sündenbock sein.«

»Sergeant, Ihnen ist doch klar, dass das mit dem Aufknüpfen buchstäblich zu verstehen sein könnte.«

»Ja. Glauben Sie nicht, dass mir der Gedanke noch nicht gekommen ist. Aber diese Infanteristen haben mir vertraut, und einem solchen Vertrauen muss ich gerecht werden.«

»Ich verstehe.« Campbell dachte gründlich nach. »Und wenn die neue Regierung mehr will, Sergeant Stark? Wenn sie auch Ihren Stab will? Und jeden, der eine Kommandoposition übernommen hat?«

Stark sah ihn schweigend an. *Was, wenn sie das wollen? Hey, Vic, kommst du mit zu meiner Erschießung? Sie hat mir auch vertraut. Genau wie alle anderen mir vertrauten, die Kommandoposten übernommen haben.* Plötzlich ging ihm ein Bild durch den Kopf, das ihn mit Reynolds, Manley, Milheim und Lamont zeigte, wie sie gemeinsam eine lange Rampe hinuntergingen, um sich vor wartenden Maschinengewehren aufzustellen. *Darauf läuft es letztlich hinaus. Sind wir alle bereit, für die Truppen zu sterben? Normalerweise läuft es doch so, dass die Truppen bereit sind, für uns ihr Leben zu geben. Aber wollen wir das umgekehrt auch machen?*

»Ja.«

»Ja?«, wiederholte Campbell. »Was ja?«

»Ja. Wenn sie meinen ganzen Stab und jeden anderen haben wollen, der einen Kommandoposten übernommen hat, dann werden wir das akzeptieren. Aber handeln Sie eine volle Amnestie für die Truppen aus.«

Campbell schien im ersten Augenblick sprachlos. »Sind Sie sich sicher, dass Sie das nicht erst mit den anderen besprechen müssen? Ich meine, wir reden hier über … über …«

»Über unsere Hinrichtung. Ja, ich weiß. Wir können das machen. Solange dem eine Bedeutung zukommt, Sir. Solange wir wissen, dass es eine Bedeutung hat.«

»Und wenn die Regierung Ihnen das nicht anbietet? Was ist, wenn die Regierung von Ihnen verlangt, sie als rechtmäßige Autorität anzuerkennen, auch wenn sie Ihnen keinerlei Garantien gibt, was das übrige Militärpersonal angeht?«

Stark versuchte, seine Bestürzung zu überspielen. »Ist es das, worüber sie mit Ihnen gesprochen haben, Sir? Ist es das, was die Regierung will?«

»Ich weiß es nicht. Klar ist nur, dass die Regierung herausfinden möchte, was wir wollen und was notwendig ist, um diese Situation zu einem Ende zu bringen.«

»Aber man hat Ihnen angeboten, die Kolonie zum Bundesstaat zu erklären, richtig? Und dass die Regierung sich von den meisten Offizieren getrennt hat, die dem Militär in letzter Zeit so viel Ärger bereitet haben, stimmt auch?«

»Ja, das trifft alles zu.«

»Dann … Sir, wie sollte ich mich dann weigern können? Dazu habe ich gar kein Recht. Sie geben die Befehle. Sie tun das, was für alle das Beste ist. Das ist Ihr Job. Mein Job ist es, das zu tun, was die Regierungsvertreter mir sagen. Ich werde sie noch mit meinem letzten Atemzug bitten, meine Leute gut zu behandeln, aber es ist kein Grund mehr verblieben, eine Meuterei zu rechtfertigen.«

»Da ist noch Ihr Eigeninteresse, Sergeant. Ihr Selbsterhaltungstrieb.«

»Himmel, Mr. Campbell, wenn mir das so wichtig wäre, würde ich wohl kaum rausgehen und mich regelmäßig beschießen lassen. Sehen Sie, ich habe getan, was ich für richtig hielt. Ich habe mein Bestes gegeben. Jetzt muss ich den Preis für meine Entscheidungen zahlen. Das weiß ich.«

»Aus der Sicht eines Kolonisten und aus der Sicht einer Person, deren Leben Sie gerettet haben, verdienen Sie eine Belohnung, aber keine Strafe.«

»Danke, Sir. Tun Sie, was Sie für uns tun können. Holen Sie den besten Deal für die Truppen raus. Aber egal, wie das Ergebnis ausfällt, wir werden es akzeptieren.«

»Sind Sie sich sicher, Sergeant? Sind Sie sicher, dass diese

Truppen diesmal auch einfach mitmachen werden, was Sie vorhaben?«

Wieder hielt Stark inne und dachte an die Ereignisse zurück, die sie alle an diesen Punkt gebracht hatten. »Ich kann mir nicht restlos sicher sein, aber ich bin mir ziemlich sicher. Ich werde mit allen reden. Ich werde dafür sorgen, dass alle wissen, was wir tun müssen und was von ihnen erwartet wird. Wir möchten heimkehren, Mr. Campbell. Trotz allem sind wir immer noch amerikanische Soldaten.«

»Dann werde ich versuchen, bei den Verhandlungen das Beste für Sie herauszuholen, Sergeant. Und Sie wollen tatsächlich nicht an den Unterhandlungen teilnehmen?«

»Das ist nicht mein Gebiet, Mr. Campbell. Es soll nicht so aussehen, als würde ich meine Feuerkraft benutzen, um Ihre Entscheidungen zu beeinflussen. Sie machen Ihre Arbeit, ich die meine.«

Vic zeigte sich nicht überrascht, als Stark ihr die Neuigkeiten überbrachte. »Wir wussten doch immer: Wenn die Rechnung präsentiert wird, sind wir diejenigen, die sie begleichen müssen, Ethan.«

»Meinst du, die anderen werden das genauso sehen?«

»Jeder, den ich kenne. Na gut, Yurivan ist wie üblich das große Fragezeichen. Aber sie wird auch von ihren eigenen Fähigkeiten überzeugt sein, mit irgendwem einen Deal auszuhandeln, ganz ohne Rücksicht darauf, was aus uns wird. Gedanken solltest du dir über den typischen Infanteristen machen.«

»Das habe ich auch schon überlegt. Ich muss mit den Leuten reden, aber die Zeit reicht nicht, um mit jedem ein Gespräch unter vier Augen zu führen. Ich möchte, dass du mir für morgen etwas vorbereitest. Einen großen Raum, in dem ich mit je … na, sagen wir … mit je einem Vertreter jeder Kompanie persönlich reden kann. Alle anderen werden per Link dazugeschaltet.«

»Du wirst eine Ansprache halten, Ethan?«

»Ja. Und danach werde ich Fragen beantworten. Hast du eine bessere Idee?«

»Nein. Ich bereite alles vor.«

Stark verbrachte eine rastlose Nacht damit, an seiner Ansprache zu arbeiten. Tausende Worte gingen ihm durch den Kopf und entzogen sich immer wieder seinen Bemühungen, sie in eine sinnvolle Reihenfolge zu bringen. Er war auch noch damit beschäftigt, als er auf dem Weg zum Besprechungsraum war, den Vic für ihn vorbereitet hatte. Vor dem Eingang blieb er noch einmal kurz stehen. *Hey, in dem Raum hat man uns doch über synergetische Kriegführung informiert. Ich hätte nicht gedacht, dass ich unter so völlig veränderten Verhältnissen noch mal herkommen würde. Na gut, ich habe mich lange genug von den Ereignissen mitschleifen lassen. Es wird Zeit, wieder die Initiative zu ergreifen.*

Im Besprechungsraum wimmelte es von Soldaten. Corporals und Privates saßen auf den unbequemen Stühlen, die der Standardausrüstung für den Mond entsprachen. Jemand rief »Aaach-tung!«, und prompt sprangen alle auf, um Stark respektvoll zu empfangen, als er zur Mitte der Rednerbühne ging.

»Alle rühren. Setzen Sie sich bitte.« Einen Moment lang stand Stark da, legte die Stirn in Falten, dann schob er das Pult zur Seite und sagte an die erste Reihe gewandt: »Geben Sie mir einen Stuhl rauf.« Er setzte sich und ließ den Blick über die Anwesenden schweifen.

»Sie alle wissen, was sich abgespielt hat, und Sie wissen auch, dass Vertreter der neuen Regierung herkommen werden, um diese verfahrene Situation zu entwirren. Ich weiß, Sie alle fragen sich, was das für Sie und mich bedeutet. Dazu kann ich derzeit nur sagen, dass ich es nicht weiß. Es wird noch viel geredet, aber es ist nichts entschieden. Allerdings kann ich etwas dazu sagen, was wir tun sollten: Wir sollten annehmen, was sie uns anbieten. Die Ziv-Kolonie wird wieder ein Teil der Vereinigten Staaten werden, legal und ganz offiziell. Wir sollten das auch wieder werden.«

Er ließ eine kurze Pause folgen, dann: »Sehen Sie, wir haben etwas Verkehrtes getan. Wir haben eine Meuterei begonnen. Ein böses Wort für eine böse Sache. Wir haben gemeutert, weil es uns so vorkam, dass es noch viel schlimmer gewesen wäre, irgendetwas anderes oder gar überhaupt nichts zu unternehmen. Das war die Situation, wie Sie alle noch wissen. Es ging nicht bloß darum, unsere Freunde zu verlieren oder eine Schlacht oder sogar den Krieg. Alles stand auf dem Spiel, absolut alles. Wir konnten unseren Offizieren nicht mehr trauen, wir konnten den Zivs und der Regierung nicht vertrauen. Wir mussten zusehen, wie Menschen völlig vergebens ihr Leben ließen, und dabei wussten wir, dass wir die Nächsten sein würden, denen es genauso ergehen sollte. Und damit wäre alles vorüber gewesen, was uns wichtig war. Also konnten wir nur noch einander vertrauen, und das Einzige, was wir tun konnten, war, zu versuchen, die Dinge nicht noch schlechter werden zu lassen. Aber war darüber irgendjemand glücklich? Nein. Denn wir wussten, es hätte niemals dazu kommen dürfen. Wir hätten niemals vor die Wahl zwischen Pflicht und Ehre, zwischen schlimm und schlimmer gestellt werden sollen. Es schien, als könnten wir die Lage

426

nur retten, wenn wir die Wahl zu meutern treffen. Doch gefallen hat uns das nie.«

Er sah von einem Soldaten zum anderen. »Aber die Dinge haben sich geändert. Wir haben hier oben mit den Zivs zusammengearbeitet. Sie haben uns geholfen und sich auf unsere Seite gestellt, obwohl sie uns ohne Mühe in den Rücken hätten fallen können. Und jetzt helfen sie uns erneut, das kann ich Ihnen versichern. Sie reden mit der neuen Regierung, wie sich das alles wieder hinbiegen lässt. Sie wissen ja sicher alle, dass die neue Regierung enorm viele Offiziere rausgeworfen hat. Wen sie behalten haben, der wird jetzt unter die Lupe genommen, um festzustellen, ob auch jeder von ihnen seinen Aufgaben gewachsen ist und ob er sich auf das Militär konzentriert und die Politik aus dem Spiel lässt. Egal, was aus mir oder den anderen Senior-Unteroffizieren wird, das neue Mil wird ein besseres Mil sein. Das wird auch passieren, wenn Sie alle dabeibleiben. Sie wissen jetzt, wie es laufen sollte. Behandeln Sie Ihre Leute gut, konzentrieren Sie sich auf die wichtigen Dinge, erledigen Sie einen Befehl so, wie Sie ihn erledigen sollen. Vermitteln Sie das weiter, und wenden Sie es selbst an, wenn Sie Senior-Unteroffizier sind. Und bringen Sie das auch den neuen Offizieren bei.«

Wieder ließ Stark eine kurze Pause folgen. »Ich weiß nicht, wie das Angebot der Regierung aussehen wird. Ich weiß nicht, ob man Sie alle weiter beim Militär dulden wird. Ich habe denen gesagt, dass Sie alle bleiben sollten, weil Sie getan haben, was man Ihnen gesagt hat, und weil Sie das gut gemacht haben. Aber diese Mission hier ist jetzt vorbei, und auf Sie wartet eine neue Mission. Sie wissen, was es heißt, einen wirklich schwierigen Feldzug hinter sich zu haben. Es ist hart, es ist hässlich, aber irgendwann kommt der Punkt, an dem der Gipfel überwunden ist und es talwärts geht, weil

Sie getan haben, was zu tun war. Okay, so sieht es jetzt aus. Die Kolonie ist in Sicherheit. Der Krieg hier oben wird zu Ende sein, zumindest fürs Erste. Die Fäule, die das Militär zerfallen ließ, wurde endlich beseitigt. Vor allem aber gibt es eine neue Regierung, die allem Anschein nach die ist, die das Volk haben wollte, und die wohl auch für das Volk da sein wird. Es gibt also kein Argument mehr, Befehle nicht länger auszuführen. Wir sind US-Militär. Wir setzen uns nicht über die Verfassung hinweg, sondern wir verteidigen sie. Ganz gleich, was die neue Regierung uns anbietet, wir akzeptieren es. Das ist unser Job. Irgendwelche Fragen?«

Ausgiebiges Schweigen schloss sich an, nach einer Weile stand ein Corporal auf. »Commander ...«

»Sergeant. Belassen wir es dabei.«

»Okay, Sarge. Was wird aus Ihnen?«

»Keine Ahnung. Vermutlich erwarten mich wirklich ernste Konsequenzen. Ich habe damit angefangen, ich habe es fortgeführt, ich war der Befehlshaber. Ich habe denen auch bereits gesagt: Wenn sie jemanden dafür bezahlen lassen wollen, dann mich.« Gemurmel machte sich im Saal breit. »Verantwortung, Soldaten. So läuft das nun mal. Tun Sie nie etwas, wenn Sie nicht auch bereit sind, dafür geradezustehen.«

Ein Private erhob sich von seinem Stuhl. »Sergeant, wollen Sie sagen, dass wir vielleicht wirklich wieder offiziell zur Truppe gehören werden? Dass wir nach Hause zurückkehren können?«

»Das hoffe ich zumindest, aber ich kann es nicht versprechen. Das hängt alles von der neuen Regierung ab.« Stark sah, wie die Gesichter der Soldaten einen betrübten Ausdruck annahmen. »Es ist eine rechtmäßig gewählte Regierung, Leute. Sie hat das Recht, uns zu sagen, was wir tun sollen, und unsere Pflicht ist es, das dann auch zu tun. Ich jedenfalls werde tun, was mir die Regierung sagt, und jeder, der glaubt, dass ich eine bevorzugte Behandlung genieße werde, der kann gern mit mir tauschen.«

»Sergeant Stark«, meldete sich ein weiterer Corporal zu Wort. »Was ist, wenn wir hier von einer Gefängnisstrafe für uns alle reden? Das könnte doch passieren.«

»Ja, könnte es. Man müsste zwar erst noch ein Gefängnis bauen, aber die Regierung könnte darauf bestehen. Allerdings glaube ich nicht, dass sie das tun wird. Sie haben doch auch die Leute der Zweiten Division alle freigelassen und sie wieder bewaffnet, was bedeutet, dass die neue Regierung nicht so dumm ist wie die, deren Platz sie eingenommen hat. Die wissen sehr wohl, dass sie Sie brauchen, um diese Kolonie und das Land zu verteidigen. Aber bedenken Sie eines: Wenn Sie wollen, dass die uns vertrauen, müssen wir denen vertrauen. Und das heißt, die Befehle auszuführen, die Ihnen erteilt werden.«

»Und wenn die uns befehlen, dass wir Sie erschießen sollen, Sergeant?«

»Dann tun Sie mir den Gefallen und zielen Sie genau. Ich möchte keine langatmige Sterbeszene mitmachen müssen. Verstanden?«

Ein anderer Private stand auf. »Was ist, wenn wir das nicht wollen, Sergeant? Wir haben uns gegen einen Haufen Idioten zur Wehr gesetzt, die uns dumme Befehle erteilt haben. Sie zu erschießen, wäre auch ein dummer Befehl. Was ist, wenn wir nicht annehmen wollen, was die uns anbieten werden?«

»Dann gehen Sie raus, verlassen Sie die Kolonie und dienen Sie dem Land, das eine solche Art Soldat haben will. Werden Sie Söldner, kämpfen Sie und nehmen Sie einen Gehaltsscheck entgegen. Mir ist das gleich. Wir aber kämpfen für unser Land, nicht für uns selbst. Solange ich hier das Sagen habe, nehmen wir das, was uns angeboten wird.«

Corporal Anita Gomez erhob sich ebenfalls, ihre Miene zeigte keine Regung. »Ich habe keine Frage, *Sargento*. Ich will nur sagen, dass ich Ihnen lange Zeit gefolgt bin und nie bereut habe, das zu tun, was Ihrer Ansicht nach das Richtige war. Ich werde Ihnen auch jetzt folgen.« Sie nahm wieder Platz, Schweigen machte sich breit.

Schließlich meldete sich ein vierter Corporal zu Wort. »Sergeant Stark, wann werden wir wissen, was aus uns wird?«

»Die Vertreter der neuen Regierung treffen in drei Tagen hier ein. Ein Treffen ist schon jetzt für Donnerstag 1400 Uhr angesetzt. Da sollen wir dann unseren neuen Marschbefehl erhalten.«

»Dann sollten wir am Mittwochabend alle noch mal ein Bier trinken, nicht wahr, Sarge? Für den Fall, dass es für eine ganze Weile das letzte ist.«

Stark musste grinsen, während die anderen Soldaten zu lachen anfingen. »Klingt nach einem guten Plan. Stellen Sie auch für mich ein Bier kalt, ich werde versuchen vorbeizuschauen.«

»Wird gemacht, Sarge.«

Vic wartete am Bühnenrand und nickte Stark zu, als er zu ihr kam. »Gut gemacht, Soldat.«

»Meinst du, sie werden auf mich hören?«

»Da bin ich mir sicher. Die würden dir glatt bis in die Hölle folgen, Ethan Stark, weil sie dir zutrauen, dass du den Teufel persönlich zur Schnecke machst, wenn ihr schon mal da seid.«

»Hah! Und was ist mir dir, Sergeant Reynolds? Würdest du mir auch in die Hölle folgen?«

»Darüber muss ich erst mal in Ruhe nachdenken. Ich würde dir aber auf jeden Fall bis in die nächste Bar folgen.«

»Dann holen wir aber den ganzen Stab dafür zusammen. Wer weiß, ob wir noch mal eine Chance bekommen?«

Donnerstag, 1400 Uhr oder zwei Uhr nachmittags, wie Zivilisten es formulierten. Der gleiche Konferenzraum, in dem diverse Vertreter der Regierung und des Militärs die auf dem Mond angesiedelten Soldaten und Kolonisten wiederholt bedroht hatten. Jetzt warteten dort Vertreter der neuen Regierung und der frisch eingesetzten Militärführung. Stark und Reynolds blieben an der Tür stehen, wo sie bereits von Campbell und Sarafina empfangen wurden. »Diesmal keine große Gruppe?«, fragte Stark.

»Diesmal wurde im Voraus verhandelt«, erwiderte Sarafina. »Wir müssen uns jetzt nur die ausgearbeitete Vereinbarung ansehen.«

Stark streckte die Hand aus. »Es war schön, mit Ihnen zu arbeiten, Mr. Campbell. Und mit Ihnen ebenfalls, Ms. Sarafina.«

Campbell nahm Starks Hand in einen festen Griff und schüttelte sie. »Das klingt nach einem Abschied.«

»Das könnte es auch sein, Sir. Es ist durchaus wahrscheinlich, dass ich diesen Raum von Wachen begleitet verlassen werde.«

»Sergeant, ich kann Ihnen nicht sagen, was genau die neue Regierung anbieten wird, aber ich kann Ihnen versichern, dass ich mich für Sie eingesetzt habe.«

Reynolds trat vor. »Sie wissen wirklich nicht, was man uns anbieten wird? Selbst jetzt noch nicht?«

»Sergeant Reynolds, ich weiß nur, dass sie unzählige Fragen gestellt haben und alle möglichen Dokumente sehen wollten. Sie haben sich angehört, was ich und andere Vertreter der Kolonie zu sagen hatten. Aber sie haben sich nicht in die Karten schauen lassen.«

Augenblicke später saß Stark an dem längst vertrauten Konferenztisch und sah zu den Vertretern der neuen Regierung. Irgendwie hatte er erwartet, junge, energiegeladene und von Idealismus angetriebene Leute zu sehen zu bekommen, was ihn die ganze Zeit über mit einiger Sorge erfüllt hatte. Junge Idealisten neigten dazu, im Namen ihrer Ideale Dummheiten zu begehen, weil sie nicht die nötige Lebenserfahrung besaßen, es besser zu wissen. Doch die meisten Anwesenden waren im mittleren Alter oder noch etwas älter, Männer und Frauen, die den Eindruck erfahrener Veteranen machten. An einem Ende saß Lieutenant Colonel Hayes umgeben von ein paar Junioroffizieren, die Stark nicht kannte. Hayes nickte Stark wortlos zu und präsentierte ein Pokerface, das keine Regung verriet. *Dann werde ich jetzt wohl herausfinden, ob es klug von mir war, diesem Kerl das Leben zu retten.*

Eine Ziv-Frau stand vorsichtig auf, da die ungewohnte Schwerkraft sie etwas wacklig auf den Beinen machte. »Unser erster Punkt der Tagesordnung besagt, dass wir zunächst Gewissheit über den Status der hiesigen Streitkräfte haben müssen. Uns ist nur zu deutlich bewusst, dass nichts vereinbart werden kann, wenn sich das Militär dagegen ausspricht.«

Stark erhob sich, stellte sich kerzengerade hin und salutierte. »Die US-Streitkräfte, die der Verteidigung der amerikanischen Mondkolonie zugeteilt wurden, sind bereit, die Befehle der Regierungsvertreter und die unserer vorgesetzten Offiziere entgegenzunehmen.«

»Und was genau bedeutet das?«, wollte die Frau wissen.

»Ich glaube«, entgegnete Lieutenant Colonel Hayes, »Sergeant Stark will uns damit sagen, dass seine Streitkräfte sich nicht länger im Zustand der Meuterei befinden. Trifft das zu, Sergeant?«

»Das trifft zu, Sir.«

Anstatt sich an Stark zu wenden, fragte die Frau an Campbell gerichtet: »Sie kapitulieren, noch bevor die Vereinbarung zustande gekommen ist?«

»Das kann man so nicht sagen«, erwiderte Campbell. »Wir müssen uns immer noch einigen. Aber wie ich Ihnen schon einmal gesagt habe, hat Sergeant Stark mir erklärt, dass er als Soldat nicht mit der Regierung verhandeln kann, sondern Ihre Befehle auszuführen hat.«

»Ich verstehe. Sergeant Stark, wenn dem so ist, warum haben Sie dann so lange Zeit die Ihnen erteilten Befehle nicht ausgeführt?«

»Ma'am, es haben sich Dinge ereignet, von denen niemand wollte, dass sie geschehen. Wäre irgendjemand bereit gewesen, uns zuzuhören und nachzudenken … Nun, das Ganze ist eine lange Geschichte, aber wir haben seitdem alles versucht, um Klarheit zu schaffen. Ich übernehme die volle Verantwortung für alle Handl-«

»Ja, ja, nach allem, was ich gehört habe, bin ich davon überzeugt, dass Sie das tun«, unterbrach ihn die Ziv-Frau. »Dann können wir ja weitermachen. Sie dürfen sich setzen, Sergeant. Punkt zwei. Ich bin dazu autorisiert, mich im Namen der Regierung für die gegen Sie ergriffenen Maßnahmen zu entschuldigen. Das gilt für Sie, Mr. Campbell, und die von Ihnen vertretenen Kolonisten sowie für Sie, Sergeant Stark, und alle Soldaten, mit denen Sie diese Kolonie verteidigt haben.« Sie machte eine knappe Geste, einer ihrer Kollegen tippte etwas auf seinem Display ein. »Hier ist unser Angebot. Nehmen Sie sich bitte die Zeit, es aufmerksam zu lesen.«

Stark sah Vic an, dann wandten sie sich beide ihren Displays zu und lasen den Text. Stark überflog die Seiten und suchte nach Begriffen, die erkennbar das Militärpersonal betrafen. Amnestie für begangene Handlungen der Zivilbehörden ... Wiederherstellung der Bürgerrechte innerhalb der Kolonie ... Abstimmung über Umwandlung zum Bundesstaat im aktuellen Kongress. *Ist ja alles schön und gut, aber wo zum Teufel steht da was über meine Leute?*

Er las weiter, dann endlich stieß er auf einen Unterabschnitt, der die Streitkräfte betraf. Amnestie für alle Unteroffiziere für sämtliche während einer Phase ziviler Unruhen begangenen Handlungen ... erneute Vereidigung auf die Verfassung ... formale Bestätigung aller vorübergehenden Zuweisungen von Offizier`sposten durch entsprechende Beförderung. Stark stutzte und sah Vic an. »Und was ist mit mir?«

»Da steht ›alle Unteroffiziere‹, Ethan.«

»Damit kann ich unmöglich gemeint sein.«

»Glaube ich eigentlich auch nicht. Aber was ist mit dieser ... ›Bestätigung aller vorübergehenden Zuweisungen von Offizier`sposten durch entsprechende Beförderung‹?«

»Darüber habe ich mir noch keine Gedanken gemacht. Wieso? Was meinst du, was das bedeuten soll?«

Vic antwortete so leise, dass nur Stark sie hören konnte, während ihre Stimme für die anderen im Raum vom gleichmäßigen Gemurmel der Anwesenden übertönt wurde. »Es bedeutet, Ethan Stark, dass ich dich ab sofort mit ›General‹ anreden muss.«

»Was?« Mit aufgerissenen Augen überflog er noch einmal den Text. »Nein, das ist nicht möglich.«

»Das ist aber, was das bedeuten muss, Ethan. Du wirst

formal zum Befehlshaber der Division bestimmt und erhältst den für diesen Posten angemessenen Dienstgrad.«

»Das ist doch lächerlich! Auf gar keinen Fall ...«

»Gibt es ein Problem, Sergeant Stark?«, fragte die Ziv-Frau und musterte ihn aufmerksam.

»Ja, Ma'am, ich versuche, die Bedeutung dieses Dokuments zu ergründen.«

»Geht es um einen spezifischen Abschnitt?«

Da Stark zögerte, ging Vic dazwischen. »Er fragt sich, was mit ›alle Unteroffiziere‹ gemeint ist.«

»Genau das, was da steht.«

»Ma'am, Sergeant Stark und ich sind auch Unteroffiziere.«

»Das ist mir bekannt. Wollen Sie andeuten, dass Sie von den Bestimmungen dieser Vereinbarung ausgenommen werden möchten?«

Reynolds sah die Frau lange an. »Sie gewähren ihm tatsächlich Amnestie? So wie allen anderen?«

»Das ist unsere Absicht.«

»Dann ist Ihr Angebot extrem großzügig, Ma'am. Ehrlich gesagt, erstaunt es uns. Sehr sogar.«

Die Frau reagierte mit einem Lächeln. »Das glaube ich Ihnen. Soweit ich weiß, wurde Ihnen gesagt, dass Sie wegen Ihrer Verbrechen die Todesstrafe zu erwarten haben.«

Ein Mann neben ihr nickte bestätigend. »Wir haben Ihr Verhalten sehr sorgfältig untersucht. Hätten Sie Verbrechen gegen die Vereinigten Staaten oder gegen deren Bürger begangen, würden Sie kein solches Angebot unterbreitet bekommen. Es hat auf beiden Seiten Tote gegeben. In einem Fall haben Sie einen Soldaten wegen seiner Beteiligung an einem Angriff auf Sie hinrichten lassen.« Stark versuchte, sich seine Bestürzung nicht anmerken zu lassen, als der

Mann auf den Verrat zu sprechen kam, den Private Grant Stein begangen hat. »Dieser Fall war für uns Anlass zu großer Sorge, und auch wenn die Aufzeichnungen zeigen, dass Sie bei dem Gerichtsverfahren alle formalen Anforderungen gewahrt haben, um ein juristisch unanfechtbares Urteil zu erreichen, wäre es uns dennoch lieber, wenn es diesen Zwischenfall nicht gegeben hätte.«

»Das wäre es mir auch«, murmelte Stark so leise, dass niemand ihn hörte.

»Formal gibt es daran nichts zu bemängeln, und die umfassende Dokumentation zeigt, dass Sie gewillt waren, Verantwortung für Ihr Handeln und Ihre Entscheidungen zu übernehmen.«

»Das bin ich auch jetzt noch«, erklärte er laut und deutlich. »Niemandem sonst kann die Schuld daran gegeben werden. Es geschah auf mein Betreiben hin.«

Der Mann schüttelte den Kopf. »Angesichts aller Geschehnisse müssen wir diesen speziellen Fall allen anderen Todesfällen und Ereignissen zurechnen, von denen sich jeder wünscht, sie wären nie geschehen. Davon abgesehen herrscht die allgemeine Ansicht, dass Sie stets den besten Traditionen ihres Dienstes gerecht geworden sind. Ich glaube, das ist die richtige Formulierung, nicht wahr?«

»Sie ist angemessen«, sagte Vic. »Ich muss gestehen, dass wir erwartet haben, im günstigsten Fall mit einer Entlassung aus dem Militärdienst davonzukommen. Ihr Angebot sagt aber aus, dass Sie uns so sehr vertrauen, dass wir weiter im aktiven Dienst bleiben dürfen.«

»Das ist völlig richtig«, bestätigte die Frau. »Sie hatten die Möglichkeit zu tun, was immer Sie wollten. Sie hätten selbst die Vereinigten Staaten angreifen und womöglich sogar einen Sieg damit erringen können. Aber Sie haben sich darauf beschränkt, die Sicherheit der Kolonie zu gewährleisten. Sie haben sich an die Anweisungen der zivilen Leitung der Kolonie gehalten, Ihr Handeln galt immer dem Schutz unseres Landes und seiner Bürger. Uns ist bewusst, dass diese Bemühungen auch mit heldenhaften Opfern auf Ihrer Seite verbunden waren, zum Beispiel die Soldaten Wiseman und Gutierrez, deren Andenken Sie mit dem neuen Namen für den Raumhafen ehren.« Die Frau deutete mit einer Kopfbewegung auf Lieutenant Colonel Hayes. »Und natürlich dürfen wir nicht verschweigen, welches Risiko Sie eingegangen sind, um das Überleben ausgerechnet jener Streitkräfte zu sichern, die hergekommen waren, um Sie anzugreifen. Taten sagen mehr als Worte. Wenn uns die Erfahrungen mit unseren Präsidenten der letzten Jahrzehnte zu einer Erkenntnis gebracht haben, dann zu dieser. Ihre Taten – und dabei vor allem die, die anderen zugutekamen – sprechen für sich.«

»Danke, Ma'am.«

»Danken Sie mir nicht. Sie haben sich diese Amnestie genauso verdient wie den Dienstgrad, den man Ihnen angeboten hat – nämlich durch Ihre Taten. Hätten Sie anders gehandelt, wären Sie längst festgenommen worden. Aber ich glaube auch, dass unser Land mit einer weitaus schlimmeren Krise konfrontiert worden wäre, hätten Sie sich anders verhalten. Die Regierung schuldet Ihnen mehr als nur eine Entschuldigung, und es wird Zeit, dass wir zu unseren Schulden stehen und sie begleichen.«

Campbell lächelte zufrieden. Ihm war die Freude über dieses Ende deutlich anzusehen. »Wollen Sie damit sagen, dass Sergeant Stark nicht nur hier oben Schlachten gewonnen, sondern auch politische Siege errungen hat? Das wäre eine unglaubliche Ironie, da ich niemanden kenne, der unpolitischer ist als der Sergeant.«

Die Frau lächelte in die Runde. »Ich nehme an, das war als Kompliment an Sergeant Starks Adresse aufzufassen. Die anwesenden Politiker werden sich bemühen, Ihre Worte nicht anders auszulegen. Aber es stimmt durchaus. Sie, Sergeant Stark, haben durch Ihr Handeln noch einen anderen Krieg gewonnen, von dem Sie offenbar gar nicht wussten, dass Sie ihn geführt haben.«

Stark nickte, aber auch wenn sein Gehirn sich wie betäubt anfühlte, nagte da etwas an ihm. *Etwas, das ich übersehen habe. Oh, aber ja!* Rasch las er den Text noch einmal durch. »Ma'am, es gibt da ein Problem. Es heißt hier, dass allen Unteroffizieren Amnestie gewährt wird. Aber wir haben hier auch einige Offiziere. Ein paar Kampfeinheiten, einige Kaplane und Ärzte. Sie sind aus freien Stücken geblieben, deshalb sollten sie hier auch berücksichtigt werden.«

»Sergeant Stark, wir haben uns Ihre Personalakte gründlich angesehen«, sagte die Frau, während Stark versuchte, angesichts dieser Worte nicht die Augen zu verdrehen. »Sie machen nicht den Eindruck, dass Sie von Offizieren eine besonders hohe Meinung haben. Wollen Sie sagen, Sie werden dieses Angebot ausschlagen, um eine Handvoll Offiziere zu schützen?«

»Ich kann das Angebot nicht ausschlagen, Ma'am. Ich habe zu tun, was Sie sagen. Aber diese Offiziere sind meine Offiziere. Ich beschütze meine Leute, und deshalb möchte ich Sie bitten, sie in dieses Angebot aufzunehmen.«

Die Frau sah Lieutenant Colonel Hayes an. »Ich sehe keinen Grund, mich gegen die von Sergeant Stark vorgeschlagene Ergänzung auszusprechen«, erklärte Hayes. »Die Offiziere, von denen er spricht, haben sich an den gleichen Handlungen beteiligt, die uns dazu veranlasst haben, den Unteroffizieren Amnestie zu gewähren.«

»Also gut.« Die Frau sah zu ihren Kollegen, die alle zustimmend nickten. »Unser Angebot wird um die Offiziere ergänzt, die mit Ihren Streitkräften gedient haben, Sergeant.« Sie wurde wieder ernst. »Weitere Amnestien wird es nach dem heutigen Tag nicht geben. Unser Land hat eine schwere Krise überstanden, und das Vertrauen in die politische Führung muss sich von Neuem entwickeln. Auch das Vertrauen in die verschiedenen Institutionen. Ist Ihnen bewusst, dass ab sofort von Ihnen erwartet wird, dass Sie die Befehle Ihrer Vorgesetzten befolgen?«

Vic verkniff sich nur mit Mühe ein Lachen und murmelte so leise, dass nur Stark es hören konnte: »Das hat er doch noch nie gemacht. Warum sollte er jetzt auf einmal damit anfangen?«

Stark warf Vic einen zornigen Blick zu, dann nickte er der Zivilistin zu. »Ja, Ma'am. Mr. Campbell kann bestätigen, dass mir klar ist, welchen Platz in der Rangordnung ich einnehme.«

»Das hat er uns schon wissen lassen. Wie ich bereits sagte, hat das wesentlich zu dem Angebot beigetragen, das wir Ihnen unterbreitet haben, Sergeant.« Ihr Blick wanderte zu Campbell. »Da das Militär wieder unserer Kontrolle untersteht, müssten wir Ihnen genau genommen gar keine besseren Bedingungen anbieten. Aber nur weil man mit einem Mal nicht mehr zu etwas verpflichtet ist, heißt das nicht, dass man das auch gleich ausnutzen sollte. Unser Angebot an Sie hat weiterhin Bestand. Ist das zivile Segment dieser Rebellion ebenfalls bereit, das Angebot anzunehmen?«

Campbell schaute Sarafina an, dann nickte er. »Mit Vergnügen. Als Vertreter der Kolonie nehmen wir das Angebot nur zu gern an.«

»Dann willkommen zurück in den Vereinigten Staaten«, sagte die Frau an alle gewandt.

Stark schüttelte den Kopf, was die Frau zu einer verdutzten Miene veranlasste. »Ma'am, eigentlich waren wir nie weg.«

Die Zivilistin schien einen Moment perplex zu sein, nickte dann aber. »Das ist schon seltsam. In einem gewissen Maß haben sich Amerikaner immer schon vor ihrem Militär gefürchtet. In Ihnen sahen wir die größte innere Gefahr für unsere Demokratie, aber ausgerechnet Sie entpuppen sich als einer ihrer energischsten Verteidiger.«

»Das hätten wir Ihnen auch sagen können, Ma'am, aber irgendwann haben Militärs und Zivilisten aufgehört miteinander zu reden.«

»Das wird sich sicher wieder ändern. Kämpfe werden nicht noch einmal im Fernsehen übertragen werden, damit sich die Massen unterhalten fühlen. Man wird Sie nicht länger auf diese Weise entwürdigen. Nachdem wir die Kontrolle über die Regierung übernommen hatten, wurden uns zum ersten Mal die Zahlen bekannt, wie viele Soldaten in den letzten Jahren ums Leben gekommen sind. Das war ein gehöriger Schock. Es ist schlicht unmöglich, unsere Streitkräfte wieder aufzubauen, wenn wir nicht auch in beträchtlichem Umfang Bürger rekrutieren, die nicht im Militär aufgewachsen sind.«

»Gut.« Stark grinste Vic an, die dreinschaute, als wäre ihr etwas im Hals steckengeblieben. »Das wird für beide Seiten einen Kulturschock mit sich bringen, aber der wird allen guttun.«

Man unterhielt sich noch eine Weile, dann wurden Hände geschüttelt, und ehe Stark sich versah, stand er auch schon wieder im Gang vor dem Konferenzraum und wirkte etwas benommen. *Was ist da gerade passiert? Auf jeden Fall lassen sie die Truppen in Ruhe. Nur das ist wichtig.* Er riss sich zusammen, als er merkte, dass sich ihm jemand näherte.

Stacey Yurivan stellte sich vor Stark hin und musterte ihn voller Bewunderung. »Reynolds hat die Abmachung schon verbreitet, während Sie noch alle da drinnen waren. Stark, ich habe Sie völlig unterschätzt. Was für ein Plan! Was für eine Trickserei! Erst aller Welt die Hölle heißmachen und am Ende sind Sie der strahlende Held. Irgendwann müssen Sie mir mal erklären, wie man so perfekt trickst.«

»Stace, es gab keinen Plan, und ich habe auch nicht getrickst. Es hat sich alles so ergeben, weil ich im entscheidenden Moment das gemacht habe, was ich für das Richtige hielt.«

»Ja, klar. Wie Sie meinen. Stark, der König der Trickser. Ich stehe vor Ihnen stramm, Sir!« Yurivan hob die Hand zu einem absolut korrekten Salut und verharrte so, bis Stark die Geste erwiderte.

»Verziehen Sie sich, Stace.«

»Jawohl, Sir. Ich eile und fliege.«

»Meinen Glückwunsch, General«, sagte Vic, als sie dazukam und ebenfalls salutierte.

»Red mich nicht so an.«

»Tut mir leid, aber das verlangt die militärische Etikette, wie du weißt.« Sie deutete auf seine Schulter. »Du musst diese Sergeant-Abzeichen durch Sterne ersetzen.«

»Das will ich nicht.«

»Es geschehen schlimme Dinge auf der Welt, Ethan. Manche Leute werden erschossen, andere werden zum General befördert. Du bist halt einer von den Pechvögeln.«

»Kann ich nicht stattdessen erschossen werden?«

»Nicht von mir.«

»Natürlich nicht«, meinte er und grinste sie an. »Colonel Reynolds.«

»Wie bitte?«

»Du bist meine Stellvertreterin. Das heißt, du bist also mindestens ein vollwertiger Colonel.« Reynolds stutzte und überlegte fieberhaft, was sie entgegnen sollte. »Und vielleicht wirst du mich jetzt ja respektvoller behandeln.«

»Träum weiter, Soldat«, konterte sie. »Was du brauchst, Ethan Stark, ist jemand, der dich regelmäßig in die Realität zurückholt.«

»Was du zufälligerweise ganz hervorragend kannst. Hätte ich gewusst, was dabei herauskommt, hätte ich niemals angefangen ...«

»Ethan, als ich mit dir da reingegangen bin, war ich innerlich darauf gefasst, in Ketten gelegt und abgeführt zu werden. Vielleicht hat es ja ausnahmsweise mal etwas bewirkt, dass wir das Richtige tun wollten.«

»Und das ist jetzt unsere Belohnung.«

»Was denn?«, gab sie ungläubig zurück. »Willst du immer noch dein Erschießungskommando haben? Die Truppen haben stets gewusst, dass sie auf dich zählen können. Jetzt weiß die Regierung das auch, und nicht etwa, weil du gutaussehend oder klug oder wortgewandt wärst ...«

»Besten Dank.«

»... sondern weil du getan hast, was du tun musstest, obwohl du alles hättest tun können, wonach dir der Sinn stand. Richtig? Das ist es, was eine Person ausmacht, Ethan. Du hast etwas Gutes getan. Du hast uns gerettet.«

»Ich ... Kann schon sein. Nein. Jeder andere hätte das genauso ...«

»Ja, sicher. Erzähl das Kate Stein, wenn du ihr das nächste Mal im Traum begegnest.«

»Das ist schon seltsam, Vic. In letzter Zeit habe ich nicht mehr von dieser Schlacht geträumt. Bis vor Kurzem war der Traum jede Nacht da. Jede einzelne Nacht.«

»Vielleicht versucht dein Unterbewusstsein ja, dir irgendwas mitzuteilen. Ach, übrigens. Mit den Unterhändlern ist auch ein Freund von dir raufgekommen, der sich als Assistent ausgegeben hat.« Sie deutete auf einen Mann, der einen Meter entfernt im Korridor stand und wartete. »Komm rüber, Sergeant Paratnam. Begrüß den General.«

»Nenn mich nicht so«, knurrte Stark sie erneut an, dann lächelte er seinen Freund an. »Rash. Lange nicht gesehen.«

»Ganz so lange auch wieder nicht. Wenigstens werden wir diesmal nicht beschossen«, meinte Rash grinsend und klopfte Stark auf die Schulter. »Ach, verdammt. Ich bin froh, dass wir wieder beide auf der gleichen Seite stehen.«

»Ich auch, das kannst du mir glauben.«

»Eine Frage hätte ich aber doch an dich. Du hast jetzt hier das Sagen, richtig?«

»Über das Mil, ja. Kaum zu glauben, wie?«

»Das ist noch harmlos ausgedrückt. Aber wenn du jetzt der große Boss bist, wessen Befehle willst du dann künftig missachten?«

»Ich habe ja immer noch Reynolds. Ihre Ratschläge missachte ich prinzipiell.«

Vic nickte bestätigend. »Jedenfalls meistens.«

»Und?«, fragte Rash und sah zwischen Stark und Reynolds hin und her. »Werdet ihr zwei jetzt heiraten?«

»Heiraten?« Vic schien sich nicht entscheiden zu können, ob sie sich über die Frage einfach nur wundern oder darüber lachen sollte. »Ich und dieser Trottel? Hast du irgendwas geraucht, Rash? Ist dir die geringe Schwerkraft zu Kopf gestiegen? War die Luft im Shuttle verbraucht?«

»Nein, nein«, protestierte Rash. »Ich meine, das würde doch passen. Ihr seid doch sowieso dauernd zusammen.«

»Dauernd zusammen?«, wiederholte Vic verwundert. »Mit Ethan Stark? Ich wüsste nicht, welches Verbrechen ich begangen haben soll, das eine solche Strafe rechtfertigen könnte.«

»Vic, ihr zwei seid einfach füreinander geschaffen.«

»Wenn das stimmen sollte, hätte der Schöpfer aber einen sehr schrägen Humor.« Vic schüttelte den Kopf. »Wir sehen uns, Rash. Ich muss erst dafür sorgen, dass jeder erfährt, dass wir wieder offiziell zum Militär gehören. Pass du gut auf dich auf, du großer Affe.«

»Ebenso.« Paratnam schaute ihr hinterher, als sie wegging, dann drehte er sich zu Stark um. »Ethan, aus dieser Frau werde ich wohl niemals schlau.«

»Da können wir uns ja die Hand reichen.«

»Darf ich weiter Ethan zu dir sagen?«

»Sag was anderes, und ich hau dir eine rein.«

»Bier?«

»Gerne. Rash, was zum Teufel soll ich als General machen?«

»Hmm«, machte Rash nachdenklich. »Vielleicht kannst du irgendwas dermaßen Unmögliches anstellen, dass du wieder zum Sergeant degradiert wirst.«

»Ehrlich? Ja, das könnte tatsächlich funktionieren. Ich könnte ja …«

Weiter kam er nicht, da er von Vic unterbrochen wurde, die ihm aus dem Korridor zurief: »Komm ja nicht auf die Idee, auch nur darüber nachzudenken, Ethan Stark!«

ENDE

Kann der Verräter gestoppt werden, bevor er Midways neue Regierung zu Fall bringt?

Jack Campbell
DIE VERLORENEN
STERNE: DER VERRÄTER
Roman
Aus dem amerikanischen
Englisch von
Ralph Sander
464 Seiten
ISBN 978-3-404-20884-5

Gwen Iceni, die neue Präsidentin von Midway, und General Artur Drakon haben es geschafft: Immer mehr Planeten sagen sich von den totalitären Syndikatwelten los. Doch die alte Herrschaft hat Spuren hinterlassen. Misstrauen vergiftet neue Bündnisse. Wird es Iceni und Drakon unter diesen Umständen gelingen, das Vertrauen der Rebellen zu gewinnen? Die Lage ist prekär, denn ein alter Vertrauter der Präsidentin dürstet nach Rache und setzt alles daran, die neue Regierung zu sabotieren.

Bastei Lübbe